十九世紀英詩人と
トマス・ハーディ

付

『コーンウォール妃』全訳

拾遺詩全訳

森松 健介 著

中央大学
学術図書
55

中央大学出版部

装幀　道吉　剛

端書き

著者は先に『トマス・ハーディ全詩集Ⅰ・Ⅱ』（中央大学出版部、一九九五）および「トマス・ハーディ拾遺詩全訳」を発表し、これに続けて詩人ハーディについての論評を書物にまとめるつもりであったが、その実現までに七年半という長い年月を要してしまった。

この書物がその論評である。ハーディという小説家・詩人の全体像を再認識する際に不可欠な、詩人としての彼の本質をいささかなりとも明らかにしたいというのが本書の最大の目標である。かつてアーヴィング・ハウが、批評家にとってハーディの詩が分析しにくく、その結果世間では、彼の詩の本質を指す言葉として「正直」「誠実」「英知」など、何を指しているか判らない語句を使う弊を指摘したが、この言葉を引用してその弊に陥らないようなものを書きたいと述べたドナルド・デイヴィ同様、小生も曖昧な感想を述べるのではなく、詩人ハーディが読むに値する理由を具体的に明らかにしたい。

さて本書第Ⅰ部第11章冒頭にもあるように、ハーディの詩についてエズラ・パウンドは（それも一九三八年という、詩人ハーディの評価がまだ大変低かった時期に）こう述べている――「ハーディの全詩集を読んだ読者なら誰しも、自分自身の生涯とそのなかの忘れられない諸瞬間が、こちらでは火花のように、またあちらでは一時間たっぷり、自分にも甦ったと思わずにはいられない。真の詩歌の試金石として、これ以上の基準を皆様思いつきますか？」と。この言葉ほどハーディの詩の特質をよく言い当てているものはないであろう。ハーディは、自伝のなかでは自己の暗部を隠している。しかし詩のなかでは、直接語り手として登場したり、時には見知らぬ女になりすましたり、伝記上の自己とは一致しないペルソナに仮託したりして、実質上隠すことなく自己を語る。多くの場合、それは自己を客観化し、醜さや弱さもすべて歌い上げ、万人に起こりえる経験を語るかたちで示される。

ハーディはまだ若かった一八七一年、「最も散文的な人間でさえも、その葬式に墓のそばに立って彼のことを考えるならば、彼は詩となる」とノートに書きつけた。これまた彼の詩の実質をよく示している。彼は、特に後年は、自分の葬式に、墓のそばに立って自分のことを考えるかのような詩作を続けた。第五詩集の巻頭詩「映像の見えるとき」には、詩作を促す鏡にいかに自己の人生が映るかを、死を間近に控えた者のような感覚で歌っている（本書240‐241頁、332‐333頁参照）。人生で一度なされたことは、善悪すべてが実在物として永遠に存在するという詩心が、こうして過去の自分を検証する態度の背後にある。

実はこれは、ハーディが神不在という恐るべき世の現実を不承不承受け容れたすえ、詩作を通じて編み出した巧まざるモラルだとも言えるのである。彼は詩人の「誠実」ということ、つまり自己の願望に立脚するのではなく、いかに受け容れがたいことであろうと、またいかに世間から非難されることであろうと、事実を曲げて歌うことはしないという意味での「誠実」を何よりも大切にした。その際最も重要なことは、新しい時代が明らかにした宇宙と人生の成り立ちについて、願わしい姿ではなく事実としての姿をまず認識することだったのである。神の不在を彼は認めたくなかった。しかし、この現実を確認してこそ、彼は詩人として誠実を尽くすことができたのである。先輩詩人が、書きたいことの九割を隠しながら、ちょうど残忍な圧制者からの弾圧を怖れるようにして表現してきたこの現実を、二〇世紀詩人らしく徹底的に明言して、この世界観・自然観・人間観にしっかと立脚した思いを人生について語ることが彼の使命だった。これゆえに、彼の初期三詩集は、この主題の作品に満ちている。今日でも大学の英文科の学生は、ほぼ例外なく彼は厭世思想家だと思っている。レッテルとは恐ろしいものである。中等教育で自然科学を少しでも本気で学んだ者が、ハーディのこの世界観を偏った思想と感じるはずはないのに、実情はそうである。しかも、ハーディの詩をたくさん読めば読むほど、神のない世界においてさえ、人生は何という味わいに満ちたものかと思わずにいられなくなるのに、レッテルだけはいつまでも剝がれないでいる。本書の今ひとつの目標はこのレッテルを剝がすことである。一九世紀英詩人たちが、いかにしてこの神消失とそれに伴う諸問題を表現したかを明らかにした上で、ハーディがこの努力をいかに継承したかを述べたい。しかもこの世界観の基盤に立って書かれた彼の詩は、多くの読者に、人生の一刻一刻の値打ちをこれまで以上に感じ取らせてくれるように私には思われる。第I部最終章で時間の主題を扱うのはこのためである。ハーディが人生の一瞬一瞬の持つ意味を、積極的に歌ったことを示したい。しかも彼は、刹那の重要性を歌いながらも、官能的刹那主義へは走らなかった。人生の刹那・瞬間の重要性は、一人物の全生涯を裸にして語るなかから示される——夫婦喧嘩の際に妻を罵倒しなかったことが、いかに後年の救いであるかを歌うなどして。彼の詩は読者が人生をどう生きたいかという方向性さえ示唆してくれる。モラルという言葉は、この意味で用いたのである。

本書はいわば拙訳『トマス・ハーディ全詩集I・II』に対する注釈のようなものである。注釈が本文より大きな活字で印刷されることはあってはならないから、この通り、上記拙訳著と同じ組み版とした。

本書の半分余は既発表の拙文の書き直し、I部序章、七〜九章、II部一章、三〜七章は書き下ろし。全詩に一度は触れた。『諸王の賦』論は小説論に含めていずれ発表する。本書各章は独立して読まれることを考え、重複した述べ方をした。どうかお許し戴きたい。なお詩の表題下の縦組み数字は James Gibson 氏による詩番号(氏に多謝!)。

さて本書は中央大学学術図書出版助成規程によって出版が可能になった。まず大学に対して深甚な感謝を捧げたい。またこの助成の可否審査に当たった佐野雅彦、深澤俊、松本啓各教授にも心からお礼申し上げる。佐野教授のお手紙は大きな励みになった。また絶大なご親切と明察によって出版を円滑化して下さった中央大学出版部の平山勝基編集長(副部長)、事前に多くのアドバイスを下さった矢崎英明前編集長(副部長)、出版助成の手続きについて励まし導いて下さった大学学事課の松井秀晃氏、無理難題を許してくださった大森印刷の大森實社長や優秀な校正担当者にも衷心からの感謝を申し述べたい。これらの方々のご助力なしには、本書の出版はあり得なかった。

二〇〇三年二月

森松健介

十九世紀英詩人とトマス・ハーディ——目次

第Ⅰ部

ハーディと一九世紀イギリス詩人たち

――付・『コーンウォール妃の高名な悲劇』全訳

序章　ハーディの転進

——小説から詩へ

詩歌こそが自己の本業

よく知られているようにハーディは、『日陰者ジュード』（一八九五年）を最後に約二五年続いた小説家としての執筆をやめ、『ウェセックス詩集』（一八九八年）以降は詩人として三〇年に及ぶ活動を始めた。この両分野での彼の執筆態度は際だって異なっている。小説は、彼にとっては永らく唯一の収入源であったから、読者の趣味との折り合い、そしてその背後の時代の考え方との折り合いのなかで書くものと彼は考えてきた。『遥か群衆を離れて』（一八七四年）が好評を受けたころに、彼は「当面の事情からして、いまは連載小説のよき書き手とされればそれでよいと思っています」と編集者レズリー・スティーヴンへの手紙に書き記した（Life **100**）。階級制度批判が主題であった処女作『貧乏人と貴婦人』を世に出すことに失敗して以来、非難を受けそうなかたちでの世界観・社会観を小説のなかへ持ち込むことは、下層階級出身の新進作家としては厳に慎むべきことだと、彼は自覚していた。しかしこの当時でさえ、自分を「彼」と表現した自伝の『遥か群衆を離れて』の好評を記す個所には「いまは永遠に道を断たれたように思われた詩歌の仕事に携わることができないまま、その替わりに小説家として評判を得たからといって、彼はそれほど喜ばなかった」（Life **99-100**）とみずから述べている（実際には喜んだだろう。だが後年、嬉しくなかったかのように記した気持としては、永年、小説ではなく詩歌こそが自己の本業と考えていたという事実がある）。そして一八八七年の『森林地の人びと』以来、彼は小説のなかにも目だったかたちで自己の世界観を持ち込むようになった。『森林地の人びと』の場合はこの世界観はまだ世間には察知されず、ダーウィニズム的見地からの自然の扱いも、意識と感情が発達したがゆえに苦しむ人間の姿（ハーディ流の「人間の不条理」）も、思い切った率直さでそこに述べられていたのに、世間の非難の目はこれに気づかなかった（自然界が描かれていればそれは牧歌的だと見なす文学慣習があった。伝統に安住し思考を停止した受け止め方によって、牧歌的なものは安全と見なされた）。しかし明白に宗教への挑戦と社会制度への批判が打ち出された『ダーバーヴィル家のテス』（一八九一年）と『日陰者ジュード』（一八九五年）は、批評界や権力の座にある人々からの激しい攻撃を招いた。批評に敏感なハーディは深く心を傷つけられた。

「ウェセックスの丘」は詩作の丘？

彼の第四詩集には「ウェセックスの丘」（**261**）と題される作品がある。これは小説から詩への彼の転換を記す歌だという解釈があるので、ここでそれを話題にしてみよう。一九七五年の「トマス・ハーディ・イヤーブック（第五号）」に掲載されたジョルダーノ・ジュニアによる論文「ハーディの小説への告別——〈ウェセックスの丘〉の構造」がそれである（簡便には Gibson & T. Johnson **253** ff.)。この論文に対しては、著者（森松）は第四連の読みについて大いに異議があり、またこの詩をロマン派のパターンを踏襲するものとする点でも意見を異にする（同）。しかし〈小説から詩へ〉という論点を語る場合、この高く評価されてきた論文に触れないわけにはいかない。さてこの作品でハーディは、この丘にのぼればさまざまな過去とのしがらみを断つことができることを歌っている。さまざまな過去の人との係わりが「精神を縛る鎖」と表現される。詩の副題には一八九六年の制作年代が記されているから、上記『日陰者ジュード』への厳しい世評に晒されていた時期と一致する。この詩の語り手は、平野部では精神的な危機に見舞われているので、慰めを求めてこの丘陵にのぼる。さてジョルダーノはこの丘の連なりは「低地の混乱と苦痛を眺め降ろす好個の地点」を提供すると見、「それら高地は、まさしく別形態の生（life）、すなわち想像力の生」であるとする。「想像力の生」とは詩歌を生み出す生という意味であろう。M・H・エイブラムズ（Abrams **201**）はロマン派の大型叙情詩の特徴として、風景の特殊な様相との出逢いによってうながされる瞑想を通じて、語り手が道徳上の決心や苦しい問題の解決に向かうパターンを示したが、ジョルダーノはこれを引用し、ハーディの丘陵は上記の風景の一様相に相当すると考える。そして低地で語り手が怖がっている人物たちを、ハーディの小説中の人物たちを指すと解釈するのである。「月を背に立つ人影」は『帰郷』のユーステイシアを、「フルームの河辺」の幽霊はテスを、「列車のなか」の幽霊は『日陰者ジュード』中の「小さな〈時〉の翁」を指すという具合である。ハーディはこれらを避けて詩に向かったのだという。これがこれらの丘陵の表すものだとする。

詩から小説への連続性

この論評がハーディ詩解釈の、新しい古典のように扱われてきたのは、ハーディの小説から詩歌への転進という謎をよく解き明かしているように思われたからだった。実際ハーディが、小説書きとして当然視されていた世間との妥協を逃れ、小説への非難から身をかわしたいと思ったことは事実であろう。その意味では、一八九六年という制作年代がわざわざ記されていることでもあるから、こうした苦悶をこの詩のなかに語ったと見る方向性自体はこの解釈の手柄であろう。しかしユーステイシアやテス、「小さな〈時〉の翁」を、語り手またはハーディ自身が嫌悪するであろうか？　そしてなにより、小説のなかで表現したことをすべて低次元のこととして、自分の創造した人物までも怖れ忌避してハーディは詩に転進しただろうか？　詩のなかではこれらの人物は「苛酷で過激なことを言う／冬のように冷酷な男たち、辛辣な咎めだてをする女たち」と書かれている。彼らが作中人物でないことは明らかである。低次元のジャンルである小説を軽蔑して高次元の詩歌へ向かったのでなく、むしろ小説のなかで表現しようとしてしきれなかったこと、表現して世に受け容れられなかったその同じことを、改めて表現するために彼は詩の方向へ進んだのではないのか？　彼の小説と詩、とりわけ上記人物が属する『帰郷』、『ダーバーヴィル家のテス』、『日陰者ジュード』と彼の詩歌とのあいだには、明らかな連続性がある。いや一四篇の長編すべてが、読者や時代的な思考慣習と折り合いをつけたごく一部分を除けば、詩の世界と直接繋がるのである。彼の小説はけっして低地に喩えられるべき次元のものではない。小説というジャンルのなかで書く努力をして、ジャンルの性格上、十全の表現を与えられなかったものを書くことこそが、ハーディが詩のなかで目指したことである。ハーディはこの種の連続性を意識しつつ詩歌に転じることが即ち〈文人の誠実〉であると考えていたと思われる。

詩人の〈誠実〉、クラフの継承

『森林地の人びと』に見るダーウィニズムに始まり、『ダーバーヴィル家のテス』と『日陰者ジュード』の、ヴィクトリア朝の因習攻撃と神の消失の表明へと続いた彼の小説家としての新機軸は、もともと、真実を語ることこそ文人の〈とりわけ詩人の精神を持った文人の〉〈誠実〉だとする考えに基づいていた。彼には「誠実に寄す」(233)という詩があるが、まさしくこの意味での〈誠実〉にかんして書かれた作品である。この詩の語り手は「現代流のやりかた」すなわち自己の利得を最優先する流儀が幅を利かすこの世では、〈誠実〉はどの程度活躍できるだろうか、と自問し

〈人生〉は言葉に言い尽くせないほど悲しいものかもしれないのに
また、〈人生〉の緑は　つねに灰色に成り変わるというのに
〈人生〉の信念は　やがて土くれへと朽ちてゆくというのに

そして〈若年〉すら　そのことを予知していてもよいはずなのに
また　成熟した年月がそのことを証明して当然なのに、
なのに、〈慣習〉は大声を上げる、「その考えとは縁を切りなさい、

悲しいときでも　喜ばしいと言いなさい、
信じないときでも　信じていると言いなさい、
知覚できなくても　まのあたりに　見て取りなさい！」と。

そしてこのあと、人々が幻想を排除し、事物を直視したときに初めて、改善の道が開かれるかもしれないと歌う。この作品はあるいは、自己の考え方を守って、キリスト教の「信仰箇条」への署名を拒否し、一八四八年、オクスフォード大学のオリエンタル・カレッジのフェロウの職を辞することを決心した、いわば〈誠実〉の詩人アーサー・ヒュー・クラフの継承を歌った詩かもしれない。

クラフの書き直し

と言うのはこの詩はクラフの短詩「どうして見えると言うべきなのか'Why should I say I see'」（一八四九年）で始まる無題詩の書き直しと言えるからである。クラフの最初の八行は

何ゆえぼくは　見えていないものを見えると言う必要があろうか？

実際にこのようなぼくでありながら、ぼくでない必要があろうか？

愛してもいないものに愛を示し、怖れていないものを怖れてみせる必要があろうか？　そしてなぜ、
聞こえもしない音楽に合わせてあちこちへ踊る必要があろうか？

その唯一の理由は、街路で静止するものは　あちらこちらへ押しのけられ　突き飛ばされるから。

ダンスの途中で止まるものは踊り手たちの足で蹴飛ばされるから――
出あうすべての踊り手に　押され、捻られてしまうから。

実際ハーディがクラフを読んでいたことは、最近になってよく知られるようになった（Turner 78）。

美より前に真理を

そしてまたハーディは「沈黙者の見解」(90)のなかで、当時の多数意見は俗説に過ぎず、〈沈黙者の見解〉、つまり寡黙な知的少数者の洞察のなかにこそ、誠実な事実認識が宿っていることを歌っている。ここでF・L・ルーカス（Lucas）の言葉を借りれば、「テニスンは真理よりも前に美を考えた。ハーディは美より前に真理を考える」、そしてこれは「完全な詩と言うよりは偉大な詩を生み出すことが多い」。こう語ったのち、ルーカスはハーディの「内緒だよ、僕たち二人の間だけで」(100)をあげて、その第一連の最後の二行「いまこそここで　かりにそれが絶望であっても／真実を語ることにしようよ」を巧みに紹介し、これがハーディのすべての作品のモットーと言ってよいと述べている（Gibson & T. Johnson 130-1）。ルーカスの結論は至言と言ってよいと著者には思われる。

『テス』酷評に際して

さてこのように、ハーディにとっては作家の誠実の証として表明したい自己の考え方がはっきりと意識されていたわけだったが、小説でのその表明に限界が生じた。一八九二年四月一五日の聖金曜日に、ハーディは雑誌に掲載された『ダーバーヴィル家のテス』（一八九一）への酷評を読んで、筆記帳にこう書く――

しゃれた、人を楽しませる批評だ。しかし誠実さと真摯さ無しで済ますつもりになれば、しゃれた、人を楽しませる文章なんかいくらでも書ける…よかろう、もしこの種のことが続くのなら、もうこれ以上小説なんか書くことはない。ねらい打ちされると判っていながらわざわざ立ち上がるなんて、愚の骨頂だ。（Life 246）

すなわち彼は批評家の暴言に業を煮やした。しかも詩を書きたいという願望は、これより一二年も前の、彼が内臓出血で病臥していた一八八〇年一一月にも、筆記帳に書き込まれていたのである――「できるだけ早く、詩を再び書き始めること」（Life 146）。そして同時に『諸王の賦』も同時期にその萌芽をみせている。

『ジュード』批判に晒されて

さらに『日陰者ジュード』（一八九五）に対する各方面からの辛辣な批判に晒されていた時期である一八九六年一〇月一七日にハーディは次のように書いた。

詩について。巨大な人間の群が既得権を維持するために支持している、自律力のない結晶化されてしまった世論――岩盤のように堅い世論――に刃向かうような考え方や感情は、韻文のなかでのほうが、より十全に表現することができるであろう。情熱的な詩のなかで（一例を挙げれば）「至高の原動者または原動者たち、主動力者または主動力者たちは、その力に限りがあるか、無知であるか、残酷であるかのいずれかだ」と声高に述べたところで（この事実はあまりに明白なことであり、数多くの世紀のあいだ、明白とされてきた）彼らはほんの首を横に振る程度であろう。ところが同じことを論争的な散文で述べるとなると、彼らは冷笑し、激怒し、軽業さながらに歪曲の得意な文筆家の全集団をけしかけて、私に飛びかからせるだろう。私は無害な不可知論者に過ぎないのに、かしましい無神論者に仕立て上げられる。この両者は、彼らの愚劣きわまりない無学のなかでは、同一物と考えられているらしい。・・・もしガリレオが世界が動いていると詩のなかで言ったならば、宗教裁判所も手出ししなかったかも知れない。（Life 284-5）

そしてハーディはこれを試すように、のちに「夢の中の質問」(215)を書き、語り手に、神に向かって

私たちが「神は慈悲深くない、なぜなら
人に苦痛をお与えになるからです、あるいは、もし
慈悲深いのであれば全能でない、ただの子供にとっても
このことは明らかです」と叫ぶと、この地上で
〈あなたを代行していると称する人びと〉は
こう叫びます、「不遜にして冒瀆的な奴め！」

と訴えさせているが、実際、聖職者を風刺しているだけではなく、神そのものについても冒瀆的と言われても仕方がない作品なのに、特にこの詩が攻撃されることはなかったのであった。

ペルソナ化による非難の回避

以上に見たとおり、ハーディは小説をいきなりやめたのではなく、『ダーバーヴィル家のテス』への酷評が出た一八九二年の段階から小説の筆を折ることを考えていたことが判る。そして「ねらい打ちされると判って」いるからといって、世論の味方づらをして、自分の考えを作品から撤去させようとはしなかった。ハーディは書き続け、自分の信念を作品中に妥協なく盛り込み、かつねらい打ちされるのは避けたい――彼はブラウニングの愛読者だった。第七章で詳しく述べる予定だが、ブラウニングはすべてを語り手に語らせて、作品自体の考え方を不分明のままに残す名人である。ハーディの詩においては、「世論に刃向かうような考え方や感情」を持ち出す語り手は必ずしも作者その人と分離され尽くしてはいないけれども、しかし第一、第二詩集のそれぞれの「端書き」に書き込まれた「演劇的ないしは芝居的（personative）に」詩を作り「演劇的ないしは俳優的（impersonative）に」登場人物に語らせるのだ、という主張には、劇的独白を多用することによって、「良俗に反する」とされる内容の主張者が作者その人である、という非難を回避しようという意図が感じられる。上記ふたつの原語の語根には、"-persona-"が見えるとおり、モダニズム以降の今日で言う「ペルソナ化された」「ペルソナを用いた」手法をハーディは強く意識していたことになる。そして第二詩集「端書き」に述べられてあるとおり、現代という時代がもたらす「人生の諸現象につ

いての、多様な読みを記録すること」を彼は心がけた。すなわち、詩というものは主張が一面的ではない、と受け取られることを彼は知っていた。ペルソナの語ることと、その背後の慣習・〈常識〉とのあいだで交わされる一種の交渉と妥協もまた、詩は誘発するということをわきまえた、詩への転向なのであった。

神の消失へのこだわり

しかしハーディの望んだのは妥協のほうではなく、ペルソナという隠れ蓑を着用して自己の世界観に忠実であることだった。第一から第四詩集まで三五一篇のなかで、世界観（自然観を含む）の表明のための作品がいかに多いかを見れば、このことは一目瞭然である。とりわけ、〈神の消失〉を歌った作品は、数のうえでも、力のいれようのうえでも、一般の読者には異様に見えようほどに目だつのである。我われは当然ここで、なぜハーディはこの問題にここまでこだわったのかということを考えておかなければならない。ひとつには彼は英詩の伝統のなかで、崇敬する先輩詩人たちを受け継ぎたいと考えたと思われる。キリスト教離れということ、すなわち〈神の消失〉あるいは〈不死不滅の消失〉の問題は、それに対するアンビヴァレントな疑念という段階から言えば、ブラウニングもテニスンもブロンテ姉妹も係わり（本書第Ｉ部第五章）、直截なかたちではアーノルドが数多くの作品を書き、スウィンバーンが遠慮会釈のない扱いの作品群を示し、クラフが長大な詩をものしていた（本書第Ｉ部第六章）し、ロマン派にまでさかのぼった場合、ハーディは特に愛したシェリーからも無神論の影響を受けたかもしれない。しかも二〇世紀は宗教が力を喪う世紀になることを、彼は詩人の直観をもって感じ取っていた。これらの詩人たちが連なり、いまは自分が彼らの詩人としての真実性を疑問の余地なく感じている文化環境のなかでは、こうした問題についての態度を明らかにすることこそ、詩人の誠実だと彼には感じられたにちがいない。これらの先輩の取り組んだテーマの継承と発展を辿ることは、詩人ハーディの理解に不可欠である。章を改めてこの問題を詳細に述べるのは、当然、本書著者の義務である。

新しい世界観の見る諸相

しかし観念的にこの問題を受け継ぐこと以上にハーディにとっては、新しい世界観・人間観に立てばこそ開示された人生の諸相を詩に記すことが自分の詩人としての使命と感じられたに違いない。この問題は明らかに、西欧文明のなかでかつてない大きなものの見方の変動をうながすものであった。二〇世紀に向かっての詩集の新しさは、こうして発揮された世界の見方、その新しい見方に基づいた人生の意味づけにこそあると彼には感じられたに違いない。新たな時代の人間としてのハーディは、従来のものの見方をする人々の目から見るならば、詩のなかでその人たちの言葉で風刺させているとおり、見るべきもの（宗教の説く真実）も見えない〈知覚力を欠く男〉だった――以下は「知覚のない人」（44）の一節である――

彼らには見える〈輝く神の国〉が　ぼくには蜃気楼でしかないこと、
　このことはぼくの　珍妙な運命だ・・・（中略）
同胞には見えるとされる光景を　なぜぼくは

いつも見えないと感じ続けなければならないのか、
なぜぼくだけ　彼らが見つけた喜びを知ることができないのか
　これらのことは　いつまでも謎のままだ

しかし逆に彼らには見えないことが〈ぼく〉には見えたのである。この新たに見えてきた世界の姿と人生のかたちを記録する主体としてハーディは詩人の自己を位置づけた。

人間の限界の認識

「兆しを求める者」(30)のなかでも、世を去った人の魂が不滅であるあかしや、正義の弱者が〈天〉によって支援される証拠を、恍惚状態に至ったときには感じ取り、見ることができると言う人がいること、そして〈神の国〉の到来を信じて

　やがて未来にやってくる時代の　輝かしい予兆や
塵が塵に帰ったのち心が心に帰る予兆を見ることができると語る

そんな、〈来世〉を信じ、霊魂不滅を疑わない人がいることを、驚きをもって語り

そんな機会はぼくのような生涯には　与えられていない…（中略）
　どんな予兆も囁きも　かすかにさえ現れず
　　ぼくの限界を切り裂いてはくれない

神秘が支配した世界から外へ出てしまった語り手には、しかし人間の限界が新たに見えてきたわけである。そしてこの詩の最後にハーディは「〈不可知（Nescience）〉が黙って沈思する、倒れれば人は立たぬと」との一行を置く。“Nescience”はハーディが、〈死〉を表すときに日常的に使っていた言葉である。カーライルとジョージ・エリオットの死を彼は自分の手帳のなかにこの言葉で表した（Life 148）。だからこの詩は、死んだ人間が「なるほど死ねば立てぬわい」と墓に横たわって黙って思うコミカルな意味と、不可知論という当時冒瀆的だとして評判が悪かった言葉の代用品として、この言葉に最後を締めくくらせた意味とが重なるという、極めて巧妙な終わり方を与えられているわけである。新たに曇りのない眼で見た現実を、作品の末尾にあたって諧謔混じりに読者に印象づけたのである。

ハーディにおける神の喪失

それではハーディがその新たな眼で見た世界像の全容は、どのようなものだったのだろうか？　実はそれはほぼ全詩のなかにさまざまなかたちで語られていると言ってよい。これは新たな諸章を設けて述べるべき大きな問題である（特に第四―七章参照）。ここではまず、本章の冒頭から述べてきた神の喪失を彼がどのように歌ったかをほんの二、三の例についてのみ述べてみたい。ハーディは二〇代前半には、やがて聖職者として身を立てたいという夢を持っていた。同時に彼はダーウィンの『種の起源』（一八五九年）の「最も早い時期から歓呼の声をあげて迎えた者たちの一人」（Life 153）であったと自伝のなかで自ら認めているし、またその翌年に出て、その後一〇年にわたってイ

ギリス国内に非難を巻き起こした「キリストに刃向かう七名」（六人の英国国教会の聖職者を含む）による、奇跡を否定し教会を批判する『エッセイズ・アンド・レヴューズ』（一八六〇年）についても、ホラス・モウルと野道を散歩するときにこの書のことを教えられ、自らも読んだらしい（Life 33）。その後なお五年ほど彼は聖職者の道を諦めなかったが、一八六五年にスウィンバーンの『キャリドンのアタランタ』（瀆神的表現に満ちる）を早々と称賛し、六六年に同じく『詩と民謡第一集』（神離れの傾向が顕著な詩集）に大感激した（Gittings *Young* 122）素地は、六〇年代の初めから築かれつつあったものであろう。そしてこのころハーディが交際し、婚約していたかもしれないH・Aという頭文字を持つ女性（Gittings *Young* 136）が、『日陰者ジュード』の女主人公シュー・ブライドヘッドのように知的女性の最先端にいて、彼女の影響下にハーディにも決定的な神離れが（ジュードに生じたように）生じたとする説もある（Gittings *Young* 135 ff.）。七〇年代にはいると「もともと自分は信仰を持っていなかったから、自分には〈信仰の喪失〉は生じ得なかった」と豪語したレズリー・スティーヴンの知遇を得て、その無神論の影響を深く被ることにはなる（Jedrzejewski 18）が、ハーディの神の消失を歌う詩は六六年には書かれていた。

偶然の賽の目という不条理

「偶然なる運命」（4）は一八六六年の作として第一詩集の第三番目という重要な位置に載せられている（巻頭詩は本書29ページのロマン派離れの項で詳しく述べるが、散文的な現実の受容を主題とし、第二番目の詩は〈愛〉の恒久性を否定する）。この〈偶然〉を世の新たな支配者として登場させる詩は、最初の二連で「お前が悲しめば余は嬉しい」と嘲笑う〈悪意の神〉さえ、世には存在しないことを歌う。もしそんな〈強大なもの〉、いわば神格を与えてしかるべきものに、人の定めが左右されているのなら

それならぼくは　自分が憤激しても無駄と知って　心を鬼と化し
定めに耐え、身と歯を食い縛り、そして死んでやるのに

ところが現実には「愚劣な偶然」と「さいころを振って遊ぶ〈時〉」という、神とは似ても似つかぬ低劣な奴らが、人の世のすべてを司っている――これは具体的に新たな絶対者を登場させるのではない。ハーディは「愚劣な偶然」と「さいころを振る〈時〉」という具象物を考えているのではなく、あくまで比喩としてこの両者を、この詩のなかにだけ臨時的に登場させる。世界に絶対者が存在するという場合、少なくとも人間がその絶対者のことを言い出す場合には（実は人間以外には何者もそんなことを言い出さないのであるが）、絶対者は良かれ悪しかれ人間的価値観の範囲で行動する。慈愛を垂れるか、懲罰を下すか、残忍を極めるか――これら価値観を伴った人間的な言葉が彼ら絶対者にはつきものなのである。ところがハーディの嘆きたいのは、人間の考える価値観とも、いやその因果律とさえ無関係な、偶然の賽の目式の要素によって幸不幸が決まるという不条理である。永らく〈唯物主義〉という、西欧伝統社会では悪の烙印と言うべき名前を与

えられてきた自然科学的世界観がここに表明されている。

神秘に替わる科学的な事実認識

さきに「兆しを求める者」(30)を引いたが、これまた徹底した自然科学の世界である。第一連の「濡れた、乾いたお仕着せを纏った一二の月（さまざまな彩りの四季）」、昼時の色彩と風景、夜の影、時間の経過などは、読者の誰しもが経験することのできる自然の情景である。第二連以下も、朝の雨、その日の夕方の美しい「かがり火」、旱魃、「眼のない霧の顔」、雷光、流星、「嵐のなかの海原の大釜」、地震の「持ち上げる腕」、火山の火、「雪の円錐」、日蝕月蝕、彗星の到来とその予言、宇宙塵や太陽の質量、惑星軌道——これら自然界の〈驚異〉は、宗教的あるいはロマン派的神秘による〈驚異〉としては示されない。これとは無縁の自然科学の認識する〈驚異〉的事実として、それらは語り手に（そして読者に）経験されるものなのである。

この詩は、実は神秘による〈驚異〉を探し求めることが主題なのだが、その種の神秘はついに語り手には得られない。特に霊魂の不滅と死者の甦りへの希求と、その希求の挫折が最後の連で強調される。のちにふたたび、他の一九世紀詩人（特にブラウニング）とハーディの関係を論じながら取り上げるとおり、この作品は一九世紀英詩の伝統となった主題——〈永生・不死不滅〉のテーマのアンチテーゼを示すのである。その根拠は、宇宙空間における人間世界を蝕の月面に見て取るたぐいの、自然科学的な事実認識である。「月蝕に際して」(79)では、ハーディはこう歌う——

この巨大な、〈神ならぬ人〉の世が　あんなに小さな蔭しか
投げかけず、天界の高貴なる設計であるはずの　この人間の住処が
あの円弧が取り込む諸海岸の内部に　縁取られてしまうのか？

外部の現実と人間の意識の非相補性

そして「ある婚礼にて」(6)では、自分の愛した女の、他の男との結婚式に際しても、語り手の愚痴は失恋の悲しみという極めて主観的な感情を、より客観的に分析された自然法則批判のかたちで表す——愛と愛とが結ばれた「高貴な目的による子供」が生まれなくても平気なのか、と〈自然の女神〉に問いかけても

女神は何と答えるだろう？　人類がこのような優れた遺伝子の子を
全く得られなくても　私の知ったことか　と答えるだろう

つまりハーディの自然科学的世界観の根底には、人間的価値とは無関係に（つまり人間的価値に善悪いずれかのかたちで係わる神の不在のまま）成立している世界のなかに、人間がさまざまの思いを持って生きているという認識がある。このようにしてふたつの事項が対立する。それらは「客観的な外部の現実と主観的な人間の意識である。このふたつはともに存立はするが、互いに補いあうことはない」(Persoon '00 18) と言える。私たちは『ダーバーヴィル家のテス』のなかで、エインジェルがハープを弾いているときに、テスが荒庭を横切るシーンを思い出す。荒庭は荒庭として描かれている。しかしその荒庭を美

しい楽園と感じつつ愛する男に惹きつけられてゆくテスの心もまた描かれている。そしてテスは、雄に惹かれる雌という外部的現実としても、可憐で純情な心という内面の真実としても示される（森松 '78）。同じことを語り手が意識しながら歌うのが「ある晴れた日に」(93)である。その晴れた日には、美しげな虹が出ている。語り手はすでに第一連で、この世の見せかけ、「灰色のものを金色であるかのように見せる」幻惑の光を見るのは、〈夢〉にしがみつくに等しいと知りつつ、また虹なんてものは物理的に生成した、人間への神や自然の配慮とは無関係の「虹色の弓状体 (iris-hued embowment)」に過ぎないと知りつつ、しかし人間として語り手は、

　虹色の弓状体が空に懸かったこの一刻を
　単に　しがない　見せかけだけの見世物だとは思わない
　この一刻こそ　慈愛に満ちた全能者が配慮する〈世界の設計〉の
　その一端にほかならないと考えることにする、
　大地は人のためにこそ作られた証拠だとこれを見なすことにする

世の成り立ちの現実を眺め、人間の現状を見つめたのでは、そこには慰めはない。人間の心の内部は、外界の現実に対して誤認誤解をおかすとき、あるいは幻想を抱いたときに初めて、相補的になれる――つまり、事実としては両者の相補はあり得ないという世界観である。

不条理に対立する内部意識の尊重

　人間の心の内部と言えば、ハーディには人間の意識や理性、感性を歌った作品がいくつも見られる。「隕石」(734)では、隕石に乗って飛来した意識の胚珠が地球上ではびこって、その結果地上には「知覚から生み出された／人間の呻吟が目覚めた」と語り手が夢想する。心が希求することと外界の現実が衝突して、呻吟が目覚めるというわけである。「思索することの焦燥が　もし解き放たれれば」(721)では、「死ぬ運命の人間の限界について／思索すること」からこそ、すべての苦悩が生じていると歌っている。さらに「意識無きものとなる願望」(820)は、意識のない事物にさえなれたなら、悲しい心の痛みも感じず「審判の叫びを聞きつけもせず」、気苦労もないだろうにと歌う。いずれもこれらは、発達した人間の心あって初めて、外界の現実が自己の願望を裏切る作りになっていることに気づき、人の呻吟は、意識が外界の不条理を認識するから生じると歌うのである。一八八九年四月七日の雑記帳への書き込みにも同種の想念が記されていて、そのあとハーディは「この惑星は高度に発達した存在のためには幸福のための材料を提供してはくれない」と書く（Life 218）。この四ヶ月あとから書き始められた『ダーバーヴィル家のテス』を詳細に読めば、外界、すなわち自然界や人間社会の現実とヒロイン・テスの内部意識との対立が一貫して描かれていることが見えよう（森松 '78）。そして最大限度まで作品内で尊重されるのは言うまでもなくテスの内部である。

　ハーディが詩に転じようとしたときの考え方は、以上のようなことであったと思われる。しかしこれをさらに深く理解するには、イギリス、そして西欧社会全体がこの時期に直面していた価値観の大転換の

問題を、一九世紀半ばにまで戻って考えなければならない。ハーディが詩人として歌い継ごうとしていた先輩たちの歌声は、世紀の半ばに響いていたからである。しかし、この歌い継ぎの意義を確かめるためには、まずハーディが現代詩人であることの意味をもう一度検証しておくことが肝要である。次章はこの問題に充てられる。

第一章　ハーディの詩法の現代性

ハーディの詩法は現代的か

序章では、歌っていることの実質のうえで、ハーディが現代的であると言える根拠を示唆したつもりである。しかし諸芸術のなかでも特に詩の場合、内容的な新しさはそれを表現する新たな技法と相まって初めてそれが効果的に、新たな感覚を持った読み手に受け容れられる。ハーディは、そのような新たな技法は具えていたのだろうか？　彼は没後一二年経った一九四〇年においてさえ、当時のイギリス文芸批評の権威者リーヴィスから、特にその表現面において侮蔑的酷評を浴びせられた（「サザン・レヴュー」夏号）。しかしその前後からのイギリス二〇世紀詩壇は、ハーディを自らの師表と仰ぐようになった。これらのことを念頭に置きつつ、技法、いや内容と連動する詩法にも彼は現代性を有していたのかという問題を探ってみたい。いや実際、ハーディの詩法が現代的であると言うとき、それは彼が一九世紀の詩法を否定して、新たな、のちにモダニズムと呼ばれるに至った詩の技法を開拓したという意味ではない。いや、フランス一九世紀の象徴主義の詩法を新しいと感じた感性から見てさえ、ハーディの詩は新しいとは言えなかったであろう。実際彼の詩は、象徴詩の場合のようにその原理からして多元的・重層的・矛盾衝突的な解釈を幾重にも迫る場合は少なく、ましてモダニズム詩人が得意とした、ひとつの言語記号から西欧が（時によっては世界が）過去に築いたありとあらゆる文化的連想を呼び起こす、あの絢爛豪華な現代詩の魅力は有してはいない。

『クライテリオン』の創刊は一九二二年、そして『荒地』が同誌に掲載されたのも同年。英詩におけるモダニズムは一九二五年にはおそらくハーディにも認識されていたであろうが、彼はこの年に出版された第七詩集の冒頭から三番目という、以下の詩集内作品の性格を示唆する位置に（冒頭と二番目には彼は自分の余生がいくばくもないことを意識した詩を掲げた）「小さな古いどんな歌でも」（665）を置いて、自分にとっては「古い歌」で十分であると第一連では歌い、第二連では

巧緻を極めた演奏はしない

巧妙な弦で奏でられる
　最新のテーマを　ぼくは求めたりしない
新しい歌がもたらすような
　興奮の震えも渇望しない
ぼくに必要なのは　ただひとつ
　何の気取りもない　心の感応（the homeliest/Of heartstirrings）

——巧緻を極めた演奏をするつもりはない、ただ心に沸き起こったそのままの感興を歌ってゆくという詩人ハーディのこの姿勢は、最終第八詩集の最後に至るまで変わることなく維持された。この意味ではハーディは現代的技法の詩人ではない。後にさらに詳しく述べるように、

彼はその内実においてきわめて現代的なのであるが、その内実を歌う際にその技法もまた人を驚愕させるほどに現代的であったならばより優れた詩人という評価を受けたであろう。だが実際には彼は、従来の詩人よりも生硬で非日常的な用語を多用するなど、新しい技法を取り入れようと努力こそしたものの、技法の面では劇的に新しい詩人だったとは言えない。いや、これは詩人ハーディに心酔する著者が、自己の心酔をさらけ出しては客観性を損なうと考えるあまりの、遠慮がちに過ぎた見方なのかも知れない。内実と一体化した、あまり表面には新奇に見えないハーディの詩法に、何らかの点で現代的な面もあるのであろうか？

新奇にして危険？

ハーディは確かに技法の点でこのように保守的ではあったが、しかし他方では、彼の詩の題材は前述の神離れ、ロマン派離れを初めとして一九世紀そのものに対して転覆的な傾向を持つものであっただけではなく、二〇世紀前半の権威ある（保守的な）批評家にとっても、奇怪にも厭世的な題材、英詩の亜流でしかない方向性と見なされるものでもあった。つまり、「新しくて魅力的」とは感じられず、「新奇にして危険な」ものと感じられていた。ところがイギリスでは二〇世紀が先へ進むにつれて、次から次へと新時代の詩人たちがハーディを自己の模範・師表として仰ぐようになったのである。ハーディへの好意的評価にかんしては、第二部第二、第三章に紹介するような僅かな例外的な批評家を除けば、明らかに批評家よりも実作者のほうが遥かに時期的にも早く、心情的にも深い共感を寄せていた。詩人ハーディの総合的な意味での「現代性」とは、このことに如実に示されるたぐいのものだと言えるのではないか。しかしこれについて詳述するまえに、これら実作者のことを具体的に示したい。

初期実作者の師表に

すでに一九一五年、一七年という早い段階から、エドワード・トマスは何度もハーディの詩を賞賛した（Clarke vol. 2 **192–95, 201–07**）。そして一九一九年にはウォルター・ドゥ・ラ・メアが「心の点でも時代の点でも、私たちはあまりに彼（ハーディ）の作品の近くにいるので、その全業績を評価したり、真の遠近法のなかに置いて見たり、偉大な過去の詩人との関係で見たりはできない」（Gibson, J. & Johnson, T. **91**）と言いつつ、彼を激賞した。また一九世紀の詩を批判して刊行された「ニュー・ヴァース」誌（一九三三―三九）の主幹で詩人のジェフリー・グリグソンは、ハーディを「イギリスにおける現代詩の事実上の父である」と述べた（Marsden **1**）。また桂冠詩人ジョン・ベッチマンがハーディを、この一世紀が生み出した最大の詩人だと考えていたことが伝えられている（Cecil **232**）。一九四〇年にはW・H・オーデンが、「サザン・レヴュー」一九四〇年夏号の詩人ハーディ特集に一文を寄せ、詩の書けない絶望の時にも「ここからは目に見えないけれど／彼はなおも上空のあそこに在り／いつ何時《なんどき》どこからか／顔を覗かせてくれるかもしれないと／私は思う」とハーディの「雨の日の日時計」（**788**）の原文を引用しつつ、原文にあるイタリック体（訳文では傍点）まで利用しながら、自分の師表として太陽のように見守ってくれる〈彼〉、すなわちハーディについて述べた。自分が詩を書けなくて、雨の日の日時計のように涙する気持でいるときの、やがて自分を起動させ、詩作を促してくれる始動者ないしは指導者としてハーディを意識しているというオーデンの告白である。

これらの詩人は、オーデンは別として、多少なりとも英詩の従来の伝統に連なる人びとだ、だからこれはハーディの現代性を言う根拠にはならないと見なされるかも知れない。しかしモダニズムの手法に依らなかったとはいえ、彼らがまぎれもなく現代詩人であったことは、今日の時点でなら誰しもが認めるであろう（ベッチマンへの蔑視は、モダニズム礼賛の副産物であった側面が強い）。そのうえ、エズラ・パウンドのように、モダニズム詩法の点でも、幻視的である点でも（これについては以下に見るドナルド・デイヴィ **41** ff. が詳細に論じている）ハーディとは著しく異なっていると思われる実作者も、ハーディを万人の人生をそれぞれの人に替わって歌う詩人として称揚した。そしていわゆる「ムーヴメント」派の詩人たちは、さらに一層ハーディから大きな影響を受けることになった。彼らは相継いでハーディが自己に及ぼした影響を語り始めた。他方トム・ガンのような、個性ある現代詩人も、ハーディの民謡的な手法の分析による本格的な詩論（一九七二年）を発表した（Gibson, J. & Johnson, T. **217** ff.）。またハーディはディラン・トマスが愛した詩人であった（Davie **4**）。

現代的詩人による認知

一九七〇年代のハーディ称揚

そしてついにはハーディを二〇世紀中葉の五〇年間におけるイギリス詩の最大の影響源であったと語るものまで現れた。こう一九七二年に語ったのが、周知のように、すでに詩人としての評価も高く、T・S・エリオットの影響下にもあったドナルド・デイヴィ（Davie）であったことは、さらにハーディの詩業への一般読書人の関心を高めた。さらに一九七五年には、これまた実作畑の詩人トム・ポーリンがハーディ詩集を本格的に論じる単行本を世に送って、デイヴィの論評を補充し発展させた。またデイヴィと同じ、いわゆる〈五〇年代詩人〉の代表的な一人、デイヴィッド・ホウルブルック（Holbrook）の批評（一九七七年）は、あまりにも潔癖な感性でもってデイヴィや、それと同質だとホウルブルックが見なすフィリップ・ラーキン、キングズリー・エイミスなどを酷評してはいるけれども、結果においてはハーディを今世紀イギリス詩の大きな影響力として位置づけることにおいて、これまたデイヴィやポーリンをさらに補完したと言ってよい。そして一九七八年には初めて「ペンギン・ポエッツ」の一巻としてハーディの詩選集が編まれた。このことは出版界も彼の死後五〇年を経て、マックミラン社が独占していた版権が消失した時期になっても、なお広く読み継がれるべき詩人として彼を認めたことを意味する。そしてこの選集の序文のなかで、編者のデイヴィッド・ライト（Wright）は、一七九八年のワーズワスの『抒情民謡集』の出版と一八九八年のハーディの第一詩集『ウェセックス詩集』の出版を並べて見せて、この両詩集の文学史的重要性を示唆した。ライト自身が詩人であり、ハーディはここでも「詩人に読まれる詩人（A poet's poet）」の名にふさわしい扱いを受けたと言える。こうして七〇年代の本国イギリスでハーディは、詩人自身の声による称賛に次ぐ称賛を受け、実作者が自ら語る影響という否定できない背景を与えられて、詩人としても、小説の分野に劣らない文学史上の地位を不動のものにされるに至った。

批評界でのハーディ評価確立

これらの実作者とあい並んで、文芸批評界でも詩人ハーディを扱う書物がつぎつぎと出版され、次第に彼は二〇世紀の、つまり「現代」の詩人であるという論調が目立つようになった。サミュエル・ハインズ（Hynes）の論評（一九六一年）は今日から見れば、前記のとおり、文芸批評の大御所F・R・リーヴィスなどに評判の良くなかったハーディ詩への、遠慮がちな称賛に見えるけれども、当時イギリス批評文壇がヴィクトリア朝をなお受け継いでいるような支配階級的色彩が強かったなかで、自らそのグループに所属していたと思われるハインズの、いわば勇気のある称賛は、詩人ハーディが見直されるには有利であった。ケネス・マースデン（Marsden）の著書（一九六九年）もまた、ハーディの欠点を指摘しながら、その長所に私たちの目を向けるのに成功した。しかし、批評家・学者の分野でも七〇年代が詩人ハーディの地歩を決定づけた年代となった。一九七〇年に出たJ・O・ベイリーの『トマス・ハーディの詩歌――ハンドブックと注解』は、難解と思われたハーディの全作品を、その伝記的背景を詳細に明らかにすることによって読者の身近なものとした。七六年にはF・B・ピニオン（Pinion）が簡約版（と言っても大著だが）の『トマス・ハーディ全詩注解』を著し、またジェームズ・ギブソンが『トマス・ハーディ全詩集』を、全詩に番号を付し、八詩集に漏れていた拾遺詩とともに編んだ。そして本書著者から見れば、ジェームズ・リチャードソンの『トマス・ハーディ――必然性の詩歌』（一九七五年）が、ヴィクトリア朝常識に対する転覆的な要素に満ちたハーディ詩の実質を明らかにしたことが、現代詩人としてのハーディ像確立に大きく寄与していると思われる。

ラーキンの見たハーディの真実性

以上は詩人ハーディの批評史のかたちで彼の現代における受容を追ってみたものだが、より具体的には詩人ハーディのどの点が二〇世紀人に訴えたのかを述べてみたい。フィリップ・ラーキンは、デイヴィによって「良くも悪くも、一九四五年以降のイングランドにおける、事実上の、非公式の桂冠詩人」（Davie 64）とされる人だが、そのラーキンがこう語っている。

若い頃私はハーディをつねに小説家として意識してはいたが、彼の詩を特に注意して読んだことはなかった。リットン・ストラチイの言葉を鵜呑みにして、「用語の選択が多少優雅なくらいでは、お暗黒は晴れることはない」と私自身も思いこんでいた。だが私が二五歳ころのことだったと思うが、私は東向きの部屋に住んでいて、毎日たいへん朝早く目覚めてばかりいることがあった・・・たまたま私はハーディ自身の編んだ彼の詩集を持っていたので、そんなときにはこの詩集を読むようになったのだった。するとそこにある詩が具えていた真実性（Truthfulness）と感情（feeling）とにすぐさま心を打たれてしまった。また私自身が当時感じ始めていたことについて実際に書いている詩人がここにいるという感覚に私は襲われたのだった。私は詩人としてのハーディは、若い人向きの文人ではないと思う。二十五や六だった私が若くなかったと言うと滑稽に聞こえることは承知しているつもりだが、けれどもその時期に、私は少なくとも、人生は何と取り組んでいるものなのかということを判り始めていたので、まさにこのことを当時の私はハーディの詩のなかに見いだしていたのであった。言葉を換えて言うなら、ハーディのどこが一番好きかと言えば、それは彼の気質であり、彼の人生の見方であると私は言いたいのだ。彼はトランセンデンタルな（日常的認識を越えたことを歌おうとする）作家ではない。彼は、イェーツでもエリオットでもない。彼の主題は人びとであり、人びとの生活であり、時と、時の経過であり、愛と、愛の凋落である。

（Gibson, J. & Johnson, T. 189–91）［丸括弧内は著者の解説］

非超絶技法による詩法

ここに見るとおり、ラーキンは「トランセンデンタル」な技法のうえでハーディに範を得たわけではなかった。彼は「ハーディを知ったとき私は、私自身の生活の外部にあるたぐいの詩の概念の高みまで、無理を承知で自分を持ち上げる必要はないのだという、救われた気持を抱いたのだった」（Gibson, J. & Johnson, T. 190）ともまた述べている。ラーキンは当時、イェーツを読むうちに、上述の「高み」にまで自己を持ち上げなければ、詩は書けないのではないかと思いこんで絶望に近い気持でいたのである。

いま「トランセンデンタルな技法」という表現を用いたが、これはたとえばイェイツの『ヴィジョン』におけるような、一部キリスト教的でありながらより神秘的で個性的な観念大系や、T・S・エリオットの『荒地』におけるような、キリスト教を中心に据え、過去の人類の宗教的・文化的蓄積を詩の言語の源泉とした技法を指すと見て間違いないだろう。何らかの神秘性、宗教性が、すでに文化伝統となったイメジの集合と複雑に絡み合った場合にのみ、右に言う「トランセンデンタル」な傾向を持ち得る。これに対してハーディは、のちに詳しく述べるとおり、自分の詩的言語の源を万人に共通する日常生活のなかに求める度合いがはるかに強い。

一方イギリスの詩壇は、今世紀の第二次世界大戦の前夜あたりからラーキンの言う「トランセンデンタル」な技法からの離脱傾向を示し始めていた。そして一九三〇年代以降の英詩壇の傾向についてアルヴァレイスが「実験的英詩運動が、あのように思いがけなく乱してしまった英詩の流れのバランスを是正することこそ、この時期の英詩の運動の全てであった」（Alvarez 21）と語るとき、同時にこの新しい流れの源がハーディであることも示唆されていると言えよう。

外見上の精神の狭隘さ

ある見方からすれば、これは「現代化」どころか、保守化であり、退嬰現象だと言わざるを得ないかも知れない。実際、先にもちらりと触れた、二〇世紀後半におけるハーディへの文学史的な重要性を決定づけた名著である詩人ドナルド・デイヴィの『トマス・ハーディと英国詩』（一九七二）は、そもそもハーディが英国現代詩にもたらした「外見上のみすぼらしさ」をその主題としている。この書物をここで少し詳しく吟味して、いかなる点でハーディが現代イギリスで見直されたのか、またそれはなぜかを考えてみたい。

デイヴィは「イントロダクション」の冒頭からこう書く——

> 過去五〇年間の…英国詩において最も遠くまで影響を及ぼしたのは、その善悪は別にして、イェーツではなく、ましてエリオットでもなく、またロレンスでもなくて、ハーディである。(3)

しかしデイヴィも、この「善悪は別にして」と言う部分を、ハーディの影響がもたらした今日のイギリス詩の外見上のみすぼらしさについてのみ、いわば修辞的に使っているとしか思えないのである。なぜかと言えばデイヴィは、現代イギリス詩の「外見上の精神のみすぼらしさ（an apparent meanness）、苦しいばかりの意図の慎ましやかさ（a painful modesty）、極度に狭い目的意識（limited objectives）」（Davie **11**）をハーディの遺産の一部と見れば、このような現代詩の特徴も理解可能な場へと納まると述べ、すぐあとには、「ハーディとその後継者は、他の詩人たちがなおも好き放題にしている気ままな手法を、自分たちには厳しく制限した点で正しくはなかったろうか？ハーディ的な詩人の模範を前にしては、これらの他の詩人たちの幾人かが、子供っぽいほど無責任に見えはしないか」（Davie **12**）と述べているからである。

科学等への「真実性」のある対応

どうしてここで「無責任」という言葉が出てくるのであろうか？　デイヴィは確かに、二〇世紀自然科学、科学技術、政治上の偏向を廃したリベラリズムなどに対するハーディの「真実性」のある対応を念頭に置いて、それと対照される二〇世紀文人の態度に対してこの言葉を語っている。しかし、いましがたの引用に対して、私たちが賛意を感じるには、デイヴィのこの考え方の根源、おそらくは無意識のままの根源にあると思われる、ハーディの持つ重要な現代性が、この引用の言葉によって浮かび上がるからである。それは、永らくハーディがペシミストの符丁を貼られて蔑視されてきたまさにその属性こそが、彼を現代的と感じさせ、彼に外見上狭隘な精神を抱かせ、慎ましやかに、小粒な人生描写に集中させているのではないかということなのである。

慣習的イメジへの依存度の軽微さ

確かに現代イギリス詩人のハーディ的伝統への回帰には、「イギリス人の常識性」（Ward '91 ch. 7）というようなローカルな要素も絡んでいるだろう。しかし同時に、より本質的な要因もまた大きな役割をこのために演じてきたと思われる。第一に、ハーディの詩群は今日の詩人がついに別れを告げざるを得なくなったたぐいの過去の文化に、ほとんど依存していなかったことが考えられる。このことのなかにはデイヴィや、右引用のJ・P・ウォードが示唆するような、庶民を題材にし、かつ政治経済・科学や技術を扱うときにも、議論ではなく、人間的感覚でもって歌うというハーディの特性も含まれる。

そしてまた同時に、彼の詩は根元的なかたちで、キリスト教の周辺にヨーロッパの過去の文化が織り上げた複雑なシンボルや神話、および、多少なりともこの種のイメジ源と関係する観念体系などのうえには構築されていないということも含まれよう。これは小規模な比喩のうえでもキリスト教へのアリュージョンを彼が用いないという意味ではない。それは多用されている。しかしこの種のイメジ源を彼が利用するとしても、それはたとえば「海峡艦砲射撃」(247)で大砲の音を最後の審判日のラッパと間違えて墓のなかで起きあがる死者たちのように、あるいはそのあとに出てくる、くだけた口語を使い、「ハ、ハ」と声をたてて笑う〈神〉のように、およそ伝統的なシリアスなイメジではなく、風刺化され、日常の平面にまで降下させられたキリスト教関連イメジである。そうでない場合には、のちに触れるとおり、この種の比喩類は倒立されたネガティヴなかたちで利用される。

キリスト教文化の過去化

こんにち、過去のキリスト教文化のイメジやシンボルを、詩のかもしだす良き〈曖昧〉の大いなる源泉として用いるのがもはや困難でもあり、かつ「無責任」でもあると、イギリスの詩人は本能的に感じたのではないだろうか？　こうした技法の受容のためには、キリスト教文化への高度の理解と、ある程度のコミットメント、そうではなくてもその文化に魅了された経験を持つ読者が相当数いなくてはならない。二〇世紀半ばにおいてもトム・ガンの「キリストとその母（Jesus and his Mother）」のようにごく基本的なキリスト教伝承に依拠する作品も見られるとはいえ、むしろラーキンの「教会へゆくこと（Church Going）」のように、教会のなかに立つことを好ましく思い、思考をめぐらすために何度も教会に立ち寄りながら、自分が何をそこに求めているのかに戸惑い、行く末その建物が何に使われるのかを考え、その建物をかび臭くてやがては朽ちゆくものと見ている（そしてそれを象徴としても使っている）感覚のほうが、はるかに現代の読者に受け容れられやすいであろう。このラーキンと同じ程度に、ハーディの詩は、この意味で現代的基盤のうえに立っている。

自然科学の説く世界像

ハーディの詩が現代的基盤のうえに立っていると言えるもうひとつの理由は、二〇世紀後半あたりからほぼすべての知識人が受け容れざるを得なくなった、現代自然科学の説く世界像と、数次にわたる大規模かつ残虐な世界大戦・地域大戦がもたらした人間像とまったく矛盾しない世界像・人間像をハーディが呈示していたことである。先にも別の言い方で触れたが、彼の世界像を指してペシミズムという語がしばしば使われてきた理由のひとつは、なおも文芸批評の主流が、西欧文化の根幹を成してきたキリスト教の価値観にきわめて類似したものの見方をしてきたからであろう。「兆しを求める者」(30)の終わりの言葉は「倒れれば人は立たない（When a man falls he lies）」である。霊魂の不滅の可能性を、何らかのかたちで閉ざさないでおくということがキリスト教文化にとって最重要なことであった。言うまでもなくテニソンの『イン・メモリアム』が名作の名をほしいままにしたのはこの理由に負うところが大きい。いや宗教ではなくとも、ロマン派的な意味での魂の永生不滅を歌ったものは高い評価を受けた。これらはペシミズムの対極にある作品である。逆にクラフが、キリストの復活を否定する長詩『ダイサイカス』についてあれほど公表をためらい、死後の出版に備えるようにその内容を自ら覆す内容の反歌を用意しておいたのも同じ理由による（クラフは『ダイサイカス』において、キリストの復活を否定するとともに、人の霊魂不滅も否定したと言ってよかろう）。ハーディの上記「兆しを求める者」は、このクラフの書き直し（他のところでも述べているとおり、他の多くの先行作品の書き直しでもあるが）をしていると言える。この自然科学の真理を全面的に認めた作品や、これと類似したハーディのいわゆる〈哲学詩〉がペシミズムの烙印を押された理由は永生不滅を否定したからである。

人類の〈自己への大逆罪〉

またさらに人間の残虐な本性、とりわけその表れとしての戦争についてもハーディは容赦なく描いた。まだ彼がボーア戦争にさえ遭遇していなかったころの第一詩集の作品「サン・セバスチャン」(21)では、戦時にうら若い少女を犯した軍曹が、戦後その罪の意識に悩む。これは二〇世紀も終わりがけに、アフガン侵攻の残虐な戦闘行為を経験した多くのソ連兵が、帰還後陥った深刻な精神不安定（アフガン症候群）を先取りした、戦争悪の描写である。またボーア戦争を批判した多数の作品は、人類史上でも早い時期の反戦詩と言える。第一次大戦も深刻な打撃を彼に与えた。当時のイギリスの思想風土からして、愛国歌の要素の強い「行進し　戦場に去る俺たち」(493)が有名になってしまったけれども、このあとに並べられた戦争関連詩は今日なお反戦詩として価値のあるものがほとんどすべてを占める。しかしそれ以上に彼の第一次大戦批判は、あまり知られていない第六詩集の二作品に見られる。「全能の力の働きによって」(524)は戦後の平和そのものが、人間の残虐性が内包する戦争の新たな種であると歌い（これは予言として残念ながら的中）、「新年を迎える方式」(597)は、暗い秘密（戦争）があるから、新年よ、来るなと叫ぶ歌である。ともに人類への批判・絶望を歌った作品と言える。そのうえ、まったく知られていない拾遺詩中の「時代に対して打ちならす鐘」(939)は、第一次大戦が芸術の軽視まで引き起こしたことを歌って、文化上の戦争悪まで描いている。

新たな戦争の予見

また最終詩集の巻頭に近い「真夜中に考えること」(817)は、「暗いかげのような死神が私を待ちうけるいま」人類は私を仰天させると歌い始め、恐ろしいのは人類の卑劣のせいでも不道徳のせいでもなく、それら数々の〈君〉（＝人類）の欠点に加えて

恐ろしいのは　君が狂おしさを持っているからだ（中略）
無分別と〈予見性の欠如〉に導かれて（中略）非理性と
〈自己への大逆罪〉とに落ち込んで

ゆくからだと断じ、

ああ、何たることだ、神が存在して君を眺めてほしいものだ
君に慈悲を垂れてほしいものだ

と結ぶ。神不在のまま、人類はしたい放題に放置され、自己破滅に向かっているという、詩人の予言めいたこの詩のこの結末は、詩集巻末から二つ目の「我らはいま終末に近づいている」(918)によってさらに補強される。すなわちここでは、理性を用いて人類を良き方向に導くなんて幻想はすでに終末を迎えてしまったとして、さらには、国々がやがて新たな世界大戦を戦うことが予見できる、と一九二七年ころの状況を見て歌うのである——

我らはまた知っている、国々が歩兵と騎兵で攻め入って
隣国の文化遺産を荒廃へと追い込むわざに取りかかり
美しい山河をうち砕き、うみただれた傷跡を残すのを見るとき
国々が再び同じわざを繰り返すだろうことを　我らは知っている
そうだとも。我らは夢の終末に近づいている!

架空の理想世界描出の拒否

ところで西欧文学は、〈現代〉という悪しき現実を弾劾する際に、〈現代〉を凌駕する良きものが、過去・未来・遠方のいずれかに存在する可能性があるとして、その理想像の文学的イメジをそこへ投影してみせる伝統をうち立ててきた。原始信奉（プリミティヴィズム）、牧歌（パストラル）、ユートピア思想、未来小説などはいずれもこうした理想像投影の型として用いられることがあった。ハーディは詩集のなかで現状と〈現代〉とを明らかに非難して、なおかつ人生を強く肯定する作品を描こうとしたのであったが、彼は上記のような伝統的方法をまったく採用しようとしない。いわば遠方の非現実、あるいは空想としての美の姿、宗教やその代替物の願望成就型の幻想などを理想のかたちとして、人間の日常性を超越して見せるということが、少なくとも詩人ハーディにはできなかった。また、いまひとつの文学上の伝統として、悪としての現状を低次のリアリティに過ぎないとして斥け、詩のなかにのみ存在する高次のリアリティを巧みに演出する詩作法も存在する（ブレイクやT・S・エリオットの魅力はこの点にもある）。しかし、一部の詩歌愛好家にはこの点ハーディは物足りないであろうが、彼はまったくこの方法に近づこうとさえしていない。彼には亡霊詩が多いにもかかわらず、本質的にはけっして幻視者になってみせはしなかった。これらふたつのこだわり——遠方への理想の投影と高次リアリティの設定を、ふたつながらしなかったこと——が、実は彼の現代作家らしさと大いに関係があると思われるのである。

下位の現実を締め出さず

ハーディの場合、基本的認識のうえでその世界観・人間観が、上記のとおり、現代二一世紀の私たちのそれにきわめて似ていただけではなく、彼が人生の良きかたちを描く、いわば詩的リアリティを打ち出すその過程のなかへ、下位にある私たちの現実、身の近くに存在し、詩の外へ出ても見いだされる現実をそっくりそのまま取り入れる点で現代的と言えるのである。下位の現実は「生における死」として「実存」の幻に従属させられはしない。「あの月を締め出せ」(164)の最終連に歌うように「むさくるしい粗《あら》ばかりを　あからさまに明るみに出し」ながら、また「ありきたりの部屋に」あらゆる思いを幽閉しながら、なお人生

の美しさを描こうとするのである。こうした〈下位の現実〉は、より高次な（意味のある）人生の瞬間がそのなかで展開される場として、作品のなかに厳然と存在を続ける。これは受容されるなどという、作者の不承不承の選択を経たかたちではなく、逃れることのできない、人間のための定められた枠組みとして、そこに現にあるとされている。万人の歌を歌うという言い方が本書のなかで何度か用いられようが、詩を読み終わった瞬間に同じようなことが読者の、いわば「むさくるしい」現実のなかについ先ほど生じていたことに思い当たるのである。すばらしいことが起こった日に夕暮れの道を歩くと、他の人々は平凡な一日を過ごしたらしく、月を眺めて「もうじき半月だなあ」などと言っている（「彼女を見初めた日の夕方」(361)——このような詩は今日の私大の英文科の学生にも、声をあげて喜ばれる。

現実の逃れ難さ

この、〈時〉と物理的世界とによって定められた現実の逃れ難さ、その現実こそが人間の活動の起点であり終結点だという現代感覚を如実に表明したのが巻頭詩「仮のものこそ　世のすべて」(2)である。そこでは、ひとときの間に合わせのつもりで（より良いものの到来を夢見て）一応受け容れておいたにすぎない友人や女、住居や自己の仕事が、そのまま実人生であり、それを超えるものは実は存在に至らなかったことが歌われる（詳しくは次章参照）。のちに詳しく示すとおり、ハーディがロマン派詩人を愛していながら、自らは意識的にロマン派を離れることを詩にまで歌ったのもこの現実感覚によるものである。詩劇『コーンウォール王妃の高名な悲劇』の制作にあたって、トリスタンとイゾルデの主題を扱うときにさえ、自分の敬愛するスウィンバーンのようには恋愛讃美の主題を追わず、夫の不倫に悩む〈白い手のイスールト〉（〈ブリタニーのイゾルデ〉）にも、恋愛讃美劇なら絶対的なヒロインとなるはずの金髪のイスールト（コーンウォール王妃）に劣らない、大きな比重を与えて描いたところにも、この感覚が見られる。

新たな詩作原理の方向性

さてハーディが現代的である意味合いを、いくつか指摘してみた。もしこれらだけが詩作の基盤であるならば、それはかならずしも作品の積極的な長所とはならない。いやむしろハーディは、当時の詩人が頼ることのできた伝統的なイメジャリの源泉をいくつも失ったことになるわけだから、自分が斥けた源泉に替わるものを見いださなくては、実作上大きな困難に見舞われることになる。ハーディはどのような方向に新たな詩作の原理を見出していったのであろうか。そしてこの方向性の妥当性こそが彼を真に〈現代的〉な詩人にすることになるのは、論理からして当然であろう。これを指摘するのは難しく、本来はシンポジアムなどで意見を出し合うべき問題である。しかし著者としては、いくつかの点を指摘してご批判を仰ぎたいと思う。そして著者はここにそれを指摘するだけではなく、以下の諸章でその具体的な成り行きを説明したいと思う。

白昼夢の否定

方向性のひとつは人間がかつて描いてきたありとあらゆる白昼夢の否定である。否定ではあっても、白昼夢を自己の作品のなかに、本歌採りをしたり、パロディ化したり風刺したりするのであるから、自己の新しい世界観・人間観を表明するためには、これは優れた詩法となりえたのである。なぜならこれは、かつての白昼夢に付随していたあらゆるイメジャリを用いることができるからである。通常なら幻想の否定、美や理想の夢想的根拠の否定などは、夢のように美しく理想的な世界を作品のなかに繰り広げることを使命としてきた詩人というものにとっては、甚だしく扱いにくい主題であったろう。しかしハーディは、このいわば否定の詩学を、愛についてはメレディスから、そして神や自然についてはアーノルド、スウィンバーン、クラフから、大いに学ぶことができた。特にアーノルドからの継承は著しく、のちに章を改めて詳しく検討するとおり、彼はアーノルド自身に劣らず、「ふたつの世界で揺れ動く」西欧文化の変わり目を代表する作品を数多く書くことになった。しかしまずここでは、「女相続人と建築家」(49)について、上記の詩法はどういうことであるかを示したい。女相続人が建築家に自宅の設計を依頼しに訪れる。美しい建物の装飾、花の香りと蜜蜂の飛行、鳥の声と海の音などの入ってくる家を希望する女に対し、建築家はその希望のすべてを斥けて、冬の寒気を防ぐ壁のみを推奨する。女の望む明るい開口部も、恋人と愛を語らう場も彼は拒絶し、女の最後の願いであるロマンティックでゴシック的な螺旋階段つきの小塔も拒む。その理由は、将来、注文主の遺体を螺旋階段では降ろせないからである。もちろんこの詩は、甘美な夢を持って結婚する女が、しだいに散文的な夫婦生活に直面する話としても読めるし、ロマン派が〈現代〉によって斥けられる姿としても解釈できる（後者については第Ⅱ部第一章参照）。しかしいま注目すべきことは、このストーリーの進行にあたって、建築家が世界の支配者の位置に置かれ、女が、人類の思い描いてきたありとあらゆる夢想・幻想の所有者の位置に置かれるというトリックが用いられていることである。

首席設計者と人間

すなわち建築家は、この詩に初めて登場するときに「首席設計者（An arch-designer）」という表現で示されている。

いくつかの仕事部屋を探し、彼女は首席設計者を
そばへと　招き寄せた、建築する計画を持っていたからだ

この原語“arch-designer”の選択が全篇を支配する——すなわちこれは“archangel”“archenemy”などの連想から、そしてまた一八世紀理神論的な〈世界の設計者〉（すなわち神）としての“designer”の意味から、当然、超人間的建築者をイメジとして浮かび上がらせる。そのあとに出る“plan”という語もまた、一八世紀のニュートン的な自然神学の〈神による世界の設計〉を連想させる。また女は“build”するつもりでいるが、〈住居建設〉のほかに、〈人生の構築〉の意味もまたここに生じている。ハーディ的な〈神〉と、甘美な幻想しか持ち得ない人間との対話として、第二連以下が読まれてよい状況がこうしてほのめかされる。そして一五〜二一行目にばらまかれる「旅する蜜蜂」「海原の歌唱」「西風の歌（zephyr's call）」などの、自然の美を描く際の陳腐な用語の連続は、人間がつねに思い描いてきた幻想に支配される人物というアレゴリー的性格をヒロインに与える。最後には「私

がひとりで嘆くことができる屋根裏に通じる小塔」という、ゴシック・ロマンス的美学も甘い白昼夢として否定される。これらはハーディが、かつてのイギリス詩の伝統のなかにあった甘美なイメジをいかに逆用しているかの好例である。なおこの「女相続人と建築家」(49)が詞華集やハーディ詩選集に採録されることが少ないのは、奇妙な現象だと思われる。

非伝統的な教会の映像

もうひとつ「彼女のジレンマ」(12)を取り上げてみよう。暗い教会のなかで、死に瀕した病人が〈彼女〉に向かって「愛している」と言ってくれと懇願する。彼が生きながらえるかどうかは彼女の返事次第だと思われたので、彼女は、愛してもいない男にたいして愛していると嘘を吐く。偽りの愛の言葉を与える方が善なのか、虚偽を排するのが善なのかという、キリスト教による返答の期待できない道徳的ジレンマに陥る女が、男と会うために選んだ場所が教会だった。その教会は「太陽の射さない教会」で、その壁は「白黴が生えた」状態、敷石は「でこぼこ」、すり減った彫り物細工は「考古学的研究さえ寄せつけない」、座席のけし飾りは「虫に食われて」いる。この間、時計が「鈍い単調な」音を刻んでいる。このように教会が人にもたらすことのできる暖かい救済とは正反対のイメジャリが重ねられて、教会やキリスト教、あるいはそれに随伴する旧来の〈自然〉像にたいして人類が描いてきた幻想、一種の美しい夢の否定をこの詩はほのめかす（詩の最後では女は、こんな世界の成り立ちをもたらす〈自然〉を恨んでいる）。そのためにこれらの表現はますます暗い映像を投射し、これらの言葉の対極にあるはずの明るい、伝統的な教会の映像までの距離が増幅される。いわば〈本歌〉としての伝統的、キリスト教的映像が、一種のパロディと言うべき反意語的映像によって批判されながら浮かび上がる。ハーディの詩的言語の特徴のひとつがはっきりと見られる作品である。

〈自然〉のイメジャリの転用

ハーディには、これまで無視されてきた秀作「私の外部の〈自然〉に」(37)という作品がある。これについてはハーディのロマン主義離れを論じる際に改めて詳しく述べるが、ここでは旧来のイメジャリの転用についてのみ目を向けたい。この詩はその全体がロマン派詩歌のパロディである。最後まで読めば、時代によって自然の〈慈愛〉の概念も、〈神秘〉の概念も、〈神の設計〉の概念も消え失せたことを歌う作品だと判る。しかし一行目の「私がむかし思い描いたようなあなたの姿を見せて下さい」という〈自然〉へ向かっての懇願は、〈若い魂には見えて、年を経るにつれて見えなくなる自然美（または自然美の背後の神の設計）〉という、ロマン派詩人に何度も使われたテーマ、いやそれまでにも原初の完全無欠からの堕落というプラトニズム的主題のハーディ版に見える。しかしやがてこれは、時代の進行によって自然観が変化したことを歌っていることが判明する。また「神秘の兆しを　探し歩いて／〈愛〉だけがあなたを作り上げた」のだということを疑わなかった自分を悲しむ部分は、個人の心の堕落を歌っているように（つまりロマン派的に）歌いつつ、これもパロディ的に一八、一九世紀の自然観の崩壊を歌うのである。自然は、人々が「宝と思う嬉しいことども」、つまり世をこともなく治めてくれる神の摂理を

「説き明かす手段」だったと歌うのも、一六世紀以来英文学を支配してきた、〈神の与えた（聖書に次ぐ）第二の書物〉、神の設計と意図の図解としての自然像を指している。第一、第二連で繰り返して“wrought”を用いて〈愛の設計した自然〉像を語るのも同じく旧来の自然観の呈示である。これらもまた心清らかであったころの自己を描く（もしそうなら従来型の作品になる）ようにみせかけて、個人の心の持ちようとは無関係に、否定されざるをえない考え方であることがのちに示されるわけである。このあとのワーズワス離れを歌った部分の詳細は、第二章での扱いに譲るが、まったく従来型の、パターンどおりの歌を歌うとみせてまったく新しい内容を盛り込む手法、パロディとも本歌採りともパリンプセストとも言えるこの書き直し（ここでもまた過去の白昼夢とされる旧型自然観を利用するのだが）がハーディの詩法の大きな部分を成すのである。

宇宙の無目的性と宗教的イメジの逆用

さらにひとつ、「〈自然〉の質問」（43）の一部分を例にとりたい。この詩では、野面、池などの自然物が「どうして我われはここにいるのか判らない」と宇宙のパターンの無目的性を嘆くように語ったあと、

我われは　いまや脳と眼がなくなっちゃった
下向きに死んで行く〈神の頭部〉の、なお生きている残骸ですか？
(. . . are we live remains
Of Godhead dying downwards, brain and eye now gone ?)

と語り手に問いかける。三位一体の神そのものを表す“Godhead”は、あわれにも〈頭部〉の意味のほうへと急降下している。イメジとして、自然界の風景が、脳が腐乱し眼もなくなった巨大な神の頭部として、明らかに冒瀆的に描かれている。これもまた旧来の世界観・自然観の幻想性を、宗教離れの主題に絡ませて、伝統的用語を異なった意味に用いて歌ったものと言えよう。上記のようにすでに読者の心に一定の反応を生じさせるイメジを正反対の立場から、倒立させたかたちで用いる方法は、詩の主題が〈自然〉にまつわって現れるとき、もっとも顕著な価値を示す。それは彼のロマン派離れを示す第二章で詳しく述べたい。

三つの時制で事物を綿密に観察

さてハーディの新たな詩作の原理を指摘しようとしてきたわけだが、次にあげるべき彼の方法は、従来のものの見方を放棄したうえでの、独特の心の眼による外界の事物の綿密な観察である。いわばこれは古典的あるいは宗教的アリュージョンや常套句の書き換えといった、伝統的な手法の現代版を示す方向とは違って、みずから新しい比喩的言語を作ってゆく作業だから、ハーディといえども全作品についてこれを試みているわけではけっしてない。しかしかなりの数に上る優れた作品ではこれは成功裏に試みられている。そしてこのことを考える場合に、F・L・ルーカスがハーディの時間感覚について言っている言葉が大いに参考になろう。ルーカスは、ハーディはどんな平凡なものを（現在の姿として）見ても、その過去の姿、未来の姿を同時

に見てしまうと言うのである——「彼は本能的に、ちょうど三次元で空間を見るように三つの時制で事物を見る」（Gibson, J. & Johnson, T. 132）。ハーディは確かに宗教もロマンティシズムをも自己の詩の言語体系に持ち込むことができなくなった作家だったが、替わりに、ルーカスによれば、宗教が与えることのできなくなった慰めを、この世界を詩的に見ることのなかに、自分もまた読者も見出すことができると考えた詩人だというのである。この時間上の三次元感覚による人間への観察は、叙情を伴って真実を語っている場合が多い。ここでは一例のみを挙げよう。人の行為は小さげに見えても、ひとたび為されれば大きな因果を呼ぶという観察が「会うべきか否か」（251）では次の三行に現れる——

神も悪魔も　人がひとたび為したことを無に帰することはできない
　見られたものを見なかったことにはできない
鳴り終わった音楽を　始まらなかったものにはできない

人が必死で選択した小さな行為、これはみな鳴り終わった音楽だとする叙情がここにはある。この詩では女に会うかどうかを男が考えている。この選択は巨大なものに見えるが、墓に入ったあとでは「その差異にどれだけの重みがあると言うのか？」とも男は考える。しかしこの世（「この常闇の　拷問の藪」）では楽しみを得たい。どんな短い逢瀬からも何かが得られるだろう、「その〈何か〉はすでに存在したものとなるだろう（It will have been）」。そして上の引用が続く。人の行為はその因果を呼ぶだけではなく、それ自体がこの世に実存したものとして存続し続ける。この思念はのちの「絶対が説明する」（722）でより説得力を持って登場するものである。人間のやることへの意味づけを探求することのなかにこそ、ハーディの現代詩人らしさがあると言えよう。

第二章　ハーディとロマン派の書き直し

――「仮のものこそ」「兆しの探求者」など

ハーディとロマン派

ハーディは一八八〇年の終わりごろ、筆記帳に「ロマンティシズムは人間性自体が存続する限り、人間性のなかに存続するだろう」(Life 147) と記している。また彼は自己の世界観と自然観の劇的転換を経ながらも、ロマン派詩人たちへの敬意を生涯失わなかった。詩をとってみても「ある休日の瞑想」(570)のなかで、訪問したい場所の候補（それらは、文学に理解のない現代に訪れても虚しい場所とされるけれども、と当世を嘆きつつ）には、ワーズワス、ロバート・バーンズ、シェリー、バイロンなどのロマン派詩人と連想のある地点が持ち出される。「ある拒絶」(778)のなかでは、ウェストミンスター大聖堂司祭長が、〈詩人コーナー〉にバイロンを祀るのを（そして無神論を唱えたシェリーの合祀まで求められそうになるのを）拒絶したことに抗議している。「ハムステッドの　とある家にて」(530)と「一世紀以前のラルワース湾にて」(556)では、ともにキーツへの愛惜の念が主題とされている。同じく「ローマ――シェリーとキーツの墓地近辺のチェスティウスのピラミッドにて」(71)では、キーツへの敬愛のあまり、その墓地の道標としてしか今日では意味がなくなったとして古代の執政官のピラミッドが蔑まれる。「シェリーのひばり」(66)も、シェリーが不滅の鳥とした雲雀への賞賛に満ちた作品である。

美と永遠性の象徴が生物的羽毛と骨に

しかしこの雲雀は、いつかある日、羽毛と骨の小さな塊として地に落ちたにちがいないとハーディは歌い、永遠の美のシンボルとしての雲雀と、「告別の笛を吹いた」あと、実際には塵と化した生物学的ヒバリに分解する。ロマン派への愛着と敬意はそのままに、〈現在〉の詩人としての現実の認識は欠かさないことの表明のように聞こえるのである。ロマン派はこの鳥自体を（地上の暗黒と対照的な光明の象徴として）精神化した。そして人間の願いを具現する、一種神秘的なものとして雲雀を聖別した。ハーディは鳥の遺骸であるその土、「限りなく価値ある　あのひとつまみの土」を、宝石に飾られ「金の縁取りをした」箱に「納めて」聖別を試みる。それはあくまで土塊である。立派な箱だが、土はそのなかに閉じこめられる。偉大な文学を尊ぶけれども、あくまでそれは過去の記念碑なのである。「同一の歌」(552)では、同一の美しい歌が長い年月、鳥によって受け継がれてきたことへの賛嘆のあとに、「けれども歌い手は同一の鳥ではない、／そうだ、あの鳥は滅びて土に帰ったのだ」という二行、いっしょに鳥の歌声を聞いた「あの人たち」も土に還ったという結びが来る。この詩はキーツの「ナイチンゲールの賦」第七スタンザの書き直しであると指摘されている (Bailey 452) が、永遠性というロマン派の憧れの具現者にされたこのナイチンゲールも、シェリーの雲雀も灰とされてしまった。

二〇世紀初頭のロマン派批判

ハーディは詩人としては二〇世紀初頭の人である。この二〇世紀は人びとに、現実からの、夢のような脱出をほとんど不可能にしてしまった。アーヴィング・バビットの『ルソーとロマン主義』（一九一九）や、T・E・ヒュームの『瞑想録』（一九二四）など、今世紀初頭、しかし第一次大戦後に世に出たロマン派批判から感じ取られるのは、彼らの二〇世紀人としての現実直視の姿勢であった。ヒュームが伝統と組織と秩序の効用を説くとき、その根底には、人間性は野放しにされれば混沌と無法を招くという認識がある。言い換えれば、あの一八世紀以降の西欧的観念、人間の〈完全到達可能性（Perfectibility）〉や〈進歩〉（Progress）の観念への幻滅である。また、個々人の、日常の限界を超える可能性への信仰も否定された。彼のロマン派的思考についての定義は、次の言葉で締めくくられている（そして引用中の〈進歩〉は大文字で始められている。もちろんヒュームはこうしたロマンティシズムを是認しはしない）――「人間、個々人は可能性の無限の貯蔵庫である。そしてもし、圧制による〈秩序〉を破壊することによって、社会をそれに相応しく再構築できるならば、そのときこれらの可能性は機会を得て、〈進歩〉が生じるであろう」(116.)。つまりヒュームは、ロマン派は上記のように考えたが、しかしこれは否定さるべき過去の感性に過ぎない、と主張するのである。ここでは一八・九世紀の主流的楽観思想としての進歩主義をすでに過去の遺物と見ている。二〇世紀が終わってしまったこんにち、二〇世紀初頭におけるこの〈進歩〉思想への批判は、やがて典型的に二〇世紀的な〈ものの感じ方〉になってしまう、あの〈人間性への幻滅〉の先取りであったとしか言いようがない。同様に、ロマン派の幻想性のすべてを分析し、激しい長文の批判を書き連ねたバビットも、一八世紀のルソー的な考え――人は文明化されることによって、また無意識的・本能的自己の上に人道的・宗教的教義を課することによって、善性喪失を被った――を批判し(194)、ワーズワスを「人は同胞との触れ合いからではなく、〈森や小川〉によって教育されると我々に信じさせようとした」(195)として斥け、一九世紀の進歩主義についても「この世紀は、すべての世紀のなかでもっとも驚異の念に満ちていながら、もっとも賢明さに欠けていた世紀であったと見なされる可能性が高い。この時代の人々は…驚嘆することに忙しくて、賢明であるいとまが、どうやらなかったらしい」(227)という一文で一蹴する。彼の精神は二〇世紀的な脱ロマン派感覚で溢れている。

ハーディのロマン派離れ

ハーディとロマン派との関係、ないしはこの両者の懸隔を問題にする意味があるとすれば、それはとりもなおさず、上記のような、一九二〇年前後のロマン派批判の先取りとしての作家像が、ハーディの特に初期四詩集（一八九八―一九一四）のなかにはっきりと見て取ることができるからにほかならない。しかしただ単にハーディが、ロマン派批判のいわば論客的な詩人として新しい時代を代表していたというだけであれば、彼の独自性は消えてなくなるであろう。むしろハーディの場合には小説家としても詩人としても、生来、現実を離れた理想的な美の支配する世界に遊びたいのである。いや、美の世界だけではなくすべての事物にかんして、現実の持つ限界を何らかの方法で超えることができる一抹の可能性を、つねに信じていたいという精神構造を彼は持っている。ごくありふれた、友人選びとか恋愛とか職選びとか、身近な問題についても彼はできるだけ多様な可能性の温存を図る。ロマン派ふうな志向は、人一倍強いと言うべきであろう。

　このようなハーディが、社会・個人双方の意味での可能性への信仰を理性によって否定されたとき、彼の文学はどのようなかたちを取って行くことになったのだろうか。ハーディについてのロマン主義の問題は、ロマン派的志向を不可能にされた時代のロマン主義者が辿ることとなった道筋と、そこから誕生した作品の性格を探る問題になってゆくのである。

全詩の基調を示す冒頭作品

まず第一詩集の巻頭詩「仮のものこそ　世のすべて」(2)をみるなら、彼の全詩の基調を示す人間観がここに表れているのが読み取れるであろう。これは甘美なるロマンチシズムによる自己の可能性信仰は誤りであったと歌う詩である。第一詩集には一七篇の一八六〇年代制作と記された作品があり、そのうち一五篇がほぼ巻頭に納められている。しかしこの巻頭詩そのものには年代の記入がない。つまり、選び抜かれてこれはわざわざ巻頭に置かれたことは間違いない。常套的な、優しく甘い詩文と感じられる語句がどこにも用いられず、非伝統的で生硬難解な用語ばかりが目立つこの作品を冒頭に掲げることによって、ハーディは、いわば詩人としての出発点に立って、ロマン派離れを宣言する。

可能性には際限がないか？

第一連は、自分の意志によって選んだわけではない人物へとたまたま近づけられ、〈変化と機会〉の百花繚乱（偶然に生じた、青春時代の多様多彩な人生行路）が「互いの遊離にもかかわらず／ふたりを友情のなかに融合させた（despite divergence, /Fused us in friendship）」ことを歌う。このような思いがけない組み合わせの語による頭韻のおびただしさも、甘美とは正反対の硬さを感じさせる。第二連では、自分の夢を豊かに実らせてくれる理想的友人（the rich fulfiller of my prevision）の出現までは、こうして偶然出逢った友人を当座の〈間に合わせ〉と考えておこうとした語り手が、

「人生はまだ長い、可能性には際限がない」
と　ぼくはひとりで議論した

これと同じように第三連では、「ぼくが予知している驚異の女」の到来までの、美人ではないが手頃な女を仮の恋人に仕立て、第四連では見事な家を建てるまでの仮住まいとしてのむさくるしい住居を描く。第五連では将来は自分のライフワークを世に送ることにして、今はまだ折節に、目標を目指す程度で十分と思って、この理想主義者の語り手が仮のものに満足していた様子が歌われる。

「仮のもの」こそ人生のすべて

だが最終連では、人生の展開は、ロマンティックな夢を実現してはくれず、実際に実現した、ある一時《いっとき》には「仮のもの」と考えていた

ものこそ生涯のすべてなのだと歌われる——

日ならずしてより良きものになり替わるはずだった恋人を友を家を
運命も　ぼくの手による達成も　改善してはくれなかった
ぼくの地上での前進がその後に示し得たものは　ただひとつとして
あの時までに示されていたものを　決して凌ぎはしなかった！
(Sole the showance those of my onward earth-track——
Never transcended!)

若年のころには、夢の実現の公算（odds、七行目）は際限なく大きいように思われる。しかしこの詩の語り手は、この世の道筋（earth-track）を歩むうちに、地上では、かりそめのものに見えたものこそが自己に与えられるすべてであることを悟ってしまったのである。この日常性こそ我が人生であるという認識は、夢に対する幻滅であるとともに、地上的なもののすべてを認知し、我がものとして慈しむという、積極的な人生肯定の姿勢でもあることに私たちは注意したい。これこそが詩人ハーディの（理性によって表明された）基本的な人生態度である。最後の二行は、推敲以前の原稿においてはもともと「ぼくの貧弱な地上の道の　唯一の標識として　それらは／不十分な姿のまま立ちつくしている！」であった。この、現実の人生に対するやや否定的な詩句を不十分として、右の引用のように、現実を貶めつつも現実こそが最高位のものであるという詩句に彼が変更したことからも、ハーディは現実の受容という、ロマンティシズムには反する、堅実な現代的認識を巻頭に掲げたことが推論できるであろう。しかしこの受容は何の苦もなく行われたのであろうか？

開けておきたい可能性の扉

すでに古典的評論となったが、ハーディの心理機制の特徴と作品の特質との関係が盛んに論じられたことがある（Miller *Distance*: Gittings *Young*: 佐野）。それによると彼は生来、自己の可能性をつねに開かれた状態に保ちたいという心理の持ち主で、決然として現実を受け容れて多様な可能性の扉を閉じてしまうことを怖れる性格だったと指摘されている。たとえば、少年ジュードの、あるいは第八詩集の「しだの茂みのなかの幼年時代」(846)の語り手の、大人になりたくないという願望も、このような観点から心理的に説明可能とされる。このことを念頭に置くなら、右の巻頭詩に見られるような現実受容は、詩人本人にはきわめて苦痛に満ちたものと感じられたに違いない。このような場合には、ロマン派やロマン派的な詩人なら、作品のなかでこそ現実からの飛翔（逃避となることもあるが）を図るはずである。ところが自己の処女詩集の冒頭に、可能性の閉鎖と人生の限界の認知とを宣言したハーディの詩文学は、少なくとも作者の意識の表面では、このような飛翔はありえないものという認識を出発点として展開するのである。

巻頭詩の末尾の読みとり

だから巻頭詩の終結部分はきわめてアンビヴァレントである。右のようにいわば宣言はしたものの、〈現実〉を“transcend”したいという作者の本来の願望は深い嘆きのように最後の二行の倍音を奏でる。けれども

“transcend”の語義、すなわち「(人間の経験、理性、記述、信仰)の範囲、領域、理解を超越する」(*COD* 7th) からして、この二行には人の可能性の限界を熟知し、それを認容する意識が強く表出されている。また、明らかに意図的に奇異な造語“showance”の使用は、この単語と似た意味を持つノーマルな単語“appearance”を周到に忌避したことを示している。すなわち後者が含意する〈一時的な見せかけ〉というニュアンスを排除することによって、人生の行く手に夢見たくなる虚しい希望と可能性を抑制しようとしているのである。ハーディはここで、人生に現実に起こる事象、すなわち“showance”を超能力的に“transcend”することは人間にはあり得ないこととしているわけである。

現実的限界を切り裂く試み

とはいえ、人間の領域を超越することは本当にできないものだろうか?「兆しを求める者」(30)の語り手は、この問題の解答を得ようとして、自然界の不思議のさまざまを積極的に体験しようとする。この詩は描写の美しさでは、ロマン派の自然詩に劣らない。第一連では、語り手が乾季雨季の一二ヶ月を見たこと、昼と夜のさまざまな色合いと蔭を知っていること、一時間一時間が「鐘を鳴らし、もの知らぬげに」(時間ごとに時計が打刻し、人間には無関心に) 過ぎていくのを聞いたことを歌う (原文は現在形である)。第二連では朝、雨が音たてていた丘に「夕方には太陽が篝火《かがりび》を焚いているのを」、また「夏の日照りが終わったとき、眼のない霧のかんばせが」立ち上るのを眺めたことがあると言う。第三、四連では、「いかずちの刃、跳びゆく星(訳注:流星)、嵐のなかの海原の大釜」を見た、地震、火山、極地の雪原を知り、日食月食、彗星の飛来、宇宙塵、太陽の質量、惑星の運行などを学んだ、と歌う。第五連は、人間界の騒乱のすべて、死や悲しみなどは経験済みであると語る。

ロマン派的体験者の限界

しかし第六連を迎えて、世界のすべてを体験するこの、シェリーを初め多くの詩人が自己の作品の語り手として用いた〈ロマンティックな探求者〉に挫折が生ずる——

だがぼくが知りたいものは　ぼくの感覚を避けている——
　昔の予言者が語る奇跡の光景、彼らがぼんやりしていても
　向こうから与えてもらったと　巧みに人々が語る　あの兆し、
これらは　ぼくの長い期待に背いて　現れない

そして以下のスタンザで、もし墓地で死者が現れ「あれ(死)が終わりではなかった」と語ってくれたり、夢のなかの、死せる恋人のキスが朝起きてみても現実にマークを残してくれているなら、どんなに幸せかと歌う。さらに第九連は、正義をこの世にあらしめる〈神〉、またはその使いの〈記録者〉(天使)が、現場に現れてくれないことを、嘆きつつ明言する。

地上の弱者が　強者のために倒されて血を流しているとき
　もし誰か〈(天界の)記録者〉が　聖書に書いてあるとおり

そのうとましい情景のそばに飛んできて
天が悪を記し取った証として　羽根ペン一本落としてくれたなら！

霊魂不滅や神秘の〈兆し〉現れず

ところが語り手には来世の天国の予兆も、霊魂の永遠も見えてこない。彼は棺桶に寝そべってみたり、墓巡りをしたりして、死者に霊魂不滅の〈兆し〉を見せよ、来世の存在の〈徴〉を示せと呼びかけて

あえぎつつ　待ってみた。だが　だれも答えない
どんな予告もささやきも　かすかにさえ現れず、
ぼくの限界を切り裂いてはくれない。
〈不可知〉が黙り込んでこう思う、倒れれば人は立たぬ、と。

〈不可知〉は“agnosticism”（懐疑論）という当時評判の悪かった一語を避けて、“Nescience”で表されている。懐疑論を弄しているのではなく、死後の世界が判らないことをこの語で表しているんだと言わんばかりである。しかし語り手は、死こそは人の終わりであると考え込まずにはいられなくなってしまう。

テニスン、シェリーに似て非なり

この詩はロマン派やヴィクトリア朝詩人の作品のパリンプセスト、つまり書き直しである。第一〇連には「恍惚に似た確信の高みに至って」こうしたことの証を感じ、見ることができると言う人がいる、という部分がある。こうした人の一人は『イン・メモリアム』第九五歌のテニスンである。霊魂の不死、来世の存在を感じ、そして見たテニスンと同じ問題を歌いつつ、「しかし結論は正反対である」(Bailey 84)。またシェリーの『アラスター』の書き直しでもある。『アラスター』のなかの火山、荒海、星ぼしなど自然界の全領域の体験や、同じく“I have made my bed/ In charnels and on coffins”という部分など、ハーディはおそらく念頭に置いてこの作品を書いたであろう。そしてシェリー的な放浪者・〈ロマンティックな探求者〉と異なって、この場合もハーディの結論は正反対である。何ひとつ、自然界で神秘には遭遇しないのである。逆に彼が遭遇するのは、至るところ自然科学の法則の支配である。『ウェセックス詩集』の初版では、この作品の上部に、彗星の君臨する夜空が暗黒の世界を覆う姿を示す、ハーディ自身の絵が添えられている。

非ロマン派的な自然科学の受容

実際天文学に関する表象は、自然科学の真理のシンボルである。自然科学が描く世界像の外辺には、広漠たる宇宙がある。なるほど宇宙の広大と恒久は、かつては小さな人間の憧憬の対象であった。一八世紀自然詩には、エドワード・ヤングをはじめ、ロマン派の先駆的表現のひとつとして星の世界への憧れがしばしば登場する。またハーディ自身も『遥か群衆を離れて』第二章の星空の描写において、宇宙の広大と永久性に惑溺しそうになるロマンティックな感性をいったんはあらわにする。しかし彼はその場合にも、自分の知性によって矮小な人間的現実のほうへ意識を引き戻していることは、この章を詳細

に読めば明白である。『ウェセックス詩集』の場合にも、〈宇宙〉はあまりにも広大で、それゆえに荒漠として人間性を排除するものとされる。夢のなかで語り手が歩む天空では「〈夜〉さえも、このように華やかな天体を畏怖するかのように／白々としてしまう」——それほど光輝の威力は強い。〈夜〉ですら怖れるこの天空を人が怖れないはずがない。語り手は、自分の恋人が〈地球上の遠方〉に居るに過ぎず、「あの寡黙にして荒涼たる〈宇宙〉に閉ざされて」いるのではないことに感謝の気持ちを抱く。替って第二詩集所載の「月食に際して」(79)では、月食の月面の上に地球の姿が自然科学的に映し出される。人間の争いも美女も、宇宙空間でみればこれほどまでに矮小なものなのか。

慈愛も悪意も世の原理じゃない

〈神の消失〉を扱った第五章でも触れるように、「偶然なる運命」(4)は、この荒漠たる宇宙のなかに、善意であれ悪意であれ、首尾一貫した意志と設計とをもって宇宙を統括する神的存在は実は存在していないのだと歌っている。〈目の霞んだこれらの運命屋ども〉と呼ばれる〈時〉と〈偶然〉のみが、この世の支配原理であり、人の希求を理解する〈理知的存在〉は、怖れるべき者としても慈愛溢れる者としても存在しない。〈慈愛〉は神、絶対者、第一原因という次元においてのみならず、山川草木花鳥風月のかなたにも存在しない。

〈自然〉には設計と理知が欠落

「日延べ月延べ」(7)はこの種の〈偶然〉によって「常緑樹」のなかに生まれついていない鳥が「彼女」を獲得できない不条理を歌う。これは当時のイギリスの階級制度批判ではあるけれども、〈偶然〉のなせる不条理なわざという副次的テーマのひびきは大きいのである。「ある婚礼にて」(6)は「自然の無関心」という副題を持つ。真に愛し合う男女が結婚できない不条理に対して、自然の女神はただただ無関心であることが嘆かれる。「彼女のジレンマ」(12)でも、この世で〈正しく〉生きようとすれば、死に際の男に、愛していなくても愛していると〈正しくない〉ことを言わなければならない。この世のこうした矛盾を語り手の女は〈自然〉の設計のなさ、理知の欠如の表れだとする。

自己内部のロマン派を規制する

ハーディはしかし、自然科学の真理による世界観・人間観を、人間に与えられた必然的な定めと考えた。それらは体質的にはロマン派である詩人ハーディにとっては拒否すべき現実ではあったが、彼はまたアーノルドの信奉者であり、その詩文に通暁していたので、先輩詩人が同じ問題、ロマンティックな方向へ向かおうとする自己を〈時代〉に支配される自己によって制する生き方を知っていた（アーノルドとの影響関係の第四章参照）。彼はこの現実を概嘆こそしたものの、詩人としてこの現実認識をつねに不動の基盤として歌うことになる。しかしハーディの生まれてきたころのイギリスの文化一般は、当初から彼に、このような方向性を強いるものではけっしてなかった。

「ワーズワス的詩行」

彼は、その文学活動の入口に立っていたころ、つまりまだ神の死を知らず、ダーウィニズムの洗礼を受けていなかったころには、詩のなかに自然の風景を持ち込むことになんの違和感も抱いていなかった。一八五七年から六〇年のあいだに書かれた（Life **4**）「われらが住まい」(**1**)は、ハーディ自身によって後年「ワーズワス的詩行」と呼ばれている（Life **4**）。この詩のなかで彼は、自分の生家が高いブナの木に囲まれ、大枝が家屋のヴェールとなって垂れたり屋根を撫でたりするさまを描く。スイカズラが隣接する林檎の木と高さを競い、薔薇、ライラック、柘植、野の花、薬草、野菜などが生え、その向こうに野面が見え、遠くに丘があり、ヒースと針エニシダの荒野がある。生家のまわりには蛇や井守や蝙蝠が群れ、百年前に鳥が落とした種から生えた樫の木が立っている。そして祖母が、五〇年前には丘の上に野生の馬が遊んでいたことを孫に語り聞かせる――人によって手を加えられない自然の姿がことこまかに描写されている。当初のハーディはこのように、反伝統的な自然観とはまったく無縁だった。ロマン派的な自然神秘思想を打ち出しはしないが、自然界の美しさを素直に詩に歌うという意味ではワーズワス的であった。

自然界を眺めること自体が善行

この詩が完成していた一八六〇年ころには、ワーズワスの自然詩は文化の指導原理にさえなっていた。アーノルドはワーズワス没後二年目の一八五四年に短詩「〈自然〉の青春」を書いて、彼を自然の美を見事に摘出した作家と見なして歌っている。また当時牧師階級の子弟は擬似ワーズワス的詩文を書くのが普通であって、牧師の息子ホラス・モウルからハーディは、まねごととはいえ詩作上の影響を受けていた（Gittings *Young* Pap. **70**）。聖職者の子弟が、こんにちではキリスト教的自然観にむしろ対立すると考えられるワーズワスを、尊ぶべき詩人の典型と考えていた事実は、ワーズワスの〈自然〉にかんする神秘思想と、彼以前の一八世紀から広範に行われていたキリスト教と調和した自然観（理神論）が同質視されていたことを物語る。当時の知的大衆向けの詞華集には、理神論的（場合によっては汎神論的）な、つまり自然現象のすべてに神の意志を見る詩歌と、ロマン派の自然詩とが渾然一体をなして同居している。自然界に目を向けること自体が、良き生き方の最初の要諦であるとされていた感がある。なお一九世紀半ばにワーズワスが、全イギリス的に崇拝の対象になっていたさまは、スティーヴン・ジル（Gill）が単行本一冊にわたって詳細にあとづけている。

自然は神の意図と慈愛の証

世紀半ばの詞華集を一瞥してみよう。当時上流階級の学業成績優秀者に賞品として与える美装本を各種出版していたエディンバラのウイリアム・P・ニンモ社の『詩歌宝石箱』（出版年代の記入なし、ただしサミュエル・ロジャーズの没年を一八五六と印刷し、この書に張り付けられた学生への表彰状には一八六九年の日付がある）には、収録全詩八八三篇の五割を超す四四三篇が自然詩（牧歌や博物詩を含む）である。またこのほかにも「聖歌」の部門に「経巡る一年は神意に満ちている！　楽しい春のなかにも、神の美、神の優しさと愛が現れている」（ジェイムズ・トムソン）のように自然界を神慮の表れと見るもの、「教訓とモラル」の部門に「この慎ましい木陰に、心を休めるよう導いて下さった神の手に祝福あれ！」（エドワード・ヤング）のように田園への隠棲を讃えるものなどが実に数多く含まれている。自然詩本来の部門となると右のトムソンやヤングの歌に似た自然讃歌が陸続として現れる。「自然のいとも細微なる意匠のなかに、神の御力の署名と刻印を見るのは甘美なるかな」（ウィリアム・クーパー）、「自然が作り上げた作品への愛は、原初の創造時に人間に注入された、複合体人間のなかの本質的要素だ」（同）、「森羅万象のうちにひとつの魂が息づいて作用している。それは神。淋しい場所を華やかなものとする荒野の美も神のもの」（同）、「おお、自然よ、お前のすべての季節が、すべてのなかに神を見る人の目を楽しませる」（ジェイムズ・グレアム）、「麗しの女神・自然よ、あなたのなかに神の手配りを見せてくれ」（アラン・カニンガム）などの詩句に文字通り囲まれて、「自然は、自然を愛する人の心を、決して裏切ったことがない」などのワーズワスの詩があちこちに君臨している。当時の世間の常識は、ワーズワスを一八世紀詩人と同列に受け容れて、〈自然〉は教育上欠くことのできない神の意図と慈愛の証であった。

自然観の大転換

ハーディは当時のこうした自然讃美の伝統のなかで成長したのであった。若年の彼にとっては自然詩の伝統と当時慣習化していた自然への讃美があまりにも深く精神のなかに根ざしてしまっていたので、彼が次の時期に、これらと矛盾する新しい自然観を受け容れるためには、精神内部で大きな格闘が行われたに違いない。詩人としてのハーディにとって、かかる大転換のテーマは、私たちの想像以上に重要なものであったと思われる。転換の時期は神の消失を彼が受け容れた時期（一八六五年前後）と同じと見てよいだろう。するとこれは彼が小説を書き始める数年前のことになり、それではなぜ、詩に先立って発表されていった小説では、あれほどの紙面を自然の美を描写することに当てたのかという疑問が顔を出す。ここは彼の詩作品を論じる場だからといって、この問題を避けては通れないであろう。そして、後期の詩集には淡々とした自然描写が多いとはいえ、なぜ彼の詩には、その小説における描写に匹敵する量と質の自然描写が見られないのであろうか？

小説に美しい自然が描かれている理由

ひとつにはこれは英国小説と英詩の、それぞれの伝統によるものという見方が可能である。小説のなかでは自然界や田園は、その奥に神や神秘をほとんど描くことなく描かれてきた。詩のほうでは、作者は自然に対する自己の考え方がどこにあるのか、表明することなく自然を描くことは稀であった。だが第二の見方としては、彼が下層階級上がりの新進作家として世に出て行くためには、知的有産階級の常識のなかに受け容れられなくてはならなかったことが挙げられよう。この常識的読者層には、あの詞華集の内容と同質の自然描写こそが安心できる読み物のしるしであった。実際ハーディは、自然観の反常識のゆえに批判の矢面に立たされたことはない。『森林地の人びと』のように、明白にダーウィニズムを語っているときでさえ、その描写は従来の自然への愛着を示す描写に見えた（実際、季節感を醸し出し、目に見えるような比喩に富んでいるからである）。さらに第三の理由としては、自己の新しい自然観にもかかわらず、彼は自然の美に深く反応し、田園を細かに観察する生来の特性を持っていた。このことは、たとえば第五詩集巻末詩「私が出ていったあと」(511)

を一読すれば明らかである。この自分の体質的傾向を表出することは、小説でなら詩人として真実を語るという自己への義務に抵触せず、そのうえ、自然描写や牧歌的雰囲気をばらまくことは、読書界での最大の免罪符として通用したので、この社会常識を利用したと言える（よく知られているとおり、公刊第一作『窮余の策』の自然描写が褒められ、第二作『緑樹の陰で』の執筆依頼に結びつき、第四作『遥か群衆を離れて』は、『緑樹』のその点での好評がもとで注文を受け、この第四作については、筋書きがおそらくまだ決まっていないうちから、ハーディは「牧歌的物語」を書くと編集者に返事している）。

無視されてきた重要作品

小説家として読者層の好みや編集方針に沿った書き方をするのは、少なくとも一九世紀にあっては当然のことであって、私たちはけっしてこれを不誠実とは考えないであろう（もしこれを不誠実とするなら、ディケンズやウィルキー・コリンズはなおさら〈不誠実〉）。しかし詩に関しては、ハーディは自己の考え方にあくまで忠実であった。どんなに激しくかつ複雑に、彼が旧来の自然観に対して告別を告げたかを「私の外部の〈自然〉に」(37)において詳細に眺めてみたい。この作品は、ロマン派の自然観をハーディが放棄せざるを得なかったことを悲しみ混じりに歌っている。しかし不思議なことに、彼の全詩のなかでの基本的態度を徹底して打ち出したいわば記念碑的なこの作品について、英米の批評家は何ひとつ本格的な論議をしていない。分厚い、ハーディ詩のみの論文集においてさえ、取り上げられもしないのである。本書でスペースを割く理由がここにある。さてこの詩の語り手は〈自然〉に向かって、「私がむかし思い描いたとおりのあなたの姿をもう一度見せて下さい」、年端もゆかぬ〈私〉が

神秘の兆しを　探し歩いて
〈愛〉だけがあなたを作り上げたのだということを
まったく　疑うことがなかった　あのときのように。

と歌う。〈愛〉だけが〈自然界〉を作り上げたという考え方は、ハーディの幼年時代を支配する考え方だった。一八世紀自然詩の背景には、理神論の影響によって形作られた、自然の秩序は神の慈愛に満ちた設計によるもの、その秩序を観照して感じ取られる美をこそ詩に歌うべしとの一種の共通感覚があった。ロマン派はこれをよりパーソナルな、ある意味で脱キリスト教的なかたちに変形こそしたものの、自然の背後に、自然自体の慈愛を感じ取った。先刻見たとおり、ハーディはこの文化のなかに生まれたのである（そしてこの文化から先進的知識人はハーディ同様に離れていったけれども、これは一般の知的民衆のあいだには二〇世紀初頭まで存続した）。けれども右の詩の語り手は、いまはもうこの自然観を奪われてしまっている。

先輩詩人の書き直し

だからこれは、一八世紀自然詩およびロマン派の詩歌の書き直しである。まずシェリーの「西風に寄せる賦」の第四連において、語り手が幼いころのようには風と一体化することができなくなった嘆きを語るのとよく似て、ハーディの語り手もまた幼いころに得ていた自然との係わりを回復す

ることができない。そしてやがてシェリーでは、語りは最終連において西風に自分との協動を呼びかけ、これが達成されるという確乎たる自信のなかに詩を歌い終える。ハーディのほうではこのあと逆に、語り手はさらに自然との距離を広げて行く。またワーズワスが「永生の賦」の第九行で「かつては見えた事物がいまの私には見えない」と詠嘆したのと同じく、やがてこのハーディの詩の第四連でも、〈私〉に対しては、〈時〉が、自然界の事物をもはや人生の明け方のようには見せてくれない（のちの引用参照）と歌われる。上記の第一連の三行はその予告である。「〈愛〉によって作られた〈自然界〉」という考え方自体もワーズワス的である。さらに第二連では、「〈愛〉が自然を設計した」という一句も出て、『ダーバーヴィル家のテス』のなかで「自然界の聖なる設計」という考え方を揶揄してワーズワス離れを鮮明にしたハーディが、ここにもはっきりと顔を出す。

自然美が見えなくなった詩人

そして右の第一連からの引用はまた、〈見えていたものを見失った〉詩人、とりわけ感じ取られていた自然美が見えなくなった詩人という、ロマン派にしばしば見られるテーマの、パロディ的な書き直しでもある。右のシェリーもそうだが、「ティンタン僧院」のワーズワス、「失意落胆（Dejection）」のコールリッジにも共通なロマン派のこの悲しみは、個人として、加齢という意味での〈時〉によって生じた状態であった。ハーディの詩についても、右の第一連を読むとそういう意味かと読者は思う。実際第三連はこの読みを正当化するように、次のように続く。

ああ、一瞬でいいから　あの
むかし与えられていた才能をよみがえらせたい――
　あなた（自然）が日ごとに空に掲げる
　虹色の弓状体を
嬉々として眺めることのできた心の光を、あの才能を！

このロマン派的な個人の知覚力についての危機意識、あるいはヘンリー・ヴォーンの「遠ざかり（The Retreat）」以来、イギリス文学の伝統となった幼児期の栄光からの墜落、こうした問題が蒸し返されているのだなと私たちが思って次の第四連を読むと、これまた最初はその理解のまま読めるのである――

しかし　あなた（自然）をもう一度あのように飾ることを
〈時〉は蔑んで　許してくれない――
　〈時〉は　自然界の事物がもはや
　朝のあいだに見たような
ものではなくなった姿を私に見せつけてしまう

〈時〉とは〈時代〉の意味か

しかし第一連ですでに自然の〈神秘〉が否定され、〈愛〉と自然との係わりへの信が失われていたことを思い出すと、私たちはここで「〈時〉」とは、ロマン派におけるような〈加齢〉の意味ではなくて、

〈時代〉の意味であることに気づくのである。これに気づけば、前の連の奇妙な一句、すなわち「虹色の弓状体（Iris-hued embowment）」とは、たしかに虹を意味してはいるとは判るものの、ワーズワスが「虹の歌」で讃美し、自己と自然とを繋ぐ〈敬虔の念〉の源とし、またキリスト教では神と人間との契約の架け橋とされたこの美しい空の現象が、こうした連想のすべてを剝ぎ取られて、〈色彩だけ虹のような、弓形にされたもの〉と表現されていることに思い当たる（"hued"には表面のみが美しいの意味がある）。何らの人間との係わりもない単なる物理現象だとこの用語は示唆するのである。表現の即物性は劇的である。

ワーズワスの書き直し

内面性を失った物理現象としての虹からは、そこから取り去られたイメジと絶対値においてよく似て、符号において正反対の現代的イメジが誕生する。するとその直前の"that old endowment"も、訳出した「むかし私に与えられていた才能」の意味から「あの古ぼけてしまった能力」、すなわちもはや時代遅れとなった、幻を見てしまうロマン派的能力の意味へと落下する。〈私にも、もう一度あの古い資質を！〉と希求しながら、同時に語り手は〈時〉と歩調を合わせてこの自然科学の法に反する、幻想を真実と信じる〈能力〉を蔑んでもいる。そして"endowment"も、〈天より賦与された能力〉の意味から〈旧世代より遺贈されたものの見方〉の意へと傾斜する。さらに"Light to gaily/See thy daily（embowment）"の二行には、ワーズワスの心が嬉々として虹を見て「踊っ（leaps up）」たことへの羨望と軽蔑の両義が生じる。また"thy daily"は〈なんじ自然が日ごとに空にかける〉の意とともに、〈おまえ（ワーズワス）が"my days"と歌った、あの詩のなかの〉の意をも感じさせる。そのうえ上掲の"Light"は、「虹の歌」の最後の三行をエピグラフとして掲げるあのワーズワス「永生の賦」のキー・ワードとして現れる"light"（"the fountain-light of all our day. . . a master-light of all our seeing", Ode: Intimation of Immortality, 155-6）のパロディであると感じられる。ワーズワスの場合には、上記の「光」は、現世に生を受けた（前世の栄光を僅かにしか留めていない）人間という「燃えさし（embers）」のなかにあって、なおも美と神秘を記憶している生来の能力を指すが、ハーディの語り手はこの光を手がかりに新たな〈自然との交感〉へと回帰することは初めから不可能と認識していて、第五連では

あなた（自然）は　輝く光に見捨てられ
暗黒に捕らえられて　色あせてゆく！
　あなたの当初の麗しさ
　絢爛豪華な願わしさ
これらをふたたび呼び覚ますことのできる者は　いないでしょう

と歌う。もうここでは〈時代〉が時代だから、もうそれは不可能という意味がはっきりしてくる。最終連では、〈自然〉も〈私〉も「永生的ではない」ことを嘆き、ワーズワス的な永生不滅へのいわば〈信仰〉を否定する。先に見たように、〈時〉を二重の意味に用い、個人の老

化を歌うと見せて、時代の必然をその上へかぶせてしまい、この両レベルの意味の転換の瞬間に発する風刺と悲痛が擦れあって発する火花が、この作品に生命を与えている。

〈永生不滅〉の喪失への詠嘆

この詩はこうして、旧来の自然美学の倒立像を打ち出すことを第一の目的としているけれども、その底流に、倒立していない正常な自然美学への郷愁もまた流れていることにここで目を向けたい。最終連では語り手は、〈あなた〉（すなわち自然）と手を握るようにして、つまり語り手と自然の両者が共通の運命に遭う者として登場し、（自然科学万能の）〈時〉によって神秘性・永遠性を失った〈自然〉と、ワーズワス的な永生不滅への兆しをまったく看取することのできない語り手とが佇んで、以下のように沈思するうち、最終行において「現時的なものが過ぎ去って行く」――とも読めるのだが、

どうして永生的ではないのだろうか、
あなたと私は？　私たちの春の
　輝かしさを保ちつつ
〈時〉を飛び越えてしまうことはできないのか？
〈今日、この時限り〉という刹那性を踏み越えて！

と解釈して訳すこともできる。

最終行の解釈

最後の一行の原文は"Passed the hodiernal!"だが、これを述語動詞＋主語と見た場合の解釈、独立分詞構文の分詞＋残留主語と見た場合の解釈（詩のなかではこの程度の倒置は珍しくない）の順に上に示したことは言うまでもなかろう（前の二行が分詞構文であることを念頭に置けば、後者のほうが自然な読みであろう。なおPassed=Pastということも考えたが、前置詞として読ませるときに-edのかたちを使うのはあまりに不自然である）。いずれにしても、自然にしろ人間にしろ、現時点の輝きが永続しないことへの詠嘆がこの連の主たる訴えであることは確かである。そして「あなた（自然）をもう一度あのように飾ることを、〈時〉は蔑んで許してくれない」のところに見られるように、語り手は「飾る」ことを強く望んでいるのである。時代遅れのワーズワスを論理の枠のなかでは蔑んで見せながら、彼のように自然を美なるものとして見たいという心が、裏側につねに表現され続けている感じを与える作品である。事実ハーディはロマン派の詩人たちを愛読し、それゆえにこそその書き直しができたのである。

誠実ゆえの新思想

I・A・リチャーズ（Richards）は『科学と詩』の第五章で、近代における「自然の中性化」すなわち「世界についての〈魔術的なものの見方〉から科学的な世界観への移行」について語っている。さらに同書の第七章冒頭で、リチャーズはハーディを取り上げ「彼の作品は、私が自然の中性化と読んできた現象が最終的に現れた全期間にまたがって書かれただけではなく、この現象の全体を通じての変化を明確に反映しているのである」と述べている。ハーディは実際、この仕事から詩人として出発したと言ってよい。彼はたとえばデイヴィッド・デイシズ（Daiches）

が『後期ヴィクトリア朝文人の知的対応』のなかで、キリスト教からの離脱を迫られて苦しんだ作家や詩人たち（ハーディの名もそこに見える）として名を挙げているどの文人にも劣らず、新しい自然科学的自然観を誠実に受け容れ、その誠実のゆえに、右に見たような古い自然観の破砕を手がけたのだった。この仕事は、まず観念的な表現を多用して、旧思想からの脱却を語らざるをえないものであった。ハーディにこの問題をめぐっていわゆる観念詩が多いのは、この仕事に必要だったコペルニクス的転換を行うために必然的に生じたことと思われる。イメジや叙景のみを用いていれば、彼の初期の詩はもっと評判がよかっただろう（小説では、最後期に至るまではそうしていた。だれも叙景の裏にある転覆的な自然観には気づかなかった）。しかし、有識者に気づかれなくては詩人としては困る、というのが詩を高い次元の作物と見なすハーディの考えであった。重量の大きいものを吹き飛ばすには、時としてダイナマイトも必要である。彼が残した〈自然〉をめぐる数々の観念詩は、一国の文化そのものを新しいものに改めるほどのエネルギーを要する主題を扱うのであったから、その真摯な苦渋を我われはそこに読み取らなくてはならない。

イメジャリも健在

しかもこれらの観念詩に、普通の意味におけるイメジ類が皆無というわけではけっしてない。詩として読むにふさわしい比喩的表現をつねに具なえた観念詩——ハーディはそのようなものを書いた。一例を挙げれば、（先にも論じた詩ではあるが）「〈自然〉の質問」（43）の導入部で、先生に叱られ教室に置き去りにされた生徒のように青ざめて元気のない池、野原、羊や樹木は、神によって意味のあるものとして作られていない自分たちの存在理由を語り手に問う。この〈問題〉が解けなくて彼らは居残りをさせられているが、〈先生〉は彼らを忘れてどこかへ消えたらしい。このような生徒のイメジが一貫しているだけではなく、デニス・テイラー（Taylor 8-11）の示すように、冒頭の静けさ、途中の微風、最終連の風雨と連なる天候のイメジも一貫している。だがそれ以上に、主張される観念自体のイメジ化は興味深い。前章に続いてもう一度引用することを許していただくとして、この詩で野面、池などの自然物が

われわれは　すでに脳と眼がいのち絶えた、
上から順に死んで行く〈神の頭部〉の、まだ生きている残骸ですか？
（. . . are we live remains
Of Godhead dying downwards, brain and eye now gone?）

と問いかけるとき、"Godhead"は三位一体の神そのもの、または神格の意味を残しながら、ご覧のように前後の語句から、〈頭部〉の意味のほうが圧倒的に力を得ている。イメジとして、頭のほうから眼にかけて腐乱した、ダリの絵のなかのフォルムのような、巨大にして不気味な神の頭部が見えてはこないだろうか？　もちろんこれはキリスト教関係者から見れば許せない冒瀆であろう。しかし『ジュード』の場合とは違って、司教たちはだれも『ウェセックス詩集』を焚刑に処しはしなかったらしい。なお他の観念詩にも、右の例に匹敵する優れた

質のイメジがふんだんに見られる。

時代による不可避性

しかしハーディは自ら好んで反伝統的な自然観を選んだわけではないことは、これまでにも示唆したとおりである。それはちょうど、神の消失の問題についての「知覚なきもの」(44)の語り手が「翼をもぎ取られた鳥がどうしてよろこんで／地に向けて落ちてゆくことがあろうか」と喩えたのと同じ事情であった。第一詩集の他の詩を見れば、「森の中で」(40)は、小説『森林地の人びと』の一情景を取り入れた作品という触れ込みだが、都会から帰ってきたこの小説のヒロイン、グレイス・メルベリが、小説中では並の知性の女なのに、詩のなかでは思索豊かに、都会人と同様に木々もまた生存競争に明け暮れるさまを見て落胆する。つまり実際には、これはダーウィン思想を語るための思索詩である。「中年の男女の自然崇拝」(39)は年齢を重ねた兄妹が自然の美しさを口先だけで語らうさまを描く。中年になれば人は日常生活に必須なものではない美意識を失うものだというテーマの片側に、文明はいわば中年時代にはいった、我らの時代の科学万能・有用性万能の物質文明では、自然美の観照なんて時代遅れになってしまうと歌っていると思われる。このふたつはいずれも時代を意識した作品であり、新たな自然観を採ることを余儀なくされたハーディの苦笑いがそこに感じられる。

ロマン派と新たな現実派

また、先に「現代性」の章で〈ハーディ的な一種の神と、甘美な幻想しか持ち得ない人間との対話〉という観点から分析した「女相続人と建築家」(49)を思い出してみるなら、これはまた明らかに古いロマン派と新たな現実派との対立をユーモラスに描く作品でもある。登場する設計主任は「事物の法則を曲げない」注文には何くれとなく応じる建築家である（自然の法則を絶対視するハーディの分身と言えよう）。家を建てるほうは女で、ロマンティシズムに満ちた考え方をする。彼女はまず、古めかしい装飾に満ちた「花の蕾の香りと色、飛ぶ蜜蜂」がはいることのできる玄関の間を注文。男はこれを斥け、冬は凍りつくからと替わりに壁を奨める。女は次に、他の女に自分の輝きをひけらかすためのガラスの正面を注文。男は予見の力を働かせ、魂が縮んだ時に備えて他人に見られない家を奨める。女が恋人との出会いにふさわしい小道具付きの部屋を求めると、恋人が他の女に目を奪われる日を予測してこれも断られる。女は最後に、螺旋階段を昇って達するロマンティックな小塔を注文する。男は法則どおりに建てなければならないと言い、人の命は突如として潰えるものだから

柩に入った亡骸を降ろすのに十分な空間を階段に作っておきなさい
　あなたはやがて　身まかるのだから。

螺旋階段からは棺桶は降ろせない、というこの二行は、ロマンティックな思考を風刺したバビットの論調をイメジで示したものと言えようから、ここにふたたびこの詩を扱ったわけである。

中立で無関心な自然物

有名なアンソロジー・ピースである「中立的色調」(9)は、一見こうした新しい自然観とは無関係のように見える。語り手は男か女か判らない（一般

には男として読み慣わされているが、著者はここでは女として読みたい）。自然風景は、別れ話をしに来た二人とは無関係にそこにある。風景は語り手の心を反映したものとして描かれる。「太陽は神に叱責されたように」白く、枯れそうな芝の上に灰色の落ち葉が見える。この恋によって傷ついたのはどちらかという言い争いのあと、死ぬ力だけしか持っていない相手の生気を欠いた微笑を、不吉な鳥のように舞い降りる嘲笑が追い散らす。

それからというものは　愛は欺くもの、悪意で苦しめるもの
——この教訓を　わたしの目に焼きつけてしまったのです、
あなたの顔、神に呪われた太陽、一本だけの樹木、
　そして灰色がかった落ち葉にふちどられたひとつの池が。

〈自然〉の接近不能性・無関係性

これは確かにダーウィニズムとは無関係であろう。しかしここに描かれる自然の風景に対しては、ハーディは自らその内部へはいってそこから人間にとって有益な意味を取り出そうとしない。「ハーディは自然をメッセージとしてではなく、その魅力がまさにその接近不能性・無関係性のなかにある、独立した、まったく解読不能な同胞として扱う」（Richardson 6）という指摘は、この場合まことに的を射ている。アーノルドが描いたじっとただ耐える岩（第四章参照）と同じく、この詩の自然物も語り手の意識を反映して、特定の意味に「見え」はするものの、人間は自然から何も得てきてはいない。その意味でこれはロマン派の自然の扱いとまったく異なるのである。自然物はそこに厳然としてある。それらは人間には無関心で、人間もそれらによって慰められることは期待していない。かつては人の慰め手だった陽光、樹木、池などが、場合によっては〈愛〉の欺瞞性の象徴になるのである。本来ハーディの自然物は中立的である。表題の「中立的色調」は、灰色を表すとともに、人間の気分次第で何色にも見える中立性を維持した色調でもある。ここでは風景が（ロマン派の場合は何らかの積極的な人間的意味を伴って描かれた風景が）このように恐ろしい事態を思い起こさせるものとして呈示されるのである。

メレディス、シモンズの影響か

この詩については多くの批評がなされてきたが、ふたつだけ興味深い指摘を挙げておこう。ハーディはメレディスの詩集『現代の恋愛』の愛読者でもあったから、男女の愛のむなしさをここから読み取るとともに、枯葉のような、美が破壊されてしまった自然の風物をこうした恋愛のイメジとして用いる点でも影響された（Gittings, *Young Pap.* 129–30）のかも知れない。またアーサー・シモンズが詩人として、英国印象派の画家ウォルター・リチャード・シカートの絵画を詩にした「灰色と緑」（一八九五年）が、けだるい風景の描写においてハーディのこの作品によく似ていると指摘（Persoon 2000 85–6）したことは、一九〇〇年ころのハーディとシモンズの親しい交遊・意見の交換を考えるとき、特に興味深い。現実世界での幻想を、まさしく実体のない幻想として認識した点で二人は世紀末を共有していたからである。

幻想のみが幸福感の源

さてここからは第二詩集以降の作品を覗きたい。「ある晴れた朝に」(93)では、〈慰め〉はどこから来るのか、と語り手は問いかける。彼自身の解答はこうだ、

苦しんでいること　存在していること、などを見ることからは
　人がしていること
〈慰め〉は来ない、〈生〉の状態を知ることからも来はしない、
〈時〉の警告を聞くことからも　来はしない

上に述べられた「こと」はすべてこの世の真実である。苦しみを感じさせる源なのである。ではどこから〈慰め〉は来るのか?

慰めは〈夢〉にしがみつくことから来る
それは　灰色のものを金色であるかのように見せる　あの
　微光を見つめることから来る

だからこの「〈虹色の弓状体〉の現れたこの一刻を／見かけのみの見世物とは見なさない」、この一刻は「慈愛ある設計の一部」であり「大地が人のために作られた証拠」であると考える、と語り手は後半で語る。またしても虹のことを即物的・一時的現象として〈虹色の弓状体〉(iris-hued embowment)と表現し、こんなものに感心するのは幻想に捕らわれることだと百も承知で、それを讃美するのである。大地は人のために作られていないと承知しつつ、いると信じるのである。幻想あってこそ人は幸せという逆説的な論法、現実の認識とその認識の意図的放棄は、世紀末のアーサー・シモンズも述べていた(森松'99)。過去のロマン派なら、あるいは一八世紀自然神学信徒やその一九世紀版と言うべきペイリー(『自然神学』一八〇二)のような考え方の人々なら、持つことができたはずの、このように甘美な自然観への羨望。そしてそれを〈夢〉と見なさざるをえない苦渋。このふたつがここに冷笑的に表現されている。

幻想としての市(人生)の楽しみ

ロマン派離れの歌がほとんど姿を消す第三詩集においてさえ、その中表題「一組の田園の歌」のもとに配置された第一歌「楽しませてくれ」(193)は、人生の暗い現実を見るのはまっぴら、ロマンティックな幻想のなかで楽しませてくれと語り手には歌わせつつ、この語り手が口にする美女も楽園もこの男にとっては存在しないも同然の幻であることを歌う作品である。この詩は冒頭で「〈すべてを制定する力〉が／私をよろこばせる意図とは異なった目的を持っているとはいえ」と現世の事実を述べていて、この中表題に含まれる市《いち》(人生の象徴である)の楽しげな風景のかなたにつねに、〈これは一時のまぼろし〉という哀愁に満ちた注釈がついてまわる。「市のあとで」(200)では歌い手たちの去ったあとの市(すなわち人生の晩年)が描かれる。真夜中には人通りが絶え、かつてここで恋をし、笑い、乾杯をした者たちの亡霊だけが出歩く。

ふたたび第二詩集に戻れば、直接的にロマン派の自然観の放棄を歌う作品が多い。

〈自然の女神〉の欠陥

〈自然の女神〉の欠陥製品である生物と人間の世界を歌う「欠落した感覚」(80)では、〈女神〉が自分の思いどおりに世界を作れなくて、愛する被造物に不幸を与えたと嘆く。すると〈時〉が、実は〈女神〉は視力に障害がある、だから人よ、見えないまま推測で創造の仕事をする〈女神〉を責めるな、と人間に忠告する。これを受けて「〈宿命〉とその妻〈自然〉」(82)は、夫である〈宿命〉に向かって、嘆きと闘争の世界を作った〈女神〉が、被造物に対して申し訳ないことをしたと漏らす。「眠りつつ仕事をする者」(85)では、表題が夢うつつで世界創造をした〈自然の女神〉を指していて、はっと目を開いた〈女神〉が、美醜、正邪、苦楽が組み合わさったこの世界を見たときに作り直しをするのだろうかと問う。「下級職のものたち」(84)では曇り空、寒風、病い、死が「われわれは人間に悪意は持たない、しかし他者の奴隷だから仕方がない」と言う。もしそうなら人生も我慢できる、と語り手は「病い」や「死」には寛大な気持になりつつも、彼らの〈主人〉である〈神〉の冷酷さを示唆する。

科学的人間には崇拝されない〈自然の女神〉

しかしこうした〈自然の女神〉を扱った詩のなかでは「母なる〈自然〉の嘆き」(76)が圧倒的に力強い。またこの作品は〈自然の女神〉の、世界の作り損ないを非難する詩ではない。女神は最近、人間が〈自然〉を見下すようになったと嘆くのである。人間は知力を発達させ、〈自然〉の欠点を見抜いて軽蔑するに至っている、と女神は悲憤慷慨し、

人間は　もはや私の作った太陽を〈神聖なもの〉と見はせず、
　私の作った月をも　〈夜の女王〉とは見ません

そして人間は、〈自然〉の創作である〈愛の光〉を、生物を量産する生き餌だと考え（命の誕生についてさえ、自然の女神が賦与してくれる神聖な贈り物という崇高感・神秘感が失われ）、「神々が〈自然〉に与えた材料と方法さえ俺によこせば／俺の頭脳は、もっと上品でもっと正常な／被造物を進化・創造できるだろう」と語るに至っていると悲しむ。もちろんこれは、自然観が大転換を果たし、魔術的なそれから、科学的なそれに移行したことを歌っているのである。このように考えるに至った最近の人間に先立って生きていた人間は「〈自然の女神〉のみ力は、すべて最善のものを／最善の目的のために予定しておられる」と言ってくれたのに、これも昔話になった、数々の〈私〉〈女神〉の生物が絶滅に追い込まれている、もう自分は下級生物だけを育てさせて下さい、愛や善と〈私〉との連想は断ち切って下さい、

なぜなら私の temples（神殿＋こめかみ）に〈理性〉がはびこり
　手の施しようのない〈視力〉がのさばり
私のわざくれを讃えてくれた　女神の私をいたわる声は
　二度と聞こえなくなっています！

自然科学を信奉する人間の〈視力〉〈理性〉が、女神のあちこちの神殿に乱入して女神の両のこめかみをまで汚染し、女神として敬愛した自然への崇拝は〈過去〉のものと化したわけである。

小さな〈空飛ぶ〉同胞への共感

自然崇拝に替わって登場するのは、自然のなかで苦しむ鳥など、小さな生物への憐憫、というより苦しむ同胞への共感である。「解き放たれて住処に帰った籠の大ツグミ」(114)以下連続的に、生きて苦しむ鳥たちが描かれる。籠に閉じこめられていたこのツグミは、幸せになる秘訣を人間から盗み出そうとしたが、人間もそんなわざは持ってはいなかったと鳥仲間に語る。すべての生物が死を免れないことが示唆されている。またこれは上流階級の召使い生活から帰ってきた人の話と読むことも可能である。鳥たちはすべての生物、とりわけ人間の象徴である。「冬の日暮れの鳥たち」(115)も餌を見つけることのできない雪のなかの鳥を描き、「当惑した猟鳥たち」(116)は、最初はわざわざ育てられながら、のちには殺される猟鳥たちの運命を、生を与えられて結局は死へ追い込まれる人間の象徴とする。「ダーンノーヴァ平原の冬」(117)は残忍な寒気のために、まったく草一本ない環境に置かれるさまざまの鳥を、おそらくは貧民のシンボルとして描く。「ヨーロッパ・ウソたち」(86)は〈自然の女神〉に被造物を保護する意志がないから、いまのうちに歌え、歌え——世紀末以来の刹那的享楽主義が、鳥をシンボルとして描出されている。「今年最後の菊」(118)は、鳥ではなく、寒気に苦しむ菊の花を擬似ロマン派的詩行のなかに持ちだし、締めくくりには、菊の背後にある「巨大な顔」の主（神または〈自然〉）が、個体としての生命体には、環境に応じて〈淘汰〉を強いることを非難する。

自然淘汰における弱者

第三詩集以降でもこのテーマは受け継がれている。「思い出させてしまうもの」(220)では飢えた大ツグミが描かれ、「セキレイと赤ちゃん」(241)では、水飲みに来たセキレイが、立派な紳士の姿におびえる。第五詩集の「失明させられた鳥」(375)は、目を焼かれて失明し、籠という牢獄にいながら、なお嬉しげに歌う鳥を象徴として、人間の実像を描こうとする。「駒鳥」(467)はダーウィニズム的観点から寒気に痛めつけられながら、自分を「幸せもの」と思っている、か弱く美しい駒鳥を歌った詩である。「風が言葉を吹きつけてきた」(376)は、樹木も動物も人間も同胞であるのに殺しあいをするとは、と、ダーウィニズム的観点から自然淘汰の生物界・世界大戦の人間界を歌う。

各種の脱ロマンティシズム

このほか第二詩集には、安手のパストラル詩を風刺して、田園の牧歌的に見える娘が自然美への関心をまったく持っていないことを歌う「乳しぼりの娘」(126)、感情移入（感傷的虚偽）というロマン派創作原理のひとつを皮肉る「件の王の実験」(132)、恋愛の〈美しさ〉を否定してロマンティックな愛の観念に別れを告げる「私は〈愛〉にこう言った」(77)、恋愛というものを、人格とは無関係に、異性の性的魅力に反応する動物的衝動と見なす「恋の精髄」(96)など、脱ロマンティシズムを明らかに意識した作品群が見られる。一人のみの異性に終生、心を捧げるという意味での恋愛のロマンティシズムも、揶揄の対象にされる。「恋の後がま」(142)では、墓地管理人の娘を妊娠させておきながら、その墓地に葬られた元の恋人に〈心〉を捧げて、現実の女も我が子も愛することのできない男が描かれる。第三詩集では、「松の苗木を植える人々」(225)が自分の意志とは無関係に、ある位置に植えられる樹木の苗を人間の象徴として描き、「イエラムの森の話すこと」(244)では、この森が「〈生〉は与えるかに見せかけて手を差し出し――その手を引っ込める」ことを歌う。「誤解」(185)は、田園と自然美への愛着などというロマン派が作り上げた文化が、一般大衆の都会的欲望の前にいかに全面的に敗退するかを描く。「田園に住む彼女から」(187)も、語り手の女は愛らしいとはいえ、同趣旨の作品である。このように第三詩集(一九〇九年)には、こうした程度の小型の歌によって穏やかにロマン派離れは主張されてはいるけれども、第四詩集(一九一四年)以降ではこの種の脱ロマン派作品は稀にしか見られないことを思えば(ただし第七詩集をはじめとして、よく観察された、ロマン派の作品とは異なる、観念性の少ない優れた叙景詩は逆に増えて行くが)、ハーディが詩人としての初期の時代(第二詩集は一九〇一年刊)に、いかに決然として自己の世界観、その一環としての自然観を多面的に表しておきたかったかが判る。そしてこの表明を驚くべき濃縮度をもって打ち出したのが「闇のなかのツグミ」(119)である。これはロマン派の書き直しとしても典型的な作品であるから、本来はこの章に適しているけれども、他のテーマもまつわりついている大型の作品であるから、次章で独立させて扱うことにしたい。

第三章　「闇のなかのツグミ」を巡って

――一九世紀への惜別の歌

この章はある意味で前章の続きである。しかし標題に掲げた作品は、ロマン主義とハーディという問題を超えて、これまでの各章で述べたハーディの本音、現代詩人らしさ、またこの先の章で扱う諸問題と深くかかわる問題をさまざまなかたちで含む詩であるから、紙幅を十分に与えて、独立した章で扱うことにした。

幸福の女と暗黒の語り手との懸隔

ハーディには「真夜中のスティンスフォードの丘の上で」(550)と題される奇妙な、ワーズワスの民謡ふうの詩がある。ハーディ自身が一八九四年の二月四日の出来事として、深夜ボッカンプトンからドーチェスターへ帰る途中、スティンスフォードの丘の上で天使の合唱隊の一人かと見まがう少女が、タンバリンを打ち鳴らしているのを目撃し、のちにこのことを詩に書いたと記している (Life 262)。詩のなかの女が、語り手を無視して踊り続けるのに対して、この少女は救世軍に所属していること、神に捧げるためのタンバリンの練習をしていることをハーディに告げている。この記入があるために、この詩はもっぱらこの目撃談の作品化であるという解説のみを与えられることになった (Bailey 451, Pinion '76 : 172)。さらにこの作品は、作者の解釈によって汚されない、ファンタスティックだが事実に基づく詩として称賛もされている (Turner 242)。しかし、この素朴な少女と、詩のなかの、語り手とは絶縁された奇妙な狂信者とのあいだには大きな隔たりがあり、この間隙に詩的作品化が入り込んだことは明白である。これを事実の描写と読んで、いったいどこから詩を読んだ意味が生じるであろうか？　語り手は女に向かって「世の中は暗いのです。あなたのいるところへは／私は行けないのです！」と叫んでいる。事実として、右の諸解釈で語り手と同一視されている老人ハーディが、こんなことを真夜中に少女に向かって叫ぶだろうか？　老いた語り手は暗い現実のなかに住み、宗教的熱狂者として踊る娘の喜びの世界には近づくことができない。老いという副題が絡んではいるだろう。またこの詩を秀作というつもりはないが、幸せに満ちた信仰を持つ女と、「この世界は暗いのです」と思っている語り手との、世界についての認識の次元の相違を、ここから感じ取るのがこれを詩として読むことではないだろうか？　「闇のなかのツグミ」(119)の主題がこの詩でも打ち出されてはいないだろうか？　そして本書第Ⅱ部のエマを扱った諸作品の解説を多数読んでいただけば了解して頂けると思うが、この詩もまた複雑な変形が施されたエマ関連詩である可能性がある。つまり『日陰者ジュード』を忌み嫌ったエマは、ほとんど狂信的なキリスト教信仰を持っていた。そのエマと、考え方の対立する語り手とが登場している作品としても、これは読めるのである。

一九世紀の死に際して

「闇のなかのツグミ」(119)は、こんにち、一九〇〇年の一二月末日に書かれたと末尾に記入されて（いわゆるパラテキストとなって）いるが、実際には同年一二月二九日に「世紀の死の床の傍で」の表題で『グラフィックス』誌に掲載された。これは典型的な「詞華集採録作品」であり、ハーディの全詩のなかでもっとも人々に親しまれてきた詩であることを示す客観的なデータも存在する（大澤 '75　373-82）。このことはこの作品の優秀性を示すものとも考えられよう。しかしハーディは、ペッシミズムの作家としては長く不評であったことを考えあわせれば、この詩がいち早く詞華集に登場したのは、ある一定の穏健で保守的な解釈のもとに、一般読者に受け容れられやすい詩と考えられたからではないだろうか？　しかし実際にはこれは、前章までに取り上げた神の消失やロマン派離れの詩群と同じほど、反常識的で転覆的な作品として読めるのである。もしもこの詩が反伝統性の衝撃の強さを認められて詞華集に採録されたのであれば、「兆しを求める者」(30)、「私の外部の〈自然〉に」(37)、「知覚のない人」(44)なども採用されてもよかったはずである。だがこれらは無視され続け、とりわけ「私の外部の〈自然〉に」はハーディだけの詩選集にさえも登場しない。これらのことから、「闇のなかのツグミ」についての従来の一般読者の理解は、暗黒の国の住人を励ますツグミに感動する、といったかたちの、微温的・一面的なものであったと思われる。この反応は、ワーズワスの郭公、シェリーの雲雀、キーツのナイチンゲールに対する反応が長い文学鑑賞上の伝統となっていたから、当然予想されることではあったのだが、この反応を持った読者が多いからこそ、外見上それらロマン派の鳥の歌と酷似していて、その類似性で読者を誘い込み、まったく異なった体験をさせる作品をハーディは提供したと思われる。死の床に横たわる一九世紀を歌っているという意識は、題名の変更後も生きていることが、作品を読んでいるうちに納得されよう。

作品そのものを読めば

第一連では、まず語り手が雑木林の入口の「門にもたれて」冬の寒々とした風景を前にする。アーノルドの「諦観」(l. 186)において、詩人に理想的な観察態度として求められた客観的な姿勢である（これらふたつの作品に、leaned, leant, gate など共通する）。語り手は、見るべきものを見落とさない詩人として登場していると言える。彼の目に映じるのは、死霊のように青ざめた寒気と霜、荒涼とした薄日の「昼のまなこ」。それを背景に

もつれあう蔓草は　切れてはじけた竪琴の
　何本もの弦のように　空に刻み目をつけ

この場所の風景を見に来ていた人びとも、いまは家庭の炉の火を求めて去った。第二連では、このうら侘びしい風景が、過ぎ去ったこの「世紀」の遺体であると歌い、そのあとの詩行も象徴性を深める——

雲満ちる天蓋は　この世紀の納骨堂のごとくに
　風は　〈世紀〉の死を悼む哀歌のように　思われた
生殖と生命の　年古りた脈動は
　固く乾いて縮み縮かみ

大地の上の　生気はすべて
　熱情を失って見えた、ぼくと同じに。

自然界の葬列と言うべきこの風景のなかへ登場するのが、題名に見えるツグミである。「心に満ちてあふれ出た／限りない喜びの　夕べの祈りの歌となって」ツグミの声が突如聞こえてくる。見るからに繊弱で、やせて小さな、年老いたツグミである。強い風に羽根を毛羽立たせて「つのり来る暗闇のなかへ／魂を吐露するような」歌を歌うのである。

鳥と観察者の距離を示す最終連

そして最後のスタンザでは、鳥と観察者の登場する詩ではつねに行われることだが、両者の距離（合体するのか、反発するのか）を示す詩句が連ねられる。

そのようにまで恍惚として　声をはりあげ
　祝いの歌をさえずるための　いわれもわけも
遠くにも　また近くにも
　地上の景色のいずこにも　見えはしなかったので
このツグミの幸せな　よき夜を告げる歌のなかには
　神の恵みを知る者のみの〈希望〉が
打ち震えていると　ぼくには思われたほどだった、
　彼が知り、ぼくが知らない　何らかの〈希望〉が。

(So little cause for carolings/Of such ecstatic sound/Was written on terrestrial things/Afar or nigh around,/That I could think there trembled through/His happy good-night air/Some blessed Hope, whereof he knew/And I was unaware.)

一九〇〇年一二月三一日

最終連の原文を掲げたのは、訳出の段階ですでに訳者の解釈が入り込まずにはいないからである。最終の三行は「〈お休み〉を告げる彼の幸せそうな態度のなかには／彼が知っていてぼくが意識していなかった／なにか楽しい〈希望〉が震えていると思えた」とも読めるわけで、拙訳のように〈ぼく〉の側にまったく〈希望〉の可能性が閉ざされているような感じを与えるのはよくないと感じられるかも知れない。

第三連が解釈の分岐点

ところで末尾に記されているとおり、しかも実際の執筆時が三一日ではないことが当時の読者にも判るかたちでこう記されているとおり、この詩は一九世紀の最後にあたっての思いを書いたものとの極めて意図的な表明がなされていると言えよう。このことからして、最初のふたつの連については、「今世紀」が荒涼たる精神風土のなかでその生命を終わらせていった様子を歌っているということは、誰しもが共通して理解するところであろう（かつて早い時期の詞華集で読まれた場合にも、この点では読者の理解は同じであったろう）。だが第三連に入ると事情は一変する。この連は読む人個々人の内部にもアンビヴァレントな反応を起こすとともに、各読者間の反応に差異を生ぜしめるであろう。第二連の「ぼくのように」生きる情熱を失った地上の生命ないしは精神（spirit）のなかにあってただ一羽、このオオツグミのみは熱情をもって“evensong”を歌う。それは詩のコンテキストからして「夕べの歌」であるとともに、語の原義からして（英国国教会の）「夕べの祈り」でもある。自然界に訪れた夕闇を愛でる歌（イギリス一八世紀自然詩には夕方の美しさを歌ったものが溢れている）であるとともに、暮れて行くこの世紀の〈夕方〉に神への感謝を捧げる敬虔な晩禱であり、キリスト教への揺るがぬ帰依を示唆する祝歌でもある。このような歌を歌うツグミと〈私〉との関係をどう感じ取るか——ここからこの作品に対する理解や解釈は大きく分かれることになる。

両者の間隙は埋められようとされるのか

そして第四連のツグミの〈希望〉を、〈私〉に働きかけて（影響を与える）力と見るか否かという問題は、この解釈の分岐をさらに決定的に大きくする。鳥とその観察者を登場させる詩のなかで、この両者のあいだに魅了する者とされる者との関係がないかもしれないと見る感性——いや、いやこの両者の断絶こそがその詩の主題であると受け取る感性は、きわめて現代的なものと言わなくてはならない。しかし詩を読み取る際に、このような感じ方が生じてもけっして唐突とは言えない文学的伝統が、この詩の発表当時にもすでに存在していたこともまた事実なのである。キーツの「ナイチンゲールの賦」においてはもちろん、シェリーの「雲雀に寄す」においてさえ、観察者を魅する鳥と観察者との距離は詩の後半へ向かって次第に拡大してゆくと感じる読みがなされて当然だからである。ハーディがこの作品で、両者の隔たりを無限大なるものとして表現しているという段階までは、読者の心の準備態勢からしても、十分看取されえたのである。問題は、ロマン派の場合には、最後には絶望に近い隔たりが、かえって鳥への飽くなき憧憬の力をさらに強めることになるところにロマン派がロマン派であるゆえんが生ずるのだが、観察者と鳥のあいだの間隙がまったく埋められようとしないまま放置されるという、こうした歌の書き直しはまだなかったということである。特にこの一篇は、多くの詞華集に収録され、因習的な解釈に包まれて不動の地位を獲得してしまったために、そのあとの両者の懸隔は拡大するのみとする新しい解釈の道が永らく閉ざされていた。この章の目的は、詩番号一一九のこの詩を取り巻く他の作品によって与えられるハーディの詩群への反応を重視し、新しい解釈を尊重して、これを従来の（ロマン派の鳥の詩についてと同様の）受け取り方と衝突させようということである。

従来型の解釈

しかしそのまえに、この詩に対するこれまでの批評の動向を把握しておくほうが望ましいであろう。それを概観するならば、この詩の解釈の幅の大きさ——というよりは、劇的に対立する解釈の隔たりがより明らかになるであろう。さてこの詩の発表以来約六〇年近く、第四連のツグミの〈希望〉が、実は幻想として描かれているのではないかという解釈は、まったく行われていなかった。たとえば古くは（一九一八年）エドマンド・ゴスが、この詩のことを「ハーディ氏が自己に許容しうるかぎり、楽観主義の方向へと引き寄せられた作品」（Gosse: C. Heritage 449）であると述べたし、近年（一九七九年）でもトム・ポーリンが、ハーディはこの作品のなかで「来世ですべてが良くなるという宗教的確信よりは、むしろ、この世で人間が改善してゆく可能性についての楽観主義を示している」（Paulin 151）と見ている。それ以外の評者たちも、これほど明白な表現を使ってこそいないが、この詩の前半の厭世主義と、ツグミによる後半におけるその厭世主義の打ち消しないしは修正ということを暗黙の理解として論を進めている。そのような論調の代表的なものを挙げるとすれば、たとえばF・B・ピニオン。彼は「その（鳥の様子と自己の考えの）対照があまりに大きく、この鳥の幸福があまりにも解き明かしがたいため、ハーディは、自分は結局のところやはり人生に対して間違った結論を出していたのか、と考え込んでいる」と述べるのである（Pinion '77: 101）。我が国でも、滝山季乃氏の、とかく悲観的になりがちな人間に希望と励ましを与える鳥としてのオオツグミという解釈が代表的な論調である。

デイヴィッド・パーキンズの分析

しかし近年ではこの見方と平行して、オオツグミの〈希望〉と〈私〉の〈情熱の喪失〉とは最後まで平行線を辿ったまま対立しているという解釈が行われるに至っている。そのさきがけとなったのはデイヴィッド・パーキンズの精緻な分析である。彼は第三連の“An aged thrush”に始まる二行を引用したのち、「この（ツグミが登場した）時点で、他の詩ならば、たぶん旧来の詩においてならば、語り手はこのツグミの歌によって元気づけられたと感じたかもしれない」（152）と述べて、先に触れたキーツやシェリーの鳥の歌におけると似通った意味での象徴性をこの鳥が持ちうることをいちおう認めながらも、「しかし語り手と鳥とのあいだの隔たりを埋める望みはないという含意を伴う」（Perkins 154）としたのであった。パーキンズはまた、「〈福者の希望〉を構成するたぐいの想像的経験を語り手は共有しえないという状況が生じている――語り手の側が、Ⅰ自分自身の認識に頑強な注意を向け続けていること、Ⅱその認識を否認し放棄することを拒否していること、このふたつからそれは生じている」（156）とも述べたのであった。（ただしパーキンズは最後には「もっともこの語り手の認識とは対照をなす見解に対しても、これを受け容れる幾分かの考え方の幅がなお許容されており、このことは、語り手に自分自身の経験の主張を部分的には放棄させることを含意している」と結論している。157-9）

デイヴィのコメント

このあとでドナルド・デイヴィが登場し、まずアメリカの現代詩人ジョン・ベリマンがこの詩の最後の二行に含まれるアイロニーを高く評価したのを紹介しつつ、この二行（およびこのベリマンの評価）について「すなわち、この〈希望〉とは幻想なのである」（Davie 38）という注解を加える。デイヴィはこの詩のような詞華集採録常套作品は読者に対して決して不快感を与えない無毒性を持つことを強調したうえで、「一九〇〇年における『タイムズ』紙の読者が、そしてそれ以降および現代の詞華集の読者が、この二行に対し（我が見解とは）まったく異なった読みを施し、〈悪名高いペシミストで『日陰者ジュード』の作者であるこの私ハーディが、この鳥の元気の良い断固たる英知に比べて、自分は愚かであったと告白している〉という意味にこの作品を理解したことには、いったい疑いを差しはさむ余地があろうか」(Davie 38) と言い切ったのだった。なおデイヴィはハーディがこの詩を『タイムズ』紙新年号に「新世紀に挨拶するために」(Davie 37) 送ったと誤解している。

リチャードソンの論評

さらにジェームズ・リチャードソンは、さきにパーキンズが示唆したロマン派の〈鳥を扱う歌〉とこの作品との関連を再び問題にして、パーキンズの解釈に賛意を表したあと、「語り手と鳥の隔たりを、ハーディは埋めようと試みたりしていない」というかたちでパーキンズを修正し、「ツグミの喜びは、それが語り手によって手を触れられないままに放置されるがゆえにこそ、またそれが(語り手の見解と)不調和なものであり続けることを許されているがゆえにこそ、詩の終結に至るまで生き延びるのである。老いたツグミは、意味を獲得するのではなく、ヒロイズムを獲得するのである」(Richardson 11) と述べる。リチャードソンの受け止めかたの裏には、ハーディにとっては〈現実の重石〉、〈存在のありようの恐ろしい不可避性〉は、一面では彼に〈叙情的な飛翔〉を不可能にしているけれども、つまりこの〈重し〉による引力は彼の行動を押しとどめ、制限し、縮小させるけれども、それゆえにこそ彼は優美な動きができる、という認識がある。「彼が自己や他人の生の無限の機会と可能性への希求を作品内に着想するバックグラウンドは、この自己存在の不可避性、生きてあることの機械的必然性なのである」(Richardson 14) ――堅くて梃子でも動かない現実をハーディが認識していること、そこへ梃子を用いようとすること、これが彼の優美な叙情の基盤だと言うのである。また「ハーディはロマン派同様に、〈自己ではないもの〉との関連づけによって自己規定を行う。しかしロマン派よりもずっと重しに引かれる自己感覚のために、彼はロマン派のような規模での他者操作、助力の懇請を妨げられる」(同)とも言う。〈他者操作、助力の懇請〉とは、たとえば鳥を自己の救済者として思い入れをすることを指す。現実認識においてハーディはロマン派離れをしているので、鳥に取りすがることはできないのである。これらの指摘はこの詩の理解にとって重要であろう。こうした認識の展開は八〇年代になって、デニス・テイラーの「この詩はハーディにとっては、ロマン派的パストラル抒情詩の破産を表現するもので」(Taylor 145) あったという言葉を導き出したのである。

ロマン派における鳥

もともとロマン派の場合、詩人とは地上に逼塞《ひっそく》するもの、その助力の懇請を受ける鳥は天翔るものであった。さきに挙げたワーズワスの「郭公に」、シェリーの「雲雀に寄す」、キーツの「ナイチンゲールの賦」などにおいても、鳥たちは詩の語り手または詩人が呼びかけて、いわば己の現実を離れて操作する対象であり、当初からして詩人の魂が志向する理想の存在物であった。もちろんこれらにおいても、語り手と鳥とのあいだには大きな距離がある。「郭公に」においてさえ、語り手と〈自然〉との合体がなされていた過去の時代を「幻の諸時間(visionary hours)」と呼ぶことを通じて、鳥の世界に対置される自分の現在の世界は、もはや汚れ果てた生気のない世界として示唆されていると思われる。シエリーではこの設定はさらに明白で、〈天空〉のなかで透明化され非物質化される鳥と、物質的拘束を受けて〈地上〉の鎖に繫がれたままの詩人との対比が、ほとんど一行ごとに示されている。キーツの詩ではなおさら、人間の側の苦しみは、天上のナイチンゲールの美しさとの隔たりを次第に拡大しつつ、最後にナイチンゲールが遠方に飛び去ることによって明白に劇的に描かれている。しかしこれらの鳥たちは、それぞれの詩の地上的な汚濁や苦痛から詩人を一時的にでも脱出させて、高め清め沈静するものとして用いられていることは明らかである。鳥が姿を消したあとでも、鳥が象徴する美や永遠性が飛び去ることはなかった。

ハーディの場合はどうなのか？　オオツグミは熱情の失せた〈私〉を失意から立ち直らせるという意味を込めて書かれたのか。その逆だろうか。または両方の可能性を籠めているのだろうか？　これに対する答えを探るには、テクストを綿密に分析するとともに、この詩を詩集のなかで取り巻いている作品をも併せて考えなければならない。

第一連のロマン派離れ

まずもう一度この作品に眼を走らせよう。第一連では、〈私〉は木立のなかへ入らない。〈門〉にもたれているだけである。森はもはや、一八世紀詩人にそうであったようには神意を求めての〈自然観照（contemplation）〉の対象でもなく、ワーズワスにとってのような自然教育の場でもない。〈門〉にもたれるイメジは、こうした森に入らず、それに背を向けた〈私〉を描き出す。冬空に低くよどんだ澱《おり》かすによってうらぶれた〈昼のまなこ〉は、「中立的色調」（9）の「神に叱られて青ざめた」太陽を想い出させる。そしてこの一行は、リチャードソンがハーディのロマン派離れを示す好例として引用するものである（Richardson 4-6）。また枯れて切断された蔓草が、空に刻み目をつけるようにたなびいている光景自体が荒涼としているが、それらが竪琴の切れた弦に譬えられるとき、これはあのイオラスの竪琴――コールリッジが（同名の詩、「去りゆく一年に寄せる賦」冒頭その他多数）、そしてシェリーが（「西風」その他）たびたび詩のなかで歌い、ハーディも小説『ラッパ隊長』のなかで（揶揄的に）用いた、あのロマンティックなイメジである、野外の風に爪弾かれるハープ――が、いまはもう過去のものとなって壊れたことを思わせる。人間に生気と熱情を与える〈自然〉の消滅が暗示されるとともに、竪琴の糸の切断はこのような〈自然〉の歌い手の消滅も示唆していると言えよう。〈自然〉の美を求めて戸外を訪れていた人びとは「残らず／家庭と炉の火を求めて去った」のである。

シェリー「西風」の書き換え

第二連で、天空の丸天井を納骨堂と見、自然界全体をそこの安置される世紀のむくろに見立て、冬の風をその死を悼む哀歌と見なす詩句の運びは、言うまでもなくシェリーの「西風に寄せる歌」の意図的な書き換えである。シェリーにおける、「息の途絶えてゆく今年」の上空に逆巻き、いまにも黒い雨や雷光をほとばらせそうな生命感溢れる西風と、ハーディにおける、老いと死のイメジに満たされた、また詩人の熱情に語りかけるのをやめた自然界とは、著しい対照をなす。そしてまたこの「西風に寄せる歌」との連想は、第一連へも遡及して持ち込まれ、さきの「竪琴の弦が切れた」イメジを、ロマン派自然詩の消滅の象徴と化する。なぜなら「西風」の最終連では、竪琴は詩人自身だからである。また「世紀のむくろ」によって何が語られているのだろうか。これはシェリーの歌のなかの「今年」のように、単にひとつの年または世紀が終焉を迎えたという意味ではない。冬の風景からは、円みのあるものがすべて失われている。それが遺骸に見えるのは、自然物が骨張り、木の葉も落ちているからだ。これはアーノルドの「ドーヴァー海岸」における「むき出しにされた石ころ」によく似て、信仰やロマンティシズムを失った世の中のイメジであろう。人間にとってかつて喜びであった宗教的・社会的な幻想の消滅も、この連は表そうとしていると思われる。幻想の死滅のあとにやってくるものは、もちろん幻滅である。

アーノルド等の書き換え

第三連で登場するツグミは「繊弱で、やせて小さな、年老いた」鳥である。これは、もはや世界からの退場を余儀なくされているものの描写である。彼は「つのり来る暗闇」のなかへ「魂を吐露して」いる。これはハーディにとって無縁な他者の姿だろうか、それとも自己の一部をこう表現したのか？　自己だとするならば、ハーディはロマン派と同じ姿勢で、「つのり来る暗闇」、すなわち自然詩の伝統などに無関心な（たとえば物質主義の）世俗と対立する詩人でなくてはならない。彼は世俗と真正面から対立してはいるけれども、それは前章までにも見たとおり、神の消失を唱え、ロマン派離れを表明した詩人としてである。もちろんこの鳥を、本音としてロマン派的なものを保持したいハーディの一部ととれば、この解釈も成り立たないわけではないが、それならそれでハーディは、幻想と判っていても美しいロマン派的な自然詩を少なくともひとつ、幻想とは判っていないかたちで発表しているべきであろう。第七詩集など後期の作品には美しい自然描写詩がいくつも含まれている。しかしそれらは観察を凝縮させた美しさを表出するものであって、ロマン派自然詩のように自分の願望を自然界の対象に投影して歌うものではないのである。自己の一部を示したのだとしても、それは過去の（または消失直前の）自分であろう。いずれにしても鳥は現在の語り手とは直接的同一性を持たない他者であり、彼と鳥の隔たりは、この段階においてもすでに大きなものなのである。

またこの第三連の「暗闇（gloom）」に対応する表題の“Darkling”は、さまざまな指摘（Armstrong 88）があるとおり、ミルトン、キーツ、キーブル、アーノルドなども用いて文学的連想に富む言葉だが、特にキーツとアーノルドの連想はここでも響く。なぜなら語り手の心を象徴するような暗闇はキーツ、アーノルド、ハーディに共通するからである。この語の用いられた「ナイチンゲールの賦」からのもうひとつのキーツの用語“full-throated”に対応する“full-hearted”をハーディは同じ第三連で用いているから、この点でもキーツがこの詩の下敷きとしてあると言える。つまり、“Darkling”は鳥がつんざこうとする物理的暗闇ではなく、聴き手の心のそれ、ナイチンゲールが象徴する美の世界の対極に置かれる、語り手の精神的暗黒なのである。アーノルドに関しても同じことが言える。すなわち、この語が使われていた「ドーヴァー海岸」におけると同様、“Darkling”は神のなくなった世界の人の心を表す意味が強いと思われる。

最終連の再検討

さてこのようにテクストを読み直したうえで、最後の二行をもう一度検討したい。「彼が知り、ぼくが知らない　何らかの〈希望〉が」――

Some blessed Hope, whereof he knew
　And I was unaware.

これは先行する動詞「打ち震えていた」の主語の部分である。この二行相互のあいだには、深い断絶感がある。その〈希望〉を知っていたものと、知らなかったものとのあいだで、改行がなされている。これによって両者の対照が際だつ。そのうえ、最終行で、強めて発音される"I"と"un-"の意味合いによって、〈私は知らない〉の意味が強調される。もちろんツグミの姿は、滑稽、悲愴、羨望の対象などいくつかのレンジで読者の心に印象を残すだろう。しかし祝いの歌をさえずるためのどんな理由も「遠くにもまた近くにも／地上の景色のいずこにも　見えはしなかった」と表現される部分は明らかに語り手のほうの認識である。一九世紀との告別に際して、詩は事実の厳密な受け取りとしてこの認識を持つ。それなのになお嬉々として祝いの歌を歌うツグミは、他者または詩人の否定された部分として読まれるべきではないだろうか？

詩集中でのこの詩の位置

そしてこの結論を支えるのにより決定的なのは、ハーディ詩集の作品中でのこの詩のコンテキストである。すでに前章までに見たとおり、第一、第二詩集には反伝統的な作品――神の消失や脱ロマンティシズムを歌ったものがきわめて多い。この作品に先だつ六篇の作品はいずれも生物（うち四篇は鳥）を歌っている。「解き放たれて住処に帰った籠の大ツグミ」(114)、「冬の日暮れの鳥たち」(115)、「ダーンノーヴァ平原の冬」(117)、「当惑した猟鳥たち」(116)などはいずれも、やせて小さな年老いたツグミの登場する一一九番のこの詩に先だって、実際には何ら自然からも神からも幸せを与えられていない生物・人間を象徴する殺される鳥、餌のない鳥を描いている。特にこれらのなかには冬の、餌のない時期の鳥として描かれるものが多いのだから、かのツグミもまたこれらの鳥と同類でありながら祝歌を歌っていることになる。「今年最後の菊」(118)もまた冬の花であり、絶対者から何の配慮も示されないのに嬉々として咲いているのである。

構造がよく似た絶望の歌

また第一詩集には、この詩と構造がよく似た作品がすでに示されている。それは「絶望との邂逅」(34)と題されている。夕暮れに〈私〉は楽しみを与えてくれそうな風景のすべてが闇に閉ざされた荒地にやってくる。そこは〈私〉自身の生活がそうであるように、数多くの暗黒が群れている場所である。しかし偶然〈私〉は空を見上げ、そこに輝く光を見る。〈私〉は喜びに捕らわれて立ち止まり

そこで私は、立ちつくしたまま、厳しい自己叱責を
　黙って自分に浴びせかけた、
〈善なるもの〉を曲解し、虚報し、分別のない

反乱を起こそうとしたひねくれ者だとして。

ところが地平線の円弧を背に、奇妙なかたちのものが現れる。その〈もの〉は「いまわしい、希望のないもの」であることを〈私〉は感じ取る。〈もの〉は「ここは死せる場所、光でさえも消耗し、暗黒に成り変わる場所!」と語りかけるので、〈私〉は反論として「高みを見れば、そんなことはない!」と言い、先刻の反省をふまえ、新たなる人になろうとする。〈もの〉(現実認識を指そう)は〈私〉に対して、しばらく待って高所を見続けるがよいと助言する。〈私〉が高所を見るうちに、輝かしい天の絢爛はかき消されて闇となる。

事実の認識としての〈絶望〉

この詩が「闇のなかのツグミ」と構造が似ていると言ったのは、語り手が景色を見て、景色の暗黒と自分の心の暗闇とを同じものと感じ、次いでその考え方を批判するような〈希望〉の姿に遭遇し、ふたたび〈希望〉との断絶が訪れる点である。オオツグミとは異なって、この詩の中天の残照は、明らかに〈私〉を一度は楽観主義のほうへ引き寄せる。しかしその残照、詩行のなかの“Good”や“Heaven”など大文字で始まる用語が示唆するキリスト教やその神の連想を伴うこの光も、次の一刻が暗闇のなかへかき消してしまう。この詩を「闇のなかのツグミ」と並置するならば、両者は、暗黒こそが厳しい現実の姿だと見る点で酷似している。この詩ではいったんは〈私〉が神の恩寵とは無縁な、邪悪な(graceless な)者として反省されるけれども、この反省はやがてうち消される。いやむしろ、善と恩寵と天へと目を向けた〈私〉は、一時的幻想を抱いた者と結論される。ふたつあとの章でハーディの神の消失の歌をまとめて扱うが、この詩の主題もまた神不在である。〈絶望〉とは、語り手個人の責任として生じた、心理としての絶望ではなく、神が姿を消したこととその結果として生じた世相への、いわば状況認識としての絶望なのである。前者であるならばハーディをペシミストと称することは許されよう。しかしハーディはここでも世の事実の受容者・報告者として歌っている。またこの作品は、心ならずも信仰を放棄せざるを得なかったハーディの精神史でもある。

悲観論者呼ばわりの暗闇

けれども世間は当時もハーディの〈思想〉を非難したし、文学史にも彼はペシミストだったと必ず書かれるようになった。ハーディ自身の、かかるペシミスト攻撃を暗闇として歌った詩が「暗闇のなかでⅡ」(137)である。この作品を検討することもまた、ツグミの示す意味を補完してくれるだろう。詩は冒頭に、聖書「詩編」からとされる二行の題辞を掲げる——「わたしは右手を見た、そして目を凝らした、だが私を知ろうとする者はだれ一人いなかった…だれも私の魂を構いつけなかった」(ハーディは聖ヒエロニムスによるラテン語聖書訳『ウルガタ聖書』によっている。「詩編」一四一番と記されているが、今日一般の聖書では一四二番である)。作品のなかで語られる〈私〉の孤立はこのモットーのなかにすでに示されている。そして第一連では、「多数者・強者の叫び」が「まもなく正される少数を除いて/物事はすべて最善の姿」だと叫んでいる。〈私〉の眼にはそうは見えない。第二連でも彼らは同様のことを言い続ける。〈私〉は生まれる時代を間違えたと思うしかない。第三連でも「ひとつの涙に対して多数の笑みがある」とする彼らの楽観主義は変わらない。最終第四連は

〈最善〉の低い呟きが〈最強〉の衝突音に殺されるのを耳に聞く者、
〈改善〉への道があるなら〈最悪〉を直視する必要ありと考える者、
喜びは不正、慣習、恐怖に妨げられている繊細な生物だと思う者、
そんな者はねじけ者として退去させよ、この場の秩序を乱すから。

――これは〈強者〉のせりふの続きなのである。全篇はまさしく「イギリスの全世界に及ぶ帝国と物質的進歩を、ユートピア的完成と見て歓迎する人びと、そして多分、『日陰者ジュード』に見えるハーディの率直さを非難した人びとの、我意を通し貫く強固な楽天主義に対する攻撃」（Bailey 181）である。しかしこの指摘と同時に、「世のすべては最善」と言う言葉の奥には、ちょうどブラウニングの描く少女ピッパの「すべて世はこともなし」の一句の背後にあると世に感じられていたとおりの「神、空にしろしめす」という当時の常識もまた多数者の声だったことを思い起こす必要がある。ハーディは、こうした人びとのなかで孤立を痛感していたに違いない。彼はこのような孤立のなかから、多数者のほうへの歩み寄りは見せようとしない。ペシミスト攻撃を平然と行う世相がここでは暗闇として表現されている。あの、暗闇のなかで遭遇したツグミのほうへの語り手の共感もまた、ハーディは否定しているのではないだろうか？

真理に生命を与える男

「沈黙者の見解」（90）にもまた、真理をわきまえた者たちの孤立が歌われている。ある国の見解を代弁する説教者、ジャーナリスト、詩人などの意見が〈沈黙者・少数者〉の考えと大きく異なっていることが第一連で描かれ、第二連では永年ののち、歴史は〈沈黙者〉の考えどおりに展開していたことが語り手によって紹介される。ここでも詩人の共感はこの少数の〈沈黙者〉の側にあることは言うまでもない。しかもこの詩に至るまでの七六番以下の作品は、連続して神の消失、〈自然の女神〉の造化の失敗、〈愛〉の理想の失墜などを歌うものであり、〈沈黙者の見解〉そのものがここに連ねられているという印象を与える。「ローザンヌ――ギボンの旧庭にて、午後一一―一二時」（72）では、『衰退と崩落』を書き終えたギボンの霊が現れて、〈私〉に「〈真理〉の処遇は、現今ではどうなっているかね？」と問いかける。「（文筆のわざが）遠回しな言葉でしか〈真理の女神〉を援護できないでいるのかね？」と世の常の成り行きを予想する言葉が続いたあと、「真理に生命を与えた男には、この世は不名誉をもたらさずにはおかない」という状況が続いているのではないかとの危惧感が表明される。「闇のなかのツグミ」の語り手も明らかに〈真理に生命を与える男〉として登場しており、ツグミは真理の語り手として登場してはいない。

暗闇の存在するこの世

またさきの〈沈黙者〉を受け継ぐ、詩番号のうえで次に置かれる「まだ生まれていない極貧民の子供に与える」（91）では、母の胎内にいる子に対して、生まれてこないほうが幸せとの見解を呼びかける。これまた〈生〉の

真実を認識しようとする〈真理〉の擁護者の歌わせる作品である。第三詩集にも、まったく同じ〈真理〉を語ろうとする作品が見られる。「出産の床で」(224)では、出産を終えたばかりの若い女のもとへ、夜もふけたころ、女の母親の霊が現れて「お前は初産を終えて喜んでいるが、悲しい人の行路をまたひとつ作ったことなのよ」と語る。「いまだ生まれざる者たち」(235)では、〈私〉がまだ生まれていない胎児たちの洞窟を訪れると、彼らは人生に対しての〈希望〉に胸を高鳴らせている。彼らは人生とは〈暗闇〉の片鱗さえない世界だろうと思っている。ここでも現実を知る〈私〉は

憐れみの心が強いので明らかにはしたくはない　現実のありさま、
しかし〈真実〉が断言しないでおくわけにはいかない　事実の情報

を胎児たちに読み取られてしまう。詩集中ではその直後に、制度化された人類の殺し合い〈戦争〉のなかで、良い飲み仲間だったはずの敵兵を殺す兵士の述懐が「彼が殺した男」(236)として配置されている。さまざまな暗闇の存在するこの世の現実を弾劾する歌としてこれらを理解するなら、右に言う〈真理〉が、把握し取り組まれるべき人生の事実であることを読者もまた認めるであろう。

幸せざかりに見える大衆

のちの章でも詳しく触れる作品を話題にすることをお許しいただいて、「大問題」(83)をここでも取り上げたい。あちこちの物見の塔（高所からものを見ることのできる先進的知識人）が、この重大事件を「弔鐘」でもって知らせている。鐘の鳴りかたからして、何らかのものの死が告げられているわけである。語り手はこの音を聞きつけた「少数者」の一人である。この第一連には、ある恐ろしい事柄を知り、その証拠を知った人が、まわりに嬉々として笑っている妻子や友人にその〈真相〉を語ることができないでいる姿に似た状況を歌っている。笑っている無邪気な人々は、実はまがまがしい運命にこれから晒されるのである。〈弔鐘〉が告げた、重大な〈死〉。もちろん死んだのは神であり、伝統的世界観である。愛するものの死や死病を近親者に告げられない男に似て、語り手はこう自問する——

幸せざかりの人びとを　この鐘の音に引きつけてはならない
そんなことをするくらいなら従来の考えに世を統べさせるがよい
(中略)その方が安らぎがあるというのに、蔑む必要がどこにあろう

嬉々として「魂を吐露」しつつ飛ぶ孤独なツグミは、この詩では〈弔鐘〉が聞こえず、幸せざかりに見える一般大衆に変っている。「少数者」とこれらの人びとのあいだの隔たりは、埋められようともされずに、そのままに残るのである。

大きな断絶——だがツグミは何の象徴か

ここに挙げた何篇かの詩は、「暗闇のなかのツグミ」の置かれている詩集中のコンテキストがいかなるものであるかを、誤解の余地なく明確に示している。オオツグミが、詩人の迷える魂に希望を与える使者として登場したとか、ロマン派の雲雀やナイ

チンゲールのように憧憬の対象として飛んできたとかいう解釈は、こうしたハーディ詩の集成のなかでの考察を抜きにして語られる場合にのみ可能である。彼の詩全体のなかで、前後の作品とあわせてこの詩を読むなら、このツグミの背景をなしていた風景と鳥とのあいだには大きな断絶があり、その風景を正確に見て取っている観察者（語り手）と鳥のあいだにも、冷ややかな障壁ないしは拒絶がある――詩の第一義として、こう感じられなくてはこの作品は意味をなさない。その点を認識したうえで私たちは、詩という芸術の特徴として、第一義を取り巻くそれ以外の〈良き曖昧〉がこのような作品のまわりにもうっすらと現れてくる点にも改めて目を向ける必要がある。語り手が観察した冬の風景（一九世紀最後の日の世相・世界の成り立ちの実像）は、疑いのない状況としてそこにある。しかし、語り手によって同化不可能なものとして斥けられるツグミはいったい何の象徴なのだろうかという問題は依然残っていると思われる。

弱者のツグミはキリスト教を象徴？

デイヴィも言っていたように、ツグミは明らかに幻想の持ち主である。またこのツグミによって語り手が〈世紀の末の風景〉に対する認識を改めようとする気配は、上に述べたとおり、読み取れない。これらは第一義と矛盾しない。しかしこのツグミは、「暗闇のなかでⅡ」のなかで強圧的に叫ぶ〈強者〉ではない。もちろんこの詩では〈多数者〉でもない。〈強者〉と孤立する語り手との対立、暴虐を揮うものと揮われるものとの関係はこの詩の表面には現れてこない。それはハーディ詩集のコンテキストによって、終わりを迎えた一九世紀の、〈強者〉が称揚しいまは枯死した風景と、新たな二〇世紀を展望する語り手の認識とが対立する構図の底流として示唆されるに過ぎない。それどころか、このツグミはむしろ弱者である。弱者であることを自らは意識しない弱者である。老いさらばえ痩せこけうらぶれて強風に煽り立てられる。キリスト教的連想の強い「夕べの聖歌（evensong）」「祝いの歌（carolings）」「福者の〈希望〉（blessed Hope）」などの単語は、篤い信仰の持ち主というイメジを浮かび上がらせる。この鳥は、だからまず何よりも、老いて信じられなくなったキリスト教そのものを象徴していると言えるだろう。あるいはキリスト教の聖者であるとも言えよう。そのように高貴な精神の持ち主が自己の魂までをも投入するのに、周囲の世界（冬の風景）は彼の信じるところとは正反対の事実のみを呈示するのである。また、このふたつのいずれかの象徴を感じ取る場合にも、それらはいずれも高貴な映像と滑稽な映像とのあいだを揺れ動く曖昧を示している。

現実認識に制御される〈私〉

さらにこのツグミは、その象徴するものとして、楽天主義に疑いを差しはさむことを知らない善男善女から、新しい知識人の暗いすれっからしの心に対抗する旧型の詩人や知識人、認識力を失い時代に適応できない論説家、いわば餓死する冬の鳥なのに神に感謝を捧げる宗教的熱狂者（この場合エマへの揶揄も感じられる）、本来なら高らかに自然の美を歌いたい（そして時代に拒否され消失しかかっている）〈私〉の分身など広い範囲の曖昧を喚起する。そして詩全体のなかで発せられるこの鳥に対する感情は、称賛、感嘆から、意外感、羨望、嫉み、軽蔑、無関心、積極的拒絶など、これまた幅広いのである。このうち特に羨望の念は、「心に満ちた」「限りない喜び」「恍惚とした」「幸せげな」「良き夜を告げる」などの用語によって増幅されるであろう。そのためにツグミは一時は〈私〉の心を引き摑むようにして空を翔るが、しかし最後の数行は〈私〉を絶対的に制御する――二九行目の"I could think"は"I did think"でもよかったのである。ハーディがこの表現に盛り込もうとしたのは「私は考えさえした」、さらには「ほとんど思いたくなるほどだった」の意であったと感じられる。つまり、そう思うほかないほどに、風景の荒廃と鳥の喜びとの対照が激しかったということであり、これが三〇行目の"happy"に皮肉な意味（おめでたい）を生ぜしめ、この意味に引きずられて、「何かの祝福された〈希望〉(Some blessed Hope)」にも〈幻想〉の意が色濃く打ち出されて、先に引用した、現実認識に絶対的優位を与える、突き放すような最後の二行「彼が知り、ぼくが知らない　何らかの〈希望〉(Some blessed Hope, whereof he knew/And I was unaware.)」へと続くのである。ハーディは特にその詩活動のなかでは、美しい事物に誘引されて身勝手な至福感を醸すことを、己に禁じざるをえなかった作家であった。

さて第二章で述べたロマン派離れ、本章で示した世界観の改変をハーディに歌わせた英詩の伝統を考えるとき、特に目立って浮び上る名はテニスン、ブラウニング、アーノルド、クラフ、スウィンバーンなど一九世紀中葉のイギリス詩人たちである。これらの先行詩人たちの歌いかけた世界観の変更を、以下四―七章で詳しく眺めたい（スウィンバーンについては、唯美主義とペアになった神不在が歌われたが、ハーディはこのペアのうち、神不在についてだけ、問題を継承した。これについては、トリスタン伝説を扱う第九章をご覧いただきたい）。

第四章　アーノルドの世界観・自然観とハーディ

二人には当然相違はある

アーノルドとハーディの相違を指摘するのは比較的容易である。二人が半世紀を隔てていることから、もちろんのこと、依って立つ文学上の慣習、読者層の期待などの点で、特に大きな異なりが生じている。しかしそのほかに、二人ともいわゆる哲学詩、観念詩を数多く書きながらも、諸観念の用い方が、アーノルドにおいてはより生硬かつ高踏的であるのに対して、ハーディでは、観念がより日常的体験と密着しているという体質的な異なりが感じられる。本章の最後に取り上げるアーノルドの〈哲学詩〉のひとつ「諦観」（Resignation）について、彼の詩人としてのポジションはつねに「外部から、事後に、そして高所から」であるとする見方がある（Davis 75）。筆者のデイヴィスは、この論文でアーノルドとハーディの比較論を展開し、ハーディの親しみやすさが強調される。これは素朴な読者も共感する意見であろう。にもかかわらず、二人のあいだには、大きな影響関係があり、しかもそれは文学の本質に深く係わった部分についてである。

ハーディにとってのアーノルド

もっとも実生活においては、ハーディにとってのアーノルドは、初対面の時に好ましくない印象を残し、二度目に会ったときに好印象を与えたという程度の文人であった（Life 134；167）。また、ハーディの言う〈近年〉において、道徳や宗教に関して文学者が思いきった主張をしたあとで、それを何らかの屁理屈で修飾してその主張の力を弱めたり、世間との妥協を図ったりする例としてアーノルドを持ち出していさえする（Life 215）。晩年にキリスト教の〈文学的〉重要性を説き、自己の神離れとキリスト教文化との折り合いをつけたアーノルドには、ハーディは不満だったかも知れない。しかし最近ではターナーによって、いかにハーディが小説と詩の両面にわたって、用語や発想などさまざまの細部でアーノルドに負うところが多いかが指摘されている（Turner 61；62；79；149；258）。けれどもそれ以上に重要な点は、アーノルドがハーディにとって、きわめて本質的な一点において生涯の師表であったことである。ハーディ八二歳当時の出版である第六詩集の長大な、一大詩論と言うべき端書き“Apology”――直訳は〈弁明〉であるが、拙訳『トマス・ハーディ全詩集Ⅱ』では「我が詩作を擁護する」――のなかでも、詩の機能、詩人の目的を述べる際に彼はアーノルドの言葉に大きく依拠するのである。

世界観を歌うことこそ詩人の使命

ハーディはこの端書きのなかでこう言う――詩人というものは夢の素材の作り手ではあるが、常套的な麗句を弄する配慮は完全に抛擲されるべきであって、「詩歌の真の機能、世によく知られているマシュー・アーノルドの言葉で言えば〈諸観念の人生への適用〉にこそ、詩人は身を捧げるべき」である、と。ところがこれを実践した場合には、状況的に必要不可欠な発言なのに「諸観念をこのように適用しようとする作家が誰であろうと、その作家には冷酷きわまりない世の判定が必ず下される」とハーディは（同じ「弁明」の後半で）嘆く。こうした詩人の周囲にいる裁定者たちはその大部分がとんでもない輩ばかり――「個性的なものを罵倒し、世界の本質に迫る諸観念を冷笑すべき珍奇と見なし、アレオパゴスでパウロに問いかけたアテネびとの願い（新しい言葉を聞きたいという願い）とは正反対の願いに動かされている輩だからである」――こう嘆いて、自分自身もまた〈新しい言葉〉を携える詩人であるがゆえに、〈奇矯な男〉として眉をひそめる連中の好餌とされてきた実情を述べる。しかしハーディは、アーノルドの範に従う姿勢を頑として変えない。先に「本質的な一点での師表」という言い方をしたが、右の〈諸観念〉とは、世界の実体についての見解のことであることは「弁明」を読めば明らかであるから、世の慣習的な考え方から反発を招く真実の世界観・人間観・自然観を詩のなかに歌うことこそ詩人のつとめと考える点で、まさにハーディはアーノルド直系無二の詩人なのである。

アーノルドの主張の現代的明確化を志す

アーノルドはその主張を屁理屈によって修飾しすぎたという、さきに述べたハーディの印象は、むしろ彼の主張を自分は受け継ぎ、明白化したいという気持に発していると見るべきであろう。自分は、主張を帳消しにするような余談・脇ぜりふ・反歌のたぐいで世間との妥協を図りたくないという思いが、そこにはみなぎっている。アーノルドが修飾を加えて、自己の反慣習的な主張をオブラートに包み込んで〈事なかれ〉を図ったときの、本体としての主張自体は、まさしくハーディが受け継いだものだった。このことは、以下の検討をお読みくださるなら納得していただけるであろう。いやむしろ、アーノルドが完全にはなしえなかったことをそこに見ていたからこそ、次の時代の詩人としてハーディはその主張を受け継ぎ、深め、〈脇ぜりふ〉を排除して述べておきたいと思ったのだろう。すなわち彼は、その主張の現代的明確化を志したと考えられる。先のターナーによる両者の関連の指摘は語句や発想における類似点の摘出だが、しかし二人の根本的・本質的な繋がりは、彼らがともに、神を信じたいのに信じられなくなった近代人である点と、文学は人生への批評として、すなわち文化の上での価値観の創造を担う主体として、重要な役割を帯びていると信じていた点に見られると思われる。神を信じられなくなった西欧社会で、何をもって人類が拠って立つ基盤とするかをアーノルドは考え、何をもって人生に意義ありとするかをハーディは歌った。しかしまた同時に、そうし始める具体的な手がかりとして、二人がともに敬愛していたロマン派詩人に対して、いかなるスタンスで向き合い、遅い時代（ロマン派から遠く離れた時代）の新たな詩人として、どのように世界を受け止めるかが問題となった。こうした、文学者としての本質的態度においてこそ、詩業の上では半世紀を隔てながら、二人は酷似する。

キリスト教と〈自然信仰〉が共に退場

アーノルドが、世界の成り立ちについて、神の問題を含めて当初から疑問を表明しつつ、〈自然〉についても自己内部のロマン派を否定しながら詩人として出発したことは、右の考え方をよく示している（そしてこれはハーディによって、極端に粉飾を排したかたちで受け継がれる）。なぜそう言えるのか？　すなわち、ロマン派の詩人たちの多くは、一八世紀の自然詩人とは違って、自然のなかにキリスト教の神を見ることはなくなっていた替わりに、宗教自体のなかには求めにくくなった神秘と恵みを〈自然〉のなかに（あるいは何らかの遠方の美、何らかの永遠性を持つと思いこむことのできる対象のなかに）見出していたからである。〈自然〉あるいは〈自然のなかに見られる何らかの象徴〉が、代替的に〈神〉の位置についたと言える。シェリーの場合でさえ、その無神論的傾向のために〈自然〉の光輝が曇らされることはなかったわけである。ところがアーノルドになると、キリスト教と〈自然信仰〉とが手を携えて退場する傾向を見せ始める。たとえばアーノルドが「ドーヴァーの海岸」でキリスト教の退潮を歌ったことはよく知られている。「〈信仰の海〉もまた／かつては満潮を誇り、地球の岸辺を囲い込み／畳まれて光る帯の折り目の連なりさながら。／だがいまは、ぼくにはただ聞こえるだけ——／〈信仰の海〉の、憂鬱で長い、引き潮のとどろきが／夜風の吐息に会わせて、荒涼とした巨岩の崖と／世界じゅうのむき出しになった石また石のかなたへと／引き去ってゆく音だけが聞こえる」と確かにキリスト教の衰退が歌われている。しかし同時に彼は、美しさの裏側に人間への何の恵みも配慮も蔵していない〈自然〉をも語っていた。

‥夢の国のように
ぼくと君の前に横たわっているように見える　この世界は、
こんなに多彩で、こんなに美しく、こんなに新鮮に見えるのに
本当は喜びも、愛も、光もそこには持ってはいないのだよ
そしてぼくらがここにいるのは、暗闇の平原にいるようなものだ

ハーディはこれに呼応するように、「闇のなかのツグミ」（The Darkling Thrush, 119）で、アーノルドが用いたのと同じ"darkling"という、表題に見える単語を、光はもとより、愛や喜びもない世界を示唆するかたちで使っている（「闇のなかのツグミ」を扱った前章参照）。ついでに言うなら、ハーディは右の引用の「こんなに多彩（So various）」というアーノルドの語を、これまた外面と内面との違う人間個々人を示唆するように、この一句を表題として「多様多彩な」（So Various, 855）を書いた。

詩歌の未来は広大

話を本筋に戻せば、いつの時代にも詩人は自己の美意識や理想を投影したり、心の支えとしたりする対象物を必要とする。しかしロマン派以降の詩人は〈神〉の代替物としての〈自然〉を喪った結果、多くの場合において、美化された〈死〉、理想化された地上的〈愛〉（多くは性愛）、官能的な異性の美しさ、個人的な幻想体系などを新たな代替物とした。ところがアーノルドは文学そのもの（彼の言葉では〈詩歌〉）の人生批評機能を、詩人としての自己を支える最重要物と見なしたのである。彼が批評家として上記の考え方を明言した文章を読んでおきたい。最初の引用は、当初アーノルドが「詩歌への招待」の題で啓蒙書のイントロダ

クションとして用いたものを、さらに別の書物のイントロダクションとして用いたのち、「詩歌の研究」（『文芸批評論集第二集』に収録）の冒頭に用いたもの（一八八〇年）。

　詩歌の未来は広大である。なぜならその高度な使命にふさわしい良質のものについては、時が先へ進むにつれて我が人類は、詩歌のなかにこそ、つねに安全さをいや増す支えを見出すだろうからである。こんにちでは、揺るぎを見せていない信条も皆無、疑問視されていない既成の教義も皆無、崩壊のきざしを見せていない公認の伝統も皆無である。我われの宗教は、〈事実〉に基づいて、いや〈事実〉だと想像されたものに基づいて成り立ってきたのである。宗教はその感情を〈事実〉にこそ付着させてきた。ところがこんにち、〈事実〉が宗教を見捨てようとしている。（Allott '78：**241**）

宗教に取って替わる人類の支え

　そしてアーノルドは、新たに執筆した「詩歌の研究」のなかで、倒れてゆくこれまでの支柱（すなわち宗教）に取って替わる人類の支えとして詩歌を挙げる。

　我われは詩歌を価値あるものと考えなくてはならない、これまで詩歌について習慣的に考えられてきたよりも高度なものと考えねばならない‥我われに代わって人生を解釈するにつけても、自己を慰めるためにも、我が身を支えるためにも、我われは詩歌に頼らなければならないことを、人類は時の進展とともにますます発見してゆくであろう。（Allott 同）

　彼はまた、上記ふたつの引用のあいだで「今日の宗教のもっとも力強い部分は、その無意識な詩歌である」とも述べている。アーノルドの晩年はキリスト教を今日に生かすための努力だった。彼はキリスト教の奇跡を否定する。神秘説のすべても捨て去る。しかし人生に倫理性を与え、精神的な価値を確立するものとしてキリスト教を再興させようとする。キリスト教および聖書は一種の比喩だ――すなわちこれらは詩歌・文学だというのである。一八七三年に彼が世に出した『文学と教義』は、彼自身の後年の解説によれば「奇跡を証拠とする大衆的神学と、形而上学的証明をあげつらう学問的神学の双方に反発を感じて聖書を全的になげうつ誘惑に駆られる人びとに、聖書の有用性を再認識してもらうために書かれた」（Arnold：*God* **143**）ものであった。

ハーディはアーノルドの原点に帰る

　ハーディは、詩人としてキリスト教離れと自然観からの離脱を組み合わせた作品を真摯な態度で綴っていたアーノルドを受け継ぐ作品を、以下（および次章）に示すとおり数多く生みだして行く。しかしアーノルドが、もう一度聖書に戻ってその〈詩歌〉と呼ぶべき部分を人の支えとした点には、一時惹きつけられたらしい痕跡を、明白な形では前記〈弁明〉（第六詩集冒頭）中の英国国教会への期待感に残してはいる。アーノルドと同様、奇跡や神秘などを除去した倫理性を世に行う支えとしてのキリスト教に、いま一度期待したのである。しかし最晩年にこれは幻想であったとしてハーディは撤回した（「弁明」のハーディ自身による注記参照）。そしてハーディの詩には、聖書やキリスト教自体に文学・倫理としての新たな役割を認めて、世の支えとするという主張は皆無である。したがってハーディは、後年のアーノルドではなく、詩人としての彼にこそ影響を受けたと思われる。つまり、自己の時代に共通した心の支えの喪失感、人間は人間以外に支えを見出すことができなくなった状況、これらを歌った若い詩人アーノルドの原点にこそハーディは惹かれ、これを半世紀隔てた自らの立場で作品化した。

世界における人間の予期せぬ孤立

この原点を端的に歌っていたのが上記「ドーヴァーの海岸」の、神も自然の恵みもないこの世界では「ああ、新妻よ、互いに誠実であろうではないか」と歌った部分であった。この詩句は、それまで神や慈愛に満ちた〈自然〉とともにあった人間の、世界における予期さえしなかった孤立を、痛烈に浮き彫りにしている。「人間が自己の孤独に直面するとき、つまり自己の外部にあるすべてのものからの自己の分離に直面するとき、現代が始まる」というヒリス・ミラーの言葉（Miller 7）は、宗教の衰退と自然の無意味化が平行して起こった時代に、人間世界がどう〈現代化〉されたかをよく言い当てている。こうした時代には文化を統括する体系的言語（たとえば聖書）も人から離れる。人間、神、自然、言語――この四者が互いに密接に結ばれて、そのうちのひとつは直ちに他の三者を連想させることができた時代（Miller 2-7）と現代は、本質的に異質である。ハーディの〈現代〉についての意識は、まさしくこの四者の分離によって成り立つ部分がきわめて大きかった。特に神の消失、自然認識の変質によって四者が分離している印象を生みだす作品が、アーノルドにおけると同様、彼には多い。彼とアーノルドとを組み合わせて述べるとき、神・自然のどちらかを歌った作品をそれぞれ一括しながら述べたいところだが、これらは作品内部で繋がっている。以下、このふたつの問題を念頭に置きつつ、本格的な〈神喪失〉の問題は次章に譲り、本章では一般的な世界観・自然観に触れたアーノルド作品をほぼ年代順に追い、ハーディの類似作品について短く触れてゆくという方法をとる。

倫理と整合する摂理の不在

アーノルドはすでに詩作の当初から、人間と絶対者との断絶の可能性を主題として選び取っていた。信仰を喪失せざるを得ない必然性が、アーノルドのごく初期の詩からすでに歌われていると見るべきなのである。一八四三―四年に書かれたと推定される（Allott, K&M 26）「メセリナス」（Mecerinus）では、悪を行った父に神の罰が下されず、神の律法に従順だった〈私〉（メセリナス）に罰が与えられる矛盾が描かれる。神は異教の神であるということになってはいるが、やがて「エンペドクレス」においてさえ、異教の神という外装は同じであることを思えば、この作品でもすでに、倫理性を備えた絶対者の摂理は世に存在しないことを歌っていることは間違いない。この詩の結末で〈私〉は、死までの六年間を快楽に生きるために森へ向かう。神的摂理の不在が、快楽による人生の選択に直結するさまは、クラフが『ダイサイカス』でやがて本格的に扱うことになる（第六章参照）。アーノルドが主題の上で、先駆的にまずこの問題を扱っているのは、クラフが彼の親友であることを思えば、納得がいく。摂理不在についてハーディは、他の諸章でも引用した作品「兆しを求める者」(30)で

地上の弱者が　強者に倒されて血を流しているとき
もし誰か〈記録者〉が　聖書に書いてあるとおりに
そのうとましい情景のそばを飛んで
天が悪を記し取る証としてのペン一つ落としてくれさえすれば！

と、そのような神的正義が世に行われていないことを嘆く。ハーディは外装を排して直截的に神不在を歌っている。

理知に苦しむ修道僧

アーノルドは一八四四年（Allott, K&M **34**）の作品「スタジリアス」（Stagirius）で、自己を中世の修道僧スタジリアスに代弁させる。信仰への強い希求が描かれる一方で、信仰の妨げとなる諸事情を列挙する。事情の半分は人間の煩悩として歌うけれども、これはこの作品の主たるメッセージを包み隠す外装であって、煩悩による誘惑から救ってほしいという叫びはやがて第二連において、この作品の本音へと移行する——

救って下さい、人の魂が、より明断になるにつれて　神様を
　より近くに見ることのないないさまを
魂が、より高きに昇りつこうとすると
　神様のもとへは　なんら近づきはしない現実を

——このように、時代による理知の発達が、人を神から遠ざけるさまを描くのである。もちろんこれは、自然科学の発達と、宗教上の奇跡や神秘の消失に対応する。形式上、この詩はスタジリアスのこうした焦燥を、従来の正統的考え方の枠のなかへ閉じこめようとする——

全ての疑念が黙り込むように　させて下さい（中略）
光が　盲目性を　もたらさないように
愛が　不親切を
知識が破滅を　もたらさないようにさせて下さい

これは単純な神離れではなく、理知ある者の世界の探求と信仰との両立を希う魂の、真摯な叫びである。ハーディはこれを、より深刻なかたちで受け止め、他の章でも見てきた「知覚のない人」(44)で、理知あるがゆえに神を見ることができない語り手に、

同胞には見えるとされる光景を　なぜぼくだけが
　自分には見えないと常に感じ続けなくてはならないのか？

という嘆きの声をあげさせている。アーノルドの主題が、いっさいの包み隠しなしに歌われている。

酔い覚めの知覚力

また一八四三または四四年にアーノルドが執筆したとされる（Allott, K&M **22**）「海辺の

ジプシーの子供へ」（To a Gipsy Child by the Sea-shore）は、彼の詩作品全体の傾向に通じる醒めた意識の点で、特に注目に値する。天空のかなたへ飛翔を願うロマン派的な陶酔の対極と言うべき、地上的な暗黒を見つめる酔い覚めの知覚力が、ここでは研ぎ澄まされている。このジプシーの少年は、詩のなかの理想像としての役割を得ている。ちょうどこれは、ワーズワスの郭公、キーツのナイティンゲールや古代の美しい壺、シェリーの雲雀と同じ役割である。違うのはロマン派の用いた理想の担い手は、光に向かい、地上的な鬱屈を払拭してくれる伝統的な美の姿だったのに対して、この少年は陰鬱へと向かう性向と容貌を持っている。ハーディはおそらく『日陰者ジュード』の少年〈時の翁〉のすがたを、これをもとに作りだしたのであろう。ジプシー少年は、楽観的な幻想のなかにいる同時代人への警鐘を打ち鳴らす真理の番人のように登場する。地上的な暗黒のなかで呻吟する語り手を、啓示を与えるように光明の世界へ導くというロマン派の詩のパターンが定着していた思想風土のなかでは、この少年は明らかにこのパターンの書き換えないしはパロディの意味を持つ。最初の四行は、ブレイクの虎の創造者に対する驚嘆を本歌とした、この憂愁の子を創造したものへの驚きを描く――

まだ世の中を知らないこの眼に　嘆願の色を添えたのは誰か？
幼子の陰鬱のなかに、こんな大きな意味を隠し込んだのは誰か？
ああ幼子よ、この瞑想的な表情をきみに与えたのは誰か？
その小さな額に　このような宿命の暗雲をつもらせたのは誰か？

もはや夢を見ない魂

あたりに満ちる港の賑わいも、この子の深い憂いを取り去らない。児童独特の喜びが、その苦悩を消し去ることもない。それは気紛れな、無価値な憂愁ではない。それは「この大地の意義を高め、大地に栄光を与える陰鬱」（l. 20）とされる。

ストア的な魂の　あの平静がきみのものなのか、人生を秤にかけ、
量目の足りないことを知って、しかも嘆かず、（中略）
黙って　きびしく我意を貫き、もはや夢を見ないあの魂の？

それは、権謀術策の世界に倦みはてた厭世的老王の憂いに似るとも歌われる。するとこの子は、アーノルドの分身に見えてくる――

きみは　希望がいかに虚しいものかを　予知してしまったのだ、
人生の収穫を先見してしまい――なお生きようとしているのだ

アーノルドは、人生の悲惨を悲惨として見ない人情のからくりを歌った上で、伝統的な発想に大きなねじれを与える奇妙な四行を書く――陰鬱を知る子たちの将来を歌う四行である。

ああ！　恋人たちが使う　甘い愛の媚薬も
日々の労働という　単調な、麻酔を与えるレテの泉も

滅びた天使たちの胸の中へ　忘却をそそぎ込むことはできない、
汚された栄光の忘却、たなびく雲への忘却を。

ハーディ的悲観論

この四行は、こうした陰鬱〈陰鬱が大地に栄光を与えるものだと先ほど［l. 21］歌われていたことを忘れてはならない〉の子たちは、将来恋愛をしてひととき陰鬱を逃れ、労働の繰り返しのなかに、一時的に鬱屈を忘れることがあろうとも、けっして過去の栄光、つまり幼年時代の〈洞察に満ちた陰鬱〉を完全に忘却することはないだろうと歌うのである。この劇的なアイロニーは、一般には理解されていないように思われる。確かにここには、過去の栄光を忘れられない堕天使へのアリュージョンがあり、またワーズワスの「栄光の雲をたなびかせながら」人間がこの世にやってくるさま（"Immortality Ode", ll. 63-5）が下敷きになってはいる。しかしこれはそのパロディなのである。この四行を、穢れた現世に生まれた悲しみの子が、栄光に満ちた生の源泉を懐かしんでいる描写と解するのは誤解も甚だしい。右のように読んで初めて、これに続く一二行と意味の上で整合する。従来、初期作品のなかでも重要な、いわば〈陰鬱への讃歌〉と言うべきこの詩の真の意味が取り上げられず、特に末尾一六行について曖昧にしか理解されなかったのは、直前の引用に見える〈栄光〉が〈陰鬱〉を指すという、まことに非伝統的なアーノルドの措辞が理解されなかったためである。ハーディを悲観論的だとして酷評した批評界は、まさかこの早い時代にこれほどの陰鬱讃美が現れようとは想像もしなかったのだ。

悲しみの威厳

詩の末尾を読んでおきたい——

闘争によってのみ勝利が得られる、人の群れる野面で
努力して落ち穂を拾う人に拾えるものをきみがかき集めてみても
嵐に悩まされたきみの人生航路の一部を　正義の太陽が
人の祈りのとおりに　金色に飾ることがあったとしても（中略）
一度は必ず、日の没する前に、きみは見て取るだろう、
おお夜が来る前に一度は、きみの成功のなかに鎖を見て取るだろう
長い夕刻が閉じる前に、きみはもう一度以前にかえり
再びまた　この悲しみの威厳を　身に纏うだろう。

訳文中（中略）と記した部分では、「人並みの幸福が悲しみを緩和し、安楽が憂いの優美を忘れさせ、知恵や経験が悲しみとの同居を拒む時期があっても」という意味のことが歌われる。これは右に見るとおり、〈汚れのない幼時への復帰願望〉という英詩の伝統への挑戦であり、そうした過去の作品のパロディ化でもある。幼時の栄光が、成人世界の煮えたぎる血や情熱、争いや利得追求のために失われるというテーマ、あるいは〈聖なる源泉〉からの遠ざかりのために、また詩的感覚の枯渇や雑念の混入のために、幼時の栄光が見失われるというテーマ——この伝統的テーマがそのままここに再現されている。ところが〈幼時の栄光〉の内容がきわめて反伝統的なのである。それは〈神〉との近接でも〈自然〉との交感でもない。性欲や野心の未発達でもない。それはこのジプシーの子に見られる、人生の実体を洞察しての陰

鬱にほかならない。ジプシーの子は、楽天的世界観と訣別して世の真実を見極めようとするアーノルドの希求の象徴である。

ハーディの陰鬱の子

このジプシーの子は、さきに述べたとおり、小説『日陰者ジュード』の陰鬱な子供「小さな時の翁」を思い起こさせるほかに、その関連の詩とされる「真夜中の大西部鉄道」(465)で旅する「けだるそうな」少年が「いま問題になっているすべてに」無関心な様子で、我われとは別世界に住むように見える描写とも一面において繋がる。「まだ生まれていない極貧民の子供に与える」(91)の胎児もまた陰鬱の子として生まれる運命にある。しかしそれ以上に、さきに述べた楽観的な幻想のなかにいる同時代人との認識の差異を歌う作品はハーディには満ち満ちている。前章のツグミの歌がその代表格である(ぜひ前章をお読みいただきたい)。また「知覚のない人」(30)の語り手も、こうした陰鬱(つまり時代を超えた理知)を知る男である。変わり種は「気のふれたジューディ」(121)の女。彼女は徹底的な悲観論者であり、シェイクスピアに登場する狂者や馬鹿(道化)がしばしば真実を語るのとよく似たかたちで、上記陰鬱の観点から見た真実を洞察する女。私見では彼女はこのジプシーの子に似て、詩人に讃えられていると思われる。

人間観の転換

一八四六年ころ(Allott, K & M **44**)のアーノルド作品「両様に備えて」(In Utrumque Paratus)は、二つの"if"節を設けて、地球の成り立ちについての二つの説を示す。いずれも仮説の域を出ないかのように扱うのである。彼はギリシア思想家を読み、またおそらくはブレイクの影響を受けて、世界が〈完全に純粋な一者〉の精神内部にまず想像という状態で存在し、のちにそこからの〈流出〉によって物質世界となったという仮定を最初に提出する。その場合人間は、自己の「孤独な純粋」、すなわち他の生物には認められない高貴な精神性によって〈完全に純粋な源泉〉の高みへと向けて「色彩豊かな人生の夢を再登攀する」ようにと求められる。プラトン的であるとともにキリスト教的な、明らかに動物とは別個の魂を持つ人間、魂の洗練・浄化が可能な人間の姿が打ち出される。しかし、これはこの作品の前半を飾る仮定に過ぎない。アーノルドにあってよく見られるかたちだが、この美しい〈過去の幻想〉に対立する〈現代的事実〉が後半に語られる。前半で人間を特殊な存在とし、第三連に見るとおり、星にのみ知られる「荘厳な高山」にたとえられた人間は、後半では一転して(やがて十数年のちにダーウィニズムとして世に知られることになる)物質の変化の結果としてできた世界に住むものとされる。

しかしもし、荒くれて父親も知らない人間のかたまりが
　神の座からの出生を知る由もないとすれば――
もし、地球が、暗闇の、虚ろなこだまの叫ぶ孤独のなかで
生まれの大元を知らない体躯をあちこちと揺すりながら
太古からのすべての時に、もだえ呻くことを止めず、
しばしば成果をあげることなく、もっとも幸せな陣痛の時でも
　自己の生み出すものを　ただ独りで生み出すのだとすれば――

「ただ独り」とは〈神の媒介なしに〉の意味であり、地球の陣痛は生物の誕生（後年の言葉によれば進化）を指す。「最も幸せな陣痛」とは、人間を生みだした時を指す。この詩の前半を人間の降下、後半を人間の上昇と読む解釈（Allott & Super 507）に従うよりも、前半には懐かしい人間の高貴な虚像、後半には、動物に較べて優れていながら決して完成品ではない人間の実像を描くと読むべきではなかろうか？「両様に備えて」と題しながら、真実であるあと半分の人間発生説に備えて、発生の卑しい人間をなお受け容れる心の準備を迫る歌である。

人間の進化・創造のハーディ版

ハーディは人の発生について、右の地上的解釈を発展させた詩を書いている。世界の成り立ちに際して、人への配慮を持たない欠陥のある「自然」を歌う「母なる〈自然〉の嘆き」(76)では、古代中世以来の神に由来する人間発生説が暗黙裏に退けられ、ニュートン以来の汎神論や理神論、一九世紀に崇拝されたロマン派的な〈自然〉が忘れられ、いまやダーウィニズムと現代科学による自然観が支配的になったことが示唆される。生命の誕生も、自然の女神が賦与する神聖な命という崇高感・神秘感とは無縁になり、現代人に先行した人間は「自然の女神の御力は、すべて最善のものを最善のために予定しておられる」と言っていたのに、現代の人類は

神々が・・・〈自然〉に与えた材料と方法を俺たち人類によこせば
俺たちの頭脳はもっと上品でもっと正常な
被造物を進化させ、創造できるだろう

とさえ考えるようになった――このように科学の進歩を表現するのである。一見、アーノルドの幻想的な詩風と無関係に見えながら、人間の発生と、自然の仕組みを、神による奇跡的な発生説から完全に分離し、さらにクローン人間をさえすでに示唆している。ハーディの第二詩集はこの種の想念による自然詩に満ちている。

反逆的自然観

一方アーノルドは、ジャンルの上で自然詩に分類される作品をいくつも書いている。なかには一九世紀初頭的な、自然界埋没を希求する「別れ」(Parting, 1849) のような作品もある。恋人との別れによる苦痛からの回復は、自然の治癒力によるとする心がなおここには顕著である。しかしこのような伝統的な自然への依存を歌うのは例外的であって、この作品より数年も前から、彼は新時代の自然観をテーマとして取り入れていた。「〈自然〉と調和して」(In Harmony with Nature ――To a Preacher) もそのひとつである。語り手は〈自然との調和〉を説く説教師に反論する。「自然は残酷だが、人は流血に倦み果てている」とか「自然は死滅を怖れず容認する、人は優しくすることを願う」とか、自然への信頼の放棄と人の行動の優越を述べたあと

知るがよい、自然が終わる処から人は始めなければならないことを
そして自然と人とは　けっして忠実な友にはなれないことを。

この作品は一八五三、五四、六九年のアーノルド詩集から削除された。その理由を、作者の本作への不満と見る（Tinker & Lowry 30）よりも、「エンペドクレス」と同様、時代が容認しない内容ゆえと見る方が正しくはないだろうか？　ハーディもまた〈自然〉の限界を歌う。すなわち「欠落した感覚」(80)で、〈自然の女神〉が浮かぬ顔をしている。造物者としての失敗、愛する被造物への〈傷害行為〉を女神は悔いているのである。すると〈時〉が解説者として登場し、女神の全能を妨げる盲目という事情がある、だから人よ、障害者である女神を許せ、そして

　人よ、お前は被造物として母に依存しつつ、可能な限り母を助けよ
　なぜならお前は母の土からできているのだから。

と〈時〉はこの詩を結ぶ。「ルバイヤート」の陶工を連想させるとともに、ここには人に最終責任を負わせるアーノルドの影響もあろう。

自然の仕事

しかしアーノルドは、先の詩の反歌と思われる「静かな働き」（Quite Work）を一八四八年ころ（Allott, K&M 112）書いている。ここでは人の仕事より自然の静かな働きのほうに優位が与えられる。自然の「眠ることなき僕たち」は「静寂のまま前進する」と歌い、

　そしてつねに働き続け、つねに人の虚しい騒乱を非難しつつ
　その栄光ある偉業を　沈黙の中に完成する、
　人の去ったときにも休みなく働き続けるこの働き手たちは。

だから〈自然〉からひとつの教訓を学び取りたいという歌である。ワーズワスやゲーテの自然観の継承も見られる（Tinker & Lowry 22）けれども、人間の方が主体的に自然から学ぶのであって自然が人に働きかけてくれるのではない点が新しい。ハーディは「自然の僕」という部分を拡大した「下級職のものたち」(84)のなかで、明らかにアーノルドの書き換えを行っている。鉛色の空、北風、病気、死などがここでは〈自然の僕〉であって、彼らは人に悪意は持たないまま、しかし他者の奴隷として人の苦しみとなる仕事をしている。

ワーズワスの死

ワーズワスは一八五〇年の四月に他界した。これによってロマン派詩人の時代は終わったとアーノルドは感じたらしい。「〈自然〉の青春」（The Youth of Nature, 1852）のなかで彼は

　ワーズワスは死し、彼に付きしたがった種族の
　果実の実った日々は地上から去った、
　すると暗闇が　私たちの眼に戻ってきた。

——このように、自然の美しさを見せる光もまた去ったと歌った。これは自然美を讃え、自然の慈愛を歌う詩歌の伝統が今後も継承されるだろうか、と強い疑念を表明した詩句である。これに続いて

何となればおお月光よ（中略）美よ優雅よ、おお魅惑よロマンスよ
私たちが胸に感じるのはお前たちなのか、それとも
お前たちの姿を明るみに出す　詩人の声なのか？

アーノルドはこの詩の終結部で、この疑問への回答を〈自然〉そのものに歌わせる。〈自然〉は、小さな人の心より格段に大きな自己を主張し、

美しいもの、魔力、優雅なもの、
それらはここにある！　それらは世界の中に組み込まれ、
存在し続ける。（中略）それらは不死であり、生き続ける。

さらにこのあと、歌のテーマ（〈自然〉）より歌い手は微小であること、芸術的表現の対象となる事物は芸術家を超越した絶対として存続することを〈自然〉は歌う。歌い手が表現するものは、現物（life）を不完全にしか写し取らない——「現物の映像なんて、現物そのものの輝きを持てるだろうか？」——これは、実物と芸術品のどちらが良いかという、エリザベス朝以来の〈自然〉と〈人為〉の優位論争の一九世紀版であり、ここでは〈自然〉が優位を獲得する。しかしこれは、〈自然〉賛美からは大きく隔たった〈自然〉解釈である。ロマン派的な考え方はここにはない。絶大な〈自然〉の美しさに惹かれて、人の限界を超えた〈自然〉の世界を目指すのではなく、〈自然〉と人間のあいだには断絶があり、人は、独立した存在としての〈自然〉を完全に理解し表現することはできないと歌われているわけである。最後の部分の〈自然〉の言葉は、さらにいっそう冷酷である。自分自身さえ知ることのできない人間ごときが、どうして自己ではない〈自然〉を知ることができるか？　そして偉大な自然詩人が去ったとき、「〈自然〉はその詩人の墓のなかに隠されてしまったと諸君は言うのか？」——

群また群、人また人が
私（〈自然〉）の秘密を自分のものにしたと思いこみ、そして
私はただ彼らのためにだけ生きていると夢想してきた（中略）
——そのような群は塵となり、変化し、去ってしまった！
私は　なお残っている。

これをたとえば、同じことを歌うバイロンの『チャイルド・ハロルドの巡歴』の海への賛歌と比較してみるがよい。海のあぶくとして消え去る人間とは対照的に存続する海原に対する、飽くなき憧憬——ロマン派のこうした心情がここに読みとれるであろうか？　アーノルドに見られる〈自然の永遠性〉とは、実際には、〈自然〉が人間から断絶して存在することを意味する。

〈自然〉と人間の断絶

断絶の深刻化

ハーディではこの種の断絶はさらに深刻化する。アーノルドでは、偉大でありながら人間を超えた冷厳な〈自然〉がそこにあるとされる。だがハーディでは、さきに引用した「母なる〈自然〉の嘆き」(76)に見るとおり、〈自然〉の偉大性とい

う観念そのものが人間が過去に抱いた幻想であったとされる。〈自然の女神〉は、「単純なものたち（過去の人類）はわたし、この女神に、甘美なほめ方をしてくれた／だが知的なものたち（発達した人類）なら、もっと甘美なほめ方をしてくれるだろう」（第一六連、かっこ内は訳者）と期待していた。しかし、人間の知力の発達を阻止しなかった〈自然〉は、人間の洞察眼にさらされて、その実態を見抜かれる憂き目にあう――

　もうこれからは、善きものや愛らしいものは
　　私とは無関係なものと　思いなしてください（第二一連）

――つまり、〈自然〉と美との連想は幻想にすぎないと思えと女神自身が語るのである。しかも女神の生み出した子供たち、つまり人類は、女神自身の十八番であった大量殺戮のまねをして「私の衰えを早めています」（第二〇連）、つまり戦争はする、乱開発はする、動植物の過捕獲はする――こうして〈自然〉と美との連想は吹き飛んでしまっているというのである。そしてここでも〈自然〉の美は客観的に存在するのではなく、人間の側の働きかけによってのみ生じるとされる。一八世紀の〈自然観照〉（contemplation）では、人が自然を心して眺めるだけで自然は神的意図を理解させてくれるとされた。ロマン派では〈自然〉は人間の心に、生の支えとなる恩恵を与えてくれた。アーノルドでは人間と自然の分離は生じても、人間が勝手に美を読みとる対象としての〈自然〉の存続は認められていた。これらの自然観が、ハーディではすべて消滅するのである。ハーディは、アーノルドにおける自然観のロマン派離れ、つまり〈自然〉と人間の断絶のテーマをこうしてより先鋭化・明確化させるのである。

人間の主観のみを認める

　さてアーノルドには、上記の「〈自然〉の青春」と対をなす「人間の青春」（The Youth of Man, 1852）がある。「〈自然〉の青春」で歌われた〈自然〉の永遠性は、実際には〈自然〉の人間からの遊離を意味した。その裏を返せば、人間にとっての〈自然〉の意味合いは、人間の恣意的・主観的な意味づけのことにほかならないと示唆された。「人間の青春」ではこの含意が表に浮かび出て主題となる。

　人間よ、人間こそは世界の王者である！
　〈自然〉のことをあれこれと讃える神秘主義者は
　たわけ者にすぎない。なぜなら〈自然〉は、
　美を持たず、暖かみを有せず、
　生命をも、情緒をも、力をも　持ってはいないからだ。（中略）
　〈自然〉は意味のないものだ、〈自然〉の魅力は
　描く力を持ったわれわれの眼のなかにこそ住み、
　感じる力を持ったわれわれの心のなかにこそ住んでいるからだ。

世界は心理的現象

　前記のハーディの「母なる〈自然〉の嘆き」（76）は、この作品を受け継いでいるとも言える。しかしそれを超えてハーディは、右のアーノルドの自然観の主観

論をさらに発展させて自然への感情移入を揶揄するところまで行き着く。彼は一八六〇年代、二〇代前半にラスキンの『近代画家論』を読み、認識論における唯心論的傾向へのラスキンの攻撃と、文学上のこの傾向を「感傷的虚偽」として斥けるラスキンの新しい美学理論に触れていたのである。小説ではこの主観性は、客観的な情景描写とともに表れる。『テス』では作者自身がこう言う――「世界は心理的現象にすぎない。自然界の移ろいが彼女の心に映じた姿こそ、彼女にはその実際の姿なのであった」（第四五章）。そして『テス』には、むさ苦しい周囲の描写のまっただ中に、たびたび後光（halo）がさして見える。第四章では、汚い酒場で母親が酒気を帯びると人生には後光がさし、「苦労だろうがなんだろうが、現実は実体のない、形而上的な風合いを帯び」、第一〇章では酒に酔って夜道を辿るトラントリッジの女の周りに後光が現れ、彼女たちを美化する。しかし彼女たちもまたこのとき、世界を美化し、まるであたかも「自分と〈自然〉とが相互作用を与えつつ調和しているように」感じている。しかし詩においては、さらに風刺まじりにこの問題は扱われる。次に見る「件の王の実験」（132）がその好例である。

この主題のハーディの詩

一人の農民が、「母なる〈自然〉のほほえむ統治」を愛でながら登場する。〈自然〉の女神は、「わたしは風に光を、地に輝きを与えてもいないのに」どうして彼はわたしを讃えるのでしょう、と〈凶運王〉に尋ねる。それは恋人の家へ、求婚に行く途中だったからだ。しかし〈凶運王〉はその女の「笑いさざめく命を奪い」、彼には死んだ彼女を抱かせる。すると彼は、晴れた日の輝く川端で「呪いに満ちた地平よ、墓石の飾りに似た野と木々よ」とつぶやく。〈凶運王〉は

ここにこそ面白みがある――
わびしげな自然の朝を　あの田舎ものが金色と見立てたのに、
あとでは自然の緑、輝くくれないを　葬列の暗黒と
寒さとに見なしてしまったことに。

深みのない詩ではあるが、〈感傷的虚偽〉をハーディがどう考えていたかを知る好個の手がかりにはなろう。また女が、〈彼〉に愛をささやかれた冬の日に自然界を夏と見立て、恋人の去った五月は冬の日に見えるという歌「彼女の一年の季節」（125）では、現行の表題の下に、草稿では「感傷的虚偽」（Pathetic Fallacy）という副題または原題が、抹消されたかたちで書かれている（Gibson Variorum Ed. 156）。人間の側の心理状態によって自然界の様相が美しくも醜くも見えることを歌う「相違」（252）もほぼ同じ主題を歌っている。

感情的惑溺からの脱却

アーノルドとそれを受けたハーディは、感情移入についてもまた、自然科学の真理に合致した方向へ自己の精神を向けている。ラスキンの感傷的虚偽論もアーノルド的な時代精神を反映していたと思われる。彼は一八世紀以降の唯心論の「およそ世界の万物は、自分がそれを見、それを考えることによって存在を得る」（Ruskin vol. 3, 12-1）とする考え方に対抗して、青という感覚を生み出さない場合にも（たとえば人間に見

られていない場合でも）、事物には青の感覚を生み出す力が存在することを述べている。ここを出発点としてラスキンは、詩人たちが外界の事物に生きたものの性質を読み込んでいく傾向をひとつの錯誤と見た。しかも海と言えば〈怒れる海原〉、〈むさぼり食う大波〉など、定型化した擬人法を用いる手法は過去のものと感じられた。上に見たアーノルドの自然と人間の分離もこの反省を共有している。ハーディもこれを意識し、感情におぼれそうになる瞬間に、他方で客観的認識によって生じた外界のもうひとつの相によって、その惑溺を中和してやまない。「今年最後の菊」(118)は、感情に惑溺できなくなった彼の時代の苦渋をよく示している――

なにゆえにこの花は　これほどまでに遅れて
　おののき震える羽毛のような花弁を見せるのか？
時はすでに　哀調帯びたコマドリの歌の季節、
　花はすべて、土に葬られてしまった季節。

感情移入から自然科学的解釈へ

こうして始まった詩はさらに一六行のあいだ、「美しい姿を見せるにはもう遅いのです、孤独な花よ」「これほどに繊細な華やかな花には／冬もそのむごい力を差し控えるとでも／世を知らぬ身で夢見たのですか」などと感情移入による詩句を連ねる。だが最終連では一転して

――ぼくはまるで　この花がその精神を働かせるための
　感覚を持って生まれてきているかのように語ってきた
だがこの花は、その背後にある　かの〈巨大な顔〉が被って見せる
　多くの仮面のひとつにすぎないのだ

と、物理的大自然の法則による季節的一現象としてこれを見る眼が登場する。明らかにこれは、アイルランド・ロマン派の、トマス・ムーア（一七七九―一八五二）の「夏の最後の薔薇」（'Tis the Last Rose of Summer）のパロディである。ハーディの第五連まではムーアの有名な詩に匹敵する感情移入を歌い上げる。パロディ独特の悪ふざけや滑稽化がまったく行われない。この種の想像力の型への郷愁を感じさせるいわばまじめな歌い方が、それを放棄してまったく別の現代的認識法に依らざるを得ない最終連の唐突さによって、両者の間に緊張感が生まれる。これまでの章で覗いた「兆しを求める者」(30)が、神秘を求め、奇跡を探りながらそれらにどうしても巡り会えない現代の探求者がこれを嘆くのと同様に、外界に自己の心情を投影して歌いたいのにそれが許される時代は去ったという、これは一種の嘆きを歌っているのである。

諦めの境地からの自然観照

これとよく似て、アーノルドの〈自然〉の扱いでは、従来型の考え方が強く意識されるとともに、そのアンティテーゼとしての新しい考え方が持ち出された。この二極のあいだの全音階にわたる〈自然〉の受容のさまざまを歌う傑作が彼の「諦観」（Resignation）である。この詩

は〈自然〉のみをテーマにしているわけではない。副題の To Fausta は、一八四二年に婚約の破棄に苦しんだ姉ジェーンに対して、諦観に基づく新しい人生観を採りいれるようにと説得する詩である外装を持っている（つまり、これを材料に、むしろ姉の問題より大きな、新しい世界観を歌うのである）。フォースタは姉であるとともに、アーノルド自身の alter ego（分身）でもあるという解釈の正しさ（Baum; Honan 176）が痛感されるであろう。最初の三九行までには、大別してふたつの人生態度が描かれるが、論理上は否定的に扱われる前半二一行目までの、人の生き方（目的を達成するか、さもなくば死ぬかの二者択一を志し、過激で結果主義的で、多くの若い人が一時にはとらわれる生き方）の描写は力強い。これは否定された生き方というより、登場人物が若気に駆られて試み、なしえなかった生き方であったと感じられよう。

諦観を良き代替案とする

この二一行は、どう解釈しているかを問われる部分だから、冗長を怖れずに訳文を示す。

「我々に死を与えよ、さもなければ〈成就・達成〉を与えたまえ、
再び試みるのは、至難の業となるだろうから」
メッカを目指す巡礼は、燃えさかる真昼に
このように祈った。リディアの山並みを　難儀しながら、
隊列にからみつく　何マイルもの砂塵を眺めながら、
十字架の懸章を身につけて下っていった十字軍の勇士も
同じように言った。雪の渦が　アルプスの峰また峰を
巻くようにして吹き上げるとき、ローマを目指していたゴート人も
同じことを口にした。うめきつつ流れるドナウ川が
荒涼とした黒海へと　苦々として向かう湿原の上に
あけに染まる太陽が落ちてゆくとき
鞍にうずくまっていたフン族も
このようにつぶやいた。みずから課した苦行の虜になった人、
すべてそのような人は、このように語ったのだ。
なぜなら彼らは、万人に共通の結末である死のこちら側で
達成した暁には　自分に安息を与えてくれるような
ひとつの目標を　みずからに提起していたからにほかならない。
かくて彼らはこう祈った。そして彼らがかつて立っていた出発点に
再び立とうとしても　それは彼らには苦痛であろう、今また
逆戻りして　昔苦しんで通過した難峡をふたたび越え、大昔に
辛くも船を操った急流にふたたび乗り出すのは苦しみであろう。

しかし、より穏やかな、より解き放たれた人びとは——
咎のない平静な心が悟りを得て　激情から解き放たれ、
激情のつねとして、必然となってしまう　あらがいの状態からも
解き放たれている　そのような人びとは——
強情な心根を訓練することによって諦観を得た人びと、
また　生まれつき諦観を持つことができる人びとは——
彼らは自分たちの日常の歩みが、過ぎてゆく一日に

従順なまま屈することを　嘆きはしない。
彼らは　すべて笑いに満ちている日々の〈時間〉が
彼らの力強い足取りの侍女となることを要求しはしない。
〈時間〉がかわるがわる、おのおの松明を掲げ持って
彼らの行進を待ち受けていて、彼らが現れると　その〈時間〉が
（仕上げておくべきその時間の仕事は気持よくすべてなし終え）
冷たい暗黒をものともせずに　調子の良い足取りでやってきて
あまりに傲慢な旅人を　一定のあいだ
先へと案内することを　〈時間〉に要求したりしない。
フォースタよ、この種の人びとはこんな要求はしないのだよ、
〈時〉のいらだつ囚人となった姉君、あなたもこんな要求はおよし！

この引用の前半は、政治や経済の世界での生き方、目に見える結果と達成を求める物質主義における生き方である。これに対置される後半は、人生がつねに甘美であることを求めず、〈時〉がつねに自分の希求を実現してくれるものとは期待しない精神を理想として掲げている。苦しみを経たのちに、しかも目的を達し得なかったときに依るべき、一種の代替案として諦観の境地が導入されたのである。

そのハーディ的継承

ハーディもこの人生観を受け継いでいることは、全詩集を通読すれば肌で感じられると思われるが、もっとも判りやすい例は、「彼は多くを期待しなかった」(873)であろう。〈世界〉(＝人生)はもともと「過大な約束はしないよ、(中略)約束できるのは　せいぜい中間的な色調の偶然とか、そんな程度さ」と語り手に語っていた。だから晩年に至った語り手は、

そうだな、〈世界〉よ、きみはぼくに対する信義を守ったね（中略）
全体として見れば、君は、あらかじめ自称していた通りの
　つまらないものでしかないことが判ったからね（中略）
一度だってぼくは（本当さ）期待したことなんかなかったからね、
　人生がすべて美しいだろうなんてね。（中略）
だから毎年毎年、割り当てのようにやってくる
　心労だの苦痛だのを　ぼくは切り捨てることができたのさ。

これはハーディの全詩に対する冒頭詩と言える「仮のものこそ世のすべて」(2)に見られる考え方の、晩年における再確認である――「仮のもの」の最終連に至るまでは、理想主義者としての語り手が、一時は仮のものに満足しつつ、その改善、より大きな目的の達成を目指していた様子が語られる。だがそれを逆転するように最終連では、運命も自己の努力もこれらを改善しはしなかった、という事実を述べ、(31ページでもより詳しく引用したように)最後に

　ぼくの地上での前進がその後に示し得たものは　ただひとつとして
　あの時までに示されていたものを　決して凌ぎはしなかった！

という一種の慨嘆を述べる。しかしこの裏には、現実に生じた事柄こそが人生そのものである、この中間的色調に満ちた現実こそが、人生

の真実だという肯定的認識がある。アーノルドの右の考え方と相通じるものがあることが、読み取れる詩である。反ロマンチシズム・反理想主義という点で二人の人生観が通じるのである。

ワーズワスの書き換え

さてアーノルドの「諦観」に戻れば、以上の導入部とはうってかわって、このあと四〇—一〇七行には湖水地方の田園描写が繰り広げられる。次いで人生態度を論じつつ、田園との連想をジプシーの描写がかきたて(108-43)、続いて、詩人が世界に対して採るべき態度の記述にも自然描写がまじり(170-98)、終結部(261-78)は新しい自然観の開陳となる。だから通して読めば、右の引用のなかの自然描写——燃える真昼、うねる山道での苦闘、渦巻いて吹き上げる雪、苦しみ流れるドナウ、越すに越されぬ峠、危険な急流などのイメジこそがこの作品の全体のなかへとけ込んでくる。これらのイメジが、語り手とフォースタもまた、難事業に挑んで敗れた人物であることを示唆する。「達成の人」となることの難しさと虚しさから、諦観が導きだされる。そしてこの間、一〇年前にこの二人が田園への散策にでたときの描写と、いま一〇年後に二人だけでふたたび同じ田園への散策に出掛けたときの情景が描かれる。これは次に示されるジプシーの描写とともに、ワーズワスの「ティンタン僧院」を意識的に模倣した構成である。ワーズワス的状況をそのまま持ち込みながら、結論としては先行作品の正反対を持ち出そうという狙いがここにはある。一〇年の歳月を隔てて、〈自然〉はまったく変化していない。フォースタは、私たちもほとんど変化していないと言う。ほとんど——。しかし変化は確実に人には訪れていた。願望の達成の不可能を知った新たな人間が、〈自然〉のなかにいま教訓を求めてきているのである。しかしワーズワス的な、代替宗教と言うべき慰めはそこにはない。ワーズワスを一八〇度転換した以下の発想のなかに、ワーズワス詩編の〈自然〉賛美を対極に彷彿とさせつつ、劇的に新鮮な印象をこの作品は醸し出す。

牧歌的価値からの脱却

アナベル・パタソンの指摘のように(271-2)、ワーズワスではジプシーなど田園の人物は、牧歌的自然描写の一部として用いられる。文学的伝統では、〈自然〉の情景同様に万古不易とされていたジプシーが、アーノルドでは、実は変化している。

〈時〉の忙しげな手は、ジプシーのためにも万人のためにも
改良は僅かしかしてくれないのに、苦難は多くをまき散らす。
〈中略〉ジプシーたちが老いるとともに、日毎にこの法則は
強まって行くように思われるのだ。(126 ff.)

牧歌的に気楽なものとされて描かれてきたジプシーの生活に、実生活としての苦しみがあること、そして彼らについて想像されてきた生活、いわゆる牧歌的生活は、語り手とフォースタが人生態度の模範として選ぶべきものではないこと、むしろ自然界のなかでの苦しみに耐えて生きるジプシーの実像からこそ学ぶべきことがここに歌われるのである。パストラルを扱う章でふたたび触れるけれども、選ぶべき態度としての牧歌的価値からの脱却もまた、ハーディがアーノルドと共

有する現代性である。これに続く、詩人の生き方を歌う部分でも、この主題をアーノルドは転調して示す。詩人は、美女に出会っても美女を求めることなくその美を讃えることができるように、〈自然〉の美に出会いながら、それを見てうらやみ焦燥することはしない。

我々が息づいているこの世界は（中略）
個々の人間の後悔、悲しみ、喜びよりも長生きなのだ（中略）
ある意味では、フォースタよ、死よりも長生きなのだ。（215 ff.）

だから（とアーノルドは言う）、当初から人間の希求を虚しいものと見るタイプの詩人を、非難してはならない。「運命と偶然から、どんな贈り物も期待しないものは、本当だよ、運命を克服したと言えるのだよ」これはまたしてもハーディの詩（873番）を彷彿とさせる。

耐えている自然物

こうしてこの作品は終結部に入り、神秘や宗教性からは、淡々として独立した自然観が示される。「でもフォースタよ」と〈姉〉に呼びかけ、

君とぼくが踏んでいる　この押し黙った芝土も
僕たちのまわりに拡がる　厳粛な丘も
絶え間なく落ち続ける　この奔流も
奇妙なかたちに書きなぐられた岩、寂しげな空も、
もしぼくが彼らの命に成り代わって語ってやってよいとすれば
彼らは喜んでいるよりは　むしろ耐えているように見える（265 ff.）

自然の景物を見ることから生きる力を得るという、ロマン派的な考え方がここでは大きく変質している。〈自然〉はもはや、美しさとか壮大さとか、神秘感とか慈愛深さとかの、積極的な力をもって人に働きかけてくるのではない。じっと耐えている自然物の姿を見て、傷心の姉君よ、君もまた苦しみに耐えよ、というのである。

ハーディに見る自然物

自然観照という言葉の意味がここでは、一八世紀やロマン派のそれとは完全に異質なものに成り替わっている。ハーディもまた、じっと耐えている自然物の姿を歌う。「下級職のものたち」（84）の鉛色の空や北風は、病気や死と同列に扱われ、より上位のものの命令に服している自然物にすぎない。「中立的色調」（9）の自然物は全体に灰色をしているうえに、太陽は「神に叱責されたように白々と」している。上に見たアーノルドの自然物ともっともよく似た描写は、「〈自然〉の質問」（43）に現れている――

夜が明け初めるころ　池や野原、羊の群、
ただ一本立っている樹木などを見やるとき、
彼らすべては、学校で押し黙って席に着いている
叱られた子供たちのように　私を見ているような感じがする

彼ら自然物は「どうして我われがここにいるのか判らない、いつも判らない！」と嘆き、言葉を継いで

混ぜ合わせて作り出す大きな能力を持ちながら
　世話をする力をまったく持ちはしない〈者〉、
　どんな奴だか、〈巨大な愚劣〉と呼ぶべき者が　我われを
慰みにこしらえて、いまは偶然と運とにゆだねてしまったのか？

自然の景物を見ることから、愚劣な〈世界の作り手〉が見えてくるのである。アーノルドの自然物が自己の運命に耐えていた姿は、不条理に悩む姿へと深刻化されていることが読みとれよう。

　さてアーノルドへ戻れば、「諦観」のさきの引用はこう続く――

世界を汚染している事情

　これらの自然物がじっと耐えているあいだ、人間が繰り返す
無節操な祈り、動きを求め、より広い空間を求める祈りが
〈運命〉の　聞き届けてくれない耳を
貫くことができるとでもいうのか。
普遍なる万物の運命も　人の運命より易しいものではない、
なぜならぼくたち人間の精神は、行動のめくるめく渦のなかを
輪を描いて巡るうちに、この世界を汚染しているあることを
忘れてしまっているからだ。（271 ff.＝最終8行）

「世界を汚染しているあること」をどのように解するかが、この作品の理解の分かれ目である。本章冒頭にも言及した、詩人のあるべき姿を描いた部分で、自然界に連綿として続く生命を描いて、

門に凭れて詩人は凝視する――彼の日には
千年の涙が見える、また彼の耳には
千年のつぶやきが聞こえる。
詩人は眼前に　生命が
穏やかな、いつまでも続く全体として展開するのを目にする、
終わることのない　遍在する生命が、
奥に隠しているものが歓喜ではなく平安である生命が、
もし誕生がうち続くなら、もし存在物が在り続けるなら
その言葉にならない願望が見過ごされることはありえない生命が、
植物たち、石ころたち、雨たちの生命が。（186 ff.）

と歌われている。詩人は、みずからが涙する前に、千年に及ぶ生命の涙が見えて涙し、千年のつぶやきを聞いて悲しむのである。存在物は、喜びではなく、いっときそこに在り続ける平安、すなわち騒乱の不在という受動的な安息のみを奥に隠している。このパッセッジとの整合から見て、著者には、「世界を汚染しているあること」とは、存在の苦悩のことであると思われる。不明確な用語であるだけに、この時代に詩人が明言できなかったことを指している可能性が高いから、この存在の苦悩は、〈自然〉からの神慮の喪失、ひいては神そのものの消失をさしている可能性が強い。存在物は、何ら特別の庇護も愛顧も与えられることなく、耐えることのみを証としてそこにあり続ける。そ

してハーディは特にこの存在の苦悩を、濃厚なかたちで受け継いでいるのだ。ここで章を改めて、この問題をアーノルドからのみならず、多くの先輩詩人からの伝承の問題として、ハーディを読んでみたい。

第五章　先行詩人群の神の喪失とハーディ

——ふたたびアーノルドも含めて

この章では一九世紀を通じて、詩人たちが当時の文化のなかでは読者に受け容れられにくいと思ったり、異端視を怖れて不明確にしか表現しなかったりした〈神の不在にまつわる思い〉を、ハーディがいかに重視し、受け継いだかを明らかにしたい。このためには、まず一八三〇年代に、いかにカーライルがこの問題に直面して、真摯な洞察ののち信仰に立ち帰ったかを瞥見しておく。また同じ一八三〇年代に、テニスン、ブラウニングが、それぞれにこの思いを詩のなかで扱おうと試みながら、あからさまにそれを歌い上げることができず、どのように隠し、また隠しながら表現したか、そして四〇年代にはアン・ブロンテが、信仰の枠内に必死に留まりながら、その枠の外にいかに自己表現をしたかを手短に覗く。ついでふたたびアーノルドに戻り、彼が一八五〇年前後に、イギリスのすべての作家に先駆けて神の不在を比較的明瞭に表現したかを詳しく探り、彼とハーディとに見られる、この問題を巡っての緊密な繋がりを確認したい（同じように悩みつつこの問題を詩に取り上げた一八五〇年代のクラフについては第六章で詳しく触れる）。

不透明な表現から明言へ

アーノルドにはまだ、完全に率直な表現は僅かしか見られなかった。しかしほぼ二〇世紀初頭の詩人と言えるハーディは、これら先輩たちが言葉足らずに詩のなかでほのめかした宗教離れを、明確に作品のなかで歌い上げる努力のなかにこそ、自己の詩人としての誠実さがかかっていると考えた。また彼は、第一章に見たように、この新たな世界観の上に立って初めて、人生のさまざまな事象に真の意味づけができると考えていたのである。

全ヨーロッパ的な問題

一九世紀ヨーロッパ文化史のひとつの大きな流れは、キリスト教に対する疑念が次第にふくらんでゆき、この宗教を支えとして成り立っていたさまざまな制度、多様な観念が次第に揺らぎ、次代の考え方に取って替わられていったことである。イギリスにおいては一七世紀の哲学者デイヴィッド・ヒューム、一八世紀の化学者プリーストリーが、はやばやと奇跡を否定し、最後の審判日やその日における人間の蘇り（つまり霊魂不滅）を否定した。一方、フランスでも一八世紀の百科全書派の時代に、先駆的に神離れした論者が輩出した。ハーディ自身も〈上層批評（高等批評）〉をテーマとした「品格ある市民」(129)のなかでこの問題が国際的なものであることをよく意識して、キリスト教にまつわる神秘説の否定を「いまは聖職を持つ神学者が公言しているのだから、牧師も市民も」聖書の記述の数々を疑う必要があるとして

だから私も教会通いは断固取りやめ、
日曜日ごとに　いすに座って
あの穏健なヴォルテール君を　読むことにしよう

と歌った。デイヴィッド・デイシズはこの問題を英国ヴィクトリア朝後期に跡づけたが、しかしその論述の冒頭にはロシアの『カラーマーゾフ兄弟』をもってきて、イワンが、神と霊魂不滅への信仰がなくなれば「あらゆることが許される」と述べていることに言及している(Daiches **9**)。前述の〈上層批評(高等批評)〉の元祖と言うべきダーフィト・フリードリヒ・シュトラウスの『批判的イエス伝』(*Das Leben Jesu*, 1835-6)はドイツからイギリスにいわば輸入されたのであり、一八四六年にはジョージ・エリオットが『批判的に検討されたイエス伝』(*The Life of Jesus, Critically Examined*)三巻本としてドイツ語からこれを英訳した。このように、これは実際、全ヨーロッパ的な問題であった。そしてイギリスでは、自然科学上の心理と合致しない四福音書の記述を史実ではないと論じるこの『イエス伝』の主張は、世紀中葉の懐疑思想を決定的に促進することになる。

『衣裳哲学』における不信仰

しかし中葉に至るまでの文人たちは、一気に宗教懐疑を語ったり、歌い始めたりしたのではなかった。カーライルの『衣裳哲学』(一八三六)第二部第七章では、主人公トイフェルスドレックが宗教懐疑に陥った様子が描かれる。彼はこれまで夢想だにされなかったほど深い意味での〈希望〉の喪失に陥っている。それは「懐疑(doubt)がより黒ずんで不信仰(Unbelief)となった」状態である。こうなると、世に多く行われている〈損得哲学〉とは反対の考えの持ち主、つまり「魂と胃袋は同一ではない」ということを幸い見出した人には理解できるとおり、「純粋な道徳的気性の者には、宗教的信仰の喪失はありとあらゆるものの喪失である」、そして上記の考えの持ち主には、「人間の幸せのためには、信仰は当然、絶対不可欠なもの」ということが判っているだろう――これらの言葉を交えて、トイフェルスドレックの信仰喪失が語られるから、言説全体が信仰否定に陥る心配のない語りとなるのである。彼は不信仰の状態にいても、「おそらく生涯のどんな時期におけるよりも、まさにいま、神の存在を疑っているいまほど決定的に神の僕であったことはない」なぜなら、真理への愛着を少しも減ずることのなかったトイフェルスドレックはこう叫んでいたからだという――「真理を！　真理の女神につき従ったがために天が私を押しつぶすとしても！」そしてもし天使からの指図、壁に現れる奇跡的な文字などが行動を支持したならば、彼はどんなことだろうとやってのけた、すなわちたちどころに、神の存在を信じただろうというのである。ハーディが世界のなかに神秘や神の存在の証を求める語り手を歌った「兆しを求める者」(**30**)のなかで、先にも見たように、

地上の弱者が　強者のために倒されて血を流しているとき
もし誰か〈記録者〉が　聖書に書いてあるとおり
そのうとましい情景のそばに飛んできて
天が悪を記し取った証として　羽根ペン一本落としてくれたなら！

それは自分に至福をもたらす神の啓示となろうものを、と歌った原典はここかも知れない。

悪魔さえいない

また『衣裳哲学』のトイフェルズドレックの言葉には、ハーディが「偶然なる運命」(4)に描いた、慈悲の神も悪意の神も存在しない〈現代〉に一致する世界像がすでに登場している――「下方へ引き下ろす力と不信仰の現代にあっては、悪魔自体が引きずり降ろされてしまっている。悪魔さえ信じることができないのだ。私には宇宙は、〈生命〉も、〈目的〉も〈意志〉も、〈敵意〉さえもすべて欠けた場所だった。それは巨大で生命のない、計り知れない蒸気機関車だった」。ハーディの上記の詩の語り手が、悪意の神さえ居ない現実は耐えられないとして

もし ただ悪意に満ちた一種の〈神〉が、天空から
「汝よ、苦しめる汝よ、汝が苦しめば
わしは大喜びだぞ、汝が恋愛で大損したなら
わしの憎悪の勘定は大儲け!」とぼくに呼びかけて嗤うだけなら
それならぼくは、怒ってみたってしょうがないと覚悟して
運命に耐え、身と歯を食いしばり、そして うっ死《ち》んでやる。

とやがて歌うのと同じく、トイフェルズドレックは「私はよくこう思ったものだ――悪魔大王が私に向かって立ち上がり、すこし私が心の内をぶちまけられるのなら慰めになろうものを」と感じたというのである。カーライルはこの早い時期に、のちにクラフが危惧したとおり、神の不在の結果はどうなるかを予想して、この問題に苦しんだ主人公とは無縁の俗衆の物質主義(そしておそらくは官能主義)を憂えていた。ただ、カーライルの場合は、まもなく主人公の信仰への蘇りが語られるのである。歴史的に見れば、『衣裳哲学』は信仰への復帰という安全な結論を用意しつつ、実質上は懐疑の実質を強く打ち出している。のちにテニスンの『イン・メモリアム』が、同じ結論を用意しながら、信仰への復帰に力点を置いたのとは異なった不信仰に伴う各種の予見を備えている点が、『衣裳哲学』をハーディの影響源のひとつにしたのである。

信仰喪失の絶望からの回帰

一九世紀の詩人たちが神不在の問題をいかに真摯に受け止めていたかは、今日、特に我々日本人が想像することも難しいくらいである。これを詩の主題にする苦しみは、自国民が専制国家の体制を批判する言論を発表する困難に似ていた。しかし生きることの意味を与えてくれていた信仰に疑念が生じては、人は混乱と自堕落、場合によっては絶望に陥るだろう。だから誠実な詩人なら、主題にせずにはいられないものであった。実際イギリス・ヴィクトリア朝の詩のなかでは、信仰の喪失と絶望とは対になって示された。初期の詩人は、この絶望感から、ふたたび信仰を取り戻すことによって脱却した。さきに触れたテニスンの『イン・メモリアム』(一八三三―五〇)は典型的にこのかたちを示している。この作品は、絶望からの回帰だけではなく、より深まった信仰がテーマであったから、ヴィクトリア朝には好まれた。信仰懐疑を扱ってはいても、作品全体を文学界の舞台裏へ隠し去る必要がなかった。しかし、テニスンでさえ、またブラウニングでさえ、自己の作品集のなかから長期にわたって抹消した宗教懐疑の作品を、

詩人としての出発の時期に書き、いったんは発表していたのである。（以下、この章の詩人群については、拙論「初期ヴィクトリア朝詩人の世界観と詩法管見」［『ヴィジョンと現実』所収］のなかでより詳細に述べたが、ここに別の言葉で簡潔に繰り返すことを許されたい。）まずテニスンであるが、彼は「感性過多なる二流の精神の仮想告白」（一八三〇）のなかで、神の存在への懐疑に悩む、〈二流の精神〉という名の、詩人とは別人とされるつまらない人物の告白を想像して書いたものという慎重な仮装のもとに、宗教懐疑を詩の主題とした。真実とされることを疑ってみるのは「人間の特権」であるとし、無知なるがゆえに自分には、神の存在の証と兆し（sign）が必要だと訴える。

ひとつの兆しがほしいのです！　そしてもし、いかずちの火が
私がひとりで〈あなた〉に祈りを捧げているとき
眠くなる夏の真昼を引き裂くならば
私の信仰は　もっと強くなると思うのです

ハーディの「兆しを求める者」(30)でも語り手はまさに同じような心情から、証と兆し（sign）を求めるのであるから、両作品は（ハーディの語り手もいかずちの火に言及している）明らかな繋がりをもっている。さてテニスンはその後五〇年間、この作品の再公表を避け続け、一部削除してようやく復活させたのだった。こんなテニスンではあったが、『イン・メモリアム』のなかには、機械的宇宙観の、人間に対する無目的性を歌い、天文学、地質学など自然科学が既成信念をいかに揺るがすかを歌う部分（第三、二四、五六、一一八歌）が頻出する。〈自然〉は神と格闘する対立者として描かれる。特に個人の生に関しての〈自然〉の無配慮は、やがてハーディを嘆かせることになる新たな考え方に他ならない。

ブラウニングの懐疑詩

次にブラウニングの『ポーリン』（一八三三）を覗いてみたい。これは上記『イン・メモリアム』の執筆着手と同じ年に発表された長編詩である。この作品もまた、最初の公刊後、三五年にわたって再公表が避けられることとなった。自分と語り手を別人とするための、ブラウニングのさまざまな工夫にもかかわらず、J・S・ミルがこの二人を同一視し、病的な考え方を批判したのがきっかけではあったが、しかし本章に登場する反キリスト教的な作品の多くが辿った運命から考えて、この作品にブラウニングがかすかに示唆しようと意図した宗教懐疑を、その後、懐疑を許さないヴィクトリア朝社会から隠しておきたかったというのが、おそらくは真の事情であったろう。章を改めて扱うクラフの『ダイサイカス』が作者の死後四年経って初めて公刊されたという事実も、ここで合わせて心にとめたい。ところで『ポーリン』は、本来は長大な詩作品の導入部として意図されていた。結果は独立した作品となったせいか、その筋書きも意図も読みとりにくい。一八三三年にブラウニングは、序文代わりにコルネリウス・アグリッパのラテン語を掲げて、この〈長大な作品〉は、禁じられた考え方を持ち出して異端説の種をまくとして、声高き批判者たちの無知から生じる論難の的となろう、と述べている。またこの詩に接することができたブラウニ

ングの友人の一人は、この作品を、カーライルが同じ時期に世に問うた上掲『衣装哲学』のブラウニング版だと述べている（De Vane **47**）ように、詩の後半では心の毒をはき出したあとの神への賛美が語られている。だが禁じられた考え方と異端説の伝播を内容とするはずだった本体としての〈長大な作品〉は書かれなかった。書かれなかった作品ではあるが、その内容は想定されるのだから、この想定が『ポーリン』の不透明性に光を当て、曖昧さを解読させてくれる。

モノローグの聞き手が施注

詩の詳細は、上記『ヴィジョンと現実』所収の拙論に書いたとおりである。要約すれば、心のなかにため込んだ、毒蛇の毒のような思想と奇想を、ポーリンという名の女に告白し続けるモノローグである。ポーリンはモノローグの聞き手であるが、語り手が信仰を取り戻す場面で、突然この聞き手の署名付きの、長々とした脚注が施される（今日、多くの版本はこの脚注を省略している。これは一八九五年版『ブラウニング全集』で「ブラウニング氏のごく最近の改訂を経」て、省略されたのに従ったもので、この作品の本質を骨抜きにするものである）。そしてこの脚注は、なんとフランス語で書かれている。しかも次にその大半を掲げるとおり、何を言おうとしているか、一読しただけでは判然としない。つまりわざわざ、二重に読みにくくされているのである。あまりに判りにくいので、この作品とこの注釈に注目し、全体では優れた論調を示したイゾベル・アームストロング女史でさえ、注釈者ポーリンはこの詩を、燃やすにふさわしい、かつ理解不可能な駄作であると述べたのだと解している（Armstrong **117**）。しかし左記訳文で、訳者（森松）が傍点を振った「種類の事柄」は、ポーリンによってもこの詩の「唯一の長所」とされているのであり、これを結末部（つまり信仰回帰の部分）が台無しにするのではないかとポーリンは怖れていることが読みとれる。傍点の五行あとに見える「全面的に私の友独特である精神の展開」をはじめとする作品前半に述べられた語り手の精神内容は、明らかにポーリン自身によって「誠実な魂の遍歴であり、その記述は変更不能である」として賞賛されている。つまり、懐疑そのものを肯定する言葉が、判りにくいフランス語で示されているのである。注記そのものを読もう。冒頭の「気の毒な友」とは、『ポーリン』の語り手のことである。

ポーリン嬢の『ポーリン』評価

「私は大変おそれています、私の気の毒な友は、この奇妙な断片詩の、この先読まれることになる部分において完全には理解されないのではないかと。またこの結末部が、この詩の他のすべての部分以上に、そもそもこの作品の性格からして、夢と混乱以外の何ものでもありえない想念を明快化するにはさらに不適切ではないかと。その上、あるいくつかの部分をよりよく調和させようと努めるあまり、このように風変わりな作品が自称することができる唯一の長所——すなわちこの作品がその概略図しか描いていない種類の事柄についてかなり正確なイデーを打ち出したという長所——を害する危険を冒しはしないものかどうか、私にはあまり自信はないのです。この作品が示している気取りのない始まり方、最初は増大し次いで徐々に鎮まっていく情感の動き、これら魂の飛翔、突然なされる自己への回帰、そして何よりも、全面的に私の友独特である精神の展開などは、変更をほとんど不可能にしています。彼が他のところで価値あるものとして論じるある理由、またさらに強力なある理由により、私の目には、それらがなければ彼に、火に投じるように助言したであろうこの作品が、魅力あるものに映じるのです。（中略）私は以下に続く部分のなかで私の友が、これ以前に彼が行った魂についての、いや彼の魂についてのある研究に言及するだろう、そしてその目的は彼が達成することが可能な事物、そしてその各々がひとたび勝ち得られたならば他の諸目的、諸計画、諸快楽をそこから観察できることになるはずの一種の見晴台が形成されることになる諸事物の相互関係を発見することだった、と思います。そしてこれら他の目的、計画、愉悦が、今度は克服の対象となるはずです。その帰結としては忘却と眠りがすべてに終止符を打つことになりましょうが。この着想、私には完全には理解できないこの着想は、たぶん彼にとってもまた、判りにくいものでありましょう。」

作品後半にも懐疑の影

『ポーリン』では、この後半部分において語り手が指導の星と仰ぐ人物として、詩人シェリーが登場する。シェリーは「太陽を踏みつける男」として描かれ、この言葉からは天界の最高権威を踏みつける男という意味も生じるため、信仰への回帰を表面上の主題とする後半部分においてさえ、神への懐疑のほのめかしは消えていないと言える。むしろシェリーの無神論者としての面影が登場するとさえ言えると思われる（詳しい分析については、さきに触れた拙論参照）。それにしてもさきのポーリンの注釈のなかで「彼が他のところで価値あるものとして論じるある理由、またさらに強力なある理由」によって、前半の魂の迷いの記述を賞賛する根拠は、どこにあるのだろうか。これらの理由とは何か、これもきわめて謎めいたかたちでしか示されていないのである。そして「諸目的、諸計画、諸快楽をそこから観察できることになるはずの一種の見晴台」とは何か、これまた即答のできない不明確な表現である。しかし宗教への懐疑をヴァンテジ・ポイントとして、いわば展望台から眺めるように、世界の根元的な問題を徹底的に掘り下げようという意図が、この〈書かれなかった作品〉執筆の根底にあったということを、ポーリン嬢の言葉というかたちでブラウニングが語ったことだけは確かなのではあるまいか。そして、『ポーリン』のこのような側面をここで見てきた理由は、詩人ハーディが、先輩詩人たちがかくも慎重に、かくも周到な煙幕を張ってほのめかそうとした世界観の転換表明を、受け継ぎ発展させることこそ詩人としての自己の使命と考えたに違いないことの指摘であった。

アン・ブロンテ

そして詩人としてのアン・ブロンテは、このコンテキストでは無視できない人物である。イゾベル・アームストロングはその長大な『ヴィクトリア朝の詩歌』のなかで、三ページにわたってアンを登場させた（Armstrong 332-34）。従来はアンが英国詩史のなかでは触れられることがなかったことを考えればこれは画期的であった。アームストロングが詩人アンの特質として示唆するのは、この単純さからは考えられないほど複雑にさまざまな問題を精査する傾向である。

アンは慣習的な宗教詩・教訓詩の糞真面目ぶりをうまくかい潜り、

その慣習がもっとも苦痛を与える個所を適切に示唆する――そしてそのやり方は、これらの慣習を打ち破ってではなく、その論理に徹底的につき従うことによってである、とアームストロングは言う。たったこれだけの指摘、と見えるものが、なぜ重要であるかと言えば、アンのこの手法、すなわち当時の正統説の枠組みの内部に留まろうとする衷心からして誠実な忍耐と、その枠組みを信ずるがゆえに生ずる苦痛や矛盾や懐疑を記録するこれまた誠実な知性という、方向性の相反するふたつの思いの連動こそが、アンの文学の本質的なものだからである。これもまた、宗教懐疑を、当時許された枠のなかで表現する一方法だったと言えよう。

嬉しい夢のみを許す神

アームストロングの掲げる例は、ここでは適切ではないので、神にまつわる一、二の例を示そう。「夢」(Dreams, 1845) は、自分には愛らしい赤子が与えられたという空想のなかの出来事を、まるで現実であるかのように感激をもって歌う――

わたしの手が　こんなにやさしくこの子に握られるのを感じ、
わたしのような女が　ついに人に愛されたことを知り
わたしの心がやすらぎを与えられたことを　思うときには
孤独なわたしの生活は、ついに終わったことを実感するときには

――母と子の揺るぎのない愛情、聖母子像そのままの、基本的なうえにも基本的な、人間道徳の出発点と言えるこの状況がいかに感激的であるかを、上掲の四行に続いて歌うのである。しかしこれは夢でしかなく、詩の末尾では、神に、強い疑問が突きつけられる。

あたたかい愛情が流れ出さないではいない　人の心を
造物主よ、あなたはわたしにお与えになりました
なのにわたしはこのように　ただ知識として知るだけなのですか、
愛のよろこびが　どんなに嬉しいかということを？

また「もし　これが全てなら」(If This Be All, 1845) では、苦悩ばかりの生ならば、と多くの If-節を連ねる――

おお神よ！　もし　ほんとうにこの程度のものが
人生がわたしに与えることのできる全てなら
もし　苦しみにみちたわたしの額のうえに　〈あなた〉からの
勇気づけの露ひとつぶ　落ちてこないのなら（中略）
もし　わたしには夢みることだけが許され
目覚めたとき　耐えきれない苦しみに向きあうのなら（中略）
もし　わたしが人生のさきへ　さきへとさまようのに
愛（love）が　こんなに遠くに隔てられ続けるのなら
それなら神よ、いますぐにもあなたのもとへわたしをお召しになって、

と歌うのである。彼女の詩の多くは、敬虔なキリスト者の模範となる敬神の念で貫かれている。けっして彼女は神の不在を信じはしないだ

ろう。しかし彼女の死せる恋人への哀悼歌「隔てられ　去った」(詩番号55、原作は無題詩)は、不思議なことにハーディの神不在確認の歌「兆しを求める者」(30)と酷似している。アンの語り手は、夜の暗闇のなかで、死んだ恋人の姿をひと目見せてほしいと、ありとあらゆる敬神の念を籠めて神に祈ったのだが

わたしの願いは荒々しかった、闇につつまれた空気を
わたしが見つめた眼差しは　激しかった

けれども「根拠のない」(false) 希望よ、虚しい祈りよ」と歌われるように、願望は無視されたままである。一方、ハーディの〈兆しを求める〉語り手は、生前愛した人びととの墓に寝そべり、墓を巡り歩き、死後の存在を示す兆しを見せてくれと呼びかけ

そしてあえぎながら　答えを待った。だが　誰も答えない
　どんな予告も　ささやきも　幽かにも現れない、
　ぼくの限界を　切り開いてはくれない

アンは、語り手〈経験〉が人生に何のよろこびもないことを歌う長詩「いくつかの人生観」(Views of Life. 1845) を四六年に改訂し (以下の引用の三行目「真実」が改訂の眼目)、このような悲観論的人生観を非難するやからを想定して次のように歌った。

無駄です、わたしに悲しく見えるものも、健康な精神には
輝かしく陽気なものに見えるのだとおっしゃっても（中略）
真実こそがわたしを　この考えに導いたのですから

ハーディも受け継ぐ

ハーディは、これを受け継ぐように「危険な真実を述べる作品」と称した詩群を、驚くほどに多く書いている。「大問題」(83)では「神不在の証拠」という〈真実〉を語るか、隠すかという詩人のつとめが問題視される。よりアンに近いものとしては、〈全的な疑念〉による〈最悪の直視〉を主題とした「暗闇のなかでⅡ」(137)のなかでの真実の扱いがある。「世のすべてが最善である、人の〈生〉はいま最も良きかたちにある」と叫ぶ多数者とは意見を異にする〈私〉は、秩序破壊者なのか？　この作品は、ヴィクトリア朝の多数者が、ハーディを悲観論者として断罪しようとする傾向への反論であり、楽観論の対極に立つ悲観論にこそ、真実があるとする点でアンと同じ考え方を語っている。また詩人の〈誠実〉を主題とする点でも、両詩人のあいだには近しい共通性がある。ハーディは「いまだ生まれざる者たち」(235)で

あまりに可哀想で　明るみに出したくない　事実の姿
でも〈真実〉が断言しないでいるわけにはいかない　事実の情報

を胎児たちに読み取られる。これはアンも見据えていた、この世の不条理な事実のことである。

以上見てきたとおり、一八三〇、四〇年代の詩人は、遠回りな方法を経てではあるけれども、詩人が問題にせずにはいられない世界の理解についての根本問題——神不在——を扱ったのだった。次にこの問題でもっとも強くハーディに影響を与えたアーノルドを眺めたいが、一九世紀の後半は特に、この問題が一国の、いや西欧全体の文化を変えた時代であるから、しばらく一般論に戻りたい。

呪術的世界観への決別

さきにも述べたとおり、I・A・リチャーズによれば、現代詩の成立へ向けて特に一八七〇年以降の知的背景のなかに生じた大きな変化は「自然の中性化」であったという。霊魂と神々と神秘とが自然現象を支配していると考えていた「呪術的世界観」は、数学とも両立する「科学的世界観」へと変貌を遂げた。リチャーズはこの変化のなかに、時代が現代へと移行したことを読みとり、それに先行する、文学の発生以来の文学者の認識の型と、現代詩人が否応なく立脚すべき認識の型との決定的対比を示唆している。この変化を明確な姿で全面的に反映している詩人としてリチャーズが挙げるのがハーディであった（本書40ページ）。彼の分析は、この目的のためにはむしろ場違いと思われるほど、ハーディの作品のなかではこの「変化」を明確には示していない詩群——「自己を見ざる者たち」(135)、「声」(285)、「破られた約束」(99)、「ある旅路の果てに」(289)——を例に取るのであるが、他の、この傾向がより顕著に見える多数の詩（第二、第三章で詳しく引用した）を読み合わせてみれば、いかにこの指摘が正しかったかが判る。ハーディの描く自然界は、彼自身の詩の表題を借りれば、ロマンティックでもペシミスティックでも妖術的でもない「中間的色調」のみを示している。

「ドーヴァ海岸」

しかしハーディは彼独自の着想からこの「自然の中性化」の問題に直面したのではなかった。J・ヒリス・ミラーは、ハーディに半世紀以上先駆けていたマッシュー・アーノルドが、いかに周到にこの問題と取り組んだかを示した(Miller ch.5)。アーノルドのハーディへの影響については、すでに前章で自然観を中心に詳しく述べたけれども、本章でもより重要な作品を取り上げる。ここではまずよく知られた「ドーヴァ海岸」を例にとって、両者の影響関係を跡づけて見よう。これは有名な詩であるばかりではなく、ハーディにとっても印象深い作品であった。一八九六年のベルギー旅行の途中、夫人エマの怪我のためにドーヴァに滞在した折にも、彼はアーノルドのこの詩を再読している。

このなかでアーノルドがキリスト教の退潮を嘆き、美しげに見えるこの世界と自然界は人間に対して意味を有していない愛なき世界であること、この世界は得体の知れない愚かな軍隊の衝突しあう「暗闇の平原」であることを歌ったことは周知のとおりである。ハーディが、一九世紀にもてはやされた自然の美がもはや失せてしまった世界の姿を「暗闇のつぐみ」(119)（詳細には第三章参照）のなかで（一九世紀最後の日にと称して）歌ったときにも、彼はアーノルドが用いた"darkling"という副詞を用いることによって（この副詞はめったに使われない単語だから）、アーノルドとの繋がりを自ら明示している。また、さらにこのあとハーディは一九〇八年から一〇年にかけて、

「ドーヴァ海岸」と主題が酷似した「神の葬列」(267)を書いて、このなかでも、我われ人間自身が作った神を我われ自身が惨殺したのち、「こうして私たちは　自分が作った神話が忘却される方向に向けて／暗闇のなかを　生気の失せた唇して進む」（傍点筆者）と書き、ここにもこの同じ副詞を用いて、この神の消失した世界の風景がアーノルドの本歌を意識したものであることを意図的に示している。しかし特にこの本歌の結末――

あぁ、愛する人よ、あいともに誠実でいようね！
なぜならこの世界は、ぼくたちの前に　まるで夢の国のように
こんなにも多様で美しく、新鮮な姿で横たわっているように見えて
実際には　喜びも愛も光も、確実なものも平安も、
苦痛への救いも　何もない世界なんだよ。

――これが詩人ハーディの人間中心主義に、大きな影響を与えていると思われる。

ハーディの人間中心主義

すなわち、人間は上記のような世界に生きていることをハーディもたびたび詩に歌ったが、その状況をどうするのかについて彼は、〈愛に満ちた親切〉(loving-kindness, 慈愛と訳されることが多い）によらなければならないと歌い、また語った。「人間に対する神のぼやき」(266)が好例である。この詩は、人間が苦しみから逃れるために自分でこしらえた〈神〉を、理知によって消失させようとする今日、次のような真実・事実を見据えるべきだと（神自身が）述べるのである。その事実とはすなわち

頼りにできる者はただ人の心の才覚のみ、そしてそれは
緊密な絆で結ばれ、最大限の〈愛にみちた親切〉に飾られた同胞愛の
中だけにしか存在しないという事実

つまり、〈神〉のなかに人間が思い描いた助力は、「求めることができないという赤裸々な事実」が語られるべきだというのである。いわば、去りゆく〈神〉の、告別のメッセージである。また第六詩集『近作・旧作抒情詩』に、前書き代わりに付された例の「弁明」（拙訳『全詩集』では「我が詩作を擁護する」）のなかでは、「現実の探求のあいだに、事実を一段階ずつ素直に認め可能な限りの最善の道を見出そうとする態度」の重要性を〈進化発展説〉と名付け、その態度で究明する際の心的態度として〈愛に満ちた親切〉が言及される。右の「態度」は、「神の不在という事実を認識して、そのうえで人間界を良きものに保つ態度」と言い換えられてもよいものである（「弁明」における〈神の不在という事実〉については、このように正確に解釈されていないのではないか？　俗衆を刺激しないように、二〇世紀のハーディでさえ、この部分を述べるときに、韜晦を極めた言い回しをしてはっきり神の不在を言葉にしない。しかし「弁明」の全体を読めば、このことはあまりにも明白である）。ハーディはこの前提に立って、人間のみならず、すべての生物にこの〈愛に満ちた親切〉を発揮せよと述

べる。「自然科学の知識によって発動される〈愛に満ちた親切〉」、そして高等生物が所有する「少量の自由意志によって指導される〈愛に満ちた親切〉」によって、地球上のすべての生物の苦痛は最小限度に抑制される、と現代の知者は信じる、というのである。

詩人としてのハーディは、この〈愛に満ちた親切〉とはかならずしも直線的には連動しないかたちで、神不在の人間界に意味を持たせようとして詩を書いた。本書第II部はハーディの全詩を、詩集ごとに主題別にわけて、作者がいかに人の生を意味づけたかを探る。

絶対者の冷酷

宗教懐疑を歌う詩は、このようにしておずおずと書き始められた。次章で見るとおり、クラフもまた大胆な懐疑を扱いながら、その作品『ダイサイカス』を生前には発表できなかった。こうしたヴィクトリア朝詩人の傾向を大きく打ち破っているのがアーノルドである。しかし彼は、いきなり懐疑を扱ったのではなく、詩人には耐えられない人間的状況を平静に見ているとしか思えない絶対者の冷酷というべきものに気づいていた。これを扱った彼の初期の詩のひとつが「迷い込んだ歓楽の人」（The Strayed Reveller）である。オデッセウス（ユリシーズ）伝説におけるキルケー宮殿への人間の長期滞在を用いて、世界の不条理を直視するか、それとも直視を忌避するかという二者択一（これは詩人に課せられた難問である）を描く詩である。この作品については、ここに見られるふたつの詩観が古典派とロマン派に相当するかしないかの論議のみが行われていて、主人公の〈歓楽の人〉が何を表しているのかがまったく語られていない。しかしこの歓楽の人こそ、またしてもアーノルドの alter ego であることは明らかである。〈歓楽の人〉は快楽を求めてバッカスの宴へと向かう途中、魔女キルケーの宮殿に迷い込み、その祭壇に酒の杯を見て、飲んでしまう。キルケーの酒を飲むものは本来豚に変身させられるはずであるが、神話に語られているユリシーズと同様に、彼は豚にはならずにすむ。ただ甘い眠りにおちいるだけである。やがて目覚めた彼は、神々の視座から眺められた世界像と、詩人の目から見たそれとを、好対照をなすものとして語る。

神々は幸せだ
神々は四方八方に
その輝く両目を回して向けて
その下に　大地と
人間の姿を見て取るのだ。

神々はタイリーシアスが
手に杖を持って
暖かく　草深いアソプスの河岸に
老いた、目の見えない顔の上に
すっぽりと衣をかぶって
腰掛けているのを見ている（**II 130-139**）

悲劇の予言者タイリーシアスを見ても、神々の心はまったく動揺しない。神々の目には、多数の悲劇的人物の像が、単なるニュートラルな映像として映ずるだけである。

苦しみに目を向ける〈現代的〉詩人像

ところが同じ人物たちを詩人が見るならば、人物の内心のすべてが見えてしまう。遠方に置かれた美術品のようにしか見えなかった人物の映像が、次々に胸中の苦悩を抱えて動き出す様が、この〈賢明な詩人〉には見えてくるのである。神と詩人の世界の見方は、このあとも対照され続ける。一方主人公自身はキルケーの酒を飲んだために、人間であるはずなのに、また詩人の側近でありながら、神々と同じ無感動の視点から世界を見る〈楽しみ〉を得てしまう。彼はキルケーの酒の杯を重ねながら、この詩の冒頭の六行と同じ言葉を発する。

もっと速く、速く
あぁ、キルケーよ、女神よ、
あの荒々しい、群れなす姿を、
渦巻くさまざまな形象の
輝かしい行列を、
ぼくの魂を貫いて、一気に通過させてくれ！

これは、詩人の目に映ずる耐え難い人間の苦悩を逃れて、人間の運命にはまったく心を砕くことのない神々の視座にあこがれるアーノルドの分身が希求することである。〈自然〉の美を感覚的に見て取り、〈世界を汚染している存在〉の苦悩から逃れていることができた前近代的な詩人像へのあこがれと軽蔑とがない交ぜにされている。このあこがれに拮抗するように、人間と時代の苦しみにこそ目を向ける〈現代的〉詩人像が、右に見た神々とは対照的に描かれているわけである。

ハーディの詩人観との一致

これを考えるとき、ハーディの詩人観との一致が印象づけられる。ふたたび〈弁明〉に目を向ければ、彼は詩人の第一の職能として「（たとえば）悪の存在や無実の人びとへの処罰の不適当」を説明する際に「この宇宙における存在にかんして、自分の心をよぎるすべての思考を書き連ねる」ことが認められねばならないことを示唆し、このような言い方で神不在についての言説もまた、詩人の言葉として当然語られなければならないことを遠回しに主張する。さらに彼は、詩人のことを「夢の素材の作り手」と表現しつつ、「夢の素材の作り手は、常套的な…麗句への配慮なんか捨てて、詩歌の真の機能、（周知の、マシュー・アーノルドの言葉で言えば）〈諸観念の人生への適用〉に身を捧げるべき」ではないかという問いを発する。言うまでもなく、それに身を捧げよという主張であり、右の詩で揶揄した無感動で傍観者的な神の視座ではなく、悪評を覚悟してでも時代の苦しみをあえて見据えて明るみに出す、真の詩人の視座をこそ自分も獲得したいという希求の表明でもある。キルケーの美酒を拒否して、ハーディは真実を語る、詩人の苦しみに身を投じたいというのである。事実彼はアーノルドの『文芸批評論第二巻』の言葉を右のように引用しつつ、〈諸観念の人生への適用〉を実行する詩人にはどんな冷酷な酷評がなされるかを熟知していることをこの〈弁明〉のなかで漏らしている。麗句をもって歌う詩人像を拒否し、神不在という最大の〈時代の苦しみ〉に目を向ける詩人として自己を位置づける。本書「端書き」以降、示唆し続けたように、この世界観の導入のあとにのみ、第Ⅱ部のあちこちで触れるような、人生の諸瞬間を最大限に尊重する彼の詩の世界が真の意味を獲得するのである。

「エンペドクレス」

ハーディはまた、アーノルドの「エトナ山上のエンペドクレス」（一八五二）とも共通の考え方を示している。この作品は人間の認識力の限界を扱う作品としては大いに評価されながら、神不在というテーマがその中心主題であると書かれることの少ないのは不思議である（「ドーヴァー海岸」以上に、この問題を深く扱っているのに）。もちろんヒリス・ミラーはこのテーマをこの作品のなかに見て「エンペドクレスが自分の時代に経験し、アーノルドが我われの時代に経験した、人間、自然、神の統一性の崩壊は、互いに遊離した出来事ではない。エンペドクレスの自殺の瞬間は歴史の、真の転換点もしくは旋回点である。これは神が世界から退場する瞬間である」(261)と述べてはいるが、それは人間の精神が永久にさすらう状態に陥ったことについて述べられているのである。これ自体は説得力ある論述だが、エンペドクレスの台詞のなかに、やがてハーディや、フロイトに受け継がれる宗教の本質論――人間にとって甘い幻想が必要であることからキリスト教が発生したとして、宗教そのものの本質的価値に至るまで否定的に扱う言辞――が、「エトナ山上のエンペドクレス」には見られる点については、ミラーは明言していない。ハーディに影響したのは、この点なのである。

三つの世界観を表す人物

「エンペドクレス」は三人の登場人物の会話からなる詩劇であるが、上演の意図はまったくなかったらしい。人物はそれぞれ、さきに述べたリチャーズの「呪術的世界観」から「科学的世界観」への移行をアレゴリー的にかたどっている。この両世界観の中間に「ロマン派的世界観」を置けばなお判りやすいであろう。医者のポーザニアスは、その職業にもかかわらず「呪術的世界観」の持ち主で、かつて死者を蘇らせたというエンペドクレスの秘密を彼の口ずから語ってもらおうとしている。ハープ奏者のキャリクリーズは、同じく旧世界の人間だが、「ロマン派的世界観」を代表し、自分の音楽はエンペドクレスの心を癒すことができると信じ、エトナ火山の自然の美しさは、都会の喧噪のなかにいるよりも人間に恵みを与えると信じている（I. i. 103-4）。主人公エンペドクレスは「彼の気分のひとつ」（I. i. 54）に捉えられていて、この病を癒すことが他の二人の意図である。〈気分のひとつ〉とは、気鬱ないしは軽度の狂気であり、リア王の場合と同様に、台詞（特にキリスト教離れをほのめかすそれ）の内容に対して、正常ではないときの発言という一種の〈言い逃れ〉が用意されているのかも知れない。しかしエンペドクレスは「呪術的世界観」はもとより、「ロマン派的世界観」からもいまは離れている。しかしかつては、彼は両世界観にも共感を持っていた。キャリクリーズの演奏によって天空から星を引き寄せたいとさえ思いかねないくらい音楽好きだったし（I. i. 80）、いまは音楽離れをしたとはいえ、なおもハープは持ち歩いている（I. i. 82）のである。

アーノルドの（またハーディの）分身

言うまでもなくエンペドクレスはアーノルドの分身であり、「呪術的」と「科学的」の旧世界観にシンパシィを持っていた点はハーディとも共通性を持つ。ハーディは、一方では神不在をいくつもの作品で歌い上げながら、「雄牛たち」(403)では、クリスマス・イヴに「あの向こうの谷のそばの　寂しい小屋で　牛たちがひざまずいているのを見に行こう」と誰かが言うなら

　ほんとうにそのとおりであってほしいと祈りながら
　　ぼくはその人と、暗闇のなかを歩むだろう。

と歌った。また、ハーディは、霊魂不滅を作品のなかで何度も否定しながら、多くの幽霊もの（たとえば死者たちが死後の平安を語る「彼岸にある友たち」36）を書いている。また神的摂理の不在を憤慨しながら、村人たちに神の導きが生じた昔の情景を描く諸篇――「ナポレオン襲来警報」(26)、「失われた聖体容器」(140)、「死せる教会合唱隊」(213)、「喜びの音を捧げよ」(461)、「パポスの舞踏会」(796)、「鳴らなかった除夜の鐘」(901)など――をあちこちにちりばめている。この点で彼はエンペドクレスの置かれた位置と似たところにいる。そしてまたこの点では、後述のアーノルド「グランド・シャルトールズ修道院からの詩行」（一八五五）に見られるキリスト教離れと信仰風景への愛着を濃厚に示している。

幸せの権利を与えぬ神々

さてやがてエンペドクレスはポーザニアスに向かって、〈神々〉(Gods, I. ii. 78) について話し始める。人間の認識力は小さく、これを〈神々〉は嘲る (I. ii. 87)。そして人間は自分の意志と願望こそが正義であり権利であると考えるけれども (I. ii. 156)、ポーザニアスよ、お前も人間ではあるが

　お前は、幸せの権利は与えられていないのだよ
　幸福と安楽の資格なんて〈神々〉は呉れていないのだよ (I. ii. 160–1)

こうして人間は苦しむことになるのだぞ。この認識はのちにハーディによって、多くの場合悲憤慷慨を伴って歌われることになる。「夢の中の質問」(215)では語り手は、神が数えきれない悲しみと苦痛を作ったと神に語りかけ、「大晦日の夜」(231)では、苦しみの多い人間を作った神の非論理性をなじる。「神への教育」(232)では、美女の眼の輝き、魂の溌剌を奪ってゆく神様は、女の美の収集家でもないくせに残酷だと語り手が神を教育する。「存在についての若い男の風刺詩《エピグラム》」(245)では、幸せの権利が保証されていないこの世の不条理を嘆く。エンペドクレスの台詞のハーディ版である。

正しい人への不公正

「エンペドクレス」では、次に宗教の発生が語られる。発生の前段階として、エンペドクレスは、仮に人間が正しく生きていても、雷光、洪水等の自然力が人間を押しつぶすこと (I. ii. 242–51) を述べ、

洪水は　正しい人を墓に埋めないために
流路に歯止めをかけたりしない
雷光も正しい人を特別扱いして
脇に逸れたりはしてくれぬ
強風は　正しい人の船を優しく吹くことはしない（I. ii. 252 ff.）

アーノルドは、こうした自然の猛威や、人間界の不公正が誠実な人を苦しめること（これは「他の人間の邪悪な行為がしばしば我らの生活を暗くする」と二六六行目で書かれる）を世の最大の不条理として描いている。人は神々などという超能力者の助けによってではなく、自己の才知と意志とで自己の幸せをつかむしかない。だが人の才知も意志も無力に近い。「神はまず紐を空中に掛け」（I. ii. 78）、人の精神という鏡をこの紐に吊して、鏡に世界を映す。風に吹かれる鏡には、世界のごく一部が映ずるだけである。不完全な認識しかできないから、世界に翻弄される。こうして人の善意は、人を救いはしない。——ハーディはこれと同じ想念を「ダーンノーヴァ荒野の格闘」(729)で展開する。誠実な男が、荒野で妊娠中の女を殴っていた不誠実な男を目撃し、女を救おうとして、巨石で頭を打って死ぬ結果に終わる。また「忠実なつばめ」(725)では、心変わりしないで、永久に同一地に留まることにした燕が、「状況の変わった」冬に、霜と寒さに打ちのめされ、旅立つに遅すぎることを知る。言うまでもなく、これは人間界が、悪しき処世術に乏しい誠実な人物をどう扱うかを歌ったものである。

宗教の発生史

以下、「エンペドクレス」における宗教の発生史の扱いは、約八〇年あとのフロイト「ある幻想の未来」から写してきたかと思われるほどに、心理的洞察に満ちている。人間は悲運に遭遇すると

我らが堪え忍ぶべき害毒や苦しみを
そのせいにするための神々を自ら作った（I. ii. 279–80）

まず原始宗教から始めるのである。キリスト教をいきなり持っては来ずに、人間の心理として誰もが納得するところから描き出す。こうして神は人間の創作物という、二〇世紀ではようやく、ニーチェとフロイトのおかげで人びとに知られるようになった、当時の過激派的な考えをまず読者に納得させておいて、次はキリスト教を持ち出してくる。

もとは憎むために作り出した神々に
こんどは人間は頼りたくなって
人間が試みてもできないことを完遂してくれる優しい神々をこしらえる

この部分を受け継ぐように、ハーディは「神の葬列」(267)で神を〈者〉と表現しつつ、

最初はこの〈者〉を、ねたみ深く獰猛なものに作りながら

時代が経つにつれて　〈彼〉の性質として　正義やら

さまざまな特性を与えるようになったと表現している。また「人間に対する神のぼやき」(266)のなかで、人間がようやく文明を得たころに

どうしてお前（人間）には　祈りを捧げるために
すがたかたちもお前にそっくりなこの私を
こしらえるなどという　不幸な必要が生じたのか？

こう問うだけではなく、アーノルドを補完するように、次のスタンザでは

アーノルドの補完

私(神)の徳、力、有用性は
私をこしらえたもののなかに　すべて宿っているに違いない、
なぜなら私自身のなかには　それらは在るはずがないのだから。

と〈神格〉概念の成立過程を辿り、だから

私(神)は幻灯のスライドに描かれた像のように薄いもの、
暗闇のなかで　うすら白い幕に映し出されるだけのもの、
幻灯師による以外には、生命も与えられることのない存在。

とハーディは神に自嘲させる。人間はそれでもこう言うかも知れない、と神は想像する——

お前は言うかも知れない、「こんな詐術的な考案も
重荷を背負った心を　ときどき慰めるにはうってつけ」

これまた、アーノルドの先の引用と共通するところを持つ。

神を失う最大の悲しみ

ハーディは、この作品のすぐあとに上記の「神の葬列」(267)を配置している。すでに第一詩集で、神は「〈自然〉の質問」(43)で「上から順に死んでゆく神の頭（Godhead = 神格）」という末期的状態に陥っていると書かれていた。第三詩集のこの詩では、神の葬式にあたってさえ、神に対して「おお、人間によって投影された像よ」と呼びかけている。そして人間は

自分がこしらえたものを　自分の創造者だと思いこみ
自分の想像したものを　自分で信じ込んでしまった

と書きながら、

神に替わって誰が、何が、埋め合わせをしてくれるのか？
さまよう者たちは　いずこに目を向けて　星を探せばいいのか

と、神を失うことの最大の悲しみを歌っている。だから彼は、アーノ

ルドの中編詩で神の喪失を主題にしていることのもっとも顕著な作品、すなわち上掲の「グランド・シャルトルーズ修道院からの詩行」の語り手が、自らは神を失いながら、誰よりも神をあがめている修道士が日夜勤行に励むグランド・シャルトルーズ修道院を訪ねるという矛盾した行動をよく理解できたに違いない。実際はこの語り手は、ハーディ同様に近代科学の〈真理〉を教えこまれた。それなのに宗教にあこがれて、〈生の中の墓〉と言うべき修道院のなかで、厳しい勤行のまねごとを行うのだから、語り手は自己を省みて、こう語る——

厳格な教師たちが私の青春を捉え、
青春の信仰を追放し、その炎を衰えさせ、
高く純白な〈真理〉の星を示し、
私にそれを凝視し、それを志向するように指示したのに。
今も今、師たちのささやきが暗闇を貫いて聞こえる、
「お前はこのような〈生の中の墓〉で何をしているのだ?」と。

引用一行目の「教師たち」は、カトルジオ修道院の信仰生活はもとより、キリスト教全体を追放（purge）することを促す近代科学を示唆している。また〈真理〉は自然科学の真理、神の不在を指すと読むべきであろう。そしてこの作品のなかの「修道士たちの信仰と私の涙への世間の嘲笑」に見られる、揺るがぬ信仰の持主と、信仰喪失の悲しみの持主の同一視、「修道院の深い闇のなかへ私を隠してくれ」というキリスト教喪失からの脱走願望、さらにはこの詩の最後の、キリスト教文化になじんできた〈私〉が「異質な空気のなかに、どうして花を咲かせようか」とか、「〈私たちの砂漠〉をもとの平安に戻してくれ！」とかの叫び——これらはハーディの心そのものでもあったろう。またハーディは、スウィンバーンの神不在の詩歌を、おそらくは感激を持って読んだらしいことを示唆する『眠れる歌い手』[265]を、「人間に対する神のぼやき」[266]、「神の葬列」[267]の直前に配置しながら、同じ神の喪失を扱う態度にスウィンバーンほどの宗教への風刺を表現せず、「神に替わって誰が、何が、埋め合わせを」と嘆いていながら、ついに一度も官能主義の方向に神の代替物を見ようとはしなかったのも、ハーディには神の喪失は悲しみであったからにほかならない。

第六章　アーサー・ヒュー・クラフとハーディ

母親の死

ハーディには「まだ判ってない」(240)という一見駄作かなと思わせる、しかし軽妙な詩がある。子供たちがし放題をする話である。子供が雨に濡れたり雪に膝まで浸かったりして、風邪を引こうと、クリスマスに酒を飲まされようと、馬鹿騒ぎをしようと、

　お母さんが機嫌を悪くすることはないわ
　　だってお母さんには判らないから。

母親の死んだ日には彼らは泣いたが、「私たち、いまは何をしたっていいんだもん／だってお母さんには判らないから」というわけで、最初は子供の喜びが描かれる。しかしやがてこの子たちが、どんな不幸な日を迎えるかが想像される歌である。そしてこの詩のすぐあとに配置された生の不条理を主題にした「イェラムの森の話すこと」(244)と「存在についての若い男の風刺詩」(245)との連想もあって、この作品は神が死亡して浮かれ騒ぐ「判っちゃいない」人類への風刺を主題にしているように読めるのである。この作品とは別のコンテキストでギッティングズはマーク・パティソン（一八一三—八四）の没後出版『回想録』（一八八五、没後出版）の一節を引用している——「不可知論は、ちょうど死が子供から母親を奪い去るように〈神の摂理〉を奪い去り、我われを保護と愛とのない世界に取り残した」（Gittings *Young* 146）。パティソンはニューマンの影響下にあった文人で、教会論、神学書、ミルトンの伝記、ポウプの注解書などで知られていた。ハーディが読んでいたことも考えられるが、そうではなくてもこの考え方は当時一般的に人々の胸にあったことなのである。ハーディも、神の喪失を知的に事実として受け容れただけではなかった。同時にこれによる人類社会の混乱を予測し、憂えた点で、彼はクラフとよく似ていた。

神の不在と倫理喪失の問題

（アーサー・ヒュー・クラフ（一八一九—一八六一）からのハーディの主題の継承については、『喪失と覚醒』（中央大学出版部、二〇〇二）に詳しく述べた。ここでもそれを少しばかり簡略化して示すことをお許し願いたい。共著中の拙文は、さまざまな興味の集合体のなかで影が薄く、読んでくださる方も少ないので、ハーディの詩に集中して論じる本書には、ぜひ納めたいのである）。さてクラフはアーノルドの親友であり、彼と並んで一九世紀のまさに中葉にすでに神の不在を詩の主題として取り上げた詩人である。クラフとハーディとの関連については、ごく最近になって初めて指摘されるようになった。特にハーディの一八八〇年の、おそらく胃潰瘍と思われる出血性の疾患のあいだに、彼がT・H・ウォード編纂の『英国詩人集』を読み、収録され

ていた『ダイサイカス（心二郎）』などのクラフの詩群に親しんだ(Turner 78)。神の不在という問題について両者のあいだにきわめてよく似た扱いが見られる。その影響関係が間接的であるとしても、何らかの過程を経てクラフとハーディがこの大問題を共有していることはあまりに明らかである。そしてクラフからハーディにまで流れ着いている具体的なテーマは、大きく分ければふたつある。ひとつはキリストの復活に対する懐疑、あとひとつは神が存在しない場合に人が陥る倫理の欠如、既成価値観の崩壊である。この倫理喪失の問題は、人間の欲望の充足に歯止めがかからなくなることを同時に意味する。それと同時にこれは文化そのものの変質を促し、良きにつけ悪しきにつけ現代がそこに顔を出す。T・S・エリオットはすでに倫理喪失に陥った現代を直視して、キリスト教の復活を希求する詩を書いたが、クラフは倫理喪失が予想される未来を憂えて、キリスト教崩壊の危機感を歌にした。詩人としてのハーディは、時代的に当初いわばその中間地点にいて、神の不在を明言し、その状況のなかから、新たな人間的価値を発見しようと努め、そこに別種の倫理を求めた。

神の喪失と恋愛観の変化

ヴィクトリア朝の詩人たちの多くは、こうした世界観の大前提から影響を受けて、恋愛を描く際にも、これに影響を受けずにはいられなかった。この面での、ヴィクトリア朝の典型的作品はクラフの『ダイサイカス（心二郎）』(*Dipsychus*, 1865. 没後出版）なのだが、神の喪失を恋や性の問題とからめて表現し始めたのは、厳密に言えばクラフではないかもしれない。さきにも取り上げたアーノルドの一八五五年の中編詩「グランド・シャルトルーズ修道院からの詩行」は彼の他のいくつかの詩篇とともに神の喪失を主題にしていることのもっとも顕著な作品であるが、その第三一スタンザは、神を失って苦しむ語り手などとは無縁の存在として（この前の第三〇スタンザに描かれる経済界、軍隊などで栄誉を求めるヴィクトリア朝の俗人の存在と並ぶいわばもう一方の雄として）喜々として快楽の世界に走る人々を描いたものとして読める六行である。

また　別の道を辿って、森のあいだを通り抜けて
遠くから　かすかにラッパの音が運ばれてくる。
そこでは狩に興じる人々が集まり、鹿猟犬が吠える、
朝の麗しい森の小屋のまわりで。
あでやかな婦人たちが見える、森の緑の中に、
笑いと声のさんざめき——ラッパの音の合間に！

さらに一九四行目には、「行動と快楽」が言及されている。そしてこの二語が、いま私が上に要約したり引用したりしたふたつのスタンザを統括していると見ていいであろう。つまり第三一スタンザについては、ヴィクトリア朝の一般の世人は、宗教の衰退ゆえに喜び勇んで快楽の道に馳せさんじていることを示唆しているという読みも成り立つ。しかしアーノルドの場合は、表現がやや曖昧である。また上記の詩の主題は特別に性や恋愛を扱ったものではない。だとすれば私の知る限りでは、クラフの『ダイサイカス』こそがこの問題を主題とし

て取り上げた英文学最初の作品ということになる。

さてクラフは「三九の信仰箇条」に対する署名が自分の信念と矛盾することを理由に、一八四八年にオクスフォード大学オリエンタル・カレッジのフェロウの職を辞することを決心する。この時点から、クラフは宗教懐疑の主題を自由な筆致で扱うようになった。大まかに言えば、「シュトラウス讃」では、これまでにも言及した「イエスの生涯」(*Das Leben Jesu.* 1835-6)を「高等(上層)批評」として著したダヴィード・フリードリッヒ・シュトラウス(一八〇八—七四)を認める歌い方をしている。ジョージ・エリオットによってこれが一八四六年に英訳されたことはよく知られている。さてこの詩のなかでシュトラウスの言説が称えられていると考える場合、二とおりの意味が生じる。ひとつは、シュトラウスにより、キリスト教の教義はより明確化・簡素化されたとして称える意味である。この解釈からすれば、この詩はアーノルドが七〇年代になってふたつの宗教論で辿り着いたと同じ結論——近代科学とキリスト教との調和という主題を歌っていることになる(それでもなお、特に四〇年代にあってはこれは反常識的な内容と感じられたであろうが)。そしてもうひとつ、キリストに関する歴史的真実を(つまり、神ならぬ・宗教教祖たる人間キリストについての真実を)明らかにした人としてシュトラウスを称えるという意味も見えてくるように思われる。作品の一四行全体を示してみよう。初読の際には、三行目の「あの方」を神となりキリストとなり受け取って読む方が分かりやすいであろう。

「シュトラウス讃」

マタイとマルコ、ルカと聖ヨハネは
すべて消失した、世を去った!
そう、あの方は　初めのうちは暗い帷から抜け出たあと
まだ水平だった光線を東方の絵入りガラスのあいだから投げかけ
豪華な肖像たちと　あい混じり合い、自分の栄光を
そこで遮られて肖像たちの上にそれを消費していたが
いまはもう　南西の空に至り、飾りのないガラス窓を通して
教会内部の表面に　その輝かしい光を投げかけてしまった。
するとその光輝のなかに、とあなたはおっしゃるのですね、
マタイとマルコ、ルカと聖ヨハネは見えなくなって消失した、と?
失せたのですか?　失せて取り戻せないのですか?　二度ながら?
しかしながら
そのあいだ、その礼拝のお御堂は、光溢れて
かりに華麗ではないとしても、より誠実な輝きに満ち、
青い空には、あの〈聖球体〉が　誰の目にもはっきりと見て取れる

ヴィクトリア朝への影響の予見

「あの方」、つまり一四行目では〈聖球体〉(Orb)と言い換えられるこの世の光の源は、昔は暗黒の臥所を離れてまだ間もなくだったため、弱かった横合いからの光を、教会の東のステンドグラス越しという粉飾を施した姿で信徒に届けていたのだったが、いまは歴史の進展によって南西に至って、潤色されない透明のガラス越しに真実の光

を教会内の信徒に届けるに至った（つまりこれが、粉飾を取り除く作業をしたシュトラウスの業績である）。マタイとマルコ、ルカと聖ヨハネの四人の手になる福音書の、あのキリストの神秘の記述（粉飾）が取り除かれて、太陽の光がありのままに届くというわけである。このように青空に「あの方」の姿を直接見ることができるようになったことこそ、慶賀すべきではないか？　こうして「あの方」（小文字で示される"he"）は、〈キリスト〉を指す可能性を残しつつ、また〈キリストの精神・その倫理的実践〉の意をもっとも強く響かせつつ、〈キリストをめぐる史実〉の意味をも暗に示している。クラフは明らかに、シュトラウスがその後ヴィクトリア朝の知識人に与えることになる影響力を予見している。それでもなお彼は、キリスト教を奉じるという枠の内側へ詩のメッセージが納まるように工夫して歌っている。前に述べた、彼の辞職以前の詩法として、この枠は私たちの興味を引く。実際このとき、まだ彼は後述の「復活祭——一八四九年のナポリ」（Easter Day）の詩人ではない。

宗教史を語る詩

このようにクラフでさえ当初は、四〇年代の他の英詩人同様、宗教懐疑の歌を、最終的には伝統的な信仰の枠のなかへ納める詩人であった。このことをより強く示唆するのは「イスラエル人がエジプトを出たとき」と題される一二六行からなる詩（一八四六—七。年代についてはPhelan 36）である。この詩はアーノルドの「エンペドクレス」と同様に、人類における宗教史を語る趣があり、ハーディが宗教と人間の心理について歌った「人間に対する神のぼやき」（266）を初め、各種の彼の思索詩を歌うにあたって影響を与えたものと思われる。この詩の第一連（一—一二行）では、今日あちこちでこれこそが神であるという叫びが起こっているが、人間よ、雑音に耳を傾けるな、また不信仰を受け容れるなという意味のことが歌われる。

旧来の〈宗教〉が首を横に振って
　苦い悲しみを籠めて「当初から予言されていた
無神論者の不信仰の日が来たのを
　皆の者、眼にするがよい」と語るけれども
雄々しい勇気をもって、（中略）
不信仰を受け容れるな、それを信じるな！

自然科学上の真理

第二連から第四連までは、古代の、キリスト教以前の宗教の歴史を概観する。そのあと五一—八行では、自然科学上の真理が世に告げられ、神を失う〈現代〉を歌う——

　　…「世に〈神〉は無し！
大地は化学作用の諸力によって機能する。天とは
〈天空に位置する機械仕掛け〉のことだ！
そして人類の心と精神は
　それ以外の全ての物と同様に　時計仕掛けだ！」

〈天空に位置する機械仕掛け〉（Mecanique Céleste）は、懐疑とその克服を主題としたカーライルの『衣裳哲学』の第一書四章のなかで、天文学者ラプラスの言葉として用いられたものをクラフが引いた一句（Phelan 38）である。今日の知識人は、多かれ少なかれこのような機械的唯物論と自然科学の真理という、いわば今日的な〈一者〉（権威者）の声に耳を奪われるというのである。このように上の一節は一九世紀中葉にこうして登場した懐疑論とその発生源としての自然科学上の真理を、テニスンの『イン・メモリアム』の同種の記述に匹敵する明快さで述べたものとして注目すべきであろう。

懐疑論への懐疑

しかしクラフは、この詩の制作の時点では、この懐疑論に対してもまた懐疑の心で接するのである。第六連以下では、自然科学は真理を感知できなくする暗雲である、とされる。次の第七連では、選ばれた〈予言者的な魂〉が、黒い雲の内部から、あえて一柱の〈神的存在（Deity）〉を探し出そうとすること、この〈魂〉は「黒い無神論的諸体系と、それよりも暗い人々の心の絶望のなかから」すでにこの〈神的存在〉の声を聞き取っているとこの連では歌われる。この選ばれた〈魂〉とは、どのような人物を指すのであろうか？　この詩の書き始められる前年の一八四五年九月には、オクスフォード運動の主宰者ジョン・ヘンリ・ニューマン（一八〇一―九〇）がローマン・カトリックに転じ、運動の同志たちやクラフその人に大きな動揺を与える。この作品はこれを念頭に置いて読まれるべきだという主張（Phelan 36）にも一考を与える価値はある。だがこの解釈はクラフの伝記に照らしてあり得ないことと思われる。むしろこの〈魂〉は、募ってくる物質主義に抗して新しい精神的価値を見出そうとするクラフ自身や、その友アーノルドを示唆している可能性の方が高いのである。クラフは、のちに読む『ダイサイカス』その他の作品で、自然科学的真理→神の消失→物質主義→倫理の崩壊という、今後必然的に予想される西欧世界の混乱の、矢印側への進行を憂えることになる。そして詩の主題はこの崩壊に対抗することのできるような新たな価値観の探索なのである（そしてこの連鎖的な西欧世界の混乱とそれへの対抗措置の探求こそはまさしく、ハーディが詩の中で取り組むことになる問題である）。しかしこの詩ではまだこの問題が神の消失を既定事実とすることなく、宗教的真実の優位性が示唆される外見が保たれている。

無神論の雲のなかから何か新しい意義を

第八連以下では、時代に合致した新しい姿の精神的真理の唱道がやがてなされるはずだということが歌われる。第八連ではエジプトの路上や黄金の子牛への精神文化の後戻りを戒め、また同時に世俗的時流への埋没にも警告が発せられる。第九連では、神の不在を受け容れるな、絶対的真理の不在をも信じるなと改めて述べたあとで、科学的物質主義を是正する日の到来を遠望する。ついで第一〇連では、雲の彼方に去った予言者の帰還を待ちわびた大衆が、世俗的指導者の許に参じて牛に跪くさまを描く。最終一一連は、

　雲に包まれたあの山と、その山に入ったあの男に
なおも汝は　眼を向け続けていてほしい、

　　なぜなら、なお彼は　待ち望む幾多の魂に、見せようとして
　　　何か価値あるものを持ち帰るかも知れないから。

ここに見られるこのオプティミズムは、クラフが後年放棄するものである。この詩は予言的詩作としては失敗（Biswas 239）なのだ。雲のなかへ分け入って何かを摑もうとしているのは、おそらく詩人自身だったのであろう。つまり、彼はこの段階では暗雲のなかから持ち帰って人に示すものを見出すことはできなかった。いや、その後もクラフにはそれはなしえなかったのである。しかし、この無神論の雲のなかで何か新しい意義あるものを摑み取ろうという努力は、本書が示そうとするとおり、やがて詩人ハーディによって多面的になされることになる。これがおそらくクラフがハーディに手渡した最大の遺産であろう。

「復活祭——一八四九年のナポリ」　さてクラフはこのあと急速に宗教的懐疑を深め、前に述べた「信仰箇条」への署名拒否以降は、作品にも率直にそれを表すようになる。「復活祭——一八四九年のナポリ」は、先に読んだ「シュトラウス讃」と同様に、シュトラウスの高等批評に反応して歌われた詩である。この詩が公表されたのはクラフ没後四年目の一八六五年であり、題名にもかかわらず書かれた年代は一八四九年とは言えないけれども、当然その年以降の作である。同じ題材を用いながら、この詩では懐疑の表現が劇的に直截的なものへと変化している。躊躇なくキリストの復活を否定する英文学史上初めての詩であるから、これはこの時代の懐疑を歌った作品としてはきわめて重要な詩である。またこれは、ハーディが第一次大戦に苦しむ諸国を見てキリスト復活への全的懐疑を表明した「雨の降る復活祭の朝」（520）へと通じる詩でもある。

頭上に炎と燃える太陽よりも激しい熱気に身を焼かれつつ
僕がナポリの罪まみれの大通りを歩み過ぎるとき
心は僕の内部で　熱く火照った。だがついに
頭が軽く、明るくなったのだ、それは僕の舌がこう語った時だ、
　「キリストは復活しなかったのだ！」

「キリストは復活していない。間違いない。
彼は地下深く横たわり、腐り果てている（lies and moulders low）
キリストは復活していない

墓石が転がされて無くなっていたって、また墓が
　もぬけの殻だったって、何だというんだ！——
そこになければ、ほかの場所にあったはずだぜ
ヨセフが〈彼〉を初めにおいた場所に無ければ、なあにその場合
　ほかの男たちが　あとになって
　　遙かな大昔のことだが
〈彼〉を移した場所にあったのさ。どこかもっと貧相な土のなかで
〈腐食〉が　あの悲しい完璧な仕事をやり終えたのさ、
こちらでは〈腐食〉がまだほとんどやり始めていなかった仕事を。

　おぞましい　わいてくる蛆虫が
僕たちがもっとも崇めるべき〈聖油を注がれたあの方〉の
命を与え賜うお姿の　その肉を食用に供している

〈彼〉は復活していない。間違いない。
　彼は地下深く横たわり、腐り果てている
　〈彼〉は復活していない

　土より出でし者、土に帰り、塵は塵に帰る、
不正なる者についてと同様、正しき者についても然り――
　　キリストは復活していない。

あの女たちが、まだ暁が白み始める前に
大いなる一人の天使を、あるいは多数の天使を
いや、〈彼〉その人を見たと称したとて　何とあろう？
その場でもその時もその後にも、どんな時にも場所にも決して
〈彼〉はペテロにも〈十人の使徒〉にも　姿を見せなかった。また
雷に怖れ戦いた時以外には、目のくらんだサウルにも姿を見せぬ。
後年に創作された福音書や信経のなかでは別だとしても
　〈彼〉は本当には　復活せずにいる、
　　キリストは復活していない。

また〈十人の使徒〉が、伝えられている話のように、
幾度も幾度もキリストを見、聞き、触ったとしてさえ何とあろう？
エマオの宿へ、またカペナウムの湖のほとりへ
　パン裂きをした〈一人の男〉が、つまり
人間が喋れない言葉を語った〈一人の男〉が　現れて
彼らとともに食い、飲み、立ち、歩き回ったとて何とあろう？
　これを「懐疑した」人たち、「彼ら」はよくぞ疑った！
ああ！　真のキリストは、これらのことが起こっていたときにも
　聞きも喋りもせず、歩きも夢見もしなかったのだ、悲しや！
　キリストは復活していない。間違いない。
　彼は地下深く横たわり、腐り果てている
　キリストは復活していない

ちょうど　どこか都会の巨大な群衆のあいだに、
二転三転する噂、曖昧でしつこく声高な噂が
はっきりとした出所も知れずに湧き起こり、
　事実も、言い出した人物も判らないまま、
　誰も　それを否定することもできず
確証することもできないまま、流布されてしまうように、
ちょうどそのように　かの不可思議な風聞は広がったのだ
　　しかしやはり彼の人は
感覚もなく地下深く、腐り果てつつ横たわっていた
キリストは復活していない。間違いない。
〈彼〉は復活しなかったのだ！

キリストは復活していない
　土より出でし者、土に帰り、塵は塵に帰る、
不正なる者についてと同様、正しき者についても然り――
　そう、かの〈正しき者〉についても　また然り。
これこそが　真実なる唯一の正しき福音、
　キリストは復活していない

〈彼〉は復活しないままなのか、我らも復活しないのか？
　おお、我ら、賢明ならざる者たち！
我らは何を夢見ていたのか、目覚めて何を見出すのか？
汝ら丘よ、我らの上に落ちて覆え、汝ら山よ、我らを埋め尽くせ！
　我らが自分の宿命の日と思いもしないうちに訪れてきた闇、
全体が墓である呪われた世界からやって来た闇と
巨大な暗黒のなかで
　キリストは復活しないでいる！

食え、飲め、そして死ね、なぜなら我らは騙された者たちだから、
大いなる天空の下なる全ての生き物のうちで
かつて最大の希望を抱いた我らこそ　最大に絶望的、
かつて最大に信じていた我らこそ　最大に悲惨。
　キリストは復活しないでいる。

食え、飲め、遊べ、そしてこれらを至福と考えよ！
　この現世以外には　天国はない。
　地獄もまた　ない――この大地以外には。
大地は二重三重に地獄の機能を果たし、
　善人をも悪人をも同様に
この上なく平等な　災厄の分担量でもって
苦しめてやまず、そして同一の塵へと還元する、
　不正なる者をも正しき者をも
　キリストと同一に。そして〈彼〉もまた復活せずにいる。

食え、飲め、そして死ね、我らは後に残された遺族だから、
この広い天の下の全ての生き物のなかで
かつてもっとも高い希望を持った我らは　最も絶望的、
かつて最大に信じていた我らこそ　最大に信仰なき者。
　土より出でし者、土に帰り、塵は塵に帰る、
不正なる者についてと同様、正しき者についても然り――
　そう、かの〈正しき者〉についても　また然り。
これこそが　真実なる唯一の正しき福音、
　キリストは復活していない。

〈聖墓穴〉のそばで泣くなかれ、
汝ら女たちよ、君たちにとっては
〈彼〉の世話をしていたあいだ〈彼〉は大きな慰めではあったが。

〈彼〉の頭部を布で覆い
木綿の襞で　傷ついた手足を巻いて
〈聖遺骸〉の埋葬を準備した女たちよ、
そして汝の〈驚嘆の目を見張る胎内〉に〈彼〉を宿した女も。
そうだ、エルサレムの娘たちよ、そこを去れ、
君たち自身の　悲しく血を流す心に最善の包帯をせよ
家に帰り、生きている子供たちの世話をせよ
君たちの地上の夫に愛を注げ。
君たちの愛情を天上の事物に捧げるなかれ、
それらは蛾と錆が腐食し、早々と終わりを迎える代物だから。
祈らねばならないのなら、祈ることができるのなら、祈りなさい、
死をこそ求めて。なぜなら汝らが男よりも愛した〈彼〉は死んだの
　だから
　　　キリストは復活していない。間違いない。
　　〈彼〉は復活しなかったのだ。

汝ら、ガリラヤの男たちよ！
なぜ立ち上がって天を見るのか、汝ら天には〈彼〉を見ることはない
　だろう、
〈彼〉はこの世から天に昇ったことも　この世へ戻ってきたこともな
　いのだから。
汝ら無知で怠惰な漁夫たちよ！
ここを去れ、汝らの小屋と小舟と、内陸の故郷の湖畔へと赴け、
人々ではなく、魚をこそ捕らえよ、
汝らが何を望み求めようとも
ここでもあちらでも汝らは二度と〈彼〉に逢うことはなかろうから。
汝ら　哀れにも錯覚していた若者よ、家に帰れ、
行脚のためにうち捨ててきた古い網を繕い給え。
割れたオールを結び合わせよ、裂けた船帆に　継ぎを当てよ、
あれは実際、「たわごと」だったのだから。
　　〈彼〉は復活しなかったのだ。

おお、なおこの先にやってくる時代の善き男たちよ、
君たちは　見なかったからこそ信じるだろうが
おお、警告を受け取るがよい！　賢明であり給え！
もう二度と　懇願する両目と
強い願望のすすり泣きとで
空にして虚ろなる空白に望みを託すな、
君ら自身と同じ人の子でない　母なる大地の処女懐胎による
もう一人のあり得ない子の再誕生を求める望みを託すな。
しかし君たちにこれ以外の生がないのなら
腰を下ろして満足せよ、これで間に合わせるしかないのだから。
　　〈彼〉は復活しないでいる。

一目よく見て　あとは去るがよい、
身分低き、また聖《きよ》き、心厚い汝らよ！

そしてまた　汝ら！　他の人が聞いたからという理由で
福の言葉を語り伝える業を担う汝らよ、——
自分の知らないことを崇拝している汝らよ、
上に述べたことを心に収めてここから立ち去るがよい、
　〈彼〉は復活しないでいるのだから。

だからこそ　我らの時代の復活祭に
我らは起きて(rise)やってくる。そして見るがよい！
我らは〈彼〉を見出さない、
聖なる場所に、庭師も他の者も見あたらぬ、
〈彼〉を埋葬した場所を語る者もいない！
内部にも外部にも音もしない、どこで主の遺体を探せばよいのか、
あるいはどこで生ける主に会えるのか？　教える言葉も聞こえぬ、
天使の翼のきらめきも見えない、
天からの　澄み切った呼びかけも聞こえない。
さあ、ここを後にして　黙ったまま
これらのことを考えよう、それが最善なのだ、
　〈彼〉は復活していないのか？　そのとおり、間違いない——
　　彼は地下深く横たわり、腐り果てている——
　〈彼〉は復活していない——」

　こうしてこの詩の全篇を読んでみても、最後までこの悲観的な内容を収拾してこの時代の宗教詩のほぼすべてに見られる敬神への回帰へと向かう気配はまったく見えない。それどころかキリストの復活を否定するのを基点として人間一般の死後の再生をも否定し、天国も地獄もこの世にのみ存在することを歌い、だから食い、飲み、遊べと奨めるのである。この作品が『ダイサイカス』の冒頭に取り入れられていることをここで想起しておきたい。

安全のための反歌

　収拾・回帰の方法はクラフ独特の方法による。つまり、上記の詩の続編を作ってあたかも前編が作者の本意ではなかったかのように装うのである。彼は上の詩の一種の反歌と言うべき短詩を書き、その死後未亡人がこれを「復活祭第Ⅱ」(Easter Day II) と題した。未亡人としてはこの反歌こそクラフの本音であったと思いたかったに違いない。なぜならこの詩の末尾には「キリストはなお復活しているのだ」(He is yet risen) というリフレンが鳴り響くからである。「罪深い街路」で「私」は売春の客引きに美しい女のことを囁きかけられる。「私」は「内なるもう一人の私」と語り合い、「復活」の精神的な意味での真実性を認識する。これは本歌の詩句の多くを裏返しに使う一種のパロディではあるが、意図的な論理性の欠如は詩句の表面上の意味を風刺と感じさせる。

汝らは絶望するなかれ、彼らの信仰をなお共有する汝らは。
　〈彼〉は死したりとはいえ、〈彼〉は死してはいない
　　逃れ去ったとはいえ、去ったのではない
　姿を消したりとはいえ、失われたのではない
〈彼〉は帰らぬとはいえど、また〈彼〉は地下深く

横たわり、朽ち果てているとはいえど
　真の〈信条〉のなかでは
　なお実際〈彼〉は復活しているのだ
　　キリストはなお復活しているのだ（二七―三〇行）

そして最終連では「希望は臆病を征服し、喜びは悲しみを征服する／あるいは少なくとも、信仰は不信仰を征服する」と歌うけれども、先行詩の内容を覆すには詩句はあまりに教条的である。テニスンの『イン・メモリアム』の疑いの歌が信仰の歌に見事に吹き飛ばされる成り行きとは正反対に、この反歌は、不信心をとがめられた場合に備えて緊急避難的に、ひとまず作っておいたという印象が強い。他方クラフは「現代の十戒」(The Latest Decalogue) というコミカルな短詩を二篇作り、「汝、姦淫を犯すなかれ／姦淫から利益は生じないから。／盗みを働くなかれ、空虚な業だから／騙すことがこれほど儲けになるというのに」（一三―一六行）のように現代の俗衆に語らせて、実際には物欲主義批判を展開する。

『ダイサイカス』

さて『ダイサイカス（心二郎）』(*Dipsychus and The Spirit*, 1865) を概観したい。ダイサイカス、すなわちふたつの相反する心を持った男（それゆえに『心二郎』と邦題を付けてみた）についてのこの作品は、冒頭から、語り手自身の過去の作品への言及をもって始まる。（テクストについては、これまで標準的と見なされてきたオクスフォード版『アーサー・ヒュー・クラフ詩集』収録の『ダイサイカス』はクラフがこの作品に手を加えた最後の草稿である。これは第三次改訂を重視し、推敲を経た詩行を示してはいるが、クラフは多くの作品について「とかく〈自己欺瞞的な後知恵〉をひねり出して、改訂をすればするほど作品を弱めてしまった」(McCue xiii) というのが実情である。この作品については、上記第三次改訂によってさらに反常識的な色彩を強める部分があるのを、この評者を初め諸家は見落としているのだが、確かに第一部の一、二、四、五場では、クラフ自身による不適切箇所の削除 (bowdlerization: Phelan 153) が行われている。本稿では第二改訂版を採用した Phelan 編のロングマン施注版とオクスフォード版付録の異本集注を併せ参照し、また「後になるほど自己の本音を黙らせようとした」(McCue xii) という認識に立つペンギン版にも目を通しつつ、一方の版本に欠落している部分は他版で補いつつ論じた。）

冒頭からダイサイカス（以下、「心二郎」と混用）はイタリアのヴェネチアに来ている。彼は「心の悩み」（性欲を示唆していることは明らか）を癒す良薬として詩を読む――それは己の詩、しかもキリストの復活を否定する、我われが前ページまでに読んだあの詩である。

本来は人間の悩みを癒す薬剤代わりに詩を用いるのは、現実界の乱脈とは対照的な魅力的な秩序――想像上の美空間に描かれる理想的人物、宗教的正義の顕在、容易に認識可能な自然美など――を提供することができるからであろう。ところが上記の詩は、キリストは蘇生していないという、無秩序への導火線が心二郎に救いをもたらす。スピリットは「キリストは復活していないだと？　おお、なるほど、それがお前の信条だとは知らなんだ」と驚く。心二郎は自作のこの詩が、いかに自分に安堵を与えるかを再び述べる。

　　この詩はナポリの街頭で思い浮かんだものだ、
そして、その薬効はたちどころにあらたか、あの時ナポリでも、
またいまヴェネチアでも。ああ、思うにヴェネチアでも同様に
キリストは復活していないのだ。（第二改訂版：1. 1. 33–36）

先に第三版では作者の本音が抑制されるという説を掲げたが、第三版の次のスピリットの台詞は、上記の台詞の前に置かれており、これは当時の良風美俗にさらに挑戦するものである。

この分だと次には彼は　神の不在を言い出すぞ。
三日目にキリストが復活したということは
ちゃんと聖書に書いてあると思っていたのに。

刹那を楽しむ

さて心二郎の居る広場では、群衆が現世を楽しみ、聖マルコ聖堂の鐘楼の先端は空中に霞んで見えない。人々は何をしているのかと尋ねる彼に、スピリットは次のように答える。

　　この刹那（the minute）を楽しんでいるのさ、
そして刹那のなかの現にある幸せ（the substantial blessings）を。
例えば、アイスを。夕べの空気を。
人との集いを。またこの美しい広場を。
あちこちに見える　可愛い顔を。

この瞬間、この刹那を楽しむ——これは一九世紀が先へ進むにつれて、やがては芸術界のモットーとなる言葉であり感覚である（ハーディもこの恋の刹那性を「性急な結婚式にて」(107)や「エピソードの終わり」(178)、「ダンスのあとの夜明け」(182)などで歌い継いでいる)。群衆はそして「幻想としてではなく現実に存在する」という意味での'substantial'な幸せ（'blessings'という宗教用語が世俗化されて使われる）を楽しむのである。またクラフは、最後の行の「可愛い顔」に娼婦の連想を与えている。神の消失による空虚を埋める力を持つもの、それは肉欲の満足をおいてはほかに考えられないという、一九世紀末から二一世紀にかけての大多数が抱くに至る感覚の先取りがすでにここに見られる。

心二郎はこの群衆を見て、天を仰いで祈る。スピリットは冷笑し、

我々の孤独な、信仰心の篤い、気高い気持の後に
追いかけるように　より甘い気分がやってくるのさ。
神を敬う気持が　どんなに易々と　より地上的な感情へと
移り変わるかを、知らない奴がいるだろうかね？

官能の満足への誘い

次の場では、美しいヴェネチアの風景、アルプスの眺め、生き生きとした舟や女たち

の描写に挟まれて、心二郎の深刻な問いが発せられる。

僕に取り憑く　この質問責めの声は何か？
何の声？　どこからの？　誰の声？　どうすればそれが判る？
僕自身の声か？　誰かの声か？　僕自身の悪しき考えなのか、
それとも何か外部から働きかける力なのだろうか、
いずこへとも知らぬ方向へと僕を連れ去ろうとしているのは？

この「声」が官能の満足へと突き進んでも良いのではないかと囁く声であることは、このあとに執拗に続くスピリットの、官能的な女性の描写によって推察がつこう。〈聖母被昇天の祝日〉にさえ、ヴェネチアの娼婦は誘いを仕掛けてやまない。心二郎はこれを必死に斥ける。

止めよ、止めよ！　おお、天よ。去れ、去れ、去れ！
何たることだ！　エヴァの耳元に悪賢く座していたひきがえるも
これほどに毒に満ちた夢を　囁きかけはしなかった！

恋しきもの、失われた時

場所はヴェネチアのパブリック・ガーデン（つまりエデンの園が示唆されている）。また上記のひきがえるはミルトンの『失楽園』に用いられた比喩。クラフがこの場面で心二郎に対して、神の存在を信じてその命に従うかどうかの選択を迫っていることはこのことから明らかである。しかし「創世記」や『失楽園』では神の存在が自明のこととして描かれるのに対して、クラフはここで神存在への疑念を存在への信念と等価の力を持つ考えと見なして描いていることを、私たちは見逃すわけには行かない。他方スピリットは、ヴェネチアの女の脚を賛美しつつ、娼婦を「汝ら女神たち」（ye deities!）と呼ぶ。やがて世紀末に神に替わって官能的な美が人間の最大の崇拝の対象になる前触れである（ハーディもやがて「恋の精髄」（96）で、恋愛を動物的衝動として異性の肉体に対する現象として描く）。スピリットはまた、女の肉体を讃えるフランス語による小唄の末尾に二行続けて「恋しきもの、失われた時よ」を繰り返す。'Carpe diem'は中世以来の伝統的な詩の主題とはいえ、このコンテキストでの「時」の登場は、ペイターの『ルネサンス』の「結語」でやがて顕在化される、世紀末芸術のマニフェストと言うべき「刹那の重要性」を再び強調したことになる。

自然の美に官能からの救済を求める

これに対してダイサイカスは、自然の美に呼びかけて、官能の快楽へ向かう傾向から自分の心を救えと祈願する――

澄み切った頭上の星よ、汝薔薇色の西空よ、
僕の存在を君たちの存在のなかへ取り上げてくれ、
僕の官能を引き取って、君たちに　恭順を尽くさせてくれ

これは一九世紀中葉において、神とともにもうひとつの人の心の大きな拠り所であった自然美への訴えである。自然美さえ人の慰めではありえなくなるという主題もまたハーディの詩にたびたび登場するこ

とは、第三、第四章に詳しく述べたところである。ロマン派詩人の価値観がなお意味を持ち続けることができるかどうかが、クラフにも問われる。この直後にスピリットは、心二郎が女の目配せに気づいたのを見て取り、「ほら！　俺たちも右へ倣えをして、ひとつやってみようじゃないか？」と言う。この台詞によってスピリットは当時の世相の代弁者としても登場していることが判る。ダイサイカスは女に惹かれ続ける。彼には金がある。だが女を追う目的について自問するので、スピリットはそんなことは女が直ちに教えてくれるよと彼を笑ううちに、女は去り、手遅れになったことを彼はスピリットにからかわれつつ、この場は終わる。

神不在に連動する価値観の全構成

　これまでの情景から察せられるとおり、神の在・不在についての人間の信念は、性的放縦を自己に是認するかどうかによって試されるというかたちをこの詩は提示する。ここには一九世紀後半のみならず、二〇世紀以降の長い年月を支配することになる問題が顔を覗かせている。性や恋愛・結婚の倫理・慣習だけではなく、家族や家庭とそれらを根幹とし単位とした人間社会の構成と、価値の組立てすべてとに係わる大きな論点が、神不在の問題と連動するかたちでは初めて、英文学に登場したと言えよう。実際この場面での心二郎の科白は、良き家庭の担い手である女性を無視して、女をただの雌の動物として見なす瀬戸際まで落ち込んだ自己への嫌悪の表明である。

　　僕らが推し量ってきた天使のような女の精神、
　　穢れのない可愛い子供たち、純粋な愛、
　　これらのものの聖なる思いの名にかけて、いったいなぜ、
　　一瞬という短い時間のあいだだけでも　僕は
　　この底意の深い淫乱に、貞淑であるべき耳を傾け、
　　この汚い極道者と語り合ったのか？

このような、ヴィクトリア朝の性道徳の見本と言うべき心二郎の見解に対して、スピリットは、性行為は春の野で苺を摘むも同然に罪のない自然的営為であることを長々と力説する。ヴィクトリア朝の正統説と異端説が対置されているのである。

女性の性的欲求の有無

　同様に、女性のセクシュアリティについてダイサイカスはヴィクトリア朝の正統説——彼女らには性的欲求は無いに等しい——を述べ続け、スピリットはこれを誤りとして嘲笑する。第二改訂ではこの部分が一五〇行を超えるが、第三では約半分の長さに短縮されている。クラフは次のような科白を不穏当として自己検閲したのであろう——心二郎が、男性は青春期の性欲の発散を済ませた後では、より清浄な流れがその後を満たすと信じたいと述べて、

　　僕は、女性は男性のように淫蕩ではないと知っている。エヴァは
　　アダムのようには作られてはいないのだ。

ダイサイカスはヴィクトリア朝の慣習的な考え方から一歩踏み出し

て、男女の平等が存在するのなら、そして貧しい娘にも、娼婦を買う金のある男と同等の権利と機会が生じるのなら、という前提を挙げて、そのうえでなら官能の満足の道に進んでもよいと言う。長編詩『トウバー・ナ・ヒュオリッチの小屋』（一八四八）で下層の娘への共感を示したクラフは、この作品でも上記のような考え方を示す一方で、貧しさゆえに売春する女への同情を示す――「慎ましく内気な娘が／買い手を求めて流し目をくれる、悪の華のような街娼に／なり果てるなんて、見るも恐ろしい」。第三改訂を経てなお生き残ったダイサイカスの科白がこれに続く――

僕が信じられれば！　エヴァの子孫のどんな女も
ただ動物的な快楽を注がれるためだけに、また五分間の快楽を
雄のために生み出す目的で　造られ拵えられ
育てられ、はぐくまれたのだと信じられれば！

聖なる結婚

　彼の結論は聖なる結婚による良き家庭生活を得るために、身を清く保つことである。心二郎の心の一方はヴイクトリア朝的良心である。

　　甘く美しい家庭の絆をこそ、
そして神聖な結婚の美徳をこそ歓迎したい、結婚生活の
希望と配慮をこそ。人の子の親としての思いと
幼い子供たちのおしゃべりと、同胞たちの良き言葉、
法律の是認、そして俗悪なものをさえ
美しい結晶に変形させる
永続性と習慣をこそ　歓迎したい。

次の第一部四場ではスピリットが、ダイサイカスを有産階級の社交の場へと誘おうとする。社交界の女との「正しい恋愛（virtuous attachment）」を成就させるためである（ここでもスピリットは当時の正統的・世俗的良識を代弁する）。ダイサイカスは、外見のみを不自然に飾って感じよく振る舞う社交界の流儀を拒否する。青春を失いたくない彼は、青白い草木の温床と言うべき社交界の作法が春の緑の自発性を殺ぐことを怖れる。社交界への批判と反発は、ロシア文学においてもっとも強いが、クラフにもその一端が見られる。

　次の第一部五場はゴンドラのなかでの場面。最終改訂では、主人公の心が苦しんで働く人々へと傾く点が強調され、贅沢と快楽が批判される。

どうして　僕は笑い、歌い、踊ることができよう？
　ここで僕の歓楽に機会を提供してくれるために
飢えた兄弟が労苦していることを思えば
　僕の心そのものが　萎縮してしまう。

他者の苦しみから生まれた己の喜びを彼は喜びと感じることができない。世の矛盾を言い立てるダイサイカスを揶揄してスピリットは

「ただ、ある一つのことについては人の認識は皆同じ／すなわち神には世界を正すつもりもなく、我らの力もそれをなしえない」と言い、だから世をあるがままに受け取り、快楽を罪と思うなと忠告する。

未来における望ましい考え方

さてヴェネチアのリード（The Lido）の場、すなわち神不在を主人公が語る場はオクスフォード版すなわち第三改訂ではここに続くものとされている。しかしPhelanはこの作品における、先に我われが読んだ詩編「復活祭――一八四九年のナポリ」の構造的重要性に着目し、この先行詩への言及は『ダイサイカス』の冒頭と第一部の末尾に置かれるのが適当という考えから、この場面は決闘の可否を論じる場面の後に置かれるべきものとする。賛成である。その上決闘場面にはキリスト教の信者であるがゆえに決闘を避ける科白があり、主題の発展から考えて神不在の科白はこの後に来るべきであろう。この観点から決闘可否の場面を先に見るならば、ここでダイサイカスは「何かどうでもいいような／社交界の出来事、たとえば偶然に、困惑する僕の腕に／退屈な一時間ぶら下がっていた、髪巻き紙のような／つまらない人形のことで」決闘なんかできない、と言う。オネーギンの腕に長々とぶら下がったオリガのような女を、ここでは人形と言っているのである。つまり、他の人々の苦しみとは無関係の、自分が我慢すれば済むたぐいのことには過激な反撃はしない、まして剣を抜くべきではないという、二〇世紀後半になってようやく真に男らしい考え方とされるようになる見解を心二郎は披瀝する（そしてハーディは、この場面に呼応するように、物語詩「町の住人たち」(23)の主人公が、妻を奪い去ろうとしている妻の情人との決闘を避け、妻をも許すさまを描いている）。作品『ダイサイカス』が、未来における望ましい考え方をも描こうとする作品であることを示す一例である。

すべて神の正義による行動基準

またこの場面では、ダイサイカスが学校でも喧嘩をしたことがなかったことが言及され、その理由は男らしさの欠如なのか、「それとも僕らの信仰の神聖な教義が／あまりに強力に他の考え方を斥け、僕の心には感情を／僕の頭には観念を、染み込ませたためか?」（1.6.195–97）と彼に語らせて、後者こそがその理由であったことが示唆される。つまり彼によって具現されている文化が、そしてその行動基準が、すべて神の正義によって支えられ、決定されていることが示される。この後に神の不在と宗教懐疑の、リード海水浴場の場面が続くのである。この場面ではダイサイカスとスピリットは船に乗って、ヴェネチアの湾と外洋のあいだの小島群、リードへ向かう。ダイサイカスは唐突に自分が見た夢について話す――

僕は夢を見たんだ。朝の光が射すまで
一晩中　僕の頭のなかで鐘が鳴っていた
最初はちりんちりんと、そのあとでは間をおいて
また、ちりんちりんと、また、間をおいて。
とても颯爽と陽気に、それから、とてもゆっくりと！
おお、喜び！　そして恐怖。　歓喜、そして悲哀。
チリン、チリン、神は不在、チリン、チリン、

ドーン、神は不在、ドーン、
神は不在、ドーン、ドーン！

神の喪失と歓楽の解放

鐘の音は繰り返され、同じ科白の第二連では鐘の音に混じって「さあ、踊って遊ぼう、陽気に歌おう」、「足取り軽い　可愛いい娘さん／僕のベッドへおいで——悪いことではないのだから」、「ボトルの栓を抜け、あの歌を歌え」、「時代とその弱点を　誰が糺すのか？」など、禁じられていた歓楽が解放される夢、時代の禁忌が取り払われる夢が語られる。第三連では鐘の音と、踊りと歌への誘いに続いて、ダイサイカスは「真面目なイギリスの男たちよ」と働く階層に呼びかけ「さあやり給え、君たちイギリス人だけが　この世が与えることのできるものを／知らなかったと言われることのないように」と快楽への勧めを語り、続けて、

イタリア人、フランス人、いやドイツ人さえも
天国への思いはすべて放棄してしまった。
なのに君たちだけはまだぐずぐずしている——馬鹿だよ、君たち、
学校で習ったことに縛られているなんて。

この詩全体としては、神の消失が人間の倫理観や価値観全体を崩壊させることについての怖れを強く表明しているが、この科白では神の存在とそれによる縛りが人間性を抑圧していることへの反逆する精神が優位に立っている。これらふたつの関心は、相衝突する方向性を持ちながら、両者ともこの世紀が先へ進むにつれて文学のなかにより顕在化して行く。ハーディの文学もその例外ではない。そしてこの場に続く部分では「何事も新しいものはない、何事も真理ではない／ドーン、神は不在、ドーン」という、この後繰り返されることになる科白が入って、価値基準の喪失と相対主義の勃興が予言的に示される。

「愛は真実」は幻想

また、これに続いて、男女の愛の絶対性も否定される——

おお、ロザリー、二人とない僕の恋人よ、
君は「愛は真実なり」と考えているに違いない。（中略）
おお、人に知られもせず、見られることもない二人の隠れ家では
「愛は真実」という空想を、恐ろしい〈事実〉と二人とのあいだに
まるで衝立のように立てておくことにしよう。

この科白の措辞から「愛は真実」という考えが幻想に過ぎないこと、〈事実〉は恐るべきものであることが示されている（ハーディも「愛は真実」という一九世紀的観念の形骸化を「恋の後がま」(142)で扱う）。そしてあの鐘の音は二人の臥所へも聞こえてくる——「聞け聞け聞け、おお、恐怖の声よ／あれは、ここにいる僕ら、ここにさえ届く／ドーン、神は不在、ドーン」。

戦争の不条理の是正も幻想

恋愛と結婚の神聖が神不在によって消え失せるとすれば、戦争の不条理

の是正（ハーディも第二詩集で共有した、一九世紀進歩主義者の夢。第Ⅱ部第二章「病める戦争神」（64）参照）もまたあぶくと消える運命にある――

汝ら兵士よ、やってくるがよい、したい放題
望みを遂げるがよい、なぜならそれが正義だからだ（中略）
善なるものは弱く、邪悪は強し。
おお、神よ、いつまで待てばいいのですか(how long, how long)?
ドーン、神は不在、ドーン。　（同65-72）

戦争の不条理が問題にされているだけではなく、「強者」によって表されている成功者一般が邪悪であることも示唆されている。そして'how long'のあとには'for thou (=God) to put it to rights'を補って解すべきであり、戦争の場面にも一般の世にもはびこる「力は正義」という悪しき正邪の基準がいつまで経っても横行することを予言している――なぜならそれを糺す神は不在なのだから。この強者による弱者の過酷な圧迫は、神不在のゆえに是正の手段はなく、例外は――

例外はただひとつ、今日は支配者の立場にある強者も　いつの日か
他に仕える身に堕ちるかもしれぬという陰険な望みがあるのみ、
地獄の悪魔に　いつ彼らが罪の償いを迫られるかも知れないから。
おお、世の邪悪よ、罪と悲しみよ！
そして重荷よ、存在しない救いの手よ！
おお、神よ、神よ、どちらが最悪なのだろう、
呪う者であることか、呪われる者であることか、
犠牲者となることか、殺人者となることか？　ドーン、
ドーン、神は不在、ドーン。

価値体系の逆転

絶対的な正邪の基準が存在していれば、同胞を呪い、殺人者となることが「最悪」だったのに、この価値基準が倒立して、強者たることが善、犠牲者となることが最悪という価値体系がやがてやってくる――ダイサイカスの悪夢は一五〇年後の私たちの時代を適切に予言している。そして次のスタンザでは、強者に対抗しようとするすべての文明価値の遵奉者、すなわち聖職者のみではなく、「平和についての通俗なる夢想家」、「給金を支払われて正義を説く執政官、警察官」などが説く「小便臭い商人のえせ正義」よりも、「自分の剣をもっともうまく抜くことのできる輩」が強要する「法規」の方が厳格にも有効であることが歌われ、再び「ドーン、神は不在、ドーン」。

ここまでの神なき世界の描写は、クラフの親友アーノルドの「ドーヴァ海岸」に歌われた「暗闇の平原（darkling plain）」のクラフ版である。得体の知れない愚劣な軍隊が夜な夜な衝突しあうアーノルド的現代世界を、クラフはここでより理知的に描いている。そしてアーノルドがその暗闇のなかの唯一の光明として提示した恋人（新妻）との誠実な人間関係と同種のものをクラフは次のスタンザで持ち出す。しかし彼はアーノルドを追い越す。なぜなら、官能のみが君臨する世界

には精神的価値は存在の場を与えられないとして、彼は「愛」の価値の崩壊を予言する（Greenberger 176）からである。

お互いの腕のなかでは　僕たちは忘れてしまう、
悪党の仕業も、不当な仕打ちも、突然の恐怖も。
確かに地上には正義はなく、天上には神はない、しかし
僕らのいるところには、愛があるではないか？
何、何だと？　愛よお前もまた立ち去るのか？　だってどうして
死んだ真実が恋人の誓いのなかだけに生きていることがあろう？
何と、お前も、愛よ、お前もまた失われるのか？　ドーン、
ドーン、神は不在、ドーン。

神の喪失を告げる鐘鳴りやまず

これらの詩行を統括するのが、次のスタンザである――

僕は夢を見た、夕刻から明け方まで、
一晩中　ひとつの鐘が　快楽と苦痛を鳴り響かせていた、
放蕩な快楽と黒々とした悲哀を、浅薄な喜びと巨大な苦痛を。
僕は鐘を止めようとした、だができなかった、
夢はなお　続きに続き、一度も途切れはしなかった。

ただし、描かれてきた神不在の世界像は、右の情景が夢だったとして封じこめられ、心二郎は海水浴をしてこの「悪夢」を忘れる。しかしこのあと、スピリットもまた、世俗的な人々の、神の在・不在についての当時の平均的な意識と思われるものを長々と描き出す。心二郎によって示された思索的な知識人の懐疑と、一般的世人の宗教観とが並置されるわけである。知と世俗との協働によって、この問題がこの詩の中心主題として明確にされている。だがスピリットの語る考え方には、心二郎の分身が心に共有する世俗性でもある。それを具体的に見よう――

平均的英国人の日常を代弁

スピリットは心二郎に向かって、君はベランジェ（Pierre Jean de Beranger, 1780-1857）のような享楽主義者を読むから、そんな夢を見るんだとからかう。実際にはクラフは最初はベランジェではなく、ヴォルテールの名を出すつもりだった（Phelan 196）。ハーディはのちに「高等批評」を詩に歌い、日曜には教会通いを止めて「あの穏健なるヴォルテール君を読もう」（「品格ある市民」129）と書く。しかしクラフの年月にはヴォルテール君は懐疑論者としてあまりにも悪名高かった。そして本来懐疑論や無神論を語る役割を担うはずのスピリットには「俺は宗教なんて得手ではない」と言わせ、宗教的正統説への挑戦は避けさせる。懐疑は心二郎の夢に閉じこめられたままなのである。むしろスピリットには、当時の平均的英国人の日常を代弁するように、次のように語らせるのである（この姿は心二郎の心の一部でもあろう）――

英国国教会に俺は所属している、だが

〈異論者（Dissenters）〉だってそんなに間違ってはいないとも思う
奴らは下品な犬どもだが、しかしどんな信条を持とうとも
それによって地獄行きになる者はいないと思うよ。
俺は自分の国教会を大いに重んじる、
教会の儀式や命じることを怠りはしない。
教会には日曜日に一度だけ出席する、
祈禱書についても　良く知っている。
赤ん坊が生まれる度に洗礼を受けさせ、それどころか俺の妻はまた
生涯に一度、出産の感謝の儀式を教会で受けたいとて聞かなかった

ここからスピリットの側の、一般人が抱く懐疑の現状報告が続く。

悪人たちは言う、「神は居ないんだ、
　実際これはありがたいこと（blessing）だ、
だって神が居たら、俺たちをどんな目に遭わせたことか、
　想像だけしか　しなくて済む方がよいからな」
若者たちはたちは考える、「神は居ないんだ、
　あるいは実際には　神が居るかもしれないとしても
神は、人間の男がいつまでもつねに
　赤ん坊ではないことくらい判っていたと思うよ」

商人は「仮に神が居たところで、少し金を儲けても、神は悪くは思うまい」と考え、金持ちは「神が居ても居なくても小さな問題だ、神だか誰だかのお陰で我が家は安泰だから」と言う。この問題を考えさえしない人びとは、元気でそれを考える必要もないあいだは、神は居ないと思っている。素朴な田舎びとや、たとえば「初恋の最中で、うら若く幸せで／幻想に対して感謝している人たち」、また一方罪びとや「老齢や病気や悲しみに襲われた人びと」などは神が居ますと考えている・・・。世人の宗教態度をこう総括したのち、スピリットはダイサイカスが海水浴をして元気になり、神の不在を忘れたのをからかって「今日は復活祭当日だ、そしてこのとおりヴェネチアのリードでは／見よ、我らの主キリストは本当に復活した、おお！」と言ってこの場面を締めくくる。

一八世紀的妥協は時代錯誤

こうして詩は終結部へと移る。第二改訂では次の場面以降を第二部とする。そしてこの場面には改訂による異同が多いが、雨宿りをしているうちにダイサイカスが自作の「復活祭」を再び口ずさみ始め、これをスピリットが常識的立場から「君のこの詩には強いシュトラウス臭があることは／疑いはない」と言って混ぜ返すという内容は共通している。スピリットの助言は、ドイツ人（シュトラウス）なんか止めよ、イギリスのバトラー司教の著作『宗教の類比』（一七三六）と『説教集』（一七二六）にこそ影響を受けよということである。つまり司教が言ったとおり、世俗的事物についてと同様、宗教についても事物を説明しても無駄、人生が不可思議なのと同様、神も不可思議なのだと思え、というのである。この一八世紀的妥協が時代錯誤であり、一九

世紀の知識人はもはや問題を曖昧のままに放置できないことを、クラフは十分意識して歌っている。

理性の上だけの宗教離れ

　さらに次の美術館の場面(2.2)では、ダイサイカスがティツィアーノの宗教画「聖母被昇天」を近代的な非宗教画と比較して、キリスト教絵画に自分は本能的に心を惹かれることを告白する。これはアーノルドの「グランド・シャルトルーズ修道院からの詩行」が、理性の上では宗教離れしてしまった語り手が、情緒的には強い宗教への愛着を示す姿と酷似している。またハーディも半世紀ののちに、同じ内心の矛盾を「知覚無き者」(44)で歌うほか、自己の宗教関連詩全体においても同じ精神の傾向を示していることは前にも述べたとおりである。クラフの場合を具体的に見るならば、上記の近代的絵画、バイロンが剣を抜いている絵の近くに――

そのほど近くに、神秘の至福ある天国へと受け容れられて、
見よ、恍惚とした処女マリアが　復活し、昇天する(rise)！
これを見てとろけて火のような涙を流す情愛深い眼に
ああ何故にこの絵は虚しくも訴えてやまないのか?

「虚しくも（vainly）」とは歌われているものの、これは知性には受け容れられないという意味で虚しいのであって、心はすでにこれを受け容れている。キリストの復活を疑う詩を作り、神不在の夢を見た心二郎が、マリアの蘇生と昇天（上記 'rise' は一語で双方の意味を表す）の絵画を見て、これをきっかけに今後の自分の生き方をどうするかという、この作品の帰着点となる問題と取り組み始める。これはアーノルドの上記「グランド・シャルトルーズ修道院からの詩行」に共通する、そしておそらく彼を受け継ぎ、ハーディに受け継がれる精神の二分裂である。心二郎は「利益のためでも名声のためでもなく／快楽のためでもなく／また空疎な芦笛（牧歌《パストラル》）を吹くためでもなく／意味のない肉体に彩りを添えるためでもなく――」

そのためでなく、建設的に生きなければならないというのなら
我らが高貴な行為のゆえに　神の名こそ讃えられよ。
(God's name be blest for noble deeds)

　一般に 'be blest for' は、主語の属性や行為のゆえに主語が讃えられ感謝される意味を表すが、ここでは明らかに 'noble deeds' が人間側の行為を表している。ダイサイカスにとっては、世俗的価値に依拠しない高貴な生き方のためには、神の存在こそが拠り所だと歌っているのである。これは保守的に聞こえるが、表皮をめくれば神不在の際には、彼は高貴な生き方を放棄するという意味が表面化する。

絶対的な判断基準を喪失

　ここで彼はスピリットを「メフィストフェレス」と呼び（なおこの場面ではあたかもスピリットが初登場するような印象を読者に与える。冒頭に使うはずだった場面を後ろで用い、推敲する暇がなかったのかも知れない）、この自分の分身の要求と取り引きしながら自分の身の進路を

定めたいと言う。スピリットは心二郎の結婚相手を勝手に選んで（とは言っても心二郎の片半分が選んでいるわけだが）、その女との結婚を彼に奨め、「（宗教上の理想主義者としての）良心のとがめは背後に捨て去りなさい」と忠告しつつ、また聖職者になれ、そうでなくても法律家になれと彼に奨める。ダイサイカスは自分の世俗的分身の英知に、とにかく耳を傾けてこの場が終わる。彼は絶対的な判断基準を持ち得ず、世俗の声に行動基準を教わろうとするわけである。先にもちらりと触れたが、価値判断における相対主義への移行がここに現れており、ハーディではこの問題はより深刻なかたちで受け継がれる。

神の新たな御意

ここまでの場面では新しい時代の知的な青年の行動を左右する基本的人生観の設定がなされてきた。しかし上に見たとおり、彼の精神の基盤は、神の在・不在、絶対的な判断基準の在・不在を巡ってまことに脆弱である。彼はだから行動に移るのをためらう。次の第二部三場では、前の場で奨められた法律家になることについても遅疑逡巡し、宗教家になることについても、

宗教——このより近代的になった時代のなかでは、
かつて旧世界が旧世界独特の言い回しで
〈神と共に歩む〉と名付けた正しい生き方なんか、もはや見出すのが
実際には期待できないとなると、今や神の新たな御意は、
人間は全く神のことなど考えず、重荷を背負って歩みに歩み、
神が人間に割り当てたこの世界を、何とかできるかぎりに
有効に用いるべしということらしい。

と考えてこれも遅疑逡巡。右の引用は、ハーディの「人間に対する神のぼやき」（266）の終結部「頼りにできるのはただ人間の心の才覚のみ」に見事に対応する。ハーディの場合も、括弧内の言葉は、神様の人間への助言だからである。スピリットの奨めるような結婚についてもダイサイカスは

次に愛。僕にはまず考えられない——
蛇も探し当てられない楽園のなかに安住することになる
新たなアダムと第二のエヴァの登場する古風な牧歌劇のおかげで
これらの　僕を狂わせかねない精神内部の不協和音が
汚れのない、メロディ豊かなセクエンツェアに変えられるだとか、
僕らの生活に満ち満ちた　いろいろ議論のある難問すべてが
永久に解決されることができるだろうとか、考えられない。なのに
僕は人の心は他者の心に誠実に呼応し脈動し得ると考える。

希望を犠牲にできない

一方では結婚という楽園が、精神上の難問（神の問題・そこから生じる倫理上の問題）を解決してはくれないと思いつつ、一方では愛し合う男女の心は、協調して鼓動しうるという希望は捨てられない。恋愛の神聖への信と希望を断って「いつの日か女王が自分の座として求めるかも知れない玉座に／誰か無資格なつまらない女を座らせてしまうのは」嫌なのである。

こうした、生きかたのさまざまな選択にあたって、ダイサイカスは行動に移ることができない。彼は、行動によって新たな時代の懐疑を裏付けるようなおぞましい現実と向き合うことになるのを予感している。

行動、それは僕をよろめかせる。なぜなら僕は
希望を持って過ごしてきたからだ。弱さ、怠惰、軽薄、不決断、
これらのなかにあってなお僕は希望してきた。だが行動は
希望を犠牲にすることのように思われる。

可能性を秘めた、今の無垢な状態を失うのはごめんだと彼は考えるのである。この理由から、世の争いには加わるまいと彼は思う。だがこれでは人生から取り残される心配もあるので、他方で彼は実生活に加わった自分を想像してみる。世は数字と計算の時代だが、その目的が自己の選択した、魂の相関物ならば、こうした時代の苦役も我慢できると彼は一度は考える。しかし近代的産業を担う混雑した工場で機械の末端にあっては、個人はせいぜいピストンやバルブをいじくることしか許されない。こうしてクラフは、工場生産を例に取りながら、複雑化した一九世紀半ばの社会における個人の無力化をも描いている。人は労働の目的さえ定かには知らず、他人のやるとおりに行い、給金を貰う。「食する者は奉仕すべし／そして他の奉仕者（servants）がするとおりに奉仕せよ」――この命令に従うことのできないダイサイカスは「おお、自分の考えを空に打ち上げて／純粋な姿の柱と化して、すべての人に見せたいものだ！」と思うのだが、実際には現代の人間は個を主張することができず、珊瑚虫のように自己の排泄物でもって将来の島を築くことしかできない。こう考えて彼は世の定めを受け容れることにする。

現世には常識しか通用せず

ここで舞台裏からスピリットが（と思われるが、ト書きは無い）声を掛ける――「世の定めを受け容れよ！　それが常識というものだ」。敬虔、献身などの諸観念や愛や美は天上界に属する理念に過ぎない、現世には常識しか通用しない――

曖昧な霊感なんて、飾り気のないきちんとした常識に
立ち勝ることなんてあり得ないんだよ、その常識が言うのです、
屈服せよ！　世の定めを受け入れよ！　と。　(2.3. 173–81)

スピリットのこうした説得を受けて、ダイサイカスは終幕の四つの場で、常識と妥協して良いかどうかを再三独白の形で自問する。

「より大いなるもの」への希求

彼の希求の最大のものは、現実に目に見える自然の美や人間社会の情景を超越してその彼方に存在する「より大いなるもの（a More）」である。その命によって彼は慣習的な価値観を超えたより大きな美徳（ampler virtue）へと向かいたいのである。一時代の慣習が不道徳（sin）と見なすものと人類の未来における発展との関連を、彼は「我われが不道徳と呼んでいるものは／より大きな美徳への道程

を苦痛に満ちて／切り開いて行く糸口だと僕は思いたい」と述べ、

どのような変革であれ、
今はめでたく発展を遂げたものであっても、最初のうちは
精神存在の深奥に射込まれた　一つの激痛、自責の念に似た激痛で
なかったものがあろうか？　何かを行うこと、
何かはっきりと一つのことをしようと決心すること、
習慣的なものや旧来のものを去り、慣習と慣例との安楽椅子を
捨て去るということは、弱々しい精神にとっては
犯罪を犯すことのように見えるのがつねだ。

ところが自分の精神は女々しく、自らの裁量で選択することができず、他から強制されるのを待つ――「そして神の存在を、その何らかのかたちでの必然を待っている（waiting a necessity for God）」神の命令という絶対的な基準に強制されて初めて行動に移れるに過ぎない人の限界を、分身ダイサイカスを通じてクラフは悔しげに描く。ここには、倫理的問題について、個人としての人間は、神による強制なしに果たして自発的選択ができるだろうかという二〇世紀的な問題が先取りされている。ハーディが「神の葬列」(267)の第十五連で、神との死別にいかに耐えるかが、全人類にとって「心につき纏って離れない問題」だと書いたのは、第一次世界大戦の直前であった。

我が魂よ、元通りの道に戻れ

さて心二郎は自己の魂の声に忠実であるべきことに思い当たる。しかしその時、その自己そのものが分裂していることに気づくのである――「おお、ふたえから成る自己よ！／そして僕はそのどちらにも不忠であるとは（O double self!/And I untrue to both.）」

片一方の〈僕〉は旧世界から逸脱していて、その目には、愛と信仰（信義）、家族の絆、友人との会話、書物・芸術・研究、祈り、高貴なものへの賞賛などすべてが下劣な、追うに値しないものに見えてしまう。また他の〈僕〉のなかでは、魂は安全にあるべき位置にあって、精神の針は正確に、指すべき両極を指している。その両者の合体としての「心二郎」は「我が魂よ、元通りの道に戻れ」と呼びかけ、主日にパトモスのヨハネに倣って聖霊とともに居る自己の存続を希求する。聖霊とともに居るのは「七日のうち一日だけでも／十分ではないか？」、なぜなら「もしこの純粋な慰めが僕の心を見捨てたりしたら／他のすべてはどうなるというのだ？　僕はこの喪失を敢えて冒すつもりはない／我が魂よ、元通りの道に戻れ」。

ダイサイカスは四分五裂

この詩についての従来の解釈（批評史の概略は Biswas **376** ff.）は、自己の進路と生き方についての主人公の逡巡が、上記の引用の前後に見られる宗教問題に左右されていることをなぜか見落としている。「理想主義者と現実主義者との葛藤」（Biswas **409**）が描かれていることは確かだとしても、その根本には、理想主義的に生きるには、どのような価値基準に立って何を理想と考えるか、現実と協調するにしても、どんな価値判断に基づいて、現実をいかなるものと解し、ゆえにどこまで妥協するのかという問題がある。しかもこれがいわば平面的に思惟

されるのではなく、あくまでキリスト教徒としての確乎たる判断基準に基づいて行動するという旧来の（元通りの）安息を求めるか、それとも神の消失した世界の、もう一人の〈僕〉の示す方向へ進むかという、別個の問題と絡み合わされる。この両方に絡まる神の在・不在と、絶対的倫理基準の有無——ここにこそこの詩の主題があることだけは、拙論をお読み下さった方には納得していただけよう。言い換えれば心二郎自身のなかに知的プロセスを経てふたつに分裂した保守と革新があるほかに、スピリット自身のなかにも、生きる者にとって不可避な、旧道徳から見ても許容される現実主義と、新たな物質主義・官能主義という神の支配が失せつつある現実世界を容認する、いわば新現実主義とが混在している。スピリットがダイサイカスの片半分でもあることを思えば、ダイサイカスは四分五裂している。

〈行動〉への激しい希求

二部五場では、前の場で今こそ決断の時かと思ったダイサイカスの度を超した欲望、行動への激しい希求は一時的に消える（ここでこの「行動」という言葉が何を行うことを示すのか、それは曖昧化されている。世間を相手にした、妥協と協調の行動であるというのが表向きの意味だが、ヴィクトリア朝文学における性の表現を読み慣れた読者なら、この曖昧さゆえに、この「行動」には性行動が含まれていると読むであろう。詩は、娼婦を買うかどうかという問題から始まったし、スピリットの奨めのひとつは常識的な結婚だった）。欲望充足の機会と決心とが一致することのないまま、自分は行動を起こせないでいることを語ってのち、彼は、行動への欲求は今は眠っているに過ぎず、やがてまた襲ってくることは知れているとして、

だが、知れているからといって、それじゃ僕は自らの主義に背いて
本性（Nature）を駆り立て、（邪悪なものである）欲望に
無理強いをすべきなのか？

と、なお逡巡してスピリットを追い払うが、やがてついに「鋼の刃が——肉と骨を魂から引き離す刃が、／神の二枚刃の剣より鋭利な刃が」魂のなかに入り込んだことを告白する。

それゆえに、さらば！　永久に、これを最後に、さらば、
敬神の念に満ちた汝ら人生の甘美な、単純なものたちよ、
良い書物、親切な友、神聖な気分よ、そして荒れる人生に対して
甘い日曜日のような安息を与えてくれるもののすべてよ、
また、大地を天国にしてくれるすべてよ——そして歓迎するぞ、
邪悪の世界よ、冷淡になる心、思いやりにはドアを狭める
計算ずくの頭脳よ、嘘を吐く唇よ、
おとなしく見えて偽る目よ、貪欲な肉よ、
〈世間〉よ、悪魔よ——歓迎、歓迎、歓迎、歓迎するぞ！

厳しい必然性の声

ここでも二部三場と同様、舞台裏から声が聞こえる——

事物のこの厳しい必然性　(stern Necessity)　が
我々の存在の　すべての側から鳴り響く。
我らの熱心な行動が攻撃を仕掛けても
必然の鉄の壁に虚しく阻まれ、倒れ去る。
ひとたび必然の女神が方向を指さすなら
賢い者たちは　ただ従うことのみを考え、
女神がしつらえたとおりに人生を受け取り、
そして何が起ころうとも、必然の定めを受け容れ、
さらに受け容れ、受け容れる。

この「厳しい必然性」は、ハーディの詩を「必然性の詩歌」(本書17ページ参照)と言う場合と同じく、物理的必然とも自然科学の法則とも言えるものである(バイロンやアーノルドもこの意味の必然の力を歌っている。Phelan 221n.)。性欲も示唆されている。これに逆らって考えを巡らす輩に対しては、女神は拷問を加える、とこの声は言う。ダイサイカスは、悪魔の放った洪水に溺れる者のように悲鳴をあげる――「深い水の中には足場がない」。そして彼はこの場の終わりまでなお抵抗するので、スピリットから「お前が口にする夢みたいな懐疑を詩に歌って、古き良き歌の断片を連ねることによって/その懐疑から救われて見せよ。世の人は疑いもなく、その詩が気に入るだろう」としてからかわれる。この二行はこの詩を書くにあたってクラフがテニスンの『イン・メモリアム』を意識していたことを、また一八三〇年代以降の、懐疑を示しながらその克服を描く詩をも念頭に置いていたことを、如実に物語っている。そしてクラフはこの二行により、自分の詩は懐疑の克服という流行に倣うものではないと言いたげである。

次の二部六場の冒頭では、ダイサイカスが夢かうつつか天の声を聞いたことを語る。苦難のときには我われ天使に呼びかけよ、というその声の中にも「必然がお前を襲ってきたときにも(呼びかけよ)」という一句があり、唯物主義的な必然、自然の要求としての必要がここでも「苦難」のひとつとして意識されていることが判る。彼は、

おお、惨めなことだ、
世俗を攻撃する有利な地点を得るためには
世俗と取引をし、世俗相手に実習をしなくてはならないとは。
大男を襲うには、まず最初に(ああ、何たる背信!)
大男のふるまうパンを食べていなければならないとは。

と述べ、自分が定めに従う(屈服する)のは時間稼ぎのため、武器と円熟を身につけるために過ぎない、身を起こして相手に斬りつけるまで安全のために伏せているだけだ、「どれだけ自分が屈服するにしても/それは反逆するためでなくてはならない」と自分に言い聞かす。スピリットは、これをダイサイカスの態度の軟化と見て、自分の思い描いたとおりの方向に彼が進むのを見て喜悦に浸る。

最終の場二部七場では、スピリットの実名がメフィストフェレスであること、また彼はベリアルその他悪魔との連想の強い名でも呼ばれ

ることがあることなどが強調され、ダイサイカスが少なくとも形式上はスピリットの軍門に降るかたちで詩の本文が終わる。締めくくりに先だってスピリットは

やれやれ！　君は愉快なことだとは思わないのかい、
否定しがたいものと現にあるものを持っていることを？
君自身が　周りの人々と同じであることを目にし、
君の足が　地についているのを感じることを。

と語る。第三改訂重視のオクスフォード版は最後の一行を、ダイサイカスの「もういい、黙れ！　従《つ》いて行くから。」としているが、第二改訂ではその代わりにスピリットの傍白のかたちで

サン・マルコ広場で、夕闇が降りたあと、
おお、あいつを試してやろうじゃないか、　おお
イエス・キリスト様よ、おお、そのとき俺が
心づけの金を貰えなかったら、こりゃ面白いぞ。

という幕切れがあり、詩は冒頭に戻って広場の娼婦が再びほのめかされる。

　このようにこの作品では、後半の部分に神不在の問題をあからさまには言及せず、全体としては、主人公は悪魔の導きに従うのではなく、一九世紀の平均的な常識を受け容れて終えたという印象を強くあとに残す。しかしこの問題が当時の知的な青年の人生態度に対して、いかに重大な影響を及ぼすかを、いくつもの主人公の科白が示してきた。アーノルドの詩とは違って、懐疑思想や神不在の問題はそのままのかたちでは放置されずに、形式上はダイサイカスの夢の中へ閉じこめられて二度と舞台には現れない。だが作品後半からの引用が示すとおり、この問題こそがダイサイカス＝心二郎に最大の心の分裂をもたらしていることに疑いを差し挟むことはできないであろう。

　ハーディの場合には、心の分裂はより知的であるかもしれない。しかし、クラフの継承はあまりにも明らかである。何度も引用する「知覚のない人」(44)では、〈輝く神の国〉を見て取る〈知覚〉を失った語り手が、翼を失った鳥と同様、苦しみもがきつつ天から地へと墜落することが歌われる。神を求める心と失った事実とは、否応なく知者の心の分裂を促す。同様に、「神の葬列」(267)においてさえ、かつて人類が「神が居たまうことを幸せにも／確信していられたのは何と甘く麗しいことだったか！」（第11連）とか「神に替わって誰が、何が埋め合わせをしてくれるのか」（第12連）とか、神不在という事実への怖れを歌う詩句が陸続として現れているのである。

第七章　ブラウニングとハーディ
――両者の独白体の詩を巡って

一九世紀英文学の劇的独白を完成

言うまでもなくブラウニングは一九世紀イギリス文学の劇的独白を完成させた詩人である。彼の手法をきわめて適切に要約していると思われるのは、ヒリス・ミラーの次の言葉である。「知覚や言語の不整合性（incongruity）を扱うひとつの方法に、内部独白という手法がある。一人の人物として語るよりむしろ、ブラウニングは自分を分割し、互いに戦いあい、これに自分の考えを今はこのように、次にはあのようにと揺れさせる二人以上の人物になり変わるのである。いわゆる劇的独白も…実際には内部独白なのである」(Miller **87**)。分割された自己のうち、本体としての自己、登場人物から離れた自己は、作品のなかにその姿を顕わにしない場合も多い。ハーディもこの名手から、この詩法を学んだ詩人の一人であった。彼の第一から第八（最終）までのすべての詩集に典型的な劇的独白というべき作品が含まれている。これに、劇的独白の手法を多少なりとも用いた一般モノローグ体の（内部独白的な）作品を合わせると、その数は数百篇におよぶだろう。制作年代を、ハーディの詩作の最初期一八六五年および六年と記した作品には、特に劇的独白が多く、なかでも、ブラウニングの『登場人物』（*Dramatis Personae*, 1364）中の「ジェイムズ・リーの妻」に影響されていると言われる（Pinion '76, **9**）四篇から成る「女から彼への愁訴」（**14-17**, いずれも一八六六）は、のちに見るとおり傑作である。また第八（最終）詩集巻末近くに置かれた「ローナ二世」（**893**）は、彼の詩群のなかでも特に典型的な劇的独白の型を持つ作品である。つまり、彼は六〇数年に及ぶ詩人としての全経歴を通じて、劇的独白に関心を寄せた詩人であった。

昔の恋人の娘

晩年に完成されたかたちで書かれた「ローナ二世」（**893**）をまず取り上げてみよう。これは、先に「ブラウニングが完成した」と述べた劇的独白の特性――詩の作者からは独立した語り手、語り手に耳を傾けている聴き手、語り手と聴き手の相互作用による語りの変化発展、読者が想像するように促されるその場の状況という一九世紀劇的独白の特件（Langbaum **76**）を完全に備えているからである。

ローナさん！　たしかに君は美しい
でも君は、君のお母さんではないのだよ
純朴で優美だったローナ一世ではない
あのような女は二度と現れないのだよ！
お母さんとの愛は昼にせよ夜にせよ
悲しみを押さえ込む力をもっていたのさ
ほかのどんな女がこの世にいるにせよ
輝かしい大切なローナ、君だけなのさ

Lorna! Yes, you are sweet,
But you are not your mother,
Lorna the First, frank, feat,
Never such another! ――
Love of her could smother
Griefs by day or night;
Nor could any other,
Lorna, dear and bright,

邸、馬車、寝台を、誰にもできなかったろうな　Ever so well adorn a
あんなに上手に飾るなんて。　Mansion, coach, or cot,
男に誇らしく思わせたのも彼女だけだろうな　Or so make men scorn a
まのあたりの恋敵を見下す気持にさせたのさ　Rival in their sight;
君にさえそれはできないだろうて！　Even you could not!
だから僕が失って嘆くのも判るだろう、な、　Hence I have to mourn a
君が生まれる前に失ったあのローナ　Loss ere you were born; a
同じ名前の、ローナ！　Lorna!

読み手の想像がかきたてられる

聴き手はローナ一世の娘であって同じローナという名であり、語り手はローナ一世のかつての恋人または夫であると読むことができる。しかしローナ二世が、語り手の娘なのか、他の男の娘なのかは、読者が判断するほかはない。語り手は聴き手である二世に、一世と同じ女としての資質を求めているようにも読めるから、おそらくは〈他の男の娘〉が正解と読者は結論して、ハーディの小説『恋の霊』の主人公が、かつての恋人の娘や孫娘にまで恋するのを思い出すだろう。また終わりから二行目の"Loss"は〈死別〉なのかと一瞬は思うけれども、その"Loss"のあとに二世が生まれたとあとで判るので、〈恋人として失った〉意味にいったんは落ち着くことになる。しかし〈恋人として失って〉はいなかったのに、ヴィクトリア朝にはよくあったように、本人の意志に反する他の男との結婚なのか、という考えも生じる。すると二世が語り手の実子である可能性も生まれてくる。実子であれば、娘に亡くなった母親を過大に褒めても何ら不自然ではないな、という感想も生まれる。また最終行の"Lorna"が、元の恋人ローナ一世か、それとも呼びかけられた二世なのかも両様に受け取ることができる。聴き手の二世さえ、自分に呼びかけたのか、母を想起したのか、戸惑う様子が見える。

聞き手の二世はどう思うか

状況が具体的に想像されるにつれて、このようにその美点を娘の前で列挙されるこのローナ一世は、すでに世を去っているのだろうな、と多くの場合、読者は感じるだろう。するとこの作品の最大の疑問点、つまりローナ二世に対して語り手は恋をしているのか、それとも結ばれることのなかった最愛の女の娘（その場合も他人の子か、実子か）に対する、敬意と愛慕から、その母一世を褒めちぎっているのかという男女関係のもっとも基本的な問題が浮かび上がる。また娘の側からの諸疑問、つまり娘は語り手が自分の父親である可能性を勘ぐっているのかいないのか、八行目と最終行での"Lorna"への呼びかけを、娘は誰に呼びかけたものと感じるか、母への讃美を聞かされる娘はどんな気持（それも右に詳しく述べたさまざまな場合ごとの気持）かなどの疑問が、大きく浮かび上がる。また、不定冠詞を四度までも動員してなされる［ɔ：na］の脚韻は、脚韻になっていない二度の"Lorna"

という呼びかけとも呼応する。この常軌を逸した押韻は、語り手の独白への作者の側からの風刺を喚起するとともに、語り手の熱の籠めようを描写してもいる。

こうしたことが重なって、この作品は、人生の多様性をさまざまに読者に想像させる、一種の万華鏡として働く。年甲斐もなく、ローナ二世の心を思いやることのできない初老の男の身勝手、失った恋人の面影をその娘のなかに見ようとするこの男の哀れさ、恋人そのままではないことに失望する男の滑稽さなど、軽薄な詩行のあいだから、軽薄をうち消す人生のキビしい真実が顔を覗かせる。

伝記上の事情

実は伝記的には、ハーディの友人レジナード・ボズワス・スミスに実名もローナという娘があり、これが家族の奨める男を選ばず、別の男と結婚したのだという（Bailey 612）。彼女に恋をし、家族からも彼女との結婚を望まれていた男は、彼女の死後八年の一九二七年、その娘で同じ名のローナ（二世）と結婚した。同じく伝記的には、一八九〇年にハーディは、昔の自分の恋人トライフィーナが死去したとき、弟ヘンリーと彼女の墓参りを果たし、その際、一一歳だったトライフィーナの娘エリナー・トライフィーナ・ゲイルに接待された。ヘンリーはこの娘に「お母さんそっくりだね」と言ってキスをしたが、ハーディは怖い顔をしていただけだった（Bailey 101；Deacon & C. 64-5）。これを素材としてハーディは、娘というものが半分しかその母親に似ないことを、母親に恋していた語り手が嘆く詩「母を失った娘に」（42）を書いたとされる（Bailey 100-1）。「ローナ二世」は、実際にはハーディのこの思いのほうに根源があるのかも知れない。

劇的独白の仕組みの理解

しかしこの作品は、こうした素材上の制約から完全に脱出して、劇的独白としての面白みを十分に発揮している。見ようによっては荒唐無稽なこの作品を、このように高く評価するについては異論もあろうけれども、すべて芸術上の作品鑑賞には、鑑賞者側に作品の型についての理解がある場合、思いがけない優れた内容が見えてくるものである。ブラウニングの劇的独白もまた、以下に実例を挙げるように、たとえば殺人者が客を接待する一場面という、同様に荒唐無稽に見える作品が、いったん劇的独白のいわば読み方を理解したとたんに、いかに興味深く感じられることか。聴き手が目の前にいるものとして、聴き手の反応を目で追い心で感じながら語り手が口にするせりふは、それ自体が人間の精神内部の複雑さ――時には純情と狡猾さ、我欲と他愛など矛盾を取り混ぜた精神の成り立ちを示す。語られる時や場所、人間的状況もおのずと判ってくるから、人間界そのものの多様性さえそこからは感じ取られていくのである。

ここでそうしたブラウニングの詩作法をちらりと覗いて、ハーディとの繋がりを推し量りたい。前者は詩人としての出発点にいたときから、詩のなかの語りと自己とのあいだに距離を置く手法を身につけていた。処女作品『ポーリン』（*Pauline*, 1833）では、第五章で触れたように、自己の宗教懐疑を語りつつ、それを語ってはいないかのように見せかける、いわば高等な詩的詐術をすでに用いている。さらに『劇的抒情詩』（*Dramatic Lyrics*, 1842）に含まれる多くの作品は、人物に作者自身の言葉ではないことが明らかなせりふを語らせることを創作原理としている。このとき彼らしい劇的独白は完成されていた。しかしその奥行きは、のちの五〇、六〇年代の作品群では登場人物（語り手）の独白のなかに、思想や芸術論までが収斂する場合が多くなり、ここに彼独特の劇的独白による傑作が生み出されていく。

夜の逢瀬の二作品――類似作品の手始めに

最初は両詩人の共通性を見ていきたい。ハーディの「恋する男から恋人へ」(670)は、ブラウニングの「夜の逢瀬」(Meeting at Night)を本歌とした作品であろう。「夜の逢瀬」では、語り手の男が海辺から恋人のもとへ直行する。有名な「喜びと怖れのために互いに相手の胸に向かって高鳴りあう／二つの心臓よりも静かなおんなの声が聞こえてくる」に先立って

それから一マイル、暖かい海のにおいのする海岸を、次いで
農場が現れるまで　三つの野を横切っていく

と歌われるのだが、ハーディでは（そしてこれはまさしくブラウニングばりのモノローグである）

ふたつの農場、森と木立が一つずつ、
それ以上の　悪意のあるものは
何一つ　君と僕を隔ててはいない

と歌われたあげく、彼女からの合図は送られてこない様子が示唆されるのである。そして「私は言う、彼女のそばに」(172)もまた、ブラウニングの上記「夜の逢瀬」と「きぬぎぬの別れ」の影響下にある作品であろう。今度は、後半で女が（男の想像上での）語り手となるこの作品でもまた、これら二作のパロディのように、前半の語り手（男）は恋人の家に出かけない。女が、男の来たのを察知されないように蝶《ちょう》番《つがい》のきしみを修理し、かんぬきをはずし、夜明けまで待ったのにあの人は来てくれないと思っているだろうと、語り手の男が想像する歌である。のちに第Ⅱ部でももう一度書いて、読者の注意を引きたいのだが、この魅力的な二者のモノローグからなる作品は、ハーディのいわば永遠の恋人とも呼ぶべきトライフィーナが、墓のなかでかんぬきをはずして待っている歌として読む提案をしておきたい。

いるはずなのに見出せない女

ハーディの「ひと目見た女」(448)とブラウニングの「人生における愛」("Love in a Life")は、一読しただけで直観的に類似が印象づけられる二作品である。「人生における愛」では第一連で語り手の男が、同じ屋根の下に住んでいる女を部屋から部屋へ追いかけるが、カーテンの揺れ、ソファーに漂う残り香だけが、女が一刻前にそこにいたことを物語る。だがドアに継ぐドアを潜り抜けても、語り手は女を見出せない。語り手が入れば女は出て行く。

でも一日は黄昏に近づき
なのにドアはまたドアに続く。

あらたな運試しをしてみる——
脇の袖から中心まで、広い家を歩き回ってみる
でもいつも同じ巡り合わせ！　僕が入ろうとすると彼女は出ていく
一日のすべてを　追っかけに費やしたっていいじゃないの？
でもご覧、もはや夕べの薄明かり、まだ調べる組部屋が多いのに、
覗いてみるべき押入れ、念には念を入れる隅部屋も残ってるのに。

「ひと目見た女」では女がドアを通ってその家に入るのを語り手はしかと見届ける。しかしその家には女は見つからないだけではなく、それは死んだ女で、亡霊となって現れることはあるということが判る。若かった語り手はその家を買い取り、永らく女の出現を待つが、女の物音はするのに、姿を見ることができない。

ぼくの頬も　痩せこけてしまった
髪の毛も　灰色になってしまった（中略）
なのに、彼女は　なお近寄ってこない！

右の引用で、ブラウニングの「一日」は人生を、「夕べの薄明かり」は老年を指しているのは明らかである。全人生を費やしての〈愛すべきもの〉探しの寓意が、容易に読み取れる作品である（ただし、〈愛すべきもの〉は、美女の意味から人生の意義に至るまで、あらゆる次元で解釈できるところが魅力的な作品である）。ハーディは、似た主題を、亡霊ものとして書き直したと思われる。この〈書き直し〉が意識されない限り、この詩は、ある批評家が言っているように"slight"（軽い、中身のない）として片づけられてしまう。しかし、〈書き直し〉としては、ここでもハーディは一ひねりする。ブラウニングの部屋と同じく人生を意味する〈家〉に、明らかに一度目撃した〈愛すべきもの〉の存在を信じて語り手は入り込む。ブラウニングにはなかった積極性が生じている。また女は亡霊であるから、物質性がなくてもそれとの同居が希求されるとともに、人生の果てでもいいからそれとの同衾が求められている。ここからは、芸術家としての語り手の、幻の美の追究、老年に至っても芸術において捉えられない〈人生の実質〉などが、美女によって象徴されている印象がいやが上にも高まる。さらには、ハーディが若いときには（神の喪失に至るまでは）その存在を信じていた神秘が、探し求めて見出せないという「兆しを求める者」(30)の主題さえ思い浮かぶのである。とにかく、最初に目撃されたと思った幻は、実体のないものだったかも知れないのに、それがその家には〈居る／有る〉と信じて語り手は（家を買い取るほどの）努力もし、忍耐強くそれの捕捉を試み、そして老いるのである。晩年を意識し、巻頭詩に詩的実質を捉えるための映写幕を、自己の精神内部の〈鏡〉として呈示した第五詩集の、通底するテーマ（いかにして自己の人生を透視し、その実体を捉えるかの問題）の一端を担っている作品であると言えよう。取り上げたふたつの詩は、おそらく影響関係のある作品であろうが、その類似にもかかわらず、それぞれ、姿を見せない女を、自己の主題の中心として独自に使っていることが判る。しかし、モノローグの語り口、そして象徴的人物の主題への絡ませ方な

どの点で、この相違はより本質的な影響関係を示唆しているように思われる。

恋人と知りあった場所

「小唄」(18)はブラウニングの『男と女』第一巻の「炉端で」第三九連に見られる、恋愛の偶然性という点で類似していると指摘されるが（Pinion '76, 10）、同時にハーディの詩（雛鳥がたわむれ、牛馬の、今年生まれたばかりの仔が木の枝の若葉をはむ）は、ブラウニングのこの詩の第二〇連（小鳥が囀り、野生の鹿が池に来て水を飲む）と同じく、汚れのない生き物のイメジで、恋人と知りあった場所の清らかさを描く。その上、ハーディでは第二連で、もし〈私〉が彼女を知る前の自分に戻ることがあったとしたら、この美しい場所も

まるで　井戸が涸れていくような　不可思議な
萎びしおれる変身を見せるだろうが　それには誰も気づくまい

と歌われているが、これはブラウニングの同じ第二〇連で、この場に染み込んだ恋の喜悦は他人にはまったく判らず「この場所だけが秘めていること」だと歌われたのを、見事に発展させた感が強い。

世間体を守る歌二つ

またハーディの「体制順応者たち」(181)とブラウニングの『男と女』第一巻「世間体」(Respectability) の類似は誰の目にも明らかだろう。前者は結婚することになった男が、その相手であり永年の恋人であった女に、これで君は自分のことを僕の妻と書いてよい、しかし、これで僕たちが二人っきりになったときにも

お互いに飛びついて　抱き合うこともなくなるのさ、
冷たい口調で話される　所帯じみたにおいのする短い言葉を

交わすだけの仲になるだろうと、恋の消滅を歌う。ブラウニングのほうは、今まで世間を知らなかった男が、世間が（結婚のかたちで）二人を承認していれば、これまでどんなに長い貴重な年月を過ごせただろうか、と女に語る。ブラウニングを裏返しにすれば、ハーディの詩になるわけである。

暗黒の塔と出口のない袋小路

ハーディの語り手が絶望から救われたことを歌う「彼を救ったあるもの」(475)は、ブラウニングの「チャイルド・ロウランド暗黒の塔に来た」に似たところがある。騎士チャイルド・ロウランドは、危険と知りつつ〈暗黒の塔〉を目指し、渦巻く川、檻のような、脱出口のない円形闘技場、沼などを次々に走破する。そして罠の戸が落ちるときのようなカチッという音がしたときに、やっと気づいてみると何かの巣窟へと陥っている。チャイルド・ロウランドは、目的地に達しながら、そこは先輩たちが同じように冒険して、身を滅ぼし、そこ（文人独自の世界か？）に霊として住みついていることを知る。ハーディの場合は、語り手が「最後には出口のない袋小路」に入ってしまう。一種の病的な鬱状態が示唆され、ハーディの一八九五―六年の状態を歌ったものと推測される。ハーディでは「その時、時計が鳴った」――

しかしブラウニングとは逆に、これが救いの手をもたらす。語り手は飛び上がり、振り返ってみると「巣窟と溝と川」が見えた、というのである。ブラウニングの騎士の閉塞状態は、“river”、“marsh”、“den”という言葉で、ハーディの語り手が背後に見たのは“den”、“ditch”、“river”という言葉で表現される。ハーディの作品のほうは単独では、特に「巣窟と溝と川」の出る最終連は難解であるが、もしこれをブラウニングのこの詩の書き直しとして読めば、騎士の陥った苦境が、ハーディの語り手の陥らなかった恐ろしい状態を表すことになり、病気から恢復し、小説家の苦悩から詩の世界へと脱出した意に読める。

全能の陶工

「全能の力の働きによって」（524）は世界大戦後の〈平和〉を、一時的なもの、決して真には存在しない人類の虚妄に過ぎないと歌う作品で、ここでは、やがてまた〈平和〉は、次のものに成り変わる「織り手の糸車のたゆみのない回転」の一局面とされる。この〈織り手〉はこの詩では“spinner”（この用語は「両者の邂逅」（246）においても同様に絶対的原因者を意味している）であり、これによってハーディは人間界には無関心に、機械的に織物を織る必然としての科学法則の成り行きを意味しようとした。他方ブラウニングの「ラビ・ベン・エズラ」（Rabbi Ben Ezura）では、世界の成り行きを作り上げる神を陶工（Potter）として描く。しかしブラウニングは（自己の思想の全面的表出としてではないと著者は考えるが）、語り手であるこの中世の賢者に神を褒め称えさせつつ、神が自在に粘土のかたちを変える様を描いている。ハーディとこの語り手の絶対的な力についての扱いには、天と地の相違がある。しかし世界の重大な変化をもたらす、人知の及ばない仕組みの描出という点で両者は類似しており、ここでもまたハーディは、ブラウニングに発して、“Potter”を“spinner”に意図的に置き換えて自己独特の方向へこれをもじったと言えよう（なおブラウニングの書き直しとしてハーディのこの詩を読めば、“spinner”もまた〈陶工〉の意味に解することもできよう。陶工はろくろを回すからである。しかし拙訳『全詩集』では両者を区別して、〈紡ぎ手〉では判りにくいから〈織り手〉とした）。

「逝ける公爵夫人」

さてここからは次第に、両詩人の相違に目を向けていきたい。ブラウニングの典型的な劇的独白の作品については、英文学徒にはよく知られているから、ここでいちいち詳しく述べるまでもないだろう。しかしそのひとつ「逝ける公爵夫人」を見れば、語り手の公爵が、今、後妻を迎えるための財産上の契約を取り交わそうとしていることが最後に判る。しかしその直前に、彼女の肖像画の前で、すべての男に笑みを振りまいた前妻への嫉妬が描かれる——

　　　　疑いもなく妃は微笑んだ、
余が通り過ぎるときは必ずだ。だが同じ笑みをもらわずに
誰が通り過ぎたというのか？　これが嵩じた。余は命令を発した。
するとすべての笑みが止んだ。あそこに、まるで生きているように
妃は立ってはいるけれども。

「止んだ」（stopped）「まるで生きて」（as if alive）のふたつの表現

から「命令」は妃を処刑することだったと判る。また「ポーフィリアの恋人」では語り手の男がポーフィリアの頭髪を束にして彼女の首を絞める。しかし"strangled"という言葉からは、まだ殺したかどうかは判らず、次の描写で彼女の眼や微笑みが元通りになったことが歌われ、首がどうしても語り手の肩にもたれてしまうところで、ようやく読者は彼女の死を読み取る。

〈語り手の孤立〉の有無

これを代表とするブラウニングの劇的独白では、〈語り手の孤立〉とでも言うべきもの、つまりたとえば殺人者である語り手の主観と、常識人としての読者（および想定される詩人自身）の客観的感覚との両立不能の状況が発生する。ハーディの場合はどうだろうか？　彼は劇的独白や一般のモノローグ体の詩を書くときにも、パーソナルな実感から出発して作詩していると思わずにはいられない。言葉を換えて言えば、語り手に対して作者の側の何らかの（たとえば好悪の感情などの）思い入れがある。上記のローナの詩にしても、トライフィーナの娘に会ったときの思いが根底に隠れているのは否めないだろう。語り手の心のなかへの、パーソナルな実感の潜入度は極めて高いとして読むことも可能なのである。この作品のように作者と語り手が明確に分離され、語り手の独断専横的な想念の呈示が、風刺と滑稽化を詩行に浸透させてもなお、語り手を無縁の外部者として作者が突き放し孤立させている感がハーディにはない。「美しき吸血鬼」(219)で、領主様の情婦になって金品を巻き上げる女は、この意味での良き孤立化を実現させられているという意見もあろうが、この場合でさえ、いつもは下層階級の女に対して性的支配をほしいままにしている有産階級への痛快な反撃という意味でこの語り手の女には作者と読者のある種の共感が寄せられる。また「教会泥棒」(331)第一部はモノローグのかたちをとっているが、その語り手はかっぱらいを業とする住所不定の男（古い言葉の使用を許されるなら、いわゆる〈ジプシー〉）である。彼は女のために、最大の躊躇ののち、教会泥棒をはたらき、捕まって公開の死刑に処される。モノローグ形式の第一部ですでに読者は、この泥棒と一体化してしまい、第二部での彼の悲劇に悲しむあまり、その双子の弟による、女への凄惨な復讐さえ、物語の完結として整合性を感じるくらいである。アウトローである語り手の〈孤立〉は生じようもない。

ありえたかもしれぬ状況

またハーディの「あの好機」(577)は、標題に添えて〈H・Pのために〉とわざわざ書かれた作品で、〈H・P〉すなわち美しい女流画家ヘレン・パタソンとせっかく出会っていながら（彼女はハーディの小説の出世作『遥か群衆を離れて』の挿し絵を描いた）、結ばれることがなかったと嘆く歌である（ただしこれは、このような伝記を離れて、万人の身に起こる同種の悔恨を主題とする歌にもなっている）。ブラウニングの「若年と芸術」(Youth and Art, 1864)もまた、「ありえたかもしれなかったのに (might have been)」という一句を冒頭の行に持ち込んで、語り手である女流歌手と、ほんの近くに住んでいた青年彫刻家が、いずれも相手を意識しながらも結ばれなかったさまを描いている。それぞれの末尾の二行は、甚だしく類似している。ブラウニングでは

これは一度に限って、起こりえたかも知れないことだった
そしてわたしと彼はこれを逸した、永遠にそれを失った

ハーディのほうは

偶然の潮は、それなりの捧げものを岸辺にもたらすかも知れない
なのに　何ものもその好機を生かすことができないとは！

ここでも語り手の孤立は、ブラウニングにのみ感じられる。ハーディの場合、語り手はハーディその人であろうと読者に確信させる〈H・Pのために〉という添え書きがある。ブラウニングのほうには、語り手の女と作者とのあいだに、情感を深めるための装置はまったく設けられていない。つまりこの彫刻家とは、職業は変えられているけれども実はブラウニング自身ではないか、と読者に思わせる語句は使われていないのである。

語り手との一体感さえ生むモノローグ

「女渡り職人の悲劇」(153)は全篇がモノローグだが、語り手の女はこれも〈ジプシー〉で、その恋人は「ほとほと困ったときに馬一頭盗んだほかは、何ひとつ悪いことをしたことがない」男である。誤解による嫉妬から男は殺人を犯すが、この殺人自体が哀れで同情を誘う上に、この殺人者と協働して、ほんの小さな、嫉妬を誘うからかいを演じたという過ちのために、悲運のどん底で死に至る語り手には読者の全面的な同情が集まる。孤立どころか、語り手の悲劇と同種の悲運は、読者の身のまわりにも大小さまざまなかたちで生じているという、一体感さえ生むのである。キリストの生誕に至ったマリアと一軍人の束の間の恋を描く「パンシラ」(233)は、語り手が主人公の友人という構成のモノローグだが、途中から伝聞のかたちで書かれる主人公パンシラの語りは、それまでの語り手を聴き手の位置に置き換えたモノローグとなる。この二つ目のモノローグは、聴き手（詩全体の語り手）の反応を読者に予想させ（またのちに聴き手の語りから読み取らせ）、主人公パンシラの語りの妥当性をつねに読者に秤量させ、モノローグ自体に登場する時と場所、それを聴いている第一の語り手のいる（晩年のパンシラがモノローグを語っている）時と場所を想起させ続ける。これはこうした要素を備えた劇的独白が、もうひとつの独白体のなかに組み込まれたかたちと言ってよいだろう。しかし、キリストの実の父として扱われるパンシラの言動には、宗教的にリベラルな読者なら、少なくとも一定程度の共感を与えるであろう。ハーディにはこのほか数多くのモノローグ体の物語詩があるが、これらはブラウニングの典型的劇的独白とは違って、人生の一瞬を扱ったものではなく、長期にわたる出来事を一人称で語るものばかりである。

ブラウニングとハーディの比較

もちろんブラウニングにも語り手の思いが上記の孤立を見せず、語り手と読者の一体化を促す一般性や、詩人と語り手との近接を強く感じさせるものもある（「炉端で」By the Fire-side は劇的独白

というより、一般的なモノローグではあるが、ここでは詩人と語り手との距離は極めて小さい）。しかし多くの場合、ブラウニングは登場人物としての語り手の感覚のなかへ、読者が詩人その人であると感じてしまうかたちで自ら入り込むのを、少なくとも表面的には避ける場合が多い。避けるだけではなく、登場人物としての語り手の感覚から詩人が遊離する場合も生じている。ここで筆者が言いたいことを例証するには、この二人の詩人の、よく似た状況を歌った二つのモノローグを比較してみるのが、もっとも判りやすいであろう。この二篇はいずれも、長い間会えなかった恋人との再会を目前にした若い男の独白である。題材の著しい類似から、ハーディが、もっとも敬愛していた詩人の一人ブラウニングに影響されて書いたものと推察してよいであろう。

恋人との再会——ハーディ版

ハーディはこう歌う——「会う前の一分」(191)の全篇である。

僕と彼女を二つに分け隔てていた　灰色の憂鬱な日々は
僕の力では登ろうとして及ばない　希望を砕く山並みに見えた。
だがその日々は去った。今僕は二人をなお隔てる僅かな時の刻みを
できれば引き留めたいくらいだ。〈時〉の手綱を引き戻したいのだ

そして遠い日々からの期待が、ついに終わり満たされる替わりに
決して終わることのない　近い一刻からの期待のなかにいたい
それほどまで苛酷に僕の長い願いは期待して待つしかなかったのだ
これまでの空白の月日が　遅々とした歩みしか見せなかったあいだ

それにこれから起きようとしていることが、何と短い時間のうちに
つまり一瞬のうちに過去のこととなることが判っているなんて！
そのあとにもう読み取れるのだ——さらに二人を隔てる数ヶ月が
その後釜としてやって来たときの　自分の失意落胆が。
この後釜の数ヶ月が　これから始まる苦痛免除の一時間に
満杯の幸せをそそぎ込むことを　妨げてしまうのだ

一八七一

ハーディについてよく言われるような語り手と詩人との感傷的一体化はここには見られない。私たちは、（恋愛以外の場面でも）我が身の体験のなかでしばしば経験する状況がここに描写されていると感じる。と同時に、語り手のこの状況は、決して他人事として遠くから見られているという印象も感じない。詩には臨場感があり、読者も緊迫した気分で"this hour of grace"（慈悲の与えられる期間／執行猶予期間）を味わう。

恋人との再会——ブラウニング版

これに対してブラウニングの「三日たてば」（In Three Days）は、より客観化され、遠隔化された絵として類似の状況を歌っている。この客観化・遠隔化の感じを読者に与えるのは、恋人との再会までの〈三日半前〉という喜びの表現のなかに混じり合って用いられた、一、二、三連にそれぞれ配置された、難解で知的な比喩表現

である。その第一連では、恋人からの別離のあと、いかに恋しかったかを

感じてくれ、ぼくの生が君の生から割れて別れたこの僕のなかに
あの破砕片がいかに生々しく細かに今なお姿をとどめているかを――

(Feel, where my life broke off from thine,
How fresh the splinters keep and fine―― ll. 5-6)

と表す――非常に優れた比喩ではあるが、読者は一読して意味を把握しきれるだろうか？　かつて一体となっていた〈君〉と別れたとき、本来割れるはずのないものを無理やりふたつに割ったのだから、断面に〈破砕片〉が生じる。その別れのつらさの象徴〈破砕片〉が、僕の肉体の断裂部分にいかに生々しく、〈細かな〉(="fine" そして見事な、繊細な) 破砕面のとげとげまであの時のまま残して、存在しているのを、恋人よ、見てくれというのである ("where" は破砕面、"and fine" は先行の "How fresh" から続く)。ついでに言えば、次の行「ちらと触れあっただけで、ぼくたちは合体！」("Only a touch and we combine!") にもこのイメジは生きていて、相手の側にも破砕面があの時のままのとげとげを残して存在するから、断裂面がいわゆるオスとメスでぴったり合致するのである。

知的プロセスが必要な比喩

そして第二連では、真夏のこの時季、夜が短いのを喜んだあと、恋するこの男の想像力が、急転して、暗闇のなかに皓々と照る月光の白さと恋人の美しさ、夜空での月の、地上での恋人の、唯一性――こうした類比へと飛躍する――

夜というものが、そのただ一つの月がある一角にのみ
手のひらだけの大きさの純な光と至福とを示しているのと同じく
人生という夜も　我が恋人のみに生気を与えている。
だからぼくの眼はその姿を捉えて離さない！　何の値打ちがある？
天空の残りの部分は、大地の残りの部分は！(As night shows where her one moon is,／A hand's-breadth of pure light and bliss,／So, life's night gives my lady birth／And my eyes hold her! What is worth／The rest of heaven, the rest of earth? ll. 10-4)

第一連よりも分かりやすい、卓抜な比喩だけれども、理解のためにはある程度知的プロセスが必要であり、比喩を使う詩人は語り手を離れて存在する感が絶無とは言えない。また第三連では、恋人の頭髪のなかの多様な光と影に、暖かみと香りを求めていた自分を描いたあと

生気のある影と、抑制された光のなかに――
ちょうど初期〈美術〉が　金色を褐色化させたような。

頭髪のなかの光と影を、中世末期からルネッサンス初期の西洋絵画がくすんだ（しかも美しい）光、艶やかな影を描いたことを比喩のために持ち出すのである。これも見事な比喩ではあるが、詩人が平凡な一

般の恋する男の心のなかに入り込んで、その男の言葉で直情径行的に歌わせているという印象とはほど遠く、男とは独立した詩人の、したたかな客観性をもって、そして優秀な描写力でもって、この男の心を描いているという印象を与える。

比喩と人物の性格が矛盾　最終連は、全体を引用しよう。

何という大きな不安だろう、もし誰かがこう言うなら――
「世界をも一変させる三日という時間が、お前の運命だって同様に
変えないとは言えない。もし喜びが遅れるようであれば
それ以上悪いことが起こらなかったことを幸せと思え」
また小さいが何という不安だろう、もし別の人がこう言うなら――
「三日の昼間とさらに一度の短夜は
君の行く手に　何の蔭をも投げかけまい。
だが　年月は前例のない変化で満ちているはず、
容易には抵抗しがたい偶然や、見いだされることなくどこかに
隠れ潜んでいる終局で　満ちているに違いない」と。
怖がることはないや！　もしも怖れがこの一瞬に
生まれたとしても、鼻であしらえば消滅する。
怖れだと？　三日の昼間と一夜が過ぎれば
ぼくは彼女に会っているだろう、今は夜が短いし、
明け初めてちょうど二時間で　朝の時がやってくるからな。

(What great fear ――should one say, "Three days／That change the world, might change as well／Your fortune; and if joy delays,／Be happy that no worse befell."／What small fear ――if another says,／"Three days and one short night beside／May throw no shadow on your ways;／But years must teem with change untried,／With chance not easily defied,／With an end somewhere undescried."／No fear! ――or if a fear be born／This minute, it dies out in scorn.／Fear? I shall see her in three days／And one night, now the nights are short,／Then just two hours, and that is morn. ll. 24-38)

ブラウニングが三日半という短時間がもたらすかも知れない災厄、また長い年月が確実につれてくる変化と終局を読者に意識させつつ、それらの可能性をせせら笑って恋人との再会に胸躍らせるこの男を描いている対照の妙は感じ取られる。しかし二度の鉤括弧のなかにくくられたふたつの思いは、この男がこの男らしく嬉々としてデートに赴くその無反省で憂いを知らない行動と極端に対立矛盾する。ここでも男とは独立した詩人が感じられるであろう。こうした点にハーディとの違いが顕著なのである。

ブラウニングとの相違　ところでハーディ自身は、自己とブラウニングの対比に関してどう思っていたのであろうか。彼は詩人としてすでに『ウェセックス詩集』が当時の詩論集（エドマンド・ゴス編の『詩歌における形式』）で取り上げられたころ、その書物で言及されていたブラウニングについてこう語った――「私が長く生きれば生きるほど、ブラウニングの性格は一九世紀

文学上のまさに謎であると思われてくる」（Millgate B **403**）。つまり、下層階級の非国教徒にふさわしい程度でしかない考え方、安直でひとりよがりなキリスト教楽観主義というものが「中立的問題については、どうしてあれほど洞察力に富み、感性豊かな人物（ブラウニング）のなかに存在し得るのだろうか」というのである。またのちに、実際にはハーディ自身が書いた『伝記』に入れるつもりで最終的には削除した手記のなかで、

広々とした丘に真っ直ぐ引かれた白墨の線に沿って歩かねばならないとする。ブラウニングは真っ直ぐに歩いたが、それ以外に何も知らなかった。しかしこの同じ線の、わずか一ヤード左のこの丘には、深さ五百フィートの垂直のクレバスがあって、私はそれを知っていて、それでもやはりこの線に沿って歩く。（Millgate B **403**）

と述べて、ブラウニングと自己との相違を強調している。

彼を楽観主義者と見ていたハーディ

これはあたかもハーディが、ブラウニングの精神内容には複雑な現代性が無いと言っているように聞こえる。しかし右の引用でも、「洞察力に富み、感性豊かな人物」という言葉に見えるとおり、ブラウニングがハーディのもっとも愛した詩人の一人だったことはよく知られている（Life **57**；**192**）。注意すべきことは、右の引用があくまで、『ウェセックス詩集』を巡って〈悲観論者〉として難じられた自分との対照として、当時キリスト教正統説に立った楽観主義者であると全英的に認められていたブラウニングに関して述べられたに過ぎないということである。確かにハーディは、ブラウニングに対するこのレッテルについては疑わなかったようで、一八九〇年には彼の「アゾランド」（プロローグ）とコールリッジの「若年と老年」との比較において、「コールリッジは最後まで真実を貫いたが、ブラウニングは慣習的楽観主義に終わっている」（LN, vol. 2, **22**）と記し、また批評家がハーディを非難するときにしばしば引用したブラウニングの言葉「正がうち負かされたとしても、邪が勝利するとは決して私は夢見なかった」を引いて、シェリーの「ヘラス」やソフォクレスの『トラキスの女たち』などから、勝ち誇る〈邪悪〉や神々による巨大な不正義が歌われた例を挙げ、「夢見なかったとはブラウニングも果報者」と皮肉っている（Millgate L&W **414**）。してみると先刻の長めの引用に見える譬えは、人生のほんの表皮の裏に潜む悲劇性を、ブラウニングは意識していなかったという意味であろう。

自己分割はハーディ不徹底

この評価と完全に矛盾するかたちで、ハーディはブラウニングの詩集を座右に置き、読み続けた。このことから三つのことが言える。ひとつは、神の喪失の問題では彼はブラウニングから影響を受けてはいないだろうと想像されること、次には、彼がブラウニングの宗教懐疑を知らなかっただろうこと、三つ目は、にもかかわらずブラウニングの詩法や題材については大きな影響を受けたろうことである（それに右に挙げた「アゾランド」は、後年〈ブルジョア的〉に変質したと当時から言われていたブラウニングの最晩年の作であり、これをもってハ

ーディがブラウニングすべてを判断したとはとうてい考えることはできない）。第一については右に見たとおりで十分だろう。第二、第三については、ハーディにさえ気づかれなかったブラウニングの宗教懐疑隠しのわざこそハーディは理解しなかったとしても、彼の他の作品を通じてモノローグの技法を彼は学んだと言えよう。そこで思い浮かぶのはブラウニングの「クリーオン」である。ロマン派以来、詩のテーマとしてたびたび使われた芸術の永遠性については、ハーディもこれをパロディ化した作品「子供たちと〈名無しの騎士〉」(584)を書いている。子供たちのうるさい声を嫌った貴族的な男が、子宝には恵まれなくても、立派な彫刻を作らせて自己の永遠化を図る。三〇〇年のちに、男の名も忘れられ、像は床にころがされて粗大ゴミとなっている。この石男は新たな子供たちのあざけりの対象になるのである。芸術作品によって不死不滅は得られないというテーマは、この「クリーオン」の書き換えであろう。また「彼女の神殿」(586)の最後にも、神殿を建てた男が忘れられても、彼女の栄誉が永く残る可能性が歌われている。しかしハーディは「クリーオン」に籠められた微妙な宗教への態度は、感じ取らなかったかも知れない（もっとも、当時のブラウニングの、世間に与えていた一般像から言えば、誰にもそれは感じ取れなかっただろう）。実情としては、アーノルドが「エンペドクレス」を自分の詩集からはずすことによって宗教懐疑の非難から逃れようとしたとき、ブラウニングはこの作品「クリーオン」のように書けばいいのだよという意味のことを語ったらしい。実際、「エンペドクレス」は、「ある天才——ロバート・ブラウニング氏の要請によって」ようやく一八六七年に完全復刻版が出たのであった（K&M. Allott 156)。「クリーオン」のそうした性格を今分析してみると、ハーディの自己分割、すなわちヒリス・ミラーの言葉として本章冒頭に挙げた複数の視点への自己主張の分割は、不徹底であったと思わずにはいられない。

クリーオンと王

「クリーオン」はブラウニング作品の典型というべき劇的独白である。語り手クリーオンは詩人でもあり、学者、画家でもある。王は彼に書簡を送り、次のように問う——

> お前は死後に多くのものを残してゆく、一方余は何も残さぬ
> 人びとが唱える歌のなかに、お前は残るではないか、
> 人びとの眺める絵画のなかにも残るのだ。なのに余の命は
> 今こそ権力と喜びのなかに完全無欠ではあるが
> 余の頭脳と腕力の死とともに、跡形もなく死ぬるではないか。

芸術の永遠性のほかに、ここには魂の不死の問題も含まれているだろう。この王の問いかけに答えて、クリーオンは真の幸せは、魂のなかに生じる、自己を知る能力によってこそもたらされるとして、

> 〈自然〉の生命の喜びは純な火、生物たちは単なる物質、
> 喜びが彼らを捉えているのであって、彼らが喜びを恣《ほしいまま》にはできない

という、解釈の幅は広いけれども、唯物主義をほのめかす意見を述べ、「人は神の喜びを見られるけれども、人間の喜びしか味わえません」と人の限界を語る。クリーオンは言葉を継いで、神（ギリシャ神話の神ということになっている）は

見よ、人間よ、どんなに神が幸せかを見よ、そして絶望せよ、
さらに神が幸せを増すか、よく見よ、これがお前のためだ！

とおっしゃるが、これは人間には受け容れがたいことだと言う。ブラウニングがいかに一九世紀中葉の、人間の限界論を展開しているかが判る。そしてクリーオンは「不滅の芸術作品を残す男に幸せと喜びがあるか、と言えばそれはない」と答える。人間の限界論の中心は人間の不滅論の正反対だからである。最後にクリーオンは、王が〈ポーラス〉（パウロを指す）にも書簡を送りたいとしていることを語り、彼とキリストの教義は「正常な人間の受け容れられるものではない」と王に答えるのである。「クリーオン」の特徴はここに見られる。〈永生不死〉の否定という考えが、このクリーオンという唯物論者によって繰り広げられたあげく、〈永生不死〉を説くキリスト教が最後に登場するのである。もちろん、キリスト教の優位を語る詩句としてこれが受け取られる可能性を意識しての結末である。しかし、「正常な人間の受け容れられるものではない」という言葉は、あくまで語り手クリーオンが言っているだけであるけれども、文字通りの意味にもとれるのである。論理的にはクリーオンの言説には首尾一貫性がある。もし彼が作品の大半で繰り広げた、生命機構は単なる物質であるという、一八世紀のラ・メトリやドルバック以来の人間機械論が、読者の心に多少なりとも真理として感じられるならば、キリスト教の霊魂不滅説を示唆する上記の締めくくりの言葉は、それなりの力を持つのである。主張の分割は、見事に行われており、ハーディの宗教否定詩には、このようなアンビヴァレントなずるさがない。彼の自己分割は不徹底と書いたのはその意味であり、これは必ずしもハーディの欠点とは言えないだろう。一般の詩作品においては、ブラウニングのモノローグ技法を採りいれながら、思索詩では彼はアーノルドふうだったのである。

第八章　詩人ハーディとパストラル

〈牧歌〉は詩人ハーディとは無縁

この章で著者が、パストラル詩はハーディとは無縁だと言う場合、このパストラルとはどういう意味かを改めてはっきりさせておく必要がある。私はここでは単に自然の情景を歌った詩をパストラル詩と呼ぶことはしない。またテオクリトスやウエルギリウスの牧歌にほんのちらりと似ている部分を摘出して、その詩をパストラルと呼んでみても無意味な分類学に耽るだけのことでしかない。パストラルは、少なくともヴィクトリア朝においては、雑誌の編集者が小説家にわざわざ、パストラル的な作品を書いてくれと注文を出すほどに、一般の読者に好まれた文学ジャンルであった（ハーディも小説の第四作『遥か群集を離れて』の執筆の当初に、雑誌「コーンヒル」の編集者レズリー・スティーヴンにそのような依頼を受けている）。ヴィクトリア朝の雑誌編集者がパストラルと考えていたものこそ、ここで問題にすべき概念である。

小説に言われるパストラル

ハーディの小説については『緑樹の陰で』、『遥か群集を離れて』、『森林地の人びと』の三篇を「パストラル小説」と呼ぶ習わしができている。マイクル・スクワイアーズは、ジョージ・エリオット、ハーディ、ロレンスなどの近代小説を論じた今世紀六〇年代までの文芸批評のなかにパストラルという語が頻出することを理由に「パストラル小説」と呼ぶべき小説のサブ・ジャンルが存在すると主張して、これらの作家が田園を背景として描いた小説を論じた（Squires **1–21**）。スクワイアーズは、上記の〈論理〉からも窺われるように、この種の小説の構造上の特徴（諸価値についての特異なアンビヴァレンス）をもってこの命名を行ったのではない。だから彼は、田園を背景にした上で、自然界や農村世界の美しさとして伝統的に理解されていたものを援用した英国小説を「パストラル小説」と名づける結果となった。彼は小説がこの意味でパストラル的要素を取り込む場合には、パストラル的衝動がリアリズムと結合したかたちが生ずると述べ、これを「パストラル小説」の特質のひとつとする。扱われる小説がリアリズム小説である限り、これは当然のことであろう。またこの、主として小説を外部的形式から眺めた、穏健で保守的な観点から見れば、ハーディの小説もパストラル小説と呼ばれるものが多いのは頷ける。しかしこれでは、自然の風物が田園的背景のなかに描かれている作品はみなパストラルと呼ばれることになり、何ら作品の本質とは関係のないところで話が進むことになる。ハーディの詩の場合には、意外にもこの意味でのパストラル的な作品は少ないのである。より本質に即した検討こそ、ここに求められていると言えよう。

パストラルの定義のさまざま

さて確かにハーディはテオクリトスやウエルギリウスの牧歌を愛読し、その影響を彼の作品に散りばめているのは事実である。しかし牧歌という言葉を作品の解説のために用いる場合、この言葉は特にその定義を抜きにして理解されてしまう場合が多い。牧歌・パストラルの定義はさまざまであり、この言葉で何を指し、文学のどのような性質について語ろうとしているのかを私たちはまずはっきりさせなくてはならない。ここでいくつかの〈パストラル〉の定義をわきまえ、議論に先立って考えおくべきことを整理しておきたい。

英文学で言えばシェイクスピアの時代には、パストラルは、詩人の習作として古典古代を模するために使われ、確かに非現実の理想世界に反宮廷的な純潔の美を描いてはきたが、そのほかに、作家が政治的・階級的理由からして正面切って主張できないことを、舞台を遠方に設定して、読者の誰しもが架空の「お話」として受け流してくれるようなかたちで表現するためにも用いられた。『お気に召すまま』や『リア王』、『テンペスト』などでの、政争と陰謀の場としての宮廷批判がパストラルの要素によって和らげられて使われていることは、ここでわざわざ例証するまでもなく、納得されるであろう。しかし今日、「パストラル」という言葉で誰が斜めからの政治批判や上位階級批判を連想するであろうか? また当時のパストラルは、フランク・カーモード（Frank Kermode）がその優れたパストラル論の全篇を通じて「自然対人為」をパストラルの本質的な主題と見たとおり、「自然」の純潔や野卑と「人為」の汚濁や洗練などの諸属性を作品中に複雑に織り込んで、精妙な文明論の展開にも用いられた（『冬の夜話』や『テンペスト』はその好例である。この点に関しては、拙論「冬の夜話試論」（上）（下）、「『テンペスト』における〈自然〉と〈人為〉」、CRITICA 第一三、一四、一六号をご参照あれ）。しかしハーディの時代のどんな読者が、パストラルのこの意味を考えたであろうか?

パストラルの主流的定義

この言葉の、ハーディの時代から今日に至ってもなお感じ取られている主流的ニュアンスが成立したのは、一七世紀以降である。コングルトン（J. E. Congleton.）によれば、一八世紀イギリスがパストラルの再興を見るのは、フランスにおけるパストラルの進展を新古典主義のイギリス詩壇が受け容れたからである（53-83）。当時の先進国フランスでは、一七世紀半ばにすでにラパン（R. Rapin）が全面的に理想化されたパストラル概念を完成し、「黄金時代的理想主義」をパストラルのなかで表現した（*De carmine pastorali*, 1659）、つまり、人間界がまだ汚濁にまみれなかった黄金時代とパストラルの理想郷である羊飼いの世界を同一視したのである。世紀の終わりがけの一六八八年にはフォントネル（Fontenelle）がこれを受けて、パストラル世界には現実の汚れを感じさせないことが肝要であり、パストラル世界の静謐のみを描き、現実の醜悪を導入しないことを説いた。そしてこの英訳は一六九五年になされた（仏語原題は *Discours sur la nature de l'églogue*, 1688）。イギリスでのポウプの『牧歌』はこの影響下に書かれ、その序文（A Discourse on Pastoral Poetry）で彼はこう述べている——「パストラルとは…黄金時代のイメージである。…私たちはパストラルを心地よいものにするため、何らかのイリュージョンを用いなければならない。そしてこれは羊飼いの生活の最も良い部分のみを明らかにして、その悲惨さを隠すことにある。」つまりパストラルは、農村リアリズムとは決して相容れないものとして規定されたのである。農民の労苦、自然の暴威、田園の野卑などは、パストラル世界からは排除されなくてはならないものとされた。そして実際、ポウプはこの考えに立ってその『牧歌』を書いた。

支配階級のイデオロギー

確かにいち早くルネッサンスのころから、パストラル世界は黄金時代やエデンの園の堕落以前の自然と連想され、宮廷や都会の対蹠物、幼年の無垢無邪気の対立物として提示される、非現実的理想の世界であった。しかしその後の上記のポウプ的なパストラルの発展は、アナベル・パタスン（Annabel Patterson）がワーズワスについて論じているような意味で（**269–84**）、羊飼いや貧しい農民を風景として鑑賞する傾向を徹底させるようになり、文学作品においてパストラル的な要素を導入すること自体が支配階級のイデオロギー上の満足感を充足させることになった。作家としてのほとんど出発点にいたハーディに対して、『緑樹の陰で』の場合も『遥か群衆を離れて』の場合も、編集者から牧歌的な小説を書くよう依頼がなされたのは、当時の読者層が何を求めているかを熟知した、雑誌編集（および営業）という立場からの判断によるものであった。ハーディは、こうした要望にある程度応じることによってしか、小説家として世に出ることはできなかった。しかし詩人としてはどうだっただろうか？　彼は第一詩集出版の一八九八年には、すでにその長編小説一四篇のすべてを書き終えた大作家であった。詩においては、彼は編集者の要望に応じる必要は（雑誌からの依頼による詩作品がかなりあるのは事実だが）、小説の場合に比べて遥かに少なかった。第一、パストラル的な詩を書くように彼が求められたことは、本書著者の知る限りでは皆無である。

架空の、臨時的な価値観に基づく美意識

これら上記の事情に対する意識なしには、小説であれ詩であれハーディの作品をパストラルという言葉を使って論じることはできない。たとえば『森林地の人びと』はそのダーウィニズムを強く意識した自然描写、もっとも貧しい人物の側に置かれた作者の視点など、パストラル的感性とは相容れない顕著な傾向を示しているにもかかわらず、「牧歌的」と呼び慣わされている（ダーウィニズムとは決して両立しない自然界の美化がパストラル的感性には不可欠なのである。先に一部を訳出したアレグザンダー・ポウプの『牧歌』の序文を思い出していただけば、パストラルには農村と自然界の汚い部分を描かないことが必須の要諦であるとされたのだった。かくの如く「パストラル」は上位階級のイデオロギーによる、下層牧人の描出がその本質なのである）。「牧歌的」という形容詞は（先にも言及したアナベル・パタソンの汎時代的パストラル論がまだ「パストラル」という語のニュアンスを変更せしめていない現状では）、この作品のある側面（田園を舞台にし、田園の人々の価値観を現代的、支配階級的価値観より優れたものとして示している点など）を表してくれると同時に、その全体像を大きく歪めて私たちに伝える。一六世紀以降の西欧の「パストラル」は、上掲ポウプの『牧歌』への序文が如実に示すとおり、作者が自己の視点を文化人・都会人の位置に置いて、遠方にあって非現実的に美化され、実のところは作者も読者も自

己の行動の基盤とするつもりのまったくない、架空の、臨時的な価値観に基づく美意識体系であったことを、私たちはまずしっかりと念頭に置かなくてはならない。『森林地の人びと』は、この意味ではまったくパストラルではない。

シューアの指摘によるパストラル詩

さてこうした観点からハーディの詩を検討するにあたって、まず議論の出発点として、オウエン・シューア（*Owen Schur*）がハーディのパストラル関連詩として議論（Schur ch. 4）の対照としている作品がいくつかあるので、それを取り上げてみよう。シューアは、伝統的パストラル言語を用いた場合に、ハーディは語るつもりのないことを語ってしまって当惑しているとし、パストラル言語の転覆と刷新も彼の関心であったという（**157-58**　本書著者も同感である）。そしてまもなく実際の作品の分析が示される。「森の中で」（**40**）については、J・O・ベイリー（Bailey）の解説（この詩はワーズワス的な慈愛の自然からダーウィニズム的・弱肉強食的自然への移行を示す作品だとする）を半ば論駁するかたちで、この詩の言語に見られるパストラルの伝統を指摘する——言語上のスペンサーやキーツ、内容上のキーツやオヴィデウスとの類似がその伝統を示すとする。オヴィデウスがオルフェウスに行かせる森と異なって、ハーディの森には「人と風景との共感的関係はない」（**165**）。スペンサーにもハーディにおけると同様、虚偽と悪意の森があるが、ハーディの場合とは違って肯定色の強い森もある——こうしてシューアは英文学のパストラル言語がいかにハーディによって受け継がれ、同時に改変されるかを論じる。つまりパストラルの一発展としての当作の位置づけである。これは有益な論考ではあるが、しかし「森の中で」（**40**）の内容は「山毛欅も松も仲良く生きては行けないのですか？　私は競争ばかりの都会に傷つけられて森へ来たが、自然界全体、木々のすべてが相互的な競争者と知った！　木には教えられる美点はない。人間界のほうがまだましだわ」というものであり、ハーディのダーウィン的思考への傾きによって、この作品はむしろ、パストラルの領域を逸脱して伝統と正面から対決するアンタイ・パストラルとして成立していると理解するほうが、この作品にパストラルの伝統を看取するよりも、遥かに重要である。

感情移入を否定する詩

「冬期イタリアより届いた花に与える」（**92**）と「今年最後の菊」（**118**）はともに感情移入を否定する詩である。前者は「南の国の陽を浴びた皆さん（南国の花）がなぜこんな寒冷の英国に来たの？　皆さんは古典古代の思想に満ちた国には帰れず、縁なきイギリスの地で枯れ果てよう」と花に歌いかけ、後者は「なぜこの菊の花は太陽の恵みある夏に咲かず、厳寒のいま、咲いたのか？——僕はこの花に精神ありとして語ったが、これは背後の巨大な顔の仮面だ」とこれも菊に語りかける。前者では「もし、ある人々が言うように／すべて生命あるものは知覚力を有するのであれば」という仮定の上で花への問いかけがなされ、後者では上記のとおり、感情移入自体があからさまに否定される。シューアはこれをパストラル言語のハーディ的改変と見る。確かにハーディはこの詩で「詩的伝統からの亡命（exile）感覚」（Schur **173**）を示していると言える。しかしそれだけで結論とするには、これらの詩は内容的にあまりに大きな時代背景を持っている。まず前者は、一行目の「今日」に大きな力点を置く作品である。古典の栄えたイタリアからの輸入品としての花は、一行目"sunned"の示す太陽の季節（古典古代）から冬（現代）へ、また花と自然詩が愛された古典古代から「自然への愛」が不可能となった現代イギリスへ、輸入されている——第二連の凍てつく冬の森のイメジは、ちょうど「闇のなかのツグミ」(119)の冬枯れの風景が明らかにそうであるように、一九世紀までの自然観を捨て去った今日の精神風土を表している。花の「遺骸」は、やがて「縁もゆかりもない土と交じらい」、忘れ去られるだろうと最終連は歌う。古典伝来の、花に纏わる伝統のすべてが失われることを嘆く歌と取るべきであろう。そしてこの詩(92)が、「〈宿命〉とその妻〈自然〉」(82)、「大問題」(83)から始まり、「ある晴れた日に」(93)まで続く、世界観と特に自然観の一九世紀的改変を歌い続ける、いわば連作の終わりから二つ目に置かれている事実、すなわち作品が詩集のなかに嵌め込まれている位置がなおのこと、このような解釈の妥当性を示すと思われる。ハーディはつねに詩集中の作品の配置に並々ならぬこだわりを見せる作家であり、この作品のみが他の一一篇と無縁ということはあり得ない、したがってこの詩も自然観の一九世紀的改変をテーマとしていると思われるのである。

遅咲きの菊の当面した二〇世紀

他方、「今年最後の菊」は上記「闇のなかのツグミ」(119)の直前に置かれている。後の詩でツグミが時代に遅れて、すでに死滅したはずの一九世紀の自然風景のなかで、完全に孤立しながらなお恍惚として喜びの声を張り上げるように、先の詩に登場する菊もあまりにも遅れて咲いた花——「時はすでに哀切な駒鳥の歌う季節／花はすべて土に葬られた季節」——そんな季節に開いた「孤独な花」である。後の詩のツグミが、太陽をさえ荒涼とした姿に見せる夕刻、「暮り来る暗闇のなかへ」飛び入って来るのと同様に、この菊の花も「荒れ狂う嵐のなか」で身を震わせる。明らかに遅咲きの菊の当面した季節は二〇世紀であろう。しかもシューアもこだわるように、この詩の最後は、詩人自身の感傷的虚偽があからさまに否定される。最終連に見える〈巨大な顔〉は、それにどんな名を付すにもせよ、自然界を動かす第一原因を指していることは明らかであろう。終わりから二つ目の連では、「これほどに繊細で華麗な花には／冬もその酷い力を差し控える」ことはありえないという含意が示される。冬は巨大な自然機構の法則どおりに酷いのであり、菊への心配りを初め、人間的な価値観による特殊な扱いは、もともとあり得ないという今日の自然観がここには厳然としてある。この詩は、菊への感情移入を否定すると同時に、自然観についての意識的・抜本的変更を宣言する、ツグミの歌のコンパニオン・ピースと見られるべき作品であろう。

形態的にのみパストラルに類似

シューアの論考はここまでは刺激的である。しかしこのあと彼はハーディ詩のなかで、主として形態的にのみ従来のパストラルに類似する詩群に言及するが、以下に見るようにそれは必ずしも私たちを納得させるものではない。「変身」(410)は、あらまし「祖父の知り合いは、死後変身してこの木の一部に、その妻はこの枝になっている。僕が交際したかったあの美少女はこの薔薇に今入るところだ。地下の彼らは再び活力を得ている」と歌う。シューアはここに自然と人とのパストラル的共感を見出す。だが彼はハーディがこの詩で歌う、人が植物になるという主題の持つグロテスクさと不快感を挙げ、これは「パストラル的無垢（innocence）という文学上の観念の冷笑的改変」だと断じる。ハーディにおけるパストラルの伝統の改変というそれまでの論理を追い続ける必要のあまり、論理の飛躍がなされてはいないだろうか？　そしてもし仮に彼の言うとおりなら、なぜここで、死後に変身して木や草花の一部となって墓場に輝いている人々を歌った傑作「教会墓地に生い茂る者たちの声」(580)に言及しないのだろうか？　教会墓地の植物が声を出して歌うこの詩は、不快どころか、死者を歌った古来のどんな作品にも劣らないと思えるほど、死者に対して生者が願う墓地での天上的な安らぎを、ほとんど快美感をさえ伴って打ち出す名篇である。上記の「変身」も読者に不快感を与えることで伝統的パストラルへの批評をする詩とはまったく思えない。墓地で咲きかけた薔薇の蕾を見て、遠い昔の片想いの相手が蕾のなかへと今入り込み、そのため薔薇が開こうとしている情景が、何ゆえに不快感を与えるのか？　むしろこのふたつの作品にパストラルの手法の応用を読み取るとすれば、生きてあることの現実的価値を十分に知っている語り手が、遠方のパストラル境と言うべき死後の世界に、この世の苦がないことを歌っている点であろう。この意味ではハーディは、パストラルにおける詩人の抜き差しならない現実感（牧歌では宮廷的・都会的・文明的感覚、この詩では生者の感覚）を巧みに用いて、非現実的な平安の美しさを歌い上げていると言える。

癒しのための「愛すべき土地」

このあとではシューアは、ハーディにおけるパストラルの改変というテーマを伝統の劇的な転覆に求めず、パストラルにおけるlocus amoenusという観点からハーディ詩のなかにそれを探し、伝統に照らしてそれらの地が憂鬱に満ちていたり、自然美の損壊が歌われたりしている点を指摘する。Locus amoenusとは「愛すべき土地」というほどの意味で、パストラルにはこうした安息と癒しの地が登場する。この観点からシューアの引用する傑作は「晩い秋」(675、恋人も密蜂も去り、林檎は地に落ち影法師は尽きる生命のように遠くへ伸びている。木の葉は今まで見下していた、先に散った葉の残骸に合流する。駒鳥がこれをじっと見る、という内容）や「地の一点」(104、昔この地の一点に、木も花も枯れた景色を見もせずに二人は坐っていた。その痕跡は今はなく、自然界が勝ち誇っている。だがこの辺で働く羊飼は、二人の愛を称える妖精の声を聞くだろう）、「風景を前にして」(246、風景を前にしていながら、私には風景は見えず、過去の人々の姿が風景の表面に見えた。私が傷つけた人、恋人、死者。これらの人と会っていたころの自分はまだ彼らの心が判らなかった）などである。しかしそれならハーディ詩の原点である「我らが住まい」(1、ブナの大木や薔薇、リラ、柘植など樹木に囲まれた我が家。今は亡き祖母は「昔はここに針エニシダと茨が一面に繁り、野生の馬だけが私の友達だった」と言ったものだ、という内容）や、恋人の住まいをまさしくパストラル的に世の喧噪を知らない場所として描いた「小唄」（18、後述）など、一見してより優れた同種の作品になぜ言及しないのかが判らない。またこれらを初めとして、田園的で、かつ、安息を与える場所の描写、そしてそれが安息のみではなく「偶然」の支配などによる何らかの苦しみや消失感をも与える作品はハーディには枚挙に暇がないほどに多いと言わざるを得ない。だからハーディは改変的パストラル詩人かと言えば、これのみを根拠にそのような結論を出したところで、単なるレッテルの貼付行為に終わるだけである——なぜなら場所に対する思いを歌う詩作品はパストラルとは無縁である場合が多く、パストラルとは無縁であるがゆえにパストラルの改変がなされているかのように論述可能なものが多いからである。

形態的パストラルから本質へ

またシューアの挙げている他の作品のうち、「遅れている春」（445、木々も草も若芽を出すのを恐れている。雪割草と桜草は陽気だが、天人花は蕾を出して寒気と戦えるのかと自問する。草木は昨年一二月の自分の悲劇は忘れている）や「私が去ったあと」（511、私の死後人々は私のことを、自然の美に敏感で風景に関心深く動物に優しく、天空の神秘を理解し、私の死去を知らせる鐘の音が風に途絶える時にも、こんな風の音にも気づく人だったと言ってくれるだろうか）は自然描写の美しい作品として、通俗な広い意味では〈パストラル〉的な部分があると言えなくもないが、同じくシューアの挙げる「家系図」（390、月光の流れ込む窓を鏡として私を生み出した祖先の姿が写し出された。彼らは私に似ていた。私は言った「僕は個性なき模倣者！　模造品だ！」するとまた窓から月が見えた）、「写真」（405、私は遠い過去の女の写真を燃やした。燃える姿に私の心は痛んだ。この行為は人生の負債を決済する行為だった。だが私は彼女を処刑したような気持になった）などは、なるほど古典牧歌に用いられた〈枠内に映像を示す技法〉を見せているとしても、パストラル的と言うにはあまりに内容が自然界や農村とかけ離れていよう。シューアの業績は古典古代や英文学の牧歌作品の特徴と比較したハーディ詩のパストラル性の吟味であったが、著者はより詩の内部構造に係わる、本質的な意味あいから、ハーディのパストラルへの対応を明らかにしたい。

慣習的パストラルはほぼ皆無

まず何よりも私たちは、ハーディの本音を語った作品群と言うべき彼の詩のなかに（その部分的な傾向にさえ）〈パストラル〉的な（上記一六～九世紀の西欧的な意味でパストラル的な）発想がほとんど見られないことに注目すべきである。筆者の見解では、彼の九四七篇の詩のなかに、この意味で純粋に「パストラル詩」と見なされるべき作品は皆無である。その古典古代における発生においても、近代イギリスにおける発展においても、パストラルの本流は詩のかたちを取っていたにもかかわらず、ハーディの詩には（彼の小説の場合には「パストラル」の発想の一部を濃厚に用いているのに）、パストラルの伝統が意識的に用いられた形跡が皆無であるのは何を意味しているのだろうか？　いや「意識的に用いられた形跡がない」だけではなく、彼の詩集には明らかにパストラルを揶揄した作品が見られるのである。このことを考えるにあたっては、一八世紀パストラル詩や自然詩、ロマン派の自然詩などとハーディのあいだに、先の諸章でも述べたとおり、ハーディがさまざまな意味で大きな影響を受けたアーノルドが介在していて、先に扱った神の喪失の問題におけると同様に、彼が扱った自然観がハーディのパストラル観をも決定的に近代化していることを認識しなければならない。また小説の場合と違って、ハーディは詩においては、たとえば連載小説の編集者や読者に対して示さざるを得なかったような伝統への妥協を、まったく行うつもりがなかったことも考えあわせる必要があるだろう。

架空の自然空間への自己投影？

さてアーノルドの時期に始まったのは、キリスト教と自然信仰――自然のなかに神秘と恵みを見出したり、そこに美と理想を感じ取ったりする傾向――の連動的退潮であった。それまでの詩人は、自然を用いの理想の拠り所、あるいは自己の美意識の投影幕として、自然を用いていた。パストラル詩も、遠方の架空の自然空間を仮設してそこに何らかの自己投影を行うために書かれたと言って大過ないであろう。だがハーディはどうだろうか？　先にハーディには、パストラルを揶揄した作品が見られると述べた。そうした作品のひとつ「乳しぼりの娘」(126)では、白い木綿のフードをまとった乳しぼりの娘が雛菊の咲く堤の下で雌牛の乳を搾っている。詩人はこの田園の風景について第二連では、あたかも「パストラル」の伝統に沿って歌うかのようにこう言う――

通りがかりの人で　このような谷の
このような生活の平安を欲しない人は少ないだろう

第三連では（ここでも「パストラル」の伝統に沿うかのように）この娘こそは〈自然の景色〉の本質的な一部に見えると歌う。

娘が言葉を口にする――どうやら彼女は
自然の景色の美しさについて　自分の感懐を語っているようだ、
彼女こそは　この自然の景色の　いのちと情趣、
そしてその本質の　一部に他ならないのだから

定着概念「牧歌的」を打ち壊す

右引用の終わり二行は「牧歌的」という概念をすでに心に定着したかたちで有する傍観者の観察として述べられている（そしてこの種の傍観者とは、ヴィクトリア朝の一般的な知的読者、つまり中産階級以上の人々である）。注目しなくてはならないのは、このような傍観者の思考習慣を衝き崩そうとするのが、詩の終結部だということである。第四連で娘は涙を零すので、傍観者は、「田園にふさわしくない」列車の轟きが聞こえたから（都会の騒音が牧歌的な平安を乱すから）娘はそれを嘆くのだろうと解釈する。「そうではない！」と詩人は大声をあげる。フィリス（娘の名前としてハーディは伝統的な〈パストラル〉に用いられる名を選ぶ）は騒音の是非などという、具象的なありきたりなことを考えてなんかいない――「彼女の思いを動かしているのは／内的な（inner）テーマと内的な詩歌のその魔力なのだ」

——このように一見、さらに〈パストラル〉の伝統に沿った田園の思いを娘が抱いているようにハーディは見せかけて、最終連の（アンチ・パストラルとも言うべき）アンチ・クライマックスを読者に示す——娘は心の内でこう思っている、

　　日曜日の朝までに　わたしの派手やかで新しい
あのガウンが届きさえすりゃ、牧場なんか焦げ茶になってもいいわ
　　列車なんて耳が裂けるほど　汽笛をならすがいいわ
もしフレッドがあの〈もう一人〉を好きになったりしないでくれたら

「内的なテーマと内的な詩歌」（原文の"inner"がここでは比較級のように読めることを利用して、ハーディは、田園への闖入者である列車なんかより、もっと高邁な事柄をこの一句は指しているように私たちに感じさせるトリックを用いていた）とは、実は、娘の生々しい恋情と嫉妬だったのである。

牧歌主義的憧憬の底の浅さ

パストラルは伝統的に、自然そのままの恋を主題の一部としていたではないかという反論もあるかもしれない。しかしここでは男の名が一転してありきたりのイギリスの男性名になっている。そして何よりも、娘は緑の牧場への愛着を否定し、田園への闖入者としての列車に、けたたましく騒音を撒き散らせて平気である。反・牧歌と言うべきである。また別の詩「誤解」(185)の語り手の男は、自分の〈愛の女〉を都会的ならんちき騒ぎや陰謀団とも言うべき連中の誘惑、耳障りな交通の騒音から守り隔てるために、田園住宅を得ようと努力する。日毎に紡ぎ出される虚栄の渦（"spin"という一語が地球の自転、疾走、ダンス、紡ぎなどをも連想させる）が彼女を吸い込むことのないよう、また私が彼女に教え始めていた"sweet teachings"（語り手から見れば虚栄を退ける麗しい考え方。だが女から見れば"sweet"は「非現実的な」の意味になろう）をあの渦が霞ませることのないように力を注ぐ。この"snug hermitage"と表現される住宅の完成を彼女に報告すると、期待に反して彼女は

　　…あなたがわたしに味わせまいとした　この騒ぎこそ
　わたしには何よりも楽しいことなのに！

と反論する（そして夫婦のこの考え方の対立が第六長編『帰郷』のテーマのひとつである）。『テス』のなかのエインジェルが牧歌的な田園とそこに住む無垢な乙女に憧れるあまり生身のテスという女を愛することができなかったさまもここで思い出されよう。小説のなかでヴィクトリア朝のインテリが伝統的な文学観に影響されて心に抱いていた田園や自然への理想主義的（牧歌主義的）な憧憬の底の浅さを見抜いた作者の目がこの詩にも窺える。この詩の場合には、語り手の考え方にもハーディはある種の共感を寄せているのは確かだ。またハーディと妻エマとの生活を想像すれば、ハーディが語り手に近い位置に居たことは容易に理解できる。しかしハーディは同時にこの語り手の非現実的な理想主義の限界を現実に即して認識してもいる。つまり結果と

してこの詩もまた、〈牧歌〉を希求する精神の対極に位置する。

非パストラル的喜び

さて今度は、先に「愛すべき場所」との係わりで言及した「小唄」(18)を詳しく検討しよう。第一連で歌われる恋人の住む田園は、確かに伝統的なパストラルが良しとする「愛すべき場所」——かたちだけ整った安手の現代住宅からは遠く離れ、牛馬の初児が首を伸ばして大枝の若葉をはむ田園、商人や交易とも無縁な村である。しかしこの「愛すべき場所」に語り手が恋人を見つけたのは、都会の喧騒を逃れて暮らす、農村の純情と無垢との化身としての女を求め続けた必然的帰結ではなかった。いずれは知り合うはずの、いわば運命の赤い糸であらかじめ結ばれていた女だったとは、語り手は口が割れても語らないであろう。それどころか「ぼくが彼女を見つけたのは、ただもう偶然／知らぬ間に道に迷ったおかげで　あの地点を、あの地上の／どんな場所より素晴らしい地点を通らずじまいにならなかったからに過ぎない」——この「愛すべき場所」に偶然足を踏み入れなかったなら、「どこかほかのところで」同じほど真実の恋をしていたろうし、彼女もまた同様。であるからなおのこと、この出会いに大いなる価値ありとする幸福感(第一—三連での彼女の住処を讃える詩行から、それは紛れもなく打ち出される)が、人生の真実としての偶然の作用(それはこの世の根本的成り立ちの一環である)に対する驚きに満ちた思索性と合流する。この詩の内容の普遍性は万人に看取されよう。そしてパストラル的(非現実的)でしかなかった遠方の価値が、結果として手許にある現実の喜びとなったことをこの詩は歌っている。だからこれはパストラル詩ではない。

近景としての農村

次に「ダンスのある夜」(184、月の角が空にぶら下がり、梟が啼き始める今。まもなく酒樽の栓が抜かれ、ヴァイオリンが奏でられ、彼女が僕と共に踊って、僕の誓いに答えてくれる筈だ)を分析したい。この詩は素直に自然界や農村住宅の情景の美しさと語り手の幸せな心を歌った、ハーディの中ではおそらく、唯一の詩作品であると思われる。しかし、農村と自然の魅力をふんだんに盛り込むだけでは、パストラルのジャンルに分類はできない。これは近景としての現実の農村を描くのである。美しさも喜びも現実のものであって、決して臨時的な架空のものではない。先にシューアが挙げた「私が去ったあと」(511)について、通俗な広い意味では「パストラル」的かも知れないと言ったが、この自己の死後を予測してさわやかな自然の情景をちりばめ、そうした自然界の微妙な魅力を理解した男として自己を位置づけるこの詩においても、この自然美は現実のものであって慣習的パストラルに見る遠隔性とは無縁である。だから、これに対立して暗黙裏に優位を与えられる都会的価値も示唆されてさえいない。これらふたつの詩も、パストラルの本質を備えていないと言えよう。さらに「刺々しい五月」(825)では、五月というのに湿って冷たい風が吹き、ずぶぬれの鳥が禿鷹のように毛羽立ち、花も開きかけて咲かず、太陽は飛ぶ雲の隙間から不機嫌な顔を出す——このような現実の田園描写は、克明になされているが、同時に、白い野良着姿の羊飼は、現実としては羊を数えることのみに集中していて、自然界の出来事を何ひとつ目にとめない。最終行に羊飼い（言うまでもなく、伝統的パストラルの主役）が自然界の美しさなどという詩人の関心とは、まったく無縁である現実を描き出して、アンチ・パストラルというべき風刺を意識的に顕わにしている。

田園風景と人間の生殖

現実の農村を描くハーディの詩は、田園の美しさを描くだけではない。「道すがら」(581)は、不快な自然状況のなかで、それを心地よく感じている恋人たちが歌われる。魚が泳いで渡れそうな濃い露に包まれたぬかるみの描写のあと、デートの場所へ急ぐ男には

霧は甘美な露、
風は　調べ良き竪琴

でしかない。また空は虚無のように一色の灰色、野茨の花に霧の湿気が集まってできた露だまが死人の目のように見えるのに、デートの場所へ急ぐ女にとっては、同様に、「霧は輝かしい絹／風は　調べ良き竪琴」に感じられると歌われる。『テス』の雑草の庭でも、汚らしい液体がねばねばした草地を、テスが楽園を歩む気持で恋人エインジェルのもとへ歩むさまが描かれていた。〈自然〉を見る眼が複眼であって、しかも人間の恋を生殖活動と見なす視点がその一環を担うのは、パストラルとは縁遠い感覚であろう。「五月の繁り」(583)では長くのびた草の茎に隠れて、編み垣も踏み越し段も見えない。見事に生い茂る草は牛たちの乳首にブラシをかける。描写は見事だが、ここにはパストラル的な田園の美化は見られない。そして揺れる草は、恋人を待つ彼女のガウンにもブラシをかける。雌牛の乳首、草の揺れなどから、ここでも人間の性行動が示唆され、草の繁りとヒトの生殖が同一視されている。ハーディは最晩年にも同工異曲の「第三の小開き門」(895)を書いている。美しい娘が、町並みを抜け、田園に通じる第一の小門を開け、牧草地を抜けて第二の門を跳ね開け、滝の落ちる地点まで牧場を通り、第三の「キスする小門」(Kissing-Gate) で姿を消したと見えたのだが、男と抱き合ってひとつになった姿が最後に見える。

農民の貧困・労苦

田園での農作業の苦しさや農民の貧しさを描き出すのは、何よりもアンチ・パストラル的だが、ハーディの小説『テス』や『森林地の人びと』を思い出せば、ここでいくつもの詩を引くまでもなかろう。その『森林地の人びと』の関連詩「松の苗木を植える人びと」(225)は、植えられた苗木が、その直後から溜息をつき始め、嵐や日照りに晒されるままであることを思う語り手マーティ・サウスの感懐によって、貧しく、またそれゆえに恋の勝利者ともなれない農民の女を描く。この苗がいつまでも種のままでいられるように〈運命神〉が配慮しなかったのを語り手が嘆いたり、何のためにこんな侘びしいところにこれを植えるのかといぶかったりしたあと、

苗はここで　自分の命がつきるまで
　ここから立ち去るすべもなく
この地の気候も変えられず
　嘆き続けていくでしょう

と歌い、実際にはこれと同じ運命に置かれる女の生涯を示唆している(「気候」は彼女の生活環境・貧困・恋の成就の見込みのなさなどを指す)。また「婚礼より帰宅して」(210)では、他には人も住まない、嵐が吹き荒れる岡上の一軒家に、婚礼のあと初めて入った花嫁は、彼の家のあまりの貧しさを前に、言葉もない。ようやく気を取り直した彼女は言う――

「でも結婚しちゃったんだし。ここにいなきゃいけないんでしょう――
可哀想ね、わたしって!(中略)」
広漠として木も生えないトーラーの丘に　嵐吹き荒れ
その家は　寂しく孤立して暗い。そこを訪れる者もまずいない。

発生的にパストラルは、農民がその苦しみを語るのに、為政者の逆鱗に触れることのないようにぼかして表現する手段だったという、アナベル・パタソンが示唆する新しい考え方によれば、これこそがパストラルだと言えるかも知れない。パタソンの根本的なパストラル定義の裏にある考え方はこうである――「ウェルギリウスのパストラルは、それ自体とは別のものを意味している。とりわけそのパストラル作品を生み出した歴史的状況を意味している」(Patterson 3)。また彼女がワーズワスの農民等の風景化について批判した上掲の考え方も、ここでもう一度想起する必要はあろう(Patterson 269-84)。しかし、常識上の分類では、これはアンチ・パストラルの極みなのである。

飢えた鳥

先に『森林地の人びと』自体がダーウィニズム的パストラルだとして扱ったが、ハーディは二〇代の半ばから熱心なダーウィニズム信奉者であった。短詩においても彼は、動植物はもとより人間についても、ダーウィニズムの見地から多くの作品を書いている。しかし伝統的なパストラルの感性には、ダーウィニズムとは決して両立しない自然界の美化が不可欠なのである。先にも触れたとおり、アレグザンダー・ポウプは自己の『牧歌』の序文で、パストラルには農村と自然界の汚い部分を描かないことが必須の要諦であるとした。以下の作品はいずれも田園描写に満ちてはいるが、同時にまた、醜く、かつ悲しむべき自然界の生存競争の実態をほのめかしてもいる。「冬の日暮れの鳥たち」(115)では、田園風景を描きながら、雪が舞う野には、木の実は見つからず、パン屑を呉れる人の影もなく、飢えていくしかない鳥を描く(ハーディはこれを、生まれては来たが、幸せを得られない人間の象徴にもしている)。「ダンノーヴァ平原の冬」(117)も同様に、冬の休耕地で三種類の鳥が餌を捜すが見つからないさまを描く。「解き放たれて住処に帰った籠の大ツグミ」(114)の語り手(ツグミ)は、「空を晴れたままにしておくことができない」点で、人間も鳥も同じ苦しみを持つ仲間だと語る。「思い出させてしまうもの」(220)では、語り手がクリスマスの楽しみの最中に窓外を見ると、飢えた大ツグミがやっと食べ物の屑にありついている。そしてダーウィンの見地が導入される。語り手はこう歌う――

おお、飢えた鳥よ、わたしが今日一日の
楽しみを正当化したいと思っているとき
そして悲惨な状況を見ないでおこうとしているとき
なぜお前は、私の前に姿を見せてしまうのか！

窓外の木の実の描写は、一転して生存競争の現場を見せてしまう――部屋のなかのわたしはぬくぬくとクリスマスを楽しんでいるのに！そして「駒鳥」(467)は、この鳥の描写を続けたのち、寒気と雪が続けばこの弱者が飢えたあげく凍え死ぬ様を歌う。

都会への嫌悪

またパストラルは都会的価値を批判して、田園を良き対蹠物として扱うのだが、ハーディには確かにこれに似た想念を扱った詩がいくつか見られる。ひとつは先に見た「田園に住む彼女から」(187)で、自分の恋人（または妻）が田園を愛するのかと思っていたら都会の騒音と罪に憧れていたという作品だが、「あるロンドンの樹木に寄す」(852)は、いじけた都会の樹木に、農村の小川に入って身を清めたいと思わないのか、と問いかけるものの、農村はここでも決してパストラルふうに理想化されてはいない。また「都会の女子店員の夢」(565)は、この屋根裏に私の夫がいたら嬉しいのに、という配偶者のない女の嘆きで、それなら二人で気持のいい谷へ行って

もう二度と　こんな人混みの広場には
　姿を見せずにいるものを（中略）
二人の時計は　夕べには閉じる花、
二人の風呂とシャワーは　通り雨、
二人の教会は　小道に続く柳のあずまや。

と歌われて、ハーディの全詩のなかでもっともパストラルに近づくように見える。しかし伝統的パストラルが、都会的な価値を、究極的には架空の田園より上位に置いているのに対して、これは切実に都会とその与える状況に嫌悪を示しているのである。

自然科学の立場から

しかしハーディのダーウィニズム関係の歌では、「風が言葉を吹きつけてきた」(376)が特に彼らしい作品であると言えよう。風の言葉とは、苦しむ樹を見なさい、また野生の、また家畜となった動物たちを見なさい、膚色の違う人を見なさい、彼らはみな、お前と同じ素材でできた者ですよ、という内容である。ところが風に「お前」と呼ばれた人間は、

殺し、破壊し、抑圧するための法則を基にして、
自己殺戮を繰り返す〈私〉、
私のまわりに私が目にする　痛ましい〈私〉の姿に

驚愕する。自己殺戮とは、同じ素材でできた者同士の殺し合い、つまり生存競争である。このようにハーディは、詩のなかの自然描写を自然淘汰という目で行っている場合が多い。そもそも〈自然〉はハーディにとっては、科学の立場から見られるべきものであった。鳥たちの

美しい合唱も、この立場で聞きとられる。それなのに、結果としては感情移入による以上に、印象深い作品を誕生させる。「誇り高い歌手たち」(816)では、夕刻、鳥たちが「全ての〈時〉が我が物であるかのように／いと高らかに笛を吹く」。しかし

これらはこの一二ヶ月に育った　真新しい鳥たち、
一年前には、多くとも二年と経たない以前には（中略）
ただの穀類の細かい粒だった者たち、
　土、空気、雨粒でしかなかった新しい鳥たち。

詩人ハーディは、〈自然〉を歌うときにはこの立場を譲らない。それは慣習的パストラルからもっとも遠く離れた立場であった。

第九章　トリスタン伝説を巡る四人の詩人
——ハーディとアーノルド、テニスン、スウィンバーン

ハーディの改変：伝説の結末を起点に

ハーディの『コーンウォール王妃の高名な悲劇』（一九二三）では、次章に掲げたその全訳に明らかなとおり、一般のトリスタン伝説が、いわばほぼ結末を迎える部分から話が始まっている。伝説では、瀕死のトリスタンを見舞うべくイゾルデが海路をはせ参じたとき、彼女の乗船を遠方から確認できるように船は白旗を掲げていたにもかかわらず、トリスタンがその肌に触れることのない名だけの妻〈白い手のイゾルデ〉が、白旗ではなく黒旗が見えると、偽って夫に告げる。これを聞いてトリスタンは生きる力を失い、イゾルデの名を唱えて死ぬ。〈白い手〉が遺体に取りすがって泣いているところへ、上陸したイゾルデが到着し、〈白い手〉を押しのけるように遺体にすがり、自分も死んでゆく。これに対してハーディにおいては、白旗を掲げていたイゾルデ（英文学では一般にイスールト、テニスンではイソルト、これ以降英国式を用いる）が、上陸を果たさず、国へ舞い戻るところからストーリーが展開する。〈白い手のイスールト〉が、白旗ではなく黒旗ですと夫に告げたことが判るのは、『コーンウォール王妃の高名な悲劇』が半ばを過ぎてからであるが、この報に接したトリスタン（英文学ではトリストラム）は生きる力を失うどころか、かえってその力を取り戻し、イスールトの船を追ってコーンウォールに到着する。イスールトはこの病気見舞いの船旅が終わるまでに、トリストラム卿に再会しなかったという点でも、ハーディは伝説を大きく変えている。それ以降の成り行きは、もちろん伝説にはないハーディの創作だから、この有名な伝説はなおさら大幅に改変されることになる。それではハーディは、伝説の詳細を知らなかったのだろうか？　いや、それどころか、熟知していたし、先輩詩人たちの伝説改変についてもよく知っていたのである。

伝説を熟知していたハーディ

まず本章で後に詳しく扱うスウィンバーンの『ライオネスのトリストラム』（一八八二、ただし「序の詩」は一八七一）は、典型的伝説と同じように話を運んでいる。またアーノルド——長詩「トリストラムとイシュールト」の発表段階（一八五二）においては、十分にはこの伝説を知らなかったアーノルド（五三年に伝説の全貌に接し、改訂が行われたが、依然伝説の作り替えが多く、彼の〈白い手のイスールト〉は、孤閨を強いられた処女妻ではなく、二人も子供を産んでいる！）でさえ、イスールトがトリストラムの生きているうちに病床に到着するという改変にもかかわらず、彼の死とともに、遺体に折り重なって彼女も世を去る点では伝説に従っている。さてハーディはスウィンバーンの上掲書を熟読し、その一句を小説『微温の人』に引用さえしている。ハーディの、詩人アーノルドへの親しみ方については、

彼の『文学手帳』への書き込みの多さからも明白であるし、本書のこれまでの諸章を読まれても明らかであろう。しかもハーディは『コーンウォール王妃の高名な悲劇』の制作についてみずからコメントして、「テニスンやスウィンバーン、アーノルドなどがそうしたように、たとえば五世紀ころの粗野な人物たちを上品なヴィクトリア朝びとに転化させるのは避けようとつとめた」(Life **423**) とも述べており、これら三人の先輩詩人のトリスタンとイゾルデについての扱いをよく記憶していたことを漏らしている。またハーディはワーグナーの音楽によく親しんでおり、一九〇六年にロンドン滞在中ワーグナーの初期作品のコンサートを聴き「自分は後期のワーグナーのほうが好きだ……芸術家が自己の成功の根拠となったことどもに満足せずに自己改造して進み、不可能を成し遂げようと試みるとき、こうした芸術家は私にとってきわめて深い興味の対象となる」(Life **329**) と述べている。後期ワーグナーの出発点になったのは、私の理解では『トリスタンとイゾルデ』である。一九世紀のトリスタン伝説を、ハーディは広範に熟知し、どのようにでも書く態勢ができていた。

改変は私の自由

またもちろんハーディは、いつものように原典――つまりこの場合中世伝説――も渉猟した模様である。彼の蔵書の一冊、マロリーの『アーサー王の死』には丹念なマークの記入がなされているという (Purdy **229**; Bailey **652**)。中世の雰囲気を初めから打ち出そうという意図からか、作品の表題のすぐあとに「我がいのちイソット、我が愛の人イソット、　汝がなかに我が死あり、汝がなかに我が生あり!」という、「紀元一二〇〇年頃」とみずから記した一句を、疑問符を付しながら「修道士トマス」の言葉であろうとして挙げている。この熟知にもかかわらず、彼のイゾルデ物語は、ほとんど伝説の枠組みの外部にいきなり飛び出すたぐいの、極端な改作である。この間の事情を彼自身は「伝統的な物語のなかでは長年月に及んでいる出来事を、一時間という時間空間のなかに押し込もうとした私の大胆な試みは、もし察知されれば批判されるだろう。しかしこの有名なロマンスにはきわめて多くのヴァージョンがあるので、どんな形にでもこれを私の目的にあわせて改変するのは、私の自由であると感じた」(Life **423**) と述べている。しかし果たしてこれは、一時間という短い時間に押し込むためだけの改変だったろうか？言うまでもなく、一時間に押し込むためには、伝説で二人がまもなく世を去って話が終結するはずのところを、話の発端とする必要はまったくないのである。ストーリーの展開の中身にこそ改変の理由は求められるべきであろう。そして右に言う「私の目的」とはいったい何だったのか、これを解き明かす必要があろう。まずこのことを意識したうえで、このハーディの作品の本質に迫ってみようとするのが、この長い本章の意図である。これを論じる過程はまた、ヴィクトリア朝の文化風土の動きを如実に見せてもくれるであろう。ハーディがこれら先輩詩人の、同じ伝説の扱いをどう受け止めたかも、このなかから自然に浮かび上がってくるのではないか。

1　アーノルドの「トリストラムとイスールト」

散文的現実世界の〈白い手〉

作品を年代順に見ることにしよう。ハーディが右に掲げた三人の先輩詩人のトリスタンもののうち、年代のもっとも古いものはアーノルドのそれ、すなわちイギリス近代文学にこの伝説を初めて登場させた「トリストラムとイスールト」(一八五二)である。しかし結論からさきに言えば、年代的にはハーディの扱いと七一年の年月を隔てるにもかかわらず、『コーンウォール王妃の高名な悲劇』ともっとも共通性の多いのはこのアーノルドの作品である。〈白い手のイスールト〉を、本物の、〈アイルランドのイスールト〉と同格に扱うことからくる主題の新しさという点で、先輩後輩二人とも、それぞれの仕方でこの伝説をすっかり作り替えてしまっているからである。さてこのアーノルドの「トリストラムとイスールト」は、初公表当時、「エトナ山頂のエンペドクレス」と組み合わせて発表された。「エトナ」の人物構成が、旧世界を代表するキャリクレスと、現代の苦悩を一身に背負ったエンペドクレスとが対比をなしていたのに似て、「トリストラム」のほうも古いロマンスの世界と、散文的現実の世界が対照的に描かれる。そしてこのふたつを表象するのがアイルランドの(金髪の)イスールトと〈白い手〉のイスールトである(ただしアーノルドでは〈白い手〉も金髪である)。作品は三部からなり、第一部では死の床に就いて真の恋人が到着するのを待っているトリストラムが、時々夢うつつに言葉を発するのを繋ぐように、語り手がこの伝説のストーリーをあらまし読者に伝えてゆく。だから、当然本来の主人公二人の甘い恋物語が中心になるはずなのに、語り手はその話題よりもむしろ、トリストラムがいま〈白い手〉の優しい看護のもとにある幸せを強調する。
〈白い手〉は、彼女が誰であるかがまだ語られていない段階から、美しく、かつ憔悴した姿で描かれる――〈吹雪のように白い〉はここでは常套句には本来はない鮮明度を持つ。

海辺の可憐な松雪草

彼女の面持ちは穏やかで、か細いその指は
吹きだまりへ風が吹き寄せる雪が白いとおりに白い。
この白さは、身を刺すような海からの疾風が
このブリタニィの浜辺へと
大西洋から打ちつけてきて
この麗しい花を　あまりに冷たく凍えさせるからか? (30-5)
〈白い手のイスールト〉は、その若年に似合わず、この世の苦しみをいやというほど経験している――

あるいはそれは、彼女の年若い心が、もしかして
あの苦痛、秘められたところで人の心の琴線を引き裂くあの苦痛の
とりわけ深い疼きを、もはやすでに感じ取っているからか?
こうして、美しいとはいえ、やつれあおざめた姿と化したのか?

この海辺の松雪草《スノードロップ》はいったい何者か？
私には、稀に見る彼女の穏やかさからこれが誰だかが判る（中略）
その華奢な愛らしさから、彼女の名が判る、これは
当代随一に麗しい、愛も深いキリスト教徒の女性、すなわち
ブリタニィのイスールトだと判る。（45 ff.）

心身ともに美しい〈白い手〉

このように、〈白い手〉の穏やかさ（mildness）、華奢で弱々しい（fragile）可憐さ、愛らしく麗しい（lovely：sweet）外見、愛情深い人柄（Christian soul）が強調されるのである。そして苦痛のなかでもとりわけ深い疼きを、彼女は経験しているらしい。そしてこの死の床に至るまでのトリストラムの遍歴を語り手が辿るときにも、アイルランドのイスールトの美しさではなく、この〈白い手〉の心身あいまった美しさを描く。彼女が孤児でありながら（アーノルドは必ずしも伝説の全貌は掌握していないので孤児扱い）、もっとも年若く、もっとも美しい女城主であったことを述べたあと、「フランスのこのブリタニィが誇りにす」べき女であったと語り、ふたたび「大西洋岸のスノードロップ」という形容を用いる（196）。トリストラムは死に瀕した夢のなかで、かつて看病されたと同じく、いまも〈白い手〉の世話になっているものとして描かれ、

——あぁ！　彼がこの人里離れた地で
いまふたたび　静かな生活を辿り直しているのは結構なこと、
内気で若々しい花嫁のそばで
もの静かに振る舞っているのは。（211–14）

またかつて「愛らしい若い妻」が外地からトリストラムの帰還するのを待っていた時の描写では、「子供たちをそばに従えて」と歌われる（269–71）。そして現在の死の床で、トリストラムが王妃イスールトの到着を待っている描写をするときにも、〈白い手〉は夫の病み衰えた手に涙の雨を降らし、誇りを傷つけられた表情さえ見せない。

彼女の表情は悲しい抱擁のように見えた、つまり
他者の悲しみを見抜き、同情する力をもった者の眼差しに見えた。
麗しい花よ！　あなたの子供たちの目でさえ
あなたの目ほどに穢れなくはないだろう。（322–26）

このように彼女は語り手に絶賛される。

トリストラムにとってのみの美女

この長詩の第二部は「アイルランドのイスールト」と題され、トリストラムと彼女の対話となっている。しかしわざわざ彼女のためにこそ設けられたこの箇所でも、絶世の美女であるはずのこのヒロインは、王宮にいても恋人と離ればなれではいかに日々が虚しかったかを語る悩める女という点で伝統的ではあるが、美の権化としての（いわばスウィンバーン的な）イスールトにはほど遠い、年月のしわを刻んだ女として登場する。第二部全体が、あるいはこれはトリスト

ラムの夢のなかだけの出来事ではないのかと思わせるほどに、世俗の掟から解き放たれた二人が、他の部分の文体とはかけ離れた平易・透明な文体で会話を交わす。アーノルドはこの第二部の出来栄えは、はかばかしくなかったとして、自ら不満を漏らしているのであるが、成功しているかどうかは別にして、この臨終の場を幻想的な異次元の世界に仕立てようとしていることが感じられるのである。実際このなかで、年月の労苦を容貌にも刻んだ女という印象を読者に与えずにはいないイスールトが、トリストラムには夢のなかの女のように美しく見えている。

イスールト妃：あなたと同様、わたしの青春も遠い過去のもの。
わたしの手を取って！　このやつれた指に触って！——
わたしの頬と唇を見て！　なんて蒼ざめていることかしら！
トリストラム：君は前より蒼ざめてはいる。だがイスールトよ、
君の麗しい魅力は単調な年月とともに失せたりはしない、
あぁ、月光の中に立っている君はなんと美しいことか！（23-7）

二人の間には、死を目の前にしたときにのみに訪れる、世俗のきまりから断絶された平安が訪れる（アーノルドは瀕死の男の前では、女同士の嫉妬や争いは消え失せると信じているらしい。これは承服しがたい考えかも知れないのに、前妻と後妻が男の死の直後に仲直りする、ハーディの「柩を見下ろしながら」（350）には、はっきりと受け継がれている）。

ロマンスの世界での臨終

さてヒロインは正妻の嫉妬は起こりえないとしてこう語る——

イスールト妃：これからは、私たちは離れませんよ。ご家族や
年下のイスールトさんも、悪くは思わないでしょう、
昔の恋敵がご自分のお役目に加わって分担したって。
この恋敵の、みすぼらしく蒼ざめて静かになった様を見れば。
（中略）奥様はおっしゃるでしょう「これが恐れていた敵か、
これが彼のアイドルか？　これがあの王の花嫁か？
あぁ、一時間健康を取り戻せば夫の目の曇りは直るでしょうに！
居続けてください、顔色悪きお妃様、永遠に私のそばに」と。
（57 ff.）

読者は、本人の謙遜ということをこの場合考えず、実際に色香を失ったイスールトがここにいると感じるだろう。しかし、そのイスールトがトリストラムには絶世の美人に見えるところが、アーノルドにおいて唯一、ロマンチックな伝説の継承なのである。さてこれを聞いてまもなくトリストラムは、自分は幸せだと言って息を引き取る。イスールト妃は「トリストラム、イスールトはもう二度とあなたから離れませんよ」（100）と語るのを最後に、二人の会話は終わり、語り手がやがて一二月の夜風が「命なき恋人たち」の部屋に吹き込む様を語る。トリストラムから見れば、現実の妻子の住む世界とは別の次元での、イスールトとの再会が生じた。自己の想像力の作りなすロマンスの世界

が、いま一度トリストラムには用意された（伝説では臨終に際して彼は彼女に会えなかったことを想起すべきである）。アーノルドの作品ではしばしば生じる状況であるが、トリストラムはふたつの世界に生きた人間、旧来のロマンチックな夢幻の世界でアイルランドのイスールトに焦がれ、清濁あわせ備えた現実世界では〈白い手〉の手厚い世話を受けた人物、ふたつの世界にまたがって生きた人間として示されている。そして夢の世界はここに終わったと言える。

静かな不幸な未亡人

そして第三部「ブリタニィのイスールト」においてこそ、アーノルドはもっとも彼らしさを見せている。これは、同じ初版本で組になっていたエンペドクレスの物語において、旧世界に安住できなくなったこの哲学者がアーノルドの分身として登場し、彼の現実認識に、詩人の意図が込められていたのと同様である。第二部でしおれた花、皺だらけの女として描かれた王妃イスールトとは対照的に、可憐な麗しい花として第一部で讃えられたブリタニィのイスールトは、エンペドクレスと似て、ロマンスの終わった世界を感じ取る人物として描かれる。夫の死後、彼女はある日子供たちを戸外に遊ばせている。そして語り手は彼女の現状を憂慮する詩句を連ねる——

彼女は幸せだろうか？　彼女が生きて愛したかも知れない日々が
　至福をもたらすこともなく　一日また一日、
明日もまた今日と同じようにゆっくりと
過ぎてゆくのを　心穏やかに見ていられるのだろうか？
〈喜び〉はいまだ彼女を見いだしてはいず、未来にもそうだろう、
　この思いのなせる業か——彼女の物腰をあんなに静かにさせ、
　顔つきをかくも老い込ませ、愛らしい目をこんなにくぼませ、
　子供と目を合わす以外にはあれほど伏せ目のままにさせるのは？
彼女の動きはおそい、声だけが
まだあどけない　銀の鈴の音色をしてはいるが
それさえ物憂げに聞こえてくる。真実を言えば、彼女は
若さの仮面をかぶったまま死のうとしている女に見える。（64–75）

幻の〈愛〉の犠牲者

単調そのものの彼女の生活は、さらに言葉を連ねて書き足され、真夜中に静かに眠りについたこの〈白い手〉のまわりでは、「明日もまた今日と、寸分たがわぬ姿を見せるだろう」（94）と歌われる。彼女は、子供がいるほかは世捨て人も同然であって

彼女には子供がいる。そして夜も昼も彼女は
子供とともにいる。子供が遊ぶ広漠とした荒野も
柊の林も、崖も、そして海岸も
砂浜、海鳥、そして遠くの帆柱も
これらは皆、子供にとってと同様、彼女にも大切なもの。（102–6）

〈白い手のイスールト〉の不幸とその生活のわびしさをここまで言葉を多用して歌う意図は何か？　明らかに〈白い手〉は、ロマンスの世

界の幻の〈愛〉の犠牲者であり、その世界と対立する、実体のある世界の担い手として彼女は語り手の共感を得ているのである。恋愛についての、ロマンチックな虚像は過去のものとして葬られ、それはいわば、（さかのぼって言えば）第二部の、壁掛けのなかに描かれた狩の貴人が〈目撃〉した、トリストラムとアイルランドのイスールトの映像のなかに閉じこめられてしまったのである——

色白な、ひざまづいているあの貴婦人は誰か？
あの蒼ざめた騎士、枕に横たわり、
墓の上の大理石像のように見える騎士は誰か？（第二部　165-67）

このふたつの像は、もちろん遺体である。この場の効果からみてこれは一種の映像であり、だから〈閉じこめられてしまった〉と言えるのである。言うまでもなく壁の織物中の人物が、これまた美術品のようにその場に横たわる〈大理石像のような遺体〉を見下ろすシーンは、幻想風な美しさを醸し出すために描かれていることに疑いはない。こうして第二部は、それはそれなりにロマンスの自己完結を見せたのであった。しかしアーノルドはいつものように、ここでもそれぞれ完結したふたつの世界を、いわば〈両論併記〉する。第二部は確かに、ロマンス的な美を結晶させるための迫力に欠けてはいるが、しかしそれでも、アイルランドのイスールトが〈白い手〉をどこかへ押しやってしまったらしいにもかかわらず（臨終の場で彼女がどこにいたのか、この第二部は明言していない）、彼女はこの場で非難されるどころか、〈白い手〉への思いやりさえ見せながら読者の好意を獲得するように描かれている。この描き方は確かに、二人のイスールトが示す〈愛〉の優劣の判断を避けた〈両論併記〉なのだが、しかし残された〈白い手のイスールト〉の悲しみを伴ったかたちでこそロマンスは完結したことも事実である。なぜなら次のこの第三部では、彼女の悲しみと情景の寂しさの描写にほぼ全篇が当てられているからである。

無益な恋のシンボル

上記〈白い手〉の描写で強調されたこと——ロマンスの去ったあとの現実のわびしさ、当事者の犠牲——をさらにアーノルドは、寓話的に歌い続ける。すなわち〈白い手〉は、子供たちにこの日、物語を語って聞かせたのだった。それは、学のある魔法使いマーリンの物語である。魔女ヴィヴィアンの美しさに惑い、ブリタニィの国境にあるブロスリアンドの森でマーリンは彼女のそばで眠る。

ヴィヴィアンは口元に指をあてがい、立ち上がり、
褐色の髪をした頭から、さっと頭巾を脱ぎとり、
手にそれを持ち、花咲き乱れる野茨と眠る恋人の上に
その頭巾を打ち振ったのよ。
九たびヴィヴィアンは　はためく頭巾を振って輪を描き
魔法の土地を一区画作ったの。
世間に言うそのヒナギクの輪、魔法の輪のなかに
マーリンは最後の審判日まで
閉じこめられ、囚人となりました。

でもこの魔女自身は好きなところへさまよっていけるの――
だってマーリンの愛には、ほとほとうんざりしていたからなの。

(215–24)

ここではマーリンは夫トリストラムと重ね合わされる。ヴィヴィアンはイスールト妃の直接の代役ではなく、夫に幻想を見させた魔の力であろう。〈白い手のイスールト〉は、この作品での心の優しさに沿うように、イスールト妃をヴィヴィアンのような悪しき魔女として責めてはいないけれども、無意味な幻の発生源として捉えていることは確かである。こうしてアーノルドは、のちにスウィンバーンが、死をもって完結する〈永遠の愛のシンボル〉として用いたこの物語を、〈白い手〉の視点から、〈無益な恋のシンボル〉として語らせているわけである。また両詩人はともに、トリストラムとイスールトの死を、同様な見地からシンボリカルに用いるけれども、意味合いにはこのような大きな違いがある。

「エンペドクレス」と補い合う当作の主題

しかしアーノルドは、ほとんどつねに詩のなかでは、こうした伝説や神話めいた過去の人物を用いて、単純なシンボルをさらに超えたメタファーを語るのである。エンペドクレスは人間の認識の限界を悟るギリシャの哲学者、迷信や官能的刺激には満足できない知性のシンボルであるとともに、一九世紀の懐疑に悩むアーノルド自身をかたどるメタファーであった。またエトナ火山は、その緑の裾野がギリシャの、その時点での古き良き時代であるとともに、より深い主題の一環としては一九世紀半ばには過去のものとなったロマン派の時代を意味し、はげ山となった頂上近くは、アーノルドにとっての現代を意味していた。この「エンペドクレス」の文字どおりのコンパニオン・ピースである「トリストラムとイスールト」においてもまた、このヴィヴィアンとマーリンの物語は、単に無益な恋のシンボルとして用いられただけではない。このマーリンは、ロマンチックな恋にうつつを抜かすことができた古い恋愛観に生きる男、さらにはこうした恋愛観が許容された〈過去の良き日〉をも象徴している。そしてヴィヴィアンは、ロマンスから実利的現代へと容赦なく移り変わる〈時代〉のアレゴリーであると見て間違いなかろう。こうして「エンペドクレス」と「トリストラム」は、一冊の詩集のなかで相補う、幻想が去った時代の共通の主題を備えていたのであった。

2　テニスンの「最後の馬上槍試合」

ハーディとテニスン

さてハーディは、〈白い手のイスールト〉の扱いについてアーノルドから多くを学んだだけではなく、のちに見るとおり、二人のイスールトが醸し出す異次元の人間状況という点でもこの作品から大きな影響を受けている。これに比べると、ハーディにとってテニスンのトリストラムの扱いは、きわめて遠い位置にあったのではないだろうか？　一般に倫ならぬ恋をしたとされる男女への秤量について、ハーディの『コーンウォール王妃の高名な悲劇』ともっとも大きな相違と対照を見せるのは、テニスンの扱いだからである。こうした問題へのハーディの対処については、テニスンを読みつつあとでもう一度述べるが、ハーディがこの詩劇を書いていたのと同じ時期に書かれた第六詩集を見ても、人間の自然として当然起こりうる男女問題の複雑化についてハーディはきわめて寛容である。「教会のオルガン奏者」(593)では、彼は売春婦の人間性を全面的に認める。題名にある優秀なオルガン奏者は、生活苦から売春をして生きている。音楽への偽りのない愛、見事な演奏技法など、彼女を尊敬に値する人として描き尽くしたのちに彼女がチャペルから追放されるさまがこの作品では描かれる。また「刻まれた文字」(642)では、生存中の夫を偽りなく愛していた女が、夫の死を悼む墓地の銘板に自分の名も記し、教会で再婚しないことを誓う。しかし、人の自然として彼女はやがて恋をする。聖職者はあなたが再婚すれば神への誓いに反すると説くので、良心のとがめから恋人を拒むうちに、彼を失ってしまう。このようなハーディではあるが、テニスンのトリストラムにも何らかの影響は受けたであろうか？

『王の牧歌』の中心主題を補完

ヴィクトリア朝に生きた知識人なら当然のこととして、ハーディはテニスンもよく読んでいた（また前妻エマは、テニスンを愛読した）。この先輩詩人の『王の牧歌』(*Idylls of the King*) は一八四〇年代からその原型が書き始められ、一八五九年にこの表題で世に出された。しかしトリスタン伝説を扱う「最後の馬上槍試合」(The Last Tournament) は、比較的おそい時代の執筆で、一八七二年版に初めて本書に付け加えられている。テニスンの場合には、年代の新しさは、むしろヴィクトリア朝の正統的な考え方への古めかしい恭順を示す場合が多い。「最後の馬上槍試合」もまた、この長大な〈牧歌〉のなかでも、もっとも保守的な倫理観を示す部分となっている。またここで（日本の現代の言葉で言えば）〈不倫〉として示されるトリスタン伝説は、『王の牧歌』全篇の主題を補完するダブル・プロットとして、騎士ランスロットと王妃グウィニヴィアの恋の、照応する相似形をなしている。これはたとえばシェイクスピアの『リア王』のなかで、グロスターの悲劇がリアの悲劇の意味を補うのに似た構造である。言うまでもなく、『王の牧歌』では、当初に示されたアーサー王治世による、混沌と悪を制御しての理想国家が、しだいに臣下の堕落、特に男女問題における秩序の崩壊によって浸食されてゆくさまが主題として描かれている。トリスタン伝説もまた、この主題の一環として使われるのである。しかもこの「最後の馬上槍試合」は、「円卓」という中表題のもとに集められた一〇巻の〈牧歌〉の最終巻「グウィニヴィア」の直前に置かれて、「グウィニヴィア」の主題を浮き彫りにする役目を果たしている。

王妃グウィニヴィアと修道院

この意味から、『王の牧歌』でも特に重要な「グウィニヴィア」をまず覗いておきたい。やがてアーサー王に反逆するモドレドが、王妃グウィニヴィアとランスロットの恋の現場を捉えようと画策している。これを知った王妃は悪夢に悩まされることになり、ランスロットには、国に帰ってもはや自分に近づかないようにと求める。しかしこれに口先では応じた彼も、また王妃自身も、会うことをやめないうちに、『王の牧歌』全体のなかで官能の誘惑のシンボルとして登場しているヴィヴィアンにそれを察知され、ヴィヴィアンからは情報がモドレドに伝えられる。ランスロットはモドレドを打ちのめすが、自分も王妃もすでに名誉を失ったと悟り、王妃には彼の領地へともに出奔して身を隠すように勧める。しかし以前から自己の恋を悔いていた王妃はこれを断って、二人は別れ、王妃は修道院に入る。しかしグウィニヴィアは、すでにこのとき、二人の不倫の進行と相並ぶようにして、国土が混乱に陥り始めているのを痛感する。『王の牧歌』の序詩と言うべき「アーサー王の到来」の冒頭に述べられ、アーサー王がそれを収拾したのと同じ混乱が、国土に再来したのである。そのうち現実に、国土にとって最悪の事態であるモドレドの反乱、アーサー王とランスロットの交戦が王妃に伝えられる。修道院では年若い見習いの尼僧が、グウィニヴィアを王妃とは知らずに、王妃の悪徳が国の病根になっていることを語るような、素朴な歌と語りを王妃の前で披露する。王妃は突如怒り出し、見習い尼僧は逃げ出す。そしてここで悔いている王妃が〈矛盾したことに〉ランスロットとの出会い、アーサー王との出会いを想起する。この想起のかたちで、ランスロットはアーサー王にグウィニヴィアを案内するために彼女と長旅を同行したさまが描かれるのである。これは陸路の旅だが、トリスタンとイゾルデの船旅に酷似していることが読みとれよう。このときアーサー王自身が修道院を訪ねてきて、かつて彼が成し遂げた国土の繁栄を語り、キリスト教の興隆を実現した功績を口にする。だが、とアーサーは言う、

> そのあとでランスロットとお前の恥ずべき罪が露見した、
> 次いで、トリストラムとイソルトの罪過が露わになった。(484-85)

そしてこれら優れた者たちに倣うように、他の連中も純潔を汚す挙に出たと王は嘆いてみせる。この悪の根元である妃を放置すればどんな悪影響が国土を破滅させるかしれないと、王は激しくグウィニヴィアを責め立てながら、しかし自分はお前を呪いにきたのではない、お前を許すと言う。お前以外には女を知らない自分は、運命によってなお、お前を愛しているのだ、お前が今後キリストに身を捧げるなら、来世において二人が清く結ばれるだろう、その希望を抱かせてくれと言い放って、王は戦場へ赴く。これを聞いて夫の足下にひれ伏したグウィニヴィアは、そのあと深く自己の〈汚れた逸楽〉を悔い、アーサー王をもっとも優れた男、ランスロットに勝る男と思い直し、以後は、キリスト教徒としてもっとも清浄潔白な生活を続けて、ついには修道院長となる（なおテニスンではイゾルデはイソルトとされる）。

ハーディの基本姿勢

ハーディはこのような盛時ヴィクトリア朝の考え方に対しては、先にも例を挙げたとおり、きわめて批判的だった。彼の「暁の会話」(305)は、一九六行からなる長詩で、各二連を繋ぐ押韻が用いられて重々しい力の入った物語詩である。好きな男には妻がいるので、愛のない結婚をした女が、恋人の妻の死を知って、結婚したばかりの夫に打ち明けて好きな男のもとに走ることを許してもらおうとする。しかし怒った夫は、結婚という契約をたてにして、生涯妻を監禁状態に置くことを妻の面前で宣

言する。人間性を守るための結婚のモラルが、逆に非人間的な扱いのために用いられるようになっていたヴィクトリア朝社会の硬直を風刺するこの作品を書いたハーディは、テニスンにおける、正規の結婚という一種の契約のみを正義の根拠とする、婚外恋愛への仮借ない痛罵には賛成しなかったに違いない。さらに「町の住人たち」(23)は、人妻に恋人ができて駆け落ちをしようとしていることを知った夫が、いっときは決闘まで考えるが、両者が愛し合っているさまを見て心を打たれ、当座の生活資金まで与えて妻の出奔を許す話である。妻の立場から同様な状況を扱ったのが「人妻ともう一人」(217)である。戦争が終わって夫が帰ってくる時、夫は妻よりさきに女中と会って同宿するつもりであることが妻に知れる。妻は先手を打って現場へ乗り込むけれども、妊娠中と知れた女中の哀れな姿を見て考えががらりと変わる。妻は女中を許し、二人を自由にさせて家路につくのだが、このような行動が神様を怒らせたのではないかという怖れにとりつかれる。ここでは神様までが、判断の硬直化を来たしているという、詩人からのメッセージが浮かび上がる。小説『日陰者ジュード』におけるフィロットソンだけが、このような考え方において孤立しているのでは決してない。これはハーディの基本姿勢なのである。だからテニスンのトリストラムについても、同様にハーディはまったく影響されないかというと、実はそうではないのである。

獣的状態への衰退

さて『王の牧歌』におけるトリスタン伝説そのものを扱った「最後の馬上槍試合」もまた、「グウィニヴィア」と同じ性道徳の混乱を扱い、その堕落のアレゴリーとしてトリストラムが登場している。この馬上槍試合が行われたいきさつはこうであった——鷲の巣のなかからアーサー王一行（直接にはランスロット）に救い出された女の赤子が、グウィニヴィア妃に手渡され、妃がこれを養育する。しかし一時期の養育上の怠慢からこの女児は死に、この子が首に巻いていた宝珠の帯だけが後に残される。このネックレスを馬上槍試合の勝者に贈る賞品とすることになり、この催しが実現したのだった。ここで赤子とその形見の宝珠は、純潔無垢の象徴とされていると読むべきであろう。他方北方の〈赤い騎士〉（the Red Knight）がアーサー王に反逆する。反逆者の集団は性的放蕩者（adulterers）ばかりだが、彼らはアーサーの騎士団も、実質上同じようにモラルを喪失していると皮肉る。この皮肉の正当性を裏書きするかたちで登場するのがトリストラムなのである。そしてアーサー王は反逆者との戦いに出陣するに際して、

高貴な誓いと一体化した高貴な行為によって
かつての　全き混乱と獣的暴力の状態から高められた
この我が王国が、ふたたび獣の次元に舞い戻って
消滅する怖れはどこから生じるのか　(122-25)

と訝るのである。獣的状態は『王の牧歌』全篇にわたって用いられているイメジであり、このような状態へのアーサー王国の舞い戻りが、この作品ではヴィクトリア朝の精神的衰退・性的道徳の崩壊への警告として用いられている——「この衰退は科学による宗教の駆逐、合理

主義的、唯物主義的、個人主義的倫理観による伝統的道徳の追放、新たな、許容的な性への態度による公共的礼法の一掃であると要約して良かろう」('76 Turner 152) というこの作品への解釈は、誰しもが認めるであろう。

馬上槍試合の勝者が姦夫

さてこの槍試合、アーサー王騎士団の有識者によって、始まる前から「死滅した純潔(the Dead Innocence)の槍試合」(136)と揶揄されている。やがて行われた槍試合はトリストラムの圧倒的な勝利に終わり、彼は宝珠の首飾りを獲得するけれども、見守っていた貴婦人に向けて彼が「我が美の女王」(婚外の愛人イソルト妃)を口にしつつ挨拶をすると彼女らは反感を示す——最初の発話者はトリストラムである。

「麗しの淑女たちよ、美と愛の唯一の女王として各々の殿方に
崇拝されているそれぞれの美女よ、ごらんください、
今日の日、我が美の女王は　ここにはきておりません」
これら貴婦人の大部分は黙り込み、怒り出す女もいた、あるものは
つぶやいた「すべての礼法は死に絶えたのね」、そしてまた一人は
「わたしたちの円卓の栄光は　もはや過去のもの」と。(207-12)

トリストラムはアーサー王付きの道化であるダゴネトにも、次のように皮肉られる——

小柄なダゴネトは飛び跳ねて言う「アーサー王の音楽を　あなたは
壊した、だってイソルト妃とともにあなたがその音楽を奏でたとき
あなたの花嫁との音楽を　あなたは壊したのですから、
ブリタニィにおられる、お妃様と同じ名の　より優雅な方との」
(262-65)

〈白い手〉への愛の自覚

トリストラムはこのあと王妃イソルトのいるライオネスを目指して旅をする。途中で、むかしマルク王の目を逃れてイソルト妃と一月を過ごした四阿に到達する。ここでようやく、テニスンはトリスタン伝説のおおよその全貌を、かならずしも時間的順序に従わずに読者に明らかにする。この四阿の出来事ののち、マルク王はトリストラムの留守中に妃を連れ去ったものの、トリストラムの武勇を恐れて、ただ卑劣な計略を立てて時期の至るのを待っていたとされる。また、いまトリストラムは、自分と〈白い手のイソルト〉との結婚を、愛する王妃イソルトにどう伝えるか、懊悩する。

あのすてきな名前がまず俺を魅惑し、
次いであの乙女自身が、つまり
あの白い手でよく仕えてくれて、俺を心から愛してくれた乙女、
彼女自身が俺を魅惑した。ついには俺自身が
彼女を愛していると思いこみ、簡単に結婚してしまった (398-401)

ここには、トリストラムが武勇をもってブリタニィに貢献したことも、ブリタニィの王に、その褒美として〈白い手のイソルト〉を与え

られたことも、この段階では歌われていない（遅れて五八七行でイソルト妃が彼をなじりながらようやく言及）。またイソルトという同じ名が、魅惑のすべてであったとの記述も（最後まで）ない。ここではトリストラムの側にも、〈白い手〉への愛の自覚があったこと、結婚の安易さへの悔やみがあったことが表現されているから、伝説への改変は本質的なものと言えよう。

正調トリスタン伝説には戻らず

このあと森の枯れ葉を枕に、トリストラムは、ふたりのイソルトが例のルビーのネックレスを奪い合って争う夢を見る。この奪い合いでイソルト妃は邪悪な血潮で手を真っ赤に染めるのに対して、〈白い手のイソルト〉は純白の手をトリストラムに差し出す。夢のなかで、死んだ女児が現れ、自分のネックレスが壊されたことを悲しんで泣く。言うまでもなく、純潔が汚されたとの含意がここにはある。その間にアーサー王の国家平定の戦いははかどりながら、グウィニヴィア妃にかんする王の苦悩はつのる。トリストラムがライオネスのティンタジエル城に到着すると、イソルト妃はトリストラムを愛していること、マーク王を憎んでいることを語るけれども、愛の秘薬による運命的な感情についてはなお語られない。恋人との再会にあたってイソルト妃は、トリストラムと〈白い手のイソルト〉の結婚を、夫から知らされ、そのときには失神し、目覚めて次のように思ったことを明かす――

真っ暗闇のなかで私はふたたび目覚め、叫んだのです、
「ここから私は逃げ出して、神に我が身を捧げます」――
その時あなたは新しい愛人の腕のなかにお休みだったのね（618–20）

この部分では詩は正調トリスタン伝説に立ち戻ったように感じられるかも知れない。しかし後続のトリストラムと王妃の会話では、トリストラムが恋愛悲劇の主人公にふさわしくない重みのない言葉を繰り返す。右のイソルトの、神への言及への答えとして、彼は彼女の手を愛撫しながら、老年になった彼女が「もはや僕には美しい人ではなくなった時に」神のご加護を受けるようにとからかうのである（もはや美しくなくなった恋人の姿を未来に投影するテーマは、ハーディでは「女から彼への愁訴」〔その一、その三〕（14、16）に扱われている）。

軽薄なトリストラム

このようなからかいはこの伝説の立脚点のひとつである、ヒーローとヒロインの双方における永劫不変の愛を、冗談とはいえ否定するものである。イソルトは怒って激しく反論する。

「あなたが老いて
もはや僕には美しい人ではなくなった時」ですって！　わたしには
いま、この時点で神様が必要なのよ。（中略）
男は立派になればなるほど、礼儀もわきまえてくるものよ、
全然違うわね、アーサー王の騎士のくせにトリストラムは！（中略）
わたしに誓ってちょうだい、わたしが老いて、白髪になって、
欲望もなくなり、絶望しても、わたしを愛すると。（624 ff.）

もし先ほどの「老いて」云々のせりふが、一時の冗談なら、ここではイソルトの望み通りの誓いがなされなければトリストラム伝説は変質する。だが彼は、誓いの本質そのものを否定する。その根拠は、アーサー王に対する、自己を含めた騎士たちの誓いさえ、

最初は主として我らの王妃の汚れからだがね――あの誓いさえ
騎士団をいらだたせ始めたのだよ。(677-8)

だから、愛は誓わないというのである。

我らはこの地上では、天使ではないし
この先も天使になるはずがない。誓いだなんて――僕は森の樵だ、
ガーネットで頭を飾ったキツツキが、〈誓い〉を嘲るのが聞こえる、
――我が魂よ、我らはできるあいだだけ恋をするのだよ(693-96)

愛は誓わない――恋愛における相対主義とでも言うべきものがここには現れている。恋愛における絶対主義こそがトリスタン伝説の本質であるから、これは百八〇度の変更であるとともに、このトリストラムの軽薄さ、誠意の欠如は、恋愛作品の主人公たる資格にさえ背馳するものである。

「マークのやり方」

イソルトは、わたしがたとえば男のなかの男、ランスロットに恋をして「できるあいだだけ恋をするのよ」というあなたの言葉を投げ返したらどう思うの、と反撃する。トリストラムはまったくそれには応えず、持ってきた例の宝珠で彼女を飾ることと、己の空腹のことを口にして、肉とワインがそろえば、君を死ぬまで愛すると言う。かつて一度でもトリスタン伝説に、空腹と肉、ワインと酩酊が愛情を支配する様子が描かれただろうか?　明らかに虚飾と物質性が蔭から非難されている。また酔ったトリストラムがここで歌う歌も、遠い天空の星と、湖に映る星との対比を歌い、手の届かない星を王妃イソルト、湖面の星影を白い手にたとえる。前者は自己の願望の対象だが、後者は近くにいると歌う。〈白い手〉はお手軽な愛の対象だという印象を、この歌は与える。これは〈白い手〉を貶めるだけでなく、王妃イソルトにとっても、(トリストラムが、他の女にはそれなりの価値ありと評価するのだから)許せないことであるはずだ。つまりここで描き出されるのは、純粋なトリスタン伝説にはあってはならない恋愛の臨時性、場当たり性である。そして次の場面でトリストラムがネックレスをイソルトに掛けようとしたとき、背後から、「マークのやり方」でマーク王は背後からトリストラムの頭をまっぷたつに割る。マーク王もまた卑怯な、憎しみのみの持ち主として描かれる。「マークのやり方」は、しかしこの作品では下品で節操のないトリストラムのやり方に共通する。

ハーディへのテニスンの影響

ではハーディにとって、このテニスンの扱いはどんな意味を持ったであろうか。さきに私は、テニスンはハーディからもっとも遠い存在だと言った。しかしこの作品はまず、さきに見たアーノルドの詩以上に、この伝説を徹底的に改変してよいのだということを彼に痛感させ

たに違いない。第二には、登場しはしない〈白い手のイソルト〉の隠然たる存在である。テニスンの場合には、この正妻と金髪の王妃イソルトとの直接対決がないけれども、金髪とトリストラムの関係が、さきに見たグウィニヴィアとランスロットの関係と相似形をなしているから、〈白い手のイソルト〉は（マーク王とともに）アーサー王その人の位置に置かれることになる。テニスンでは、正規の結婚における妻の位置は、国家で言えば王権に相当するわけである。ハーディはこの考えからは遠く隔たったところにいるけれども、ふたりのイスールトに同じ重量を与えて話を展開する点では、テニスンの影響は無視できない。アーノルドも同じ点でハーディに影響を与えてはいるが、アーノルドが〈白い手〉をたぐい稀な美女として描く点はハーディと大きく異なる。またアーノルドが、ふたりのイスールトに本質上完全に異なった世界（一方にはロマン派的夢幻の世界、他方には散文的現実の世界）および別個の章を与えて、同じ空間の住人として扱っていない点では、彼はハーディの先行者ではない。テニスンは、〈白い手〉を正妻として明確に認知するだけではなく、トリストラムに、ある軽薄な次元で愛されている存在として、舞台裏で影響力を発揮させている。ハーディは〈白い手のイスールト〉を舞台上に登場させるが、トリストラムにある種の優しさを示される存在として彼女を描くという点で、テニスンを受け継いでいる。つまりハーディはテニスンと同様に、同一空間、同一環境のなかでふたりを描き分けるのである。そこには、テニスンのように悪しき考え方としてではないけれども、明らかに恋愛における相対主義が受け継がれている。ハーディのトリストラム詩劇も、恋愛における絶対主義という本来のトリスタン伝説を覆すのであり、これがテニスンの最も大きな影響と思われる。

3　スウィンバーンの『ライオネスのトリストラム』

ハーディとスウィンバーン

さて次にスウィンバーンの『ライオネスのトリストラム』（Tristram of Lyonesse）を詳しく読んでみたい。結論をさきに言えば、ハーディに愛されたらしいこの作品も、唯美主義という点ではハーディの『コーンウォール王妃の高名な悲劇』に対して、おそらく何ひとつ影響を与えていない。これは、意図的にハーディが、スウィンバーンからのこの種の影響を、自己のトリストラム物語から排除したことを意味しないだろうか。なぜならハーディは、スウィンバーンの『詩と民謡、第一集』以来彼を一種の師表と仰ぎ、彼の死去に際しては、力のこもった詩、すなわち彼の名を脇に付し、全面的に彼と『詩と民謡、第一集』を讃えた「眠れる歌い手」(265)を書いたからである。意図的に排除しない限り、このような崇拝の対象が公刊した、同じ伝説についての作品からの影響は避けがたく思われるのである（彼はまた晩年の一九二五年、すなわち『コーンウォール王妃』公刊後の作品「ある拒絶」(778)のなかでも、スウィンバーンの名を挙げて、好意を露わにしている）。いかにスウィンバーンがこの伝説に見られる恋愛の美しさ、この世の唯一の価値というべき恋愛のいわば尊さをそこに歌い、恋愛における絶対主義を打ち出していたかを見れば、この恋愛至上主義とは別個の意味を持ったトリストラムものをハーディが意図したことが見えてくるのである。実際ハーディは、神の消失のテーマ（『ライオネスのトリストラム』にもこのテーマは色濃く表現されている）にかけては当時「スウィンバーンが種をまき、ハーディが水をやり、そして悪魔が繁殖させる」（Cox 83 : Life 325 : Millgate L&W 349）と悪口をたたかれたほどにスウィンバーンの影響を受けていたし、恋愛に関しても、このトリストラム伝説を扱う作品以外では、スウィンバーンの影響を（もじりながらも）顕わにすることもあるのである。「私は〈愛〉にこう言った」(77)では、従前型の〈愛〉の定義として、「太陽の下方へ天国を打ち拡げるもの」を挙げ、この考え方がもはや通用しなくなったことを歌う。扱いは否定的だが、この種の定義の出所はスウィンバーンであることは疑い得ない。すなわち、まもなく見るとおり、これはスウィンバーンが『ライオネスのトリストラム』の「序の歌」全体にわたって繰り広げるものに酷似している。このようなハーディが、唯美主義、官能主義という点ではまったくこの作品を受け継いではいないのである。

スウィンバーンの作品までの文学界

さてその『ライオネスのトリストラム』は一八八二年の出版ではあるが、その「序の詩」は、一一年前の七一年にすでに世に出ている。アーノルドの「トリストラムとイシュールト」からこの「序の詩」に至るまでの一一年には、アーノルドの親友クラフの死（一八六一）、クラフの懐疑主義的な『ダイサイカス』の没後出版（六五）、スウィンバーン自身の反キリスト教的傾向の強い『キャリドンのアタランタ』（「極限の悪である神」とか「ああ神よ、あなたはご自分の憎しみを人間に浴びせかけた」などの言葉を含む）の出版（六五）、同じくスウィンバーンの反キリスト教的で官能主義的な『詩と民謡、第一集』の出版（六六）、ウィリアム・モリスの唯美主義的な『地上の楽園』第一巻の出版（六八）、この作品への擁護論であるウォルター・ペイターの「匿名批評」（のちの七三年『ルネッサンス』の「結語」と同文を含む）のウェストミンスター・レヴュー誌への掲載、その一部「唯美的詩歌」を含む『文学鑑賞』の出版（八九）、ロッセッティの恋愛謳歌の詩集の出版（七〇）、モリスの上記『地上の楽園』の完成と出版（七〇）など、懐疑主義から出発しながら、次第に反キリスト教的傾向よりも、官能主義、唯美主義、刹那主義などを特色とするイギリス詩歌の方向性がほぼ固まっていた。八二年に至って完成したこのスウィンバーンの『ライオネスのトリストラム』は、上に見たイギリス詩歌の流れから見れば、スウィンバーンらしくふたたび神への憎悪が歌われることになる点で、異様に思われるほどの特色を持っている。それは『詩と民謡、第一集』のなかの「ヴィーナス讃歌」（Laus Veneris）に見るような揶揄の域を、大きく逸脱した、神へののしりが(恋)愛への讃美とない交ぜになっている長詩である。

知られていない『ライオネスのトリストラム』

スウィンバーンはこの作品を自己の代表作と考えていた。しかもこれはテニスンのトリスタン伝説改変を、美しい物語への冒瀆と見なして書かれた作品なのである。そして実際、これがパトニィ在住時代の彼の最大傑作であることには、疑いはないであろう。にもかかわらず、欧米でもこれはそれほどの関心を集めてはいない。特に我が国では英米の批評家の言葉をそのまま引用したとしか思えないごく短い紹介のほかには、私の知る限りではこれを本格的に取り上げた論文がない。そしてもちろん翻訳もない。しかしスウィンバーンの本質を知るうえでも、また神を失った時代の作家が男女の愛に救いを求める恋愛至上主義の内容を持った代表的な作品としても、またイギリス世紀末文学の唯美的傾向を一〇年ほど先取りしている点でも、この詩は十分検討に値するだろう。この章でこの作品に特に紙幅を割いて述べる理由がここにある。読み物としての楽しみにも満ちており、描写の質もきわめて優れている。スウィンバーンとテニスンの扱いの対比という意味でも特に興味を引こう。テニスンの場合とは大きく異なって、恋愛は、日常的な夾雑物を濾し去った、いわば生一本として読者の卓上に捧げられている。この生一本は、賞味に値する（恋愛至上主義を何ら信奉していない著者のような老人さえも、この作品の深い魅力には心底から惹きつけられる）。

高次元の存在たる恋愛

「序の詩」は恋愛がどのようなものであるかを、ありとあらゆる角度から定義する。最初の二行からして

恋愛、すべてこの世に創り出されたもののうち　最初で最後のもの
生者の世界を　自己の影として持つ　光であるもの。

と歌って、人間の日常世界は、光である恋の、影法師に過ぎないとする。恋愛と日常世界の関係を、イデアと現象界のような関係として捉えるわけである。そしてこの恋愛讃美は、このあとも八、九〇行にわたって続く。そのなかから、冗長を避けるために特に秀逸な部分だけを訳出してみよう。

人間の精神の上に付された肉である　（恋）愛、
呼吸の源泉にほかならぬ　肉の内部の精神であり
生命体の合唱を調和ある姿に保つもの、（恋）愛、
時間の血管の内部の血液たる　（恋）愛。（11–14）

先に具象界を超越した根源的な光とされた（恋）愛は、ここでは一転してその重要な物質性を認められつつ、さらに、生命ある肉に宿る高次元の本質として、時間に生命あらしむる血液としてその抽象的ステータスを高められる。物質性を重視する新しい世紀末的な感覚に依拠しながら、同時に（恋）愛の精神面での絶対性を、スウィンバーンは早くもここに打ち出す。これは恋愛・性愛についてのロマンティシズムであることに注目しておきたい。

徹底的な恋愛賛美

つねに饒舌なスウィンバーンは、「地上の事物の根であり果実である（恋）愛／世界すべての水も溺死させることができず／世界すべての火の軍勢も焼き滅ぼすことのできないもの、（恋）愛」（26–28）と、愛への賛美を徹底的に繰り返し、

もしひとたび　愛が自らの手で自分の墓を掘ってしまったなら
世界全体の同情と悲しみも救うことのできなくなるもの、(恋)愛、
命そのものを代価として払っても　売り渡されることのないもの、
鋼でも金でも　買うことも縛ることもできないもの、
(恋)愛が天国に別れを告げることが生じ得たなら　天国が　実り
　もなく
花も咲かない地獄に化けてしまうほど　力強きもの、(恋)愛、
(恋)愛が地獄に与えられることが生じ得たら　地獄が　すばらしい
音麗しい天国に変わってしまうほど　甘美なもの、(恋)愛。(31-38)

恋愛の絶対性・永遠性

この引用には上記のロマンティシズムに加えて、天国・地獄を中心とするキリスト教的な価値観を超越するものとしての恋愛が現れる。序詩はこのあと、一二ヵ月のそれぞれの星宮（sphery sign）として、ヘレナ、ジュリエット、クレオパトラなど偉大なる恋の女を配し（イゾルデは四月の星宮）「このなかを一年は通り抜ける」とする。これら星座となった女たちは「死せる偶然と征服された変化」（偶然と変化は生の世界の有為転変を意味しよう。したがって上の括弧内全体はかつて肉体として生きた人間界の意）を「超越して輝き、疑念や欲望を自己の領域の外に置き去りにする」。——恋愛の絶対性・永遠性がここでも補強されて表現される。またこうした恋において名高い女たちは「かつて私たちのように昼を持ったが、今は夜を持っている／私たちは　今は昼に縛られているが、彼女たちのように　やがて夜を持つことになるだろう／私たちも光の束縛から解放されて／生きることの痛みを治癒されて、ぐっすりと眠るだろう」と歌われる。ついでに触れておけば、ハーディも「意識無き者となる願望」(820)で右のスウィンバーンの「生きることの痛みを治癒されて」という考え方を展開するほか、詩集のあちこちで死者の平安をこの観点から描き、母の死をも「〈時〉の独房から解放された」(「瞑目のあとで」223)と表現している。

死において完成される恋愛

スウィンバーンの場合には、この考えを、恋する者にいわば特化して用いる。恋愛は死において完成され、恋ゆえに死した恋人は一般の人間よりも永遠性と安息とを得るというのである（それと同時に死を手放しに賛美している。ここにもロマンティシズムが匂う）。別の表現を採るなら、「序の詩」は、「二人の理想的な恋人の、英雄的な偉大さを定義している」（Harrison 102）とも言える。そしてトリストラムとイゾルデは、このような「愛と死」の観点から古来多くの人の歌に歌われたが、スウィンバーンも同じ気持からこのふたりの足跡を追ってみたいと歌うのである。

女性美の言葉による細密画

第一歌「燕号の航行」は、いきなり物語の中心に飛び込む〈in medias res〉の手法を用いて、すでにトリストラムがイスールトを船に乗せてティンタジェルに向かう道中を描く。夜明けに、強まってくる曙光に顔を向けているイシュールトの美しさは「泡立つ海や曙の白さよりもっと色白」と描かれ「その髪は夜明けを凌ぐ金色の日の出さながら」と描写される。まぶたは、陽光に打たれてなお日差しに抵抗する雪の

ように輝き、眠りのなかの夢のように濃く密集したまつ毛の奥のイスールトの眼のことを――

想像することのできない　ふたつの泉のような眼が
空の深みを呑み込む海の深みのように　輝いていた（29–30）

このように彼女の身体のすべての部分が、言葉による細密画として描かれる。上記の例からも判るとおり、細密画を飾る言葉はすべて自然界のイメジで、つまり自然描写で示されている。イスールトのほっそりした躯は花のように揺れ、揺れつつ輝き、彼女の手が触れるものは、花が触れたように芳香を発する。温かい両の腕は、抱きしめ囲い込む男性のために、果物さながらに丸みを帯びて熟れ始めている。

ラファエロ前派の文学版

　つまり女の美しさを絵画として際立たせるために、自然界の形象のすべてを動員するラファエロ前派の、これは文学版である。女性の肉体美の描出に心血を注ぐという点では、唯美主義的であるが、スウィンバーンは一般に考えられているより遥かに健康でさわやかなイメジを用いていることが判る。次いで若々しいトリストラムについても同様の描写がなされ、この場面に至る（話が始まる前の）筋書きが語られる。ふたりはまだ愛しあってはいず、二人の運命はまだ花も棘も生やしていない。

　旅路の会話のなかで、トリストラムは恋についての歌をイスールトに歌って聞かせる。男女の魂の二者一体化を歌うその歌の第四連は

誰にいま判断できようか――自分が二者なのか一者なのかを、
また　日の光と太陽とを区別できるかどうかを、
　そして命の泉の涸れた者として　君からぼくが、また
心臓の鼓動を打ち終えた者としてぼくから君が分けられるのかを、
　日々が生まれ死ぬる間、二人は命なき別個の魂なのかどうかを？
（636–40）

この歌は明らかにふたりの運命の予示と思われる。するとここに至るまでに二人が交わした会話のなかに出てきたアーサー王伝説中の人びとについての品定めもまた、ふたりのこれからの〈道ならぬ〉悲恋を予想させる伏線としての意味を帯びてくる。「悪しき偶然の運命によってそれは起こった」（359）として語られていたのが、アーサー王とオークニーのモーゴーズ王妃の恋である。王妃は、男の季節を過ぎたロト王とともにアーサー王の宮廷に来ていた。アーサーと王妃は、父こそ違え、同じ母から生まれた者同士であることを知らずに同衾する（380–84）。（アーサーの父もまた魔法使いマーリンの力を借りて、敵王の妃と通じてアーサー王を身ごもらせた。）また、アーサーの敵であり、（相討ちによって）その死の原因となるモードレッドを、上記の同衾によって妹に生ませたことを、スウィンバーンは周知のこととしてトリストラムに語らせている。

非人間的運命の制定者〈神〉に〈愛〉は対抗

　こうした婚外での子の出生に至る男

女関係を、スウィンバーンは咎めだてしない。さきに見たテニスンの『王の牧歌』の道徳主義に真っ向から反対する描き方である。そしてやがて展開するモードレッドの反逆、アーサー王のモードレッド誅逆、その戦いによるアーサーの死を、人間界では英雄的な行為として彼は描きつつ、しかし運命とほとんど同一視されている神の法からは

事情を知らないアーサーに　事情を知らない妹が胤をもたらした
二人の間にできたこの子から、やがて破滅が生まれるだろう
このように神は　人間の侮辱を許してはくれないだろう
人間の魂と生のなかで、神の法は死滅してはいない（399-402）

名声に傷がつくことはしていないのに、アーサー王は天罰を受けるというのである。ここには人間的な価値観と神の裁きとのあいだの大きな間隙が示唆されている。人間界に非人間的な運命を押しつけてくる者として、今後この詩では神の法が意識される。世界の成り立ちがこうである以上、序詩で称揚された恋愛は、その成り立ちに刃向かう唯一の人間的手段とされて行く。ここに、この章で取り上げる四作品のなかでのスウィンバーンの独特の恋愛至上主義がある。アーサーは騎士道的に見た場合の美徳の鑑でありつつ、神の裁きに倒れ、だからさらに英雄視される。これはキリスト教倫理とは別個の価値判断、ほとんどギリシャ悲劇的な、人間には避けられない型の因果応報である。

〈不倫〉の汚名から恋を絶縁

イスールトは顔色を変えて、この神の仕業に疑問を呈する——

すると心を揺すられ唖然とした者のようにイスールトは言った
「事情を知らずに悪事を犯してしまった人々を死刑にはしない私達
その私達ほどの正義さえ、神はそうした人びとに示せないなんて
私には大変残念にも　奇妙なことにも思えます（中略）
そんな人びとが死んだからって、神様にはどんないいことがあるの
人びとの魂の光が　きれいさっぱり消されたからといって
神様の太陽が前より燦然と輝くとでもいうのかしら？」（403 ff.）

この場面はのちのトリストラムとイスールトの悲恋を扱うための伏線である。これはふたりの恋を〈不倫〉の汚名から遠ざける。人に苛酷な運命を冷酷に配当する神への憤りを、あらかじめ示しておく（のちのイスールトの神への抗議と、これは見事に共鳴する）。

自然描写による主人物の立体化

そしてこの直後、暁の海の描写が、主人物たちと自然との一体感（また人間一般がつねに自然とともにあるという感覚）を強く打ち出す。低く吹きすぎる疾風は、緑の庭のような海面に、雨なして散り降りた海の薔薇のなかへ（これは朝日に映えつつ砕ける波頭の描写である）淡い雪のような波の泡花（foam-flowers）を振り入れていく。大風が来て、海を耕し掘り起こす。船が進むと舳先で生じる波の飛沫は、雪片か鳥の羽毛のように舞い、息づく波間へ神が打ち捨てた花のように咲き乱れる。月は早くも西空に萎れ、嬉しい知らせ（日の出）に失神した顔のように見える。

やがて空気と光そして波は、花嫁をいま抱いた鳩の
その心臓のように、燃える休息（burning rest）に満ち溢れて見えた

官能的描写が、同時に、暁に燃える広大な海面を描いてもいる。この四二〇行目以降の、そしていちいち訳出できない多くの箇所の、こうした自然描写の質は、英文学全体のなかでももっとも優れたもののなかに分類されてよいであろう。

こうした自然の活力は、イスールトの体内に吸収される。唇からは、薔薇より甘い海の空気を、眼からは、太陽を抱いて喜ぶ東空と宴会のように広げられた全天の彩りを彼女は取り込む。こうして自然の諸形象とイスールトの魂が一体となる。

暁という名の　堂々とした巨大な花が　炸裂して開き、
まだ海面から遠くは離れていない　ふくよかな太陽が
火と燃える海の上に漂う花のように見えたのと同様、（中略）
イスールトの全霊魂の　ひとつの大きな神秘に満ちた赤い花が
裂けて開き、その優しい心の蕾も、薔薇の花さながらに
まずほころびて、力強い心の泉が一撃されたように震え始め
割れて花となり、葉鞘すべてのなかから
炎のように赤い女の薔薇の全体が　現れ出た（460 ff.）

心身一体となった女の美しさが、海の上に漂う赤い花のような太陽、朝開くみずみずしい薔薇など、自然界と彼女を結びつけるイメジでもって描かれる。

享楽的ではない一種の唯美主義

イスールトの恋がやがて自然的に花開く媚薬の場面の、調和ある導入部である。スウィンバーンにあっては、自然のなかに同化している人間を美として認識するという意味での、享楽的ではない一種の唯美主義が、テニスンの倫理基準のアンチテーゼとして、またアーノルドの二面価値共存を排するかたちで、示されている。このあとの、魔女であるその恋人ニムエにマーリンが「死のように優しい眠りでもって」岩の下に閉じこめられる話も、恋人を独占する手段として女がそうするのであるから、イスールトのゆえに身を滅ぼすトリストラムの運命を肯定する「ギリシャ悲劇のコロスの効果」（Harrison 106）を持っている。その運命へと向けてふたりは媚薬をのみ

そして彼らの四つの唇が　一つの燃える口となった。
（And their four lips became one burning mouth.　最終行）

――このキスが第一歌を封印する。

動悸打つ二つの胸の花

第二歌「妃の邸の遊園」を簡単に見よう。いまやイスールトは意に反してマルケ王の妃となり、王はかくも美しい女を妻として得たことに驚嘆する毎日を送っている。しかしあるとき王は、吟遊詩人としてやって来たパラ

ミードという男に、その音楽を愛でて、希みどおりの褒美を取らせると言いだす。パラミードはイスールトを所望し、約束を守るという騎士道精神に従ってマルケはイスールトを与える。トリストラムは海岸に駆けつけてパラミードに戦いを挑んでイスールトを奪い、森の奥の牧歌的な四阿へ彼女を連れて行く。夏の三ヶ月を二人は王と妃のようにここで過ごす。白々とした「月の出の暁」が、同じほど白い、生まれながらのイシュールトの肌に光を落とす。彼女は月光同様に死のように静かだが

> ただ彼女は、柔らかな激しい両手の圧力によって
> その胸の　動悸打つ二つの花の間に　トリストラムの熱い頭部を
> 押さえ入れた。すると彼女の吐息は　彼の頭髪の間を
> 生命が死に瀕しているときのように震えつつ通り抜けた（477–80）

終わるとイスールトは今夜殺してと彼に哀願する。「愛の最も恍惚とした支配のこの夜をどうして二度得られようか」というのがこの哀願の理由である（時の再現不可能性はハーディの受け継ぐテーマ）。

処女のままの結婚――〈白い手〉

第三歌「ブリタニィのトリストラム」では前景より三年が経過し、二人は別れ別れになっている。彼はブリタニィに逃れ、一六歳の王女イスールト（白い手のイゾルデ、以下彼女のことを〈白い手〉と記す）と結婚することになる。この同じ名の王女が、自分の名が出るたびにトリストラムが顔を輝かせるのを、自分への愛であると誤解した結果である。「イスールト、我が恋人よ、君のなかにこそ我が死、そして我が命が繋がれている」という彼の歌を、白い手の、うら若いイスールトはそう誤解しないではいられなかったに違いない。続く第四歌は「処女のままの結婚」と題され、〈白い手のイスールト〉は結婚後もトリストラムに愛されることのない様が描かれる。彼は初夜に臨んで真の恋人イスールトを裏切ることができず、つい「イスールト」と呼ぶと、〈白い手〉は自分が呼ばれたと思って「わたしはここよ」と処女の声で答える。しかしなおも金髪のイスールトに対するトリストラムの信義が、この名だけの夫婦をがんじがらめにしている。〈白い手〉には甚だ気の毒なことだが、ここではトリストラム伝説のなかにある恋人間の信義という徳目を徹底して尊重することが、スウィンバーン的な恋愛至上主義の最重要課題なのである。世紀末へ向けてこの恋愛上の倫理は、これほどの純粋さを保ち得なかったのではないだろうか。

ここでスウィンバーンとアーノルドの〈白い手のイスールト〉に対する決定的な態度の相違について述べておきたい。スウィンバーンは〈白い手〉を可憐な少女として描いてはいるけれども、作品全体としては金髪のイスールトにのみヒロインの資格を認めて、〈白い手〉のその後の同情すべき心の動きにはまったく立ち入ることがない。アーノルドに認められるロマンティシズムと現実主義との対立とか、愛の美しさ・純粋さと苦しさ・複雑さの対比とか、滅びた過去の価値と〈現代〉の価値との両面構成とか、このような主題を作品に持ち込む理由がスウィンバーンには皆無である。〈白い手〉は金髪に対抗して、

ヒロインである金髪をさらに引き立てる悪役に仕立てられる。金髪のイスールト中心の、愛の〈純粋〉の物語を二分裂させる要因になることは、〈白い手〉には許されていない。そして、さきにも述べたことだが、アーノルドから七〇年あとのハーディのイスールトの扱いで、二人のイスールトがほとんど同じ比重で語られるのはなぜか、しかもその間にハーディが愛したスウィンバーンが、このようなアーノルド離れを見せているのに、なぜ前者はその影響を受けることを拒否しているように見えるのか、ハーディの作品を論じるときには答えなくてはならないだろう。

〈苛酷な神〉を難じる

さて第五歌は「ティンタジェルのイスールト」と題され、話は再び真のヒロインへと舞い戻る。第五歌は自然描写やトリストラムへのイスールトの短い呼びかけを除けば、そのほとんどすべてがイスールトの、〈苛酷な神〉への呼びかけから成り立っている（この神離れという、ハーディが尊重した主題においてもハーディのイスールト物語はスウィンバーンをまったく踏襲していない）。彼女はまずキリストに呼びかけ、疑問を呈する——

おお神よ、人間の女から、生娘から生まれた神よ、
　キリストよ、あなたなりの姿の　肉を纏っていた神よ（36-7）

神よあなたは魂の穢れた私のような女を、と彼女は言葉を続ける——

あなたを愛していない私を（中略）あなたに愛させることとは、一体
できるのでしょうか、主よ、あなたへの私の小さな愛がいかに弱く
他方、男への愛が、この愛よりどんなにずっと大きいものかを
考えてみるときに？（55 ff.）

恋愛が宗教にとって替わる

しかし神は答えず、夜が騒ぎ、海が雷を轟かせるのみである。イスールトは自分の老年を想像して（本章テニスンの項で見たとおり、美しい女が老年の自分を思い見るのはこの時代のテーマのひとつ）「頬がそげ落ち（中略）胸が枯れた」ときには、自分の心が生娘に、そして聖なる自分に戻ったりするだろうか、

私がもっとあなた(神)を愛し、彼をこれほど愛さなくなるだろうか
——もしそうなら、ああ惨め！　仮に精神も心も引き裂かれようと
私は悔やむでしょうか、主なる神よ、悔やむでしょうか？　いいえ
あなたが私を殺すとしても否です！　私は地上で幸せだから（76 ff.）

——これは神に祝福される来世への信仰を捨てて、現世の愛を至高なものとすることの宣言である。恋愛が宗教にとって替わるのである。

世紀末の先取り

これは、やがてイギリスで、いや全欧で暗黙に宣言される世紀末マニフェストの先取りである。彼女には地上の恋愛がすべてである——

天国では、恋人よ、私たち二人は　決して、決して
立ち上がって歌うことなんかしないのよ！　だって天の神様は
二人をご存知、あなたの甘い愛が私にとって、また私の貧しい愛が
あなたにとって　神様よりどんなに大切かをご存知だから！
（96 ff.）

二行目の「立ち上がる（stand up）」は、〈蘇生して立ち上がる〉の意味だから、これは天国の存在の否定、最後の審判日の否定、キリスト教教義の否定を示唆している。従来この作品は「きわめて既成価値転覆的」（Carley 8）と批評されてきたが、この部分は特にそうである。そしてイスールトの激白に答えるのは依然として風と怒濤である。

スウィンバーン流の唯美主義

またイスールトの次のせりふは、スウィンバーン流の唯美主義――他の見地からは罪人である男女が、恋人同士の信義は守り続け、それによって他の罪過すべてを消滅させる唯美主義を、余すところなく示している。

そうです、確かに（夫のある）私が彼を愛しました。確かに彼もまた
私の罪ほど黒くはないけれど　罪を犯したのですから、神よ、
彼を私に与えて――神よ、神よ、彼を私に返して下さい！（中略）
実際私は彼です、主もご存じのとおりです、彼は私なのです（中略）
それに私が彼に触れて以来、長い時間が経っています、（中略）
ちょうど雲が震えつつ太陽のなかに融けて死ぬのと同様に
互いに笑いあい、震えつつ、一体となったあの時以来。（153 ff.）

こうした人間的な喜びと苦しみをキリストは理解できないのかと彼女が問う次のせりふは、第五歌のクライマックスである。

キリストよ、もしあなたが、未だ耳と眼をお持ちなら
昔は憐れみを知っていらしたのに　今は私を憐れまないあなたは
地上で苛酷な生き方をしていらしたなかで　ご存知だったくせに
地上での苦しみをも忘れ、人はどんなふうに苦しむのかを忘れ、
私たちすべてがなお苦しんでいても　平気でいられるのですか？
あなたが忘れているのなら、あなたは何の助けになるのですか？
あなたの血が流されたことが　何の役にたつのですか！
もし罪人の我らが血を流し、許されないというなら？
人の心と同じに　変化して冷たくなった心をもつあなたは
苛酷な不可解な神であるあなたは、罪びとである我らに
愛ではなく憎しみを、憎しみをお示しになるのですね（248-58）

神喪失後の真の拠り所

神を喪失したあとに来る、唯一の価値あるものとしての真摯で不可避な恋愛に縋りつく者の〈真実〉がここに訴えられている。このあともなおイスールトは神のあるべき姿、慈悲の姿を訴え続ける。また恋人トリストラムが、罪とは言えないその罪から免罪されるようにと、彼女は巻末で祈りを捧げる。

彼と私の魂が　永遠に別れ別れにならないようにして下さい
仮に宿命が天国と地獄を相容れぬものとし続けるとしても（中略）
彼と私を隔てる宿命は　けっして行われないようにして下さい

（304 ff.）

つまり第五歌では、神の法と理想の恋愛が相容れない対立物として示される。理想の恋を歌う詩句全体が、神の法への反逆という性格を帯びる。このテーマでのスウィンバーンの扱いは、〈神の法〉という美名で言われてきた恋愛道徳への反逆である色彩が強いのである。

死のなかに最終的な幸せを

第六歌は「幸せ満ちる番人（Joyous Gard）」と題される（スウィンバーンは一八五九年に、このランスロットの城でのトリストラムとイシュールトの再会の場面のみを歌う詩をフランス語で"Joyeuse Garde"と題しており、ここでもこの名を持つランスロットの城の意味）。ここでは妻として遇されない〈白い手〉を心配する兄ギャンハーダインの怒りと、それに対するトリストラムの弁解、この弁解の中心となる彼のイスールト妃への信義の深さがギャンハーダインの心を和らげるさま、ギャンハーダインの協力によるキャメロットの宮廷へのイスールトたちの逃避行、さらにグウィニヴィア妃の恋人ランスロットの城への到着とそこでの二人の愛の生活――このように話が展開する。この間にトリストラムは、恋人ニムエ（アーノルドのヴィヴィアン）に独占されて岩の下の永い眠りに就かされたマーリンの運命を羨む言葉を発し、初めは死のなかに最終的な幸せを見いだすこの考え方に違和感を禁じ得なかったイスールトも、次第にトリストラムと一体化した死を求める方へと傾き、この第六歌の終結部で彼女は

別離の刃にふたつに割られて死ぬのではなく
恋する人が死ぬときにのみ、恋人の居る場所でこそ（中略）
光、命、愛であるあなたの傍でこそ　死にたいのです（422 ff.）

と語って、次第に物語の最後がほのめかされるようになる。そして第七歌「妻の不寝番」は処女にして妻である白い手のイスールトの怒りを描く。ここでもまた彼女から見た、神の裁きの不当性が彼女の歌の主題となる。また第八歌「最後の旅」では、ふたたび主人公のふたりは別れ別れとなり、トリストラムはウエールズ王を助けて巨人ウルガンと戦い、イスールトはマルケ王の監視のなかで日々を過ごしている。やがてトリストラムはブリタニィへ帰り、そこで同じ名のトリストラムという男に加勢を頼まれて、戦いに巻き込まれる。妻〈白い手のイスールト〉への帰国の挨拶を、ギャンハーダインに代理でやってもらい、勇んで戦う。重傷を負って倒れた彼のもとへ、報に接した〈白い手〉は赴く。しかし現場へ近づいては来ても、妻らしい言葉はかけない。トリストラムは妻のエメラルドの眼ではなく、別の金色の眼を見たいと切望する。

黒い帆と白い帆

第九歌「白鳥号の航行」では、トリストラムは瀕死のベッドのなかから、忠実な義兄ギャンハーダ

インに頼んで船（白鳥号）を出してもらい、恋人イスールトを迎えにやらせる（騎士道的な義兄弟間の信義が、実の妹に対する兄の愛情より優先される）。イスールトは世界中が眠るころ、夜陰に乗じて白鳥号に乗り込み（さきに触れたように、ハーディでは、ここが話の発端になる。しかもそれは伝聞として扱われる）、「雪のように白い帆」を掲げてトリストラムの待つ方向へと出航する。スウィンバーンは、一八五二年にはアーノルドが知らなかった黒い帆と白い帆のからくり（もちろん、白ならイスールトが乗船しており、黒なら乗っていないことを遠くから陸地へ伝えるという成り行き）を伝統的なトリスタン伝説から採用している。白い帆を確認した〈白い手〉は、帆は黒であると偽りの報告をなすべく死の床の〈夫〉のもとに行き着く——トリストラムは、〈妻〉を金髪のイスールトと間違え、「イスールトか？」と問う。もちろん同じ名の、白い手の処女は「はい」と答え、やがて白い帆を黒と偽る報告をする。トリストラムはこれを聞いて「心を打ち抜かれ」、衝撃のあまり死んで横たわる。

死の噂がまだ館の外に伝わるか伝わらないうち、または嘆きの声が
立ち昇るか昇らないうちに、雪のように白い帆は岸に着き、
ギャンハーダインは軽やかに陸に飛び降り、
船のなかからイスールトが、彼のすばやい尊敬の手に迎えられて
波止場に降り立った。二人のまわりで　群衆すべてのなかから
トリストラムの死を嘆く大きな叫びが　突然発せられた。
イスールトの耳が聞く以前に、彼女の心がこれを聞いた。
イスールトはこの噂の、確たる目撃談を求めようともしないまま
いま世を去ったばかりの彼の枕元に駆けつけて　立ち、
自分の身の上に　彼の死の重みを抱き、感じ取った。彼女の頭は
ちょうど喉の渇きの全てを癒そうと泉に口を近づけるように垂れて
そして　彼らの四つの唇が　一つの物言わぬ口となった。（483-94）

最後の一行は、言うまでもなく、さきに引用した、第一歌を封印した熱いキスの描写と対を為す。

現代的恋愛歌

そしてまもなくイスールトも「時間の束縛と恐怖から解放された」、つまり命尽きたのである（ハーディの〈時の独房の囚人〉＝「瞑目のあとで」233の源か）。そして

二人は　その墓所で、月と太陽、巡る星ぼしのもとで
固く結ばれて（wedded）眠った。（中略）
しかし彼らは、生きている者が誰も得られない平安を得ている
どんな愛も与えることのできない休息が　彼らの周りにはある
そして二人の頭上には、死と生が世にあることを止めない限り
大海の光と音と闇とが　存在し続けている（565 ff.）

この作品はこのように、あたかも実在の人物に捧げたかのような哀悼の詩句で終わっている。二人の愛を恋の理想として掲げるのである。彼らの最後の眠りを、ニムエによるマーリンの眠りになぞらえて、すべての自然の光と蔭を彼らに与えることにより、またキリスト教との

完全な絶縁により、この長詩は独特な風格を備えた現代的恋愛歌となっている。この主題をめぐってこのような一方的な恋愛讃美を見せなかったアーノルドのロマン派離れとは対照的な、ロマン派的心情が明らかに読み取れる作品である。またスウィンバーンが、テニスンの道徳主義に意識的に対抗して、トリストラムとイスールトを真に愛しあう二人として讃えている作品であることは言うまでもない。

4　ハーディの『コーンウォール王妃の高名な悲劇』

執筆の背景

さてハーディはこうした先輩詩人たちの扱いのあと、まったく独自の構想をもってトリスタン伝説に挑んだ。作品には一種の献呈の辞として「かつて、この言い伝えの舞台であるこの地で／私とともに長い時間を過ごしたことのある人びとへの／こころあつい思い出をこめて。——その人びととは／一人を除いて／全てが　いまは世を去ってしまったが…それらは、次の四人…」と述べて、前妻エマ・ラヴィニア・ハーディ、エマの義兄キャデル・ホウルダー、エマの姉ヘレン・キャサリン・ホウルダー、後妻フロレンス・エミリ・ハーディのそれぞれ頭文字を連ねている。実際この言葉に籠められた親愛の情のとおり、これは一九一六年におけるハーディのティンタジェル訪問の結果として書き始められたものである（発表はさきに書いたとおり一九二三年）。また彼が一六年当時「私は四四年前に、自分自身のイスールトと一緒にこの場所を訪れたことがある。だからもちろんこのイスールトが、もう一人のイスールトの像とない交ぜにされた」と述べたことも伝えられている（Bailey 651）。ここで言う〈もう一人〉とはコーンウォール王妃のほうを指すことは明らかであるから、王妃の陰にハーディのイスールトであるエマを、そして〈白い手〉の裏に、献呈された四人のなかに名が挙がっている後妻フロレンスを考えてみるのはひとつの手がかりではあろう。しかしこの対応を重視しすぎると、トリストラムはハーディその人の成り替わりとなり、ハーディを殺すマーク王は、もし実在の人物を念頭に置く限り、誰と対応するのか判らなくなる。

伝記的解釈は可能か

しかし、この対応を発展させて一応の解釈を組み立ててみるとどうなるだろうか？　当然マーク王は実在の人物ではなく、抽象物でなくてはならない。エマとハーディの熱愛を妨げ続け、最後にはハーディを卑怯なかたちで殺害する存在であるから、これはヴィクトリア朝の階級的偏見を指すとしたり、夫婦の不和を誘発する運命のいたずらだとしたりすることもできるかもしれない。しかし階級問題だとしたら、エマがそれをたぶらかそうとしたり、敢然とそれと戦ったりしたことになり、実情とは正反対になる。運命であるとすれば、多少の説得力はあるけれども、そうすると運命によってハーディが虐げられたあと、エマが運命を刺殺して自らも命を断ち、永年正妻であったフロレンスが彼らの死を見届けて自分の郷里に帰ることになる。ハーディとエマが協働し、全力を尽くして運命の目を盗んで二人の愛を全うしようとするという設定自体、彼らの夫婦生活の実態に合わない。仮にそれが、そうあってほしかったという願望の表現であるとしても、フロレンスとの再婚後間もない一九一六年に、死におけるエマと自分の合体を願ってフロレンスを置き去りにするという構想を書くのは、あまりに非現実的であろう。そのうえ、この作品では、アーノルドの場合とは異なった仕方においてではあるが、〈白い手のイスールト〉に観衆（これは実際に上演されたりオペラ化されたりする詩劇である）の共感が集まりやすい(Bailey 653)。この〈白い手〉への扱いは、この解釈に完全に矛盾する。要するに、上記のような諸対応によってこの作品を解釈しようとするのは無理である。イスールト妃の姿にエマをない交ぜにしたというハーディの説明は、自己の生涯の恋人エマの姿や性格を思い浮かべながら王妃イスールトを創作したという程度の意味であろう。作品の構造的な内容にまで、伝記的解釈を持ち込むのは、この作品に関してはきわめて不自然なこととなろう。

男性への対抗術を練る女

ハーディがこの作品を書いたひとつの目的は、古典的な三一致の法則を守って、短時間のうちに、同一の舞台で、それまでの人間的な状況のすべてが集約的に現れて、ひとつの劇的状況が展開される様を描き出すことだったと思われる。いわば一種の詩人的ゲームである。この点では彼は見事にその目的を達している。ギリシャ悲劇のまねびという点も成功している。しかし筋書が副次的なものとされて、これらの目的のために奉仕したとは考えにくい。何よりも目立つのは、アーノルドの〈白い手〉重視を受け継ぐとともに、〈白い手〉をも王妃をも、アーノルドにおける彼女らとはまったく異なった人物に仕立てていることである。ほぼ開幕から登場している王妃のほうから述べれば、彼女はマーク王に対して当初から反逆的で、この夫の留守中にその目を盗むようにして船旅に出た。これは、コーラスの解説では、トリストラムにもう一度自分の近くへ来てほしいという手紙を出したのに、トリストラムからは何の返事もなかったので、いたたまれなくなったからとされるが、のちにイスールト自身の言葉で、〈白い手〉からの要請に応えたものであったことが判る。しかし彼女は船の接岸の際に、やってきた〈白い手〉からトリストラムが息を引き取ったことを聞いて失神し、周囲のものの判断でそのままブリタニィには上陸せずにティンタジェル城へ帰ってきた。彼女は船がブリタニィを遠く離れてから意識を取り戻し、そのころには荒天に見舞われていたので、上陸を主張することはできなかったわけである。そして王の帰還より、「神のご加護によって」（とコーラスが歌う）一足先に城に入ることができた。だが王は、この段階から妃を疑ってやまない。

マーク王　どうしてこの大広間に、またしてもこの犬がいるのか？
イスールト妃　どうしてここに来たのか判りません。
マーク王　何を、お前、よく知っておるくせに——わしが女というものを知ってる通りだ。その上お前はこの犬の持ち主をいやというほど知っておる筈だ。そ奴がこの畜生を、お前に可愛がれと置いていったこともな。

こう言って、王は、このトリストラムの犬を蹴飛ばすのである。マーク王には、騎士道を描いた作品には時として見られる女性への優しさがまったく見られない。最初から、女についての性悪説だけで行動する策略家として描かれている。王妃はこれに対抗するだけの知略をわきまえた女として、つねに恐れながらも頭をフル回転させつつ、俊敏に行動する。積極的に男性への対抗術を練る女なのである。

言い抜けのできる女　たとえば、船旅をしたことについてマーク王に厳しく問いただされても、彼女は、形式上の嘘を吐かないという枠のなかに上手に話を納めて、実際にはトリストラムに会いたくて船旅に出たのだという実質上の真実は口にしない――

> **イスールト妃**（言い抜けるように）死ぬほど気分が悪くて外に出てみたのです。王妃たるもの、そのくらいの特権は与えられているはず。でなかったら、王妃っていったい何かしら？
>
> この壁の下の入江を出てから、ここへ帰り着くまで誓って言いますが、私は、ブリタニィに上陸したこともなければどのような隣国の岸辺の土にも、足跡を残したことはまったくありませぬ。

こうして描かれてくるイスールト妃は、しっかりとしたリアリティを与えられる。勝ち気で自己主張を持った女が恋に全霊を傾けるとき、どのような言葉を語るかという作家としての想像力が、ここではめざましく用いられている。しかも勝ち気なだけでなく、トリストラムに来てほしい、生きていてほしいあまりに、〈白い手のイスールト〉同伴で来るのであってもよいという、あとで彼女が後悔することになる女性らしい自己欺瞞を、平気で相手に伝える女としても描かれる。

> 死んでさえいなければ！　あの女をどうしても連れてくるのなら、ああ、私はそれも大目に見るつもりです。
>
> 彼女のことを知って以来、ずっと私はそう言ってきました。
>
> 彼がそれで生きていけるなら！　私のために生きてくれさえするのなら！

そして夫の目をかいくぐることを屁とも思わぬ女、〈白い手〉との結婚をあくまで咎める女としても示される。

> でもトリストラム、私の夫のことだけならどんなにかましだわ！
>
> もしあなたが私と同じ名のあの女と結婚していなければ、この王様、このもう一つの岩なんか、上手に操って通り抜けたわ！

つまり、ハーディの女性研究が結実するかたちで、この王妃がリアリスティックに造形されるのである。

愚かしく善良な〈白い手〉の性格描写　一方〈白い手のイスールト〉のほうはどのように描かれるのだろうか？　アーノルドの〈白い手〉は、心もかたちも美しく可憐で、少女のように若やいでいた。美女イスールトを描く伝説のなかで、アーノルドの美女は〈白い手のイスールト〉のほうであった。嫉妬と苦悩とに打ちひしがれるはずの状況のなかで、彼女は静かで、苦しみを外に見せない聖女のような存在だった。そもそも、この状況に置おかれた女がそれを運命として受け容れる可憐な美しさの描出にこそ、アーノルドは何よりも力を入れたのであった。ハーディの〈白い手〉は、これに比べて理想的な女ではない。愚かしく鈍重な彼女は、しかし善良で、日常的で細やかな愛情の持ち主としての個性を持ち、リアルな世界に息づいている。彼女はティンタジェル上陸直後に、アンドレット卿をトリストラムの味方と思いこんで自分の身許を明かす（これによって、変装して宮廷に入った彼の正体もアンドレット卿にかぎつけられる）。だが、間違ったことをしたらしいことにすぐに気づいて不安がる。知能の点で凡庸な女、王妃イスールトとは対照的な女として、登場直後から彼女は観客に印象づけられる。夫と出会った瞬間から、彼女は二重の言いわけをする――まずここまで夫のあとをつけてきたことに対して・・・

まあ私の夫よ!　仕方がなかったのです。そうですとも、
ぴたりと追いかけてきました。あなたの怒りに耐えきれなかったの
天が味方してくれました!　船路の始めから終わりまで、海原は
滑らかに微笑み、太陽はやさしく輝きました。
行く手にはあなたの帆影が眼に美しく、
ちょうどその後ろを、終始こっそりと船を操らせました!

妻を置き去りにして他の女のもとへは せ参じた夫の前で、彼女はこのように低姿勢で、咎めらるべきは自分の方であるかのように話す。次いで、白帆と黒帆の件について詫びるのである。

本質的な欺瞞はなかった

――傷ついた心の混乱のなかであなたに、そしてそのあと彼女に、
真実に反することを話したのを許して下さいね。
けれどもある言い方をすれば、あなたはあのとき死んでいたのです。
彼女が来た時にはあなたはそう見えた、死に際の昏睡状態だった、
それに、あなたに懇願されて、私が彼女を呼びにやったのですよ。
でも肉ある身は脆いもの。女の愛は一つの中心に凝縮しています、
広さのない愛なのです。彼女を上陸させることはできませんでした、
あなたのそばに来させるなんて、できなかったわ!

ハーディは彼の〈白い手〉には、本質的な欺瞞を行う性質を与えはしないのである。すでに意識が失われたトリストラムに、なぜ王妃イスールトを会わせる必要があるのか――〈白い手〉が彼女を呼びにやったのは、あくまで、瀕死のトリストラムの要望を最大限に容れて彼に尽くしたい、また、王妃の顔を見れば彼の命が助かるかもしれないという、ふたつの切実な理由からであった。だから昏睡状態に陥ったからには、彼に王妃を会わせる理由がなくなった。そのうえ、死を看取るのは自分だけにしたいという、とりわけ女らしい愛情に満ちた〈白い手〉の願いは、観客に自然なものとして受け容れられるであろう。

善良このうえない性格の描写とともに、ハーディは観客の心をふたりのイスールトの間に分裂させる。

人間的な弱さが課される〈白い手〉

ハーディがなぜ伝説の幕切れの処から、新たな展開をさせたのかを考えるとき、この新機軸が〈白い手〉に、王妃と同じく大胆な船旅をさせることができた点を注目すべきであろう。このことは観客に、〈白い手〉にも、媚薬による衝動によるのと同じだけの強烈な愛情があることを印象づけることになる。来たことのないライオネスへ、岩と岩のあいだから暗闇のなかに上陸する。彼女にも、王が王妃をねらうトリストラムに憎悪を抱いていることくらいは想像がついているから、いわば敵地に乗り込んだのである。王妃の場合ならほとんど神話的に、ブリタニィに上陸をはかるについての危険については伝説のなかから捨象されている。〈白い手〉の上陸は、神話的にではなく人間的に、その弱さを克服した大胆な行為である。実際ハーディは、〈白い手〉の姿を遠くに認めたトリストラムに、「本当にあの女が、冒険までして俺を追っかけてくるだろうか?」といぶからせている。また、さきに引用した〈白い手〉のふたつの弁解に見る、おずおずとトリストラムの顔色をうかがう〈白い手〉の弱々しさは、その直前に〈白い手〉との結婚をトリストラムに咎める金髪のイスールトの激しさと対照されて、〈白い手〉を可憐な姿に見せさえする。金髪のほうの咎め方はこうであったことを想い起こそう――

でもトリストラム、私の夫のことだけならどんなにかましだわ！
もしあなたが私と同じ名のあの女と結婚していなければ、この
王様、このもうひとつの岩なんか、上手に操って通り抜けたわ！
きっとできたわ！　どうしてあんな結婚をしたの、なぜなの！
初めて私がそれを知ったとき、夫は何と勝ち誇ったことか、
私の動転ぶりを見て、卑猥に夫は笑いました。

当然の怒りだろうが、〈白い手〉もこのような責め立てかたをしてもいいのである。だが〈白い手〉には、状況によって守勢にも回らざるを得ない人間的な弱さが課されている。他方は媚薬によって男の愛をいわば保証されている。このことは念には念を入れるように、この場面の五分前にトリストラムが「この状況は、何も私たちの計略や不実から生じたのでなく、目に見えない手に／与えられた愛の秘薬の魔力によって生じたものなのに！」と語るかたちで再確認されている。他方、〈白い手〉には、いっさいの保証はない。

現実の一個の平均的女性

しかし行動において激しい金髪のイスールトが、比較的な強者として〈白い手〉の受け身な姿勢を際立たせているのは確かだが、現実の女が内面に持つ不安感については、〈金髪〉についてさえハーディは意識しており、これによって彼女をもロマンスの世界から現実へと引き出そうとする。開幕してまもなく、まだトリストラムの生死が舞台上で不明の時に、一種のコーラスである歌い手の女が、前半の「私たち女性」では金髪のイスールトを、後半では引用を読んでのとおり〈白い手のイスールト〉を評して、女の気弱な習癖について語っている。

ほんとに　もしかすると彼は死んではいないのかもしれません！
私たち女性は　恥ずかしいことながら　悪い状況ばかりを
しかも大げさに　考えすぎるのです。
彼は死んではいないのかもしれません――
あの白い掌の女は　策略として
死んだと語ったのかもしれません！　私たち女性は弱い存在、
恐怖に駆られると　妨害と防衛をあまりにも求めすぎるのです、
ええ、悪巧みを用いてさえ、そうするのです！

とこのように、女は恋の破滅に追い込まれると、自己を破滅に導く力への妨害と自己防衛のために策略さえ用いるというのである。特に「あの白い掌の女」は現実の女の弱点を付与され続けている。そしておそらくこの正妻は、アーノルドの〈白い手〉のハーディ版なのであろう。非人間的な悪意を持たず、夫への愛情に満ちている点で両者は同一に近い。しかしアーノルドの〈白い手〉は、現実に立ち向かわねばならない、脱ロマンスの女という象徴の点では説得力があったが、シンボルとして用いられるあまり、生身の人間臭さに欠ける人物であった。ハーディの〈白い手のイスールト〉は、外見のうえでも特別な美しさは与えられていない。内面的には、観客や読み手の側で彼女の心根に最終的には感銘を受けるように描かれてはいるけれども、作者によって尋常普通を超越した精神性を付与されてはいない。アーノルドが意図していて、実現はできなかった現実の一個の平均的女性を、ハーディはここに示し得たのである。

現実世界の永遠の三角形の扱い

そしてハーディの造形によると、右の引用にもその例が見られるとおり、金髪のイスールトもアーノルドの場合よりも遥かに現実の女臭さを与えられている。だからハーディにおいては、ロマンスの世界と､これとは次元を異にする現実の世界が別々に示されはしない。中世ロマンスを原典としながら､時代には無関係な現実の男女による、〈永遠の三角形〉をどう扱うかが主題になっている。三角関係とは言っても、さきのトリストラムの言葉にあったとおり、媚薬を飲んだ二人は倫理的責任から免れる立場で登場しており、テニスンの主題は否定されている。ハーディの場合には、この二人の切っても切れない愛情関係は既存のものとして、どのみち万人が認めずにはいられない関係として提示されている。スウィンバーンではそもそも〈白い手〉は、作者自身によって、唯美的主題であるトリストラムとイスールトの愛の妨害者として、人格さえほとんど付与されないひとつの状況、ひとつの抽象物のように登場していたに過ぎなかった。ハーディの〈白い手〉は、少なくとも〈金髪〉と同格という立場で、この三角形の一頂点を形成する。アーノルドにおける〈永遠の三角形〉は、確かにあとに大きな悲しみを残すけれども、ふたつの頂点と〈白い手〉の頂点とが異次元に座標を持つ変則的なものに過ぎなかった（アーノルドの第二部では、〈白い手〉は姿を消し、その動向は推測するしかなかった。ここにも彼女がロマンス内の二人と世界を異にする様が浮かび出ている）。ハーディでは、〈白い手〉も金髪のイスールトの目の前に登場し、同じ次元で、同じ舞台でこの永遠の三角形を構成する。気弱な彼女ではあるが、自分の愛の正当性は明確に主張している。

トリストラム　おお悪い女よ、お前はあんな大嘘を僕について語っ
て、魔女さながらに、あの王妃の死を招きかねないことをした
のだぞ！

白い手のイスールト　許して。許して下さい、私の主人、夫よ！
私はそれほど常にあなたを愛してきました、愛しています。
時に　ある種の女のように速やかに燃える炎で愛しないとして
も！
一度でも不実だったり、いや、頑迷だったりしたのであれば、
ある程度冷たくされても、我が身が招いたことと諦めもします
でも私、あなたのどんなひねくれた気紛れに出逢っても
すぐに唯々諾々とそれを受け容れ、あなたの気持に合わせました

観客からの共感を〈白い手〉は獲得

そして語り合ううちに、トリストラムにも〈白い手〉へのある種の思いやりが生じてくる。これは彼女の言い分が論駁しがたく、正当だからである。やがてトリストラムは「あまりに酷な言い方をしたかも知れぬ」と言い、次いで次のような会話になる――

トリストラム　あんな恐ろしい惨めな嘘を、もうほんの少しの間で
も、
俺が我慢できたとでも思うのかね？――船にお帰り。
船に乗り込んで、風が叶い次第、国に帰って
いい男が見つかったら、その人と一緒になってくれ。（中略）

白い手のイスールト　とんでもない、ほかの男の妻になるなんて！
どうしてそんな恐ろしいことができましょう？（中略）
追いかけてこなかったら、私、死んでいたわ。
私のトリストラム、ただ一緒にいさせてくれるだけでいい、
顔を見させてくれるだけでいい、ほかには何も望まないわ！

このようにして、〈白い手〉は観客や読者にも、その愛の純粋を印象づける。さらに

――あなたが女で、私が男でありさえするならば
私の犯したような小さな罪ゆえに、私はあなたから遠ざかったり、
あなたを追放したりしないでしょう。私の罪が汚いものだなんて
おお、考えないで。願わくば（どんなに心から願うことかしら！）
あなたがそんな嘘を二〇回おっしゃってほしかったわ、
そしたら私、それを罪とは見なす気のないことを、そして
それにもかかわらず、あなたを傍に持てることをどんなに喜ぶかを
あなたに見せてあげたのに。

これに続く彼女の台詞「もしもあなたが私という女をくまなく読み取り、どんなに私が忠実であったかを知りさえすれば、あなたも同じ

ように私を愛するでしょう」は、ハーディの短詩「女から彼への愁訴［その二］」(14)のなかで、女が年をとっても「私の魂の中では、私は昔と同じ私である」と語ったり、小説『テス』で、テスという女をその内部意識のゆえに尊厳あるものとして描いたり（森松'78）しているのと同種の想念であるから、ハーディのこの場面への思い入れは深いものと言えよう。イスールト妃が、作品の主役として観客の共感を得てきていた全体の流れが、こうした場面によって変化し、二人の女へのそれぞれの愛着が生じるのである。

危機感を覚える本来のイスールト

舞台では、上方から金髪のイスールトが「聞くに堪えない」と言いつつこれを見ている。トリストラムは前より優しく（とハーディがト書きを入れる）「毛嫌いするわけではないよ」と言うので、見ていた〈金髪〉は「彼女に優しくなってきてるわ」と危機感をつのらせて舞台へ降りてくる。〈白い手〉は王妃を見て、気を失う。舞台にいた全員が、王妃の心を思って介助を躊躇する。ようやくブラングェインが彼女を運び出すとき、トリストラムはいよいよ最後になってではあるが、手を貸してドアのところまで連れ添う。これは伝説のいわば本質的作り替えであって、金髪のイスールトの目の前で、しかも躊躇を見せたのち本心を隠しきれなくなったかたちでトリストラムは、やはり〈白い手〉を気遣うのである。トリストラムが介助を終わって帰ってくるのを、イスールト妃はいらいらして眺めているが、やがて

トリストラムさん、じゃ私はもう一人の女と
あなたを共有するってわけね？　この女、見たところ、
自分のものみたいに　この城を使い放題にやってきたのね！

と責め立てる。ここからはふたたび観客の心はイスールト妃のほうに吸い込まれることになる。トリストラムは彼女に向かって、いつかブリタニィのイスールトを来させてもよいと言ったではないかと反論するが、実際作品前半では、本章でも見たとおり妃は〈白い手〉が従《つ》いてきてもよいと言っていたにもかかわらず

だって彼女と私はここでは水と油よ。
喧嘩して分裂する以外、二人はどうしようもないじゃないの。
彼女の方が弱いですって？　とんでもない、まさに今も今、
私のほうが危険に晒されているのに。

自分の方こそトリストラムの優しさを失いそうだと必死になる。

共感は再びイスールト妃に

だが他方では彼女は「同じ名の女、私、優しい気持を感じちゃうわ――悲しや、どうした訳だか」と言ってすすり泣くのである。もちろんこのあと、「同じ名の女」を自分のベッドで寝かしておやり、と言いつつ、自分は床に寝るのだからと彼女は強烈な皮肉をとばすのだから、涙の意味はむしろ屈辱感によるものである。しかしこのとき、一人の娘がマーク王からアーサー王に宛てた手紙を携えて登場する。彼女

は、手紙の内容が、トリストラムを殺せというものであることを知らせに来たのだ。これを知ると、イスールト妃の態度は一変して、トリストラムへの愛情が飾り気もなく顕わになる——

あなたを標的にしたマーク王の脅しを聞いて、私の心は怯み、
先ほどまでの、あなたによる心の傷と屈辱に対する、悲嘆に満ちた
私の怒りも勢いを失います！　おお、トリストラム、身を救って！
もう私のことは考えないで！

するとトリストラムも「君を忘れるなんて——絶対できない！　ひまわりの花が太陽を忘れる方が早い！」とこの言葉に応じる。これは正調トリスタン伝説の復活である。さらにここへマーク王の卑劣さが加わり、テニスンを受け継ぐようにしてハーディはマーク王に、背後からの卑怯なかたちでのトリストラム殺害に走らせる。ここに至ってマーク王は、純愛の妨害装置のように見えてくるだろう。息を引き取る前のトリストラムが、いかに恩知らずな不当な殺害がなされたかをみずから弾劾する場面は、さらにマーク王を醜い姿に仕立て上げる。続いてイスールト妃によるマーク王誅殺が行われるが、観客はもちろん妃に共感を覚える。すなわち〈白い手のイスールト〉が一時主役のように観客を引き込んだ作品の成り行きは、再びここに反転して金髪のイスールトのための悲劇に早変わりする。彼女とトリストラムには当初から〈不倫〉の暗い影はいっさい投げかけられていなかったが、終幕ではさらに積極的に二人の関係は純粋な愛としての地位を与えられる。イスールトが自死のために舞台から駆け出す直前の言葉は

トリストラムがいなくては、私が生きたって死も同然ね。
——私は生きてきました！　愛してきました！　本当に心から。
天国だって私の愛の巨大さにサイズを合わせられないわ！

これは先に命絶えたトリストラムが、死ぬ前にイスールトに贈った台詞とよく共鳴する——

僕の唯一の光、騎士である僕の恋人、僕のすべて、
死に際まで、いや未だおぼろな永劫の時までも忠実な女。

終幕の直前には、まるでスウィンバーンの作品の続きを読むように、真に愛しあう二人を讃えていると感じられる台詞が続くのである。

〈白い手〉の最後の姿

しかし、そのすぐあとに再び〈白い手のイスールト〉が登場して、イスールト妃の投身を目撃したことを漏らしつつ、「何という美しい方だったんだろう、お妃様はこんなことをなさるべきではなかったのに」と哀悼する。トリストラムの死を知ると、足下に崩れ落ちて夫の遺体をかき抱く。これによってイスールト妃がなぜ身を投げたかを推察した〈白い手〉は、「でもお妃様は本当に彼を愛していらした」と再び妃への同情を示す。そしてトリストラムについても「なんと世にも稀な美し

い騎士が、ここに息絶えているとか」と感嘆し、じっと考え込んでから

まあ考えてみれば、私が失ったと同様に
お妃様も彼を失ったのね――この砦は悲しみで呻いている、
そして人々の喋る声が風と波の音に混じり、嘆きの叫びを
作り上げている！・・・

そして〈白い手〉は、ブリタニィに帰るという。その理由はブリタニィが、このような恐ろしいことが外国で起ころうとは夢にも思わなかったころ、「私たちの毎日があんなに幸せだったから、なお大切な国」であるからだという。〈白い手〉には、自殺の衝動さえ見えない。穏やかという以上に、平凡で常識的な彼女の姿が、この詩劇の最後に舞台を日常に引き戻すのである。〈白い手〉の登場は、ちょうど劇が半ばを過ぎたあたりからだったが、それ以降観客は二人のイスールトに、心を分割して共感させられてきた。ハーディは、王妃のみに共感を集中して、スウィンバーン的な恋愛賛美をすることから意識的に自己を遠ざけた。また、〈白い手〉の同情すべき状況にもかかわらず、テニスンのようにこの伝説を性道徳の乱れを映すメタファーには、そのどんな小さな一部も用いはしなかった。さきにも述べたとおり、アーノルドを受け継いでいる面は、大いに見られると言ってよい。しかし、〈白い手〉を、王妃に対抗できる別種の美としては設定せず、むしろ彼女を、凡人、観客の日常にも紛れ込む可能性のある隣の奥さん、極く一般的な愛情深い人妻として登場させた。ロマンスの世界と、二〇世紀の現実との対比を描いているという比喩的設定も、アーノルドとの類似にもかかわらず、定型的になされているとは言えない。すべてについて、観念的な対比を避けて、また〈永遠の三角形〉についての倫理的判断を放棄して、三角形のもたらす人間につきまとう永遠の悩みを、即物的に提示したのである。〈白い手〉はからかわれているのかと言えばそうではなく、彼女の示す苦悩もまた、オペラふうの詩劇に登場を許されるのだという確乎とした主張があればこそ、彼女は特に劇の半ばで観客に訴えるほどの台詞を与えられ、幕切れにも登場したと言える。ハーディが、小説のなかでも、『微温の人』以降、時として見せ始めていた意図的な相対主義の傾向はここにも読みとることができる。〈真実の愛〉という名で一九世紀後半から称揚されるようになった男女の婚外の関係について、一方ではスウィンバーンに劣らない賛美を捧げつつ、その直後に〈真実の愛〉のもたらす他者の苦しみを想起させる〈白い手〉を登場させ、さらに今度はその〈白い手〉に王妃イスールトを讃える言葉を語らせる。愛の問題でさまざまに悩む女性全体に対して、善悪の評決を避けているという印象の強い作品であることは疑いのないところだが、女性全体への賛歌というに近い読み応えをもまた、この詩劇は確かに与えてくれる。すなわち、この恋の伝説の唯美性には、ちょうど過去化したロマン主義に対すると同じ愛惜を抱きつつも、非現実を排した日常的な女の愛、自然的な女の心にこそ、悲劇収拾の大役を与える――これがハーディの意図であった。

以下に掲げる『コーンウォール王妃の高名な悲劇』の翻訳は、二〇〇〇年二月に中央大学英米文学会紀要『英語英米文学』第四〇集に発表されたときは本邦初訳であった。本書が出版されるまでのあいだに単行本所収の他の独自の翻訳が現れたが、ハーディの著作についてはは複数の翻訳があってもよいと思われ、またこの作品についての上掲のエッセイを読んで下さる読者の便からも、これをここに収録することにした。

第一〇章　コーンウォール王妃の高名な悲劇

――ライオネスのティンタジェル城にて

古き物語の新たなる翻案

劇場あるいは道具立てを必要とせざる
演劇俳優のために脚色された一幕もの

「我がいのちイソット、我が愛の人イソット、
汝がなかに我が死あり、汝がなかに我が生あり！」
――(?・)修道士トマス、紀元一二〇〇年頃

かつて　この言い伝えの　舞台であるこの地で
私とともに　長い時間を過ごしたことのある人びとへの
こころあつい思い出をこめて――その人びとは
一人を除いて
全てが　いまは世を去ってしまったが・・・それらは、次の四人・・・

E・L・H（エマ・ラヴィニア・ハーディ、詩人の前妻）
C・H（キャデル・ホウルダー、エマの義兄）
H・C・H（ヘレン・キャサリン・ホウルダー、エマの姉）
F・E・H（フロレンス・エミリ・ハーディ、詩人の後妻）
［右、括弧内は訳者注記］

登場人物
マーク＝コーンウォール王
サー・トリストラム（以下、「トリストラム(卿)」と表記。――訳者）
サー・アンドレット（以下、「アンドレット卿」と表記。――訳者）
その他の騎士たち
騎士の従者たち
使者
露払い
警備員
家臣たち、音楽士たちなど
金髪の　イスールト＝コーンウォール王妃
白い手の　イスールト

デイム・ブラングェイン
乙女
王妃の侍女たち、私室付きのコンパニオンたちなど
死せるコーンウォールの老人の霊たち
死せるコーンウォールの女の霊たち＝これら両者は歌い手

マーリン（アーサー王伝説中の魔法使い＝訳者）

劇中の出来事が占める時間は、ほぼ上演の時間に相当。

ステージは、大きければどんな部屋でもよい。部屋の四周、またはその一つの末端に観衆が座を占める。これがティンタジェル城の大ホールの内部ということになる。舞台奥中央にアーチ（門）があることにする。（戸口または他の出入口を門に見立ててよかろう）。このアーチの空間から、外部の中庭が見え、砦の塁壁の向こうに大西洋が見えることにする。左手にドア、右手にもドア（カーテン、衝立、椅子などによってドアを表せばよい）。獣皮が広げてある背付き長椅子が家具の一つとしてある。舞台奥の高まったところに二階席＝桟敷（二人の俳優が立つことができるような背の高いどんな家具でも、この中二階代わりになろう。これを遮蔽物の向こうの部屋の隅に置く）。

上演が普通の劇場で行われる場合には、上記の、想像による状況設定は、模写的な舞台背景によってもよい。

役者の衣裳は古い無言劇に用いられたような、リボンで飾りつけされた明るい亜麻布でできた定型的な衣裳。ただし劇場的構成の舞台では衣裳はこれよりリアルであってよい。

プロローグ

マーリン（白い杖を持った幻想的人物）登場。部屋は暗くされている。マーリンには青い光を投げかけるのもよかろう。

マーリン　我輩はマーリン、皆様方の説得力豊かな願いを聞き入れ
ライオネスのいにしえの国を　悩ましていた悲惨な監禁の悲劇を
この近代的なホールのなかに
呼び戻すために登場したマーリンでござる――
ここ一千年のあいだ　闇のなかにうち沈んでいた
激しい恋と希望、そして恐れの　さまざまな場面を甦らせ
その現場の　喜びと血潮、涙と偉業と熱情を
　あたかも今日《こんにち》の世に　息づいているかのように
今日の人びとの　目と耳のまん前に
　亡霊独特の厳粛な装いのまま示すべく登場したのじゃ。
この物語は広く遠い国ぐにを旅してきた伝説であるぞ――

間違いなくその通りだ、マーク王は　おのれの妃を迎えるために
トリストラムを遣わした。トリストラムとイスールトは
ライオネスに向かう船旅で　愛の惚れ薬を　われ知らず
飲み干してしまったのじゃ。この惚れ薬を二人が飲んだ結果、
　マーク王は、トリストラムに恋の炎を燃やし続ける一人の女を
妃に娶ってしまったのじゃ。トリストラムは黒い絶望を覚えつつ
無謀な遍歴を重ね、自分の恋する女と同じ名前の女を
　別の国で　妻に迎えてしまったのじゃ。

我輩は　今から皆の衆にお見せするこの時代を
我と我が目で見た男じゃ、年も取らず、死にもしない男ゆえ、
年月がやって来て去ってゆくがままに目撃し評定してきた！
我輩はこれら二人の同じ名の美女を　良く知っていたのじゃ！
その愛の力に強くとらわれた二人を
　その愛のゆえに　厳しく咎めないで欲しい。
その愛の悲しみを　彼らは味わったからじゃ、
　深く、かつ、あまりにも長いあいだ味わったのじゃ。［退場］

第一場

死せるコーンウォールの老人の霊たち　　上記両者は合唱の歌い手
死せるコーンウォールの女の霊たち　　（舞台前面の左右に登場）

歌い手＝男（レティタチーボふうに歌う）
トリストラムはマーク王の捕虜だから
お妃様は不安と悲しみにさいなまれておられました。
やがてお妃のもとへ　一通の手紙が届き
お妃は力を得て　巧みな企みを思いつかれました。

歌い手＝女　その後トリストラムは脱出、マーク王は閉じこめられ、
お妃様とトリストラムは〈幸せ満ちる番人《ガルド》〉という名のお城に
飛ぶ鳥さながらにご到着、このお城で　煩わしさから解放されて
比類のない悦びに浸りつつ、ひと月を過ごされました。

歌い手＝男　まもなく、イスールト妃が王のお城にお帰りになると
トリストラムは　夫を待ち受ける妻である白い手のイスールト
（つまり、王妃イスールトが意に介さなかった白い手の
イスールト）に声を掛けるべく　ブリタニーの方へと
さまよっていきました。だがやがて　お妃様は　悲しみと
　心のなかの悩みに満ちた争いのために
（王様が　何も知らずに　狩に出掛けているあいだに）
手に縋り付くような手紙を慌ただしく書きあげて
自分の魂の恋人トリストラム卿に
　もう一度彼女のもとへ来るようにと懇願なさったのです、
──金髪のイスールト様は気紛れですから
仮に白い手のイスールトを　彼の妻という資格で
トリストラムとともに来させる羽目になってもよいというのです。

歌い手＝女　彼からの返事は来ませんでした。お妃様は夜も眠れず
そのうち何日も行方知れずにおなりで。どこに行っていらしたのか

　　詮索する気持には　なれません。
そしてたぶん十の二倍の長いマイルの船旅をして
再びここへ　お妃様はお帰りになりました。
そのご様子は——お出かけになったときそのままに
　悲しげで、また　ものうげでおられます。

歌い手＝男女　シーイッ！・・・見なさい！　下にある門のところで
新たに来た人々が大声で呼ばわっている！　おお　あれは誰か、
脇の入り口のところに詰めているのは？
　橋ははっきりと見えています。
王がお帰りになったのだろうか？——だがあそこへ？　どうして？
王はお妃様を　罠にかけて捕らえるおつもりなのか？

見張り人（アーチ型の門の向こうを横切りながら）
王様がお帰りだ！　ほら！

露払い登場。トランペット、鳴る。
ブラングェイン登場。

第二場

露払い、ブラングエイン、歌い手たち。

露払い　王のご来臨である、控えおろう！

ブラングェイン　神様のご加護です、お妃様は　遠近いずこからかは
問わず、とにかくご帰還あそばしている！

露払い　お妃様はどちらへ行っておられたか？　多数のものが聴き
たがっております！

歌い手＝男女　私たちは知りません。知ろうとも思いません。
お妃様は　お城の下の岸辺から船に乗って
　何日間も　どこかへ行っておられました。
味方して吹く風のおかげで　王さまより先にお帰りになりました。
ご自分のお身持ちを　覆い隠してくださった神様を
　お妃様は称えまつらなければいけません。

マーク王がアンドレット卿および他の騎士たち、供連れを伴って登場。シヨーファール（雄牛の角笛）、古代ケルトの提琴、ハムストラム（粗製弦楽器）などの音楽。ブラングェインが脇に立つ。

第三場

マーク王、騎士たち、供連れ等。ブフングェイン、歌い手たち。

マーク王　妃はどこか？

炉床の上の五徳に乗せてあった金のフラゴン（原注、本章末尾）から酒を飲む。
供連れもまた同じく、フラゴンから王に続いて飲む。

ブラングェイン（進み出て）　国王様、お妃様は　陛下にまみえるため
身繕いをなさり、今、降りていらっしゃいます。
（傍白）おそらくは王には判るまい。

金髪のイスールト妃、侍女に伴われて登場。そのあとから狩猟犬ハウダイン登場。

第四場

イスールト妃、マーク王、騎士たち、ブラングェインなどのほか歌い手の男女。

（イスールト妃は黒っぽい髪をしており、真紅のローブを着用、ティアールまたはサークレットの髪飾り。）

マーク王　どうしてこの大広間に、またしてもこの犬がいるのか？

イスールト妃　どうしてここに来たのか判りません。

マーク王　何を、お前、よく知っておるくせに――わしが女というものを知ってる通りだ。その上お前はこの雌犬の持ち主をいやというほど知っておる筈だ。そ奴がこの畜生を、お前に可愛がれと置いていったこともな。

王は犬を蹴飛ばす。

サー・アンドレット（王への傍白）左様、左様、偉大なる王よ、いつもの通り賢明なことをおっしゃいました。女房というものは上手な抜け道を知ってるものですわ！

騎士・従者たちそのほか、そしてブラングェインそれぞれに退場。

第五場

マーク王、イスールト妃、歌い手の男女。

イスールト妃　私は最近あなたのおっしゃる男を見かけてなんかいません

もしかしたらあなた、以前におやりになったように　この男を地下牢に投獄なさったのでは？

マーク王　余よりも余を良く知っておるとぬかすか！

ずっと前からあの男が完全な自由の身となっていることも、また恋の神聖な思いをくじくと同様、不道徳な恋の企みをも　幸いに打ち砕いてくれるあの試練の一つが、お前を妨げなかったならばお前はあの男に会ってもいたろうし、それ以上のこともしでかしていたろうことをも　お前は承知していよう。あの善良なる騎士がその善良なる妻――指の白いあの奥方とブリタニーでいちゃついて夫の務めどおりに彼女を慰めているというのなら彼がここにいるはずがないのは明らかだ。

イスールト妃（かすかに皮肉を籠めて）明らかです。そんなことを証拠立てようとして、あなた少し無駄口が多いわね。でも、実際、（苛立って）飽きもせずに何度も愚痴たらたら彼を呼び寄せたのはあの奥様でした。そうでなければ彼は去って行ったりしなかったわ。

マーク王　お前はそれを知っているのか！

ほら、女のことは放っておけばいい、女はすべてを喋くるものだ。
さて、余もいろいろの話を摑んでおるぞ。余が今回帰ったとき
こっそり忍び込んで、偶然でくわしたこの話じゃ。
つまり余が狩に従っているあいだに、お前はあの男を追っかけ、
数日間の船旅に出て姿をくらまし、そのことを余から
ぜひ隠したいと思い、また、この城に居る余の臣下たちの誰にも
お前はそれを告白してはいないという、この話じゃ。

イスールト妃　(言い抜けるように)死ぬほど気分が悪くて
外に出てみたのです。王妃たるもの、そのくらいの特権は
与えられているはず。でなかったら、王妃っていったい何かしら?
この壁の下の入江を出てから、ここへ帰り着くまで
誓って言いますが、私は、ブリタニィに上陸したこともなければ
どのような隣国の岸辺の土にも、足跡を残したことは
ありませぬ。

マーク王　　異議申し立てなど、もう許さぬ!
お前はどこかへ船で出かけた——(このように情報鳥が囁くのさ、
この囁き鳥は、うねり苦しむすべての大波が　呻くように
ペンタイヤ岬からビーニィの断崖へ向けて語る言葉に耳傾ける鳥)
それも命を危険に晒してだ、船は小さく
空模様には悪意のある大嵐が潜んでいたというのに。
女というものは、波が穏やかな時にだって、貝殻もどきの小舟を
用もないのに帆をかけて　海原へ乗り出したりしないものだ。
だが余は水夫どもに、お前の辿った海の路を尋ねるなどという
浅ましい真似はしてはおらぬ——北か、南か、どの方向だなどと。
ブリタニィに向かったかも知れぬ、そうでなかったかも知れぬわ!

イスールト妃　彼には会っておりませぬ。

マーク王　　　　　　　　　　　いやお前は日の出ごとに、
昼ごと、夜ごとに会っていたかも知れぬ、余の帰還にお前が見せる
喜びにもかかわらず、岸辺に安着を得た女王にふさわしい
嬉しがりにもかかわらず——噂ではそうだと言うが——。
なぜならお前は猫のようにそっと帰宅したからだ。

イスールト妃　(憤然として)　　　　会っておりませぬ!
あなたは私の言葉を押さえ込むのです、さもなければ私は
広まっている噂をとっくに話し始めていましたのに。私もあなたも
もう彼には会えませぬ。去ったのです、死の常闇のなかに!

マーク王　(ぎくりとして)それがもし本当ならなお良い——
我々のためにも、彼のためにも!(王妃、泣く)
だが違うぞ。彼はこれまでにあまりにも何度も死んだとされたから
そんな噂は信じられるものか!　馬上槍試合やいくさの最中に、
隙間や輪穴を潜り抜け、越し屋根の塔や狭間胸壁に忍ぶとき、
あの男の心臓まで刀や矢が　貫き通したはずだったのに
再び彼は生き返ってきて、余をたぶらかしておる。
奴がこのティンタジェルに近づかなくなる前に、アンドレット卿が
お前がでれでれしている様子を伝えてきた——お前と奴がだぞ——
南側の開き窓の近くでだ。そこで余は　だんびらを振りかざして
奴を打ちのめしに行ったのだ。打ち据えていればよかったのに!

そうとも、打ち据えて、手足をばらばらに切り刻んでいたはずだ、
勇敢な援護さえあったならな。だが、たった一人の騎士さえもが
余の近くに来て助太刀をする者がない――彼らは今もどこにいる？
こんなに静まり返っているのはなぜだ？――会議を招集しよう。
その席で、奴をどうするのが最善の策かを見つけ出そう。
そのあとで宴会を開く。会議だ！　おい、集まれ！（マーク王退場）

第六場

イスールト妃および歌い手の男女。

妃は失意落胆の様子で坐っている。

歌い手＝男　なにゆえに〈天〉は　気紛れにもお許しになるのか、
間違って夫婦《めおと》となった二人が、彼らの取り巻く宮廷を
血を流す愛の血けむり、不平不満の血けむりで
かすませてしまうなどということを？
神はこの二人に　人には願うこともできないくらいの
玉座と王冠の栄光を与えたと感じない者がいようか？
そして彼らは地上から　彼らの生涯の行いと日々のあいだじゅう
神の恩寵への賛美を捧げるだろうと思わない者がいようか？

歌い手＝女　それどころか王様もお妃様も　森や木立のなかに住む
乞食以上に　神を罵る言葉を連ねているのです――
お妃とは言うけれど！　来る夜も来る朝もトリストラムのために
溜息をつくお妃様なんて。トリストラム卿は、母親の死とともに
陰鬱のなかで生まれ、後添いの女に
毒薬の誓いのなかで育てられた方だそうな。
恋愛においても悪しき運命につきまとわれ、愛の媚薬を
飲み干す定め。愛の信義を貫こうとしても
この愛の媚薬が信義の環をすべて溶かしてしまう運命！
なぜ彼はブリタニィのハウエル王の王女と結婚したのでしょう？
いったいなぜ海の波は彼を彼女の岸辺へ漂着させたのでしょう――
ここに住むあのお妃様をますます愛することになるあの騎士を？

歌い手＝男女　前回の不運な戦闘のなかで　トリストラム卿は
あと少しで知らぬ間にアーサー王を殺すところだった！
そう、諸州の諸王の大王、我らの汚れなきアーサー王を、
その剛勇ゆえに、戦争のリーダーと崇められた王を！――
実際今、もしトリストラムが死んで冷たくなっているのなら
お妃様はさらにこの世で呼吸することを望まれるであろうか？

イスールト妃（もの思いに耽りつつ）
なんと少ししか知らないことか、マーク王は！　でもどのくらい？
いったい、トリストラムが亡霊ではないという彼の考えには
何か根拠があるのかしら？　ああ、そんな望みはないわ！
私のトリストラムよ、でも私のものでない彼よ！　もしもあなたが
長い年月を生きていたら、その年月のうちには私のことをあなたは
それほど愛さなくなっていたかしら？　もし今天国にいるのなら
あなたが一番見おろしているのは彼女か、それとも私かしら？
かくも短い生涯に対して、なぜマーク王は喜びを与えまいとし、

なぜその名声に対して、悪意を籠めて嘲笑し、またあなたが
私に抱く大いなる愛のゆえに、怒鳴りたててあなたを追い出し、
卑劣な手下を雇ってあなたを監視し——身を隠して覗き見をし、
あなたの意図をうち砕き、あなたにもし出遇ったなら
あなたを殺せと命令を下したりしたのかしら？　おお優しき神よ、
汝は王を憎むべき存在とされました。でも王はまだ生きています。
一方トリストラムは‥なぜ王は彼がきっと生きてると言うの？
——でも王はいつも不真面目な話をする人だったわ、マーク王は。
憶病者と言ってもいいくらいだわ。

ブラングェイン登場。

第七場

イスールト妃、ブラングェイン、歌い手の男女。

イスールト妃　（取り乱して）ブラングェイン、彼は、私が彼に会わなかったことを頑なに認めようとはしないのよ。でも
彼は死んだの！‥じゃないかもしれぬ‥ありうることかしら？

ブラングェイン　認めない〈彼〉ってどなた？　お妃さま、死んでいない〈彼〉って、どなたのことですか？
あなたの言葉は私にはちんぷんかんぷん。ご様子おかしいですよ。

イスールト妃　うぶな罪ならもちろん、一人前の罪を犯しても
悪いやつは自分の血を流さないものよ。王は、私が王の留守中に
南の海を船で走ったことを　今は見出して
最悪の場面を考えているのよ。ほんとに、いつでもそうだわ！
騎士のトリストラムが死んでしまっていたという真っ黒な理由で
——言い訳じゃないのよ——上陸する理由なんてなかったことを
どうしても信じてはくれないの！　そうよ、私、五十回でも
上陸してたわ、もし彼がまだそこに生きていてくれたのなら。
彼女と一緒だっていいわ。——私の恋人、私の失われた愛の人！
（彼女は身を曲げてかがみこむ）

ブラングェイン　おぉ、お妃様、ブリタニィには上陸はなさらなかったのですか？

イスールト妃　上陸はしなかったの、ブラングェイン。とても近くまで行ったのだけれど。
（言葉が途切れる）
——あの人は長らく白い手の彼女とともに過ごしたの、
そして熱病に侵されて、死にそうになったの。
とうとう彼女は彼の身を危ぶんだのよ。そして私を呼んだのね、
そうよ熱に浮かされた彼が呼ぶので、そして真夜中に私の名前を
彼が繰り返して呼ぶので、ほかに手立てがなくなったのね。そう、
どんなことをしても彼を助けたいという、必死の希望をかき立てて
白い手は私を呼んだのね。

ブラングェイン　私の考えですが、奥様はきっと深く彼を愛していたに違いありませんわ！

イスールト妃　（焦《じ》れて）お黙り、ブラングェイン。私の話を聞いて。
そうよね、女ってものは‥私はね、こんなふうに彼を失うのには

耐えられなかったの。恋は、ほかの人には時折の珍しい珍味だけど
私にはなくてはならない日用の糧よ！　それに都合のいい偶然、
つまり王がちょうどいい時に留守をしたので、行く気になったの。
だからここから船出しました、嵐に跨られた天候をものともせず。
我が身にせよ何にせよ、何を気にすることがありましょうか？
—白い手の彼女は、彼女の伝言を携えてきた船員に、帰りの船旅で
もし私を乗せていたら白旗を、乗せていなければ黒旗を
掲げるようにと　命じていました。これは、そうすることで
私が上陸する前にさえも、騎士トリストラムに　心の慰めが早々と
伝わるようにするためです——私が水平線上に現れるとすぐに。
ええ、彼の病の危険が深刻だったので、彼女は心ならずも
この伝言を伝えてきたのです。女というものはそうなのよ！

ブラングェイン　お妃さま、そんな女もいればそうでないのもいます。

イスールト妃　ブラングェイン、お前があれこれ言わないで欲しい。
まだ私たちが港まで二時間の距離にいたときに
私は彼らに、頼まれた通りに白布を掲げよと命じました。
彼らはその通りにしたの。でも私たちが波止場に着いたとき
白い手の彼女がそこへ走ってきて、両手を打ち鳴らし
トリストラムが一時間前に亡くなったと言ったのです。

ブラングェイン　おお、お妃さま、彼女をすっかり信じたのですか？

イスールト妃　ええ！　突然悲しみに打たれた心は　他人の偽りなんて考えもしないものよ。
まさにこの言葉を聞いたとき、私は気を失ってしまいました。
すると人々は私を抱きかかえて船室に連れてゆき、こう言いました
「この、死に取り憑かれた国に、この方を上陸させるな！」
意識を取り戻したとき、私は気も狂わんばかり、
船の激しい揺れにも吐き気がしていました。——
一行は私を本国に連れ帰ることに決めていたのです、
船首の向きを変え、すでに何リーグも帰りの旅についていました
不思議なことですが、船が進路を変えたとたんに、
愛する人の亡骸からさえも私を遠ざけようと彼らがしたことに
神がお怒りになったかのように、天気が悪くなったのです！
もはや日は輝かず、海原はいずこも屋根のように尖り傾きました。
船は岸沿いに北へと吹き流されてウエールズに着き、
港に入って、私は看病されました。とうとう次の日には
目もくらむ嵐も衰えました。私たちは帰ってきて、
あれこれ苦労してこの下の小さな入り江に入りました
私は王に問いただされることをあんなに怖れていたのに、王は
まだ帰っていなかった。私のすぐあとに帰ってきただけだった。
でもどのようにしてか王は私が行方不明だったことを嗅ぎつけた。
きっと私は苦しめられるでしょう——王はやり始めましたから！
あれほど早々と帰りの船路についたことがとても残念です。
上陸して、あの人の亡骸を我が手に納めるべきだったのに。

ブラングェイン　あの女が彼の妻ですから、ご遺体を手に入れるなんてどのみちできませんでしたよ、きっと。

イスールト妃　亡骸に会うこともできなかっただろうか？　どう

　　してておまえに判るのかい？

ブラングェイン
いや、あの女はあなたに彼を見せさえしなかったかもしれません。
彼はあの女の夫ですから、王妃様よ、彼女の国では
あなたはあの女にご遺体を譲らせる力はお持ちではありません。
本当にあの方は亡くなられたのですか？　彼女の言葉を鵜呑みに
なさっています。あなたのお姿を見て、彼女は必死でしたのよ。
瀕死のご病気だったかもしれませんが、でも——本当にお亡くなり
　　になったのでしょうか？　　　　　　　　（かぶりを振る）
亡骸がいっぱいのときは、死にかけた人も生きてることになります
でも死者の少ないときには、噂は死者を増やすものなのよ！

イスールト妃　死んでさえいなければ！　彼女をどうしても連れて
くるというのなら、ああ、私はそれも大目に見るつもりです。
彼女のことを知って以来、ずっと私はそう言ってきました。
彼が生きていくことさえできれば！　私のために生きてくれさえ
　　すれば！

　ブラングェインが広間の奥に行ってしまった間に、イスールト妃は悲しげに一人歌う。

　　彼が私のために　一日でも、いや一時間でも
　　生きていてさえくれれば
　　その小さな私たちの時間は　この上ない幸せの流れに
　　　満たされることだろうに、
　　天国が最も貴重なものとしている幸せの値を上回る幸せのなかに。
　　　彼が私のために、あの人が私のために
　　　　生きていてさえくれれば！

　　彼が私のところへ　この募ってくる暗黒のなかで
　　来ることができさえすれば
　　私の空虚な人生は
　　　歓喜で満ち溢れるだろう、
　　ちょうど夏の驟雨に　心まで渇ききったスイカズラが潤うように。
　　　彼が私のところへ、あの人が私のところへ
　　　　来ることができさえすれば！

　　　　　　　　（イスールト妃退場。ブラングェイン、続けて退場。）

歌い手＝女
ほんとに　もしかすると彼は死んではいないのかもしれません！
私たち女性は　恥ずかしいことながら　悪い状況ばかりを
しかも大げさに　考えすぎるのです。
彼は死んではいないのかもしれません——
あの白い掌の女は　策略として
死んだと語ったのかもしれません！　私たち女性は弱い存在、
恐怖に駆られると　妨害と防衛をあまりにも求めすぎるのです、
ええ、悪巧みを用いてさえ、そうするのです！

歌い手＝男
アイルランドで負傷して、その国の王女の看護により
彼は瀕死のなかから　命を取り戻した。
王女は彼の病を癒し、彼を愛し、大いなる馬上武術試合のために
彼を整えたのだ。試合では彼はパロミデス卿を
打ち倒したのだ。

歌い手＝女
彼を軽んじ、愛さなかったのです！　　にもかかわらずマーク王は
王はイスールトを連れて来るべしとして　彼をアイルランドに
送ったけれど、本当の意図は彼を殺すことだったのです！

歌い手＝男
彼女の父親はこれとは全く異なっていた。彼を見るなり父親は
マルクではなくトリストラムをこそ　喜んで婿君にと思ったのに。
だが哀れ、マルクに有利な父親の確約をトリストラムは獲得した。
悲しや、誓いの言葉が正義のためだけでなく、悪のためにも役立っ
て良いものか？

歌い手＝女
そしてブラングエイン様が　事態を正そうとしてなさったことが
災いを大きくしてしまったのです！　あの愛の秘薬をしっかりと
閉じ籠めておくのが良策だったのに、なぜならイスールト姫は
約束された人と結婚することになっていたのだから。お可哀想に！

歌い手＝男女
だが、あるいはトリストラムは生きているかも知れぬ。病からは
すぐに治るたち！　あの傷からも立ち直った。この病からもまた！

警備員（戸外から）
知らせを持って来たらしい！（使者に）知らせは大広間へ！

使者登場（舞台奥）、立ち止まり辺りを見る。イスールト妃、供連れとともに再登場（舞台前面）、席に座る。

第八場

イスールト妃、供連れの侍女たち、使者、歌い手の男女。

使者（前へ進み出て）　イスールト妃はいずこに？

イスールト妃　こちらです、愚かな使者めが。王妃はこの私です。

使者（恥じて）　お妃様、ご内々にお耳にお入れ申し上げる知らせを
持って参りました。（供連れたち、退場）

イスールト妃（緊張した声で）　それなら語るがよい。
偽りの情報と知れれば、そなたは縛り首ですよ！

使者　悲しい生まれの騎士トリストラム様は　今なお
生きてある者たちのなかに数えられております。死と破滅の運命の
まさに墓場から這い上がってこられたのです！
――重い病のためにトリストラム様は、夜さながらに視力も奪われ
目の覚めることのない眠りに包まれておられるように見えました。
しかし奮然と生き返られたのです。お妃様より速やかな船に乗り
ここへお妃様を追って来られました。いま間近に来ておられます。

（イスールト妃はのけぞるようにして目を覆う）
白い手のイスールトは嫉妬のあまり、
あなた様の船の帆が黒であると偽りを述べたのです
そのためトリストラム様は悲しみのあまり死を希われて
落ち込まれ、意識を失われ、死の前触れと傍の者たちは考えたので。
ありとある教会の鐘を打ち鳴らすよう命じました。
そのときあなた様がいらしたのです。自らの罪におびえて
白い手は偽りの知らせが本当に夫の死をもたらしたと考えて、
お妃様が帰ってしまわれるまで判断の誤りに気づきませんでした。
――するとあの方が蘇られ、妻があなた様を追い返したことを知り
烈火のごとく怒り狂われて、
まさしく私の船にお乗りになってここに来ておられます、
もしも実際に、この冒険にも、お体が耐えることができていれば。

（使者退場）

イスールト妃
ま、はらわたが煮え返る！…黒と教えたとは！　またとない欺し
かただわ！

トリストラムの声が聞こえる。彼は遠方で歌いつつハープを奏でている。
ブラングェイン登場。

第九場
イスールト妃、ブラングェイン、歌い手の男女。のちにマーク王、
アンドレット卿。

ブラングェイン
この下に、見たこともない年取ったハープ弾きが立っています、
トリストラム様には見えませんが、あの方を思い出させます。

マーク王がアーチ型の門の外側にある広場を横切ってゆく。

マーク王（舞台裏近くで、目元に手をかざしつつ）
あの旅人は誰だ、ゆっくりと城壁へと登ってゆくのは、
まるでティンタジェルの櫓《やぐら》をまったく知らないかのように
城壁の強度を確かめつつ、ためらうように這い登るのは？

警備員（舞台の外を横切りつつ）
遠くからやって来た吟遊詩人にすぎません、王様、
施しを求め、偶然手に入る扶持を求めてハープを弾くのです。

イスールト妃（はっとして立ち上がり）彼に違いない！

トリストラムの足音が近づいてくるのが聞こえる。ハープ弾きに変装して
トリストラム登場。

マーク王（去りがてに何気なくちらとトリストラムの姿を振り返りつつ）
やむを得なければ、キリストの名において彼に施しを与えよ、
この連中と宴会をしにゆく途中の余を、いらいらさせるな。

マーク王、宴会場へ向けて、舞台奥の外側より姿を消す。そのあとに門の外側を横切ってアンドレット卿を含む騎士たちそのほかが続く。

アンドレット卿（歩みながら独り言）
あのハープ弾きは妙な感じがする！・・・あの歩き方には——
よし。大盃《おおさかずき》が行き渡るまで、待つとしよう。（他の者の後から退場）

第一〇場

イスールト妃、トリストラム、ブラングェイン、歌い手の男女。

トリストラム　我が王妃にして最愛の人よ！　ついに再び！
（変装用の外套を脱ぎ捨てる）
——あなたと同じ名前を持つ女に騙されたことを知ってほしい。
あなたの船の、大きく膨らんだ帆布が、漆黒の黒鳥のように
海風を黒ぐろと彩っていると彼女は誓ったのです。
私は永らく床に伏して弱り切っていたため　この悲しい知らせに
意識を失い、昏睡へと落ち込んでしまったのです——
希望とは　かくも正反対の知らせに！　私がこう伏している間に
彼女はさっと出かけて即座にあなたを本国に帰らせたのです！
やがて私は怒りのかぎりを彼女に浴びせました、
彼女は私を怖れて、真っ青になって震えていました。
——私は速やかに快方に向かい、状況に駆り立てられて
起き上がり、あの女を置き去りにして、あなたを追ってきました。
義兄のケイ卿が力を貸してくれました。私とここに来ています。

ブラングェイン
私は外に出て、トリストラム卿がここにおられる間見張っていよう
（ブラングェイン退場）

第一一場

イスールト妃、トリストラム、歌い手の男女。

イスールト妃
また来て下さったのね、また来て下さったのね、愛する人よ！

トリストラム　我が金髪のイスールトにまた会うために来ました
（妃を抱擁する）
まだ今は体力も持久力も元のようではないけれども。
だが私はラーンスロット卿の口ずからマーク王に気をつけよと
忠告されていました！　卿は彼のことを狐王と呼んでいます——
本来なら王に同情するところです、でも王はあなたを諦めようとは
しない、私たちの幸福に必要な自由を私たちが切に求めているのを
知りながらあなたを解放しようとしないのだ、この状況は
何も私たちの計略や不実から生じたのでなく、目に見えない手に
与えられた愛の秘薬の魔力によって生じたものなのに！

イスールト妃
王はそれだけのことを知っていて、あなたを殺さないと誓ったの、

でもラーンスロット卿は誰もそれは信じないと王に言いました。
すると王は答えたの、「とにかく彼女は余のものだ！」と。
トリストラム　そう答えたでしょうね。王の誓いは信じられません。
イスールト妃
でもトリストラム、私の夫のことだけならどんなにかましだわ！
もしあなたが私と同じ名のあの女と結婚していなければ、この
王様、このもう一つの岩なんか、上手に操って通り抜けたわ！
きっとできたわ！　どうしてあんな結婚をしたの、なぜなの！
初めて私がそれを知ったとき、王様は何と勝ち誇ったことか、
私の動転ぶりを見て、卑猥に王様は笑いました。
トリストラム
そのように彼女を娶った成り行きについては聞いているはずだ。
二度も話したのに、さらにまたとは！　もう一度、言うのですか？
戦いのまっさなか、この話を持ち出したのは彼女の父ハウエル王、
この僕が彼の国土を救ったときだった。
王は言ったのです、「よくぞやってのけてくれた
余はお前に是非にも報いたく思うぞ！　余のむすめ、
西つかたの王国の最後の最良の花――
人々が白い手のイスールトと呼んでいるこの王女――
これを獲らせよう。お前にやるのじゃ。おお、受け取るがよい、
比類なく貴重なもののなかでも、又となく大切なこのむすめを！」
火のような戦いに、僕は圧倒されていた、また彼女の名前にも――
あなたの名前に全くそっくりだったからだ――王の熱意と熱誠にも
僕は感動してこう思ったのです、「たぶん今頃は、夫となった王が
我がイスールトの心を、この俺から奪い取ったことだろう」と。
だから目がくらんで彼女を娶った、それだけのことなのです。
イスールト妃　女の心は一人の人だけしか受け容れられません、
男の心は二人でも三人でも！
トリストラム　うまく言うね。だが偶然にすぎなかったのだ。
イスールト妃（ため息をつきながら）
でもそこに私たちの凶運が潜んでいるのかも知れない。私は自分を
励まして、あなたに来るよう、奥さんも連れておいでと命じました。
でもそれは本心ではなかったわ。それは耐えられないことだわ。
でもそう言ったのですから！・・・
トリストラム　心を休めていてくれ、恋人よ。
僕が自分で作った古い調べを　君に奏でてあげよう。
ハープ弾きに身をやつして来たのです、別れ別れの日々の
危険な状態が　何を僕らにもたらしているか判らなかったので！

ハープを取り上げる。イスールト妃、椅子に寝そべる。

トリストラム（歌う）
美しい恋人よ、今夜また会いましょう、
誰にも見られずに　会いましょう。
日の神はねぐらに向けて　骨折って降りてくる。
するとまもなく夕闇が立ち籠める！

爪弾けば泣くリュートよ、百合肌の薔薇よ、
　夢のなかのような　麗しの姿よ、
たいまつが衰え、獄番たちが居眠りするころ
　我ら二人、星星の座に忍び込もう！

食事をする騎士たちが　飲み騒ぎ、うたた寝をし、
　羊飼いが足引きずって家路を辿るとき、
我ら二人、ぴったりと抱きあおう――蜂の巣のなかの
　蜜のように甘く身を寄せて！

コンドルデンの峰から暁が這い登り、
　ネイタン・キーヴの大滝の上に懸かるまで
劣らず厳かに　我ら二人、夜の幽霊たちを静まらせよう、
　すると希望と希望がさらに幾重にも織りなされてゆく！

警備員（舞台の外を横切りながら）
一艘の船が進路を変えた、そして入り江に停泊した！

第一二場

イスールト妃、トリストラム、ブラングェイン、歌い手の男女。

ブラングェイン
お妃さま、入り江の小石がもう一隻の船の底を削いでいます、
誰が来たのかは、私どもでは判りません。
船の作りは、それがブリタニィの港から来たものと思わせます、
乗員たちの姿も、ブリタニィの人びとらしく見えます。
舳先の近くにいる人影は、白い服を着ています。

イスールト妃　人影はどんなたぐいの旅人に見えますか？

ブラングェイン　お妃さま、矢を射る小窓から海の方を
私が見ましたときには、ちょうど船が入り江の砂利を
軋《きし》らせながら入ってくるところでしたが、それは女に見えました。
でも顔はヴェールで覆われていました。

イスールト妃　　　　外へ出て見てこよう。

イスールト妃は宴会用大広間に通じるドアを開け、ドア口の、なお観客に見える位置に立つ。開いたドアから、隣の宴席の木皿や大皿、カップ、酒に酔った声、歌声等々が聞こえてくる。ここでマーク王は、騎士たちや家臣たちと食事をしている。

マーク王の声〔酒気をおびて〕　妃よ、いずこへお出ましだ？　食事中は
邪魔を入れないでくれ。あの老いぼれの音楽士は去ったか？
今しがた聞こえてきた民謡を、おまえに爪弾いていた
あの楽士の奴は？

イスールト妃　　私は遊園へ行こうとしているだけでございます、

近道ですからあなたの宴席を通ろうとしただけ。
じきに戻って参ります。

マーク王の声　よし、好きにするがよいわ、
女は言っても聞かぬものゆえ。

アンドレット卿の声　左様、だから監視が必要ですぞ！

イスールト妃とブラングェイン、宴会用大広間を通って城の外に退場。

マーク王の声　そうだとも。そっと出て見てこい、妃と、妃の聞いた
恋歌と、パラパラ鳴ってたハープに何が起きようとしてるかを！

アンドレット卿の声
行って参ります、王様よ。その前にもう一杯、盃の底を
とくと見てよいという、ご認可をお与えいただきたい。

カップ、大皿、酒に酔った声、歌声等々が再び聞こえてくる。やがてドアは閉まり、騒音は弱まった音で聞こえ続ける。

第一三場

トリストラム、歌い手の男女。

トリストラム（歩いて行き、アーチ形の門の向こうの海を見やって）
白い姿の女だと？…彼女だろうか？
本当にあの女が、冒険までして俺を追っかけてくるだろうか？

歌い手＝男
おお、トリストラム、打ちひしがれた心に対して
お前がここで期待していたような慰めを
見出すことはできないだろう、お前は。

歌い手＝女
あなたの行く手を跡づける権利に取り憑かれた女が
海を渡ってきて、愛と信義と怖れとにおいて
あなたを取り返そうとしています！

歌い手＝男女
あなたが再び甘美な時を過ごすことになる前に
この新手の女からは私たちは苦しみを予測するだけ
おお、喜びに恵まれない騎士よ！

トリストラム
ここにじっとしていられぬ、リュートの弦のように神経が高ぶる、
すすんで真実を捉えるとしよう！　（トリストラム退場）

アンドレット卿登場（辺りを見回しながら）。

第一四場

アンドレット卿と歌い手たち、後れて白い手のイスールト。

アンドレット卿
余の見るところでは、妃は何も企んではいないようだ。
だが男が気づかないうちに、恋の企みはなされるものだ！

白い手のイスールト登場。小麦色の頭髪。白いローブを着ている。アンド

レット卿を見てぎくりとし、どぎまぎしたしゃべり方をする。

白い手のイスールト

二人が私の用向きを探るために降りてくるのが見えたので
裏道を通って這い登り、二人を避けるようにしましたの。
トリストラムにうち明けてしまうまでは・・・

アンドレット卿

ご婦人、あなたはいったいどなたでしょう？　尾羽うち枯らし、
遠くの空から吹き飛ばされてきた鳥のような。どんな用向きで？
あっ、あなたはまさしく――

白い手のイスールト

私はあの優れた騎士トリストラムが、このそそり立つ稜堡のある
お城のなかにおられるかどうか知りたくてやって参りました。
私こそ彼の悲嘆にくれる妻――ブリタニィのイスールトです。

アンドレット卿

ではトリストラムがここに来てるのだな？　私の賢察のとおりだ！

白い手のイスールト

あまり申し上げてはならないことと思います。でも思いますに
貴殿は彼の味方では？

アンドレット卿（淡白に）　本当の意味で彼の味方ですぞ。
彼の身のためを思う味方です。ここでこのままお待ち下さい。
（傍白）それじゃあれは彼だったのだ！――少し間をおいて
王がたらふく飲んだころに、王に知らせてやることにしよう。

（アンドレット卿、退場）

第一五場

白い手のイスールトと歌い手たち、後れてトリストラム。

白い手のイスールト

私は間違ったことをしたのかしら？　そうかも知れない、困った、
ほんの少しも苦しめるつもりのない人に　何てことを！

（トリストラム再び登場）

まあ私の夫よ！　仕方がなかったのです。そうですとも、
ぴたりと追いかけてきました。あなたの怒りに耐えきれなかったの、
天が味方してくれました！　船路の始めから終わりまで、海原は
滑らかに微笑み、太陽は優しく輝きました。
行く手にはあなたの帆影が眼に美しく、
ちょうどその後ろを、終始こっそりと船を操らせました！
――傷ついた心の混乱のなかであなたに、そしてそのあと彼女に、
真実に反することを話したのを許して下さいね。
けれどもある言い方をすれば、あなたはあのとき死んでいたのです。
彼女が来た時にはあなたはそう見えた、死に際の昏睡状態だった、
それに、あなたに懇願されて、私が彼女を呼びにやったのですよ。
でも肉ある身は脆いもの。女の愛は一つの中心に凝縮しています、
広さのない愛なのです。彼女を上陸させることはできませんでした、
あなたのそばに来させるなんて、できなかったわ！

トリストラム　　　　　　　　　　　　　　　　　　　　そんな言葉は無駄だ。
おお、悪い女よ、お前は僕について、あんな大嘘を語って、
魔女さながらに、あの王妃の死を招きかねないことをしたのだぞ！
白い手のイスールト
許して。許して下さい。私の主人よ、私の夫よ！
私はそれほど変わらず常にあなたを愛してきました、愛しています。
時にある種の女のように速やかに燃える炎で愛しないとしても！
一度でも不実だったり、いや、頑迷だったりしたのであれば、
ある程度冷たくされても、我が身が招いたことと諦めもしましょう。
でも私、あなたのどんなひねくれた気紛れに出逢っても
すぐさま唯々諾々とそれを受け容れ、あなたの気持に合わせました。
手を握り、唇を合わせ、献身の微笑みを見せたのです。
だからどうして知らぬまにこんなことが持ち上がったのですの？

白い手のイスールトとブラングェイン、密かに二階席に登場。

第一六場

イスールト妃、ブラングェイン、白い手のイスールト、トリストラム、歌い手の男女。

イスールト妃
噂ではどうか？　ブラングェイン、その女は誰です？
私の疑いが、本当の血肉のある生身の女に早変わり、
なんてことは、まさかないだろうね？
ブラングェイン　　　　　　　　　　　　聞き取れないのですよ。
トリストラム　お前にはもう言うこともすることもない。
俺の目で見て、お前が赤の他人に見えればよいのに！
お前の父親はこの結婚で俺にとんでもない困ったことをしてくれた
それにお前の名前が彼女そっくりだったからな！　そうだとも、
俺は強制されたのだ。俺は二度と再び、お前と閨《ねや》を
ともにすることはできん、二度とな。
白い手のイスールト　　　　　　　　どうして？　私のトリストラム、
そんなこと言って、あなたは私に何を伝えたいの？
口先だけで言ってるのでしょう？　本気で言ってはいないわね、
言うはずがないわね――私にはよく判っているの！
本気ではないわよね？――間違いなく私は、今だっていつだって
確かにあなたの妻なのよね、
そしてあなたはいつまでも私をあなたのものにし続けるわよね？
あなたは私の名前を、別の女のためにでなく、私自身のために
愛してくれたのだと思っていたわ。最悪でも、少なくとも
亡くなった大事なお姉様かお母様のゆえにこそこの名前を愛し、
まさか、まさか――　　　　　　　　　（へなへなと崩れ落ちる）
トリストラム　あまりに酷な言い方をしたかも知れぬ。胸の内だけに
納めておくべきことを口にしてしまった。だがお前、
あんな恐ろしい悲惨な嘘を、もうほんの少しのあいだでも、俺が
我慢できたとでも思うのかね？――船にお帰り。

船に乗り込んで、風が叶い次第、国に帰って
いい男が見つかったら、その人と一緒になってくれ。
どんなふうに俺を騙したか、けっして漏らしてはいけないぞ。
漏らしたらその男も怒り出すかも知れぬわ、俺のようにな！

白い手のイスールト　とんでもない、ほかの男の妻になるなんて！
どうしてそんな恐ろしいことができましょう？

トリストラム

俺がブリタニーでお前と幸せにしていたというのなら別だが――

白い手のイスールト

でもまさか、私と別れて暮らすおつもりではないでしょう？
私の許を去り、このさきは消息さえも判らなくなるなんて、
まさかあなた、そんなことは？　来ずにはいられなかったの。
追い返さないでね――そんなことどうかしないで、お願い！

（二階席のイスールト妃、不安げに身を動かす）

あなたのイスールトがここに姿を見せたことを許して、
厄介者に見えたとしても！　だって愛しているんですもの、
突然あなたが船で出かけたのは、私には死ぬ思いだったわ、
そのわけを知ったからには。帆柱が小さくなっていったわ、
追いかけてこなかったら、私、死んでいたわ。
私のトリストラム、ただ一緒にいさせてくれるだけでいい、
顔を見させてくれるだけでいい、ほかは何も望まないわ！

イスールト妃（上方にて）

あんなふうにおねだりする権利なんか、あの女にはないわ、
図々しく追いかけてきたことを、手柄みたいに話すなんて！

トリストラム

ほかの女の家に入り込んではいけないよ！

白い手のイスールト

あら、構わないわよ、ほかに手だてのない時には！
私、彼女が私を気にしないってことを聞いたの。妻ではだめなら
彼女の女奴隷になる方がましだわ、ここに全くいられないよりは。
そう、王たち、総督たちの子である私が、先祖からの家柄が
彼女に劣らず輝かしいこの私が、こう言うのです、
私、今はそれほどにまで落ちぶれたのよ！
――私が立ち去れば、今のあなたには意味が予測できない災いが
（私にとってどんな意味のものであるにせよ）起こるでしょう、
そして私たちは二度と声を掛け合うこともできないでしょう！
――あなたが女で、私が男でありさえするならば
私の犯したような小さな罪ゆえに、私はあなたから逃げたり、
あなたを追放したりしないでしょう。私の罪が汚いものだなんて
おお、考えないで。願わくば（どんなに心から願うことかしら！）
あなたがそんな嘘を二〇回おっしゃって欲しかったわ、
そしたら私、それを罪とは見なす気のないことを、そして
それにもかかわらず、あなたを傍に持てることをどんなに喜ぶかを
あなたに見せてあげたのに。もしもあなたが私という女をくまなく
読み取り、どんなに私が忠実であったかを知りさえすれば、
同じように私を愛するでしょう。さあ、愛すると言って下さい、

そして再び別れ別れになるのを止めましょう。

イスールト妃

聞くに耐えないわね！

白い手のイスールト　長い長い時間と日々、重い苦しい長い夜、
しかもあなたがそこにいないこと、そして私を
忌み嫌うがゆえに去ってしまったこと！　これはすべて
女には耐えられないことなのよ！

トリストラム（前より優しく）　毛嫌いするわけではないよ、イシュ
ールト、
しかし好き嫌いに関係なく、君は今ここに宿を借りることはならぬ
それは考えられないことだ。（宴席の酔っぱらいの声が聞こえる）
教えよう、ちょうどこの隣の部屋で
マーク王が今、宴を催している、そしていつ何時《なんどき》
飲み仲間と一緒に、ここへ乱入するかも知れぬ、それに
妃は妃で――

イスールト妃（上方にて）
彼女に優しくなってきてるわ。さあ、ここから
降りていって、この苦しみに直面しましょう。
（イスールト妃とブラングェイン、二階席より降りてくる）

白い手のイスールト

おお、そうです、私もならぬと思います！　それに疲れています。
疲れた、疲れた！　かつて大切だった私のブリタニィの故郷も
今は私には砂漠になり果てて。
（イスールト妃とブラングェイン、舞台前方に進み出る）
――あら、王妃様だ。
私――こんなに弱っていて――顔を合わせられるかしら？

イスールト妃

思った通り
まったく思った通りね。これは私と同じ名の女、間違いないわ！
（白い手のイスールト、気を失う。全員、躊躇する。ブラングェインが彼
女の傍へ行く）
連れて行きなさい。彼女を傷つけたこのショックは
自業自得なのよ。船で出てくる前に、自分が立ちまわって苦痛の種
を蒔いたことを知るべきだったわ。

ブラングェインが彼女を運び出す。トリストラムはいよいよ最後になっ
て、手を貸してドアのところまで連れ添う。

歌い手＝男（彼女が搬出されるのに合わせて）
怖れのあまり　足も地に着かず
彼女は体力の及ばぬことをしようとした！
最愛の夫を失う瀬戸際に
あまりにも明らかに立たされて
このような有様にまで追い込まれた！
あまりに厳しい心の負担！

第一七場

イスールト妃、トリストラム、歌い手の男女。

イスールト妃（トリストラムが助けの手を伸べて帰ってくるのを、そわそわと眺めた後で）　トリストラムさん、じゃ私はもう一人の女とあなたを共有するってわけね？　この女、見たところ、自分のものみたいに　この城を使い放題にやってきたのね！

トリストラム　優しいお妃よ、あなたが言ったではないか、いつか彼女を来させてあげますと！

しかしブリタニィに帰らせます。

ブリタニィから出てくるべきではなかったのです。優しく考えてあげて下さい。あなたより弱い女です！

イスールト妃　何を言うのよ、トリストラム、何よ！

おお、よくもこの私にそんなことを！　私はあなたのために

長年、長い年月、名誉も名も犠牲にしてきた女じゃないの？

だって彼女と私はここでは水と油よ。

不和で分裂する以外、二人はどうしようもないじゃないの。

彼女の方が弱いですって？　とんでもない、まさに今も今、

私は危機に直面してるのに——（マーク王と、浮かれ騒ぐ男たちの声）

あの部屋の中の王の言葉を聞くがいい！

まもなく彼の眼光があなたの外套の奥まで見破るわ——王様が

酔ってさえいなければね——そうなったら私の立場はどこにあるの

私があなたを彼女に譲り、あなたがお国へ帰るのが、私たちには

一番良さそうね！　私、ほかのことはできそうにないわ。

人々の目から見れば、彼女にはあなたを求める権利がある、

そして私には何の権利もない。そうよ、あなたは彼女のものよ！

…

（向こうを向き、つぶやき声で）

——もう一人のイスールトが彼を所有している、間違いない。

それに彼女を彼の無意識の魂に

捜し出させたのは私ね！——同じ名の女、

私、優しい気持を感じちゃうわ——悲しや、どうした訳だか。

（そっとすすり泣く）

歌い手＝女　別れても恋い慕うはずの夫を

ふたたび自分のくちづけへと

必死で取り戻そうとして

白い手は、敢えてこのように振る舞いました！

そう、罪深い彼の恋から　ふたたび

自分の幸せへと彼をかちとるために！

歌い手＝男女　常に彼を自分のものにしておくという

王妃の夢が　昨日の夕べ、夜には

残酷に、激しく

王妃を苦しめた——、

かつては　人生のありとある場面で

彼女のものになると誓った彼を。

（ブラングェイン、再び登場）

第一八場

トリストラム、イスールト妃、ブラングェイン、歌い手の男女。

ブラングェイン、しばらくのあいだ無言のまま立っている。やがてイスールト妃、振り返って、詰問するような表情で彼女を見る。

ブラングェイン　他国からのご婦人は、快方に向かわれました。

イスールト妃（傲慢な口調で）よく眠らせておやり。（苦々しげに）そう、確かに私、言ったわ、彼女も来てよいとね。私のベッドに寝かせておやり。私は床の上に寝るのだから！

（ブラングェイン、退場）

トリストラム　皮肉たっぷりだね、それは、僕のかわいい王妃よ、君があれこれしてくれるというのは！

マーク王、アンドレット卿を伴って二階席へこっそりと登場。

第一九場

マーク王、アンドレット卿（二階席）、トリストラム、イスールト妃、歌い手の男女。

アンドレット卿（マーク王に）ご覧下さい、ここにいますよ。あきれたものだ、あの男だ、一度二度、拙者が怪しんだ、あのハープ弾きの男だ。だがすぐにまた忘れていた、ところが拙者は見てしまった、彼の妻が城壁の下で、彼を待ち受けて涙に暮れているのをね。この奥様が、人の夫としての陛下に対する陰謀を打ち砕いたんですその間、陛下は騎士たちと乾杯を重ねておられた、悪巧みのことは夢にも知らずに！

トリストラム　でも、僕の最愛の人よ、くよくよするのはやめにして、「幸せ満ちる番人」を思い給え！

（イスールト妃に近づこうとする）

イスールト妃（後ずさりしながら）いやよ、もう二度と抱きしめないで！　もしこんな新たな出会いが私に作用を及ぼすとしたら（あなたには私が、こんな言葉で何を言おうとしてるのか、よくよくお判りね）もしかすると今年がまだ終わらぬ内に私はこの世を去るでしょうほとんどもう、そうなるよう祈りたいわ――

マーク王（上方にて）なるほど、この有様だ！あの二人のいちゃつきぶりはまた猖獗を極めておる、余は彼がブリタニィに留まりおるに加えて、大きな噂になったあの結婚によって、この不倫関係は妨げられたと思っておったが。

アンドレット卿　確かに彼らの言葉を真っ正直に解釈すれば、その通りの兆しが見えてきます。

トリストラム　　　　　　　　　　　　　　おお、お妃よ、我が恋人よ、

この暗雲を日の光で吹き飛ばし、再びまた輝いて下さい。

僕たちが昔愛し合った頃、君の声と魂のなかに鳴り響いた

あの音楽を、君の豊かな声、燃える魂のなかへ投げ入れて下さい。

これを二人で乗り越えよう！（ひとりの乙女、書状を持って登場）

誰だ、ぎくりとさせるのは？

第二〇場

イスールト妃、トリストラム、乙女、マーク王、アンドレット卿、歌い手の男女。

乙女（うやうやしく）

高貴な騎士トリストラム様、危険を冒して持参しましたこの手紙は

マーク王が我々の大王様――そう、アーサー王様に宛てて

お書きになったもので、私がお届けに参ります。私は言いました、

「勇敢なるトリストラム卿の御《おん》ためなら、私めにできることは

いかなることでも致しましょう」だから巻物の封印を解きました。

（味方をして下さる書記官のご厚意によって偶然できたことです）

この中で王は、トリストラム卿を己の悪意に満ちた敵と考えると

お書きになっておられます。そして偶然の機会が生じ次第、

トリストラム卿の腰部に三重の報復を浴びせ、その心臓を

彼の躯から削ぎ落としてくれると記しておられます。

マーク王、二階席から降りて来て、背後に立つ。アンドレット卿、二階席にそのまま。

イスールト妃（不安げにトリストラムに傍白）

あなたを標的にしたマーク王の脅しを聞いて、私の心は怯み、

先ほどまでの、あなたによる心の傷と屈辱に対する、悲嘆に満ちた

私の怒りも勢いを失います！　おお、トリストラム、身を救って！

もう私のことは考えないで！

トリストラム　　　　　　君を忘れるなんて――絶対できない！

（優しく）ひまわりの花が太陽を忘れる方が早い！

（乙女に）も一度ヴェールを被り、娘さん、身を隠して行きなさい。

手紙には改めて封印を！　私は詳しく読みたくはない、

命令どおりに先様へ届けなさい。　　　　　　　　（乙女、退場）

第二一場

イスールト妃、トリストラム、マーク王、アンドレット卿、歌い手の男女。

トリストラム　　　　　　　　きっとマークは酔っていたのさ、

そんな手紙を書いたときには。先ほど王はたらふく食った。

そして僕の見るところ、陽気な騎士連中と外に出かけた、

暗くなれば帰ってきてねぐらに就くだろう。

イスールト妃

そうかしら！・・・（より近くに寄り添って）虫の知らせがありますの
私のトリストラム、でもあなたが死ねば私もよ、愛しい人！

トリストラム

君が死ねば僕もだ、僕の恋人よ！・・・　そして
――今は宴席が静まり、誰も近くにはいないようだから
僕はこれまでどおり吟遊詩人の役まわりを続けよう、そして君に
歌ってあげよう、そのあとでそっとこの場を去り、
恋のために、より都合のよい時を待つとしよう――
歌おうと思えば、王をからかって歌うこともできるのだが。
つまり、ディナーダン卿が王のことをあしらって
作った歌だが。それを聞いて王は、怒ったの、
怒らなかったの！

イスールト妃　いえ、あなた。悲しみこそあなたによく似合う・・・
悲しい、悲しいわ、私たち。王をからかうのは止めましょう。
腹に一物ある歌は、私たちの心にそぐわぬやり過ぎよ、私の主人が
題材でも、それでは私たち潰されかねない。恋を歌って！

（トリストラム、前奏をハープで爪弾く）

トリストラム　王が踵を返して帰ってきて、聞きつけなければいいが！

（歌う。ハープを爪弾きつつ）

I

そうさ、恋人よ、悲しみこそ僕ににによく似合う、
悲しい、悲しいよ、僕たち。悲しい、悲しいぞ、永遠に。
僕たちが予知しもせず、予見もできなかった〈恋〉の不安と
束縛から、いったい何が僕たちを解放してくれるやら！

II

もしも、恋人よ、希望さえ見つけ難い夜の闇が襲ってきても、
ほかのことがどうあろうとも、二人は忠実でいよう。
二人とも強くなろう、よろめくことなく　重い宿命に
立ち向かおう、僕たちが予見できなかった宿命に！

イスールト妃

そうよ、誰がこの　肌に食い込む鎖に繋がれた私たちを悲しんで
くれよう。ただの同情なんて！――おお、あなたが私の王ならいい
のに――彼ではなくて！

（妃、泣く。トリストラム、しばらく妃を抱擁する。場面は暗くなる）

トリストラム　（考え込んで）
マーク王はどこにいる？　僕はもうすぐここを後にしなくては！

（場面はいっそう暗くなる）

マーク王、短剣を引き抜き、トリストラムの背後に忍び寄る。

マーク王　（だみ声で）
王は自分の屋敷にいるぞ、当然いるべきところに。それ見ろ、
ここだ！　この屋敷にはお前は長くはいられぬぞ、この野郎！

王は短剣をかざして、トリストラムの背中を貫く。イスールト妃、甲高く叫ぶ。トリストラム、倒れる。イスールト妃、彼の傍に身を沈め両手を握り

しめている。アンドレット卿、すばやく二階席から降りてくる。外部に海の音が聞こえる。従者たち登場して妃とトリストラムを取り巻く。

トリストラム（弱々しく）
貴殿からこんな仕打ちを！——貴殿には私は罪を犯していない、
我知らず、魔法の力のもとで起こったことだ、病のように喉が乾き
何の邪気もなく妃が飲み干したと同じく私も無邪気に、
愛を強制する水薬を飲み干しただけだ！・・（妃のほうを向いて）
僕の唯一の光、騎士たる僕の恋人、僕のすべて、
死に際まで、未だおぼろな永遠の時までも忠実な女・・（妃にキス）
（改めて王の方に向き直り）
よくもこんなことを！　ほんのこの前、私がブリタニィに帰る前、
助けに来てくれと貴殿は私を呼び寄せたではないか！
「麗しの兄弟分よ」貴殿は言った「我が国土に敵が群れている、
奴らは間近に迫っている。遅滞なく強力に立ち向かわなくては
余の国土は根こそぎにされてしまうだろう」
「私の力は」と私は言った「すべて御意のままに」
そして私はやって来て、夜、城門に近づいた、
門にはセソワン司令官率いる生きのいい大軍がへばりつくように
　野営していた。
城門にて敵軍を打ち据え、入城して貴殿のもとへ参ずると、
貴殿は歓喜して私を歓迎した。私はさらに出陣し、さらに多くの
敵を仕留めて、この要塞の名誉を護ったのです！　なのに貴殿は
（より弱々しく）このような報いかたをするとは！　せめて私と
正面から向き合って——戦っても——よかったのに！
（マーク王は黙ってうなだれている）

アンドレット卿
恥を知れ、裏切り者めが、こんな言い訳をするとは！
何の役にもたたんわ。今日の日、ここに貴様は果てるのじゃ！

トリストラム
おお、アンドレット、アンドレット。貴様が俺にそんなことを！
かつては俺の最大の親友だった貴様が。
俺が貴様だったら、貴様をこんなふうには扱いはすまいに！
（アンドレット卿、目をそむけてうなだれている）
（さらに弱々しく）優れた騎士諸君、私がコーンウォールのために
　何をなしたかを考えてくれ給え——
その運命は私の双肩に懸かっていた——そして私はそれを救った！
そうだよ、危難のまっただ中に私は我が身を挺して戦った、
あなた方の騎士の誉れを護るためだ！　毎日我が手をさしのべた、
あなた方すべての——安寧の——ためだ！（トリストラム、死ぬ）

イスールト妃（王、茫然自失の有様で立つ間、ぱっと立ち上がり）
おお、夫という名の人殺し！　私の心がすべてトリストラムのもの
　だったのに
私の性質に反し、懇願の涙に逆らって私の夫となった男——
言葉で言い表せないほど私の心が彼のものだったことを
あなた百も承知していたのに。私の愛する人のなかに

あなたが血塗ったこの物言わぬ口が、私にやれと命じています。
だからやりますとも。出て行って下さい、彼の後を追うのね！

イスールト妃、マーク王の短剣を彼のベルトからひったくって彼を突き刺す。マーク王、倒れて死ぬ。

イスールト妃

このとおり。やってのけました！　私の最後の仕事ね――ただし、
まだ一つ本当の最後があるわ――まるで私がこの世にいなかった
みたいに私を消してしまう仕事が！…
おお、生きてきた年月よ、その間に何という無我夢中と涙とが
あったことか――トリストラムがいなくては、生きるなんて死も同
然ね。
――私は生きてきました！　愛してきました！　本当に愛してきま
したとも。
天国自体だって私の愛の巨大さにサイズを合わせることはできっこ
ないわ！
（妃、駆けだして行く）

アンドレット卿はかがみ込んで、トリストラムが死んだことを知ると、妃のあとを追う。しばらくのあいだ、間がある。その間に海と空がさらに暗くなり、風が起こり、遠雷がつぶやいている。場面の背後ではいくつものたいまつが影法師となって右往左往している。警備員、登場。続いてブラングエイン登場。

第二二場

警備員と歌い手の男女。死せるマーク王とトリストラム、そのあとブラングェイン。

警備員

お妃様は幽霊のように滑って行かれました。この世のものと思えな
いご様子で。
海の方へ行かれたようです――ええ、あの方――お妃様ですよ！

人々、振り返って見る。イスールト妃の姿が胸壁の上によじ登るのが、暗闇のなかに見える。胸壁の上に立って妃は振り返り、あたかも別れを告げるように城に向かって腕を振る。それから妃は大西洋に向き直り、向こうへ身を投げる。肝を潰したような叫びがすべての人びとから発せられる。

ブラングェイン（急いで登場してきて）

お妃様は、波に飲み込まれました。トリストラム様の猟犬も道連れ
です。
ここに見えるのは何？…トリストラム卿のご遺体ですか？おお！

歌い手＝男

（ブラングェインは立ちつくし、歌い手の歌のあいだに次第にうなだれてゆく）

悲しや　この怒りの日よ！

妃は岩棚から身を投げ
　黒々と轟く入り江に飲み込まれた
海の水面は、まっ平らを捨てて膨らみ
　しぶきをば　放っている！
　妃はこの世から姿を消した、
　闇のなかの岩から投げ出されて。
　妃の友、小さな猟犬は
　妃とともにその最期を遂げた

歌い手＝女
　悲しや　この怒りの日よ！
　高貴なる騎士トリストラム様は
　アーサー王に匹敵する力をお持ちなのに
　今はここに震える土くれとして横たわっておられます
　これは恐ろしい作り話ではないのです
　私たちがあまりにも本当のこととして
　読まされる　真実の物語です！
　いつの日も　ただ楽しい真実を
　　皆さまに歌い聞かせたいものなのに！

ブラングェイン（我に返り、半ば闇に近い情景をうち眺めて）
　同じく死に見舞われたものが　ここにはまだ居ます、下を見て——
　下に見えるものは何でしょう？　マーク王も殺されたのか？
　だとすると　きのうの夕方の海の暗い轟きと　空に見えた洞のような
　血の色の雲がぽっかりと大口開けていた姿、これは私の予感どおり
　人殺しを意味していたんだわ！

　白い手のイスールト、妃つきの侍女、家臣たち、私室つきのコンパニオンその他、登場。

第二三場
白い手のイスールト、ブラングェイン、妃つきの侍女など。歌い手の男女。

白い手のイスールト
お妃の声が聞こえました。飛び込むのを見ました。何と美しい方だったんだろう！　私の兄のケイが、あの人の愛を求めて恋いこがれていたのも無理はないわ…おお、お妃はこんなことを我が身になさるべきではなかったわ！　生だって死だって特別に追い求める値打ちはないのに。（トリストラムの遺体を眼にする）
　　これは何ということ——私の主人じゃないの？
私のトリストラムも同じように死んだの？　夫は彼女と一体なの？
（崩れるように身をかがめ、トリストラムの遺体をかき抱く）

歌い手＝男女
　身を隠したマーク王に、邪悪な誓いとともに虐げられたのです
　王は常に彼を憎んでいた！　背中から刺したのだ、そうだとも
　　騎士道のおきてが決して認めない　謀略によって！

白い手のイスールト
お妃は見てたのね！　お妃が飛び出して我が身をあやめたのは

それが原因だったのね？　彼は彼女のものではなかったわ・・・
でも本当に彼女は彼を愛していた、よこしまな恋だったとしても！

アンドレット卿、他の騎士と騎士の従者・露払いらとともに、再び登場。

第二四場

白い手のイスールト、ブラングェイン、アンドレット卿その他、歌い手の男女。

アンドレット卿（むっつりと）
お妃の姿も声も　もはやなし！　王妃様か。いやはや、
彼女の人生における落ち度は、死によって償われ、
彼女とトリストラムは、磨かれ直された名声を見せびらかす！

白い手のイスールト（マーク王の遺体を見ながら）
そして王もまた死んだのね。私のトリストラムを殺した人ね。
なのに私には、見知らぬ男だわ。これじゃ仮に私が来なくても、
向こう見ずに南の海を横切って来なくても、
同じ　このことが起こっていたわ――まさしく同じことが。
（再びトリストラムのほうを向いて）
トリストラム、最愛の夫よ！　おお！・・・
（彼の上に身を被せて躯を揺する）
何と世にも稀な美しい騎士が、ここに息絶えていることか、
このきわめて残忍な謀略によって！　マーク王は、夫として
ないがしろにされていたとしても、彼を叱り――彼に私を思い出させることができなかったのかしら？
そしてこんなことを、こんなことをしないで済まされなかったのかしら！　まあそうね。私が失ったと同様に
彼女も彼を失ったのね――この砦は悲しみで呻いている、
そして人々の喋る声が風と波の音に混じり、嘆きの叫びを
作り上げている！・・・　（人々、彼女を立たせる）
ええ、立ち上がりますわ――
私の大切なブリタニーの国へ連れ帰って下さい――
この外《と》つ国で私に何が差し迫っているかを　まだ知らなかったころ
私たちの毎日があそこであんなに幸せだったから　なお大切な国！
この城の広間なんて私は大嫌いよ！　私の目に二度と
触れることがないように！

ブラングェイン
私がお付き致しましょう、奥様。

白い手のイスールト、ブラングェインやコンパニオンに助けられつつ退場。

騎士たち、家臣たち、二体の遺骸を持ち上げ、運び去る。歌い手たちによる哀悼歌。

エピローグ

マーリン、再び登場。

マーリン　このように過去のなかから我輩が物語った苦闘とテーマは
——いまは夢のように消え去ったものどもだが——
　真実に見せかけた行いと言葉で
作り直され、描かれたのである。あたかも
この現実離れした幻影のような見世物が
あんな大昔に消え去った人々の姿の　まさに行き来する
身のこなしであるかのように描いてみたのじゃ。

我が輩が、命じられたとおりに、墓のなかから呼び出した
これらのつわ者、愛らしい女たちは
　この場において幾たびか　いにしえの魔力を
引き出さずにはいなかったのではあるまいか？
——彼ら彼女らは、とうの昔に消え去った彼らの世界で、
今そこで彼らに思いを馳せる皆さま同様に　生きていたのじゃ
彼らの歓喜、犯罪、恐怖と愛は、皆様のそれらの生み親、
　直接的ではないとはしても、なおこれは真実。
そして遠い昔のこのような亡霊を、このように我が輩が
ありのままの姿で見てくれとお願いするなかから
　なにか心地よい思いが　生まれますように！

　一九一六年に稿を起こし、一九二三年、再び筆を執り、脱稿。

（原注）アーサー王時代のものと思われている打ち出し細工付きの金の容器が、一八三七年にコーンウォールで発見された。

［訳注］この作品をオペラ化したボートン（Rutland Boughton）がオペラに合致するとして導入したハーディの六つの詩を挙げておこう。題名のあとの人名は、これをアリア等として歌う人物名。この総譜は出版には至らなかったが、ブリティッシュ・ライブラリーにマニュスクリプトが保存されている（同ライブラリーでの記載名と図書番号は *The Queen of Cornwall* 50969-70）。

1　「夫に死なれて　夢を見ていると思う女」（157）＝イスールト
2　「ライオネスに出かけた日」（254）＝トリストラム
3　「ビーニィの断崖」（291）［最初の3連］＝右の両者
4　「もしいつか　もう一度春が来たら」（548）＝イスールト
5　「エピソードの終わり」（178）＝白い手のイスールト
6　「地の一点」（104）＝コーラス

第一一章　ハーディの〈時〉の意識

読者の過去の諸瞬間を甦らせる

エズラ・パウンドは一九三八年に、ハーディの詩ひとつひとつの完結性（entirety）と明快さ（clarity）は、批評家が解説者として口を挟む余地をまったく残さないと述べたすぐあとで「…詩歌についても尺度を示したい。ハーディの全詩集を読んだ読者なら誰しも、自分自身の生涯とそのなかの忘れられない諸瞬間が、こちらでは火花のように、またあちらでは一時間ぶんたっぷり、自分にも甦ったと思わずにはいられない。真の詩歌の試金石として、これ以上の基準を皆様思いつきますか?」(219)と述べている。パウンドがこれを書いたとき、彼はハーディの第六詩集までしか念頭に置いていないのだが（この引用の少し前でパウンドはハーディ全詩集を六〇〇頁と言い、その年代を一八九八年から一九二二年としている。八詩集を収めて九〇〇頁以下のものはない。一九二二年は第六詩集の出版年でこの年にそこまでの〈全詩集〉が出た）、この言葉ほどハーディの詩の特質をよく言い当てているものはない。そしてパウンドがまだ知らなかったらしい第七、第八詩集の最大の特徴も、他の六詩集にも増して、この言葉で要約できるように思われる。本書第Ⅱ部でも各詩集の普遍性ある作品を指摘するが、本章では特に〈時〉を扱った同種作品を見たい。

ハーディ詩作法の根幹

ハーディのこの特質は第一、第二詩集においてもすでに感じられるものである。そもそも散文的な自己の日常の積み重ねこそが人生の実質であり、それ以上のもの、ロマンティックな夢を実現したものは現実には生じ得ないという感覚は、第一詩集巻頭詩「仮のものこそ世のすべて」(2)が濃厚に示したものであった。この詩は読者に、自己のさまざまな人生のひと駒を思い出させ、身につまされるという感慨を与える作品である。しかし詩の語り手の人生経験を（特に、想起される諸瞬間を）活写し、それらを読者にも我がことのように受け取らせる一般性を作品に与えるというこの特質が顕著になるのは、第四詩集、なかでもそのなかの「一九一二―一三年詩集」（先妻エマへの哀悼詩）以降においてである。そして歳を重ねるにつれて、自己の人生を振り返る詩人の目が、自己の心の鏡に映し出される、一見、識別しにくい過去の諸瞬間の映像を、増幅し、鮮明化し、一般化して見せるハーディ独自の詩の巧みが力を増してゆく。第五詩集『映像の見えるとき』の原題は *Moments of Vision and Miscellaneous Verses* であるが、おそらくはこの直訳すれば「幻影の諸瞬間」ということになる表題には、〈過去の諸情景が幻影として再現される現在の諸瞬間〉の意味と、〈映像化されて見える過去の諸瞬間〉の意味とが重ねられているであろう。この表題が示すとおり、上記のような映像増幅はこれ以降、ハーディが自ら意識した詩作法の根幹となったと言ってよい。これは、いったんは過去のなかへと滅びた人生の諸瞬間を、永遠性のある実存在として蘇生させる詩法である。この詩法こそが、神不在の世界で、なお人の生に意味を付与することになる。この意味でこそ本章を最後に置く。

良き瞬間の〈過去化〉を遅らせたい

しかし第三詩集にはすでに優れた時の意識を示す作品が見られる。その細かな全貌については、第Ⅱ部の第三詩集の章をお読みいただきたいが、ここでもふたつの作品について触れておきたい。「会う前の一分」(191)は、恋人と会うまでの長い日々は、語り手が越えることのできない高い山脈のように思われていた。しかしいま、その日々を乗り越えて、彼女と会う日の近くまで来た。そこまで来てみると語り手には、時の歩みを鈍化させたいという願いが湧き起こる——

そしてはるか彼方からの期待感がついに閉じられ終わる代わりに
決して閉じられたりしない　近くでの期待のままに生きていたい

——というのはこの語り手は、いまから生じる彼女との出会いが、あっという間に過去化されてしまい、自分が落胆することが、いまのうちから見て取れるからである。いずれまた二人を隔てる数ヶ月がやってくると思うと、「この"grace"の一時間」、すなわち恋人と会う前の、あるいは会っているときの至福の一時間を、同時に苦しみの「執行猶予期間（grace）」であるとも感じてしまう。この良き瞬間の〈過去化〉を遅らせたいという気持は、同時に大切な人生の数々の瞬間を永久保存したいというハーディ後期作品のテーマの、かたちを変えた先取りと言えよう。

時間はただ一度だけ訪れる

この詩が一八七一年の作と記されているのに対して「発車のプラットフォームにて」(170)は、第三詩集発行時（一九〇九年）に近いころの作で、先妻エマはこれを、やがて後妻となる運命にあったフロレンス・エミリ・ダグデイルを歌ったものと嫉妬して語ったらしい（Purdy 142; Pinion 70）。しかしこれはまるで先の詩の後半（恋人に会ってしまって「執行猶予期間」が過ぎたあと）を歌ったもののように読める（前の作品は年代からしてエマと会う一日が素材である）。デートは終わり、「命より大切な彼女」はプラットフォームの奥へ奥へと進んで見えなくなる。その日以来、語り手と彼女は「再会を語り合う手紙も書き」、彼女がやがて再び訪れてくることも確実なのに、語り手は憂愁に襲われる。なぜか？

同じ優しげな純白の衣裳の彼女がまた現れるかもしれない
　でもそれは　決してあの時と同じではない！

語り手は「若い男」とされていて、傍から「友人」が「繰り返すことのできる喜びのことを／なぜ永久に飛び去ったなどと言わなければならないのか？」と質問を浴びせる。語り手は

ああ、友よ、いかなることも再度そのようには起こりません！

と答える。フロレンスだろうが誰だろうが、伝記的な人物像こそがこ

のとき飛び去ってしまったのであって、〈自己の人生に実際に起こったこと〉の重要性、それが起きた時間は、ただ一度だけ自己の人生に訪れたという感覚、これらはこの作品のなかに結晶となって沈殿する。実際、こうした〈瞬間〉に対して語り手が見せる、真実味溢れる反応は「その〈瞬間〉の独自性（唯一無二であること）と、この〈瞬間〉の反復不能性を強調すること」（Pritchard: Orel 52）である。

時間感覚を通しての人生への意味づけに向かって

この語り手の感覚は、当然ながら読者にも乗り移ってくる――この伝染性は、本章の冒頭に引用したパウンドが述べているとおりである。この詩と先の「会う前の一分」(191)が例証するとおり、第四詩集以下において顕著に現れてくるハーディの、時間感覚を通しての人生への意味づけが意識的に作品化されたのは、この第三詩集が初めてであると言えよう。第三詩集は、時間感覚に満ちた詩が多い。しかしそれらは上記の感覚を発展させるための予備段階として、六九歳のハーディが老人の見た〈時〉の諸相を比較的伝統的な見地から作品化したものである。その具体的な作品群のすべてについては、第Ⅱ部の第三詩集の章にそれぞれ簡略に書き連ねることにして、ここでは重要な点を摘出して詳説したい。巻頭詩「再訪」(152)は、一見、〈時〉についての文学伝統のままに書かれているかに見える。暗闇の丘で、二〇年前に別れた恋人に再会し、一夜をともに過ごした男が、朝の光のなかで彼女を見る。破壊者〈時〉によって恋人のかつての美しさが蹂躙されているのを知ると、男は唖然として逃げ出そうとする。女は

　…ええ、昼間見ると　わたしはこんなよ！
　日の光が　骨と皮だけの代物をあなたに見せたからといって
　あなたは　ほんとにたじろぐの？　狼狽なさるの？

と言い放つ。

異なった次元の二つの〈時〉

これによってそれまでのロマンティックな恋の再燃という主題が一気に変質し、無常な人間世界が赤裸々に現れてくる――これは確かに伝統的な破壊者〈時〉の扱いである。しかし、個々人が感じるこの〈変貌をもたらす時〉と対置されるかたちで、この作品にはもうひとつの、異なった次元の〈時〉が示されている。それはこの作品を一貫して流れる〈変化しない時〉の相である。丘の斜面で男が目を凝らして闇を透かすと、

　僕のまわりには、古代の沈黙に身を包んだ塚が――
　すなわち太古の死者の墓が、昔に変わらず身をもたげていた

また「昔ぼくらが腰掛けて、そよ風に向け、幾度も優しい恋の誓いを／語り合った座席、いつの世のものとも知れず古びたサラセンの石は」昔ながらにそこにある。「サラセンの石」とは、ハーディの生家とトライフィーナの実家の中間にある実在の石の名で（Bailey 195）、白亜の衣が永年のうちに洗い流されて露出した岩が、座席のようにな

ったものである。こうした石はしばしば異教の儀式と連想されたので、サラセンの名が付いたらしい（Pinion 76, 65）。ここでは石は年月の長さを表す象徴である。そして風景も変わらず、「タゲリたちが／むかしさながらに・・法衣のような雲を背に／翼を白く見せていた」。

するとぼくには、この鳥たちの寂しげな叫びが
まだぼくの人生が緑だったころに聞いた同じ鳥の声に聞こえた

個々人の生涯の進展とは無関係に、悠久の姿を見せながら大きな〈時〉がゆっくり流れているさまを、ハーディはここに巧みに歌い出している。語り手もまた、かつて恋人と別れた晩と同一に見えるタゲリの舞い飛ぶ丘のなかで、自分もまた変化していないかのような、自分が「とうのむかし生命つきた過去のなかに生きている」みたいな感覚にとらわれていたのだ。

二つの時間感覚を操る

しかし同時に彼には、あの青春の日から
今日の夜までに、
数え切れない、弱い、今は忘れられた幾世代もの鳥たちが
ここに　かつては点々と群れていたのだ

という別個の時間もまた感じられている。そしてこのふたつの時間感覚の合間から、かつての女が現れてくる。この男女のまわりに「古代の沈黙に身を包んだ塚」つまり「太古の死者の墓」が何千年前と同様に黒々と立っていて、そのあたりでは昼間、牛の群が、古代の戦いに使われた「ひうち鏃《やじり》の矢の残骸」を草のなかに踏んでいることが語られる。これらが否応なく伝えてくる歴史の長さと、「あの青春の日」と今夜を隔てる僅か三〇年の対比、そしてその三〇年の人間にとっての長大さ――このふたつの時間感覚を操る作品を、ハーディが『時の笑い草』と題された第三詩集の巻頭詩に選んだのには、深い理由があったと思われる。ここでこの時代の背景に思いをはせてみたい。

文学上の二つの時間

ハーディのこのふたつの時間感覚は、二〇世紀半ば以降になって一般に文学を論じるときに区分けするふたつの時間像に見事に合致している（特に悠久の時間にかんして、実感を伴うように提示する技巧という点で、ハーディの場合は、この時間感覚の観念としての操作を遥かに超えているが）。さてこの文学上のふたつの時間とは、人間存在とは無関係に進行する公的・客観的・物理的な時間と、作者や登場人物が経験する私的・主観的・人間的な時間である（Buckley 7-13; Ingham 119）。ふたつはともに、同一のものの別々の相であるから、前者についての科学的認識の変化は、当然のこととして後者にも影響を与える。またこれらふたつの客観的と主観的との時間認識は、ともに過去・現在・未来・永劫の四つの相から成り立っている。シェリーの遺作『生の勝利』は、時間の敗者たち（人間）を引き連れて進む凱旋将軍が、この四つの顔を持つことを描いているとしてよく引用される（たとえばBuckley 1）。この四つについて考えてみよう。〈過去〉は物理的には過ぎ去って消滅した非存在に過ぎないが、人間的にはそれは愛惜と悔

恨の巣である。〈未来〉も客観的には、やがて確実に到来するものであるとしても、現実にはいまだ非存在でしかないのに、人間にとっては、それは希望や恐怖の源である。また〈永劫〉は世界の始まりから終局に至るまでの、過去と未来を含む時間概念だが、個人は何らかのかたちで自分の存在をこの〈永劫〉に係わらせることを強く要求してきた。〈永劫〉は、一九世紀後半に至るまで、何らかの絶対的価値の存在を示唆する諸観念、とりわけ〈霊魂不死〉の観念をうちに抱いていた。公的な時間としての〈永劫〉でさえ、旧約聖書に記された世界の開闢から、新訳聖書に見える最後の審判日までの、人間的に認識可能な、僅か数千年のことであった。公的時間の〈永劫〉に、人間が関与できるとしても、さして不思議ではなかった。死のあとにもなお、最後の審判日まで（いやそのあとまで）、個人が私的時間を所有することになっていたからである。

地質学的時間

しかしハーディの時代には、公的時間としての〈永劫〉の概念に、劇的な変化が生じていた。地質学は古生物学を引き連れて来て、過去の時間の量と質を根本から変えてしまった。ハーディの小説のなかでの地質学・古生物学の援用とそれに伴う新しい時間の捉え方については、『青い瞳』の三葉虫化石の場面がすぐに思い浮かぶように、しばしば指摘されるところである。パトリシア・インガムもこの三葉虫化石の場面などハーディの小説のなかでの地質学的時間に触れたのち、彼の短詩「抱きあっていた骸骨」(858)（発掘された一組の、男女?の遺体を前にして、この二人がパリスとヘレナ、ペリクレスとアスパシア等々の、有名な古典古代の恋人たちよりさらに古い時代からずっと抱きあっていたことを歌ってのち、化石たちの時間はそれよりもさらに遥かに永いことを最後に歌う詩）を例外として示しつつも、こう述べる——

ハーディの詩集のなかでの、あれほどの時間についてのオブセッションにもかかわらず、（詩のなかには）地質学的時間大系は奇妙にも欠落している（Ingham 119-20, 括弧内は引用者）。

この指摘は、インガムが興味深い姿で示してくれるハーディのもうひとつの時間認識（とインガムは言う）、つまり直線的に前進する科学的時間とは対照的に、ほとんど静止・停滞した時間の独房として人生を見なす時間認識を導入して見せるためのおそらくは布石（または誤解）であろう。地質学的時間認識は、この指摘に反して、以下に見るとおり、多くの他の詩のなかにも明白に現れているからである。

太古からの陰鬱と苦痛

第一詩集でも「〈自然〉の質問」(43)で「脳と目がすでになくなってしまった／上から順に死んでゆくゴッドヘッド（神格、神の本性、そしてここでは特に神の頭部）」に不平を述べている池や野原、羊や樹木などは太古以来の存在物の代表者である。この間

風と雨、そして地球の太古からの
陰鬱と苦痛とは　なおも従前同様。
そして〈生〉と〈死〉は、なお近しい隣人のまま。

「太古からの陰鬱と苦痛」は、死の存在を指す。そもそも、〈自然物〉の生成に際して、生み出されるものの苦しみを理解しない自動機械のような原理が働いたことを嘆くというこの作品の内容自体が、地質学・古生物学の新知識を土台にしている。いやこの詩に限らず、第一詩集から第八詩集に至るまでの、すべてのいわゆる哲学詩の中核には、この新知識に基づく世界観があるといってよいであろう。そのうち「欠落した感覚」(80)のなかで語り手に呼びかけられる〈時〉は、「古代からの精神」を持つものとされており、太古以来の〈自然〉の生物を生み出すプロセスの目撃者として扱われている。これはまさに地質学的時間の描出にほかならない。また感情を具有するという生物の宿命が、まだ生じなかったころの地球の平安を歌った「生命の誕生以前とそのあと」(230)の末尾では

〈無感覚〉がふたたび地球に行き渡るまでに
　どれだけ、どれほどの時間がかかるのだろうか?

と地質学的に大きな時間の尺度が示されている。これと同種の、感情や思索のない生き物の幸せを求める「思索することの焦燥からもし解き放たれれば」(721)や、永劫の昔〈ものを感じる力〉を地球に運んできた異星の胚珠を歌った「隕石」(734)でも同様な尺度が示されている。

そしてよく知られた「酒飲み歌」(896)のなかでダーウィンが登場するスタンザの後半(ダーウィンのもたらした言説の内容)には当然、古生物学的感覚が登場する――

我らは皆、地を這う動物と同類で
　猿たちと人間様は
　互いに血の濃い同胞で
とげのついた恐竜類も　同じく親類だという。

未来から見た地質学的時間

〈化石〉という言葉そのものが出てくる作品もある。「地球の遺骸のそばで」(89)は、過去ではなく、未来の永劫の時に目を留めて、

肉あるものも植物も　ただ化石としてのみ
残るしかなくなったいま、すべての生物が絶滅したいま

――すなわち〈主〉の眼から見た〈生物絶滅のいま〉を描いている。長大な地質学的時間を、未来のなかに示したのは、英文学のなかでもこの作品が最初であろう。

また太古の鳥を歌うのは、「博物館にて」(358)である。

こちらには　遠い昔に光のなかから消えた　美声の鳥の塑像、
まだ人間が出現するまえに、地上で翼を打ち振っていた鳥・・・

――ここには明らかに、古生物学的時間が示されている。そしてこの

詩の第二連では、この鳥の声は、昨夜〈私〉が音楽会で聞いたコントラルトの美声と宇宙空間で相交わることが歌われる。太古であろうと、昨夜であろうと、一度過去のものとなったふたつの声は、同一の時間空間のなかで対等に混じり合う。第二連冒頭の「〈時〉はまさしく夢のようなものなので」という一句が、古生物の時代と昨夜とを同じ〈過去〉という範疇にまとめ込んで同一視するハーディの新奇な時間感覚を適切に伝えてくる。何かが生じた時間は、過ぎ去ってしまえば夢同然、あとかたもなく消え失せる。しかしそれが生じたという事実は厳然として残り、過去化された時間は、無限に多数の他の過去化された時間と同一の次元のなかに入り込むというのである。つまり「記憶が機能するかぎり、過去を想起することが喜んでなされる限り、この鳥の不死不滅は、どんな人間のそれとも同様に保証されるものであった」(Orel 24) と言える。そしてオレルはこの言葉を書くときに、「彼女の不滅」(32)とその反歌「彼の不滅」(109)――人に記憶されていることは、死者がなお生きていることだと歌った二篇――を念頭に置いていたのではないかと思われる。

〈永劫〉の概念の劇的な変化

ここにもすでに明らかなとおり、〈永劫〉の概念のこの時代における劇的な変化は、人間にとってもっとも希求度の高い概念――不死不滅の概念をさえ変化させている。地質学や古生物学の時間概念を正確に理解し、近代科学の立場に立った、これと同質の時間概念を未来にまで延長するならば、もはやそこには霊魂の不死という希求を実現する見込みはない。私たちが上に見た新たな不死の概念が作り出される前に、まず旧来のキリスト教的な不死や永生の概念は放棄されるしかなかった。ハーディは自己の唱える〈誠実〉(「誠実に寄す」233)を実践するかのように、「兆しを求める者」(30)の末尾で歌っている――「倒れれば人は起たない (When a man falls he lies)」と。人間は死して倒れれば二度と起つことはない。この lies は言うまでもなく rise のパロディであるとともに、その反意語でもある。死者はただ一人として「あの死が終わりではなかった」(上掲詩の一節) と叫んで、亡霊となって現れて来はしなかったことを語り手は悲しみを籠めてこの詩で歌っていたのである。

私的時間の〈永劫〉の消滅

倒れれば人は起たないと結論することが、どんなに大きくこの時代の西欧人の時間感覚を変えたことだろうか。何かの時点での蘇生、何らかの別の世界への蘇りという可能性の有無が、死を考えるようになった年齢の人間に与える影響を考えてみるがよい。「兆しを求める者」が発表されて以来、百年以上が経過して、誰もが科学の真理を教えられている今日でさえも、臨死体験の番組をテレビで見て、やはり死後にも何らかの〈生〉があるのではないかと希望的観測を抱く人がなんと多いことか！　しかし「兆しを求める者」の語り手は、このような幻想を捨てた人間である（本書の著者も同様に、しかもハーディの作品からの影響を受けるずっと前から、この種の幻想を心のどんな片隅にも抱いていない。この意味でハーディと著者は同時代人なのである）。公的・客観的には自然科学の時間が、最後の審判日を突き破って、無限の未来まで延長されることになった。だが公的時間の〈永劫〉が無限に延長されるとともに、私的時間の〈永劫〉は未来のなかに見出せなくなったのである。

死者の不滅新説

> だからこそ死したるのちの人の不滅は、生き残っているものの心のなかに、その人についての

記憶という意味においてのみ求められる。先にも題名を挙げた「彼女の不滅」(32)では、死んだ恋人の亡霊に出遇った男が亡霊に向かって自殺する意志を伝えると、亡霊はこれを諫める――

> 幽霊は、心にかけてくれる人たちのなかだけに
> 　永遠性をもっているの
> あなたは生きることによって私を生き続けさせ、
> 　死ぬことによって、私を殺すことになるのよ

語り手の男はこれを聞いて、できるだけ長生きしようと決心する。しかしこの詩は、日本の仏式の法事の後に僧侶が参会者に向かって、「生きている方々の心のなかにこそ、亡くなられた方は生きていらっしゃるのです」と諭すのと同一の意味を伝えるだけではなく、この作品の含まれる第一詩集の「知覚のない人」(44)その他が神の喪失を歌い、「私の外部の〈自然〉に」(37)その他が、人間に恵みをもたらす〈自然〉という観念への別れを歌うのと歩調を合わせて、旧来の不死不滅の概念との決別を歌っていると言える。

〈永劫〉とは無縁の〈不死不滅〉

このことは第二詩集の「彼の不滅」(109)を読めば明らかである。死者に対して誠実な心を持った人びとの心のなかに死者の長所が輝いているのを見た語り手は「これこそは彼の〈不死不滅〉にちがいない」と言って感じ入るが、日が経つにつれて事情は変化する――

> 彼と同年代の人びとが世を去り
> 彼よりも若い人たちの心のなかに　ふたたび彼の姿を捜してみた
> すると見つかった――小さくなって、哀れ！　やせ細り
> 　亡霊のような小人になっていた

――この反歌によってハーディはこの種の〈不死不滅〉は、実は〈永劫〉とは無縁の代物であることを歌い、実質上、伝統的な不死不滅・永劫の概念への惜別の辞としている。

人間的価値基準と対立した〈永劫〉

〈永劫〉が、人間的な時間であることができなくなるとともに、それは人間的価値基準と本質的に対立するものとなる。このことを端的に歌ったのが「去ることと留まること」(528)である。第一連では娘たちの石竹色の顔、恋の誓約、月光に照らされた五月など、留まってほしいものが列挙され、これらは去ろうとしていると嘆かれる。第二連では、「第一次世界大戦後の休戦ののちもなお持続する不安と困窮」(Bailey 441)を示す事例が並べられ、これらは留まろうとしていたと慨嘆される。最初「ロンドン・マーキュリー」誌に発表されたとき、この詩はここまでで終わっていた。のちに第六詩集に収録されるにあたって、次に示す第三スタンザが追加されたのだった

（Bailey 441）——

それから私たちは　より綿密に〈時〉を眺めてみた
すると〈時〉の　幻影のような手が回転して
最善のものとともに　悲しみの事物をも一掃し
不吉なものをも　崇高なものともろともに
　分解してしまうのが　見えたのだ

良きものと悪しきもの、美しいものと醜いものとの峻別は優れて人間的な行為である。しかし永劫の〈時〉は、この人間的価値判断を正邪の区別なく一掃する。この詩をアーノルドの「ドーヴァー海岸」の書き直しとして読もうという提案（Persoon 100-2）には多少の抵抗はあるだろうけれども、アーノルドがこの詩で ignorant な（〈得体の知れない〉と〈無知蒙昧な〉の両義）軍隊を比喩の次元で用い、これに対抗できるものとして人間の愛情を持ち出すことができたのに、ハーディはこのあと、比喩ならぬ現実の軍隊（「朽ちてゆく世界の、声もない流血／悲しみに沈む　多数の人びとのうめき」）を示唆した上に、「箒をもったロボットのような〈時〉を私たちに与える・・・（そして正邪のすべてを）ちりとり用のゴミと見なし、さらに進んで、その存在をさえ奪う」（Persoon 102、括弧内は引用者による要約）。このように見ることによって、この作品をアーノルドとハーディの時代の、大きな相違を示すものと理解するのは適切であろう。

星と人間の同質性

〈永劫〉に関するハーディの新たな時間感覚というコンテキストのなかで見るならば、軽妙な短詩に見える「もろともに待つ」(663)にも、詩の歴史のなかで新しい重みを持った時間認識が示されていることに気づく——

一つの星が　私を見下ろし
こう語る——「ぼくと君は　このように
それぞれの緯度と経度に　位置しているが
君はこれから　どうするつもり——
　どうするつもりでいるのかね？」
私は答える、「ぼくに判るかぎりでは　たぶん
待ち続け、〈時〉をやり過ごしていくでしょう、
ぼくに〈変化〉が訪れるまで」——「全く同じだ」
星が答える、「ぼくも同じにするつもり——
　ぼくもそうするつもりだよ」

歌われているのは、ともに消滅・死滅を待つという、星と人間の共通性ではある。だがそれだけではない。その共通性とは正反対な、天文学的時間の長さと、人間の存在期間の短さの対比、そしてその、星の消滅までの永い時間がまた、〈永劫〉に比しては人間の時間同様に短いものに過ぎないこと——これらもまた示唆されている。

このような物理的時間の抗しがたい長さに直面した詩人は、どこに意味のある人間的価値を見出すことができるであろうか？　この時間感覚と通底した世界観によって、宗教を失い、〈自然〉の恵みへの依存も不可能とされ、永続してほしいものが本質的に短命であることを（古典的詩人が歌った意味以上に物理的時間の長さとの対比において）認識せざるを得ない詩人が、人間の過去の歩みに意味づけしようとするのはひとつの必然かも知れない。人類の歴史の集積とともに、他方では個人の経験した出来事の集積もまた、意味づけの対象となる。

人間的価値の探索

J・H・バックリーは、ヴィクトリア朝詩人によく見受けられる〈デジャ・ヴュー〉感覚、幼児への復帰願望を初めとする〈過去〉への執着に触れたのち、その締めくくりの言葉として「記憶された過去が持つ意義は、このことが、すべてに要求度の厳しい〈現在〉の生活の質を高めることができる力を有するということにある」(Buckley 115) と述べる。バックリーが詳細に例示するとおり、過去への愛着はヴィクトリア朝（特にその後期）の詩人たちに共通する傾向と思われる。ハーディはこの点において、おそらくすべてのヴィクトリア朝詩人を凌駕しているのではないだろうか？　彼の場合には、彼自身の老いが本格化して、二〇世紀も先へ進むにつれてこの傾向が強まっていく。さて古生物の化石は人間には地質学的時間しか想起させない。しかし化石と同じく崖の亀裂にはめ込まれていても、いわば人間的化石というべき、その崖で経験された過去の事象の幻影は、人間にとっては意味を持つ。亡妻エマとの出会いの地を歌う詩群のうち、「私は彼女を遠い彼方で見つけた」(281)、「他界の日を思い出し」(290)、「ビーニィの断崖」(291) などに描かれる絶壁や断崖には、こうした人間的化石が埋め込まれている。さらにこれが印象的に描かれたのが、「カースル・ボテレルの町にて」(292) である。数十年前に自分と、ある娘とが登った坂道、二人にとっては「命が決して手放そうとはしなかった事柄」を語ったひとつの坂道を、老人となった〈私〉が再訪する。坂道は切り立った崖のそばを通る――

記憶された過去が持つ意義

　太古のままの岩々が、坂道の切り立った縁を形作っている
　岩々は太古からいままで、〈大地〉の永い来歴のなかで
　つかの間に過ぎ去るものと　あまた　対面してきた
　　しかし岩々が　その色とかたちで記憶しているのは
　　――私たち二人が通り過ぎたことだ

これは過去の記憶の刻み込まれた崖の描写だが、この部分にも先の「再訪」におけるように、永久に流れる時間もまた表現されている。そして次のスタンザには、再びロボット的な、〈消却の手〉を持った〈時〉が登場する――

　そして私の眼から見れば、〈〈時〉のひるむことのない過酷が
　　心ない機械的な仕方で　実物を消し去ってしまったとはいえ〉

しかしながら、これに直接続く三行には、人間的な時間感覚が再び登場する。「いまもなお見える」は、上の「私の眼から見れば」から続いている――

いまもなお見える、この坂道の上には、いまは幻影となった人影が
　あの夜　私たちが馬車を降り立ったときそのままに
　　消えることなく　残っているのが。

語り手はこれを最後という気持でこの坂道の上の人影を振り返り見る。それは

なぜなら私の砂時計の砂が　低く沈み込み
もはや二度と私が、昔の恋の支配地を横切ることは
　ないであろうから

なのである。

歴史のなかの過去の映像

個人的な過去だけではない。岩に刻み込まれていまも意味を持つ過去は、人間全体の歴史のなかからも拾い出される。「大英博物館で」(315)では、「自分は労働者で、ほとんど学がありません」という男がアレオパゴスから大英博物館に持ち込まれた柱の土台石に見入っている。それは昔、パウロが説教したとき、その声をこだまさせた石だからである。

ぼくは　かつて大昔に　あの石はパウロ様の
　お声をこだまさせたと思わずにはいられません

で終わるこの一篇は、ありとあらゆる都会の風景と建物に、彫り込まれ記録された過去の歴史の痕跡を見て取るペータのマリウスと共通した心情（玉井189-93）を歌っている。

現在の喪失感と対比

なおも精神的な化石として今日に生きている過去の出来事を扱った詩は、ハーディの伝記に沿って読むなら、百篇をたぶん超えるであろう。こうした過去の経験を歌う詩について、ハーディの詩独自の特徴を指摘してみたい。過去の出来事の記憶が、後年の生活の喜びや味わいを増すという内容の、ワーズワスの「時間のスポット」（spots of time）と類比をなす詩が、エマとの出会いから幸せの続いた期間を歌ったもののなかにいくつか見られるという主張は、本邦でもすでになされている（Maekawa 7-27）。しかしハーディの場合には、過去の栄光が現在を支える力としてではなく、現在の喪失感と対比されるものとして描かれることが多いのもまた事実である。そしてそれらの詩の場合、現在の悲しみを描きつつも、それと対照されるがゆえに、過去がそれだけ強く賛美されるのがハーディの詩の特徴である。その典型は「あの月を締め出せ」(164)である。いまは朽ち果てた人びとが美しかったころを思い出させる月、星座、木の香りなどを窓から締め出せと歌い継いだ後、最終連で

ランプの灯しかない　ありきたりの部屋に
　ぼくの眼も思いも　幽閉せよ。
むさ苦しい粗《あら》ばかりを　あからさまに明るみに出し
　機械的な記号のみを　刻みつけるがよい、
〈人の世〉の春の花は、あまりにも香り高かった、
　その花の実は　あまりにも酸く苦い。

形式上は、詩を書くに際して、月も星座も木の香りも締め出し、詩作の材料として平凡な薄暗い部屋のみを用い、機械的なことだけが細工されるようにせよと述べてはいる。しかしこれに先立つ三つの連で窓から忍び込む、昔ながらの女性的な月、筆で掃いたように薄く降りた露を乗せた芝生、いくつもの星座、木の香りが「あなたと私」に吹き込んだ甘い感情――これらはなんと美しいことか！　これらは実際にはまったくのところ、詩から締め出されてなんかいない。殺風景な最終連の光景と嘆きによって、先行の三連がいかに栄光を与えられていることか！　また「全員退場」(335)は市《いち》の終わったあとの、ごみ屑ばかり散らばる空白の大通りを描きつつ、

　するとぼく以外の人は皆去ったのか？
　ぼくだけが残されたのか、市の跡に？

の二行で歌い始め、最終行では「やがてまた、あと一人、夜霧のなかへ消えるはず」と語り手の死を予告して終わる。市はまず一般的人生の象徴として働き始めて、二行目では'the fair'が〈市〉であるとともに、〈美しいもの＝過去の自己の人生〉の意味を生じる。市の終わったあとの寒々とした光景が、ここでも過去のこの町の市と、人生とのにぎわいと華麗さとを際立たせる。

人生の別の可能性

「人生はこう展開したかも知れなかったのに（What might have been）」というテーマがハーディには多いと指摘されることがある（Butler 168）。これに分類さるべき作品としては、バトラーが挙げる「フィーナへの思い」(38)、「ある宿で」(45)、「リズビー・ブラウンに」(94)などよりも　（これらの三篇は文学的主題として、「人生はこう展開したかも知れなかったのに」を歌ったものとは言えない。この主張は、伝記の力を借りて、ハーディがこれら三篇にそれぞれ歌われた女性と結婚していたかも知れないということを見ているに過ぎない）、遥かにふさわしい作品が数多い。そのひとつは「〈さよなら〉の一言に」(360)である。最初の三連で、〈彼女〉の家に前夜、ただの知巳として泊めてもらった語り手が、辞去する用意をしている早朝の様子が描かれる。第四連の最後の二行で、〈さよなら〉の言葉を聞いた彼女が激しく反応して、初めて二人の間に愛情を認めあう何かが生じたことが示唆される（「彼女の片頬が桃色に燃えた」とはキスをされたという意味であろう）。この直前に、次の二行がある――

このときでさえ、天秤は　羽毛一つを乗せただけで
　愛の実らない向きに傾いていたかも知れないのに

〈時〉の展開の意外性を過去のなかから、拾い上げた詩である。それを言えば、他の処でもよく引き合いに出した「小唄」(18)でも、〈彼女〉と出逢ったのはまったくの偶然であることを歌っていた。詩の主題としての〈時〉は、時刻や時間の経過だけを主題とするのではなく、人間的な時間として、そのときに何が起きたか、何が起きたかも知れなかったか、何を感じ考えたか、感じなかったかも知れなかったかを歌うことである。上記の二作は、〈時〉の天秤がどちらに傾いたか、反対側に傾いたかも知れなかったかを歌った印象深い作品である。

二つの意味の合体の歌

過去の〈時〉の展開について、当事者の予見の欠如や不適切を歌った作品にも印象深いものがある。「変化」(384)は、「この作品の嘲笑する響きによって、…幸せな求婚期間と、のちの結婚の年月に負わされた〈宿命〉、予見されなかった不幸を対照させている」(Bailey 362) とされる詩である。第一連から最終六連まで、それぞれの二行目に、次のような〈時〉の展開の予知不能性を歌う言葉が、はめ込まれている――「だれが年月の展開を読むことができよう、おお!」、「年月の、だれが年月の文字をつづることができよう!」、「だれが年月の巻物を広げて見ることができよう!」、「年月の、だれが年月の着衣を剝がして裸にできようか!」、「だれが年月を掘り起こすことができよう、おお!」、「年月の、だれが年月の封印を開封できようか! (Who shall unseal the years)」――ここでたとえば、いま原文を付した部分は、ひとつには「(一般的に) 誰も、どんな時点においても開封できない」の意であり、過去の時点にこれを移して whc could have unsealed「誰が(未来の年月を)開封できたろうか」と言い換えることもできよう。しかしあとひとつには「現在から過去に向かって、誰が年月の封印を再開封できよう」また「別の展開を目指すことができよう」の意味も確実に生ずると思われる。この詩は、上に引いた五つの引用すべてにおいて、このふたつの意味、すなわち(1)〈時〉の展開を当事者は予見できないものだと歌いつつ、第五連までの幸せなカップルを描く面と、(2)すべてが過去となったいま、〈時〉が展開させた不幸を取り除き、別の展開を求めることは、いまとなっては不可能であることに対して、心底からの悔恨を吐露する面とが合体する歌である。

別の〈時〉の進展

ほかにもハーディには、当事者の一方が相手の心を理解していれば、別の〈時〉の進展があったかも知れないという内容の作品が目立つ。「彼女と二人　窓辺に座り」(355)では、語り手と彼女は、何ひとつ部屋のなかに見て取るものもなく、雨の降る眺めと自己の倦怠とだけを抱えて座っている。この間、当事者それぞれは、相手の心のなかに多くを見て取るべきだったのに

ぼくにも見えなかった、彼女にも見抜けなかった、
どんなにそこに　彼女がぼくの内部に
読み取り推察すべきものが、また　ぼくが彼女のなかに
　見て取り報いるべきものが　あったかを。

そしてハーディは、この日が、雨降りならば四〇日雨が降り続くと言われる聖スウィジン日（七月一五日）であったという設定をこの詩に与えて、以後夫婦のあいだに続いた不仲と、それが事前に防げていたかも知れない様とを示唆している。

より大型の情景

スターミンスター・ポエムズと呼ばれる三篇の詩（424-6）は、伝記によればスターミンスター・ニュートンでハーディ夫妻が牧歌的に幸せであったと言われることから、そこに描かれる風景は牧歌的に美しい描写だとする評論もあるけれども、実際にはこれらも、上記の「彼女と二人　窓辺に座り」（355）と同じく、might have been を主題とするものである。まず「スタウア川を見おろしながら」（424）を見るとすれば、その最初の三連は燕の飛行、赤雷鳥の出現、牧草地のリュウキンカの花の様子などを、描写それ自体が目的であるかのように〈美しく〉描く。しかし最後の第四連では

そして私は　一度も振り向かなかった、悲しいことだ、
　これらの景色が　眼に映じているあいだに
　雨粒で泣き濡れた　窓ガラスの奥の
私の背後に展開していた　より大型の情景を見るためには・・・

「より大型の情景」とは、窓の奥で夫の自分への無関心を、雨粒で泣き濡れた窓ガラスに似て嘆いていた妻の情景と読めるだろう。前の三連に描かれていた美しい描写は、実は小型の情景でしかなく、より大切な情景を夫は見ていなかったことをこの詩は歌うのである。

無視された妻

上記の詩の「雨粒で泣き濡れた　窓ガラス」を、妻の心情の客観的相関物と見る解釈は、この詩と構造がそっくりな「スターミンスターの歩行者橋で」（426）にも同種の相関物が示されていることから、ほぼ正当と認められるだろう。今度の詩のなかでは、八行にわたって水面をかすめる風、川の水の舌打ちのような音、睡蓮の葉、石ころが落下するように中州の柳に飛び込む燕などが、擬音効果も鮮やかに描かれたあと、最後の二行で、

　そして屋根の下では　暗闇の世界のなかに　彼女が居る、
　真夜中が呻くころ格子がちらと見えるように、幽かに見える彼女が。

最終行末尾の moans は、三行上の stones と押韻するために選ばれたとは言えないだろう。なぜなら柳に飛び込む燕を描くには、like stones 以外の比喩は十分に可能だから、むしろ先に moans が選ばれたあとに stones が選ばれたと思わせるほどに、この「真夜中が呻き声を立てる」という表現は適切である。音らしい音がすべて途絶え、スタウア川の水音だけが、呻きのように聞こえてくるとき、自己を主張したくてもできない、静まりかえってもだしている〈彼女〉が幽かな呻きを漏らすかのように感じられるのである。星明かりでかろうじて光る格子の幽かさと同じほどうっすらと、彼女はその姿を示していたのである。

以上の二篇に挟まれているのが、次に引く「オルゴール」(425)だ。

〈時〉の重要性を口ずさむ精

その一時の　美しい色彩は
生涯　世に在るもののように見えた
その近くの陰に隠れて　ひとりの精が
自動的につま弾かれる　閑雅なチャイムに合わせて
歌を歌って立っているのが　ぼくには
　聞こえなかった、見えなかった

原文二行目（拙訳では一行目）の the fair colour of the time の意味するものが不明瞭なのは意図的であろう。やがて第三連の、語り手が散歩中に目にする睡蓮の群がる水車場への言及から（また詩集を続けて読んでいる場合なら、この前の四二四番の自然描写から）、この一句は第一義的にはこのスタウア川の景色を指すと読み取れる。しかし作品全体を読み終わると、この一句は「この時期の二人の生活の美しい色彩」をより強く意味していることが明らかになろう。またオルゴールに合わせて歌を口ずさむ精（spirit）は、やがて詩全体を読むうちに〈彼女〉を代弁する〈精神〉の意味を持つと感じられるかも知れない。だがそれ以上に、〈時〉の重要性を知り、〈時〉の未来の展開を読むことのできる〈精〉の意味が強い。それは次に見る第二連から明らかであろう――

心のないオルゴールの琴にあわせて　その精は歌っていた
「おお、君の帰宅の歓迎のまわりに光り輝く
この生涯の最善のものを――　〈時〉が一度かぎり紡ぎ出すものを
　――ぜひとも大切にしたまえ！」

「〈時〉が一度かぎり紡ぎ出すもの（what the nonce outpours）」の the nonce については、著者の知る限りでは誰も注記していないが、これは明らかに for the nonce のなかから、独立したかたちでは通常用いられない名詞部分を取り出したもの、つまり the time being（この当座の時間）の意味で用いたとも考えられる。同じ語を用いたブラウニング（「チャイルド・ロウランド」）に倣って、「重要な一瞬」の意かもしれない。あるいはもうひとつのより蓋然性の強い可能性は、nonce-word の形容詞としての nonce に定冠詞を付して「一度かぎりのもの」の意味で用いた可能性である。この三解釈は互いにきわめて近似的な意味を我われに伝えてくる。そしてこの異例な用語の用い方が、この一行を強烈に我われに印象づける。

近くのものを大切に！

著者は本章の冒頭に「発車のプラットフォームにて」(170)および「会う前の一分」(191)に触れた。これらは〈現在〉の（あるいはほぼ現在に近接した〈近未来〉の）良き一瞬が過ぎ去ることへの怖れと、良き一瞬が一回限りしか起こらないことへの嘆きを主題としていた。この主題を過去の時点に転じたのが、この「オルゴール」(425)である。暗闇のなかに夫の姿を見つけて喜ぶ妻を描いたスタンザのあと、例の精が「おお、

色褪せぬ間に　近くのものを大切に！」と歌っていたにもかかわらず、語り手である夫は「鈍重な魂の気絶」のなかにあって、この歌を聴き取ることができない。

ペイターの一句の展開

過去における「こうなっていたかも知れない」を描いた詩群にも、人生の各瞬間は一度限りであったのに、という思いが込められている。いわばハーディの詩は、過去の諸瞬間を現在の時点で生き直しているのだと言える。実際ハーディはその自作の伝記のなかで「人生を過ぎゆくものと考えるのは悲しみである。人生を過ぎたものと考えるのは、少なくとも我慢のできることだ」(Life 210) と言っている。なぜなら詩人としてのハーディは、過去となったすべての時点へ亡霊のように立ち返り、それぞれの時点の人生への意味を改めて見定めることを、繰り返し行うことができたからである。『ルネサンス』の「結語」と並んで、世紀末時間感覚をよく示すペイターの一句――彼が『享楽主義者マリウス』の第九章に書いた一句――「現在ここにあるものに関して完全であれ (Be perfect in regard to what is here and now.)」は、上の「オルゴール」(425)に確実にそのエコーを響かせている。同時にまた詩人ハーディは、過去の諸瞬間を描くにあたって、このペイターの一句をBe perfect in regard to what was there and then. と言い換えて、過去の諸瞬間を生き直しているという印象を与える。ハーディの時間感覚はこのような仕方で、過去と化した人生のさまざまな出来事と経験を愛惜する方向に、もっとも特徴的に現れている。そして賢明な読者は、たとえばスタウア川の三篇を、ハーディの身に起きたことと限定して（伝記的にのみ）読みはしない。彼の描く過去の諸瞬間は、誰の身にも起こりうる一般性を持つがゆえに、彼が展開した時間感覚とそれによる作品群は、文学として価値を持つのである。

未来から見た〈過去〉

またハーディは、未来のことを描く場合にも、未来のある時点ですでに過去となってしまった事柄を示すことが指摘されている (Ingham 120)。ただしインガムが例として第一に示す「夏の来る前、去ったあと」(273)の第二連は、未来のことを歌っているのではないから、これは例として不適切である（この詩の第一連は「春の訪れを待っている」青春前期、第二連は「幸せな太陽が去った」老年期を、自然の景物で示している）。その適例としてはインガムも挙げる (Ingham 122) 拙文前掲の「会う前の一分」(191)である。ここでは恋人との未来のデートが終わったあとの寂しさが事前に予想されており、未来の時点からすでに過去となってしまった大切な時間を想起するさまが明快に歌われている。同様の効果を持った作品を追加するならば、先に触れた「発車のプラットフォームにて」(170)の語り手も、未来に再び会った日の恋人が前回（つまりこの詩に歌われている現在のその日）の恋人そのままでないことを予測して嘆くのである。「夕刻の影法師」(833)も未来のある時点で、今日の夕方の影法師と同様、我が家の煙突が同一の影法師を地上に投げるだろうが、と歌ったあとで、「地の包嚢のなかのぼくは、知るよしもないが」と第一連を結ぶ。すでに自己の死が生じたあとの、自分の居ない〈我が家〉の煙突から煙が出る影法師を想像する。また「イェラムの彗星」(120)の第一連は、現在の彗星の「ほんのまもなく視

界から泳ぎ去るはずの光芒」と表現される彗星の尾を描写する。そして第二連で、長年月のちの彗星の再訪が想像され、その光は

イェラムの丘を照らすだろう、だがそのときには それは
照らしはしないだろう、お前のあの可愛い姿を。

最後の行では「お前のこの可愛い姿」ではなく「あの」なのである。未来の時点から、あの時のその女（伝記的にはハーディの妹メアリであるが、恋人と解して読むこともできる一般性を持つ）の美しさが懐かしまれるのである。

今から未来のことを気に病む

この観点からしてさらに適例と思われるのが、「凶兆を知る婦人」(808)である。これはほとんど注目されもせず、注釈者たちも三行ほど触れるだけの作品。エマの狂気を多少なりとも暗示するかのように、未来への楽しい展望を打ち壊す女を描いた詩だと示唆する施注も行われている（Pinion '76 232）。しかし、今しがたまで述べてきたハーディの時間感覚からすれば、一方でこの詩のヒロインの非常識を風刺する眼をヒーローのほうに与えつつ、実はハーディはヒロインの言葉のなかに（ちょうど「会う前の一分」や「発車のプラットフォームにて」の語り手の言葉と同様に）、真理をはめ込んでいる可能性が高いことが判る。第一連では男（第二連の語り手）が女に、ぼくの隣に坐っていながら、何を嘆いているの、今日以上に晴れやかな日々がこれからやってくるというのに、と問いかける。第二連の、華やかなランプとテーブルの描写のあと、女は言う――

本当よ、今日の日はすぐに去るでしょう
今日の日のありがたさの全てが、あとに残してくれるだろうものは
思い出すためのむくろだけよ。

この詩は発車のプラットフォームにて」(170)の姉妹篇であるとともに、男性の約束の不確実さ、恋の辿る道筋の不安定さなどを同時に描いており、その上、伝記に照らして読みたい向きには、後年のエマの不幸と重ね合わせて読むことができて、興味を呼んでしかるべき作品である。

過去化されてゆく〈現在〉への愛惜

上に見てきたハーディの〈過去〉の扱い、〈未来〉の扱いの奥からは、滑るように過去化されてゆく〈現在〉への愛惜が光を放っているのが見えるであろう。過去化されてしまった〈現在〉と、現実の〈現在〉とを二重写しにするハーディ独特の詩法は、こうしてできあがる。その典型は「風雨のあいだに」(441)である。各スタンザの前半五行では過去の情景が現在の情景として描かれ、後半二行が、たとえば第一連では次のように歌われる――

いいえ、あれは幻。ああ歳月のなせる業！
痛みはてた木の葉が 群なして転がり落ちるこの景色！

最終連でも新居への引っ越しの状況が現在のこととして描かれ、上記の「いいえ、あれは幻・・・」の変形が繰り返され、最終行で「彫り刻まれた彼らの名の上を雨滴が流れるこの景色！」という言葉で、登場人物たちの墓の上を、雨粒が伝うさまを示している。

また「どちらが夢か」(611)は、過去化されたかつての〈現在〉をあくまで真実の現在であると主張し、実際の〈現在〉の情景を夢として描く。第三連のみを引用する。

ぼくと彼女は田園舞曲を踊りつつ、広間のなかをくるくると
　アザミの綿毛さながらに　軽やかに巡っている
するとそのとき　カーテンがあいだに落ちる、
　まるでぼくがそこで踊っているのが嘘のように。
そして土盛りのある芝生の上を　ぼくがさまよい
　ぼくがよく知っているあの場所で彼女に会いに来たかのように。

これはエマの没後四ヶ月ほどに書かれた詩であり、〈ぼく〉が「よく知っているあの場所」へ、つまり埋葬地へ墓参に来た現在から、過去の瞬間を描いているのである。

現在と過去の二重写し

過去化された〈現在〉をこのように再び生きる内容を持つ作品のなかには、その〈現在〉と酷似した現実の〈現在〉を描きつつ、そのふたつを重ね合わせる詩も見られる。「霧の上の顔」(423)では、「白布のように牧草地を覆う」現在の霧の上に重ねて、昔、同じ霧の上に、まるで胴体を失った者のように顔のみを浮かばせて語り手に会いに来た女——この幻を語り手が見る。その最終連は、

白布のように牧草地を覆う霧
その上にぼくが見るのは　このような幻影——
そう、かつては呼吸をし、哀願することができた顔！
亡霊の素早さで滑ってきて
　ぼくとの　最後のデート (a last tryst) に駆け付けた顔。

ここに描かれるのは、この女性との別れ際の一場面である。最終行の「最後のデート」に不定冠詞 a がついているから、女は最後のデートとは知らずに駆けつけたか、またはこのデートを境に別れ話が持ち上がって、たとえば次に引用する詩が真の別れであった状況なのかも知れない。いずれにもせよ、このようなもっとも心の痛む過去の情景をもう一度呼び覚まし、深い悔いとともに描くことが文学的感動を与えるのは、あるいは驚くべきことなのかも知れない。しかし確実にここには、物理的時間としての現在のなかへ再生された（再び生命を付与された）文学的現在がある。また「蘭草の池にて」(680)では、さらに痛切な過去の別離が、同じ仕方で現在に蘇っている。あたり一面がヒースに縁取られた池の水面に映る月の影が、折からの風にあおられて引き延ばされる。風は栓抜きのように月影に突き入り、それを、のたくるミミズのような姿に変える。この月影は、かつてこの池のそばで〈ぼく〉から別れを告げられた恋人の、そのとき水面に映って乱れて

消えた映像の再来なのである。最終連は次のように終わる――

この池の　悲しみの輝きにかき乱れる半円の月こそ
彼女が水影を落としつつ　池からつと遠ざかり、そして
ぼくの日々から彼女の日々が姿を消したあの時、目に焼き付いた
あの彼女の面影の　まさに生き霊にほかならなかった

これは有名なアンソロジー・ピース「中立的色調」(9)の姉妹篇だが、それほどにもてはやされないのはどうしたことか。〈有名〉、〈無名〉とは、いつの世でも真価には比例しないものなのだろう（「中立的色調」の真価も著者は認めるけれども、「繭草の池にて」の衝撃力はさらに大きい）。そしてこれもまた不快な過去の時点の再生であるのに、人生を味わうという観点からは、この〈過去〉の現在化は読者に感銘を与えずにはいない。

この種の作品の集大成

こうしてハーディの〈時〉の意識を反映する作品を次々に読んでくると、思索詩らしい断定的な措辞で書かれた「〈絶対〉が説明する」(722)、およびその「再説」とハーディが付記する「こんな訳で、〈時〉よ」(723)の二篇は、ハーディのこの種の作品の集大成のように読むことができるように、著者には感じられる。

「〈絶対〉が説明する」は一六連からなる長い作品なので、要約して示すしかない。〈絶対〉はこう説明する――人間の行ったことは、〈時〉の触手によって打ち壊されることなく、永遠に存在するのだ、また「人間どもがそれ以外のものが見えない〈現在〉なんて／幻のようなものだ」、君たち人間の〈現在〉なんて、ちょうどカンテラを持って歩む旅人が、灯のまわりだけしか見ないのに似ている。灯の届かない前方にも後方にも、闇に隠れて道路が存在しているのと同様、未来と過去が現在に続いて存在しているのだ。このように〈絶対〉は説明したのち、〈過去〉と呼ばれる展望を〈私〉に開いて見せてくれる。第八連では、〈私〉は過去の美しい情景がもとのままの姿で健在であることを目撃する――

塵に埋もれて枯死したはずの花々が　そこに今もなお咲いたまま
色あせることなく　散る気配も見せずに留まっていた
別の場所には　あずまやのなかの奔放な恋の抱擁があり
その近くには　長年月の昔の
七色の　虹の弓。

〈第四次元〉まで言及されるこの作品の真の頂点は、この第八連の前後にある。それならば人間は老いれば老いるほど、このような過去の瞬間という実存在を多数所有することになる。だから悲観論者と蔑称されたハーディは、一転、過激なオプティミストとなる。この作品は一九二五年一一月、ハーディ八五歳の時に発刊された第七詩集に含まれている。少なくともこの作品では彼は人生を高らかに肯定していると言えよう。

〈時〉の略奪性と残虐性を否定

そして「こんな訳で、〈時〉よ」(723)のほうは、〈時〉の略奪性と残虐性を否定し、〈時〉とはひとつの思想に過ぎないと健全なる哲学者が証明し始めていると歌ったあと、恋人たちは老若を問わず、

連続性をもった存在なのだ
はかない一時性とは全く無縁の
静寂なる永久性をもって
際限のない存在期間　損傷を受けることもなく
〈現在〉を一またぎにして過ぎる存在なのだ・・・

主観的・人間的・文学的時間の次元で言うならば、恋や愛など心の動きを伴う人間行為は、〈現在〉の過去化によっても断ち切られることなく、瞬間に過ぎ去る〈現在〉を前方へも後方へも一またぎにできる存在だというのが、このやや判りにくい作品の真意であろう。

「映像の見えるとき」

ハーディの、過去を書き留める詩法を自ら歌った作品に「映像の見えるとき」(352)がある。第五詩集の巻頭詩である。これはここに全篇を掲げる——

かの　鏡
人を一枚の透かし絵にして見通す奴、
だれが捧げ持つのか　かの鏡
きみとぼくの　こんな胸もあらわな光景を　だれがこやつ
のなかに見よと命じているのだろう?

かの　鏡
その魔力が矢のように胸のなかまで貫いてくる奴、
だれが持ちあげてしまうのか　かの鏡
ぼくたちの頭のなかを　そして心を　だれがこやつ
を使って投げ返し、愕然とさせるのか?

かの　鏡は
これら痛苦の夜の折々に　澄み渡っている
どうして映し出すのか　かの鏡は、
世界が目覚めているあいだは　自分がよもや身に纏っている
とは思いもせず、見もしなかった色合いを?

かの　鏡は
それと知らぬ間に　人をひとためし　しかねない、
いやそれどころか、かの不可思議な鏡は
人の末期の思いを　全人生美醜いずれも捕捉しかねない
そして投射しかねない——だがどの映写幕に?

この第五詩集は、ハーディ七七歳のときの発刊で、巻末詩として自己の葬儀と死後の情景を描いた「私が出て行ったあと」(511)を載せた、いわばこれが最後の詩集になるという予測をもってハーディが編纂し

た作品集である。川端康成の言葉で言えば〈末期の眼〉でもって、人の心を凝視しようという意図が籠められた詩集である。第一連では、人の日常的な偽善と粉飾が、本人にも隠していた胸の内を透視して映し出す鏡が描かれる。鏡を掲げる存在は、真実を見よと詩人に命じる詩神、あるいはそれに応じる詩魂であろう。しかし作品全体を読めばこれは〈死神〉またはその接近であるかも知れないという印象が生じてくる。第二連で見るとおり、鏡は人の隠蔽工作を暴くように、心の内部を人に投げ返し、これが自分の心かと人を愕然とさせる。第三連でも、自分がよもや身に纏っているとは思いもかけなかった精神内容を、人は見据えざるを得なくなる。第四連では、思いがけないときに（突然の死の瞬間を迎えた場合も含めて）、鏡にひとためしされる可能性があることを歌い、死の瞬間にはこの鏡は、美醜のいずれを問わず、全人生の軌跡を捕捉しかねない、と言う。臨終にはおそらく、鏡はさらに澄み渡って、いっさいのごまかしなく、生涯を映すだろう、だが（これまで、〈人〉と表現してきたが、この〈人〉は詩人その人であった）その記録すべき映像はどこのスクリーンに投射すればいいのか、というのである。ここにはハーディの詩作の原理が、如実に示されていて、この第五詩集巻頭での詩作法の公言どおり、老年のハーディの作品は、この鏡に映される人生の（自己の過去の）映像を、確かに美醜のいずれを問わず、現在に再現させている。読者はこれを読んで、その率直さに驚くとともに、醜い過去の告白のように読める作品にも深い印象を与えられる。この作品もまた、ハーディの時間感覚の総括を示している。

こうしてこの章で述べてきたハーディの時間感覚こそが、彼に千篇に近い詩を書かせたと思われる。彼は自己の過去のなかから、さまざまな時点を蘇生させただけでなく、それらに一般性を与えようとした。だからハーディの詩は、読者にも、自己のさまざまな〈埋もれた過去〉を掘り起こさせてくれるのである。その具体例は、以下の第Ⅱ部のいたるところに見られるであろう。

第II部

ハーディの全詩を各詩集の主題に沿って読む

――彼は人の生をどのように意味づけたか

――付・拾遺詩全訳（短評・訳注とともに）

第一章　第一詩集『ウェセックス詩集』

――全詩集の基調を奏でる詩群

ハーディが小説から詩に転じて第一詩集とした記念すべき『ウェセックス詩集』は、一八九八年一二月にハーパー・アンド・ブラザーズ社から発刊された。のちに一九〇三年、マクミラン社がその小修正版を当時のハーディ全集（「ユニフォーム版」）の一冊（第一八巻）として刊行する。また同社の一九一二年の「ウェセックス版」ハーディ全集と一九一九年の『全詩集』では、当詩集諸作品にかなりの改訂が行われた。

詩人ハーディの船出

一八九二年、『ダーバーヴィル家のテス』刊行の翌年、ハーディはこうした小説とは「まったく異なった」作品（詩集）の刊行を模索し、処女詩集の表題を『二五年間の歌』とする試案を日記に記している（Life **243**）。実際にはこれより二七年前の一八六五年に彼は詩作を試み、翌六六年には雑誌編集者にいくつかの詩の投稿を試みて受け容れられずに終わっている。小説執筆の二五年間は僅かな詩作品しか書かなかったが、詩のほうこそが自分にふさわしい文学形式であるという思いはそのあいだもつねに心に抱いていた（Life **291**）。そして一八九七年二月四日には詩集の表題を『ウエセックス詩集――作者自身による情景スケッチ付き』とする案を日記に記す（Life **285**）。実際、刊行された処女詩集は「作者自身による情景スケッチ付き」であったが、題名は『ウエセックス詩集――他の詩編を併載（*Wessex Poems and Other Verses*）』となった。

読書界は困惑

大小説家の第一詩集に批評界は困惑を示し、年が明けて一月七日発行の「サタデー・レヴィュー」誌（匿名批評）は、この詩集のことを「…奇怪で退屈な冊子、だらしなく、締まりがなく、野暮ったいこれらの詩歌、情緒が形式的で、着想が貧弱で、細工はさらに劣悪なこれら作品群」と酷評し、このような詩集は小説家としてうち立てた彼の名声をさえ損なうだろう、なぜハーディ自身がこんな詩を焼却しなかったのかと述べ立てた（Clarke vol. 1, 303-05；Gibson, J. & Johnson, T. **41-43**）。ただし「女相続人と建築家」（**49**）と「中立的色調」（**9**）、「ヴァレンシエンヌの町」（**20**）、「私のシセリー」（**31**）、「彼岸にある友たち」（**36**）、「Ph-aへの思い」（のちの「フィーナへの思い」（**38**）、「私は鏡をのぞきこむ」（**52**）などは、多少の差はあれ褒められたのであり、評者の論調に矛盾がある。同じ一月、一週間遅れで「アカデミー」誌の匿名批評は、ハーディが詩に転じたことを、女王が女詩人に、女中が女流作家に、社交界の花形が女優になるのを試みるのと同じだと言ってからかった（Clarke vol. 1, **306**）。ハーディには詩作の初歩的技術もないというのである（同 **307**：ただし限定的に比喩の面白さを褒めてもいる）。

批評家にも妻にも不評

同じ一月一四日の「アシニーアム」誌では、E・K・チェインバーズの署名入りの書評が、「ハーディが自分の手慰みに集めた、これら若年のころの作品群はまったく取るに足りない代物。不完全な発酵状態で思いついた若書き的試作、ぶざまなリズムと不必要に誇張された用語」などと難詰したうえ、憂鬱の気分のみが取り柄で、唯一この点で優れているのは「私のシセリー」(31)であるとした。この評者もまた、ハーディの全詩のなかではむしろ読み劣りのするこの作品を褒めている。「彼岸にある友たち」(36)もまたその「妥協なき厭世観」のゆえに一応の賛辞を与えられたのち、墓に入った後の欲望の消滅というハーディの描く「夢」――そして描く対象がすべて非現実であること――をからかった(Clarke vol. 1, 309–11 ; Gibson, J. & Johnson, T. 44–46)。「ほとんど妄想のように彼にとりついている陰気な人生観」を毛嫌いしながらの評である。特に、死者への人間的な思いに満ちた「彼岸にある友たち」が厭世観の表出だとする論調は、甚だしい誤解と言えよう。一方、詩集の刊行に接した妻のエマは、自分を皮肉っていると感じられる作品(左の「ある貴婦人に」(41)など)や、自分以外の女を歌っていると疑われる作品(後出「フィーナへの思い」(38)など)の多いことに傷ついた。「ある貴婦人に」では

君が生来　他人の言説を受け容れやすい質なのを知ってますから
(中略)私ほど率直に語らない連中の陰険な力にゆがめられて

〈君〉、つまり読者やエマが)『日陰者ジュード』への酷評に荷担することを非難する。このような詩行は、エマや読者をはねつけた。一言で言えば、詩人ハーディの船出は荒天を衝いてのものであった。

全詩の冒頭に示すハーディ詩の基調

さてハーディがいかなる思いで小説から詩に転じたかについては、第Ⅰ部第一章に述べた(以下、個々の詩も当然第Ⅰ部でも触れたものもあるが、重複を恐れず新たに扱う)。この詩集の巻頭を飾り、のちには、形式上も(そして内容的にも)全詩集の巻頭詩の役割を果たすことになる「仮のものこそ　世のすべて」(2、なお、このギブソンによる詩番号の1番は処女詩「我らが住まい」に与えられている)は、この詩集全体の基調を示すのみならず、今日《こんにち》から考えるならば詩人ハーディの全作品の基底部にある人生観を示していることとは30ページにも述べた。推敲に推敲を重ね、あげくは極めて生硬な用語と、重々しい頻繁な頭韻とが大きな特徴をなす作品が作り上げられた。現地へ行ってイギリスの知識人に尋ねてみてもこの詩は読みとりが極端に難しいという。第一詩集の巻頭詩がこうであるから、甘美な詩句を期待してこの詩集を紐解いてみる読者は仰天して撃退されるかも知れない。しかし作品群が歌う内容そのものが、甘く麗しいロマンチシズムを自ら放棄する傾向濃厚であるから、この難解な、反伝統的・反世俗的で、一九世紀の詩の概念とは相容れない硬さこそ、ハーディが巻頭詩に意図的に与えようとしていた性質にほかならないと考えられるのである。

その最初の二連

「仮のものこそ　世のすべて」(2)の第一連は語り手の花咲く青春時代の「変化と機会の繚乱(change and chance-fulness)」によって、語り手が「陽が昇る日毎日

毎に（sun by sun）」選択したわけではない人物へと近づけられ、その変化と機会が「互いの遊離にもかかわらず／ふたりを友情のなかに融合させた（despite divergence, /fused us in friendship）」ことを歌う。変化や機会の百花繚乱については、ブラウニングの「妻一般から夫一般へ」の用例を源として示す注者（Armstrong 51）もあるとおり、人生の重要事項についての路線変更を個々人に迫る偶然や不測の事態の青春における多様性を指すことは明らかである。そして'-fulness'は'chance'のみならず、'change'からも続く接尾語として読まれるべきであろう。また'sun by sun'は'day by day'の言い換えに留まらず、第一連に満ちる花咲き移ろう青春の雰囲気を醸すのにも一役買っている。第二連では、こうして偶然出逢った友人を、真の友が現れるまでの当座の〈間に合わせ〉と考えておこうとした語り手が、満足できる友人の出現と人生の長さを信じていた様が語られる。

実現した散文的現実こそ我が人生

第三連は、理想の美女の出現までは〈当面手頃な〉と思われた女を代用品にする様子を、第四連は立派な家を建てるまでの仮住まいとしての自分の住処を描く。第五連では将来すべてを改善するころには、自分のライフワークを世に問うが、いまはまだ時々良きものを目指す程度で十分と思って、この理想主義者の語り手が仮のものに満足していた様子が歌われる。そして最終第六連は、しかし運命も自己の努力による業績もこれらを改善してくれなかった、と嘆き始め、詩の最後の二行は

ぼくの地上での前進がその後に示し得たものは　ただ一つとして
あの時までに示されていたものを　決して凌ぎはしなかった！

と慨嘆する。ただこれだけが現実として我が人生に示されたもの、という失望が表面に現れてはいるものの、読者は我が身の出来事と引き比べて、おそらく万人の人生がかくの如きものだという感懐を得るであろう。

正確な現実認識と積極性

慨嘆の裏に、実は唯一現実化した人々や出来事の我が身にとっての重要性への認識が、読者との協働によって生み出される作品である。反ロマンチシズム・反理想主義の歌でありながら、散文的な人生の真実こそ我が人生にほかならないという認識が確乎として感じられるのである。涙を誘うような慨嘆ではなく、人生を正確に認識し、それを基礎としてこれから詩人として出発するという雄々しさと呼びたくなるようなものが、ここには明らかに存在する。なお最後の二行の、原稿における元の詩句は、第Ｉ部でも紹介したとおり、「ぼくの貧弱な地上の道の　唯一の標識として　それらは／不十分な姿のまま立ちつくしている！」であったこと、そしてこのオリジナルを不満として推敲を重ね、より複雑なアイロニーを含む現行版へと訂正したことを考え合わせれば、最終稿では〈仮のものと思っていたもの〉が最高位に位置づけられている（本書著者の提唱する）もう一方の読みが納得されよう。

理性の命による新しい世界観

ハーディはしかし、すでに得られた現実の人々や環境を（一方では

寒々とした光景として嘆きつつ）受け容れただけではなかった。新しい自然科学の真理によって受容を余儀なくされた世界観・人間観を、彼は自己に与えられた必然として受け容れた。それらは体質的にロマンチックな理想を求めたくてたまらない詩人ハーディにとっては、あまりにも惨めな現実ではあったが、彼はそれをいわば忠実に受け容れ、それを拒否する幻想は一度も抱かなかった。彼はこうした世界観・人間観を、理性の命に従ってやむを得ず自己に同化したのであって、けっして自ら恣意的にこれらを選び取ったのではない。何ら根拠なくこの種の憂鬱な観念をかってに作品の基調としたのであれば、これは厭世思想と呼ばれてよいに違いない。しかしこの世界観の採用には、詩人としてのもっとも基本的で重要な自己への誠実さが作用している。そしてこの第一詩集には、このような世界観を明言したり、それを根底としていることが明らかだったりする作品が多い。

一八六〇年代制作の諸篇

ところで五一篇からなるこの詩集のなかで、一七篇には一八六〇年代の制作年代が付せられている。つまりこれらはハーディがまだ小説家として世に出る以前の作品に手を加えたものである。一般に詩人が初めての詩集を世に出すとき、その三分の一の作品に、出版より三八年も前の日付をわざわざ明記するものだろうか？　新人の処女詩集にはあり得ないことであろう。功なり名遂げた小説家だからこんなことをしたとのみ考えるべきなのだろうか？　先に挙げたE・K・チェインバーズの書評がこれらの詩篇を「若書き」として皮肉った思いの裏には、こんな考えが透けて見える。しかし今日の我われが思うに、ハーディは、スウィンバーンの『詩と民謡第一集』（一八六六）と同時代に、またクラフの『ダイサイカス』（一八六九出版、執筆は一八六一より前）が世に出る以前に、これらの脱キリスト教的な世界観・人間観・自然観を表明した詩作品と肩を並べることができる作品（同じ主題の詩）を書いていたことに誇りを感じていたのではないだろうか？　そして実際これら六〇年代に書かれたという年代の付いた作品こそが、本詩集の根底を流れる新しい世界観を如実に表明しているのである。

ハーディの示す世の新たな支配者

なかでも一八六六年の作と銘打った「偶然なる運命」(4)は、その後のハーディ詩編のほぼすべてを裏打ちすると思われる世界観を明快に表明している。人間の苦しみを嗤う冷酷な神によってこの世が支配されているのなら、自分は「定めに耐え、身を食い縛り(clench myself)」、安んじて死んでいく——だが現実には「愚劣な偶然」と「さいころを振る〈時〉」という、神格さえ与え得ない運命の支配者がこの世を牛耳っている、

> 目の霞んだこの二人の〈運命の司〉は　僕の苦としての人生行路に
> 苦と同じ確率で、至福をもふり撒いていたかも知れないのに。

——ハーディと言えば、あまりにもしばしば「宇宙内在意志」を信じた作家という言い方がなされる。これは主として英文学史を教えるような場合、烙印を押してあったほうが印象的で都合がよいからであろう。しかし彼の「内在意志」は、「年月の精」や「哀れみの精」など

『諸王の賦』の他の登場人物と同様、作者がその実在を信じて用いた存在物ではないのである。ホフマンスタールが「影のない女」を登場させたからといって、彼がこの種の女の実在をほんの僅かでも信じていたと誰が考えようか？　ハーディの「内在意志」も、これと同程度に比喩的な（そして同程度に比喩として意味のある）登場人物なのである。そして同様にこれら二人の〈運命の司〉もごく臨時的に人格を与えられた擬人像に過ぎない。ハーディが信じているのは、宇宙にも世界にも、慈愛の神も残忍の神も存在しはせず、人間的価値とはまったく無関係な偶然、人間的に見れば何ら論理的・倫理的意味を持たない確率（さいころの目の出方）が人の運命を左右するという現実である。中等教育で理数系の科目をある程度本気で学んだ現代人なら誰しもが、自分の世界観としてハーディともども共有することを認めるに違いない考え方が、ここに表明されているに過ぎない。批評家ジェームズ・リチャードソンはハーディの詩を「必然の詩歌」と呼んだが、この必然とは科学的必然のことである。科学の法則によって必然として惹き起こされる遺伝的形質、病気、事故などすべては、人間が世界に求める倫／論理性から見るとき、偶然に起こった悪運に見えるのである。すなわちこれらの現象の根底には、悪人に悪運を配分する〈神〉が居ない。人の苦しみを喜ぶという一貫した論理性を示す絶対者さえ居ない・・・。

〈正義の絶対者〉の不在

この考え方を補うように、後年の作品「兆しを求める者」(30)の第九連は、正義を支援する超自然的存在の欠如を詠嘆的に明言する。

地上の弱者が　強者のために倒されて血を流しているとき
もし誰か〈記録者〉が　聖書に書いてあるとおり
そのうとましい情景のそばに飛んできて
天が悪を記し取った証として　羽根ペン一本落としてくれたなら！

この詩の語り手は、自然界・人間界の全てを知ったのに、超自然的なものを経験できないことを嘆く。死者の復活、〈天〉の正義、魂の永遠などの兆はまったく見えない。死こそは人の終焉にほかならないと断定するほかない、と最後はあきらめと絶望とがまじりあった詠嘆を漏らす。これは第Ⅰ部の各所で触れた重要な詩である。初版『ウェセックス詩集』では、この作品にハーディ自身の絵が添えられていて、彗星のある夜空が世界の上を黒々と覆う姿を示している。天文学（小説『塔上の二人』も天文学が背景にある）を初めとする自然科学の法則こそが、世界を律する大本だという意味が籠められている

倫理性のない自然界の仕組み

一八六六年にスウィンバーンの『詩と民謡第一集』を読んで感激したハーディは、先の「偶然なる運命」に見るとおり、自分自身もこのような新しい世界観を同じ年に表明した。同年の「日延べ月延べ」(7)も（凡作ながら）この種の偶然によって「常緑樹」のなかに生まれついていない鳥が愛する「彼女」を獲得できない不条理を歌う。また同年、彼は自然観のうえでもこの世界観に矛盾なく連動する考え方を抱いていたことを明らかにする作品をいくつも書いている。「幻の

中を僕はさまよった」(5)には巨大な「円屋根」(すなわち大宇宙)の荒涼が描かれる。この荒涼のなかで「貴女」を知りさえせずに生きるよりも、願望の対象でしかないとしても同じ地上に「貴女」が居るという事実が感謝すべきことだという天文学的な片思いの歌である。「ある婚礼にて」(6)は「自然の無関心」という副題の示すとおり、真に愛し合う男女が結婚できなくて、真に望ましい子供が世に送り出されないことについて、自然の女神にこの不条理を問いただしてみても、結局女神はあずかり知らぬ事として関心を示さないだろうと歌う。「彼女のジレンマ」(12)ではひとりの女が、陽の射さない教会内部で、病死間近の男に、愛していると言ってくれと迫られる。彼の命は女の心次第だと思われたので、男を愛してもいない女が愛していると嘘を吐く。女はこのような矛盾、特に死の存在する世界の仕組みを作っている「自然」を憎む。同じように「悩める友人への告白」(8)は、大きな悩みを持った友のそばを離れた若い男が、友の悩みを共有することができず、二度と彼とともに苦しみ始めるつもりのない自分を発見して、こんな恐ろしい本能を頭のなかから退去させようと躍起になる。しかし

古い友よ、追放を命じたとはいえ、そのような本能が僕のなかに
宿っていたことほど　君にとって苦々しい事実はまたとあろうか!

人間の本性、自然が作っている倫理性のない世界の仕組み、これに対する驚きがこの作品の主題である。(以上は一八六六年作とされた諸篇のあらましであるが、のちに再び初期作品に触れる)。

ロマン派自然観の徹底的な書き直し

「中立的色調」(9)は、これらの作品より一年あと(一八六七)に書かれたとされているが、上記のような自然観がより現実的な肉付けとともに歌われた秀作である。第七詩集の「繭草の池にて」(680)という、恋人を捨て去る瞬間に池に映っていた彼女の姿が水面に乱れる姿を描いた詩の、いわば姉妹篇である。自然の情景はロマン派の詩におけるのとは正反対に、美や永遠性や救いを喚起するためではなく、おぞましさと脆さ、救いのなさを表現するために用いられている。その日、池のほとりでは太陽は神に叱責されたかのように生気を失って白い。芝は枯れそうになっており、とねりこ、すなわち古くから幸せのシンボルとされた(Bailey 56)木の葉は、いまは落ち葉となって冬枯れの芝生に散り敷いている。心変りした恋人(男であろう。しかし女?)は口元に表面的な微笑を浮かべているが、それは死ぬためだけの生命しか持たない弱々しい小鳥のようで、辛辣な嘲笑がそのそばに舞い降りる様は、まるで不吉な猛禽が羽ばたいてきたのに似ている。ロマン派が力の源とした自然界の風景はこうして愛の脆弱性と残酷性を視覚化したものとして語り手に記憶される――ロマン派自然観の徹底的な書き直しである。「母を失った娘に」(42)もまた、「自然」が同一の人間(この場合は語り手の愛の対象である女)を二人と作り出してはくれず、半分だけその人である娘しかあとに残すことができないことへの不満を綴るのである(ハーディはクローン人間の可能性についてはは、どんな反応を示すのだろうか?)

この種の書き直しが、本詩集収録の作品だけをとっても、(六〇年代の作ではないが)前述の「兆しを求める者」(30)や「私の外部の〈自然〉に」(37)において徹底的になされている様子は、第I部の「ロマン派の書き直し」の章で述べたとおりである。後者の第五連では、〈自然〉に「あなた」と呼びかけて、

上から順に死んでゆくゴッドヘッド

あなたは　輝く光に見捨てられ
暗黒に捕らえられて　色あせてゆく!
　あなたの当初の麗しさ
　絢爛豪華な願わしさ
これらをふたたび呼び覚ますことのできる者は　いないでしょう

――テニソンでさえ歌ったように、〈自然〉には残酷な面がある。さらに当時発達しつつあった遺伝学ひとつをとっても、このことは明らかであると感じられたであろう。「〈自然〉の質問」(43)では、〈自然〉と〈死〉とが「近しい隣人」であるこの世界、生者必滅という残酷な成り立ちのこの世界の被造物(自然物)のすべてが、こうした世界に自らが存在する不条理を理解することができずに苦しんでいる。彼らは、自分たちは「我らの苦しみを理解できない/自動機械から生まれたのか」、それとも「もう脳と眼がイカれてしまった/上から順に死んでゆく神の頭(Godhead)の　いまだ死なずにいる残骸なのか?」と問うている(Godheadを初めこの作品については第I部第二章も参照)。

不承不承のキリスト教離れ

また「知覚のない人」(44)は、「同胞が心の支えとする信仰が僕には幻想にしか見えないのは僕の奇妙な運命だ。この悲運と言うべきことをキリスト者は責めるのだが、本当は同情すべきではないか!　翼を奪われた鳥がどうして地に落下するのを望もうか」と歌うのであり、他の箇所でも触れたとおり、自ら好んでキリスト教離れをしたわけではけっしてない、天を志向する翼を奪われただけなのにというハーディの心からの叫びを盛り込んだ名詩と述べて良いだろう。

不可能となった自然崇拝

また「森の中で」(40)は、小説『森林地の人びと』の一情景を詩に歌ったものだが、語り手は都会から帰ってきたこの小説のヒロイン・グレイス、つまり小説中ではおよそ思索には不向きな並の教養の女なのに、この詩のなかでは知的な女に成り変わっていて、森の木々もまた都会の人間と同じように互いに傷つけあう様を見て、ダーウィン思想を反映したと感じられる自然の生存競争への嘆きを語る。「中年の男女の自然崇拝」(39)は口先で自然の美しさを称えあい、死後にもこの自然の美しい地点を互いに訪れて再会しようと語り合う兄と妹が、それは口先だけのことで、自然への賛美も、二人の死後の霊魂の再会もすべて幻に過ぎないと意識していることを歌う。中年になれば人はロマンチシズムを失うものだという人生の一方の真実を描くと見せて、人類ももはや若やいだ時代を過ぎた、我らの時代にはもはや自然崇拝は許されないと歌っている感の強い作品である。一八世紀新古典主義の時代や一九世紀ロマン派の時代が遠くに過ぎ去り、〈自然〉が再び人類への

救いを与える存在とはなり得ないとするこれらの考え方こそが、ハーディが受け容れざるを得なかった新たな時代の世界認識の一環だったのである。

現実認識の浅い幻想を放棄

また「絶望との邂逅」(34)――夕刻、苦痛を象徴するような荒地で〈私〉は空に輝く光を見る。〈私〉は〈善なる者=神〉を曲解していたことで自分を責める。だが希望を否定する〈者〉の声に促され空を見ると光は消えていた――これは神への信仰を放棄せざるを得なかったハーディの精神史を端的に歌ったものと言えよう。また「女相続人と建築家」(49)――富裕な女相続人は建築家に会って、装飾性豊かな玄関、広い窓ガラス、恋人と過す小部屋などを注文する。建築家はこれらを現実認識の浅い幻想として退ける。そして「そんな曲がりくねった階段は／あなたの日々には適しません、

つまり(人の命は突如として潰えるものであるから)
柩に入った亡骸を降ろすのに十分な空間が階段には必要です、
　あなたはやがて　死ぬのだから。」

すなわち螺旋階段からは柩が出せないとして反対される。ここにはロマンチシズムへの徹底した諧謔がある(24頁に詳説)。

恋愛の絶対性を否定

六〇年代の作品に話を戻せば、恋愛についても、上記「中立的色調」(9)もそうであるように、この詩集中にはロマンチックな恋愛の絶対性や美的完結性を破壊する作品が多い。六五年というハーディ詩集中もっとも古い年代を記されている「アマベル」(3)は、ハーディより三〇歳ほど年長の、彼が初めての学校で教師として可愛がってくれた貴婦人ジューリア・オーガスタ・マーチンへの愛と幻滅を歌ったものという説(Bailey 49; E. Hardy 65)があるが、その当否は断定できないものの、色香は褪せはて、足取りも笑い方もかつての生気を失い、慣習に金縛りになった彼女とその考え方に、徹底して冷酷な別れを告げるというのは、二五歳の詩人の主題としては確かに異例である。この意味で異例であるとともにこの作品は軽快洒脱であり、恋愛のはかなさを描く歌としてこの点でも特異である。しかも伝記的な裏事情を考える暇《いとま》を与えない一般性が作品の力となっている。つまり人は、この恋の脆弱性を嫌というほど知っているくせに

それと知っているのに、また個々の恋は壊れるのに、
恋する群は　減る兆しもない。
人はみな　村や谷で手に入れる、
　めいめいの　アマベル。

――この第五連が主題の普遍性を見事に奏で出し、幻滅と非情な別れの歌を、諧謔性に富んだ恋愛風刺の次元に移送している。

愛の終焉を予想する若い恋人

六六年の「憧憬急変」(13)も二六歳の作としては異常な恋の歌である。特定の、対象となる女のいない歌、かつ破壊者としての恋には

自分は無縁でありますようにという願いを主題とする恋の歌――女を失うことを想定して「過分に与えられたものを他に譲ることは／屈辱や過酷な虐待同様に　身をさいなむ」から「僕の心の石板に　女の名が書き込まれることのないように」とする恋愛から逃避する歌なのである。そして四連作をなす「女から彼への愁訴」［その一～その四］（14～17）もまた尋常な恋愛歌ではなく、若い女が自分の老後と愛の終焉を予想して歌う歌（その一～三）および実際に捨てられたときの激情を歌う歌（その四）である。しかし「憧憬急変」の語り手の男性が、想像上の恋の苦しみと喜びとを比較考量して恋から逃げるのに対して、これら四篇の連作の語り手（女）は恋の苦しみを極限まで想像したり知ったりしながらも、恋から逃げない。「憧憬急変」の直後にこの詩を配置することによって、恋や愛における男女の性差を示すとも感じられようし、時として世に生じる女の愛の純粋性を強調しているとも感じられよう。女という生物のひとつの側面を活写する一般性を決して失わないこの連作ではあるが、語り手の女が同一人物で、想像上の恋愛の破綻から実際の別れ、相手の男の他の女との恋愛という時間の連続性があるとして、多少伝記との係わりを意識して読むことも（一八六六年前後のハーディは多情多感であるとともに女との別れに際して酷薄であった可能性が高い）、またこれらの語り手の女性は別々の人物だとして、より普遍性を与えられた作品として読むこともできる。どのように読んでも、男にとって疎ましいほどの純愛がその属性であるとして定義される女の側から、心変わりと薄情がその属性とされる男に向けて語りかけられた内容であることに変わりはない。

さて「その一」（14）の女は、将来自分の美しさが枯死した後でも、「私の魂のなかでは　私は昔そのままの私である」――あなた（相手の男）を不幸から護るには死ぬ気でいる私である、と判って下さったら、あなたも「人生の丘を下る私に　友情の手を差し伸べて下さらないかしら？」と歌う。自然の仕組みの必然によって美を奪われ変貌した女が、内部においてはまったく変わりのない女だとする女性の立場からの主張と、上掲の「アマベル」（3）をはじめハーディの他の多くの詩に登場する、美の移ろいに恋の幻滅を味わう男性の語り手の心とは、著しい対照をなす。

「その二」（15）の女の見るところでは、現時点では相手の男にとって、自分という女がこの男の胸中のすべてを支配する思いである。しかし遠い未来、女が先に死んだ場合、男が女を思い出して「哀れな女め！」と言って溜息を漏らしたところで、この「哀れな女」こそがこの女が主役を演じていた人生劇そのものだったということが理解できないだろう、と歌われる。一つの演劇には大きな主題があり、それを端的に示唆するのがその表題であるが、「哀れな女」という一句は男の口からは軽々しく飛び出すものの、女にとっては人生という一大演劇のテーマを要約した重大な意味を帯びた表題そのものだというのである。この見事な比喩のほかに、男の溜息が、純愛の女からの男の借財に対して支払われる、負債の返却の小さな一部に喩えられる。愛を全うして死ぬ女に対して、それに呼応する純愛を持たない男の側に、女の死後支払い不能になった、愛における不良債権が発生しているという比喩は、おかしみとともにこの世の現実の忠実な描写としての力をも備えていて、凄みを感じさせる。

「その三」(16)の女は、すでに男との別れを経験している。男との別れで人生のすべての意味を失い、現代っ子のように器用に立ち回れないこの女は、自分を喩えて「腐食のまだ生じない頃にキスしてくれた風《かぜ》にのみ忠誠を尽くして／軸受けの上で腐食し錆びて　硬直し果てた風見鶏」であると言う。だからあの別れの後ならいつでも死んでおかしくなかったこの女を、いよいよ死神が収容しにやって来たとき、「この女なら、これまでだっていつでも我がものにできたのに！」と死神が悔しさに歯ぎしりを噛むというのである。この詩の最初の行の"I will be faithful to thee: aye, I will" における「アイ」音の三度に及ぶ繰り返し("I, aye, I")が、愛の極めて力強い表明だという指摘(Persoon 2000 37) は傾聴に値する。

「その四」(17)の女は男との別れのあと、男の新しい恋人に対する嫉妬に身を焼く――「この女があなたに愛を示し、あなたから愛を受ける大罪」のゆえに女の死を願う。この別の女が間近にいても捕らえられない「あなた」の魅力をこの捨てられた私は捕らえることができ、この恋の恍惚によって自分は別れの苦しみから救われている、と自ら語る。これらの連作は、恋愛のロマンチックな甘美さとはまったく無縁の、恋の実体論である。また、比喩の面でも内容の面でもシェイクスピアのソネットを思わせる佳篇の連続である。

愛すらも偶然の奴隷

恋愛のロマンスを多少感じさせる作品がないわけではない。「小唄」(18)は副題にその頭文字があるとおり、前妻エマとの出会いを歌った作品である。第一連は、彼女の住居のあるところは、商人の姿も見えない田園的な場所であることを、第二連は、その美しい住居に貼られた「彼女はここ！」と刻まれた銘板は世俗的な人々には見えず、「ぼく」の目にだけ見えることを、第三連は、彼女との連想がなければその場所は萎びしおれるだろうことを歌う。しかしこのような恋の喜びを歌う伝統的な詩句のあとに、この恋愛の高貴をさらに高めるものとも、また一気に崩壊させるものとも両様に解釈の可能な終わりの二連が続く。第四連は、偶然彼女の近くに足を踏み入れていなかったなら、「ぼく」は別の女と同じほど真実の恋をし、彼女もまた「ぼく」には無関心だったろうと思うと心が痛むと歌われる。さらに最終の第五連では、

われわれのすべてが　どんなに偶然の奴隷であるかを
　思い出してみるなら
恋の〈献身の女神〉も　その眼差しを
　地に落としてしまう。
ぼくが彼女を見つけたのは　ただもう偶然、
知らぬ間に道に迷いそのおかげで　あの地点を、あの地上のどんな
場所より素晴らしい地点を通らずじまいにならなかったからなのだ
　――あの彼女の住むところを！

このようにして、伝統的な恋歌のままこの詩が終焉を迎えるということは生じない。私たちのすべてがこの種の偶然に左右されながら、自分の人生という、他のものに成り変わることのできない定着物を手に

入れる。この最終二連がそれまでの三連の高貴なロマンスを高めると読むかその逆なのか、これは読み手の人生観に委ねられる。しかし読者の誰しもが、我と我が身の人生がここに描かれているという感懐を抱くことだけは確かであろう。そしてこのふたつの読みがテーゼとアンチテーゼとなって、シンテーゼとしての、円熟した人生観の一部を成す恋愛観が生じていると言えるのではないか。

誰の人生にも起こる恋の現実

「フィーナへの思い」(38)もまた同様に万人の生への感懐を与える作品かもしれない。「私は彼女の文も髪も形見は何ひとつ持っていない。彼女の晩年の様子も臨終の姿も私は知らない。私は昔の彼女の面影の記憶だけを所有しているが、これが彼女の遺品の最良のものかもしれない」という一見平凡な内容のなかに、心の奥に深く沈殿する人間的な感情をよく伝えてくる。これは誰の人生にも起こりえることを歌った詩だが、「判っちゃいない」(35)を読んでもその種の作品として理解可能と思われる。天界の空気を吸うように恋人を絶対視していたころ、「僕たち」は「愛は終わりのないもの」と思っていた。しかしこの詩では、彼らが思っていたことが次つぎと否定され続ける。駆け落ちに失敗して人生が粉々になったと思ったのも、死に際の彼女が、嘆きの時には霊となって飛んでいってあげると言ったのを信じたのも、いずれも「判っちゃいない」結果としての誤解だった。恋愛に纏わる非現実的なロマンチシズムによる謬見だった。語り手は別の女に恋をたし、当の女の霊にも出遭わなかった。ただ最終連に歌われるとおり、彼女の死後、彼女がもはや自分の所へ現れることが不可能だというこ

とだけは「判っている」――すなわち彼女もまた、死者の復活はあり得ないという自然法則に支配されている。こうしてこの詩は、ロマンチシズムを拒絶するという論理構成のなかで、実際には、ロマンチックと呼んでいいほどの、この女への限りない哀悼を打ち出している。ここには、現実の世界を支配する法則のみに最終的に信を置きながら、人間の心を失わない現代詩人の精神がある。そしてこの女も上記の「フィーナ」、つまりトライフィーナ（本詩集発刊の八年前に逝去）だとする説（Bailey 92）には説得力がある。

新たな不死不滅の概念

「彼女の不滅」(32)もまた現代的世界観ゆえに人間界や人生の意味が変更されるべきことを歌う恋愛詩と言えよう――死んだ恋人の霊に私が自殺の意志を伝えると彼女は、霊は自分を記憶している人のなかにのみ永遠性を持つのだから死ぬなと言う。彼女の命を護るため私は生きた。私が死ねば彼女も死ぬのは残念、と思うけれども語り手は自分のなかでの彼女の不滅は信じるのである。この時代に西欧の人々が失いかけた人間の霊魂不滅説に変わる新たな不死不滅の概念である。

ヴィクトリア朝の結婚道徳を無視する寛大な男たち

新しいものの感じ方・考え方に満ちたこの詩集はまた、ヴィクトリア朝の考え方に変更を迫る詩にも満ちている。「町の住人たち」(23)――友人から妻が愛人と駆落ちすると知らされ「私」は決闘を決意し、刃物を持って二人を待ち伏せる。だが妻が、今日、家を出るにあたって、宝石をさえ後に残しているのを知り、「私」は法の認める暴君となるのは止めて、愛し合う二人の

味方になり、金を与え逃がしてしまう。『日陰者ジュード』のフィロットソンと同じような、当時の結婚のモラルに反する寛大さが示されているにもかかわらず、読者や評者からの抗議や攻撃はなかったらしい。また「彼女の死去とその後」(27)は、物語詩としてさらに読者の賞賛を得るであろう——夫に軽んじられていた女の昔の恋人である貧しい「私」が、女の死の床に招かれ、彼女から、彼女の、身障者である娘が貴方の子ならいいのにと告げられる。「私」はこの言葉に感激する。彼女の死後、夫は再婚してこの娘が邪魔になったので、「私」はその子は実は自分の子であると言って、虐待されていた娘を彼から引き取る——もちろん実生活においては誰が子供の実の親であるかを偽って語るのは大罪であろうが、ヴィクトリア朝の考え方に一撃を与えるための虚構上の方策として、この物語詩は十分に威力を発揮していると言えよう。

だが酒場で働く女には嫌悪

しかしハーディにはヴィクトリア朝らしい考え方を作品化した場合もあり、「私のシセリー」(31)は同じく恋愛に絡み、同じように女の死後とその後を歌う物語詩でありながら、根底にある考え方には、ハーディの、アラベラ(小説『日陰者ジュード』)に対する嫌悪と同じ、酒場で働く女についての嫌悪があらわである(出版当初の、この作品への批評家の例外的好意の一因であろう)。昔の恋人シセリーが死んだと聞いて出かけた男が、死んだのは同名の別人と知り、当のシセリーが酒場の女将に身を持ち崩していると判って、「私の」シセリーは、死んだ(彼にとってはいわば架空の)あの女だと感じるという話である。ハーディの、悲恋に終わった恋人トライフィーナがバーで働いていたとその死後に判ったということと、この作品が関係する(Pinion '76 16)とすれば、彼の実生活をこの作品は立体化してくれることになろう。また、他の章でも再説するとおり、ハーディの「恋の旅の詩」では、道行きの背景が詩の内容の重要なコメントとなる(Taylor 19-20)。これは彼の諸小説についても(恋ではない一般の道行きの場面についても)言えることだが、この作品においても、男が越えてゆく荒野、古い教会の尖塔、ローマ人の道、古代ローマ軍団の広場、城、野ざらしの絞首台、砦、要塞、古い野営地跡、ドルメンなど、現実の地誌に即して固有名詞を挙げつつ言及されるながながとした旅の過程が、この、恋人に恵まれなかった男の心の遍歴を表しているように読めるのである。

形式主義の打破

「新婚の夜の火事」(48)では、後見人の叔父に無理やりヒロインは中年男と結婚させられる。彼女の恋人ティムは憔悴して彼女の婚家を見ていると婚家が火事になる。ティムは彼女を救い、かくまい、夫は焼死する。こうして二人はめでたく結婚するのであるが、物語はコミカルに悠然と時間をかけて語られており、当事者の意志以外の要素で強制される一九世紀的な結婚形態が痛快に撃破される。他方「不死鳥亭での舞踏会」(28)は、結婚前に騎馬隊の騎兵たちと親しかった女が、六〇歳に近い頃、軍隊が戦場から帰って来たのに大喜びし、夫の寝込んだ後で家を抜け出し、兵士のダンスパーティを訪ねて踊りまくり、翌朝急死する。これはヴィクトリア朝の考え方に一撃を、というテーマそのものではないが、読者がこの女にどうしても愛着を感じてしまうことから言えば、ヴィクトリア朝の形式主義への斜めからの批判を含む作品と言えよう。「彼の葬儀と彼女」(10)もまた（これはヴィクトリア朝に限ったことではないが）形式主義への批判である——葬列に並ぶ彼の親族は黒装束を着こみ、悲しみさえ見せない顔で立っている。列に加われない〈私〉は、けばけばしい色の普段着のままながら、悲しみに身を焼かれる思いがしているのに——女はおそらく彼とは結婚も望めなかった貧しい女であろう。一説には、ハーディの友人で自殺したホラス・モウルに、私生児を生まされた村娘の話ではないかという推測もある（Gittings *Young*=pap. 257）。同じ村で社会的上位にあったモウル一家は、現実には深く悲しみつつ葬儀をしたのであるが、しかし作品が表したいことを書くためには、作家はつねに素材を都合に合わせて改変する。また、葬列に加われない理由としての、階級差の問題も批判の対象であろう。

戦争と民衆の苦しみ

ヴィクトリア朝にあっては反戦詩はむしろタブーであった。ハーディ自身もボーア戦争当時、反戦詩に体制側から非難を浴びせられている。しかしこの詩集には、穏やかながらいかに戦争が民衆に苦難をもたらすかが、過去の戦役、とりわけナポレオンとの戦いを題材にして語られている。「ヴァレンシエンヌの町」(20)は、従軍したタリッジ伍長が聴力をまったく失って復員し、後年その戦役の思い出を語る詩である——一七九三年のヴァレンシエンヌの戦いで、俺は耳の上で炸裂した砲弾により聴力を失ってしもうた。いまは夏になって密蜂が飛んでも羽音もせん。古傷痛んで忘れられん。それでも俺はあの町で戦ったことを誇りに思う——民衆の感情を直接伝える佳篇である。「サン・セバスチャン」(21)では、傍の男が「軍曹さん、美しい奥様と娘さんに恵まれながら、なぜあなたは亡霊から逃れるように町を彷うのですか?」と問いかけると、退役して久しい軍曹は「攻略した町で、わしは娘さんを犯して捨てた。私の娘はその娘さんそっくりの目をしている。これは私への罰に他ならない」と嘆く。二〇世紀にもこのような戦時の罪悪経験に悩む人がいかに多いことか!

戦争を生き抜く民衆

「貧しい農民の告白」(25)は、農民の利害が戦局を大きく左右した話を扱う——ナポレオンが敵の二軍の合流を阻まんとして部下を遣わし、農夫に指揮官グルシ侯の行方を案内させたが、戦闘で農場を荒されるのを嫌った農夫が偽りを教えたのでナポレオンが敗北する。「ライプチッヒ」(24)は語り手がおふくろに聞いたライプチッヒでのナポレオン敗北の話である。三将軍がナポレオンを追い詰め、敗走の道はただひとつリンデナウの橋だけとなる。この橋が天へと吹き上げられ、この町はナポレオン帝国の支配から解放される。そしてハーディは小説『ラッパ隊長』に用いたナポレオン何するものぞという、イギリス人の強がりを歌った軽快な調べ「軍曹の歌」(19)をこの詩集にも登場させている。また「ナポレオン襲来警報」(26)は、素朴な信仰が人々を生かしめていることを歌う、ハーディが各詩集に配する詩のひとつである。上記の諸作品と類似したナポレオン戦争のテーマを扱いつつ、民衆の信仰の素朴さを讃える——ナポレオン襲来の噂のころ、一兵士が身重の妻に身を守るための指示を与えて軍役に戻るとき、敵上陸の噂が届く。妻と逃げようかとも思ったが、偶然助けた鳩に神意を尋ねると、鳩は海側に飛ぶので、彼は海岸でナポレオン上陸に備えていた軍と合流。敵の上陸を阻む結果となる。これも広い意味での反戦詩である。

読者に替わって

さてこの処女詩集には人生の不思議を歌う詩（読者の人生の経験を代替的に歌ってくれている詩）もまた数多い。「ある宿で」(**45**)は、周囲の目に反して、恋人同士となり得なかった二人を歌う（多くの人がこの体験を持つであろう）――宿の人びとは私たちを恋人同士と見てくれたが、二人の間に恋の灯りは輝かなかった。あの日人びとにそうでないものに見えた私たちは、いま苦悩に満ちてそうであるものに人の目には見えない。も一度あの日のようにしてくれ！――この粗筋も、原作もやや判りにくいのだが、いまは全く別れ別れでありながら、互いに思い合っている、そのことが周囲の人々の目には見えないのである。また人生を風刺する詩としての「蔦女房」(**33**)――私（蔦）は樹木と同じ背丈になろうといろいろな木に恋をし拒絶されました。最後にトネリコの木を愛し、爪を立てて締めつけて、彼と同じ背丈を手に入れたの。でも私に縛られた彼は萎えて倒れ、私も崩落するのよ――もまた、読者の近くにいそうな夫婦像である。この一八九〇年代にハーディと夫婦仲の悪かった前妻エマは、この詩に特に嫌悪感を示したと伝えられる（Millgate B. **394**；他）。けれども、頭文字を添えて彼女に捧げられた、前出の「小唄」(**18**)は、ときに批評家も考えるような「やや些末な」（Seymour-Smith **561**）作品では決してないのだから、かりにある程度エマを念頭に置いて書いたものだったとしても、ハーディの意図は一般的に見られる夫婦間の関係のひとつを拡大して詩にするということだったろう。また「おっとりした性格」(**46**)は、夫の死去を耳にした瞬間は、人びとの弔問に備えて、家の散らかりようを片づけることのみに精を出した主婦が、それからのちには悲しみに奪れていく姿を描く。

万人の人生の夕刻に

「彼女のイニシャル」(**11**)には、自分の経験を歌われたような気がして、苦笑を漏らす読者もいるかも知れない――僕は昔ある詩人のページに彼女の名前を書き込んだ。その名は詩人の高貴な精神の一部のように輝いていた。いま同じページを開いてみると、詩集の光輝は不滅だが、彼女の名前からは輝きすべてが消えている！　しかし初老の時期に至り、肉体の衰えに悩む今、心はなお昔どおりの願望に満ちているさまを歌った「私は鏡を覗き込む」(**52**)こそは人生の真実を歌うハーディ詩の典型であろう――鏡を見て「私」は言う、「心もこの皮膚のように衰えればいいのに！　そうなら心静かに終りが待てるのに。〈時〉は、夕刻を迎えたこの肉体を、なお真昼のころのときめきで震えさせている――これは巻末詩であり、詩集全体にもう一度基調となる色彩を与えようとしたものである。この時ハーディが五八歳にして自己を老いたりとして歌う点が特に興味深い。また彼は、この作品ほど有名ではないが、「ウェザーベリー近辺の雌羊の牧場で」(**47**)において、「あの決してうたた寝をしない／〈時〉の小さな鑿が」自分を老いへと追い込んでいるのを感じながら、なお自分は神聖な義務を回避してでも〈美女〉と世を謳歌したいと歌う。上記の鏡を覗く詩と同じ感覚だが、やや説明的である。

死者の平安の声

そう言えば本詩集では、死の本質そのものを扱った作品は、さきに挙げた「彼女の不滅」(32)を除けば「彼岸にある友たち」(36)のみである（この部類に属する詩は、当然ながらハーディが齢を重ねれば重ねるほど増える）。しかしこの詩(36)は独特の魅力を備えている――教会墓地に眠る人びとが「私」に語りかける。「私たちは（死によって）勝利を達成したのです。死の恐怖さえ去りました。生前大切にしていた〈めんこい若雌牛〉やらひそかに取っておいた手紙類やら、こんなものはみなさん好きなようにしてよいぞ」と言わんばかりに、

この難儀の十字架から、遅い早いの差こそあれ　皆解放されて
　神々のような落ち着きを見せつつ　月下に起こるすべてを無視して、

世界がどう変わろうが興味がないと、死者たちは穏やかに〈私〉にささやきかける。死後の平安のみを読み取るならば、それは最初の読みであって、二度読めばこの作品は、イギリスのあのスペース豊かな庶民の墓地の、厳粛な静けさと、本当は二度と聞こえることのないはずの死者の無言の声が、あたりに立ちこめているかのようなあの雰囲気を彷彿とさせる。出版当初酷評されたことはさきに述べたが、死の憂鬱を描くこと自体がけしからんとする謬見によるものである。

その他の詩篇

本詩集にはこのほかに自分が死刑を執行する相手が目の前にいることを知らずに、死刑執行人が自分の職業を歌う（短編小説「三人の見知らぬ訪問者」対応の）「見知らぬ訪問者の歌」(22)、三人の軍人のなかで一人だけ生きて帰還して得意満面だった男が、亡くなった戦友のなかにこそ威厳を感じるに至る話の「カースターブリッジの大尉たち」(29)、小説『日陰者ジュード』に憤激した貴婦人への決別を綴った「ある貴婦人に」(41)、高貴な精神ゆえに世に受け容れられずに終わった男とさもしい生き方をした男とが、外面的には同じような生涯を送ったと世人に見なされた不条理を描く「二人の男」(50)、不幸な子供たちへの行楽基金を集める劇場での公演の際に、舞台から趣旨への賛同を呼びかけた「詩行」(51)なども収録されている。最後に挙げた作品には「もし〈生誕〉が子供の選択によってイエスかノーが決まるのなら」こんな人生を選択しただろうかと、のちの「まだ生まれていない極貧民の子供に与える」(91)の先取りのような言葉が見えることだけを指摘しておこう。

処女詩「われらが住まい」

ついでながらここで第一詩集には含まれない処女詩「われらが住まい」(1)にも触れたい――山毛欅の大木や薔薇、リラ、柘植など樹木に囲まれた我が家。いまは亡き祖母は、昔のこのあたりの様子を「針エニシダと茨が一面に繁り、道ゆく人も羊歯の葉蔭に見え隠れした」と語り、そして

　　　　そのころから　もう
五〇年が経ったのよ、（中略、そのころには）野育ちの馬たちが
丘の上に駆けていて、馬さんだけがおばあちゃんのお友達だった、

私たちが初めて来たころは　ここはそれほどの荒れ地だったの

と話してくれた――こう歌うことによってハーディは、ウェセックスの田園に育った自分のアイデンティティを確立していると言えよう。そして上に見た『ウェセックス詩集』収録の詩群とともに、この詩は全詩集の基調を奏でているように思われる。

第二章　第二詩集『過去と現在の詩』

——さまざまな過去と現在

ハーディの第二詩集『過去と現在の詩』は一九〇一年一一月に、第一詩集と同じハーパー・アンド・ブラザーズ社から発刊された（ただしタイトル・ページには一九〇二年と記されている）。のちに一九〇三年、マクミラン社がその修正版を当時の全集（「新ユニフォーム版」）の第一九巻として刊行。また同社の一九一二年の「ウェセックス版」と一九一九年の『全詩集』でかなりの改訂が行われたのは第一詩集と同じである。本書に対する当時の書評のなかでは、「アカデミー」誌（一九〇一年）のそれが極めて好意的であり、よくハーディの本質を見抜いている——

明察に満ちた書評に迎えられた詩集

純粋で単純な詩を弄する暇は彼にはない。そうするには彼はあまりに強くものを感じすぎるのである。彼の憂鬱は彼の心を圧倒するので、心の外にあるもののすべてが遠ざけられた。本来なら率直に美しいと思われるはずのもの、あるいは喜ばしいと思われるはずのものに彼の心を向けさせるような、すべての事象を彼は避けて通るしかなかった。

我われは不平を言っているのではない。ただ実情を述べているにすぎない。というのもこれは注目すべき詩集であって、評者の個人的見解では、作者がこれに変更を加えようとしても押しとどめたであろう。ハーディ氏の希望喪失はポーズではない。これは人生についての誠実な探求者によって、おそらくは極めて不承不承ながら到達された本物の精神状態である。しかもそれは大いなる力と明快さをもって表現されている。現存のいかなる他の作家も、この書物を著すことはできなかったであろう。（Gibson, J. & Johnson, T. 46）

この書評の称賛の適切さ

そして「まだ生まれていない極貧民の子供に与える」（91）を当詩集の代表作として挙げ、人間の無力、運命の避けがたさ、神々の無思慮などのハーディの思いがはっきりと打ち出されている、としている。ハーディが人生に善を見ないとするのは誤りで、彼はそれどころか多くの善を見て取っている、運命に翻弄されるからこそ人間男女は互いに優しくなれるのである——この詩集は悲しいけれども、人間同士の親切と寛容を行間によく説得するから、甘美でさえある、と評している。「〈天〉が盲目で過酷な場合には、私たち人間はこれまでの二倍も用心深く、たがいに思いやり深くあろうではないか——これがハーディ氏が言外に述べているモラルである」（同 46）としている点でも、この批評はちょうど一〇〇年あとの今日でも通用する明察を示している。またこの書評は称賛すべき種類の作品を適切に取り上げている点でも、時代を先取りしている。

だが当時の一般的評価は

しかし一般読書界が、この書評に沿ってこの詩集をすんなり受け容れたわけではけっしてなかった。翌一九〇二年に出た、盛時ヴィクトリア朝以来もっとも権威のある文芸誌だった「アシニーアム」誌の批評は、今日の目からすれば比較的凡庸な作品と思われる数篇（62、120、130）を多少評価したものの、そのなかでハーディの特質として指摘されたアイロニーについてさえ、その繰り返しが単調で鼻につくとしたうえで、「アイロニーの描き方は、いかめしかったり冷笑的だったり、憂鬱だったり諦めだったり」して手を変え品を変えて厭世観を煽るだけとして酷評した（同 53-4; Clarke 316-17）。またこの書評子の最大の非難は、この第二詩集には、第一詩集にその片鱗が見られた（と書評子の言うところの）〈パストラル〉的描写がほとんど見られないということにあった（同 52; Clarke vol. 2. 315）。いや実際、拙著第Ⅰ部第八章で詳しく述べたたぐいの、伝統的で陳腐な、またそれゆえに当時〈甘美〉とされたパストラリズムが、この第二詩集が真正面から排除しようとしている考え方であることは確かである。しかしこうした指摘は、世紀が変わったばかりのイギリス読書界が詩集に何を求めていたかを如実に物語ってくれる。「第一詩集を読んで期待に胸躍らせてこの詩集を紐解いた読者は、失望感を抱いて巻を閉じるのである。またハーディ氏が小説を放棄して詩に向かっているとすれば、自己の天職を誤認していると確信しないわけにはいかない」（同）――これはおそらく当時の読書界・批評界思考の最大公約数的な言葉であろう。

凡庸な書評子の論調

同年四月五日付の「スペクテイター」誌に見えるT・H・ウォレンの書評もまた、この詩集の真価を見るにはほど遠い凡庸なものである。まずハーディには詩を書くに足るだけの音楽性がないことを長々と述べたあと、花嫁を歌ってさえ死や墓場を連想するハーディの暗さを槍玉にあげ、褒めている「殺戮された者の霊魂」（62）についても、戦死した兵士たちが詩の最後に「自分にとってもっとも大切な、血縁も近い者たち」によって冷たくあしらわれたと、誤読したに違いないと感じさせる言葉を連ねる。巻頭詩「V・R・一八一九―一九〇一」では「偉大にして良き女王」を題材にしたことは、ハーディの〈忠義だて〉を証するものとして称賛の材料とするけれども、この詩が散文的に書かれていると示唆するだけで、詩の真の意味あいには何の言及もしていない。天体を扱った「イェラムの彗星」（120）と「月蝕に際して」（79）にはある程度の賛辞を与えるものの、それは風景描写に優れたハーディという先入主によってそうしている様子で、褒めるために引用した「月蝕に際して」の全文を、今度は論理を一転させて用語の奇矯さ、詩としての拙劣さの例として扱うのである。さらに再転してハーディには場合によっては良き詩想が可能だと褒めたかと思うと、三転してこれら第二詩集の作品は第一詩集に劣ると断じる。論調はすぐに四転し、巻末のハーディによる他国詩人の訳詞を学識の表れとして褒める。

新たな評価を見せた別の書評

しかしこの詩集については、第一詩集についてあれだけ苛酷な評価を下した「サタデー・レヴィユー」誌が、相当に洞察力のある書評を掲載している（今回も無署名批評）。ここでは「母なる〈自然〉の嘆き」（76）のなかで〈自然〉に対して遺憾の意を表する詩人が、おそらく批評史上初めて認知される。そしてこの作品における「神秘的でほとんど恐ろしくなるような雰囲気」が、亡霊の出る恋愛詩・戦争詩・幻想詩にも見られる点が称揚される。そのなかでも「暗闇のなかでⅡ」（137）の、古い価値観を批判する人物の悲運を歌う最終連――（原作では四行。書評は八行で表示）

小声でささやかれる〈世の最善のすがた〉が
〈最強の一級人物〉の一撃によって打ち壊されるのを聞く彼、
もし〈最善〉への道があるなら
まず〈最悪〉を直視する必要があると考え、
喜びとは　不正・慣習・恐怖に束縛されている
繊細な生き物だと考えている彼――
そんな彼は　出来損ないとしてこの場から退去させよ、
彼はこの場の秩序を乱しているから。

――〈彼〉とはもちろんハーディ自身の分身であり、この四行の話者はヴィクトリア朝の主流派の残党であるが、この部分を特に引用して、この詩集の特質をよく表す「憂鬱な誠実さ」をここに見ている論調（Clarke vol. 2, 318-20）には注目すべき新しさがある。

詩集表題の意味

ところでこの第二詩集の標題には、どのような意図が籠められていたのであろうか？　ここで彼の第六詩集に目を移してみると、これは『近作・旧作抒情詩』と題され、これは〈最近および従前に書いた抒情詩〉の意味だとその序文でハーディ自身が述べている。本章でこれから読んでいく詩集『過去と現在の詩』の場合にも、表題にはこれとよく似た意味（過去と現在に書いた詩）が籠められているかもしれない（また今日の批評家によってもその意味に解されている）。しかしそこには、人類の過去と現在（特に一九世紀と二〇世紀）、かつまた人間に共通する、自己の人生の過去と現在、を歌う詩集だという意味のほうがより濃いことが、詩集を通読することによって明らかになってこよう。そのうえハーディが、本章の最後に扱う（そして第Ⅰ部第三章全体で詳しく述べた）「闇のなかのツグミ」（119）に、一九〇〇年一二月三一日の日付をわざわざ付して一九世紀的価値への告別を示したことからも、このことは読み取れるのではないだろうか。また読者が、さまざまな意味での過去と現在を念頭に置くことによって、作品のメッセージがよりはっきり伝わってくる作品がここには多い。ハーディ自身がこれを意識して作品集を編んでいることは明らかと思われるので、この章では我われもこれを意識して読んでいきたい。

後年の評価に委ねる詩を書く

ハーディの八詩集すべてについて言えることだが、巻頭詩は詩集全体の導入として、以下の作品群全体のテーマや傾向を予示している。この詩集の場合にも、巻頭詩「V・R・一八一九―一九〇一」（53）は冒頭からして、「もっとも大いなる瞬間は、暦に記されずに過ぎ去るものだ」という鮮烈な時の意識を示す一行から始まる。V・R・、すなわちヴィクトリア女王の生命の誕生を絶対者が命じたときにも、神ならぬ人間は知らなかったように、女王の政治で最良のものが何であったかということも、未来の日まで人には判らないだろうというのが作品全体の趣旨である。

やがてきたる未来の人々の目に　最も輝かしく映る女王の行為は
我われの目からは今は隠されているのかもしれぬ・・・

この詩が書かれた五日前にヴィクトリア女王が没した。この作品は外形上、女王とヴィクトリア時代に対する讃歌として発表されている。しかし作品の内部では、現在を生きる人間にとってはこの「現在」が過去化されるまではその評価は定めがたいこと、したがって「現在」に必然的に含まれる慣習と偏見が払拭されて初めて、現時点の人間行為はより公平な目で見られるはずだという想念が強く働いている。「暦に記されずに」と歌った冒頭の一行に籠められた現在の過去化（すなわち歴史における「現在」の価値づけ）がやがて生じるというこの観点は、九九篇からなる詩集全体を支配することになる。いわばハーディは、現在の因習的な考え方に依存せずに、後年の評価に委ねる人間の相の数かずをこの詩集で歌うことを冒頭で示唆したのである。

実際、二〇〇三年の私たちから見れば、当時の「現在」（一九〇一年）のイギリス人が誇らしげに称揚していたヴィクトリア朝の成果の多くは、一〇二年間のあいだに否定され、その当時評価されなかった人間の行為や観念がその後評価されてきたことが明らかである。ハーディは詩人の予言として、このことを考えていたに違いない。この作品の最終行には「事物を円熟させる年月が過ぎ去るまでは（Till ripening years have run）」という一行があり、人類の未来に円熟と改善を信じるこの時点でのハーディの心がここに滲みだしている（最晩年の彼の感想に比べて、希望がまだ生きている）。

戦争を痛烈に批判する詩群

当時の人びとがヴィクトリア朝の成果と考えていたイギリス植民地の拡大政策は、しかしすでに破綻の兆候を示し始めていた。この詩集の第二篇以下一一篇にわたってハーディは、イギリス植民地戦争の代表格である南阿（ボーア）戦争を痛烈に批判する諸篇（「戦争詩」）を掲げる。やがては否定されて「過去の価値」とされるべき戦争にまつわる、武勇だの散華だのという美辞麗句や、戦争の愚劣そのものをテーマとする詩群である。

巻頭詩の次に置かれる「乗船の風景」（54）は、一八九九年一〇月、サウサンプトン埠頭から船出する兵士の光景を描く。野蛮な時代とされる古代、中世、近世初頭の（「過去」の）戦争の発端にも、このサウサンプトン埠頭が使用されたことを示したのち、詩は、近代の思想・条約・規範もなお正すことのない戦争という愚劣のために、「現在」を生きるはずの兵士が出征する姿を描き、末尾の二行では見送りの妻や親たちが、自らをむち打って笑顔を作る光景を描出する・・・

妻たち、姉妹たち、親たちが白い手を振り　笑顔を作る、まるで

　　自分たちが　その間ずっと泣いていることを忘れたような笑顔を。

この作品全体の理知的な訴えが、この末尾二行の情緒的な戦争批判により、情理一体となって読者の心に受け容れられる。この船が沖合に去る姿を描いたのが「出発」(55)である。出征兵士を乗せた船が遠ざかる姿が描かれ、いったい、いつになったら我らの夢見る（戦争のない、全人類が一丸となった）政体が、一国のみならず大地と海のすべてを愛国心で取り巻いてくれるのか？　と問いかける。この「愛国心」は、地球全体を人類すべての一国と考えての、いわば国境のない人類愛と同義語である。

軍人の、そして家族の不安

次の「大佐の独白」(56)では、沖合に去った輸送船内で、ベテランの軍人が述懐する――前回おれが出征したときには、銃後のあの娘は恋人のおれが戦死しても、その先の人生の希望があった。こんどは、古女房となった彼女は、俺が死ねば未来を失ってしまう――このように戦地に赴く人びとにも重苦しい不安があれば、以下に見るように、彼らを送り出した側にも抑えきれない心配がある。次に配された「砲兵隊の出陣」(57)にそれは描かれる――雨のなかを最愛の夫の出陣を見送った妻たちは帰り道、夫たちは二度と帰らないだろうとつぶやく仲間の一人の声を否定しながらも、不安に怯えて愛するものたちの帰還を待つしかない。

　　彼らの道のりは苦しいでしょうが、何かの〈手〉が守ってくれるわ、
　　…私たち信じて待つべきよ、満ちる〈時〉が明らかにすることを。

しかし〈時〉が満ちて明らかにされることは何であったか――それは戦死者・戦傷者の名簿の陸軍省での掲出であった。「ロンドンの陸軍省で」(58)は、妻たちの祈りから僅か一ヶ月後、どんな「手」も彼女らの夫たちを守ってくれなかったことを明らかにする。そして詩人自身の声で、昨年、私は（戦争の切迫した）世界は考えうる限りに暗いと言ったが、その昨年でさえ、戦死者の紙切れの掲出が人を悲しませず、死神は人の自然死だけを待っていたとして、戦時の異常さが強調される。これらの諸作品を並べる順序立てはきわめて意識的であり、58番の存在によって57番は注釈され、兵士の守護の〈手〉は存在しないことを明らかにして、〈神の不在〉というこの詩集の重要主題のひとつを隠然とここに埋めこんでいる。

キリストの名の二千年の歳月も無力

「クリスマスの幽霊物語」(59)では、先ほど出征兵士が胸に抱いた人類愛と世界平和への願いが、戦死者の霊の嘆きのなかから、より強い焦燥とともに歌われてくる――

　　　　ぼくは知りたい、
　　あの〈はりつけにされた人〉によってこの世に持ち込まれたはずの
　　地上のすべてを喜ばす〈平和の法〉が　いつ誰によって
　　無効ときめつけられ　おくら入りにされてしまったのかを
　　そしてこれらの年月に〈主の歳月〉の名札を貼るとは

いったいどんな論理・真理によるものか　ぼくは問いただしたい
この名札のついた二千ちかい年数が　いそいで過ぎていったが
〈あの人〉が命を捧げて求められた〈大目的〉は今なお現れてこない

最終四行は、この詩が平和主義的で国益に反するという世間の非難を受けた結果として、キリスト教精神に訴える手段をハーディが取り入れ、追加修正されたものだが、修正は戦争推進論者に迎合するどころか、ハーディの平和主義を明確化するためにのみ役立っている（そして重要なことだが、ハーディは本詩集でも〈神の不在〉を理知の上で不承不承受け容れつつも、従来のキリスト者以上に磔刑にされたキリストの〈平和の法〉の遵守を主張しているのである。この一句は修正以前に書かれたことに注目したい）。彼はキリスト教の本質を持ち出すことによって主戦論者の攻撃をかわしつつ、軍事思想そのものへの批判を強めている。また有名なアンソロジー・ピースである「鼓手のホッジ」(60)――納棺もされずに穴に投げ入れられた戦死者ホッジの霊は、生前には彼が見たこともなかった南半球の星座に当惑する。彼は異国の星が見下ろす南国の木となって生い出る――は、北の国の農夫が南半球に死して眠るという、過去の戦争にはなかった悲劇の生じる〈現在〉の状況を鮮烈に描く。また、これもよく知られている「ロンドンにとり残された妻」(61)の前半では、妻のもとに夫の戦死を告げる電報が来る。後半では翌日、遅れて夫の手紙が、帰還の希望と帰還後の家族の遠足、新たな夫婦の愛を書き送ってくる。この作品も、昔にはありえなかった新技術による電報、遠国から届く手紙など、人間の物質面の進歩がもたらす〈現在〉の残酷な悲劇を描く。

武勲なんて〈過去〉の価値

戦死した兵士の霊が故国に上陸して、自分たちの武勲がどのように賞賛されているかを知ろうとする歌「殺戮された者の霊魂」(62)では、戦争での功名より、戦死者の過去の日常生活での思い出こそが遺族の宝であることを霊たちが知る。〈過去〉の価値としての武勲が揶揄されるのである。「兵士たちの　妻たち恋人たちの歌」(63)は、武勲とは無関係に兵士たちの無事の帰還を喜んで待つ女たちの歌である。そして「戦争詩」を締めくくる「病める戦争神」(64)は平和主義の台頭を信じる歌である。人類の過去においては〈戦争神〉は崇められ、「諸王は強奪や襲撃のために／古代文字や詩文を使ってこの神の加護を祈り求めた」が、

しかし新しい光が拡がった。戦争神の金色の後光と栄光は
新たな光に圧倒されて輝きを失い、しだいに薄暗くなってしまった
戦争神の赤らんだ姿すら　色あせたものになりはじめ
やがて今は　彼の身すら僅かだけしか残ってはいない

もちろんこの「新しい光」は「近代の瞑想」や「文筆家の懇請」によって生じた反戦思想である。これによって現在では「戦争神はもはや神ではなくなった」として過去の戦争讃美は打破されたとする。ここには、やがてハーディがやむなく訣別する一九世紀の進歩主義の延長が感じられる。ときおり人類の進歩を希望的に歌う点で、この詩集

は六〇歳台ハーディの特色を示す。

「名所巡歴の歌」

一一篇の反戦詩が巧みに配列されて「過去と現在」を肉づけしたあと、一一篇の「名所巡歴の歌」がまた異なった「過去と現在」の意味を探る。後年のハーディ詩集のテーマの大半を支配する、過去を実在として尊重する時間感覚の一端が現れてきている。

その序の歌に当たる「ジェノヴァと地中海」(65)は、誇り高い女王と称されるジェノヴァよ、あなたを初めて訪れる旅行者に、繕った女の下着など汚い洗濯物をまず見せつけるのを止めよ、という内容であるから、単独の詩としては退屈なものに見える。しかし以下の一〇篇を併せ読むなら、ヨーロッパ各地への巡歴は〈現在〉ではなく〈過去〉をそこに求める旅なのだということをこの詩が歌っていると判る。次の「シェリーのひばり」(66)、すなわち詩人シェリーの歌によって不滅の鳥となったあの雲雀は、ある日、羽毛と骨の小塊として地に落ちた。その土と化した遺骸のひと摘みを永遠に聖別したいと歌うこの作品は、ハーディが心をこめて愛でたこの詩人への敬意を歌うとともに、ロマン派にはできた自然物の神格化は、〈現在〉の詩人にはもはや不可能であるということも同時に歌っている（なおこの詩については、第I部第二章に詳しく述べた）。

各地の歴史の痕跡

これに続く八篇では、語り手がヨーロッパの各地で歴史の痕跡を求め、〈現在〉の情景のなかに〈過去〉を蘇らせる。ハーディの場合には、景色の美しさの根拠は一八世紀詩人の場合のような自然物のなかへの神慮の顕れでもなく、ロマン派のような自然界からの神秘的な人間への働きかけという信念でもなく、唯美派のような情景の官能への刺激でもない。彼にとっての風景美の根拠は、景色のなかに人類の「過去」と個々人の「過去」とが刻印されていることなのである。後年の詩集の制作原理となる、この彼独特の美学の萌芽がこの八篇にすでに見て取られる。

〈過去〉と〈現在〉の融合

「フィエゾレの古代の劇場にて」(67)では、古代劇場跡で〈私〉に少女がローマ皇帝の肖像のあるコインを示す。同じコインがイギリスの〈私〉の家の敷地でも見つかるので、ローマ帝国の偉大を実感する。この作品は、古代の廃墟と現代の硬貨を持った少女を組み合わせて「ローマ皇帝が王笏《しゃく》を揮った長い歳月のすべてにわたるヨーロッパの歴史の姿」を映し出す。「ローマ――パラティヌスの丘にて」(68)では、この丘の廃墟が原初そのままの輝きを見せている光景のなかに、当時は現代音楽だったヨハン・シュトラウスのワルツが聞こえ、過去と現在の境が消えて、〈時〉は「フィクション」に過ぎないように思われる――

音楽は…今脈打っている生命と　とうに過ぎた生命とを混合した
やがて〈時〉は虚構に、〈過去〉と〈現在〉は同一に、思われた

実際ハーディの詩は〈時〉が人為的に創作された観念に過ぎないと読者に納得させようとする芸術である――二千年前に起こったことも、自分の青春に存在した情景も、いま現前していることも、もし

〈過去〉とはすなわち過ぎ去り消滅したことであるという〈時〉に関する常識的観念を排除するなら、これらは三者ともに同等の資格を持った地上の出来事である、とハーディは主張するのである。

〈過去〉の美の基準が現に健在

次の「ローマ――古代建築のある区域で新しい家並みを建設する」(69)は、美しいローマの建物が廃墟と化した真横に、現代の建物が侵入し、年月のもたらす摩滅を予知する心も知らぬげな安普請の建築が進む姿を風刺混じりに嘆く。「ローマ――ヴァティカン宮殿のサラ・デレ・ムーセ」(70)では、昨夜今日の音楽を愛でた〈私〉が、今日は古典古代の女神の彫刻を愛でている。これは浮気でしょうかと〈私〉が尋ねると、女神は「それは浮気ではない、すべてあなたの芸術心という一心から発するものですよ」とおっしゃった――これらふたつの作品はともに、人間性の不変を示唆しつつ、過去と現在に共通する美の基準の存在を主張する。

場所に刻み込まれた時間

「ローマ――シェリーとキーツの墓地近辺のチェスティウスのピラミッドにて」(71)では、語り手の〈私〉がチェスティウスという執政官がどんなことをした人物かは知らないけれども、生前は悪人だった可能性の高いこの執政官は、しかしその昔、死後にこのピラミッドを建てさせたことによって、不滅の二詩人の居所を示すという偉業をなした。このためにこそ彼はこの世に生まれ、死んだのだと言えよう」と語る諧謔によって、権力者の記念碑よりも詩人の足跡を尊ぶ。「ツェルマット――マッターホルンに」(73)では、君（マッターホルン）を見ると、三二年前の有名な遭難事故の時点まで君の歴史が不在だったという錯覚を呼ぶが、実は君はヨシュアの止めた太陽と月、シーザーの最期、キリスト処刑の日などをも目撃した山だという感懐にふける。「ロッディの橋」(74)では、ナポレオン戦争の激戦地ロッディの橋に、〈私〉はロマンスを求めてやってきたが、誰ひとりこの故事を知る人がいないと慨嘆する。これらの作品は「場所に刻み込まれた時間」（ペイターがこの感覚を表明したことはよく知られている）という、世紀末的であるとともにハーディ詩の特徴でもある想念を、顕著に表している。

過去の刻印に満ちた地域への愛

この想念をまとめ上げて、巡歴の歌の最後を受け持つ「合衆国への招待に際し」(75)では、私はもう進取の気象を失ったので、未来のなかに円熟がやってくるような新興国へは行きたくない、私は過去の刻印に満ちた古い世界にこそ興味があると歌う――「墓のように彫刻が施され、文字が彫り込まれ／滅びた人々の手の跡が刻み込まれ／宿命の日付が数多く歴史の暦に記された国」にこそ私は心を奪われる、それは〈過去〉の手本と言うべき人々に〈現在〉の場を与えて、「彼らの経験を私のものにしたいからだ」というのである。

真理を語る文筆家には悲運が

そして上記の思いを実行に移している作品（これら巡歴の歌の白眉）は「ローザンヌ――ギボンの旧庭にて、午後一一―一二時」(72)である。題名と一八九七年六月二七日という訪問時期の書き込みの下に、「（時間と場所を同じくして『衰退と崩落』脱稿の一一〇年目の記念日に）」という記入がある。大著を書き終えたばかりのギボンの霊が現れて、〈私〉に問いかける——

いまは〈真理〉の処遇はどうなっている？　——虐待かね？——
文筆は　ほんのずる賢く〈真理〉をあと押ししているだけかね？
遠回しな言葉でしか〈真理の女神〉を援護できないでいるのかね？
駄文家達が今も〈喜劇〉を〈尊崇の対象〉だとほざいているのかね？

賢人ミルトンは〈真理が世に生み出される様子は　私生児なみ、
つまり真理に生命を与えた男に不名誉をもたらさずにはおかない〉
と　苦渋に満ちた言葉を　誣告《ぶこく》者になげつけたが
この種の手合いが　今なお地上を牛耳っているのかね？

一八世紀末のギボンの時代でも現代でも、真理を語れば文筆家に悲運が訪れるというこの嘆き——この種の真理を述べる詩篇を次つぎとこのあとに並べ連ねる意図のあるハーディは、これを以下の作品のイントロダクションとして用いたのかも知れない。ギボンを扱った作品は「場所に刻み込まれた時間」の詩であるとともに、詩人の使命と運命についての如実な述懐でもある。

時間感覚・歴史感覚を示す詩

それら〈危険な真理〉を述べる作品を見る前に、これら巡歴の歌とはまた別個な時間感覚・歴史感覚を示す詩を二、三挙げてみたい。「平凡な一日」(78)では、平凡なこの一日に私は何ひとつ価値あることをしなかった。だがこの日に、世界の改善の種となる事柄が生じたかも知れず、逆にまた、そのような種が麻痺したかもしれない、と歌う。個人にとっての平凡な一日が、意識されないままに人類にとっての重大な一日であるかもしれないという歴史感覚は貴重である。他方「八月の真夜中」(113)では、真夜中に蚊蜻蛉、蛾、丸鼻蜂、蝿、私からなるこの五者が、時と空間の一点に会合している。もっともささやかなこれら被造物が、私の知りえない大地の秘密を知っていると歌う。これは自己以外の者との時の一点で出逢うことの不思議を実感させる佳品である（教室で学生たちに人気のある作品）。また「イェラムの彗星」(120)では、〈ぼく〉と彼女が今、まもなく視界から泳ぎ去る彗星を空に見ている。彗星はいずれ帰って来てイェラム平原を照らすだろうが、君の可愛い姿を再び照らすことはあるまい——こう歌って、宇宙規模の時間と人間的な時間との対比から、人間にとっては〈現在〉は一瞬のうちに過ぎ去るという古いテーマを新鮮に歌う。

危険承知で語る真実

さて今しがた「危険な真理を述べる作品」と称した詩群を取り上げよう。この詩集におけるその数は驚くほどに多い。ギボンを歌う詩の役目は明らかであろう。ハーディは真理を歌って、世間から非難を浴びることを覚悟しているのである。まず今読んだ彗星との繋がりで、穏やかに〈真理〉を述べる作品「月蝕に際して」(79)を見てみたい——月面に地球の影が映る。神の顔の如きこの影が、苦難の大陸なのか？　戦争をする国家や英雄、美女などの人間界は、かくも矮小なものなのか？——危険を呼ぶ作品ではないけれども、人間世界を遠隔化し、自然科学的な目で見ることにより、以下に読む神不在、「自然」の人間的属性の欠如など、非伝統的な主張の詩の、これは精神的基調を示す作品であると言える（なお、神の消失のテーマの作品については、第I部でも詳細に触れたが、第二詩集のイントロダクションとして別個にお読み下さる読者の便を考えて、ここに第I部とは稿を改めて、やや簡単に書き連ねることにした）。

聖書の記述を疑う

キリスト教にまつわる神秘説の否定は、イギリスにおいても遠く一七世紀の哲学者デイヴィッド・ヒューム、一八世紀の化学者プリーストリーなどが強力に主張しているが（Willey 18th. ch.5-7）、ドイツのダーフィト・フリードリヒ・シュトラウスが一八三五―六年に世に問うた『批判的イエス伝』が神学者自身の立場からこれを否定し、さらにこれがジョージ・エリオットによって一八四六年に英訳されて、知識人のあいだではこの考え方は「上層批評・高等批評」の名で一般的に知られるようになった。ハーディもこれを詩のテーマにしている。「品格ある市民」(129)がその作品で、神学者たちも「今は聖職者と市民がともに口を合わせて、聖書の記述の数々を疑う必要がある」と言うくらいだから、私は教会へは行かず、ヴォルテールを読む、という内容である（もちろんヴォルテールは、フランス一八世紀の啓蒙思想家として、宗教教義を激しく非難した）。

証拠隠匿のほうが善行か？

しかしこれよりも遥かに深い心を籠めて書かれたキリスト教離れの作品が「大問題」(83)である――証拠（まるで刑事事件を語るような言い方で「神不在の証拠」を指す）を信じる我われは、この件をばらそうか隠そうか？　古い考えを君臨させた方が人には幸せなのだから、隠そうか？　人の喜びと苦痛を決めるのは外部を飾り内部を隠す塗料のみなのだから。だからこの神の喪失という大問題を告げる鐘の音を一般大衆に聞かせてはならない、

> 安らぎがあるというのに、さげすむ必要がどこにあるだろう、
> 外部塗料が人の苦楽を決めるのだから塗料に難癖はつけないことだ

すなわち、知識人だけが安らぎを奪われればよいというのである。第一詩集の「知覚のない人」(44)と同様に、神不在を喜ぶ気配も、そのことを知るインテリの教養自慢の雰囲気もまったく感じさせない。恐ろしい殺人事件の証拠を握りながら口外できない人のような苦悩のみがここからは伝わってくる。語り手はこの恐ろしい真実を口外しない決心をするということになっているが、最終行の直訳「絵に描かれた外面が人類の喜びと苦しみを決めるのなら、使われている顔料の詮索はしないほうがよい」での「絵」は絵空事の意であり、絵空事でも人を安心させるのなら認めようというのである。当然絵空事は揶揄の対象である。しかもこの詩の存在そのものがこの真実を「口外」しているのである。この種の作品に詩歌らしい味わいがないとして嫌う読者もおられようが、この当時の西欧人にとっていかにこの問題は重大であったかを考えれば（第I部第三―六章参照）、ハーディはこの問題についての「真理」をテーマにした詩を書かなくては、自分の詩人としての存在理由を見出し得なかったのである。

〈全的な疑念〉による〈最悪の直視〉

さていずれも「暗闇のなかで」と題された三つの連作中の第二篇「暗闇のなかでⅡ」(137)は、ハーディの詩人としての妥協のない本質を示す、極めて重要な作品である。多数者は「世の全てが最善である、人の〈生〉はいま最も良き形にある」と叫ぶ。多数者と意見を異にする私、最悪を見てこそ善への道ありと考える〈私〉は、いったい秩序破壊者なのか?——これはヴィクトリア朝の通俗楽天主義と正面から対立する考え方を表明しようとする詩である。ここに言う「最悪」とは神の不在を指すことを理解するために、第六詩集の序文に相当する「弁明」を覗こう。この序文では〈執拗な問いかけ〉や〈全的な疑念〉という言葉が、宇宙や世界の成り立ちの根元を問い、神の存在について全面的に疑う意味で用いられ、そのあとでこの第二詩集の詩から「もし改善への道があるなら、まず最悪を直視する必要がある」が引用されるのである。上記の詩では、これは「全て世はこともなし」と観ずる安易なヴィクトリア朝的楽観主義者と対立する考え方として打ち出され、それ以上の明確化は避けられているけれども、「弁明」では〈最悪の直視〉は〈執拗な問いかけ〉や〈全的な疑念〉から結論される世界の最悪の成り立ちと同義であることは前後を熟読してみれば明らかであろう。つまり〈最悪〉とは神の不在のことなのである。(この作品については第Ⅰ部第五章や第Ⅱ部第六章をも参照されたい。)これはのちに見る「沈黙者の見解」そのものであり、また先にギボンが語っていた「真理」そのものである。実際、ヴィクトリア朝に生じた〈最悪の直視者〉への無言の弾圧、植民地の拡大と帝国主義思想、過度な楽天主義と物質主義、そしてそれらの「思想」を吹聴する強者・多数者、彼らの傲り、非追随者や弱者への圧迫——これらはハーディのような知者には我慢のできないものであった。そして次の「暗闇のなかでⅢ」(138)——私が世を去っていてもおかしくなかった時が何度もあった。無邪気な遊びの時、母を信頼して荒野に居た時、あるいは誕生の直後に、終りが来ても良かったのに——では、我慢のできない世相から一気に撤退するかのように、自己の生命と生涯を否定する(この要約はBailey の解釈(182-3)とは大きく異なることをお断りする)。

神に忘れられた地球と人

こうしてハーディは、この第二詩集では他のどの詩集におけるよりも多くの〈最悪の直視〉による作品を連ねる。当詩集では、神の〈消失〉というよりも、病気や戦争や死の支配する地球には神は〈不在〉であるという内容のものが多い。「神に忘れられて」(87)では、〈私〉は〈最も高貴な主〉に会って、人間へのメッセージを求めたが、地球のことは忘れられていた。〈私〉は地球の窮状を知ったから、今後は改善するとの神の約束を信じたいと歌われる。その第二連での神の言葉はこうである、

——「地球だというのか?　なに、人類だと?
わしに創造されただと?　その運命は悲しいだと?
いやいや、そんな場所はわしの記憶にはござらん、
そんな世界を　わしは作ってはおらん」

しかしこの詩集でのハーディは、やがては人間界は改善されるのではないかという考えをあちこちに打ち出す（そしてそれを軽薄な楽観論だとして同時に皮肉る——この詩ではこれを「何と子供っぽい考え！」と自ら批判している）。この作品の次に置かれた「病床の貧農」（88）では、人間なら里子に出した子の運命は気になるのに、神は子の苦悩を放置しているといったんは貧しい農民の男に嘆かせるが、神は気づきさえすれば慈愛深くなるはずだから、それを信じて私（病気の貧農）は神を崇めるという意識的な非論理の結末を配する。ここでは、信じても神は応えてくれないという含みが感じられる。次の作品「地球の遺骸のそばで」（89）では、地球の生命の絶滅後、嘆く神に向かって、〈時〉が「当初の状態に戻っただけだから嘆く必要はないのではありませんか」と問うが、神は、かつて無意識のうちに地上の苦悩を創造したことを後悔していると語る。

欠陥のある「自然」

そして世界の成り立ちに人間への配慮が欠けているというテーマは、欠陥のある「自然」を歌う歌のなかにも展開される。「母なる〈自然〉の嘆き」（76）では、「人間にかつては称えられていた私（自然の女神）は、今や人間の理性のために、能力も業績も不十分だと見破られて悲しい」と女神が嘆く——

　人間は　もはや私の作った太陽を神聖なものとは見ず、
　　私の作った月を　夜の女王とは見ません。
　私の星ぼしをも　雨に影響を与える
　　堂々として崇高な天体とは　考えません。

これは古代中世以来の自然崇拝だけではなく、一八世紀の汎神論や理神論、一九世紀を風靡したロマン派的な自然観のすべてが廃れて、今やダーウィニズムをその一環とする現代科学の自然観が支配的になったことを意味する。生命の誕生についてさえ、自然の女神が賦与してくれる神聖な命という崇高感・神秘感は失われ、人間は「神々が・・・〈自然〉に与えた材料と方法を俺によこせば／俺の頭脳はもっと上品でもっと正常な／被造物を進化させ、創造できるだろう」と考えるに至り、自然の女神が最善のものを最善の目的のために予定しているという考え方は〈過去〉のものとなり、女神のものとされた森林も、アオゲラ、ヒバリ、ヒョウも、不毛または減衰へと向かっている。ハーディは一〇〇年も前のこの詩集で、早くもこのように環境問題を先取りしている。美しい自然という概念はこの自然観からは消え失せるから、「善きものや愛らしいもの」と「私」（自然）との連想を断ち切れと女神は忠告し、

　なぜなら私の temples〈神殿・こめかみの両義〉に〈理性〉がはびこり
　　手に負えない〈洞察〉がのさばり
　私の巧みを愛でてくれた優しい心寛い声は
　　二度と聞こえなくなっています！

人間の理性〈自然科学〉は女神の神殿に侵入して女神の神格と頭部(Godhead)に、疼くこめかみを惹起し、一九世紀を席巻した自然崇拝は〈過去〉のものと化したとするのである。

〈自然の女神〉の嘆き

以下、ハーディは、〈自然〉の作り出した生物世界・人間世界の不完全さを繰り返し歌い続ける。「欠落した感覚」(80)では〈自然の女神〉が自己の意図が失敗し、愛する被造物に不幸を与えたと嘆く。すると〈時〉が、実は彼女は盲目だから、人よ、障害の暗闇で推測航法する女神を責めるな、と人間に忠告する。「〈宿命〉とその妻〈自然〉」(82)では、夫である〈宿命〉に向かって、〈自然〉は「目の見えない私は嘆きと闘争に満ちた世界を作ったのではないか」と煩悶しつつ問うが、夫には「悲しみ」という概念すらないことが判明する。「眠りつつ仕事をする者」(85)では、語り手が「夢うつつで仕事をした母なる〈自然〉よ、貴女が醒めて美醜、正邪、苦楽が入り混じっている自分の作品を見た時、貴女はこれを壊すのですか、正すのですか?」と問う。「下級職のものたち」(84)では鉛色の空、北風、病気、死が「人に悪意はもっていない、しかし自分たちは他者の奴隷だから、人間に辛く当たるのも仕方がない」と言う。もしそうなら人生も我慢できる、と語り手は悪気のない「病気」や「死」をも許しつつ、彼らのいわば親玉を言外に非難する。

飢える鳥への共感

〈自然〉への讃美と崇拝はこうしてハーディの詩集からは払拭されるが、自然界の生き物、特に飢餓線上の鳥たちへの同情と共感は全篇に満ちている。かれらは全被造物、とりわけ苦しむ人間の象徴として読まれるべきであろう。「ヨーロッパ・ウソたち」(86)の先進的ウソは、仲間のウソよ、谷の妖精が言ってたよ、〈自然の女神〉はうたた寝をしながら仕事をし、自分の子供を守る気はないそうだ、だから今のうちに歌えるだけ歌おう。——ここに示される享楽主義は、人間界の世紀末的な刹那主義を象徴したものであろう。「解き放たれて住処に帰った籠の大ツグミ」(114)では、語り手の鳥が、ぼくが籠に囚えられたとき、人間から幸福の秘訣を盗み出そうと思ったが、人間もぼくたち同様、何も知らなかったよと仲間に告げる。ここでは被造物すべてに共通の〈死〉が裏に暗示されている。鳥への思いは憐憫ではなく、共通の受難者への共感である。ところで〈死〉がこの世に存在することで絶対者や〈自然〉を非難するというハーディの態度は、死の存在を前提として超自然的存在が人に慈悲をもたらすという仏教的考え方になじむ日本人には、理解されない場合が多い。しかし〈神の消失〉に至るまでは、西欧では霊魂の不滅が信じられていた。もしそうなら、仏教の救済に似て、この世に〈死〉が存在することも甘んじて受け容れられたのである。テニスンの『イン・メモリアム』における語り手の絶望を救うのが、この霊魂不滅の信念の復活だったことを思い出せばこのことは了解されよう。

鳥と餌は人とその幸福の象徴

「冬の日暮れの鳥たち」(115)——大意:(語り手は鳥)雪が舞い、ヒイラギやアスターの木の実は見当たらず、パン屑をくれる人も雪のために家に入り、芝生には鳥と遊ぶ人の姿もない——これはハーディの邸宅「マックスゲイト館」の情景であると彼自身が詩のあとに書き込んでいる。「ダーンノーヴァ平原の冬」(117)――(語り手は三種の鳥で、場面は冬の休耕地。三種の鳥が餌を捜すが何ひとつ食べるものがない。「残忍な寒気が麦畑を覆いつくし、野面には麦粒ひとつ見つからない」――これらは鳥をダーウィニズム的観点から歌う詩である。そして鳥も餌も、貧しい人間やその幸福の象徴である。そしてその上に、苦しむものには驕れるものの横暴がさらに苦難を加える。「当惑した猟鳥たち」(116)――(語り手は鳥)今ぼくらの命を奪うあの人たちは、以前ぼくらに餌をくれた人たちとは別人のはずだ。人間の心に裏切りが潜むとしても、まさか同じ人であるはずがない――と鳥たちは思うが、実は同じ貴族や地主階級が飼育して、そのあとで猟で殺戮するのである。上層階級の横暴告発の歌・動物愛護の歌という表面と、ただ最後に殺されるためにだけ、いっとき餌を与えられて生かされる被造物人間の嘆きの歌という内面を持つ。「今年最後の菊」(118)――なぜこの花は太陽の恵みある夏に咲かずに、厳寒の今咲いたのか？　いや、ぼくはこの花に精神ありとしてこのように語ったが、これは背後の「巨大な顔」の一仮面だ――「巨大な顔」の性質のひとつがここに表れている、つまり個体としての生命体には何の配慮も示さないという性質である。

虹色の弓状体の幻想

このような世界と〈自然〉の真実の姿のなかに生きては、「ある晴れた朝に」(93)の語り手が述べるように、「慰めは真実を凝視することからは生じはしない。灰色のものをも金色だと見る夢からのみ、慰めは生じる。私も虹色の弓状体(iris-hued embowment)を慈愛ある設計の一部のように夢見て、しあわせでいよう」と真実を知りながらそれを見ようとせず、夢と知りつつその夢を現実と見なして生きるしかない。神と人間との契約の架け橋とかつては見なされていた虹、ロマン派詩人が愛した虹を、わざわざ“iris-hued embowment”という珍奇な造語で表現して、この単語(虹)に集積した〈過去〉の神聖な、あるいはロマンチックな連想を揶揄し、払拭して、虹は単なる物理現象に過ぎないことを強調する。虹が出るのは「大地が人間のために作られた証拠」という言葉を用いつつ、それを幻想として心に抱くことによってのみ、まやかしの幸福を味わうことができると歌う。

少数者の予言的異説

そしてハーディは、こうした少数者のみが知る苦渋に満ちた真理が、やがて俗界の楽観的通説に替わって世に受け容れられることになることを予言する詩を書く――これは先に見た「ローザンヌ――ギボンの旧庭にて、午後一一―一二時」(72)における真理の扱いと連動している。これが「沈黙者の見解」(90)である――ある国では説教壇、新聞、詩歌などが強力に国家と時代を代弁する意見を述べていた。少数者の予言的異説は目立たなかった。死後に亡霊となった〈私〉が見ると、少数者の予言が的中していた――ここでは上に述べた自然観・世界観だけではなく、倫理、結婚、教育、平和と戦争などにも関する、当時の体制内的俗説に対立する知的少数者の洞察をもハーディは示唆していると思われる。このような詩群のなかにまるで紛れ込んだかのように見せかけて、貧しい母親の胎内の子供たちに生まれてこないように呼びかける

「まだ生まれていない極貧民の子供に与える」(91)、すなわち、よく知られているように、生まれて来たとしても、〈運命の司〉がこの世に苦悩を積み上げるだけから、胎児よ、黙ったまま終わりなさい、現実のすべてをあらかじめ君に知らせることが可能ならば、君は生を選ぶまいに、と歌うこの詩の最終連でも、人の幸福は夢と幻想のなかだけにしかないことが歌われる。

この世に来て我慢するしかないのだ、私たちはこんな存在だから、
——理性を用いず、楽天的で、幻を信じる存在だから——
だからぼくだって　あなたに
　健康、愛、友人、たっぷりした幸福と活動の場を
希望することはできるのです、人類がめったに得たことのない
　　喜びを得るのを夢見ることは　できるのです！

「人生に」(81)もまた真実と幻想との対立を描きつつ、「萎びた顔の人生よ！　お前の実態を私は知った。だがもしお前が大地が楽園であるかのように装ってくれるなら、私も多分そう信じるだろうに」と表面的には幻想に身を任せることを歌いつつ、死や時や運命に支配される人生の相にこそ目を向ける。

気のふれたハーディ？

このような作品が連なるこの詩集のなかに、やがて「気のふれたジューディ」(121)が現れる。村に赤ん坊が生まれたり、誰かが結婚したりするたびにジューディは「石ころだらけのこんな国に／やってくる子がまた増えるのね」と嘆き悲しむ。死産が報じられると彼女は祝宴をはる。ぼくたち村人は彼女が気のふれた女であることを疑わなかった、という内容のこの詩は、上掲の91番の極貧民の子供への詩を想起させずにはいないだろう。だからこの女主人公は実はハーディの成り変わりであって、ジューディとはJudeとHardyとの合成語（ポートマントウ）である可能性が高い。『ジュード』への世間の罵倒は、このようなハーディの「ペッシミズム」への非難であったことを考えると、ジューディはカッサンドラのハーディ版、つまり俗人が洞察できない真実を語る狂おしげな女、そして俗物に満ちた因習のムラには受け容れられない自己への諧謔をも含んだハーディ像そのものかもしれない。

ハーディ詩のペルソナ

この詩の語り手は「真実」の何たるかを考えてもみない村人たちだった。ハーディはこの詩集では詩の語り手という問題を強く意識している——このことはこの一巻の「著者端書き」を見れば明らかである。

この詩集の主題となっている事柄の多くは——物語形式以外のものでさえ——明白にはそうと見えない場合であっても、演劇的ないしは俳優的（impersonative）に語られている。その上、個人的感想と見えるかもしれない部分も、広範に異なった気分と状況のもとで、しかもさまざまな年月にわたって書き留められた一連の感情と空想から成り立っている。そのためこれは思想の一貫性も色彩の調和もほとんど示していないと多分感じられるであろう。私はこのことをあまり悔やんではいない。調整を経ていない諸印象もそれなり

の価値を持つ。そして人生の真の哲学に至る道は、偶然と変化によって私たちに押しつけられてくる人生の諸現象についての、多様な読みを記録することのなかにあるように思われるのである。

ハーディは第一詩集の「著者端書き」で「これらの詩篇は、その着想が大部分演劇的ないしは芝居的（personative）になされた作品群である」と述べていた。ここに引用したふたつの英単語は、今日の書き物のなかで用いられているのなら「ペルソナ化された」、「ペルソナを用いた」などと訳されるべきものであり、両者はほぼ同義だと言えよう。『ダーバーヴィル家のテス』と『日陰者ジュード』に対する世間の不当な悪評にうんざりしていたハーディが小説の筆を折って詩に転進した理由のひとつは、詩形式で彼が語るならば、「良俗に反する」とされる内容も読者は受け容れてくれるという伝統がすでにイギリス詩の伝統のなかにはできていることを熟知していたからであろう。暴虐・狂気の語り手が妃や恋人を殺害するのを正当化する内容（たとえばブラウニングの「逝ける公爵夫人」や「ポーフィリアの恋人」）でさえ、作者とは別のペルソナがそう考えているのだとして、読者は当然のこととして受け容れるのである。

因習と新しい世界観の調和のための戦略

しかし第一詩集端書きにも記され、第二詩集端書きで上記のように展開されたこのペルソナ論は、その後のハーディ詩擁護論のなかで、あまりにも言葉どおりに受け取られているきらいがある。すなわち、ハーディは単に一時の印象をペルソナに仮託して歌っているだけで、詩の内容を彼の思想として理解すべきではないという受け取り方である。これはハーディ自身の表面上の要望ではあるけれども、彼は実際には自己の世界観をペルソナに託して語っている面があることには疑いがない。しかしここで重要なのは、いったん作者の意見を仮託されたペルソナは、扱いようによっては作者とのあいだに距離を生むことになることである。第Ⅰ部第七章に見たブラウニングの「クリーオン」が当時のキリスト教に対する信と不信の全領域を表現の対象としていたように、ハーディも時としてペルソナの発言と自己の主張とのあいだの距離を意図的に曖昧にした。たとえば上掲の「気のふれたジューディ」(121)の語り手（村人）のすぐそばに詩人がいて、村人と同じ目でジューディを見ているとも、またこれとはまったく異なった位置から正反対の目で彼女を見ているとも解することができる。ハーディは当時の社会や読者の慣習的な考え方と自己の新しい世界観との調和のための戦略を、つねに画策してきた作家だった（小説家としての彼もこの意味での戦略家である。たとえば『森林地の人びと』では、牧歌風な作品を書くと見せかけて、自然界に見られるダーウィニズム的な生存競争を描く）。先に見た「病床の貧農」(88)におけるように、詩の最後には、神への信頼を失わない貧しい農民の言葉を遥かに超えた、深い懐疑を表明している場合が多いのである。

〈過去〉の清算と未来への願望

「希望の歌」(95)は、〈過ぎ去ったもの〉が悲しい溜息を吹きつけるその間にも、私たちが夜明けへと近づき、麗しの〈明日〉には

〈希望〉を借りてこようと歌う。最終連では黒を捨て赤を身につけて

　　切れてしまったヴァイオリンの弦を
　　張り直し、調律をやり直そう

と歌い、そして悔いと悲しみのために語られた言葉をすべて取り消そう、「夜の黒雲が色づいてきているから／明日はまもなく輝くのさ」と締めくくる。ハーディには珍しい、悲しみのあとの明日への希望を歌った詩としても、もちろんこれは理解できる。しかし上の引用に見える「切れてしまったヴァイオリンの弦」は、第Ⅰ部で見た「闇のなかのツグミ」(119)のなかの「切れてはじけた竪琴の弦」と同様に一九世紀の楽観主義やロマンティシズムの破滅を意味するものとしても読める。そうするとこれは単純な希望の歌ではなくなり、この詩集全体を通じてやり玉に挙げ続けた一九世紀的な欺瞞や俗論を深く嘆く声とともに、それらを克服してもう一度よき希望の精神を復権させたいとの声が聞こえてくるのである。この詩集でのハーディは人類の未来になお一縷《る》の希望を見ようとしており、この作品の真意もこの意味での希望を述べたものかもしれない。実際この詩集の巻末詩「不可知の神へ」(151)では、覆面をして黙りこくる神に呼びかけて、「短い命を生きる私にはあなたは不可知のままです。だがあなたは、時が進歩するとともに世界の創造法を改善し、それによって悪は自滅するのではないか?」と歌っている（ハーディの場合、巻末詩が全巻の主題の統括になることが多い）。しかしこの歌も先の「希望の歌」(95)も、やがて円熟するはずの〈不可知の神〉の統治、射し込むはずとされている〈一筋の光〉などが実際には現れない場合には、絶望の歌へ転化する怖れも覗かせている。

詩の甘い創作原理の否定

〈真実〉を述べる歌の一環として、ロマンティックな死生観、恋愛観、自然観、またロマン派が詩の創作原理とした甘美な想像など、〈過去〉の考え方を否定する作品もまたこの詩集には目立つ。「乳しぼりの娘」(126)は、雛菊の咲く堤の下で乳しぼりをする娘を描く。牧歌的情景に見えるが、彼女がつぶやくのは自然の美への賞賛の言葉ではなく、もっと内的な歌、すなわち恋敵に打ち勝つためのドレスのことである――これは安易なパストラル詩へのからかいである。「件の王の実験」(132)は〈自然〉と〈凶運王〉の対話である――「侘しい景色を見てなぜあの田舎人は私（〈自然〉）を称えるの?」と〈自然〉の女神が問えば「それは恋人のもとへ行くからさ。恋人を殺してみよう。ほら彼は美しい日を呪うでしょ」と〈凶運王〉が答える。こうして、かつての詩の創作原理のひとつだった人間の自然界への感情移入（感傷的虚偽）が揶揄される。

愛の観念に告別の辞

「私は〈愛〉にこう言った」(77)――大意：私は〈愛〉に、もはや君を輝く者とも美しい者とも思わなくなったと語った。愛が火をつける合体の誓い無しには人類は滅びるとしても、もう私は構わない――はひとつの次元では人生の変転を経て恋愛に幻滅した男の言葉とも取れようが、それ以上にこれは〈過去〉の恋愛観の否定である。〈過去〉においては人間は

恋愛のことを〈地上に天国をもたらすもの〉と讃え、妖精のような天使童子として絵に描くなどしたが、今日《こんにち》では恋の属性は残酷な顔立ちと苦しみの短剣だけだとするのである。こうして〈恋愛〉への崇拝、いわばロマンチックな愛の観念に、後続の恋愛詩すべてに先駆けて告別の辞を配置するのは、建築的構成を心得たハーディらしい。のちに詳しく見る「リズビー・ブラウンに」(**94**)のような少年の初恋でさえ、相手の女が少年の名さえ知らない結末のスタンザによって、ロマンチックに醸し出された初恋への憧憬が風刺されているように読めるのである。

動物的衝動としての性愛

小説家としてのハーディの後期作品『恋の霊』と原題が同名の「恋の精髄」(**96**)では、夜恋人宅へ急ぐ「ぼく」がヴィーナス神殿の近くで恋人にそっくりな女から「あなたの愛するのは彼女でなく私よ」と告げらる。恋人宅に着いてみると、恋人が不思議にも色褪せて見えた、というのである。立ち現れるヴィーナスを、実物の上に人が投げかけて美しいものと見させてしまう幻想の象徴（Pinion '76 **47**）と理解することもできるが、それ以上に、この作品でも、ロマンチックな恋愛観が否定され、異性の性的魅力になら見境なく反応する動物的衝動として性愛を見ていると解釈すべきである。なぜならヴィーナスは、特にヴィクトリア朝詩歌では、女性の肉体美と性的快楽の象徴であるからである。「性急な結婚式にて」(**107**)は、もし数時間が数年なら、そしてもし東の星が西に向かって動かないのなら、炎の後に灰が生じないのなら、速やかに欲望を慰める新婚の二人は幸せ者だと歌って、こうした衝動による結婚式を風刺する。

美しげな観念の硬直化に対する風刺

「恋の後がま」(**142**)では、死せる恋人の墓参に来た男が、墓地管理人宅に宿泊して、その家の娘の誘いに乗る。翌朝男は娘を捨てる（死せる恋人への〈純愛〉を貫くためである）。後年になっても男は彼の子供の生れた娘を愛することなく、死せる恋人に〈純愛〉を捧げる。もちろんこれは純愛という〈過去の概念〉の硬直化に対する風刺である。また「約束して久しく」(**105**)では、語り手が「人生の時間が少なくなり、頬も凹みやがて墓地のなかで連れそうはずのぼくたちが今、つまりしなかったこともしたことと同じになる今、結婚式を挙げる必要なんてあるだろうか？」と内縁の妻に問いかける。結婚式もここでは〈過去の慣習〉のひとつとして扱われている。

霊魂不滅に替わる人間の〈不滅〉

さて先に霊魂不滅説が〈過去〉のものとなったことを述べた。ハーディはこの過去の永生説に替わる現代のそれとして、第一詩集では生者の心に生き続ける死者の姿を一種の不死不滅として歌った（「彼女の不滅」(**32**)）。しかしこの第二詩集には、このような不死不滅はまがい物であると言わんばかりの「彼の不滅」(**109**)を配する——大意：私は死者が生者の心に生きているのをこの人の不滅の姿と見た。だが日が経つにつれ彼の姿は人々の記憶のなかで弱まり、今は私だけの心に彼は弱い火花として残るのみ——この〈不滅〉の状態もまた必滅なのである。そしてさらに「忘れられる運命の者たち」(**110**)では、墓場から嘆きが聞こえる——「私たちには間もなく第二の死がやって来ます。生者に忘れられて真に死するのが恐いのです。墓に眠る先人たち同様、私たちも存在しなかったも同然になるとは！」実際、後年の人びとはしばらく前の生者のことはすっかり忘れて、墓地の美化のために過去の死者たちの墓を移動させたり、多数者の遺骨を合同碑の下にまぜたりして、死者を記憶するという人間のもっとも基本的なモラルを平気で蹂躙する。「平坦に整地された教会墓地」(127)はこのことを喜劇的口調で歌う――（語り手は死者）墓地の整地のために、私らはごちゃまぜの人間ジャムにされてしまった。ほかの遺骨と混ぜられて、貞淑な乙女が最期の審判日に半分自分、半分娼婦として甦ったらどうします？――審判日のトランペットと娼婦（ストランペット）が押韻される風刺が特に笑いを誘う。教会の修復や美化や整地の競争のなかで、尊ぶべき故人の遺骸を掘り起こし、埋め替えるという、真の人間的な立場から見て冒瀆的な現代の蛮風を斥けるとともに、この作品は「存在しなかったも同然」にされてしまった状況、あらゆる意味での〈不死不滅の消滅〉が起こった現代を嘆いてもいる。

死者を記憶し死者として記憶される

ハーディは死者を記憶するという意味での不死不滅に関して、自分個人の場合を、他者に対する自己の記憶という側面と、自分が死んだあと記憶される可能性との両方について難解な詩を書いている。「私は〈影法師〉たちと」(149)がそれである――私は永らく〈影法師〉たち、すなわち死者の記憶とともに生きてきた。ある日彼ら〈影法師〉たちは〈未来の存在〉の邸へ私を誘いこんだ。そこで彼らは私に、死んで名の残りそうもない男の姿を見せた。あの男は私だったのか？――この〈未来の存在〉の邸（the To-be）については、従来、ベイリーが「一時的（temporal）」という意味にも取れる形容詞を"To-be"に付して解説したのに始まって、『ハーディ辞典』(576)の示すとおり「一時的に存在するもの」の意に解され、拙訳『ハーディ全詩集』でもそう訳したが、「これから存在することになるもの」の意に解したほうが良いと思うようになった（「乗船の風景」(54)にも"the tragical To-be"として用いられており、ここでもこの新たな解釈のほうが有効である）。同書『小改訂』版では改訳ずみである。さて〈現在〉の時点で〈私〉はこの〈未来の存在〉邸内に入ったわけだから、当然、〈宿命〉はまだ半ばしか織られていない。そこで語り手は、未来から見て何の印象も残さない男の姿を見る。自分は死後、こうして忘れられるに違いないという確信がこの作品には歌われる。この点においては、ハーディは意識的であれ無意識であれ、ディケンズの『クリスマス・キャロル』の第三の〈精霊〉が見せてくれるスクルージの死後の情景に影響を受けている可能性が強い（その上、ディケンズのこの作品も"shades"という単語を、この詩におけると同様に多用していた）。この作品は、第五詩集の巻末詩「私が出ていったあと」(511)のなかで、自分の生が終末を迎えた後に、自分が自然の風物を解した人間として記憶されるだろうかと、やや自信を示しつつ歌うのと対比されてしかるべき作品である。またこの作品も511番と同様に巻末近くに置かれ、明らかに自己の死を意識して書かれた作品である。第一詩集の巻末詩「私は鏡を覗き込む」(52)もまた肉体の衰えを歌ったものであり、ハーディは巻末にその時点で自己の生が置かれている状況を如実に語る姿勢を取り続けていることになる。

ところでハーディ自身が見も知らぬ昔の人に不滅を賦与しようとした作品が「ある男」(123)である。

美を愛する気持

エリザベス朝に建てられた美しい建物を取り壊すことになった。作業員の一人は美しいものを壊すのを拒否して、そのために不遇の生涯を送った。今は彼は不滅の国に住んでいるだろう、とハーディは語って、美を存続させせない物質主義的経済活動を嘆くとともに、美を愛した職人の不滅の魂を称揚する。また美を愛する気持がイギリスでは弱まっていることを歌ったと思われる作品がもうひとつある。「冬期イタリアより届いた花に与える」(92)がそれで、大意は、南国の太陽に照らされていた君たちがこんな寒い北国に来て、古典古代の思想に満ちた故国イタリアと無関係になり果てるとは！　という慨嘆である。これはダーウィンの進化論の影響によって、人類のみならず全生命体を一家族と考えるハーディの愛他精神の現れと解釈されることがある(Pinion '76 46)。その次元でも読めようが、しかしこの作品は象徴主義を感じさせずにはおかない。花が古典古代の牧歌を指すという指摘もある(Schur 166-70)。しかしそれなら花はイタリア的な美しいもののすべての象徴にもなり得るわけである。拝物主義などヴィクトリア朝以降の現代イギリスの精神的貧困をこの北国の「白く凍てついた」野原と表現し、〈過去〉の大きな遺産である古典古代の文化やイタリア絵画に多大な影響を受けながら、自国にそうした文化や美を根付かせることのできない遺憾の念をハーディが表現した詩と読むことができよう。

個々人の過去と現在

さてこの詩集には個々人の過去と現在、個人にとって失いたくない過去などもまた、多様なかたちで主題とされている。そのなかでも痛切なのは「テスの嘆き」(141)である。「私は人々に忘れられたい！　あの人は去ってしまった。災いのもとは私なのだから、私は十字架を背負わねばならない。私の生涯をなかったことにしたいのに！」と嘆くテスは、まさしく〈過去〉を背負った女である。彼女は、先に触れた忘れられるのを怖れる亡霊とは正反対に、人に忘れられること、自分のすべてを跡形もなく消し去ることを何よりも願っている。ハーディはこの意味、すなわちヴィクトリア朝ゆずりの慣習によって罪なきものが課せられる重荷の意味での〈過去〉を、不当な差別としてこの作品で扱ったと言える。〈過去〉は人には耐えられないものにもなりうる。

〈時〉による制圧を透かして

しかし〈過去〉を歌って美しい詩もある。「枯れかかった妻たち」

(111)では、どんなに苦労でやつれた老いた人妻でも、昔夫に彼女を選ばせた美点を何かの折に示すものだが、その美しさは一瞬にして去り、〈時〉が彼女を再び制圧する——妻にまつわる思い出が彼女を若返らせてみせる瞬間はほんの一瞬だと歌いながら、その瞬間を〈キーツの古壺の側面の絵のように〉詩のなかに永遠化していると言えるであろう。将来自分の美しさが枯死した後でも、「私の魂のなかでは　私は昔そのままの私である」という第一詩集の「女から彼への愁訴その二」(14)をその時想起せずにはいられない。また、第二連一行目の“it”は第一連の“charm”を指すと最初は読めるが、「彼女を一瞬色づかせるのが／薔薇の花の連想であれ・・」というふうに強調文を導く"it"としても読むことができる面白さもある。また〈時〉による制圧、現在が絶え間なく過去化されるというテーマを追うなら、この詩の次に置かれた「追い落とされるもの」(112)では、語り手が、「新参者が先頭に立ち、私たちは後ろに追いやられる。自分の生命の火の衰えを信じない輩は、予め覚悟があってもなお、この自分が後方に落とされるのか？　と嘆く」ものだと歌う。これは、いつの世にも見られる老いゆくものの悲しみである。なお、拾遺詩として本書に訳文を掲げた「疲れ果てた僕らが　萎縮してしまい」(920)も、同種の感懐を述べている。

〈記憶〉が見据える〈過去〉の情景

しかし〈過去〉を扱うとき、詩人その人の過去と密接な繋がりのある歌が多くなるのは当然である。これよりも後年の詩集ほどにはその数は多くはないが、この種の作品もまたこの詩集の重要テーマとして意識されていることは、巻末のひとつ前に「〈記憶〉と私」(150)が置かれていることからも窺われよう。「記憶よ、私の青春、喜び、希望、信仰、愛はいまどこに居るのかね？」と語り手が問えば、〈記憶〉が「廃屋、荒庭、書物の墓場、荒廃した教会、かつての美の殿堂にそれぞれいま住んでいます」と答える。〈記憶〉だけがかつてこれらが実在したことを知っていて、〈記憶〉だけがこれら五者の亡霊をこれらの場所に見出すのである。自己の青春の過去への埋葬のみならず、ここには信仰の喪失という一九世紀社会全体の問題もまた触れられている。しかしこの〈記憶〉が見据える〈過去〉の情景こそが、ハーディの詩作品をこのさき生み出してゆく。この詩集のなかにも、その走りとも言うべき作品が散見される。「自己を見ざる者たち」(135)は、平凡に見える幸せの瞬間には、その貴重さが本人に意識されていないという、万人が身につまされるテーマを平易円滑に歌う。この平易平板が、この作品に歌われる幸福の隠れた希有性を見事に強調する――この、今は摩滅した床の上で、母は椅子に座り、父は楽器を弾いていた。子供のぼくは夢見心地で踊っていた。その日、幸せが輝いていたのに、ぼくらはよそ見をしてた！――昔日にドアのあった位置を見つめて「いまは死んでしまった人の足が／そのドアから入ってきた」と回想する瞬間は、読者も年老いて必ず経験することである。「リズビー・ブラウンに」(94)もまた読者になり替わって誰もが経験する少年の恋を歌う――語り手が大人にならないうちに結婚してしまった美少女を懐かしむ歌である。他の男と結婚した、かつて優しくしてくれた女を地上でもっとも気立ての良かった女として、その死後も墓前(トライフィーナの墓前とする説がある。Pinion '76 48) で慕う歌「矛盾した男」(98)にも一抹、万人の心理の代弁の側面があるとともに、自分に誓ったのと同じ言葉を夫となった男にも誓ったという一行によって、ロマンチックな恋愛観への風刺が含まれている。

物語詩に見る女のさまざま

愛の実態もまた醒めた目で描かれる。「アセルホール邸の奥方」(124)では、奥方は恋人と同乗した駆け落ちの馬車のなかで、夫の贈り物だった腕輪に付された夫の肖像を見て後悔し、恋人を捨てて邸に帰る。到着してみると、夫は自分の恋人との再婚を計画中だった。「樹木」(133)の語り手の老人は、今暴風で倒れた樹木を指して、この木のくぼみに昔自分が紙切れを発見したこと、それは自分の恋していた女が、さらに昔、その時の情夫の正妻を殺害するときに用意した紙切れと判って、語り手がこの女と別れたことを物語る。後者は後味の悪い駄作と言えようが、恋愛のロマンチックな理想への風刺が感じられる作品である。「堕落した乙女」(128)は上品ぶったヴィクトリア朝末期（〈現在〉）の裏面にはびこっていた売春をコミカルに描く――「ぼろを着て村を出た貴女がどうして立派な衣装、優雅な言葉、貴婦人の肌をして幸せそうなの?」「それは私が堕落したからよ。あなたも堕落なさいよ」――このように、この時代の女の破滅を表す言葉のひとつだった「堕落した乙女」を「成功した乙女」として扱うのである。

恋のロマンチシズムの名残

しかしおそらくハーディ自身に起こったことを描いたと思われる作品には、恋のロマンチシズムが残っている場合がある。「地の一点」(104)では、〈過去〉に起こった熱烈な恋の現場が、今日《こんにち》何ら恋人たちの痕跡を残さず、そこではただ自然現象のみが勝ち誇っていて、

　太陽と影法師とが　輪をかいてまわるのみ、
季節そして季節が　音もなく　冬に向かうのみ。

しかし〈現在〉の語り手には、この突風の支配する地の一点に、過去の恋を語る妖精の声が聞こえる。後年のハーディ詩の先取りであるが、伝記的にはこれはトライフィーナとの逢い引きの場所を歌ったものとされる。しかし過去の美しい思い出を担った女が実際に現在も生きているとどうなるか?「夢を追う男」(108)は、過去の〈愛の人〉の美しさに憧れる〈夢〉に導かれて彼女の館を訪れた主人公が、ガラス窓越しに見た「地の裂け目を目指して急いでいる彼女の姿（墓に入るのも近い姿）」に怖れをなして逃げ帰る話である。昔の美女の示す老醜に対してハーディの詩はいつも極端に酷いという感想を抱く読者もいるかもしれない。またテーマも使い古されたものだが、詩形の完全さがこの作品を救っている。

生命の賃貸期限を歌う

現在であったものが過去化されてゆく現象のなかで人にとってもっとも切実なのは死の問題だが、この詩集ではハーディはまだ自己の死の接近をあまり意識していない。しかし死にそこなった自己の「徒労」を歌う異色篇「無駄にされた病気」(122)――大意：私は苦痛の廊下を通り、〈死〉のドアを見た。だがやがて私はもと来た道を引き返し元気を回復した。だがもう一度あの苦痛の回廊を通るのかと思うと、折角の骨折りを浪費した感のみが残る――では、断末魔の苦しみを経なくては死のドアへ行き着くことのできない人間の宿命が巧みに描かれる。また「生命の賃貸者」(131)――その原文表題 “The Tenant-for-Life” は本来なら、賃借期限を借家人の生涯としての契約者を意味するが、作品を読み進むうちに、この言葉が「一時的に命を借りている者」の意にも転用されていることが判る――は、眺め降ろす太陽が、「家を借りていた男が死ぬと、そのあとで同じ家を借りた他人は、もとの住人のことを考えもせず自分の好みに合わせてすべてを改築してしまう」と〈私〉に示唆し、さらに「君なんかより高貴な連中も照らしたことが

あるのさ／それなのに彼らは、もう誰にも思い出されもしない死者なのさ」と締めくくる。語り手〈私〉はこのとき庭の花壇の世話をしており、これだけ丹誠こめた庭のかたちも他者には何の意味もないことを太陽に教えられる。第八詩集には「下宿屋のフクシア」(835)があり、下宿屋のおかみさんが育てた見事なフクシアの蔓が、彼女の葬儀の日に柩を運び出すのに邪魔だとして刈り取られてしまう様が描かれる。万人の周囲で同じような風景が展開されているはずである。

まだ行(逝)く必要はないのか

死を扱った作品はまだある。「暗闇のなかでI」(136)は、希望も興味の対象もすべて失った人には、生死も関心の対象にならないことを歌う。心の暗闇を如実に読者に伝える力がそこには感じられるであろう。「冬も、愛する人との永別の苦しみを再び与えはしない、なぜなら人は二度死なないから。恋が、心を傷付けはしない、もう恋する心を失ったから。自分には死も平気、〈不希望〉のまま待つ男には」。そして、もう力を失うことはないだろう、なぜなら力は飛び去ったからというふうに、最悪の状況が来てしまっているからそれ以上の悪化があり得ないことを歌うのである。それ以上の悪化があり得ないと認識して楽観主義に転じるのではなく、いかに語り手の心が暗いかを突き詰めて表現するところにこの作品の力がある。「私はまだ行く必要はない」(102)は、みぞれと雪を突いてまで彼女の待つ墓へ急ぐ必要はない、それまでに〈俺〉が新たな恋に巻き込まれても彼女は咎めないだろうと歌うが、世を去った〈彼女〉に今なお意志ありとして歌われているのではなかったことが最終連で明らかになり、彼女が咎めないのは死者として「あるがままに耐える」ため、つまり意志も意識もないためだとされる。「ああ、実情はその通り！」という終わりがけの詠嘆は、死者の蘇りのありえないことへの悲しみを表しているのである。だから一転してこの詩は、墓のなかの彼女が、〈俺〉の浮気を見咎めてでもくれれば良いのに、という意味を伝えてくる。「死亡した夫」(134)は「いずれ私の墓の建つところじゃなくて、実質上の彼の妻だったあの女の墓の近くに夫を葬って頂戴」と言って、事実婚を認める名目上の妻を描く。

伝聞・神秘伝説の物語化

さて先に挙げた「ある男」(123)もそうだったが、古くから言い伝えられた話を物語詩に仕立てた作品がほかにもある。「教会の建立者」(139)は、教会寄進のために私財のすべてを注ぎ込んだ男が、そのために息子たちに反抗され、世人からも嘲笑される。またその教会によって宗教も栄えず、〈邪〉が〈正〉を支配する結果となる。作品の最後はこの男の教会内での自殺の瞬間を描く。宗教も一家の経済的利害の許容する範囲内でしか栄えないという、人間の本質に迫っている。しかしハーディは、キリスト教に纏わる民衆の過去の文化遺産、とりわけ迷信や神秘伝説には並々ならぬ愛好心を示すのがつねで、「失われた聖体容器」(140)では、荒野の小屋に住む瀕死の病人に最後の告解を与えようと、暗闇の野面を荒天を押して進んでいた司祭が、いつの間にか聖体容器を失っていた。必死で彼がこれを探すと、見つかった聖体容器のそばには、すべてのけものが集まって祈りを捧げていた——この〈過去〉には信じられていた伝説に接して、ハーディのみならず読者も一種のノスタルジーを感じる。かつては確かに素朴な信仰が人々を生かしめていたのである。

モノローグ

ところでこの詩集には、〈過去〉と〈現在〉という主題とは無関係と思われる作品もいくつか含まれている。「彼女からのお咎め」(97)は女によるモノローグで、「書物だけ愛して私を見捨てるがいいわ。でもあなたの目標が名声の峰なら、あの斜面は骸骨だらけよ。名声はあなたによほどの好意を持っている人の興味を一瞬引くだけよ」と、語り手の女よりも自己の職業に興味を示す男を女が詰《なじ》る。エマはハーディの文筆稼業には協力的だったと考えられており、そのせいかこれはトライフィーナ関連詩とされている(Bailey 156)。だとすればこの作品も〈過去〉を歌っていることになろう。また「内緒だよ、僕たち二人の間だけで」(100)は男のモノローグによる男女の歌で、僕たち二人は、長年とことんすべてを知り合ってきた仲なのだから、二人のあいだだけで率直に話し合おう、そして偽りを制圧しようと、語り手が女（実生活ではエマ）と思われる相手に呼びかける。ブラウニングばりの軽快なモノローグではあるが、相手の反応が行間から読み取れない点が欠点である。「破られた約束」(99)は、ハーディが一八九三年に知り合い、短編を共作したフロレンス・エレン・ヘニカー夫人への片思いを歌ったものとされる（Bailey 156）。あなたのような人には、私を愛していなくても約束を守って来てくれるという高潔さを示してほしかったのに、という語り手の表面上の（無理な）主張の裏に、男の真情が語られるのが魅力である。ハーディ自身にとっては、これらも自己の人生の過去と現在を対比する意味があるのかも知れない。

トリオレの技巧

「どんなに私の悲しみは深く」(101)はトリオレ、すなわち押韻がabaaabab となされ、一、四、七行目が同一で、二、八行目がまた同一である語句からなる詩人の技巧の面白みに依拠した作品である。運命によってあなたと知り合って、どんなに「私」の悲しみは深かったかを歌い、慈愛の精神がこの悲しみへの同情を育てなかったのかと歌う。モノローグが醸し出す客観性によって、恋愛の愚かしい主観性を描こうとしている。「コケティッシュな女と その後の運命」(103)もまたトリオレであるが、この難しい詩形を二連重ねて、男に必死に恋をさせて自分は冷静でいてみたいと願った女が、いつのまにか立場が逆になってゆく様を描く。最後には二人の恋は終わり、女だけが「利子までつけて」恋した罰金を払う。女の心理についての洞察に満ち、同時に二〇世紀初めに女が立たされていた弱い立場をも明らかにしている。

その他の作品

「彼女の一年の四季」(125)はトリオレではないが、これも女の心を描こうとするもので、〈彼女〉にとっては恋の実りそうな冬が事実上の夏であり、恋人に捨てられた五月は荒れた冬の日であることを歌う。「婚約した未亡人」(106)では、他の男と結婚して子供が生まれ、夫に死なれたかつての恋人と婚約した男が、招かれて女の家へ行くと子供の病気で彼女は婚約者どころではない。男は、かつて別の男に彼女を奪われたときよりも、子供というより強い愛情の対象を持った女の姿に衝撃を受ける。男の自己中心性、女の母性が示されて面白い。また「建築上の仮面」(130)――蔦の絡まる古雅な家には金銭づくの一家が、また当世風の家には芸術と精神生活を尊ぶ一家が住む。外面のみを見る人は見当違いをしがちだ――は、見かけと実質という古いテーマをヴィクトリア朝末期のイギリスに見たものである。

翻訳詩六篇

このほかこの詩集には、「模倣詩」と題して断片的な翻訳詩が六篇収められている。それらは「サッポーの断片」(143、汝は詩神ムーサイの樹から果実をもぎ取れなかったから、死して忘れられるだろう)、「カトゥルス：詩篇三一番」(144、異国での労苦の末、美女のような故国の寝床に帰るほどの喜びはまたとない)、「シルレルをまねびて」(145、騎士よ、わたしはあなたに真の妹としての愛を捧げます。それ以上の愛はわたしに求めないで下さい)、「ハイネの歌曲」(146、君の肖像画を見ていると、君が僕にとって永遠に失われた人であることが信じられない)、「ヴィクトル・ユーゴーより」(147、乙女よ、私が王なら、君の眼差しを得るためには王笏《しゃく》も艦隊もなげうつ。私が神なら、君とのキスのためには大地、天使、時間空間をなげうつ)、「ベンボ枢機卿のラファエロへの墓碑銘」(148)から成る諸篇だが、最後のものは次の二行のみからできている。

ここに眠るものは　〈自然〉と競いあって　その顔色を失わしめ、
生存中は〈自然〉に名誉失墜を、死に際には〈自然〉に自らの死滅を
　怖れさせたるものなり

「死に際」以下は、自然そのままを画面に再現する者を失うことについて歌っているのは言うまでもない。これら六篇は〈現代〉の詩人が〈過去〉に学んでいるのだという意味で、この『過去と現在の詩』のほぼ末尾をこれらに締めくくらせたのかもしれない。

一九世紀への告別の歌

しかしどの作品よりもこの詩集の性格をよく表しているのは、第Ⅰ部第三章で詳説した「闇のなかのツグミ」(119)であろう。詳しくはそちらのほうをご覧いただきたいが、一九〇〇年一二月三一日作と記された（実際にはそれより以前に書かれ、一二月二九日号の『グラフィック』に「世紀の死の床に臨みて」の表題で発表された）この詩では、切れた竪琴の弦のような蔓草、世紀の遺骸のような大地のそばで、生気を失った〈僕〉の前へ恍惚として鳴くツグミが現れる。この痩せ衰えたツグミは大きな希望を持っている様子で、それを喜びとして歌っているが、〈僕〉はその希望を知らないのである。ロマン派やヴィクトリア朝文化に見られた幻想的楽観主義やキリスト教的な希望を世界に投影できなくなった語り手が、一九世紀の遺体に見立てられた荒涼たる風景を前にして、この世紀を総括していることから、すでに過ぎ去ったものとなった一九世紀に語り手が告別している姿が彷彿とするのである。

第三章　第三詩集『時の笑い草』

——〈時〉についての意識の高まり

『諸王の賦』出版後最初の詩集

第三詩集『時の笑い草 および その他の詩』は一九〇九年一二月にマクミラン社から発刊された。ほぼ同じ内容で同社の一九一三年の「ウェセックス版」の詩集第三冊として出たのち、一九一九年の『全詩集』では改訂が行われた。第二詩集から本書に至るまでのあいだにハーディは、一九〇四、六、八年の三度にわたって『諸王の賦』の三部それぞれを出版しており、この長大な作品も詩劇という一種の詩集であったから、彼としては『時の笑い草』について、第二詩集以来久しぶりの詩集を出版するという気持は持ってはいなかったであろう。詩人としての執筆に休止期間はなかったのである。そしてハーディは本詩集の「端書き」のなかで「全体としては本詩集諸作品は、後ろ向きにではなく、遠方へとは言えないまでも前方へと読者をお連れできるものと考えている」と述べて、自己の詩想が未来の時代にこそふさわしいものであることを控えめながら主張している。

詩人ハーディの本質を知る書評の出現

詩人としてのこうした自負と確信に相応じるように、本詩集にはきわめて良く考え抜かれた書評が寄せられた。「アシニーアム」誌が、出版年が明けて間もない一九一〇年の一月に掲載した匿名批評がそれである（Gibson, J. & Johnson, T. 54-59 ; Clarke vol.2, 363-67）。批評はまずハーディの作品が詩的であるとともに、さりげない口語体で書かれている場合が多いことに言及する。そしてハーディは、根底には美や倫理的理想を追い求めたい欲求が強いのに、実際の世界にそれを見出し得ないこの矛盾を、このさりげない文体で見事に描いているとして「ダンスのあとの夜明け」(182)を引きあいに出す。この詩では恋愛の理想である恒久性や忠実性が脆くも崩れ去る姿や人間の動物性が描かれるのだが、当時の詩の読者が反発するはずのこのようなテーマを、ハーディの文体が受容可能なものにしてくれることを説く（言うまでもなく、恋愛の嘆かわしい実相の裏に、理想の残映をも読者が読み取れるような文体を称揚しているのである）。またブラウニングとの作詩法の共通性（これは第I部第七章で詳説）もすでにこの批評は指摘している。そして「神への教育」(232)のような、それまで批評界が認めていなかったたぐいの〈哲学詩〉を例に取り、ハーディが虚偽の歓喜を表明したり安易な憤慨を書き連ねたりする陥穽におちいることなく、詩における良きアイロニーを達成するさまを明らかにしている。特に、メレディスの死を歌った「ジョージ・メレディス」(243)に触れつつ、「〈真実〉の力と恒久性を信じている」というハーディの本質を指摘し「ハーディは絶望に月桂冠を与えもしなかった」と述べてその心の平衡性を指摘し、「〈誠実〉に寄す」(233)の全文の引用によってこの詩人の〈事実〉の尊重の姿を浮き彫りにする。「ハーディ氏の描く世界はどんなに暗くとも、芸術家としての誠実が有する究極の威厳を放散している」とするこの匿名氏の言葉は、二一世紀に入った今日《こんにち》でもなお新しさを失っていない。

この詩集はハーディがまだエマの死という人生最大の出来事に出逢わず、過去の重要な諸瞬間を詩行のなかに再現するという手法がまだそれほど徹底していなかったときの詩集である。しかし表題は〈時〉についての彼の意識の高まりを示唆している。

〈時〉についての意識の高揚

第一、第二詩集においてもハーディは〈時〉を自己のテーマに絡ませていた。第二における〈過去〉と〈現在〉の対比も〈時〉の扱いの一環であったと言える。しかし後年、第四詩集以降になって急展開する〈時〉の扱い、すなわちいったんは〈過去〉のなかへと滅び去った人生の諸瞬間を、永遠性のある実存在として蘇生させる詩法は、まだそこではほとんど姿を見せてはいなかった。第三詩集では、のちに見るようにこの扱いがちらほら姿を見せ始めてはいるものの、本格的にそれが為されるのは主としてエマの没後のことである。では『時の笑い草』と題した第三詩集の時期に、〈時〉に嘲笑され、もてあそばれるものとして人間を扱おうとしたときのハーディの脳裏には、どのような想念があったのだろうか？

もともと「時の笑い草」というフレーズは、一九〇四年に『フォートナイトリ・レヴュー』誌に、本詩集巻頭詩「再訪」(152)が発表されたときの、この詩の原表題の一部であった（Bailey **194** 他。原表題は"Time's Laughingstocks—A Summer Romance"）。のちに「再訪」が現在の表題を与えられるとともに「時の笑い草」のほうは巻頭詩を含む冒頭の一五篇を示す中表題となり（中表題としてはハーディ没後のマクミラン社版『全詩集』第四版にも残存していたのだから、今日でも残しておくべきであろう。Hynes篇第一巻、拙訳第一巻では中表題として残しているが、見た目にはこの詩集の大標題を繰り返しているように見えるだろう）、そしてさらに本詩集全体を呼び慣わす大表題として今日では用いられている。ここではまずこれら冒頭の中表題のもとの一五篇を覗いてみたい。

破壊者〈時〉の跋扈

右に述べたことからほぼ想像されるとおり、巻頭詩「再訪」(152)は、「時の笑い草」のもっとも一般的な意味、すなわち破壊者〈時〉の跋扈にもてあそばれる人間を主題としている。五〇歳という、当時では初老の域に達した語り手は、昔別れた女とのかつての密会の地であった険しい山の背を夜中に「再訪」する。懐かしい過去の瞬間を甦らせようとしたのである。ところで女はこの丘陵の谷間に住んでいて、過去の喜びを思い出すためにたびたびこの丘を訪れていた。だから、偶然というよりは互いに思いあったなりゆきとして、ふたりは星明かりのなかで再会する。かつての別れの原因となったことどもを許しあって、「引き裂かれていたふたり」は「一体化」し、愛を確かめあったあとしばしまどろむ。暖かい夏の短か夜は過ぎ、朝日が女の寝姿を照らす。すると男の目に彼女の老醜に覆われた姿が無惨にも焼きつく。

…二〇年ものあいだ夜も昼も、〈時〉の変貌の鑿は
芍薬の花に替えて　そげ落ちたくぼみを　細工していたのだ、

それはあまりにも巧みに細工された彼女のすがただった

こうして男は逃げ出してしまう。だからこの物語の筋立てだけからは、この作品は駄作だと感じられよう。しかしハーディのこの種の「恋の旅の詩」では、第一詩集の「私のシセリー」（31）についてもすでに述べたとおり、道行きの背景が詩の内容の重要なコメントとなる（Taylor 19–20）。テイラーはこうしたコメントとして、「陰気な雷」の轟きや「太古の死者の墓」が語る〈時〉の破壊力に限定しているように見える（Taylor 21）。

個体の交替と種の存続

しかしこの「再訪」（152）の背景が語るさらに重要なコメントがある。それはひとつには、背景をなす自然界や人間界の連続性の指摘——一見したところ、昔恋人と別れたその晩と同一に見えるタゲリや人工の塚の風景である（「タゲリたちが／むかしさながらに…法衣のような雲を背に／翼を白く見せていた」）。しかしまたひとつには、生命ある個体の交替と、種としての生命体の存続の描出である。つまり、語り手の人生がまだ緑だったころに聞かれたこれらの鳥の声は昔と同一に聞こえるけれども、あの青春の日から今日までに、

数え切れない、弱い、今は忘れられた幾世代もの鳥たちが
ここに　かつては点々と群れていたのだ（had fleckled the scene）

この原文は「この場に（死骸として）点々としみをつけた」とも読めるのである（背景にワーズワスの（「郭公鳥に寄す」に見える時代を経ての鳥類の同一観があり、これが否定されるかたちになる）。〈時〉が破壊者であるという使い古された観念を再生させるような、〈時〉の進行と発展がここには捉えられている。その上、語り手は太古の「サラセンの石」に坐り、そのまわりに「古代の沈黙に身を包んだ塚」つまり「太古の死者の墓」が大昔と同様にそそり立ち、そのあたりでは昼間、牛の群が、古代の戦いに使われた「ひうち鏃《やじり》の矢の残骸」を草のなかに踏んでいる。これらが否応なく伝えてくる歴史の長さと、「あの青春の日」と今夜を隔てる僅か三〇年の対比、そしてその三〇年の人間にとっての長大さ——これらがこの詩が読者に提供している〈時〉の姿なのである。

風景の同一性と個々人の変化

ここに見える〈時〉の相貌のうち、時間の経過と風景の同一性を唯一の主題として描くのが、このふたつあとに置かれている「二人のロザリンド」（154）である。四〇年昔に見たシェイクスピア『お気に召すまま』のロザリンド役を忘れられずに、語り手は今夜も劇場へ赴く。しかし今夜のロザリンドにいたく失望してすぐに客席をあとにすると、先ほどパンフレットの呼び売りをしていた「生者の世界と墓場とを往復しているふうな」皺くちゃ女が、昔ロザリンドを演じていた女優のなれの果てと判る。劇場風景は昔さながら、しかし個人としての女優は落ちぶれ果てている。「キングズ・ヒントック公園の秋」（163）では、〈私〉（老婆）が落葉を熊手で集めていると人々が見て通る。〈私〉も若いころ、老人が落葉を集めるのを見て公園を通ったものだった——こ

れはいわば、先の作品(154)のロザリンド側から見た人間個体の交替劇である。人ばかりではなく、木の葉もまた同じ風景を作り上げつつ、個々の葉は交替している。そのなかで名もなく姿を消す一人の老女は、最終連で次のように歌う――

(ためいきは出ますけれど) 落ち葉を熊手でかき集めていますと
こずえではやがて新しい木の葉が 踊りますのよ――
大地はけっして嘆いたり いたしませんわ!――
大地が嘆いたりするものですか、いつの日か このわたしが
　落ち葉を熊手でかき集めているのが 見られなくなったときにも

秋の公園で孤独に熊手を使う老女は実は私たちすべてにほかならない。ハーディはやがて第五詩集の「〈生〉は笑いつつ前進する」(394)で歌うとおり、個々人が没してもその墓の盛り土には雛菊が咲き、そばでは子供たちが陽を浴びてたわむれる。〈生〉は笑い、制圧されることなく前進するのである。総体としての〈生〉の前進の姿に隠されて、個々の人間の消滅は他人の関心事ではなくなる。この「キングズ・ヒントック公園の秋」の老婆の視点は、すでに示唆したとおり、前出「二人のロザリンド」の語り手の視点と相補的に協働する。腰の曲がった老人を蔑む〈私〉がやがて次の世代に蔑まれる。

〈時〉が許さない人間行為

以下ハーディが中表題としての「時の笑い草」のもとにおさめた諸篇を順次眺めたい。「女 渡り職人の悲劇」(153)は物語詩。女が恋人をからかおうとして、仲間の渡り職の男と親しげにして見せすぎ、嫉妬した恋人がこの男を殺害する。プーシキンの『エフゲニー・オネーギン』の決闘とは逆に、からかったほうが死ぬ惨劇である。一度冒してしまったある種の愚行は、〈時〉が許してくれないという主題が感じられる。「日曜の朝の悲劇」(155)もこれと同じ〈時〉の性質によって取り返しがつかないことをした母と娘の物語。妊娠したまま男に捨てられた娘をスキャンダルから救うために、母親が魔法使いと言われている住民から薬草を教えてもらって、煎じて得た液体を

「早すぎた果物を もぎ取るための お薬よ」
こう言って 私はそれをあの娘《こ》に渡したの、ああ、悲しいことよ

つまりこれを堕胎薬として娘に飲ませ、娘はこの薬のために中毒死する。ちょうどその時、良心の咎めから娘との結婚を決意した男と、この成り行きを祝う村人が娘の家にやってくる。しかしこちらの詩では、〈時〉は〈時代〉の意をも帯びている模様で、男の側の貧困、私生児の母となることの持っていた恐ろしさなど、時代に翻弄されたふたりの女が哀切に読者の心に残る。同じ物語詩でも「男を弄んだ女の悲劇」(160)は質的に大きく劣る。語り手である醜い男が、美女に意図的に恋の情熱をかき立てられた上、愛を告白すると不当な拒絶と嘲笑を浴びせられる。彼は異国の美男子に依頼して、この女を誘惑させ、同等の仕返しをさせようとする。語り手の意図を超えて美男子は女を妊娠させ、彼女をうち捨てて異国に舞い戻る。語り手は彼女に必要以上の苦

しみを与えた美男子を殺害（この犯罪に至る深い心理の葛藤はまったく描かれない）、女の名誉を救うために子の父親にならせてくれと申し出、彼女と結婚する（この点では女が〈時代〉に翻弄されてはいる）。しかし子は偽りの父が本当の父を殺したことを知って出奔、女も衰弱し、自殺する。彼の犯罪はどういうわけか社会的制裁を受けない。「〈ゆっくりとカーテンを開けて罪をあらわにする時〉にもてあそばれた」（Bailey 204）というにはあまりに常軌を逸した愚行であると言うしかない。

昔日の幸福と現在の風景

さて読みごたえのある作品に戻ろう。

「歓待の家」(156)は、過去の幸せの残骸で満ちた住居を描く。今は亡き人々が若かったころにクリスマスに来てもらったこの家に、今夜は蜘蛛が編物をする。しかし真夜中に月光が白衣をかけるとき、あの人たちの姿が〈私〉には見えるのである。後年の詩集で繰り返されることになる優れてハーディ的な主題の歌だが、単純明快な作品でありながら、第二連で「〈時〉は私を疲れさせた（tired）」と歌っておいて、第三連では「かつて調べの先頭に立ったヴァイオリンに／虫けらが穴を開けた（bored）」と続ける。この“bored”から、ヴァイオリンを「疲れさせた」という意味も吹き出てきて、すべての幸福が疲れ果てて眠っている沈黙感が伝わってくる。そしてこの沈黙とは対照的な、零時にさえ、人も家も輝いていたことを伝えてくる、昔日の「夜の正午（night's noon）」という表現が生き生きとしている。「あの月を締め出せ」(164)は、こうした昔日の幸福感を現在の虚ろな風景との対照において描く——月光を部屋に入れるな、星空を眺めるな、夜の庭を愛でるな、なぜなら昔の幸せを思い出させるからだ、ぼくの目を、ぼくの想いを、ランプの明かりしかないこの部屋に幽閉せよ、そして

むさくるしい粗《あら》ばかりを　あからさまに明るみに出し、
　機械的な記号のみを　紙に刻みつけるがよい。
〈人の世〉の春の花は　あまりにも香り高かった、
　その花の実は　あまりにも酸くにがい。

この作品を読み終わったあと、愛でるな、眺めるなと禁じられた月光や星座や花の香りが、家族とともにした幸福とそれの消失した空虚感とをふたつながら伴って、しんしんと読者の心に残るのではないだろうか？　虚無的な月や星、闇に隠れた花を読者は愛でずにはいない。そう言えば「ジョンとジェイン」(158)の主題も、身のまわりにしばしば見られる人生初期の幻想と後期の幻滅である。表面的には164番と類似しながら、表現が平板であることは否めない。青春時代は世界を楽園と思い、子が産まれては一層の幸せを感じた男女が、役立たずの息子にやがて苦しめられるに至るというだけの作品である。

〈時〉の経過と価値観の変化

愛する家族との死別を、夫（一八九二没）に先立たれたハーディの母（一九〇四没）の姿から書き起こしたと思われる作品がふたつ、ここに収められている。「残された妻」(157)の表題“Bereft”は「死別して」の意味でもある。冬の暗い朝に、この人妻のために灯を点してく

れたり、夏の朝にはカーテンを開けてくれたりした夫はもういない。「ドアのかんぬきも開けたままでいいわ／時計のネジも巻くことはないわ」――この価値観の喪失に近いやりがいのなさは、世の残された老妻すべての思いであろう。「農婦の冬」(162)の語り手も、夫に死なれた女で、「この世がつねに夏であるなら、あの人は今も私の弱った心を暖めてくれるのに。彼は冬の寒風に苛なまれて世を去った。冬は私の愛する物を奪い、苦痛をもたらす」と嘆く。この中表題の詩群からは離れるが、「嵐を聞く彼女」(228)も類似したテーマを持つ。昔は老いた夫の辿る夜道が気になった。だが今は肌を刺す冷たい雨、森の轟音、溢れる川、牧草地の泥などに〈私〉は関心がない。夫は大地でできた屋根、嵐も届かぬ屋根（つまり、墓）を得てしまったから――これらの作品では冬や風雨はこの世の過酷の一象徴として用いられている。

しかし〈時〉の経過によって愛情が変質する場合もある。「牧師補の親切」(159)では、救貧院に入るのを喜んでいた夫の許へ、牧師補が親切のつもりで、夫婦が別棟となる救貧院の非人間的な規則を改めさせたと報告に来る。妻との別居を待ち焦がれていた夫はこれを聞いて絶望する。もちろんこれはコメディふうの風刺詩だが、エマ生存中のハーディ夫妻の状況にも当てはまりそうな、何割かの真実をもまた語っている。

一回限りの人生行為

「落選国会議員の妻」(161)では、夫を国会議員選挙に落選させた群集に向かって〈彼女〉は手を振る。ハーディは「この彼女の居るバルコニーでは、このさき政治演説や商品売買などが行われようが、彼女は二度とあそこに現れまい（大意）」と歌って、一回限りに行われる人生の行為の美しさを描くと見ることもできる（Pritchard: Orel **51**）。またハーディは公衆に呼びかけるための町の最大の施設バルコニーの歴史と〈時〉の推移を描こうとしている。そして同時にこれは、この〈彼女〉のモデルとされるブライマー夫人へのハーディの個人的好意が描かせた作品だとも言えるらしい（Bailey **206**）。あそこにこの美女を見るのもこれ限り、という気持で読めばよく判る作品だと言えよう。

死神をパートナーとして

中表題を締めくくる位置には、興味ある作品が並ぶ。「踊る男の回想」(165)では、「いま誰が覚えていようか、当時の舞踏会を?」と問い始め、

良きステップを踏んだ娘たちはいずこに踊り去ってしまったのか!
いまは死神が彼女らのパートナーなのか?　死神は彼女らの
　蛆虫のわく　肉そげ落ちた頬を　嘲りつつ見ているのか?

一九世紀中葉のダンスルームの盛況とその没落が、粋な美女（ハーディが「踊り手たち」と表現した女たちはすべて娼婦だったとの指摘もある。Gittings *Young Pap.* **91**）の活躍と消失に合わせて語られている。中表題の末尾に来るのは「歩行する死人」(166)である。「最近私が死んだことを誰も知らない。私は人間たちの冷たい眼を知ったときに少し死に、家族の他界や〈愛した女〉の憎悪により少しずつ死に、いつ変身したのか判らぬうちにこの死体物質になり果てた（大意）」、歩いたり微笑んだりはしているものの、「いま　私は　このとおり　生

きてはいない　ということだ」と締めくくる。しかし作品の魅力は特に最初の数連にあり、第四連は

悲劇的な移送（transit）も行われなかった、
　呼吸の捕獲もなされなかった、
音もなく去ってゆく季節が　一インチ　また一インチずつ
　私をこの死へと至らしめたときにも。

「移送」には葬式とあの世への移籍が重なり、「捕獲」には死神が網で漁獲を楽しんでいるイメジがある。また原文では"inch"（少しずつ押しやる）が動詞として使われているおかしみもある（のちのフィリップ・ラーキンの、世界至る所で人々はゆっくりと死につつある、つまり人の生そのものがゆっくりとした死であるという発想の源かもしれない）。コミカルな表現が、表面上は哀切な主題を味付けした佳篇と言えよう。

〈時〉にかんする鋭い洞察

中表題「時の笑い草」のもとに置かれた一五篇が終了したあとは、新たな中表題として「恋の叙情詩　増補」が設けられ、二六篇の詩がこのなかに収められる。しかし〈時〉にかんする鋭い洞察を含む作品が、このなかにも、またその後の中表題「折に触れての多様な歌草」のもとに置かれた詩群のなかにも、いくつも含まれている。一八六七年作と銘打ったその最初の詩「一九六七年」(167)では、これからの百年には我われのこの目隠しされた時代よりも、優れた視野と能力が世に現れようけれども、それは私にとっては無意味だ、私は君の蛆虫が私の蛆虫であって欲しいだけ、と歌う。歴史の時間は先へ先へと進むだけだが、個々人の人間的時間には死に至るときまでという限界がつねにつきまとうことをこの詩はいみじくも語っている。第Ⅰ部第11章にも述べたが、「会う前の一分」(191)はこうした人間的時間の歌である。ぼくと彼女を隔てていた長い日々は、越すことができない高い山並みと思われていたのに、それらはついに去り、会える日が近づいてきた。しかし語り手は急にこう語る――「いまは可能なことなら　ぼくらを隔てる時の刻みを／すこしばかり抑制し、手綱を引いて〈時〉を制止したい」――語り手は、期待が満たされるよりも近い日の期待のままにこそ生きていたいと述べたあと、デートの至福の時間が

おお　それほど短い時間のうちにすべて〈過去のこと〉となることが
今から判っているので、それが過ぎたあとに落胆を読み取るがため

――つまり、喜びの瞬間が過ぎ去る恐れ、つまり〈過去〉という消滅のなかへと滅び去る怖れのゆえに、この語り手は、恋人に会えるという慈悲（grace）と優雅（grace）に満ちた近づく一時間を、同時に〈喜びの過去化という債務〉の執行猶予期間（grace）のように感じてしまうのである――

だからこのことのせいで、この慈悲の与えられる時間に
最大限の幸福感を与えられないのだ

(Thereby denying to this hour of grace
A full-up measure of felicity.)

人生のもっとも良き一瞬の飛び去り・過去化への恐怖心は、消え去った一瞬に対する、後年のハーディの強い追慕と表裏一体をなす。滅びた人生の時間に永遠性を賦与しようとする、ハーディ的な詩作法の根っこがここに表れている。

時間の経過への愛惜

この作品とほとんど対をなすように、時間の経過への同種の愛惜を示す詩として、第Ｉ部でも見た「発車のプラットフォームにて」(170)がある。最初の四つのスタンザでは、改札口でキスをしたのち恋人が発車のプラットフォームの人波に見え隠れしながら、デートの最後の一瞬を飾るようにして消え去る。語り手はやがて再会の日が来ることを予測するのだが

季節が来れば　彼女はまた現れるだろう――
ひょっとしたら　いまと同じ　柔らかな白い衣装を纏ったまま――
　しかし、決してあの時と同じようには現れまい！

人生の価値ある瞬間の唯一性、一回限りという認識が痛烈に読者の胸を打つ。続く最終スタンザでは、「繰り返すことのできる喜びが、どうして永遠に飛び去ったなどと言えるのですか」と第三者から尋ねられて、語り手は「ああ友よ、どんなことも二度同じようには起こりません／なぜなのか、私には判りません」と答える。ここで「なぜなのか」は第三者の言葉のなかの"why"に応じたものとして訳出されるべきだが（拙訳『全詩集』ではそのように訳してある）、「どんなことも二度同じように起こらないのはなぜなのか判らない」の意味にも取られるように原詩は書かれている。この世の不思議、不条理である。そう言えるほど、今生じたことは驚異なのである。この両方の意味から、過ぎ去る〈人生の時〉に対する愛惜の念は倍加される。上掲のプリッチャードも、この詩を激賞する（拘るようだが、著者はこの詩への推奨文〔『全詩集』Ｉ、160〕を発表したあとでプリッチャードを読んだ）。彼の言葉も引用しておきたい――「パウンドの言うところの、個々人の人生の忘れられていた瞬間が、ハーディの作品中の語り手のなかに示されるとき、その語り手がこの〈瞬間〉に対して示すもっとも真摯な反応は、この〈瞬間〉の、他をもって替え難い性質、その反復不可能性の強調である」(Pritchard: Orel 52)。

主旋律――〈瞬間〉の代替不能・反復不能性

そしてこの語り手の感性は、当然読者に乗り移ってくる。この伝染性は、本書第Ｉ部の序章に引用したパウンドの述べるとおりである。この「発車のプラットフォームにて」(170)と先の「会う前の一分」(191)が例証するとおり、ハーディの詩の最大の特徴が明確に作者にも意識され始めたのはこの第三詩集が最初であると言えるだろう。本章の冒頭で見た中表題「時の笑い草」のもとに収められた作品群をはじめ、〈時〉を扱う他の詩群はいわば多数の副次的主題となってこの主旋律を立体化している。なお「発車のプラットフォームにて」の女は、やがてハーディの後妻になるフロレ

ンス・エミリ・ダグデイルで、いわば偽装のために語り手は若い男とされている（Bailey 212）とするのが正しいかもしれない。しかし伝記に囚われずに、どこにでもいる男女のデートを歌ったものとして、この作品の一般性（これこそが詩人としてのハーディの主題なのだから）を味わいつつ読む方が遥かに面白い。

〈時〉の独房から釈放された囚人

ハーディは母親の死に際して「瞑目のあとで」(223)を書いたが、このなかには、人間が生きることは〈時〉の独房に入れられていることだという想念が見える。臨終のあと「もはやなすべきことも、怖れることも、望むこともなくなった」と歌う第一連、薬瓶や鎮痛剤が「役たたずの代物として／愚かしげな表情を晒している」第三連など、優れた描写を連ねたあと、詩人はこの場に一種の安堵感があることに気づく。そのわけは「最愛の人は　もはや〈時〉の独房に入れられた囚人では／なくなってしまったのだから」だと言い（エマ死去を歌う第一歌「旅立ち」(277)にも、彼女が「刑期“term”をつとめ上げて」出ていったとも読める一句がある）、彼女の死は「すべての虐待者から逃れていった巧みな達成」だったと表現される。だから生きること自体が、〈時〉の囚人となってその手下の〈虐待者〉に苦しめられることだ、ということになる。〈生〉には確かにそう表現されて当然の一面があることは誰しも否めないであろう。これをハーディ的なペシミズムの典型と見るのは、およそ人生のさまざまな見方を求める文学の読者には受け容れがたい見解である。またハーディはこの詩において、晩年の母親の虚弱と老年期障害のみを念頭に置いたのであるとして、これは暗い思想ではないと弁護する（Bailey 243）必要もないのではないか？　第一詩集の「彼岸にある友たち」(36)において、墓に眠る人びとが平安のなかにある姿をわれわれは楽しんだではないか？　またやがてハーディは第五詩集に「喜びの歌を捧げよ」(461)を収めるが、そのなかでは死者たちの大集団が「われらは逃れ出たのだ！　もはや〈安楽の少ない国〉から解放された！」と喜ばしげに歌いつつ踊り進む。また第六詩集の「教会墓地に生い茂る者たちの声」(580)のなかでは、死者たちすべてが苦労のない花や蔓草として甦り、「ひもすがら　たのしげに／よもすがら　あやしげに」微風に揺られて踊っている。このような〈死〉の描写には、明らかに悲しみを充分嚙みしめた上での、場合によっては諦観や死者への愛情、また場合によっては諧謔味が読み取れるのであり、ハーディの詩を味わう楽しみのひとつを与えてくれる。しかし同時に独房の囚人としての〈生〉のイメジからは、生者は自己に強制された〈時〉の諸条件からは容易に逃れ出ることができないこと、この囚人には〈時〉の独房に幽閉されること、すなわち限られた時間的制約のなかで自分一人を頼りに生きねばならないことを含めて）あまたの〈虐待〉が加えられることなどの想いが湧き出る。二〇世紀的に言えば、人間は不条理のなかに投げ込まれた孤独ないのちである。生の不条理を暴いた実存主義者やカミュの文学をペシミズムと言わずに、ハーディをペシミスト扱いにする文学史は書き換えられなければならない。

〈生〉の瞬間性の不条理

つかの間だけ〈時〉の独房に投げ込まれることと自体が不条理なのである。これを

〈生〉の瞬間性の不条理と言い換えてもよい。「松の苗木を植える人々」(225)は小説『森林地の人びと』と関連する作品ではあるが、それ自体で独立して上記の不条理を庶民の言葉で描く詩である。松の苗木を植えようと立たせた瞬間から〈生〉の苦悩が始まる――「すると、その瞬間から／いまここで始まろうとしている／まだ苗木には未知のままの〈生〉に／怖れを抱いているように／苗木は溜息をつきはじめ／それは　夜も昼もやむことがない」――そして苗木には、誰のため、何のために、このわびしい地の一点に植え込まれたか、その不条理がまったく理解できないことが語られた最終連で

ただここで　自分のいのちが尽きるまで
　ここから立ち去るすべもなく
この地の気候を変えることもなしえず
　　嘆き続けていくでしょう

と歌われて、実は苗木は、自己には選択権もないまま自己の境遇と運命に閉じこめられている人間を表していることが納得できる。

〈生〉の不条理の要約

　ハーディはいつも、巻末を受け持ついくつかの作品には、その詩集を統括する役目を与えている。この詩集の最後の二作品は、このような人間の〈生〉の不条理を簡潔に要約している。「イエラムの森の話すこと」(244)では、この森が「〈生〉とは〈挫折させられる意図〉のことではないか」と言ったあと

われらは生きるために生まれてきて　死ぬように求められる(中略)
〈生〉は与えるかに手を差し出して――その手を引っ込める

と言葉を続ける。また巻末詩「存在についての若い男の風刺詩」(245)は、このイエラムの森の言葉に風刺的ユーモアを加えた四行のみからなる――

生きることを学ぶための　納付金として
命を差しださねばならないとは　なんとたわけた学校！
賞品を勝ち取る時間を　残されないままにして
学業を覚えるのに励むとは　なんという愚行！

〈真実〉が断言するしかない事実

　これらの作品にも、〈時の笑い草〉としての短い生をいきる人間への愛惜の念が感じられる。第二詩集の、例の「まだ生まれていない極貧民の子供に与える」(91)で、生まれてこないで！　と虚しい声を投げかけた詩心の基底には、ペシミズムという蔑称に値する無責任な人生観ではなく、〈生〉の現実に耐える人間への理解と、人間界の諸悪の改善への願望が存在する。この詩集にも同じ気持の読み取れる作品がふたつ見られる。「いまだ生まれざる者たち」(235)では、〈私〉がまだ生まれていない胎児たちの洞窟を訪れると、彼らは出生後の希望に溢れている。〈私〉の暗い顔を見て、彼らは人生が苦しい

ことに気づいたが、結局は生まれ出てしまう——そして彼らの出生を無理やり促す主体として〈すべての事物に内在する意志〉が言及される（この詩集の成立年代と『諸王の賦』の執筆年代とは重なっている）。胎児たちは、〈私〉の暗くなった表情のなかに何を読み取ったのか、それは

憐憫ゆえに　明るみに出したくない　事実の姿
だが〈真実〉が断言しないでいるわけにはいかない　事実の情報

だった。これはすなわちこの世の不条理のことである。また「出産の床で」(224)では、夜半、母親の霊が、初産という人生の偉業を成し遂げたばかりの〈私〉の寝床のそばに来て言う「お前は美しい赤子を得て喜んでいるが、それは悲しい人類の道をあらたに作っただけなのよ。母さんもむかし同じ希望をもったものだけど」

〈来世〉・〈霊魂不滅〉の消失と〈時〉の概念

世のありようについてのハーディのこのような悲憤慷慨の根底にあるのは、第一、第二詩集の大きな部分を当てて嘆いた神の消失という問題がある。これについては本書第Ⅰ部ですでに詳しく述べたけれども、この世には当然神の摂理が行われているという若いころの安心立命が、百八十度転換させられたハーディ（および当時の多くの知識人）にとっては、正義も慈悲も行われない世界などという存在は、容易に受け容れられないものであった。彼の〈時〉についての新たな概念もこのことに深く係わっている。第Ⅰ部で詳しく述べたけれども、このことを要約するなら、新しい自然科学の真理によって、人間の死の先には、来世も霊魂の不滅も一切期待できないとされたのであるから、時間の概念も大きく変わったのである。つまり個々人の人間的な時間は、死をもって終焉する。〈時〉の意識が大変更を蒙るのは当然である。

人の〈意識〉を作った〈神〉の非論（倫）理性

このことを念頭に置いてここで神消失関連の作品を見てゆきたい。「生命の誕生以前とそのあと」(230)は、大地の証拠が示すとおり、〈意識〉の誕生以前の時期がこの地球上には存在していて、当時は一切の苦悩はなかったことを前半に指摘し、後半では〈感じる〉という病いが消滅するまでは、つまり〈無感覚〉の再来までは、世は苦悩ばかりだと歌う。人に心があり、〈意識〉が具わっていればこそ、「病や失恋や死別」の苦しみがあり、「後悔、希望の餓死、心の火あぶり」などが跋扈するという。「大晦日の夜」(231)では、〈神〉が「今年最後の太陽を沈め終える作業も完了！」とつぶやきつつ大晦日の仕事を終わったので、〈私〉は、苦しみの多い人間とそのもととなる〈意識〉を作った〈神〉の非論理性をなじると、〈神〉は自分の与かり知らぬ論理性やら倫理性やらをあげつらって責められても困るとの返事をする。この〈神〉はハーディの他の詩における と同様、キリスト教の神は存在しないという前提の上に登場させている万物の存在原理とでも言うべき抽象物であって、宗教的な神格を与えられた神ではない。私たちはこれを自然の法則と言い換えてもよいのである。〈神〉は人間への配慮をまったく持ち合わせては

いなくて、生物は苦を厭うから苦を存在させてはならないという程度の、人間から見れば基本のまた基本というべき論理も理解せず、いわんや倫理性も持たない。

わしの命令によってこそ　この世に存在できている
　はかなくも滅びゆく　被造物めが　なんと奇怪にも
わしの考えの浅はかさを見破ったと称することか

と話し相手にさえなる気もない〈神〉を相手に、語り手である人間は「人は〈仮の宿たる肉体のなかで呻くもの〉」とされているのに、とコリント書第一（五章四節）の聖句を逆用して、〈神〉の配慮のなさを詰《なじ》る。また次の詩「神への教育」(232)では語り手が「彼女の眼の輝き、花のような顔色、魂の潑剌さが次々にあなたに奪われました。あなたは彼女の美しさの収集家でもないのに、これは残酷ですね」と詰問すると〈神〉は、「余は、残酷という概念をいま初めて知った。人間は余の無知を教育してくれるね」と答える。このような宇宙の支配者は神という称号に値するだろうか？

聖職者の説く神と実際の世界の支配原理の相違

詩番号をさかのぼると「夢の中の質問」(215)のなかで、語り手はすでに、キリスト教そのものを否定していたのである。「神よ、あなたが苦痛をお作りになったと人間が非難すると、かつてモーセが書いたように、あなたはお怒りになるのでしょうか？　人に苦痛をお与えになる以上あなたは慈悲深くない、もし慈悲深いのならば全能でないと私が言うと、〈あなたを代行していると称する人びと〉はそれは冒瀆だと言いますが、本当にそうでしょうか？」と問うていた。〈神〉は「お怒り」にすらならず、その答えは「おお、一寸法師よ、お前が何を言おうと余が気にしたりするものか」であった。聖職者の説く神と、実際の世界の支配原理〈〈神〉〉とは同一ではない、前者は存在していない――これがこの詩の言わんとすることであった。そしてこの詩の最後には「第四次元」が言及される。新世紀の科学がもたらした、新たな世界の神秘である。ハーディの〈神〉が自然科学が極める原理を意味するという本書著者の主張の傍証であろう。

詩人の誠実

ハーディはこうした真実を語ることこそ詩人の誠実だと考えていた。「誠実に寄す」(233)が、今しがた引用した詩群の直後に置かれていることからもこれは明らかであろう。語り手は「現代の流儀が跋扈する所では、誠実が活躍できる場があるだろうか？　悲しいことをも喜ばしいと言わせる慣習を排して、幻想を斥け、事物を直視して初めて、改善の道が開かれよう」と歌う。第Ⅰ部冒頭（5ページその他）でも引用したとおり、詩人ハーディの本質を示す重要な作品である。

刹那の重要性

さて〈時〉にかんする作品へと戻るならば、このような世界の成り立ちのなかでは、〈苦〉の襲ってこない幸福な瞬間、つまり幸せな刹那の重要性はいやが上にも高まってゆく。思考・感性両面でのこの傾向はハーディだけのものではなく、世紀末の文人・画家に共通するものであったことは言うまでもない。

世紀末には、官能の快楽のなかで人としての幸せを追求する刹那主義が、優れた美意識を伴った唯美主義にまで高められた。これと根っこはまさに同一であるハーディにおける世紀末傾向――幸福な瞬間への限りない愛着、刹那の永遠化が、やがて官能主義・唯美主義とはまったく別個に、ハーディ詩群の世界を作ってゆく。

眼前にある幸せの時間の記録

この第三詩集にも、過去の幸福な瞬間を描く作品はいくつも見られる。中表題「恋の抒情詩　増補」に含まれる作品のなかから挙げれば、ハーディのこの種の詩としては珍しく、すてきな時間がすでに過去のものとなったことをまったく匂わせない詩がいくつか見られる。「ダンスのある夜」(184)は、現在形で書かれ、幸福感一色の歌である。月の角《つの》が中空にぶら下がり、梟が啼き始める今、まもなく酒樽の栓が抜かれ、ヴァイオリンが奏でられ、

〈彼女〉が　ぼくとともに輪を描いて踊るときに
〈恋〉の囁き声で　ぼくの誓いに答えてくれることを

――このことを、あたりの風景すべてが見守っている夜である。「ロザリンドに扮する女優に」(189)は一八六七年の作と銘打った作品で、『お気に召すまま』に登場するロザリンドの魅力の創造者であるあの劇作家シェイクスピアは、遥かな未来を見透して、あなたを観察し、あなたの魅力を紙に書き写したのだろうか、まさにあなたはシェイクスピアが描いたとおりの「本物のロザリンド」だ、と女優の美しさを讃える。また「ある女優に」(190)も一八六七年の作と銘打たれ、このロザリンドと同じ人と推定されるこの女優（ミセス・スコット＝シドンズ）を賞賛して、あなたの名が他の俳優の名と並んでいても、そこに栄光を感じなかった時があったとは信じられない。あなたを知らないぼくが此の世にいたなんて！　あれから新たな世界がぼくに開け、ぼくの人生の目的も一新され、その目的は今や「当時はまだ完全に封印されていた／泉の湧水による人生の仕事となったというのに」と、この女優を舞台で見たことが人生の転機となったことに感謝している。これらは今なお眼前にある、もしくは生きた影響源として存在する幸せの時間の記録である。

幻は語り手とともに永続

しかしこれらの歌い方は例外であって、他の幸せの時間は、前に触れたように、「会う前の一分」(191)と同じく、すでに過去へと去ったものとして扱われている。「心の眼のなかに」(177)では、昔、彼女の部屋の窓だったところに今も彼女の幻が見え、すべての風景が解体してやまないのに、その幻だけは変化することなく現れ、幻は〈ぼく〉とともに永続することが歌われる。これをトライフィーナを歌ったものとする推測(Bailey 215)もあるが、この先の詩集では、恋愛歌だけではなく、亡くなった家族・友人をも含めた過去の人々の幻影とともに生きる語り手がしばしば登場するようになる。「ローマ人の作った道路」(218)では、荒野を横切るローマン・ロードを発掘し研究する人は、ローマ軍団の幻がそこに見えるというが、しかし〈私〉の目から見れば

　　その道路を歩む姿で見えるのは、一人の母親の立ち姿のみ、
　幼子だった私の足どりを導く　母の姿ひとつが現れる。

いかなる風景のなかにも、過ぎ去った日々に愛する人と過ごした記念の幻だけが現れてくるのが、ハーディの詩の世界である。「さまよう旅人」(221)は典型的にこの種の感性を示している。〈ぼく〉には、あたりに実在する丘も雑木林も雛菊も見えない、鳥の声も聞こえない、神の愛を示す自然界なんて〈ぼく〉とは無縁。

　ぼくに聞こえる　まわりの音は
　ぼくが見てとる　かたちと意味は
　近くにいたとき　気がつかないで
　手遅れのいま気がついた　はるか昔の声と顔。

エマを忍ぶかずかずの作品の登場以前から、風景の核心部分にハーディは失った人の声と顔を見て取っている。家族のことを歌ったものをついでに挙げれば「私たちが知っていた人」(227)はハーディの祖母の思い出を連ねた詩で、彼女が炉を見据えながら、昔の田園の踊り、五月柱、仏王の処刑、ナポレオンの脅し、さらし絞首台などを今ここにあるかのように、膝もとにぐるりと坐った〈私たち〉に語った姿を伝えている。

詩のなかでは隠さないハーディ

一方、この詩集には本来なら忘れたいはずの過去の時間を、甦らせて歌う詩も見られる。ハーディにあっては、人生の過去の瞬間はつねに〈詩人の鏡〉とでも言うべきものに映し出されており、自伝のなかからあれほど丹念に不名誉な事実を消し去ったハーディが、詩のなかでは誠実そのものに（ただし誰に起こったことかを時には曖昧にして）すべての過去を語るのである。「茨の声」(186)では、丘の上の茨が、冬も夏も旅人に同情して語り掛けるが、〈ぼく〉に対しては「かつてここで一人の女の心が破れそうになった。それもお前のせいで」とだけ語りかける。トライフィーナのことを歌っているとする説もある。「四つの足跡」(175)では、語り手の男の恋する女が、親の意見に忠実に従い、別の男と結婚したと告げつつ、昨夕語り手と砂浜を歩いた。夫には語り手との恋愛は内緒にしてある。ふたりの足跡は耐えるべき傷として砂浜に残ったままとなる。「起き抜けに」(174)は人生の一場面をほんの一瞬だけかいま見せる作品だが、語り手（男）は世紀末感覚の代弁をするように、希有の女と感じていた恋人をこの世の唯一の宝と思っていた。だが暁に見ると、すべての女に勝っていたはずの恋人の姿が、平凡きわまりないものに見えた。

　　信じることのできるただ一つのものが
　希望が縋ることのできるすべてと　あいともに
　　崩落し、崩落し続けるのを見るときの
　おお、戦慄の映像よ！（中略）
　　　だって自分の引き当てたこの宝ものが
　　じつは私にとっては　ハズレ籤だったなんて！

美女が唯一の世の希望であるという感覚は、他の希望をこの男が喪失していることを示している。スウィンバーンの作品に親しみ、女の美が信じるに足る唯一のものだという世紀末的感覚をよく知っていたハーディは、この詩で、神に代わって登場していたこの新たな〈信仰〉を風刺したと考えられる。この種の〈信仰〉は永遠性とはまったく無縁で、〈時〉に嘲笑される運命にある。なおこの詩全体を夢のなかの幻と見る解釈もあり、傾聴に値する（Bailey 214）。また女はトライフィーナだとする憶測もある。

恋やその純度の終わりの瞬間

〈時〉によって恋が終わりを告げられる瞬間や、恋の純粋性に疑念が生み出される瞬間を描いた作品は、人生の一場面にハイライトを当てる描写詩の中心をなしている。人間が〈愛〉と呼ぶ恋もまた、〈時〉に翻弄されるというわけである。今しがた挙げた「四つの足跡」(175)や「起き抜けに」(174)はこの種の詩の典型であるが、「エピソードの終わり」(178)——大意：君とぼくのこの甘く苦しい娯楽はこれでおしまいだよ。ぼくたちの恋の幸せは限度まで満たされ、今その判決を受けた。恋の道は砂利道よりも耐え難い荒地なのだ——は、さらにはっきりと恋というものの一時性を宣言する。女はトライフィーナ説もあればエマ説もある。しかし伝記事項の憶測はこの作品には無用と思われる。「ダンスのあとの夜明け」(182)——大意：この大晦日のダンスがぼくたちの恋の季節に終止符を打つのだよ。あまりに無節操に紡ぎ上げてしまった絆を、紡ぎ始めのようにぼくらは錯覚してたのさ。避けられないものがきてしまったのさ——男は女の家まで夜道を見送ってきており、暗闇のなかの家では、平凡な結婚生活を続けているらしい両親が眠っている。

　ほら、あそこの君の親父の家から、盲目の侘びしい窓が告げている、
　男と娘の誓いなんて　漂う薄い蜘蛛の巣の切れ端みたいに脆いっ
　　て。

この二行が示すとおり、これも先の作品と同趣旨の作品である。「その手紙に射す日光」(183)では、別れの手紙を受け取った男が語り手である。男が彼女の手紙を取り出すと、太陽の光線は、彼女が男に偽りを働いた証拠となるその手紙の上にも、彼女の誠実を示したときと同じように照り輝く。自然界の不変と恋の可変とが対照されている。「その夜に彼女はやって来た」(180)はさらにあからさまに(「再訪」と同じように)、恋は〈時〉の笑いの種であることを示す——〈私〉は〈時〉の攻撃が私たちの愛を毀《こぼ》つことはできないと彼女に言った。するとその夜、彼女は〈夢の中で〉老いさらばえた姿となってやって来た。次の日の〈私〉の愛撫には隔てができてしまった——〈時〉が何度も言及されて、〈愛〉と称されていたものが変化してゆく様が追求されている。

恋断ちする者に降りる幕

そして「彼は恋断ちをする」(192)では、語り手はついに恋そのものからの離脱を次のように宣言する——私は恋を断つことにした。縁者にも背を向

け、私を干乾びさせ、霧雨を甘露だと思わせ、灰色を金と見させた奴である恋を。

しかし恋のあとには　何が来るのか？
　空模様も険悪な情景と
悲しく虚ろな　数時間、
　あとは確実に　降りる幕。

〈時〉に対抗して恋ごときにうつつを抜かすことを止めてみれば、そこにも〈時〉は人生に幕を降ろすべく待ちかまえている。これが中表題「恋の抒情詩　増補」に含まれる作品の最後である。

〈時代の笑い草〉

さてハーディの〈時〉についての意識の高まりを多くの詩のなかに見てきた。そして彼は同時に、ヴィクトリア朝が残していった矛盾に苦しむ人をもまた、〈時代の笑い草〉と言うべき犠牲者として歌っている。「命名式」(214)がその歌であり、教会へ来た美しい赤ん坊に人びとは人類の誇りを感じるが、その母親は教会からの退去を求められている——彼女が、恋愛の墓場である結婚を拒否する男、体制不順応の男の情婦であるがゆえにである。「体制順応者たち」(181)は、ちょうどこの男の正反対に、ついに結婚という制度を受け容れることに決めた男の劇的独白である——ぼくたちは結婚することにした。だから人目を忍ぶあの密会の喜悦をもうぼくたちは味わうことはない。誰の噂話の主人公にもならない。飛びついて抱擁することのない健全なふたりになっちゃったのだ。

〈時代〉の偏見を超えた男女・作家

そしてハーディは、このような時代の偏見を超えている男女を、それぞれひとりずつ描いている。男のほうは「夫の見解」(208)に登場する夫。他の男との〈過ち〉を隠すために、他国に流れた女が新たに恋人を得て結婚するが、自分はその前から妊娠していたと気づき、それを苦にして他人に告白しているところを、夫が立ち聞きして、屈託なくこれを許す。同種の女のほうは「人妻ともう一人」(217)の人妻として現れる。戦争が終わって夫が帰ってくることになるが、この妻より先に夫は別の女に会うらしいことを察知した妻は、先回りして宿で女に会った——しかし相手の女は貧しい上に妊娠中と知れたので、この人妻は同情して身を引くことにする。いずれも現実には稀にしか見られなかったケースであろうが、ハーディはこうした架空の話を、時代の偏見を打ち破る勢いを籠めて描いている。そして彼はこの詩集発刊直前の五月に世を去ったヴィクトリア朝の小説家・詩人を悼む「ジョージ・メレディス」(243)において、メレディスは朝の角笛のように語り、やがて〈時〉が破壊する贋造物を穴だらけにする機知を示した。彼が他界したとは信じられぬ、なぜなら彼の言葉は未来へと飛ぶから、と彼を讃えているが、この「やがて〈時〉が破壊する贋造物」とはヴィクトリア朝の偏見と偽善を指すことは言うまでもなかろう。

都会の騒音と〈罪〉への憧れ

さて以下に見る多くの詩もまた、何らかの意味で〈時〉に翻弄された（特にヴィクトリア朝という時代に弄ばれた）人間を描いているとも言えるが、ハーディの気持のなかで「時の笑い草」の描写と考えられていたかどうか疑問のある詩篇については、牽強付会を避けて、別の分類によってまとめていきたい。中表題「恋の抒情詩　増補」のもとにある作品から見るならば、「誤解」(185)では、語り手が世間の欲望や交通の騒音、虚栄の渦などから〈彼女〉を守るための田園の家を精出して見つけ、彼女に報告すると「あなたが私に味わわせまいとしたこの騒音こそ私には楽しみだったのに」と彼女はのたもうたと風刺する。同じように「田園に住む彼女から」(187)でも女の語り手が、「私は愚劣な都会のことを考えるのはよくない、花や森は何と美しいかと自分に思わせるように懸命に努力しました。でも駄目でした。都会の騒音と罪に私は憧れちゃいます」と語っている（ここで〈罪〉とは言っているが、それは欲望を満足させ虚栄にふけること程度を指す）。これらの詩は、エマの性癖を示唆しているとも考えられようが（後者とエマの関連性は指摘されていない）、それ以上に都会と現代風を好む人間一般の傾向を描き、牧歌やロマンチックな田園愛をからかう意味が勝っている。

幻想に身を委ねたい語り手

この詩集にはさらに中表題「一組の田園の歌」が設けられており、一八篇の詩がこの表題のもとに配置されている。その第一歌「楽しませてくれ」(193)は、人生の苛酷な真実を見ることを避け、ロマンチックな幻想に身を委ねたいと語り手には歌わせつつ、この語り手を側面から揶揄する作品である。天地創造の力（宇宙の原理）が〈私〉を喜ばせる意図を持ってはいなくても、〈私〉に大地を楽しませてくれ。〈私〉に無関心な美女にも見惚れさせてくれ。また自分に死期が迫ったときに、もし死後の〈楽園〉があるのだとすれば、

　私はそれにも喜びの遠い視線を向けるだろう、
〈楽園〉に　私の居場所が用意されてはいなくても。

美女も楽園も存在しないも同然の幻である。根底には第一連の「〈すべてを制定する力〉が／私をよろこばせる意図とは異なった目的を持っているとはいえ」という但し書きが付いている。以下の民謡調の詩歌には、田園の味わいや美しい面も歌われるが、悲しい出来事の歌はもとより、他の歌にも、人間の幻想に基づく味わい・美しさが伴うに過ぎない。こうしてこれらの全篇に哀調が漂うのである。

哀感誘う民謡のなかの人びと

小表題「カースタブリッジの市にて」のもとには七篇が収められ、いずれも民謡調の作品に仕立ててある。冒頭の「民謡の歌い手」(194)では、この歌手の歌を聞く男が語り手で、「歌え、民謡の歌い手よ、そしてぼくに忘れさせてくれ、ぼくが愛した女が誓った愛の言葉を、また彼女の冷たい仕打ちを、彼女の名を、甘い甘い彼女の顔を」と語る。市で歌う貧しげな歌手、陽気な調べ、それを聞く失恋の男などが甘酸っぱい雰囲気を奏でる。「昔の美女たち」(195)では、市の仮設店舗に中年の女たちが立って商う。これら肌の干乾びた市場のもの売りたちを描きつつ、「これがぼくらが愛を誓った乙女のなれの果てか？これがいったい、昔の夕方、

踏みしだかれた芝の上に　月の光が繻子に似た
　輝くころもを着せるまで　踊り明かした　あの子たち

なのか？　本人もそのことを忘れているに違いない。覚えていれば彼女らに記憶の魔法が働いて、いつまでも美女に見えるのに」と歌う。一方若い娘も商っている――「市に立つ娘」(197)では、蜂蜜や林檎、園芸植物などを娘が売るのに誰も買わない。〈俺〉は「気の毒に！誰も買わないのかい」と声をかけ、それは始まった。誰も入札しなかったのに、〈俺〉は掘り出し物を抱え込んだ――品物は売れなかったが、日に焼けて優美だったこの娘は、こうして〈売れ〉た。しかし市のあとのダンスが終わって、今夜の自分の行動を省みる娘もいる。「クラブのダンスの後で」(196)はダンスを終えての帰り道、ブラックの岡の渋面はふしだらな〈私〉に対してもっとも激しく睨むように見える。ニレの木の鳥たちに見られても〈私〉は縮みあがる。でも鳥だって同じことをしていたのに、と考えながら歩く娘を描く。『テス』第一三章との類似は明らかであろう。

純情な女たちも市からやがて去る

「妻は待つ」(199)の夫は社交クラブで女とダンスに興じ、〈私〉はへべれけの彼を家に連れ帰るために待っている。「結婚する前には君だけを愛す、楽しみ事は止めると言ってたのに」と言いつつ、すでに結婚生活に暗雲の影を感じ取っている若妻は夫が踊る地下室の音楽を寂しげに聴いている。「質問」(198)の語り手は中年女。彼女は市で出逢った人にこう尋ねる――あなたはあの村の方かえ？　パッティのことをジョンは口にすることはあるかね？　人生の疲れをパッティはどう我慢してるかとか尋ねることはないかね？　男の恋を消す〈時〉は、女の恋を生かし続けるのでね――もとは彼女も美人で通っていて、ジョンの金まわりがよくなったら結婚する約束だったということが後半で判る。そして「カースタブリッジの市にて」の最後を飾るのは「市のあとで」(200)である。穀物市から歌い手も人びとも去った。真夜中になると、出歩くのは地中の市民の霊魂――ちょうど今日の人出のように、ここで昔、恋をし、笑い、乾杯した人々の霊魂のみ――こう歌って、今しがた描いてきた純情な、あるいは軽薄な人びともまた、やがて霊魂と化するということを感じさせる。

田園の女たち

以下の作品には、中表題は設けられていない。「黒い目の紳士」(201)は、靴下止めを締め直す〈私〉に親切げに声をかけてきた黒い目の紳士に、〈私〉(労働者階級の女)は失ってならぬものを奪われた。そのために苦しんだが、その結果今は〈私〉の喜びの源泉となった男の子がいる。だからこの子の父さんが靴下止めを結んだことを、〈私〉は感謝しているの！　という、時間の推移を感じさせる作品である。上位の階級の男が下層階級の女を弄ぶ例は、ヴィクトリア朝を通じて後を絶たなかったのである。ハーディはこの詩のモデルとも言うべき実在の女が、男に捨てられながら孤軍奮闘して子供を育て上げながらも、なおかつ、慣習的な意味での〈人に指さしされない（"respectable"な）女〉になることは求めなかった、つまり〈不義の子〉の母であることを隠さなかったという点に、大いに感激したと言われる（Bailey 228）。さて次の「キャリイ・クラヴェルに」（202）では、自分にはいつも背を向ける表題の女が、別の男には唇をチューリップのようにしてキスをさせることを、咎めるように語り手が歌う。「親に死なれたオールド・ミス」（203）では、語り手の女が結婚したいと言うたびに父親が反対した。今は父も死に、恋人も他の女性と結婚してしまい、山の一軒家に住む貧しいこの女のことは誰ひとり思いもしない——父親のエゴに人生を失った女を歌う。「春の呼び声」（204）は、「可愛いおまえ！」を表現する発音のいろいろを挙げて、語り手は恋の季節である春に、ウェセックス地方の発音を大切にしたいと言う。

多情の女、純情の娘

「ジュリー・ジェーン」（205）の語り手は歌い踊り笑う女だった。恋人がやってきて子を授けたが、自分の名は授けず——彼女は奥さんになれなかった。死ぬ前に彼女は、たくさんの恋人のなかから、棺を担ぐ者をちゃんと選んでおいた。「あっというまに死んじゃうのに、生きてるときになにをしたって／どうってことはないじゃない」と生前に語っていたジュリーのまわりには、読者は暗い影を感じないのである。選ばれたかつての恋人たちは喪服を着て彼女の死の床に侍っていたら、「どうしていまの恋人をほったらかしにして、私のために正装なんかしていられるの！」と死に行くジュリーにたしなめられた。「彼女の母に持ち帰るニュース」（206）は、母と相談することなく、結婚の承諾を男に与えた娘が、母の気持ちを気遣いつつ、家路を辿る歌である——母さん、わたしはいま震えつつ、婚約の知らせを持ち帰るけど、結婚は私を母さんから引き離すかしら？　母さんは彼のことを私のように、いい人と思ってくれるかしら？——道行きのあいだに見える水車小屋、実った林檎、見えてきた茶色の破風の生家と馬小屋などが、この心根のきれいな娘の歩みを引き立てている。

多様な田園の歌

以下「一組の田園の歌」に含まれる作品を詩番号に従って覗く。「ヴァイオリン弾き」（207）は音楽の幻惑によって男女がいかに軽薄に結ばれてしまうかを歌う——ヴァイオリン弾きは知っている、今夜の楽しみからどんな悲しみが生まれるかを。乱痴気騒ぎの音楽が、さまざまの罪を七倍にもした恋わざを人にやらせることを——「結婚生活の泥試合によって　この男女が／今夜のダンスの代償に　どんなに高い価を払うかを」という部分は痛烈に恋の幻想を風刺する。この悪魔的な洞察を具えたヴァイオリン弾きは、ハーディ自身かもしれないところがさらに面白い（彼は村のダンスではよくヴァイオリンを弾いた）。これに続く作品、他の男による子を宿して結婚した妻を許す「夫の見解」（208）についてはすでに述べた。「ローズ・アン」（209）は、表題にある遊び好きの女が、他に婚約者があるのに男を誘惑して捨てた仕打ちを、男の語り手が詰るモノローグ。慣習的に言えば女が嘆くはずの仕打ちを、男に嘆かせている点に面白さがある。「婚礼より帰宅して」（210）では、嵐が吹き荒れる夫の一軒家に初めて入った花嫁が、あまりの貧しげな室内を見て、ただハンカチを噛むだけ。「幽霊の出る丘の家だけど、きみ、機嫌直して夕飯にしようよ」と夫は呼びかけている。会話の合間に描写が入る——

　広びろとして木も生えぬトーラーの丘に　嵐吹き荒れ
　その家は　寂しく孤立して暗い。そこを訪れるものは少ない。

このような叙景が四行ごとにストーリーのなかに入り込み、貧しさに打ちのめされながら第二の人生に船出する庶民の夫婦の心情を浮き彫りにする。

人生に生じる謎

ここで、順序は逆になるが、中表題「恋の抒情詩増補」のもとにある作品でまだ触れていない作品を覗きたい。言及が遅れはしたが、優れた作品が多いのである。「溜息」(179)――彼女は震えながら私のキスに屈服した。だが溜息を漏らした。彼女はその時にも誠実だったし、その後も死ぬまで私に真実を尽した。

　しかし彼女は一度も告白したことがなかった、
　なぜ、あの最初の私への優しい譲歩のときに
　　溜息を漏らしたのかということを。

愛情以外のことについても、人生にはもっとも親しい家族・恋人についてさえ、ついに判らずじまいになることは数多い。一度聞いてみようと思っているうちに、当人が他界してしまうこともある。これは誰もが身につまされる詩ではないか？　このように広範な人生の出来事を念頭に置いて読まれて初めてこの詩はより力を得ると思われるが、ハーディの第二長篇『緑樹の陰で』の第八章でリューベンが、女というものは心から男を愛しているときでも、肩越しに別の男のことを考えるものだと語る、この観察を想起してみるのも面白いと思われる (Bailey 217)。同じような謎は「丸天井に覆われた通路で」(176)にも生じている――あなたは歩みを止めて、私たちの別れを言い始めた。前夜、私を非難し尽くしたあなただったのに、このとき私がキスをするとあなたもキスを返してくれた。なぜ今になって、一度捨てた私を愛するのか？　「事柄は黒ずんで理解できない、恋人よ。私には判らない」で終わるこの詩は、〈私〉が男か女かも特定させてはくれない。キスを最初に仕掛けるのが〈私〉だから、〈私〉は男だとするのが妥当だとしても、これも絶対的ではない。なぜなら第一連には「私のなかから、愚かしくも脆い私の幸せを燃やし去るような」言葉を前夜相手が言ったという個所があり、これは逆に女性的だからである。また一方がハーディという点では批評家は異論がなさそうだが、女のほうはトライフィーナ、エマの両説がある (Bailey 215)。するとこのあとふたりは別れたのか、このキスをきっかけに仲直りをしたのか、どちらにも読めることになる。

ハーディ独特の感性

「彼女の父親」(173)では、恋する男が企てどおりに街角で彼女に会ったが、彼女の父親が見ていた。そのためデートは固く冷たいものに終わった。だが、と語り手は考える――ぼくのほうは、彼女が老いれば愛することを止めるのに、彼女への父の愛は永遠なのだ、と。これは若い男にしては稀に見る感性である。「大聖堂のある町で」(171)の語り手の男は、この町は〈あなた〉を知らず、〈あなた〉はこの町のことをまったく知らな

い。だからこの町で自分は安らぎたい、「なぜなら（この町に居れば）そのうち私の心も／この町の　あなたについての無知無感覚を共有できるだろうから」と歌う。女を忘れざるを得ない場合には、その女との連想のまったくない町に住むのが一番というわけである。これは女だけではなく、死者についても、ある種のものの感じかたを持った読者には非常によく判る感情だが、ハーディもこの独特の感性の持ち主だと言えよう。トライフィーナとの関連が強く示唆されている（Bailey 213）作品である。

機知に満ちた作品

「彼女を定義する言葉」(168)は特に要約を拒否する修辞の面白みを中核とした作品である。貴女を描き出す形容を考えあぐねて、夜も過ぎ、暁までかかって不適切な語を捨て去った。その結果、〈ぼくの乙女〉という平凡な一句のみが残った。

高貴な宝をなかに秘めた　ありきたりの容器が
その中身のゆえに　豪華な宮殿の大広間を
優しく慎重に運ばれてゆくのと同様に　貧弱な言葉つきの
この哀れな思いつきも　ぼくの容認できるものなのです

その理由は、こんな飾りのない一句もその宝珠として、〈あなた〉の美しい姿を内蔵しているからだ、と語り手は結んでいる。奇想が心地よい詩である。「隔絶」(169)はヘニカー夫人のことを歌ったものとするのが今日の定説となった（Bailey 211）作品である。「我われ二人を隔てるものが悪天候やただの千マイルなら、微笑の余地もあろうものを。二人の妨げは距離よりも雨よりも大いなるもの、長年月より長いもの」と歌うこの詩は、この「大いなるもの」とは相手の好意の小さいことではないのか、それとも世の因習かな、などと考えさせる点が面白い。しかし、隔絶されたすべての男女（あるいはそれ以外の人間同士）の気持としても読めるところが魅力である。「彼女の告白」(188)はシェイクスピアふうの奇想による作品で、女の語り手が「お金の借り手が返却しようとするとき、貸し手が無関心だったふうに装うように、あなたのキスを受けなかった私の偽りの不熱心が、愛撫の無期延期を促したのではないかと心乱れます」と歌う。今日の女性には判りにくいかもしれないが、かつては気品のある女は、こんな場合に無関心を装うのがつねであったのである。これも機知に富む作品である。

出かけない夜の逢瀬

「私は言う、彼女のそばに」(172)は、おそらくはR・ブラウニングの「夜の逢瀬」と「きぬぎぬの別れ」の影響下にある作品であろう。これら二作をもじったように、ハーディの詩の語り手は恋人の家に出かけない。女が蝶番のきしみを直し、かんぬきは抜き去り、夜明けまで待ったのにあの人は来てくれないと思っているだろうと、語り手の男が想像する歌である。そのような一般的な逢い引きの歌でもあろうが、不思議なことにこれをハーディのいわば永遠の恋人とも呼ぶべきトライフィーナが、墓のなかでかんぬきをはずして待っている姿の歌として読む提案は、どんな批評家によってもなされていない。ハーディは詩のなかではさまざまな偽装を凝らして、実際に歌いたい主題を隠す。トライフィーナのもとへ、自らも死んで逢い引きに赴くにせよ、墓参りとして赴くにせよ、その解釈で読むこともできる作品である。

多様な老いの歌ぐさ

さて最後の中表題は「折に触れての多様な歌ぐさ」である。この表題下のいくつかの作品にはすでに触れたが、ここで残りの作品を読んでいきたい。このなかにも興味深い作品がいくつもあるが、主題は多様であって分類は難しい。「可愛い子」(226)では、老いた語り手が丘の上で可愛い乙女に出逢ったので「マイ・ディア（可愛いあなた）」と声をかけると、娘は「わたしはあなたの〈可愛い子〉ではありません、婚約者がいます」と言い放って去る。六九歳のハーディはこの詩集ではまだ老いを作品の主題としてあまり扱っていないが、この作品には老いの意識が顔を覗かせている。同じく老いを多少意識した「古い家のなかの夜」(222)では、生者が眠ったあと、この古い家に住んでいた〈私〉の先祖たちが現れ、強力だった家系のこの青白い遅れ咲きである〈私〉が、人生と死についてひねくれた考え方をするのを批判するのかと思うと、先祖は、人生の与えるものを疑うことなく受け取り、理屈をこねず人生を楽しめと語りかける。先祖を思う歌としては「雨の夜」(229)の〈私〉は、荒野の道を雨でびしょ濡れになりつつ歩む。今日《こんにち》の自分には、これは大変な難儀に思われるが、私たちの先祖は道路さえない荒野で、風雨や闇と闘い、その難儀を些事と見ていた、と歌うこの作品には共感する読者も多いだろう。

教会音楽隊

「教会でのロマンス」(211)は、ハーディの両親の恋愛と結婚を扱う。〈彼女〉は教会の座席から、教会音楽を奏でるヴァイオリン弾きが、楽器の弦によって彼女にメッセージを送るのを見た。女は〈彼〉とのちに結婚。彼女が老いてからも、彼の仕草からはあの桟敷席で弦を弾く彼の姿が彷彿として見えた。家族の歴史を記録しながら、連綿と続く人間そのものの歴史を綴っているような趣がある。そしてこの詩集にも、素朴な民間の信仰が人々のなかになお生きていることを歌う詩「死せる教会合唱隊」(213)がある。話は幻想の内容として語られる。〈悲しみの男〉の幻想はこうである——「死んだ聖歌隊隊員たちの、息子や孫息子たちがクリスマスに騒いでいると、聖歌隊の歌が聞こえた。歌は村を巡り、墓地まで来て消えた。これを聞いた生者たちは騒ぎを自粛したものだ」——神の消失を経験しながらも、先祖の素朴な宗教が生きる故郷を維持したいというのがハーディの願いであったと想像される。

「パンシラ」に見る清純なマリア

しかし同時にハーディは、聖書に描かれた場面を、正統的なキリスト教徒には冒瀆と感じられるはずの新解釈を見せながら、日常的な次元へ引きずり降ろして再現して見せもする。「パンシラ」(234)がその作品で、語り手が、あるときパンシラという軍人に向かって「自分は命の樹液を引き継いでくれる子供が欲しい」と言うと、パンシラは「息子なんて呪いになることもある」と言い、軍の偉大な指導者だった彼がカルバリアで、処刑される罪人の母親に逢ったこと、それが大昔、彼が進軍途中に逗留した先で関係のできた女だったこと、またそこで、のちにその女の息子（彼とのあいだにできた息子）であると判った反体制の宗教家の磔刑の指導に彼が当たっていたこと、十字架で断末魔となった罪人が、差し出された薬を拒否したのを見かねて、この我が子を槍で刺す命令を出す結果となったことを語る。語り手はその後パンシラが精神に乱れを生じ、自分の子と呼んでいた男の磔刑を嘆くことさえやがてなくなり、死んでいったと語る。小説以上に場面の設定が印象的な作品である。特に清純な若いマリアが、無垢の象徴と言うべき銀のコインをヘアバンドからいくつも垂らして、村の中央にある泉に水を汲みに来る場面、パンシラを信頼しきって彼女が身を任したくだり、キリストの受難の場面で、私たちが軽蔑しきって読む慣らわしになっている圧制者の手先たちの側から見た場面の描写などが私たちの心を惹きつける。冒瀆的とされるかもしれないこの作品は、しかし、著者のような無宗教の男のなかに、マリアとキリストへの強い愛着を生み出すのである。

多様に楽しめる物語詩

ほかにも物語詩に見るべきものがある。「性急だった花嫁」(212)では、クリスマス聖歌隊が若い未亡人の家の前で歌っていたとき、彼女の再婚が皆に知れる。聖歌隊員の一人が、仲間のジョンと未亡人が結婚を言い交わしていたことを暴露する。彼女と結婚したばかりだった夫がこれを知って激怒する。新妻は井戸に飛び込んで自殺し果てる。ヴィクトリア朝の男女の信義を念頭に置きさえすれば納得のゆくこの作品も、最近の読者から見れば、夫はそんなに激怒しなくったって、妻は何も自殺までしなくったってと感じられるらしい。「美しき吸血鬼」(219)は、こうしたヴィクトリア朝の風土に対抗するずるがしこい庶民の女を語り手としている——夫が遠洋航海中に、領主に言い寄られた〈私〉は領主の情婦になってしまう。帰ってきた夫は、自分の安楽のために領主と妻の関係を容認し、〈私〉は領主からすべての甘い汁を吸って夫に貢ぐ——喜劇性抜群の物語詩である。『フィガロの結婚』のスザンナに比べて、知性も劣り、徳性は比べようもなく悪い語り手ではあるが、庶民の女をなぶり者にしていた領主階級を手玉に取る話は、『フィガロ』と同様、これでもなお痛快なのである。他方「令夫人の話」(239)という物語詩は、一種の心理劇である——〈私〉の夫が元気がないのでわけを尋ねると「元は前途のある喜劇俳優だったぼくが、高貴な家柄の君と結婚したので、父君の願いどおり演劇から身を引いた。でも、もう一度舞台に立ちたい」と言うので、そのとおりにさせました。彼は約束どおり私のもとへ帰ってきましたが、演技に失敗したと言います。失敗の理由は私がロンドンへ監視に行って舞台を見ていたからだと言うのです。私は部屋に鍵をかけて閉じ籠もっていましたのに——ここまでは夫人の話。本当に彼女が嫉妬して舞台を見に行ったのか、人違いか、また現れたのは〈生き霊〉だったのか、二人が世を去った今は不明である、と作品自身が語っている。いくつかの解釈の可能性を自ら示唆しつつ、ハーディは女の心理を多層的に描いていると言える。「ラルフ・ブロサムなる男の独白」(238)も短めながら物語詩で、表題の女たらしは「わしが地獄へ行ったときには、わしが誘惑した七人の女はどう言うだろう。責める者もいようが感謝する者、子を授かって喜ぶもの、わたしの居る天国へ来てと叫ぶ者もいるさ」とうそぶく——読んでみるとコミカルな女の科白が痛快な作品である。「彼が殺した男」(236)にも物語詩の要素がある。しかしこれは戦争の不条理と苛酷を描く――俺があいつと酒場で逢っていりゃ、腰据えて飲み、奢りあっていたろうに。お互い金がなくて兵隊になったばっかりに、銃を向け合い、俺はあいつを殺したんだ――この貧しい兵士の告白は、ハーディの戦争詩のなかでも特に心に残る。

ダーウィニズム的弱者

「思い出させてしまうもの」(220)では〈私〉がクリスマスの楽しみの最中に窓外を見ると、飢えた大ツグミがやっと食べ物の屑にありついていた。悲惨な状況を見ずに、クリスマスの楽しみを正当化したかったのに――鳥や生物をダーウィニズム的観点から歌う詩のひとつである。「松の苗木を植える人々」(225)は前にも詳しく引いた作品。〈私〉と彼は一緒に仕事をしているが彼は〈私〉とは比べようもなく美しい女のことを思い、〈私〉は彼のことを思うばかり。植えた松の苗木が溜息をつき、嵐や日照りに晒されるままであるのに似て、ダーウィニズム的弱者である語り手(小説『森林地の人びと』のマーティ・サウス)の直面する人生の苦しみが描かれる作品である。また「セキレイと赤ちゃん」(241)では、水飲みに来たセキレイは雄牛や種馬、雑種の犬などが近くにきても平気だったのに、立派な紳士がやってくるとあわてて逃げた。見ていた赤ちゃんは驚いた。人間が、特に上位の階級が猟銃を担いで動き回る強者の横暴は、ハーディのつねに非難するところである。「まだ判ってない」(240)も子供の視点から描かれる――私たち子供が雪のなかに浸かって風邪を引こうと、お酒で酔っぱらおうと、馬鹿騒ぎをしようと、お母さんには判らないの。お母さんの死んだ日には泣いたけど、私たち、今は何をしたっていいんだもん――六つの連すべての末尾には「お母さんには判らないわ」が付されていて子供の喜びを描くのだが、やがてこの一句の意味が逆転して子たちの悲しみを表す句に変わる日を読者に想像させる。しかもこの作品は、神がいなくなってはしゃいでいる「判っちゃいない」人類を揶揄している詩として読むことができることは前に述べたとおりである。

場所とその連想の詩

「古墳のそばで」(216)は、ハーディの特徴のひとつである場所とその連想の詩である。昔、愛国者たちの戦闘が行われた古墳の近くで、近時ある女がひとりで他人の子を悪漢の暴力から救った。愛国者の遺骸にもまして、この女の献身がこの荒野を神聖化している、とこの野面からの連想を膨らませている。「地理上の知識」(237)は、近隣の地理についてはまったく知識のない女郵便局長が、水夫の息子の出かけている世界各地の地名と方角については熟知している様を描いたもので、母性の本質を衝いている。「アバディーン」(242)も場所の詩ではある。ハーディが学位を授与され(て大喜びをし)たアバディーン大学の機関誌に寄稿した作品で、この大学の背後には女王(一読して何を指すかは判りにくいが、ハーディ自身の解説では〈知識〉)が統治している、と賞賛しようとしたもの。彼の全詩のなかで、もっとも判りにくい珍作であろう。

第四章

第四詩集『人間状況の風刺』

――人の陥る状況の全スペクトル

第四詩集『人間状況の風刺、抒情詩と瞑想詩』は一九一四年一一月にマクミラン社から発刊された。

この詩集は今日ではエマ夫人への哀悼歌の連作「一九一二―一三年詩集」で知られている。そして詩集の表題も、夫と不仲を続けた妻が、その死後になって哀悼歌という以上に愛の歌と感じられる詩篇を捧げられるという、「人間」のあいだに発生しうる皮肉な「状況」への風刺を指すように感じられるだろう。

しかし本詩集の初版とその第二刷（一九一五）では、その後本詩集の末尾を飾ることになった一五連作「人間状況の風刺」(337～351)が巻頭近くに置かれていた（これはもと一九一一年に雑誌に発表され、英米で好評を得たもの）。ハーディが一九一九年の『全詩集』での本詩集改訂に当たってこの連作を巻末に移動させたのはおそらく、ここに見られる程度の軽妙洒脱な人生への接し方が本書の意図する風刺のすべてではない、他の詩に見るようなより深みのある抒情や瞑想とその素材である多様で思いがけない人間状況をこそ、読者に読み取ってもらいたいという気持からであったろう。実際ハーディ自身が「これら（一五連作）は、大戦前に軽やかな気持で発表された、辛辣なユーモアを籠めた作品群である。これら風刺詩を書いたのちに、家庭的および社会的な暗雲が彼の頭上にあまりに深くたれ込めることになったので」、彼は「今や（一九一四年時点では）ユーモアだの皮肉だのを公表する気分になかった」(Life 367、括弧内は筆者）と述べている。しかしこれは自伝を書いているころの記述であり、詩集は「風刺」の名をそのまま表題に残して刊行されたのであるから、ハーディの当初の意図を見るという目的のためにはこの一五篇から見てゆくのがもっとも適切と思われる。

一五連作「人間状況の風刺」

この連作の副題「一五の瞥見による (In Fifteen Glimpses)」は、ハーディの小説にも時に登場する「覗き」の趣向が意図的にここに採用されていることを明示している。他人の目から見えなくなったはずの一瞬に、人物の本性が「瞥見」される作品が多い。連作の第二篇「礼拝式で」(338)は、説教で会衆を感動させた牧師が、聴衆からは見えない祭礼室に退いて、今しがたの自分の説教ぶりを鏡のなかに再演して悦に入る姿を描く（これを少女が覗き見てしまう）。この牧師の〈宗教〉は芸人の演技でしかないことが暴露される。「窓の外で」(343)では歩行杖を置き忘れた男が、今訪問したばかりの恋人の家に取りに帰り、接待の仕方が悪かったと激しく母親を詰っている醜悪な恋人の姿を窓越しに覗く。「洋服屋で」(348)では死期の迫った男が最先端モードの喪服を注文している妻を目撃する。「叔母の墓のそばで」(339)では、死んだ叔母が墓石を建ててくれと頼みつつ、営々と稼いだ金を託した姪が、恋人の提案に応じて酒場でそれを浪費する。目撃者は詩人自身のようにも、地中の叔母自身のようにも感じられて、不気味である。

男女の関係

全知の作者が覗き見た皮肉な人間状況の多くは男女の関係である。幸せそうに見える男女の一方が相手の知らない恋愛経験を持っていたことを描く「茶を飲みながら」(337)、「海水浴場で」(341)、「新婚の部屋の中で」(346)、結婚式場で浮気な都会の女から結婚取りやめの電報を受け取る農夫を描く「祭壇の手すりで」(345)などは純潔・貞節などの概念がいかに現実界では冒瀆されているかを描くが、同じく結婚式場の場面で、(おそらくは妊娠のゆえに)結婚せざるを得なくなった女が、両親に奨められていた男のほうが良かった、なぜ親はもっと強力にその男を押しつけなかったのかと親を責める話「今日花嫁となる女の支度部屋で」(340)の一節——

…どうしてお母さんたち、めそめそ妥協なんかして
あのもうひとりの人を　私に奨めるのを諦めたのよ！

——ここには今日では、二〇世紀文学批評が指摘したステレオタイプと感じられるに至ったヴィクトリア朝的な親の強制に対する娘の反抗というテーマをさらに越えて、むしろ二一世紀的な風刺が感じられる。同様に「柩を眺めおろしながら」(350)は離婚した妻が、離婚の原因となった現在の妻に対して、柩のなかの夫とこの後妻とにしたいようにさせておけば良かったと述懐して、「町の住人たち」(23)などにも見られた時代に先駆けた主題を提示する。「レストランで」(347)では、生まれてくる不義の子を、女の夫の子として産み育てれば何ら問題は生じないという男に対して、女は女の心理からして駆け落ちしかないと言う。女の権利とか、しきたりへの反抗とかいう次元を超えて人間の心の本質に迫る姿勢が見える。

大きな人生の皮肉

「書斎で」(344)は、亡父の神学の古本を売りに来た身分ある女が、貧困を隠して言い繕う様を描く。「臨終の床で」(349)は、戦争を利用して自分が殺した男を戦死したと見せかけようとして失敗する男を描く。「教会附属の霊園にて」(342)は本詩集の「跡かたもなくなった墓」(317)(二人の男が、古びた墓を再建しようとして手間取るうちに、日本で言えば無縁仏として教会墓地の整地のため、墓は跡かたもなくなる。この詩には、墓の修復に限らず、思い立ったときに為されなかった事柄は永遠に為されずじまいになることがあるという、人間界によく起こる事態への風刺も含まれる)や第二詩集の「平坦に整地された教会墓地」(127)と同様に、勝手に埋葬場所を変更して近代化を図る、形骸化した宗教による墓地管理への抗議である。この二篇は多少他と趣を異にするが、隠しておきたい人間の本質の盗み見という点では類似している。そして連作の一番最後に「月光のなかで」(351)が来る。墓を凝視して動かない職人は、生前深く愛した女の墓を詣でているのかと思いきや、生きているうちに愛することを怠った女の亡霊を求めてやって来たことが判る。ハーディが愛することを怠った前妻エマへの思慕を歌う詩を中心にしたこの詩集の、これはふさわしい巻末詩となってしまった(この作品の発表はエマ存命中の一九一一年。執筆時には、まさかこれほどまでに大きな人生の皮肉が生じることになろうとは、彼は夢にも思わなかった

に違いない)。おそらくハーディはこの皮肉に気づきつつ、意図的にこれを巻末詩の位置へ移動させたのであろう。

消えゆく男の心象風景

ハーディは当初の巻末詩の位置に「詩人」(336)を置き、詩人には社交界の華やぎも名誉も要らない、墓のなかに入った自分に向かって、夕方一番星が光を投げかけるころ「二人の、輝かしい魂をした女が彼に付き離れなかった」と言ってくれれば彼への賛辞はそれで十分だと歌う(詩集の末尾に自己の死後の情景を描くハーディの常套的配慮が、本来は本詩集でも実現するはずだったことが判る)。これはやや甘い表現だが、この詩のひとつ前、本来なら巻末から二つ目の位置となるところに七三歳の誕生日の日付を付して「全員退場」(335)を置いた。華やかな市の跡にただ一人残された語り手の目には、市場町《いちばまち》の風景が空白に萎びて見える。威勢よく振る舞っていた売り手買い手が姿を消す――

彼らはこの美しい市に来るときに　霧のなかから現れたが
　いままた　へばりつき麻痺をもたらす霧のなかへと消えてゆく
　やがてまた　あとひとり　その中へ消えるはず!

この末尾の三行は、沖から来て沖へと去る人を描いたテニスンのいわば辞世の歌「砂州を横切る」を当然想起させる。美しく賑わった人生という市(the fair)と、使い済みの屑のみ散らかる祭の後と言うべき風景の対照は、消えゆくあと一人の男の心象風景にほかならない。第二詩集「市のあとで」(200)の続篇として読めばさらに面白い。

万人の老年を襲う一つの思い

そしてこの詩と呼応するのが、自己の死を想定して書かれたと思われる巻頭詩「風景を前にして」(246)である。やや難解だが、最終連の最後になって判るとおり、この旅人は墓場を目指して歩いている。丘や谷や牧場は彼には実体のある風景には見えず、彼が道中目にするのは過去に知り合った人々の姿や過去の情景の数々である。人々の心が様々のかたちで表明されていたのに、当時の自分にはその意味が判らなかった――今は「昔よりよく見えるようになった私の心の目」に、彼ら彼女らの表情や言動は、以前より深い解釈が為されうるものとして理解される。そして旅人は彼らの墓に向かう――それは軽視した彼らの心に詫びる墓参のため、と最初は読めるが、同時に彼が彼自身の墓に向かって歩いているのであると読めてくる――実風景のなかを思いに耽りつつ歩む老人と、晩年の実生活に倦みつつ死に向かう人物の姿が見事に重なっている。人生の最後に近づくにつれて、肉親や知り合った人々についてあの時のあの表情はこうだったのか、あの時こう言ってあげれば良かったのに、などという思いは、それらの人々がすでに眠っている墓に自らも向かいつつ、私たちの心をよぎる。

彼らの表情や言動は　昔よりよく見える私の心の眼の前に
　今は毎時間　現れてくる(中略)
また彼らが生きていたときに私が解釈したよりも
　その表情や言動は　深い意味を担って眼に浮かぶ

万人の老年を襲うこの思いを、読めば読むほど痛感させる優れた巻頭詩である。後年になって見えてくる自己の姿という主題は「自己の歩みに気づかずに」(270)にも現れる。悪戯《いたずら》妖精と同一視される〈神〉は、人間の規模を超えた運命的な道筋を人に辿らせながら、その場ではその自己の姿を人に認識させはせず、後年それを直視させる。

おお　あの日彼が　はっきりと見通すことのできる遠方に立ち
　全体を見据えることができていたなら・・・

何人の人生においても、自己の歩む行く手さえ見ることもできぬまま、たとえばこの詩に現れる黄アオジの群れ飛ぶ様や、白帆が海に浮かぶ様だけを、何気なく見ながら進んでいた自己の姿を、後年後悔を混じえて想起することがたびたび生じる。エマを追憶し讃える連作「一九一二―一三年詩集」をこの七篇あとに配しながら、この位置にエマとの結婚を悔やむかにも見えるこの作品を置くハーディには、ある読者は困惑を感じるかも知れない。しかし後にも繰り返し述べるとおり、「一九一二―一三年」連作の感傷性を中和するこのような詩の存在が、かえって、この連作の真実性を際立たせてくれる。

寛容の、後年における効用　逆に現場では悔やまれた行為が、後年そうして良かったと思われることも生じる。「寛容」(272)は、他人（おそらくはエマ）から受けた仕打ちを我慢したことで世の笑いものになったことが、今は自己の慰めとなっていると歌う。最後の三行はその理由を明らかにする。

なぜなら、一つの墓を見よ。もし僕が闘争心に屈服し、
寛容の心がけを止めていたなら　おそらくいま頃は
あの墓地の木陰のなかに　佇むことさえできなかったろうから。

「ライ麦畑の女」(299)は「寛容」の内容を逆さにし、男女を逆にした作品で、「死ぬがいい」とののしった愛する相手が死んでしまって、自分はまだ死ねないでいる女が、烏だけが墓地を目指して飛ぶ様を見る。原材料としては、この女はハーディ自身であろう（原材料の男女を逆にして詩作されたハーディ詩は数多い）。そして今度は「『彼女は私を非難した』」(303)では、妻が夫の結婚前の言動について情け容赦なく責め立てる様が描かれ、また「彼女の秘密」(302)は、ハーディの秘密と思われることを男女を逆にして描く――すなわち、嫉妬深い「彼」（原材料はハーディの前妻エマ）は妻に来る手紙、妻の出かける先などをいちいち詮索するのだが、妻の行き先が墓場（原材料はトライフィーナの思い出）だとは思わなかったという内容である。後者ふたつはハーディの実生活の反映として単独に読めば、とりわけ読者がモダニズム以降の詩への思い入れが強い場合には、作者とペルソナとの距離のない浅薄な作詩法のみが感じられるかも知れない。しかしハーディの作品総体のなかでこれらを読めば、同じ状況をさまざまに異なる感情と視点から歌うことによって、人間の置かれる可能性のあるさまざまな状況と、それに遭遇する人物の多彩な反応を彼は有効に提供していることに思い当たるのである。この系列に分類すべき佳篇「もし

君が泣いていたら」(313)を併せ読めばなおこの思いは強まるだろう。泣くという女の最大の武器を使えなかった強い女である「君」は、「あの翌朝」さえ泣かず、夫婦の不幸が生じた――

あの夜、そして翌朝、私が君を許すまいと決心したとき　なぜ君は
雨のように泣く女たちのように　この武器で闘わなかったのか？

一元的ではない人生の複雑さ

これらの詩篇を「エマもの」と分類して伝記に照らして読むやりかたは、確かに判りやすい方法ではある。著者もエマの名をしばしば用いた。しかしこれは同時に、詩の表現しうる内容を狭める邪道でもある。先に述べたエマ夫人への哀悼連作「一九一二―一三年詩集」でさえ、伝記的に読まれて良いのと同じほど、人間一般に起こりうる状況の歌としても読めるのである。また、上に示したようなさまざまの人間状況が織り交ぜられて示されている一冊の詩集のなかでそれらが読まれるならば、ただ単にハーディのエマに対する一部感傷性の入り込む哀悼であるばかりでなく、同時に冷徹な客観性を備えた、人間にはたびたび起こりうる皮肉な状況の描写でもあると感じられよう。先にもちらと示唆したが、哀悼歌の前後に、夫婦喧嘩の歌があり、男の優越を示すことなく寛容を示した歌があり、また寛容を放棄した歌がある。寛容だったことへの安堵もあり、泣かなかった強い女の弱さへの認識もある。このような一元的に回答の出せない人生の複雑さが「一九一二―一三年詩集」をより次元の高い人間状況への風刺として読ませるのである（この詩群についてはこの章の末尾に記す）。

スウィンバーンへの哀悼

しかしこの詩集の特色は、多種多様な人間状況の提示とそれに対するコメントのなかにもある。神の不在によって人間が置かれることになった時代の状況は、これまでの三詩集に比べれば数の少ない作品、しかしここでは甚だ質の高いいくつかの作品、によって描かれる。「人間に対する神のぼやき」(266)と「神の葬列」(267)については第Ⅰ部ですでにある程度触れたが、ここで再び新たな目で眺めてみたい。この二篇は、スウィンバーンの死（一九〇九年）の翌年にこの詩人に捧げられた「眠れる歌い手」(265)の次に置かれ、神の喪失の問題とスウィンバーンの関連を示唆している。さて二〇代半ばのハーディは、キリスト教離れを鮮明かつ挑戦的に打ち出したスウィンバーンの詩集『詩と民謡第一集』（一八六六年）を「古典的な偽装を施した新しい言葉」として読み、これを非難したロバート・ブカナンなどの保守的批評家の言説は「この浜辺の波しぶきの如く今は力尽きた」とこの詩（「眠れる歌い手」）で歌っている。この詩の第二連、

――ヴィクトリア朝の形式張った中葉の上に
彼の　リズムと押韻に満ちたページが
音楽的な終止部の　戯れを帯びた絢《あや》と韻律も豊かに
まるで太陽からのように　気随気ままに落とされたときには
それはあたかも　独りよがりの尼僧の頭巾のあたりに
赤い薔薇の花束が落ちたようだった

――この適切な比喩のなかにハーディの心酔ぶりが窺われる。

スウィンバーンの継承：神の消失

そして上記の神の喪失を歌った二篇がこの直後に位置することは、先にも触れたとおり重要な意味を持っている。すなわちハーディは、この主題においてスウィンバーンを受け継いでいることを表明したかったに違いない。次の詩「人間に対する神のぼやき」(266)では、神は人間が想像して造ったものだから、当然力も徳も持ち合わさない――（引用の〈私〉は神）

私の徳、力、有用性は
私を作りあげた者のなかに　全て宿っているに違いない、
私自身のなかには　それらは有るはずはないのだから。

そしてこの〈私〉、神が明日にも消え失せる今こそ、真実が見据えられるべきだと神自身が語る。その真実とは、

頼りにできるのは　ただ人間の心とその才覚のみ、またそれは
緊密な絆で結ばれた人類愛、最大限の慈愛に彩られた同胞愛の
なかだけにしか存在しないという事実、かつて人が私のなかに
思い描いた助力は、求めて得られず、知ることもできないという
人の世の　赤裸々な真実

なのである。人は人の英知と同胞愛に頼るしかないという、脱一九世紀的真実が語られている。さらに次の詩「神の葬列」(267)では、列に連なる人々の数は「先へ進むにつれて膨らみ」、神の死を認めながら人々は憂慮の念を口にする。バビロンの虜囚にとってはシオンは消えることのない希望だったが、今、神を失って泣く「さまよう者たちはいずこへ目を向けて　星を探せばいいのか？」ハーディはこれこそ今日の基本的人間状況だと歌うのだ。

神の不在と戦争の激化

この状況のなかで人間の暗愚は一層憂うべきものとなる。よく知られた「海峡艦砲射撃」(247)には神が登場し、最後の審判日のことも言及されるけれども、これらはいずれも諧謔化されて使われ、本来のキリスト教イメジの使用にはほど遠い。「最後の審判日」が来たと思ってがばと跳ね起きた死者たちに向かって神は、「違うぞ。あれは沖合でやっている艦砲射撃の訓練さ」と諭し、どの国も血なまぐさい戦争準備に狂奔していて、キリストの教えは、跳ね起きた死者が生きていたころと同様、何ら世に行われていない様を語る。死者の一人である牧師は、説教を四〇年やるより酒とタバコに明け暮れれば良かったと述懐し、神自身も自分が最後の審判日にラッパを吹くかどうかは疑わしいことを匂わせ、人間の蘇生があり得ない理由として「君たちは人間だから／永遠の休息を絶対的に必要としているから」ということを挙げる。神の不在を証するような戦争の激化の見通しは、二〇世紀初頭の世界大戦の前夜に、ハーディが明察していた。

神の摂理の後釜：科学的必然

　この作品と並んで名高い「両者の邂逅」(248)にも、神の喪失に起因する感覚が横溢している。処女航海に出た豪華客船タイタニック号の建造と氷山の生育とは、まるでこの世で夫婦となる男女のように、必然の出会いに向けてできあがってきていた。両者の衝突を描く最終行(And consummation comes, and jars two hemispheres)は、「(壮大な出来事の)完成の時が来て、出来事の全球体を作りなすふたつの半球を、衝撃的に振動させる」と読めると同時に「(新郎新婦の)床入りの時が来る。両半球が音立てて揺れる」とも読める。結婚成立の実質的確認(性交)をこの世界的な惨事のイメジとして用いたこと(ジョン・ダンが男女の心身の和合のメタファとした「両半球」という言葉を借用し、この「両半球」を、「年月の紡ぎ手」という運命の化身のような媒酌人の合図をきっかけに、未曾有の巨大悲劇と新婚夫婦の合体という、本来まったく異質なイメジのなかに衝突させたこと)は、詩人特有の不謹慎を示すものにも見えよう。しかしこの事実が、ハーディの心を支配する神の不在感を明示する。神の摂理に替わった科学的必然は、人間の情緒に対する調和の精神とはまったく無縁なのである。

絶望であっても真実を

　ハーディは「内在意志」などという人格的なもの(これをイメジとして用いこそすれ)よりも、意志も感情もない科学上の蓋然性をこそこの「両者の邂逅」(248)に登場させている。それが人に与えられた悲劇的状況なのだとハーディは言いたいのである。この自然科学上の確率からの必然として発生したこの惨事を、日常的な悲しみを遥かに超えた、哲学的と言ってよい悲しみをもって彼は嘆いている点に注目すべきである。第二詩集の「内緒だよ、僕たち二人の間だけで」(100)の一句「今こそここで　かりにそれが絶望であっても／真実を語ることにしようよ」という精神はここでも生きている。

自然詩は一篇(傑作)のみ

　しかし神の喪失に伴うこの種の〈真実〉については、第四詩集はこれ以上の詩を連ねることはない。また自然詩も、傑作と言うべき「一年の目覚め」(275)のみが収められている。鳥が春の訪れをいち早く知るのはなぜなのか、クロッカスの根が「何ひとつ見えぬ聞こえぬ地の下に休んでいるのに」また何ひとつ人の手が加えられていないのに、

　あと数週間すると　もう凍えない暖かい風の吹き起こることが
　　おお、クロッカスの根よ、どうして君には判るのか

と驚嘆をもって問うのである。一八世紀の自然詩人なら、この問いに答えて〈神の設計〉を語るだろうし、ロマン派詩人なら自然の神秘的慈愛を示唆するだろうが、ハーディはその種の答を抑止して、ただ驚くのである。そして第三詩集までに見たような、ロマン派自然詩のパリンプセスト的要素も見せない。すなわち、従来の自然詩を書き直して、自然はもはや人間への配慮に満ちたものとして考えられることができないことを、この詩集はもう歌わない。この詩集の中心となるのは多種多様な、日常の人間状況である。

死に係わる人間状況

そのなかで死に係わるものから見れば、「夫に死なれて夢を見ていると思う女」(314)は、表題にあるとおり、夫の死を現実として受け容れられずに夢だと思い、その悪夢から目覚めることのできない女の苦悩を描く。「起こして、起こして！」「誰も私を起こしてくれないの！」という各連の終わりの一行が、滑稽味を伴いつつ哀切である。「〈哀悼〉の死」(327)は、心から友の死に哀悼の念を抱いた「私」が次第に友を思い出さなくなってゆく過程を描く。〈哀悼〉自体が死するという、私たちが日常経験するこの主題は、第二詩集の「忘れられる運命の者たち」(110)のなかで亡霊自身がそれを嘆くかたちで歌われていたが、この詩では哀悼を捧げるべき生者の側からこれを取り上げる。また「まぁ　私の墓の上を掘ってるの？」(269)では、表題のような問いを発する死んだ貴婦人に対して、墓の手入れをしているのは美女と再婚した夫でもなく、縁者やかたきでさえなく、犬だと言うことが伝えられる。この犬も夫人を慕って墓へ来たのではなく、たまたま空腹に備えてそこへ骨を埋めようとしていただけと判る。死者を偲ぶ心の消滅はここでは喜劇的である。しかし「嘆く亡霊たち」(268)のなかではこれに変形が付け加えられる。この亡霊たちは「誤り伝えられた名前」である。彼らは「聖典化された歴史書」のなかで、その行動を十分に分析されもせずに悪人として記されてしまっている。読者は、名声を得ていない人々についても、世の風評が不当に価値付けしてしまう例がこの世にはあまりに多いことに思い及ぶであろう。

この詩集には亡霊を登場させる作品が、このほかにも見られる。

亡霊もの

「私を悼《いた》まないで」(318)は上記の哀悼の消滅を歌った詩群への反歌と言えよう。穏やかに墓に眠る「私」とは無関係に、生前の〈私〉が親しんだ風景や人々の行事が繰り広げられる。生者はかつての〈私〉と同様に、この世に存在するものが永遠に存在し続けることを疑うことなく嬉々として生き、死者は何も気にすることもなく眠り続ける。

生きている君たちは軽やかに踊り、災厄のことは考えないでね、
　そして死んだ私のことは　悲しまないでね、
だって　黄ばんでくる木の下でも
私はなにも気にしないのですから、穏やかに眠るのですから。

野辺での農民の踊りが象徴する、死ぬことを忘れたこの世の賑わいと、それを見ることも聞くこともない死者の眠りが対照される。死者と生者の入れ替わりを、平安に満ちた風景画として描く味のある作品である。「わたしの霊は墓の盛土を訪れまい」(260)は、自分の墓のまわりには現れることなく、生前に恋人だった「あなた」と訪れた思い出の場所にこそ出没すると宣言する女の霊が、なお愛しているなら自分の亡霊が見えるでしょう、「もしそう思ってくれないなら／あなたにはわたしはそこにいないと見えるでしょう」と締めくくる。ハーディの亡霊はつねに、その死者をなお愛しているもののところへ、そしてその二人の思い出の場所にのみ出現する。彼は「一九一二―一三年詩集」において、そのような亡霊を見たわけである。

死者たち同士の絆

一方、「死に隔てられて」(262)では、これも女の亡霊が別々の墓に眠ることになるはずの恋人に向かって、別々の墓地の異なった情景を描いて見せたあと、

どんな人の目にも　私たち二人を実際には一つに結びつけている
永遠の絆が、数十マイルの空、あなたを私から隔てる空を超えて
伸びつながっているとは　見えないでしょう

ふたつの隔たった場所に葬られた死者と死者との絆は、他人には見えないが実在する――これはこの作品を読んで初めて気づく人生の真実かも知れない。伝記的には諸説があるが、詩の末尾に「一八九＊年」と記されていることから、トライフィーナへの鎮魂歌であろうと思われる（一八九＊という年代が付せられたのは一九一九年に既発表の『全詩集』が出版されたときが始めてである――つまりエマの没後のことである。またトライフィーナの他界は一八九〇年）。しかし伝記的興味とは別に、また男女関係以外の場合に当てはめても、それぞれの死後における他者との絆について、読者に深い感銘を与える作品である。遠く離れた別々の墓に葬られても、たとえば親子、きょうだいの死後の絆は存在する、等々に読み替えることが可能である。また、語り手と相手の性別を入れ替えて読むことも可能である。

亡霊：女の本性への風刺

「私は例年のとおり起きあがった」(311)では万聖節の夜に墓から出てきた詩人の亡霊がかつての恋人を訪ねてみると、経済力だけが優れた夫との生活にすっかり満足した女の姿を見て、詩人は、ナイトメア（悪夢と夜の牝馬のふたつの意味がある）が馬小屋でいななき、女吸血鬼が金切り声をあげるのを聞き、女の顔をした鳥の怪物ハルピュイアが飛び立つのを見るほど驚く。芸術やロマンスの価値より鼾をかいて眠る醜い経済力のほうが尊ばれる人間状況や女の本性への風刺である。また（ハーディお得意の人物入れ替えの操作によって）エマの霊が、再婚したハーディの生活を覗きに来た歌である可能性も示唆されて（Bailey 311）いる。「もの言いたげな貴婦人」(298)は、死せる女が元の恋人には付き纏わず、恋人の現在の女のもとへ化けて出る様を描いて女の本性を皮肉る。しかしこの詩はエマ関連詩として読むことも可能で、亡霊はエマ、〈現在の女〉はフロレンスとすると、「亡霊が私を知っていた」とフロレンスが語っていることになり、事実に符合する（Bailey 308）。

一度は骸骨・残骸と語られたエマの思い出

「過去の亡霊」(249)は、亡霊ものではなく、語り手と過去との拘わりを描く。かつて家事を切り盛りする際の伴侶だった〈過去〉（日常、仕事に忙殺されないときにいつも思い出していた〈過去〉）、「かつての私の〈現在〉」だった〈過去〉が、今は縮小し遠方の「骸骨」「残骸」として、時たま視界に現れるに過ぎなくなったと歌うこの詩は難解である。なぜならハーディほど頻繁に〈過去〉を現在に蘇らせる手法を用いる作家は珍しいから、〈過去〉が現れなくなったなどと歌うとは、この詩は何を言おうとしたのか――読者はこう戸惑うからである。著者の（だれもがそう読むとは思うが）

第三連の構文の読みを、蛇足ながら示してみよう（つまり三行目の‘When’を関係副詞の連続用法には解しない、‘Before’の節は‘When’の節を修飾しないということである）。‘It’はもちろん〈過去〉を指す。

It dwelt with me just as it was,
　　Just as it was
When first its prospects gave me pause
　　In wayward wanderings,
Before the years had torn old troths
　　As they tear all sweet things,
Before gaunt griefs had torn old troths
　　And dulled old rapturings.

当然ながら三行目の‘When’以下は前行の‘as it was’を修飾すると読む。以下のふたつの‘Before’の節も同様に‘as it was’を修飾する（または‘dwelt with me just as it was’を修飾する）から、いずれにしても〈過去〉は長年、語り手の気ままな放浪（初稿では「西部への放浪」）に待ったがかかった時と同じ姿をしていたこと、その後（つまり‘Before’以下の年月に）「古い真実が引き裂かれ」「悲しみが古い誓いを引き裂いた」ことが判る。こうして後年不和の続いたエマを登場させれば理解が容易になろう。この詩は、〈過去〉がまさしく上記と同じ麗しいかたちをしているものとして歌われた「一九一二―一三年詩集」とは正反対に、（エマに出逢って）西部への気ままな放浪に終止符が打たれたときの、（そしてエマに励まされて）作家活動に本腰を入れ始めたときの、追慕さるべき美麗な〈過去〉が、一度は骸骨・残骸と感じられていたことの告白なのである。先にも似たことを述べたが、「一九一二―一三年詩集」と矛盾するこのような詩の存在が、かえってこの連作の感傷性を中和し、人間の立たされる状況についての冷めた、しかし真実性に満ちた理解を読者に与えてくれる。そしてもっとも重要なことは、この作品での〈過去〉とは、つまり「日々に薄れてゆく…はるか彼方の残骸」となってしまっていた〈過去〉とは、実はこの詩集のなかに残骸どころか今も脈動しつつ生きているエマとの恋愛・婚約時代の思い出のことなのである。

過去との連想による意味づけ

一方一般的に言えば、ハーディは言うまでもなく〈過去〉を現在化する名手である。身の回りの事物はすべて過去との連想において意味づけされる。「最後の街灯を過ぎたところで」(257)では、何かの重大事に悩みつつ一組の男女が長時間行ったり来たりしていた街路の一角を、その男女との連想なしでは見られなくなったことが歌われる。「恋の再演」(301)では古い家に引っ越してきた女が、昔この家で起こったらしい悲恋の当事者の幻を見る。「相違」(252)は、月も鳥の声も、恋人との連想があって初めて美しく見えることを主題とする。

浮き世の柵《しがらみ》からの逃走

〈過去〉との断絶を喜ぶ歌もある。「ウェセックスの丘」(261)は過去との柵を断つことのできる丘である。「精神を縛る鎖」と表現されるのが、過去のさまざまな人間関係である。この詩の副題に見える一八九六年にはハーディは『日陰者ジュード』への世評の過酷さに加えて、エマとの不和にも悩んでいた。ちょうどこの年は彼が小説の筆を折って詩に転じる境目に当たるため、これは「小説という平地」の煩わしさから逃れて「詩という高地」を志向する精神の表出だとする、一般には評価の高い解釈もある（ただし著者はこうした解釈も面白いと思って読む一方、詩を一つの解釈に固定しようとする牽強付会性も感じる。序章に詳説した）。彼の文学の実作者としての過去の柵をも含めて、この詩は彼の過去および実生活との断絶志向の歌なのである。丘の上は語り手が「誕生以前にいた所、死んだのちに行く所」と感じられるのであるから、平地は実人生にほかならない。「丘を降れば」語り手には欠点を許してくれる女さえなく、考え方を共にする者もいない。過去の知己たちは亡霊となって立ち現れ、過酷な言葉で語り手を咎める。「丘の下では」昔の素朴な自己が消滅し、その後継者である自己とは思えない複雑怪奇な自己が存在する。下界では、最愛の美女も、自分が彼女の心に入り込んだと思うと、この女にとってはさらに大切な別の思いが彼女の心に忍び込む。だからいかなる女も男も来たことのない丘にこそ、語り手の自由がある。人間状況のなかで誰しもが感じているに違いない浮き世の柵からの逃避願望を真実性を籠めて歌ったこの作品は、この願望そのものを語り手と共有する気持で受け容れたい。浮き世で自分に巻き付いたがんじがらめの鎖を認識し直させてくれるからである。他方「屋根の上のムクドリたち」(320)では、新たな生の展開を目指して家移りをする人間の姿を、どの家に移ったって結局は同じなのにと鳥たちが哀れむように見下ろしている。

人生の不可逆的展開

実際、人の過去との繋がりは、ほとんど不可逆的にできあがって行く。ハーディは「ライオネスに出かけた日」(254)、「発見」(271)、「一週間」(312)などでは、語り手の人生の運命的展開を描きながら運命論的ではない。「ライオネスに出かけた日」(254)は、冒頭の白々とした、霜を置く冬の枝葉や星明かりによって象徴される語り手の孤独と、トリストラム伝説で名高い旅先で（エマに出会って）、彼がトリストラムさながらに奥深い恋の火を目のなかにも燃え立たせて帰ってくる結末の対照の妙（それに軽快な韻律）がこの作品を詞華集の常連にしている。「発見」(271)はさらに劇的な対照を導入する。前半の第一連では、語り手が「亡霊のように」さまよい、遺体を燃やす積み薪のような焚き火を見、戦火のような波の音を聞く。これをアーノルドの「ドーヴァ海岸」の終結部に見える暗闇の平原、得体の知れぬ暗愚な軍隊の激突を凝縮したものと見ることもできる（Persoon 100）。それほどに暗いイメジが終結の第二連では逆転して明るくなる

まさかその先で　樹木に覆われ　キャンドルに照らされた
〈愛〉の巣が　僕の行く手を遮ろうなどとは
　一度たりとも思わなかった

アーノルドを重ねて読むなら、彼の「暗闇の平原」でただひとつ信頼できるものとされた〈誠実な愛〉と、このときハーディの語り手は出

逢ったのである。また「一週間」(312)は曜日に合わせて恋が熟成して行く様を歌う。これら運命的な恋人との出逢いを歌う詩群は、この詩集の中心となる「一九一二―一三年詩集」を補完している。

恋の激情と公開の絞首刑

恋の激情が運命的に凶々《まがまが》しいことを歌った作品も本詩集には見える。惚れた女のために教会で盗みをして絞首刑になる職業的な泥棒と、心変わりをしたこの女に対して兄の敵討ちをする双子の弟を歌う「教会泥棒」(331)(これを読む者は、優れた短編小説を読んだ気分になる)は、上記詩群とは次元を異にした、社会のアウトサイダーたちにおける女による運命の展開を歌い、よく見られる人間状況に哀切な演劇性を与えた物語詩である。「万が一、俺がこのやけっぱちな教会泥棒に／しくじって命を落とすようなことがあれば／お前、頼むぞ、女の命を奪ってくれ」とかつて頼んでいた兄の公開処刑を、弟は見届けに駆けつける――

兄貴の最後を見届けようと　俺が黙って立っているところへ
群衆の取り囲むこの俺を見下ろしながら
目の据わった断固たる表情で　兄貴は言った
「忘れるな」　俺は叫んだ「任しておけ！」

野ざらしの、公開の絞首刑が行われていたころの話としてこの詩は歌われており、この時代的な遠隔化が功を奏してか、弟による仇討ちの不合理さ・残忍さにもかかわらず、読者はこの恋の純情に身を滅ぼす教会泥棒に肩入れしてしまうだろう。

芽を摘まれた運命的出逢い

展開しなかった運命的出逢いというものがあるとすれば、ハーディはそれも詩にしている。「町中《まちなか》の雷雨」(255)は、雨がやんで、雨宿りのために止めたままだった馬車から降りざるを得なくなったために、女との仲が進展しなかった話である。「引き裂かれた手紙」(256)は見知らぬ女からの自分に宛てたファンレターを裂いてしまったあと、思い直して手紙の破片を探したが、住所と名前の部分が失せてしまっていた話。ともにそれさえなければどうなっていたか知れぬ運命を描く。他方、恋は時間の浪費だろうか、いやそうではないということを主題にして一日の経過を描く「本棚に射す日の光」(253)は、一般的な人間の、恋と仕事とのどちらに人生の意義を見るかという状況を摘出して見せつつ、仕事が展開して初めて恋も成就するという発展を予測させて終わる。しかし同じく結婚に絡んだ人生の展開を描いても、精神障害者の悲劇を扱う「サテンの靴」(334)は、婚礼の日に雨が降ったので、憧れのサテンの靴を履けなかった女が、結婚後神経科の病院に幽閉される日になってようやくサテンの靴を履けて喜んだという内容からして、古い時代の偏見に囚われた悪しき風刺が見られるように思われる。

人の行為は白紙に戻らず存続す

前節に見た「引き裂かれた手紙」(256)の主題もそうだったが、人の行為は小さげに見えても、ひとたび為されれば大きな因果を呼ぶ。「会うべきか否か」(251)には次の三行がある――

神も悪魔も　人がひとたび為したことを無に帰すことはできない
　見られたものを見なかったことにはできない
鳴り終わった音楽を　始まらなかったものにはできない

この詩では女に会うかどうかを男が考えている。この選択は巨大なものに見えるが、墓に入ったあとでは「その差異にどれだけの重みがあるというのか?」とも男は考える。が、この世（「この常闇の拷問の藪」）では楽しみを得たい。どんな短い逢瀬からも何かが得られるだろう、「その〈何か〉はすでに存在したものとなるだろう（It will have been）」。そして上の引用が続く。人の行為はその因果を呼ぶだけではなく、存在したものとして存続し続ける。この思念はのちの「絶対が説明する」（722）でより説得力を持って登場するものである。また深く考えることなく行われた行為が、大きな結果を生むこともある。「窓を覗いた顔」（258）はこの人間状況を描く。女と馬車に乗って通りすがる途中、女は瀕死の病に悩む知り合いの男を見舞いに立ち寄る。彼女を愛している病人は歓喜して窓から馬車を見送る。語り手の男はこのとき女の腰に腕を回し、二人が婚約者であることを誇示する。「青白い顔は、まるで爆破でもされたかのように／素早く窓際から消え失せた」――女にはなぜその時抱きしめられたのかは、判らずじまいに終わる。男は生涯、この残忍な自己の行為に悩む。一般的な人間状況のなかから、私たちの胸にも突き刺さるこのような一例が示されている。物語詩ふうな「裁縫箱」（330）の場合は、男の側に嫉妬も悪意もない。男は別の青年の棺桶を作った残り木で妻に裁縫箱を作る。裁縫箱の木目はそこで終わっているように見えるが、「ジョンと一緒に埋まったお棺の板に／ちゃんとこの模様は続いているんじゃ」という説明を聞いた女は真っ青になる。青年はこの女への失恋がもとで死んだらしいのだ。

歴史の経過と人間状況

歴史の経過とともに変化する人間状況を示す詩としては、過去を語る神々を扱った「スル女神の温湯」（308）が大きなタイムスパンのなかに、人間界の変化を劇的に捉える。温泉地バースの古代ローマ神殿は今は地下に埋没し、その上にキリスト教の教会と修道院が建っている。ローマの女神が地下から声を掛けて、キリスト教の神に対し、自分たちの神殿を廃墟と化した暴挙を責める。キリスト神は女神に、

誇り高い女神よ、あなたのその昔ながらのお怒りを堪えて下さい、
私達は共にいかに細い糸でぶら下がっているか貴女はご存じない、
私達は二人とも人々の欲望によってたぐられる虚像だそうですよ、
貴女と同じく私もまた、昨日歌われた歌のように消えるのです!

と言って宥める（新たな二〇世紀世界では、すべての神が消え去るという共通の被害者意識に目覚めた女神は、キリスト神にキスを申し出るが、神がこれを受けたかどうかは、詩の語り手には聞き取れない）。また「大英博物館で」（315）では、古びた柱の台石を眺めてやまない労働者風の男にその理由を聞くと、昔ローマ時代に聖パウロの説教の声が染み込んだに違いない石だからだと男は答える（ここで注目すべき

ことは、この石が尊ばれるのは名高いからではなくて、パウロの情熱に満ちた行為のゆえであることである。「ローマ人の古墳」(329)では、古代遺跡の名聞のゆえにではなく、愛猫の埋葬という人間的行為のために古墳を訪れた男が、詩人の共感を得ている)。「戴冠式」(307)ではエドワード八世の即位の式がウエストミンスター寺院で行われるとき、地下に埋葬されている王と女王が時代の推移を語る。彼らはここで「臭い休息」を取りつつ、「王者には大騒ぎが付き物、あとでは騒ぎもなくなるの」と言って、この、死者にはうるさい「戴冠ショー」に耐える。死後は王者さえ騒がれないことをハーディらしく示唆する。エドワード七世の葬儀を記念して歌われた「ある王の独白」(306)では、王にとってさえ思い通りの行動ができず、〈あれ〉(「内在意志」を指すとするのが定説)にがんじがらめにされていると歌う。評論家レズリ・スティーヴンの生存中に歌われた歌「シュレックホーン」(264)では、山岳家スチーヴンを高山の風景描写で歴史に刻もうとする。「ある雑誌の記念祭に」(333)では、この雑誌が発刊されて以来の五〇年の人間の歴史には「機械の発達のほかには」、正義や真理が世に受け容れられる程度についても、まったく進歩がなかったと歌う。

ゆがんだ　間違った考えを真っ直ぐに正そうとする
あなたの編集するこの雑誌の優しい目的にもかかわらず、
世の出来事は　相変わらず耳障りな音をたてて進むだけ!

雑誌の発刊五〇周年記念に際して詩を求められたときにも、人類の進歩・退嬰という主題を義理の絡んだ作品に盛り込んでハーディは歌うのである。

取り仕切る者たち

「宮仕えの者たちの宿舎で」(316)は、キリストの逮捕のあと、その予言通り、鶏が二度啼くまでにペテロが三度キリストを知らないと語った現場をリアルに描く。建物の二階ではキリストの取り調べが続き、時折平手打ちなど拷問の音が響く。ペテロは庶民ふうに貧しげで、ここへ来たのは焚火に当たりたいからだと嘘を吐く。風俗画化された宗教画をハーディは多数見ていたことだろうが、この詩はそれら以上に、当日の実光景に接しているような臨場感でもって読者を圧倒する。ここでは権威者は宮仕えの役人たちで、キリストとその弟子は庶民の側にいる。しかし「修道院の石工」(332)では、キリスト教を司る者たちが役人の立場に回っている。長い日にちの悩みの果てにようやくゴシック建築の「垂直様式」の創案を成し遂げた石工頭が、当時の修道院長によってその創案はお前の業績とは言えない、それは神様の御手の導きによるものでしかないとけなされ、名声を失ったさまを描く。ブリテン島のすべての大建築を飾るに至ったこの様式の創案者の名が後世に伝わらなかったことを嘆くに留まらず、宗教の横暴や世の毀誉褒貶の気紛れにも批判の心を向けさせる物語詩である。

社会秩序の暴虐

時代を降ってハーディの時代の、個人管理のための横暴な社会秩序を描いた作品はこの詩集にも多い。「地図の上の場所」(263)では、女が男に突如「空を赤い光線で射抜くようなこと」を告げる。それは本来「理性の領域でなら二人の心をともに喜ばせたはずのこと」だったのに、「秩序を護るかたくな管理」のもとでは悲劇だった。つまり妊娠である。地図の上のその場所はそのことを蘇らせる。この当時、結婚できない男女にとって、これがいかに恐るべき一大事だったかは今日の若い世代の想像を絶する。上掲「最後の街灯を過ぎたところで」(257)では、恋人同士らしい二人が「何かの惨めな状況を解決する術もなく」長時間同じ道をうなだれて歩み続けるのが目撃される。妊娠したのに結婚できない二人であろう。婚外妊娠による社会的制裁を逃れるため別の男とあわてて結婚する話は、ハーディの他の詩にも多数見られるが、「暁の会話」(305)(四九スタンザ一九六行から成り、各二連を繋ぐ押韻を用いるなどハーディが力を入れた作品)では、こうした制裁を逃れるため、別の男との愛のない結婚をした蜜月旅行中の女が、意中の恋人の妻の死を知り、夫に打ち明けて自由の身となろうとするが、逆に夫に復讐を誓わせる結果となり、夫の奴隷として結婚状態を続けることを強いられる物語詩である。読者は夫にも妻にも共感できないだろうが、『ジェーン・エア』のブロックルハーストのそれを凌ぐ〈ヴィクトリア朝男性の暴虐〉はよく描かれている。しかし「電報」(323)は、同じく新婚旅行中に妻の恋人から重病を告げる電報が来て妻が気もそぞろになる姿を見て、素朴そうな夫が「愛の欠けた道」が墓場まで続くのを嘆く歌である。

旧秩序からの脱走

かかる秩序への反逆としての男女の歌もある。「反抗者たち」(319)の男女は「精髄が飛び去って名のみとなった現代の世評」を重んじることなく、疎んじられ軽蔑されることを承知で、次のような新しい哲学をもって旧秩序の国を去る——

> 初めのうちは何事も、その時代には奇妙なものと見えたはずです
> その文明の全盛時代に　もう二度と真鍮の神を拝まないと
> 誰かが　ある日　言い放ったときには　疑いもなく
> その人は　当時の大衆を唖然とさせたに違いないのよ

ハーディは小説家としても詩人としても、いかなる考え方が新しい時代に容認されていくかについて、先見性を持った作家だった。この詩を『日陰者ジュード』のシューがジュードに語った言葉と見ることも、その逆と見ることもできるだろう。さて「駆け落ち」(310)の女は髪を白髪に染め上げ、付け皺をつけて「年取った奥さんを連れた紳士」に化けた男とともに追跡者を倦く。これも旧秩序の国を去る二人と言えるだろう。また浮気して放浪の旅に出ていた夫が死んで、唱歌隊に見られているとも知らず鏡の前で半裸で踊る大地主の奥方を描く「クリスマス唱歌隊の見たもの」(325)には、男の暴虐から解放されて自己の美しい裸体に希望を抱く女が見える。夫の浮気と放浪の旅が、なぜ〈暴虐〉という激しい言葉に値するかと言えば、ほったらかされた妻には新たな恋愛の自由は当時認められていなかったからである(小説『塔上の二人』参照)。他方「クリノリンの時代のこと」(328)は、野暮ったいボンネット姿で外出した牧師の奥方が、森で、張り骨入りのクリノリンスカートの下にぶら下げてきた羽根飾りの帽子に被り直し、

反逆とも言えない浮気をする話である。

女の多情と浮気

ほかにも女の多淫や浮気を主題にした詩が多いのも、この詩集の特徴である。公共広場の乗り合い馬車と呼ばれたあばずれを女房にした男が、妻の過去を知って自殺する「余所者の女房」(304)、女の愛を疑わない男と、今夜の男は誰にしようかと考えている女を月が同時に見る「月が覗きこむ」(321)、あなたのためにわたしは身持ちが悪いと言われているのよ、と言う女に感謝していた男が、女はそれまでにもどんな男にでも同じ科白を言っていたと知る「美しいあばずれ」(322)、男が女の家の窓から飛び込ませた蛾を合図に逢い引きが行われる(小説『帰郷』と連想される)「蛾の合図」(324)、かつて駐屯地で多くの男との関係から血なまぐさい事件を引き起こした女のことを、除隊になった兵士が、戦友に遭ったことから思い出す「二人の兵士」(326)などがそれである。

エマとハーディがそれぞれ相手に失恋か

愛を失った歌も男女それぞれについて歌われている。自分たちが真実の恋をしていたころ彼の好きだった調べを女が奏でているのに、〈彼〉の足音がして、自分の部屋の前では止まらず、行き過ぎて階段を二階へと登って行ってしまう(アン・ブロンテの詩(チタム詩番号9)によく似た)「失われた恋」(259)。この作品は、エマ関連詩である可能性が高く、亡くなるしばらく前の秋の日に、エマはハーディには思いがけなく古い楽曲をピアノで弾き、終わってから「これが私の最後の演奏」と言ったことがハーディ自身によって記されている(Life 359)。夫との思い出の調べを弾くエマが、無視された情景を描くとも読める詩である。亡くなった自分の片思いの女が昔見つめたに違いない鏡を男が競売で競り落とし、鏡に彼女の姿を呼び出しつつ旅先までそれを持ち歩くさまを描く「姿見」(300)。これまたエマ関連詩であるという指摘がなされている(Pinion '76 109)。実際ハーディは、第五詩集冒頭で、詩作の時に覗き込む鏡を登場させているから、この姿見も心の鏡のことで、これに亡妻の姿が映るのかも知れない。その上、当作は、エマの追憶詩「一九一二―一三年詩集」のほぼ直後に置かれている。競売の件は、この作品がエマと無関係であるように装うために、民話のなかの主人公のような雰囲気を男に与える工夫かも知れない。

青春と老年の歌

これらとはまったく異なった人間状況の歌としては、作者七四歳の詩集であることを反映して、青春と老年を歌ったものが目に付く。「夏の来る前、去ったあと」(273)では、よい季節を前にしているあいだはどんなことにも我慢できるが、夏の太陽が去ったあとは、いつになるのか判らない「次」の出来事(死)を待つだけということを、自然描写を中心に歌う。昔自ら植えた若木が今は空を暗くする大木となり、ここに高い木が一本もなかったと思う子供はいまいと歌う「十一月の日暮れ」(274)は人生の移ろう様を読者にも痛感させる。「七十四歳と二十歳」(309)は、一人の人間のなかでの、自己の前途の絵模様を読み取る青年と、人生の意味も地球の状況も判らなくなった老人との共存を歌ったものと著者は解したいそしてやがて後妻となるフロレンスを、日照りの坂道に喘ぐ老いた旅人の傍に舞う緑の木の葉として描く「訪問のあと」(250)もある。

「一九一二—一三年詩集」
——エマについても概観する

エマとの宿命的出逢い

一八七〇年三月七日未明、ハーディは「ライオネスに出かけた日」(254)に描かれているとおり、星だけが照らす霜の降りた木々を縫って建築助手としての仕事に出かけた。地の果てのような、イギリス西南端に近い、セント・ジュリオットの牧師館に着いたのは真夜中だった。牧師は痛風を病み、妻の介護を受けて二階にいた。妻の妹エマが同居していて、これがドアを開けた。第六詩集の「一人の男がわたしに近づいていた」(536)は、エマの側からこの宿命的出逢いを描いている——「陰鬱で単調なあの灰色の夜なべには」エマは「夕刻の翼の下に隠れて」一人の男が彼女の家に近づいてきているのを知らなかった。ハーディは数日滞在するが、もし第五詩集の「『さよなら』のひと言に」(360)を伝記的に正しいとするなら、男のほうも辞去の寸前まで「ドラマに先立つ前奏」を見ることも聞くこともなかった。しかし二人はその直後から愛する二人となる。エマはハーディを励まして彼が作家の道を歩むのを助ける。第七詩集の「彼女は扉を開いてくれた」(740)では、語り手が脱出を試みていた小部屋（建築学）からの扉を開けてくれた女が歌われている。同年八月にはハーディはセント・ジュリオットを再訪、二人はコーンウオールの崖の多い海岸地方をともに歩む（とは言え、エマはしばしば馬に乗っていた）。本第四詩集収録の「滝の真下に」(276)は、このときの経験を材料にしていると言われる。実際、詩集のなかでの配置から言っても、これは「一九一二—一三年詩集」の直前に置かれて、この詩群への導入詩の役割を果たしている。語り手は女で、滝の真下に落とした、恋人との回し飲みに使ったコップのゆえに、そのコップを探して流れに手を突っ込んだ時の水の感触、そのときさんざめくように聞こえていた滝の歌、これらが彼女の記憶の宝物であるという。「晴れの日も雨の日も／私たちの聖杯は誰の手にも触れないであそこに沈んでいる」という終わりがけの一句は、実際にエマが口にした言葉を細工したものであろう。

結婚、やがて愛は冷却

第二長編『青い瞳』がティンズレイ・マガジンに載り、作家として世に認められそうになったとき、二人はエマの父に結婚の承諾を得るために出かけて行き、ハーディの生まれが卑しいと父にけなされて大きな侮辱を受ける（「わたしは起きてラウトーの町へ出で立った」(468)参照）。しかし第四長編『遥か群衆を離れて』が成功を収め、ハーディの作家としての地歩が固まって彼らは結婚する。結婚式には彼女の叔父と兄だけしか出席しなかった。ハーディの母親もこの結婚に反対であり、エマ自身にも下層階級に属するハーディ一家への偏見があり、ハーディの家族とエマが親しく近づくことはなかった。後年の不和の一因はここにも根ざしていたろう。結婚後三、四年でハーディは（自伝のなかに、一八七九年初頭のこととして）地上の栄光が去ったことを記している

(Life 124)。その後もハーディの精神的な浮気とエマの嫉妬、夫婦関係の冷却に由来すると思われるエマの狂信的な宗教への傾倒と過激にも厳格な道徳主義、『日陰者ジュード』への彼女の拒否反応などが続き、ハーディが詩に転じるころまでには夫婦とは名ばかりの二人になっていた。

エマの死と感情の激変

ところが一九一二年一一月一七日、エマはハーディに看取られることなく二階で息を引き取る。その瞬間からハーディのエマへの気持は一変し、精神的に妻を虐待したという悔恨、エマと過ごした婚約時代こそ人生最大の幸せであったという新たな認識などに駆りたてられるようにして、彼は僅か四ヶ月後の翌一九一三年三月、エマとのなれそめのころにともに訪れたコーンウオールを訪れる。これがこの連作詩の最大の材料となるが、しかし一二年の一二月にはすでに連作の冒頭詩「旅立ち」(277)を書いている。第一連はなぜ君はその死を予感させてくれなかったのかと歌うが、妻が「この世での‘term’を閉じて」という一句に、年季奉公の期限‘term’の終了だけでなく、刑期‘term’の完了を意味している点に注目すべきであろう。妻が夫の消極的虐待を獄中の苦行と感じていたのではないかという悔恨がここに現れているからである。第二連では、朝の光が向こうの壁の上に固まっていくのを見ている夫の平穏な日常性と、彼の日常の「すべてを変えてしまう」妻の死との対比が示される。第三連はここに改めて訳出したい――

なぜ君は　いまもぼくを戸外に誘い出すのか、そしてなぜ
君が夕暮れに、あんなに幾度も佇んでいた路地の先の
木の枝が曲線を描く　あの空間にいま見えるのが
君ではないかと　一瞬息を飲むぼくに　感じさせるのか
　だが次の瞬間には　濃さを増して行く暗がりのなかで
　　現実の風景の　大あくびにも似た空白が
ぼくの心を　重い嘔吐感で満たしてしまう

この連は絶唱であり、拙訳『全詩集』で、右のようにまで大幅に改訳するのが遠慮されるのは残念である。次いで第四連では馬上で白鳥のようなうなじを傾ける恋人時代の妻の姿が描かれる。第五連では近年の夫婦の不仲が語られ、最終第六連では「予見できなかった　あんなに速やかな／君の姿の消失が、おお　どんなにぼくを零落へと／追い込むことになったかを　君が知ることもできなかったとは！」と歌って終わる。

世のすべてを超えた女

次の詩「君の最後のドライヴ」(278)は、「君」が「愛や賞賛、無関心や非難を超えてしまった事実」を歌う。詩は、妻の認識できたことと死によって認識できなくなったこととを、それとなく対照するかたちで歌われる。遠方の町の灯にかすかに照らされていた妻の顔、その町の夜景への彼女の賞賛――一週間後の死者の顔、妻が二度と見ることのなかった町の灯。妻が過ぎがてに、今はまだ自分には無縁の場所として見た共同墓地――彼女が知ることもなく埋葬された同じ墓地。そしてブラウン女史も指摘しているように(旅 119)、彼女の顔が語っていたと語り

手が想像していること——夫が墓参りをするかしないか私は知らないでしょう、あなたが貶そうが褒めようが私は気にしないでしょう——彼もまた（もちろんこれは、彼女の死後の夫の側の想像であるから）彼女は知らない。上に引用した、彼女がこの世のすべてを超えてしまったことが、このようにしてさらに増幅されて読者に伝わる。

部屋の空白と墓場の雛菊

「散歩」(279)では、これまでも一人で散歩していた男が、妻の死後同じように一人で散歩する。

　　で、どんな違いがあったというのか？
散歩から家に帰ったときの　部屋の空白を感じとる
その意識が　心の奥底に沈み込んだだけ。

終わりはこのように結ばれている。老年の読者は、男女を問わず我が身の近未来を思うだろう。「墓に降る雨」(280)は、まず容赦なく亡妻の墓に降る冬の雨を描写し、次に夏の雨に濡れてさえ辱めを受けたかのよう身を震わせていた妻の姿を風景のなかに活写する。あれだけ雨嫌いだったのに、今はもう氷雨にも動じなくなった彼女の土盛りの上へ、生前愛した雛菊に変身して彼女が咲き出るだろうことを結末に歌う。一月三一日という、末尾に付された日付が、まだ雛菊さえ見られないこと、雛菊がやがて咲いたところで、それは僅かな慰めにしかならないことを表現している。

儀式ばらずに善良な亡霊と化す

「私は彼女を遠いかなたで見つけた」(281)では、故郷の海と女との係わりが、具体的描写（たとえば海を眺める彼女を浸す「液体のような夕陽が／その顔を火のように赤く染めた」）によって示され、女を海のない所につれてきて土のなかで「眠りに就かせた」ことを悔やむ。「儀式ばらずに」(282)は、生前、思い立ったら突如夫の前から姿を消してしまった妻は、永久に姿を隠した今も「さようならと言うほどのことじゃないわ」という気持なのだろうと「私」は思う。「死者への嘆き」(283)——芝生でパーティの催される今日、彼女が生きていたならば晴れやかな帽子を被り、気前よく客をもてなし、庭に初めて咲き始める花を探していただろう。なのにパーティをどうでもよいと思う者が生き残り、彼女が土に幽閉されているとは。「亡霊」(284)はハーディの悔恨の歌だが、話し手は女である。返事ができたころには話しかけてくれなかった彼、どこかへ行きたくても連れていってくれなかった彼に、「私」(亡霊)は今ぴたりと従いて行き、彼の溜息ひとつに間髪を入れず現れる。私がどんなに善良な亡霊かを彼に教えてあげて！——この詩は女の側が語っていながら、あらゆる場所で、またたとえば溜息を吐くたびに「彼」が彼女を思い出しているという言外の第二の意味を読者に伝えてくる力を備えている。

慕わしい〈粗末にされた女〉よ

「声」(285)では、今聞こえるのは、日々が晴れ渡っていたころの君の声か、それとも牧場から吹き渡る風の音か？——これだけのことしか歌っていないのに、この詩がたびたび詞華集に選ばれるのは、第三連で「私」がそれは風だと思い、「君」はもはや声も聞けない存在なのかと諦めて、第四連でよろろと歩き始め、わくら葉が風に舞い、風が茨のあいだを音立てて吹くとき（もはや女の声は男の幻想だったと結論されたそのとき）、「そして女は呼び続けている」という最終行が来るからだろう。これは意外性を生み出すとともに落葉や茨の風景に纏わる侘しさを増幅させ、それらに男の心を示す象徴性を与える。また冒頭の 'Woman much missed' には、真に慕わしい女よ、という意味のほかに、大いに粗末にされた女よの意味が重なる（Griffith **235**）ため、過去への悔恨と現在の思慕が色彩に富んだ感情の振幅を示す。

亡妻と無関係に進む生の営為

「彼への訪問者」(286)に言う訪問者とは女の亡霊で、メルストック教会墓地から夫の住処を訪れる。家は模様替えされ、縁取り花壇が新たに作られ、召使いも赤の他人。これを知って亡霊は二度と来るつもりもなく墓に帰る。霊に嫌われる家の姿を描くのであるから、鎮魂歌としては異例である。だが亡妻と無関係に進む生の営為がほろ苦く見つめられている。誰であれ、その人の亡きあとの日常生活の進行を歌う一般性を備えた詩である。「商品パンフレット」(287)は、送られてきた礼服やドレスのダイレクトメールが「去年がまだ暮れ果てないうちに／経帷子の装いを身につけた女」に送られてきた皮肉を描く。万人が経験する皮肉である。「夢か否か」(288)では、語り手が、今の今まで美しい瞳と純白の肩をした女を夢に見ていたのに違いない（なぜならその姿が見えない）という思いに捕らわれる。すると、彼女の故郷セント・ジュリオットという地や彼女と連想される「スカートの裾飾りを跳ね上げたような霧の立つ／ビーニィ断崖」さえ、実在するのか、夢のなかで見ただけだったのだろうかと感じられてくる。

輝く娘だった四〇年の昔からの声

「ある旅路の果てに」(289)は女の亡霊が海辺の絶壁のありとある一角から現れて男を誘うさまを描く。男は「年月を潜り抜け、死滅した情景を抜けて」女の霊を探し当てた。近年の不和のすべては、〈時〉の嘲笑に刃向かうように、今は閉じている（'all's closed now' という表現にはしかし、女との不和さえ取り返しのつかぬまま終結したという悔恨が感じられる）。亡霊は昔二人が足繁く訪れた場所へと男を誘う。

あのときの麗しい空の下の　あの麗しい一刻のあいだ
輝く虹が　舞い立つ潮のしぶきのなかに見えたあの滝のほうへ、
また君が、よたよたと歩む今の私に追跡されるひ弱な幽霊ではなく
　全身輝く娘だった四十年の昔から声かけてくるとしか思えない程
　　今も昔どおり　洞のなかの独特の　響きに満ちた声はりあげて
君は　この真下にある洞窟のほうへ、私を呼び誘っている。

〈君〉は、〈ひ弱な幽霊〉として現れているのではなく、昔どおり洞窟に響き渡る生き生きとした声をはりあげる〈全身輝く娘〉として、語り手を呼んでいるのである。人生に訪れた「あの一刻」という、この第四詩集以降さらに一層強調されることになるいわば実存の時間・代

替不可能な瞬間が、ここにも示されている。終結部におけるアザラシが、この亡霊の存在も見えない様子で重たげに動く描写は、不思議なことに亡霊の存在感を高める。また「星々の窓に鎧戸が降りて　暁が霧のように白々とし始めた」という一句が、なまなましくも美しくこの亡霊の住処を形容する――そして夜は終わり、霊の時間も終わる。

哀悼歌の手法を逆転　「他界の日を思い出し」(290)は、女の愛したビーニィの断崖、ヴァレンシィ川、ボスの入江、ターガン湾などが彼女の死に際してなぜ「雷のように嘆く」ことをせずにいたのかと問う。伝統的な哀悼歌の手法、つまり重要な人物の死に際して自然物が泣き、荒々しく立ち騒ぐのを描く手法の正反対である。理性の上で自然への人間の感情移入を否定した詩人による、新しい世界観に立脚して意識的に伝統に反した書き方が為されている。このことが、非情な自然物のなかにあって、女の死を嘆くのは自分一人きりという孤立感をこの詩に打ち出させている。

陰影多き自然描写の美に織り込まれる亡妻の影　「ビーニィの断崖」(291)――私事を書いて恐縮だが、著者は、拙訳『トマス・ハーディ全詩集』の訳出にあたって、この詩の原文に魅せられ、訳出に多大な時間をかけたが、原詩の硬質な美を再現するのに苦しんだ。女とともに訪れたこの断崖での自然描写（海原を「下方の空」と表現し、「虹を抱いた雨」が飛ぶ）のあと、女が二度とこの崖で笑うことがないことが描かれる。詩想こそ単純だが、虹を内包した雨のあと「すると大西洋はその水の平原を鈍色の異形の汚れで染め上げた」とか、雨がすぐやんで太陽が現れると「紫斑が海原の羽づくろいをした（‘purples prinked the main’）」とか、『遥か群衆を離れて』をさらに凌ぐ優れた自然描写に満ちている（今日このような文章を書くことが甚だ時代遅れに感じられるのは残念である）。そのように印象的な「あの日」の断崖そのままに、女亡き今も「古いビーニィの崖はなお　亀裂の陰影多き美を空に描いている」、けれども

荒涼かつ超自然的な西海岸が　なお亀裂の美を現前させても無意味
緩歩する小馬が乗せていた彼女は　今は――余所に居て
ビーニィを見分けも求めもせず二度と断崖で笑いもしないのだから

と締めくくるが、この三行の第一行目での‘wild weird western shore’に見る頭韻にせよ、各連三行ずつ連続する脚韻にせよ、いずれも自然であるとともに流麗で、作品の完成度の高さは再読再々読させてなお読者を飽きさせない。

「あの一刻」が刻印された場所　「カースル・ボテレルの町にて」(292)では、長年の昔晴れた夜に女と二人で登った街角の坂道を、今、小糠雨のなかを軽装馬車に乗った「私」が過ぎがてに見る。二人のその時の行動・会話、それらが行き着いた結末は「希望が息絶え感情が逃げ去るまでは／不作法な理由が割り込んでこない限り／決していのちが手放そうとはしない　ある事柄だった」。その「一分間」ほどの質の高い一刻は、人生にあり得ない。坂道の縁をなす岩々の色と姿が記録していることは――二人が

通ったことだ。そして「〈時〉の　怯むことのない過酷が／心ない機械的な仕方で　実物を消し去ったとはいえ」今も幻影となった女の姿が、あの時のままに坂の上に残っている。馬車が通り過ぎる。「私」は見納めにこれを最後と振り返る。「なぜなら私の砂時計は深く沈み／もはや二度と私は　昔の恋の支配地を横切ることはないだろうから」――ここにもまた人生の「あの一刻」が刻印された場所が登場する。

〈白内障〉が治った夫に今見えるもの

「三つの場所」(293)――〈その女〉が生まれた地も、花の蕾として過ごした一室も、激しく馬で駆け下りた丘も、その町の人びとの話題には上らないが、〈ある男〉にとってだけは、こうした連想が町に与える味わいが感じられる。そしてこの味わい、この町のこの特殊性が、執拗な騒音を立て続ける現実の町の味気なさに対立するものとして描かれる。「幻の　馬に乗る娘」(294)では、男の様子がおかしいとして描かれる。彼は、砂浜と海辺の霞を凝視して、現実には見えもしない薔薇色の情景を、特に馬に乗った女の幻を恍惚として見ている。「薔薇の魅力」(295)では男が女に館を建ててくれるが、約束の片半分であった〈薔薇を植えること〉はしてくれない。そこで女は自ら薔薇を植えるが、茂みが育たないうちに彼女は死に、その亡霊が言う――妻の姿も見えなくなっていた〈白内障〉（もちろん比喩）が治った彼は、今わたしの薔薇をどう思っているのか、と。この〈白内障〉は、ハーディの場合、妻の死とともにただちに治癒し、再び妻の姿をしかと見据えたのだが、生身の妻はもうあたりにはいなかったのである。愛のない夫婦生活を妻に強いた男の悔恨の歌である。

なお残る焚き火の跡

「セント・ローンシーズ再訪」(296)――昔、馬と馬丁を雇った宿に来てみると、宿の主人も酒場の娘も見たことのない人びと。今またここで馬を雇って海に向かって進めば、あの時の人びとがその先にいるだろうか？　彼らの死を知りながらなぜ無駄なことを考えるのか？　「ピクニックの跡」(297)は連作最後の一篇。丘の上で四人でピクニックをし、焚き火をした跡は、寒い風の吹く今も簡単に見つかる。だが二人は都会の喧噪へと去り、一人は「その女の目を永遠に閉じている」。言うまでもなく、ピクニックと焚き火は、かつて妻と過ごした人生そのものの比喩でもある。その痕跡は、悲しみが吹きすさび、草も灰色に枯れたこの丘（生活）に、黒こげの枝の切れ端となって残っている。語り手は「冬のぬかるみ」のなかをこの〈丘〉へ登るのである。なお、「二人」とは、一九一一年のハーディ七二歳の誕生日に、王立文学協会の記念品を届けに来たヘンリー・ニューボルトとW・B・イエィツではないかと推定されている（Bailey 307）。

第五章　第五詩集『映像の見えるとき』

——心の鏡に映ずる重要な諸瞬間

第五詩集『映像の見えるとき』は一九一七年の一一月末、マクミラン社から刊行された。エマの没後ちょうど五年ののちである。集中に一五九篇という、全八詩集中最大の作品数を含むとともに、優れた作品もまた多数含んでいる。

ハーディがこの詩集の原稿をマクミラン社へ送ったのはその年の八月。彼はすでに七七歳だった。出版年代から見て当然のことだが、第一次世界大戦の影響は随所に見られ、戦争詩も一括りにして挿入されている。彼はこの詩集が大きな評価を受けることは期待していなかったらしい。その理由としては、この詩集は、人間とはこの程度のものかと読者に思わせるからだと言っている（Life 378）。率直にありのままの自己を凝視して、それを粉飾せずに紙面に示せばこのような作品集になると言いたかったのであろう。

詩想を映す鏡

ところで、この詩集全体の主題と言えるものが、巻頭詩「映像の見えるとき」(352)に巧みに要約されている。この詩の全四連は、ともに疑問符で終わる。第一連では、人の日常的粉飾が隠していた胸の奥を透視して、胸をはだけた心の風景（breast-bare spectacle）を映し出す鏡を掲げる存在は誰か、という問いが発せられる。第Ⅰ部でも見たとおり、これに答えて作者は、詩人に〈真実〉を見ることを求めてくる詩神、その詩神に魅入られた詩人の精神こそがその掲げ手だと示唆する。しかし最終連を読むとき、読者は〈鏡〉を掲げていたのは〈老境〉または〈接近する死神〉だったかもしれないと感じる。死の接近とともに、従来は正当化されていた自己の内面が、真実の姿において見えてくるさまが、その主題と感じられてくるのだ。第二連ではこの鏡と鏡を操る者の峻厳な性格が明確化される。鏡は人の隠蔽を許さず、すべてを貫いて暴露する。何ものかが鏡を“lifts”する。鏡を持ち上げる意味が第一義だが、置き引きのニュアンスもある。このliftした奴は誰か？　束の間に鏡を取り上げて去る〈時の経過〉か？　とにかく語り手には、認識を迫るかたちで、醜いものも含めて、己の心の映像が投げ返される。第三連では鏡が夜の苦しみの時にこそその力を発揮すると歌われ、活動する世間のなかに埋没しているあいだは、まさか自分が身に纏っているとは気づかなかった奇怪な色合い（＝tinct. 錬金術における〈本質〉、〈魂〉の意もある）を、いかにして鏡は映し出すのかと語り手は問う。

鏡に映ずる精神の全軌跡を

そして第四連。どんな人間でもやがて死ぬ身である限り、それと意識せぬ時に（思いがけない死の瞬間も含まれる）この鏡によって試しを受けさせられる可能性がある。鏡によって試しを受け、自己の醜さに驚くのである。また臨終には鏡はさらに高性能となり、人の一生の“fair”な体験も、“foul”な面ももろともに、人の無意識の奥処に潜む人間の実体を全生涯にわたって裏側まで映し出す。だが末期の映像は、自己の心に再入力もされず他者のためにも投影され得ないだろうということを、次のように歌う――

かの鏡は人の末期の思いも捕らえ、全生涯の醜と美の軌跡を
　映し出すだろう――だが、その鏡面はいずこに?

…詩人の場合には、これを映し出す鏡面の映像を原稿用紙に転写しなければならない。この上なく真実に満ちた、人生最後の、しかも全人生を総括する映像を詩芸術に託することのできない人の定めを嘆きつつ、ハーディは今この時点を末期同然と見なして、自己の精神の全軌跡を詩人の誠実を籠めて語りたいと、この巻頭詩でその決意を述べていると言えよう。汚濁を併せて観察された自己の、ひいては人間の真の姿は、世俗に迎えられることはないだろう――この詩自体はこれで終わる。だが鏡に映った映像、夜半詩人が詩を書くときに凝視した映像は次つぎにこの詩集のなかに展開される。特に、本来は世間から隠しおおしたい醜悪な自己の映像がひしめくのである。つまり後続の多くの詩が、この巻頭詩のサブテキストとして補完的役割を演じる。また逆にこれらの詩は自らのサブテキストたる巻頭詩によって、意味を多層化される。こうして彼は、自己の詩作の秘めたるかたちをここに明らかにしているのである。このことについては、以下の作品群についていちいち言及はしないけれども、その大多数が〈鏡に映った映像〉である。しかも、拙訳『全詩集』の第Ⅱ巻に収めた作品の多くもまた、この鏡に映った人生の姿と言える。

事物の終末と辞世

ハーディは「今この時点を末期同然と見なし」てこの詩集を世に送ったと右に述べたが、その証左は、巻末に並べられたふたつの詩のなかに見られる。終わりから二つ目の「終末の到来」(510)は、明らかに、自己の人生に終末が到来したことを歌っている。恋人との出会い、愛の眼差し、デートしたときに見た景色、妻とともに行った家造りなどすべてが終末を迎えた。終末に至るにはどんな激震が伴うのかと私は思っていたのに、揺れ一つなくすべて人生の行事はいつのまにか終末に至っていた――人生の晩年に誰しもが一度は抱く感懐であろう。そして巻末詩「私が出ていったあと」(511)は自分の生が終末を迎えた後のことを想像して歌う――私の死後人びとは私のことを、自然の美に敏感で風景に関心深く、動物に優しく、天空の神秘を理解した人間として思い出してくれるだろうか、そして私の死去を知らせる鐘の音が風に途絶え、また聞こえてくる時にも「こんな事にもよく気の付く人だったと、誰かが噂してくれるだろうか?」――巻頭詩と同様に自己の心の終末の風景を描き上げる。こうした作品の配置から見られるとおり、本詩集は、川端康成の言う〈末期の眼〉でもって、人の心を凝視しようと意図された作品集である。しかもこれら終末を歌う詩には、紛れもなくハーディの作詩術が歌われている(巻末詩には自然の風景に敏感に反応して歌う己の姿を後世に残したいという思いが籠められている)。

作詩術を明かす歌

そして彼は詩集のあちこちに、巻頭と巻末で歌った作詩術をさらに補う作品を配置する。詩人の家を歌った「沈黙の家」(413)では、子供に説き聞かせるかたち

で「あの静かな家には一族の最後のお化けが住んでいて脳味噌が朝まで機織りをしているのだよ。これは詩人の家、ここでは一時間の内に永遠の月日が過ぎるのさ」と歌って、巻頭詩の補足として、真夜中には〈お化けの脳味噌〉と化してしまう詩人の姿を示している。作詩術を明かす作品のなかでも「真夏の夕べ」(372)は示唆的である——パセリの茎を笛にして調べを吹こうとすると、昔のとおりの彼女の姿が現れた。私は粗削りの偶然の歌を歌ってみた。つまり〈私〉は言葉の選択を意識しなかったのに、その時、女の声がして、その声がより優しい歌草を唱えてくれた——小説『森林地の人びと』に見えるとおり(Ch20 : 139-40)、真夏(六月二四日)の夜の一二時にある種の儀式を行えば、自己の生涯の伴侶の幻が見え、またファイラー女史の説に従えば、真夏の宵には死せる恋人の霊が見えるという民間伝説がある(Firor 51 : Bailey 356)。この作品ではこうした民話的な迷信と自然の情景を幻想的に描出して作詩術の背景とする。詩人はパセリの茎を切り取り、笛にして月に向かって吹く。これはこの詩では亡霊を呼び出すまじないとなる。さらに小川の水をたなごころに掬うと、昔どおりの表情を浮かべて女の霊がかすかに現れる。詩人(〈私〉)はこれを見て、粗削りな不完全な詩を口ずさむが

　そのとき私の耳に声が聞こえて
　その声が私に代わって　より優しい歌草を唱えてくれた

つまり、理知をいったん抑止して幻想を呼び起こし、幻として現れた過去の人物(とりわけ女性)自身、あるいは過去の情景そのものに歌わせる——こうして詩が成り立っていく様を歌っているのである。詩人の技巧は下位に置かれ、詩人の心に沈殿していた美しいもの、印象的だったものを、ほとんど秘技的な幻想する力によって呼び戻し、それ自体に歌わせるのである。

人生の重要な時間

　このような創作原理を実践した作品群が並ぶわけだが、なかでもハーディが最も力を入れたのは(上述の心の鏡に映る情景を逃さず捉えて)過去を見渡しつつ歌う人生の重要な時間を活写する詩群であった。巻頭から二番目の「事物の発する声」(353)は同じ海の岬に三度にわたって立った語り手が、人生の青春から老年への変転を劇的に捉える——四〇数年前、(エマとともに訪れた海の)波は喜びの声をあげていた。数年前、波は人の運命を嘲笑する声をあげた。今年訪れてみると、波は哀願している、だが私は祈りも拒まれている——ハーディにとって、エマと知り合ったころの人生の風景、不和に満ちた夫婦であったころのそれ、エマの死後のそれは、このように三つに分けて表現されるものであった。これを巻中二番目に置き、この人生の変転を検証する作品を彼は以下に配置する。この次に置かれている「『どうしてそんなに一生懸命』」(354)は、典型的な劇的独白であって、詩人の伝記とは一見まったく無関係のように見える。しかしハーディは、この、恋人を自分とともに歩ませようとする、誰の人生にも起こりえる状況を通じて、実人生における〈彼女〉を自己の側に引き寄せた自分の体験にも思いを馳せていたに違いない——なぜわざわざ骨を折って、ぼくを求めていないように

振舞うのかね？　ぼくとなら光のついた港と荒海がある。よそへ行けば、暗い山道ばかりだよ。ぼくなら明日、未知の海へと出かけるのに――すべての配偶者選びは、未知の荒海への出発である。語り手の若い男は、自分を選べば暗い山道を経験しなくていいんだと女を説得にかかるが、彼自身はどんな苦難が待つかも知れない海原に向けて出発するのである。女の当然の不決断が目に見える優れた劇的独白である。これは読者の人生を代替的に歌ってくれている詩であると同時に、前後に配置されたふたつの、作者の伝記と深く係わる作品に囲まれた独自の機能をも有する作品である。この詩集にもエマとの馴れ初めを歌ったものがこのほかにもあり、「私は彼女のすばらしさを口にしうたに歌った」(399)では、最初の恋人のために歌った称賛の言葉が褒めすぎだったが、その歌がそのまま次の、〈本物の恋人〉にはぴったり当てはまったことを歌う。「知る前に」(374)は、恋人と相知る以前から、やがて二人は出会うのだと教えられていれば、花の咲かない独身男の生活も、耐えられるものだったろうに、と歌う。エマ関連かどうかは別として、一般性の優れた作品で、思い当たる読者もいるに違いない。

不和の始まりの〈時〉

しかしこの詩集の特徴は、エマとの不和の始まりとその原因を、いわば巻頭詩の鏡に照らすようにして歌うことである。婚約時代におけるその予兆さえも、存在したとして題材にされる。「ラニヴェットの近辺で」(366)は〈彼女〉が将来の不幸を予示するような姿に見えたことが歌われる――岡の上の道標をなす十字の柱にもたれて、長道中に疲れた彼女は休んだ。その姿が磔刑像みたいなので止めなさいと私は言った。彼女もいかに自分が不吉な姿になっていたかを理解したが、私は自分たち二人の未来の精神的悲劇を見る気がした――この背景にはラニヴェットに住んでいたエマの父親とハーディとの確執がある。第四詩集のところで述べたように、ハーディはエマの父に身分の低さについて暴言を浴びせられた。「わたしは起きてラウトーの町へ出で立った」(468)は、エマが父親にハーディとの結婚の許しを得に出かけていって、彼女が愛していたハーディを侮辱されたことをエマの立場で嘆く歌である。また先の「ラニヴェットの近辺で」(366)とよく似ているが、二人の不和とは無関係の歌「二つの気分による一つの思い」(429)は、エスリン嬢（若いエマをこの名で描いている）の衣裳の色合いと雛菊の咲く野原が、よく調和していたので、語り手には大地と彼女の一体化という考えが生まれ、不吉な思いがして急いで彼女のもとへ行くと、彼女は、「日に焼けたあなたの肌、茶色の洋服を見たら、あなたが土でできているように見えたわ」と同じことを言う。どのみち二人とも、やがて死して大地と一体化する運命だということを、皮肉な観点から歌うのである。

幸せな情景と不幸の予測不能

そして「変化」(384)もまた不和の原点に触れる。語り手は過去の中から絢爛豪華な一週を思い出す。あの一週間の歌が、嘲笑の響きを持っていたろうか？　後日彼女は長い列車の旅の後「私、あなたに合流したわよ」と言いつつ現れた。あの時にも不幸の兆は無かったのに、これが変化し、ひとつの心を僕が引き裂いたとは！

年月の、誰が年月の封印を開封できようか！
（Who shall unseal the years, the years!）

これと似た表現で各スタンザに繰り返される詠嘆が、幸福の絶頂から墜落した年月の流れへの後悔を伝えて来る。各スタンザに用いられた類似の表現は、「いったい誰が事前に、未来の年月の封印を開封できようか」（および類似の、未来の予測不可能性）の意味と「いったい誰が、すでに閉じられた、過去の年月の封印を再開封できようか」（および類似の、過去への不可逆性）の意味を同時に表現している。

「ピアノのそばで」(482)では、女が男の前でピアノを弾く幸せな情景が描かれるが、その時〈妖怪〉が二人の間に割り込む。二人はまったくそれに気がつかない。「〈時〉がねじけた笑いを発した」と歌われるから、やがてこの妖怪の害毒が二人の幸せをむしばむだろうと思わせる。これは、やがて後年に現れることになったエマの狂気の発作を扱うものだという点で評者の意見は一致している。この主題の作品については、後にまた纏めて触れたい。

結婚後の不和の原点

「彼女とふたり窓辺に座り」(355)はいわば、一つ前の詩「『どうしてそんなに一生懸命』」(354)の〈ぼく〉と船出してしまった〈彼女〉とのあいだの、不和の原点となったある雨の日を歌う――彼女と窓辺に居ると雨足が降りてきた。その日僕は彼女の心を、彼女は僕の心を見抜けず、だから相手の愛に報えなかった――

生の盛りに　二つの心が空費されていた、
空費の嵩は巨《おお》きかった、あの七月の日、
あの雨足の降りて来た日には。

また「空想」(477)は、貴婦人になることを夢見ていた女が、「厳しい運命を抱えた」男にしか愛されなかったが、労働で疲れた夫が眠りほうける夜半、野原に出てなお貴婦人としての夢を追い続ける姿を描いている。当然、小説『帰郷』のユーステイシアが思い浮かぶが、エマを（間接的に）このように風刺している可能性が高い。

オルゴールの警告

さて一八七六年、ハーディ夫妻はスターミンスター・ニュートンに住まいを持つ。彼らのもっとも幸せな時期であったと言われる。しかし、この時期の夫の妻への無理解もまた、詩の題材として登場する。「スタウ川を見下ろしながら」(424)では、燕は石弓のように飛び、赤雷鳥はかんな屑のような飛沫を散らす。水草の花は閉じたまま、というふうに〈私〉は美しい景色に見とれるのだったが、家で待つ〈彼女〉の姿は見なかったし、その気持を〈私〉は察することもできなかったことが歌われる。この作品は、巧みを凝らした自然の描写から始まって、自然美に酔いながら妻の心のなかは読み取れない夫の姿が主題である。次に配置された「オルゴール」(425)は、超自然的な精を登場させて幻想的な雰囲気を醸し出し、美しい景色に隠れて一人の精が「君の帰宅を取り巻く生涯の最善の一瞬、時が一度限り紡ぎ出すものを大切に」と忠告してくれていたのに、〈ぼく〉は鈍重にも、その意味が判らなかったことを描いている。この作品でもまた、オルゴールの機械的な音の背後に、そのような幼げな調べを鳴らして夫の帰りを待ちわびる妻の心を解さない男が描かれる。「スターミンスターの歩行者橋で」(426)では、川面をかすめる風、橋脚を洗う流水、中州の柳へ石のように飛び込む燕などが鮮やかに描写される一方、〈彼女〉の姿は暗闇のなかに辛うじて見分けがついたと歌われる。このようにして、描写の優れたこの作品は、語り手の目に映じた風景の醸す情緒と、おぼろげにしか描かれず、語り手の心を動かしていない〈彼女〉の姿を対比することによって、右のふたつの作品を補完している。

ほのめかされる精神の乱調

さて先にも「ピアノのそばで」(482)でエマの精神の乱調が〈妖怪〉として示唆されているのを見たが、この詩集にはこれをほのめかす作品が多い。「干渉者」(432)は、エマの狂気を〈そこに居てほしくないもの〉として歌っているという点で、評者の意見が一致している。この〈もの〉については、「あなたが考えつく人ではない」などの表現で、読者の想像力をかき立て、最終連では「運命の時が来れば　私たちすべてにかしずくあの〈姿〉」、つまり死神でさえないとして、「最善の人生さえ腐食していく代物」を推定させている。「一月の夜」(400)では、風が怒鳴り声をたて、くしゃみをする。蔦の蔓が雨の中でもがく。これらの自然界の異様さが、第二連の「隠された恐怖」の象徴となっていることは確かで、この恐怖がエマの精神の異様さの始まりを意味するという解釈が為されている(Bailey 369)。「傷」(397)も、エマが時として精神異常を示したことによる夫婦の不和と、それによる夫の精神の傷を歌うと解釈される(Bailey 368)。また「あの殴打」(419)は、「あの残虐な行為を行ったのが、〈私〉と同類の人間でないように、また目的を持った創造者でもないようにと願うが、一切無知な〈内在行為者〉の一撃だったとすれば、自分は納得し苦しむのを止めよう」という内容の詩である。しかしこの〈殴打〉が、具体的には何を指すのかは、作品をよく読んでも判然としない。なぜハーディはこれをはっきりさせていないのかという疑念が、この〈殴打〉はエマの狂気の始まりを指すという解釈(Lewis 170, quoted Bailey 380)を生んだが、これは、同じく彼女の狂気を扱う「過去を持つ男」(458)に〈殴打〉という言葉が登場し、「私はそれをお話しできない」という言葉も見えることから、そうかもしれないと思わせる。また、これは第一次大戦を指すという解釈(Blunden 157, quoted Bailey 372；Pinion 138)もあり、この詩集の発刊年代から見て多少の妥当性を感じさせるが、それならそれでなぜそれをはっきり語らないのかという疑問が残り、狂気説を受け容れたくなる。

三つの殴打

さて今触れたばかりの「過去を持つ男」(458)では、彼女にも語り手にも悪意はなかったのに、楽しみの家庭にまず第一の投げ矢が落ちてきて、次いで第二の殴打、第三の殴打が彼女に加えられた。「彼女はこの三つに黙って耐えた」と歌われるが、第一は彼女の狂気とされる。第二は夫との不和であろう。第三は死であり、当然彼女は「黙って」耐えた。そして第三は、語り手をも打ち据えたのである。今から百年近く前の、狂気を示唆される女に示す人間的愛情としては、時代を超えていると言える。夫婦生活の破綻を歌う作品はこのほかにもある。「チャイムの音」(415)では、昔ロマンチックなチャイムの音が鳴っていた朝、語り手はロマンチックなその恋人を得られるかどうか判らずに悩んだが、のちにチャイムが廃されたころ、すでにその恋人を得ていた語り手は、大きな幸せのなかから害毒が生じることを知ったという内容。チャイムが必ずしも主題に効果的に機能を及ぼしているとは言えない作品である。また「若い教会教区委員」(386)は、語り手が彼女とともに教会へ入ったときに、自分が失恋したことを悟った教区委員が、その時は恋の敗北者だったけれども、後年語り手が彼女を持てあますようになったとき、今はあの世にいる教区委員が勝ち誇って、今度は君が悟る番だと言っているという内容である。「あまりの幸運を恐れる男」(459)は、あまりの幸運に恵まれて、幸せを不思議がっていた語り手が、やがて大きなどんでん返しを予測していたところ、その通りになったと歌う。エマの狂気や二人の生活の挫折とともに、この後年の不幸の中核にエマの死があることは想像に難くない。こうしたことと恐らく関連のある作品と思われる「君、ぼくの工場の塔の上の人よ」(431)では、仕事に励みながらやがて〈楽しみ〉がやってくるものと思い、時々〈塔の上の人〉に〈楽しみ〉の動静を尋ねに行ったが、知らぬ間に〈楽しみ〉は過ぎ去っていることが判ったと歌う。

あとで知った死者の誠実

さてエマを題材として、本詩集では右に見るような、不和の発生を歌う作品が多かった。しかしさらに多いのは、第四詩集に引き続いてエマへの哀悼の気持を含む作品である。そのなかで「彼の心臓」(391)は、死んだ男の心臓を女が引き抜いてそこに描かれている彼の精神史を読み取る幻想詩である——私は亡き彼の心臓を取り出して見た。彼が彫った稠密な曲線を読んでみると、彼の誠実、私への真摯な愛が読み取れ、かつ私と過した時間が幸福だったと述べていて私は後悔した——ハーディの詩にしばしば用いられる、詩人本人の経験を男女を逆にして語る手法がここに見られることは、指摘するまでもなかろう。つまりハーディ自身がエマの没後、彼女の手記を読んだ時の衝撃をこのような詩に歌っているのは、まず間違いのないところであろう。この手法によって、彼の個人的経験は、より一般化される。エマの心臓を歌いながら、読者の誰もに、読者自身の経験が歌われているかのように感じさせる作品である——この効果を期待するには、男女逆にした理解を示唆したりして、伝記と符合させながら読むなどと言うことを言い出さない方がよいかも知れないのだが。「君は男たちが忘れてしまうタイプだった」(364)は、標題中の〈男たち〉の原語が"men"であるため、これが〈人びと〉の意味である可能性もある（評者は、エマの性癖が、男女を問わず人に嫌われるタイプだったとしている場合が多い）。しかしこの作品では、語り手はこの女の欠点を指摘しながら、自分は彼女をたぶん永遠に忘れないこと、彼女の欠点の最大のものとして「君の心根がどんなに可愛いものかを見せつける技巧」の欠如を挙げており、男が妻を庇う姿勢が顕著である。とりわけこの女が、相手に必要なときには「生命の血を差し出す」心を持っていたとされるから、なおのこと、この相手とは夫であると思われる。しかも詩の力点は、最終連の「君ほどの愛すべき魂」にあると読んで当然だろうから、三〇歳過ぎまで恋人もなく暮らしていたエマを唯一理解し愛した男としてのハーディがここにいると感じられる。

〈過去〉の実存を歌う詩の前触れ

「雲隠れ」(393)では、雲が太陽を暗くしたとき、〈私〉は「僕の喜びも丁度このように終わった」と言ったのち、でも雲の上に日の光があるように、僕の輝く魂もどこかに生きていようと思い直す。この作品は、終わってしまった青春の栄光は、しかしどこかに実在したものとして残存しているだろうという、のちの「絶対が説明する」(722)において発展させられるテーマの先取りである。さらに「一つのキス」(401)では、今はよその人が住んでいる場所で、昔ひとつのキスがなされた、と歌い始め、今そのキスは跡かたもないけれども、それは死去したはずがない、それは無限のなかを今も飛んでいるだろうと結んで、同種のテーマを歌うのである。「彼は地上的に彼女を愛す」(442)は、栄光に包まれて見える日没のころの天空を見て、あの光輝の亀裂に〈君〉がいるというのなら、地上にいたころの〈君〉とはどんなに変わってしまったかと恐れて、他愛もなくか弱い、地上的な〈君〉をこそ慕い偲びたい、と結ぶ。これは、天国に今いる〈彼女〉以上に、この世にいた過去の〈彼女〉のほうに存在感を覚えるという主題である。

古い時間の再創造

ハーディはエマに初めて出逢ってから四三年目の記念日にセント・ジュリオット教会へと旅立った（Bailey 414）。彼女の死後のことである。そしてこの教会近辺を背景にしての歌が「忘却の男」(490)である――私は彼女を待っていた。少年に頼んで月光の射す美しい亭《あずまや》に女がいるかどうか見てきて貰った。亭はとうの昔なくなっていると少年は報告した。〈私〉が正気に返ると「私があのあずまやへと／しげしげと足を運んで以来四〇年の霜と花とが／あっというまに　散り果てていたのだ」。それでもハーディは「記憶の喜び」(367)が歌うとおり、上記の記念日には過去の再現を試みてやまない――また春が来てあの一日が「思い出せ」と叫ぶ時、私はあの過去の日が甦ったかのように生き始める。休日を楽しみ、

春のあの記念日が、最初のときと同じときめきを
持ってきてくれるにちがいないと静かに信じつつ
私は古い時間を再創造する、私が土くれの家に沈むまでは

そして、春がまためぐって来た時に、私が思い出すこともできなくなるまではと続ける。そしてこの作品では彼は、「春がまためぐって来た時に」の一行が「古い時間を再創造する」のほうにも「思い出すことさえできなくなる」のほうにも修飾を及ぼして読めるように書いて、作品の終結部に「死ぬまで忘れない」の意味も生じるように工夫している。

〈過去〉の絶対的保存

特にエマに関連して、過去の大切な時間の絶対的保存を心がける作品はこの詩集にも数多く見られる。「歳月の時計」(481)では、語り手が、時間を逆方向に進ませることができる霊に頼んで過去へと戻して貰う。〈彼女〉は生

き返り若返る。しかし時の逆転は止まらず、彼女は赤ん坊になり、ついには無に帰してしまう。ここへ来て「彼女の記憶が在るほうがましだ！」と語り手は思うのである。彼女（必ずしもエマとして読まなくても良いが）と知り合う前に戻るくらいなら、記憶だけでも手許に残った方がましだという感情を歌うわけである。「『さよなら』の一言に」（360）——朝まだ暗いころ、彼女とその先会うことは有り得なかった。ドラマの前奏は皆無だったのだ、

運命が　それほど小さな端緒から
　何を織り上げようとしているのか　虫の知らせもなかった

だが語り手のさよならとの一言が契機となって、羽毛ひとつ乗せただけで暗転したはずの恋の天秤が愛の実る方向へ傾いた——これはエマとの恋の馴れ初めという〈過去の一瞬〉を記念する。また次の「彼女を見初めた日の夕方」（361）は、この一日が予想もしなかった結末へと向かっている、これは喜びの始まりなのか、終わりなのか？　語り手がこう思いながら家路を辿ると

「もうすぐ半月のころだな」と道行く人たちが
　空を見上げながら　話している

彼らには今日も平凡な一日だったのだ、と語り手は気づいて、彼にとっての非凡な一日を記念する作品を締めくくる。「モーツァルトの変ト長調交響曲の主題に合わせた詩行」（388）では、「もう一度僕にあの時間を見せてくれ！　実にあれほどの怒濤、動揺、動悸、怒張、動転へと恋は人を誘うから」、そしてあのキスの瞬間ももう一度見せてくれ！

実にあれほどの無鉄砲、無我夢中、無窮感、睦みあい、夢幻の境へ
　恋は人の生を誘うから！

と、この作品でも過去の再現への願いが語られる。そして詩のなかに、過去の具体的な幸せの瞬間が四連すべてに再現される。「独占主義者を愛してくれ」（420）もエマに見送りを受けた駅頭の情景とされる（Bailey 380）——ぼくが列車で出て行くとプラットホームの彼女は友達に挨拶する。ぼくが再び現れるまで、彼女にはぼくのことだけを考えて、友達どころか、近隣の風景さえ見ないで欲しいのに。

場所のなかへの〈過去〉の保存

「光景のなかの人物」（416）は「僕は光景の中に彼女を配してスケッチをした。雨が降ってきて彼女の輪郭だけしか描けなかった。彼女の雨に包まれた姿は今なお、この場所の不変の霊だ」と歌う。ひとつの場所が過去との関係で特別の意味を与えられるのは、ハーディの他の多くの作品にも見られる特徴である。そしてその関連詩「なぜ僕はスケッチしてしまったのか」（417）——なぜ僕は自分の絵に彼女を描き込んでしまったのか？　今は彼女が死んだので、その絵は皮肉に見える。

僕がまだ生きているうちにこの世から召される怖れのある女を
　未来への洞察力のないある日に・・・
絵のなかに彩って描き込むなんて

・・・女の姿を描かなければ忘れられたのに、とこの歌は歌うが、詩が真に歌いたいのは女への哀悼である。

吹き飛ぶ夫婦の不和

「仲直りの贈物」(395)は夫婦喧嘩の収拾に妻と心を通わせなかったことを歌う——私に棘のあることをしでかした詫びの贈り物を彼女はしてくれたが、私は拒絶した。これは身近な題材だが、

ああ、夜の陸続とした行列が、私の心のなかを
かすめ飛んでゆくたびに　いま無限に湧き起こるのは後悔の数かず。

と歌われる終結部が強い印象を我われに残す。「何かが叩いた」(396)は、その次に置かれている作品であり、先行する作品を補完している——雨も風もない真夜中なのに、私の部屋の窓ガラスを何かが叩いた。〈最愛の人〉の亡霊だった。彼女が言うには「待ちくたびれたわ。私の孤独なベッドは寒いの」私がよく見ると、窓ガラスには私を求める蛾が一匹——この『嵐が丘』を思い出させる情景は、前の詩の悔いをさらに増幅させる。「私は思っていた、私の心よ」(463)は、その前半で「我が心よ、お前が彼女から受けた傷は完治したと思っていた。だが傷は今も真っ赤だ」と述べるけれども、後半では彼女の霊がやって来て曰く「墓で私に会ってちょうだい！　・・・霊が与えるキスは、傷があるやらないやらさえ／判らなくしてしまうでしょう」と言う。エマが死んでからは、長年の不和さえ、次元の低いこととして吹き飛んだことをこう歌うのである。

昔彼女を見かけた場所

「昔の遠出」(472)——昔二人で出かけた所に行ったって無駄だ。だが今夜はそこへ彼女の霊が現れたと思われた。だから私は出かけたくなる。水車小屋と丘、山道そして昔二人でよく歩いた町へ——これもまたエマの死後の寂寥感を打ち出す。逆に出かけたくない、という表現で同じ寂しさを表す歌もある。「昔の道」(480)がそれである。そこは私たちの通らない道です。なるほど小川、干し草、荷車は昔と同じ。だがこの景色を共にした人が亡き今、これが胸に痛いからこの道は通りません！　そして「彼らの住んでいたところ」(392)は、エマがハーディと初めて会ったときに住んでいたセント・ジュリオット牧師館を、エマの没後ハーディが訪れたときの光景を描くとされる（Bailey 367）。かつてエマが「どうぞお入り下さい」と言ってくれた戸口では、〈時〉が「もうあなたは、地の下へお入り下さい」と呼びかける。老いの主題と組み合わされたエマ関連詩である。また場所の詩ではないが「女の髪」(404)では、女の巻き毛が、若いときには天候次第で垂れて首筋にキスの雨を降らせたり、乾いて巻き上がったりしたのに、今は年老いて、生き物のように反応する髪の房がなくなったことを女が嘆く。詩集全

体のなかで読めば、こう語っていたその女その人がもういない、そして生前の彼女の言葉が語り手の心のなかで反芻されていると感じられる。とりわけ第六詩集の傑作「見つかった巻き毛について」(630)の前触れとして読むなら、なおそうである。

妻の没後の風景

「玄関の階段で」(478)は前半は過去の光景、後半がエマ没後の風景である。昔は雨の日に外出しようとする〈私〉には、家のなかから歌声が呼んだ。私は散歩を止めた。しかし今日の雨から私を引き止める声は聞こえない。だから大股に私は雨をついて出る。これも老いて妻や夫を失った読者に自分のことを歌っているのかと思わせよう。「背景と人物」(383)では、語り手は昔見た美しい田園風景を再び見にゆきたいと歌うが、それはかつてこの風景を引き立てた宝石とも言うべき人物の幻をその背景のなかで見たいためである。また「非難」(486)は亡霊が語る非難の言葉である――今は私が死んだのであなたは私の歌を歌い、墓へ優しく来てくれるのね、生きてた時にこうだったら嬉しかったのに。あなたの死後、別世界でもう一度二人一緒になったら、あなたは優しい夫かしら?――優しくなかった夫が墓参りに訪れた風景である。「樹木と貴婦人」(485)の語り手は樹木であり、この樹木がいかに〈彼女〉のために蔭を作り、鳥を呼び寄せたかが語られる。しかし彼女が〈僕〉(樹木)の枝を蔑んで去った今、〈僕〉は骸骨になり、枝のあいだから星ぼしが覗いている! もちろん再読の際には、樹木はハーディその人に読めてくるのである。「最後の演奏」(430)では、〈彼女〉は覚えている曲は皆弾くのよと言ってピアノに向かい、語り手が二時間の散歩を終えて帰ってきてもなお弾いている。そしてこれが最後の最後、もう弾きませんからねと言ったとおり、彼女は間もなく世を去った。彼女は何が起きるか、知っていたのだろうか? と語り手は訝る。

理知のみによる確認の拒否

そしてこの種の作品での絶唱のひとつ「置石の上の影法師」(483)も同じく妻の亡きあとの風景を描く――庭の置石に木が落す影法師が、亡き彼女の姿そっくりになったので、彼女がそこにいるに違いないと思った。「どうしてこの世に帰れたのかね」と〈私〉は問うが、答は悲しや木の葉の落ちる音だけ。

> それ以外に声はなかった。私は悲しみを抑えるために
> 今私が信じているものは　実はそこには何もないことを　わざわざ
> 見出だすために振り返って見るなんて　あえてしないことにした

背後には何もないことを確かめたい気持ちに駆られながら、〈私〉は結局、やはり振り返ることはせず(詩の裏側には、オルフェウスが一度死んだ妻ユーリディーチェを冥界から連れ出す直前に、禁じられていた振り返りの行為をして妻を再び喪った神話がある)、最後の二行では

> 私は木立の先から静かに先へ進み、
> 背後で彼女が影を投げかけるがままにした

と歌われるが、それに先立つ三行前には

もう一度考えた「どんなふうにしてだか　とにかく
そこにいるかも知れない姿を　視界から消すのは止めよう」

とその理由が語られている。影を投げかけるのが〈彼女〉ではない、と説得する理知と、現に視界に現れていると感じられる喜びへの執着とが、ここでは双方とも表現されている。理知のみによる確認を拒否し、「想像力と愛によって死者の国の闇から連れ戻した」とポーリンも表現するこの影法師を（Paulin 59）、自己の心のなかの実存在として尊重する。のちにハーディが「〈絶対〉が説明する」（722）で歌うように、過去に生じたことは、それが生者を動かしている限り、〈絶対〉の見地から言えば実存在なのだとすれば、そこに〈彼女〉が現にいると感じられること自体が〈彼女〉の別次元の〈存在〉なのである。グリーンは、ハーディにおける自然科学的認識と、これを補完する〈黙示録〉的認識との両立を説いて、特にこの作品をその見事な成功例としている（Green 75 ff.）が、この優れた分析のなかで、著者はハーディが〈黙示録〉的認識を併せ持つという点では同意しえない。ハーディにおける理知と想像の世界との対立は、科学の真理を唯一の真実とする彼の考え方の内部での、その限界を悲痛にも意識された、一種の〈愛〉の姿である。

悔いのいろいろ

さて人は愛する相手に自分が過去に行ったことすべてが、不適切、不十分だったと感じる場合が多いのではなかろうか。「待てば甘露の」（457）の原題は“Everything Comes”で、「死もまたやってくる」の意味も当然生じる。新築の家が外から丸見えなのを嘆く妻のために夫は木を植えたが、それを「待てば甘露の」という気長さで待つうちに、樹木は確かに生長したが、彼女の命も尽きそうになった。この家は一八八五年にハーディが建てた住居マックス・ゲイトがモデルで、これもまた悔いとともに亡妻を偲ぶ歌である。「古代人の石のそばで」（408）は、同じ悔いでも、後年に自己が女に与えた不幸を取り消すために、そもそもの恋自体が発生していなければよかったのにという思いを歌う。これがエマ関連詩かどうかに諸説がある（Bailey 373）けれども、ハーディは、（自分の体験を女に託して歌うのと同様）誰のことを歌ったものかを曖昧にして、一般的状況を作り出す技法を持つ詩人であるから、これもエマ関連である可能性は否定できない――古代人の石の傍に二人は座った。恍惚とした二人にはそこでどれだけの時間が飛び去ったかも判らなかった。しかし、

砂時計を逆さにするように
やがて〈時〉が二人の生を　一極から他極へと
変転させてしまうのが見えていたら、このときの歓喜にも
不安がない交ぜにされていたかも知れなかったのに！

この最終連に先立って、二人が「不用意に賽を投げてしまった」という後悔の表現が含まれているが、人が恋の恍惚に身を任すとき、不用

意に賽を投げるのは、まったくの一般的状況である。いや、恋愛に限らず、人はその時々の必然に駆られて「不用意に賽を投げ」る。人生そのものがこうして形作られることを、この作品は歌っている。

〈過去〉の景色と現在の対比

だがもはや修正できない過去のなかで、思い出だけは価値あるものとして残る。「風雨のあいだに」(441)では、過去の情景がまず甦る——彼らが居る、歌を歌い、庭をこしらえ、木の下で朝飯。しかし、ただちにそれは幻と判る。

　　ああ、歳月、歳月の為せる業！
彫り刻まれた　あの人たちの名の上を　雨粒が流れ落ちるこの景
　色。

各連とも出だしに示された幻がつと消え去り、連の後半では現実に立ち返って、痛み果てた木の葉が散り、薔薇の花が腐り、墓石に雨水が伝うこの景色！——これはエマの少女時代をハーディが想像して歌った作品（Bailey 393）とされるが（そうであるなら、〈過去〉の景色はエマの見た景色だが）、ハーディはこれをより一般化して、エマを取り巻く「彼ら」のなかにエマその人をも見ている。「いつ来ても夏らしい感じがしないのよ」(456)は明らかなエマの追憶の歌。生前彼女はビーニィの崖を「夏らしい感じがしない」と嘆いた（この崖で彼女に求愛した語り手は、この崖こそ夏らしい感じがすると思っていたのに）。ところが今（彼女の没後）、ビーニィの崖だろうがどこだろうが、夏らしい感じのするところがなくなった、と結ぶ。「記念日に一枚の写真を見ながら」(488)では、語り手が「君よ、判らないのか、君と知り合った記念日だよ」と語りかけると、〈彼女〉の写真にほんの痕跡程度の表情が走るのが見える。だが写真に〈君〉の意識が蘇らないのなら〈ぼく〉は生きたくないと思うのである。「謎」(378)は第一連で、昔その女が、海の西の一点を凝視していたことを歌い、第二連では海の見えない東の一点を今凝視していることを歌う。エマの海好きを歌ったものとすれば、第二連では彼女が墓のなかからそうしているのだと知れるが、読者がこう気づくまでにしばらく時間がかかる欠点のある詩である。

死者との間を隔てる日々をひとつずつ消す

「時計のネジを巻く男」(471)は極めて優れた作品でありながら注目されることのない詩である——「限りあるいのちしか持たない人の時間を、終末まで静かに計る装置である時計」のネジを巻く男（教会塔上の時計を管理する教区委員）が語り手である。この男が、うねうねと螺旋階段を上ってゆき、塔の上へ来て言っていた言葉はこうだ・・・

飲む人を干上がらせる〈死海〉のように、
最愛の女よ、あなたとぼくのあいだに
なお二人を隔てて残っている
苦痛と悲しみの日々のうち、
また一つの日を　ぼくはこうして　消して行く！

海の深淵のように亡き女との間を隔てる日々（なお現世で生きなければならない日々）という塩水を飲めば、死海の水を飲んだようにさらに（女の愛への）渇望が増す。この塩水はやがて飲む男を干上がらせるだろうが、それまでこうして一日にひとつ、辛い悲しみの日を消してゆくほかはない。上記の時計の描写の部分は、よく考えればどんな時計でも人間のいのちを静かに終末まで計っているのだから、これは一般の時計の描写と読むべきなのかと思われるが、初読の際には、これはこの教会時計独特の機能であるかのように感じられる。これは詩人の魔術に読者が誘われる結果であり、この作品の詩的幻想性は、おそらくここから生じていると言えよう。少々驚くべきことには、批評家はこれをエマとの関連で読もうとはしない。この男が〈教区委員〉であること、最終連ではこの男が、他の女に関心のない男と書かれていることなどに惑わされたのかも知れない。しかし作家が実生活の諸条件を作り替えて自己を虚構のなかに登場させるのは、あまりにも普通のことである。この作品は、ハーディが亡妻に捧げた最善の詩のひとつであることは間違いない。

エマ以外の〈過去〉の保存

さて本詩集は、先に述べたように、すでに自己の過去を末期の眼で検証しようとする意識に満ちている。だからエマとは無関係に、過去が保存されることを願う歌も多い。「父のヴァイオリンに」(381)は「冥土でも父はお前（ヴァイオリン）を必要としているだろうか？　お前も人間同様、生と死を隔てる障壁を越えて父の許へは行けない。父はお前なしでやっていかねばならない。お前も父の居ない今は縺《もつ》れた糸屑。私はお前の過去の物語を編む」と歌いつつも、この楽器とそれに纏わる過去の思い出を大切に護る気持が行間に溢れる。いや、かつて歌った賛美歌さえ、大切な自己の財産である。「古い賛美歌の調べへの呼びかけ」(359)では、語り手が「子供のころから君に親しんだよ。君を演奏するのを好んだ女と共に生き、その女の死後、君を聞くのが辛かったのに、今また戦渦のなかで別の女が君を演奏する。君こそは永遠の歌だ」と長い自己の人生と、ひとつの調べの深い関係を歌う。また「ある記念日」(407)は、同月同日に再び同一の男が、同じ道を今通る。かつてはあの木には傷がなかった、壁には青苔がなかった、そしてあの墓地もあんな白い石で込み合っていなかったと歌い、ここではひとつの道に過去の思い出を彫り込む。そしてこうした〈過去〉の保存を主題として選ぶ気持の裏には、巻頭詩や巻末詩に見られた、自己の人生の統括、死を目前にしての辞世の言葉を残したいという気持が強いのであろう。

エマ以外の〈我が人生の人〉

「荒野にて」(406)は判りにくい作品。デートの折に「まだ彼女の姿が見えないうちに／彼女のガウンの衣擦れが聞こえた」という魅力的な出だしがあるのに、そのとき「僕のなかの輝かしいもののすべてを／埋葬しようとする一つの影が」現れてきたのだという。トライフィーナとのデートの際に、すでにエマとの将来が運命的に現れてきていたとか、トライフィーナのおなかに赤子が宿ったとか、解釈は試みられる（Bailey 372）けれども、作品自体にそれを想像させる力がない。「美女の屋敷のなかで」(411)は、「僕に会えない美女の憂鬱」が、邸宅の窓にも見えるように思って〈僕〉が自分を慰めていると、美女の館では華麗な舞踏会の音楽が鳴り響く。憂鬱だったのは〈僕〉だけだったのだ。少年ハーディの、三〇歳ばかり年長のマーティン夫人への思いを歌ったものとされる（Bailey 375-6）。「いなくなったモリー」(444)は、一九一五年に没した妹メアリとの、幼時の交流を歌う。最終連では、モリーが「彼女の住処」から今この星を見つめているとの合図が、その星から送られてきて、それを見る語り手の視線とモリーの視線が星の上で出会う。「彼女の住処」とは、天界のことであるはずだが、従来評者は、これを死後の彼女の住処ではなく、生前の住処として施注しているのは了解しかねる。「炉床の上の丸太」(433)は、語り手の妹とともに木登りをしたリンゴの木が伐採され、燃やされていく風景を描く。その光景のなかから、この木に登った妹の幻が見えてくる。「庭園で」(484)では、雲に隠れた太陽が再び照り始めたとき、日時計の影が指し示した方向にいた妹メアリが、真っ先に逝く運命であったことを歌う。「憶説」(418)は、前妻エマ、後妻フロレンス、妹メアリの名を連ねて、この三人のいなかった場合の自己の人生を想像する。

もし記憶が、今のままの記憶でなかったなら
　　歌を歌うときの、仕事の、また祈りのときに
明け方、夜なべ、そして昼間が、どんなに
　　奇妙な姿をして這い出してくることだろうか――

与えられ、定まった自己の人生を、ほとんどはにかむことなく肯定する。また「最後の合図」(412)では、自分の恩師でもあった詩人ウィリアム・バーンズの葬儀の日、その棺が西陽を反射して自分に告別式の挨拶を送ったと歌う。

〈過去〉による自己検証

さらにこのほか、過去を見て自分のアイデンティティを確立する詩としては次のようなものがある。「七十年代には」(389)――これはハーディが作家として世に出る時期を歌ったもので、「七十年代には僕は魔法の光を発する夢を抱いていた。世間の誤解もその夢ゆえに恐くなかった。螢光ほどのかすかな夢を、霧も闇も損なうことはできなかった」と回想する。「光を運んでいた若者」(422)は、大目的の輝きというべき〈光〉をその若者（若かったころのハーディ自身を指す）は持ち運んでいたが、今あの〈光〉はどうなったのか、頂点に達する前に消えたのか、熟成したのか？　あるいは次代の若い夢想家の心に受け継がれているのか、と歌って、この詩が贈られたアバディーン大学の学生に、大志を抱けと激励を送る意味も籠められている。「家系図」(390)では、語り手自身の過去に示した行為の源泉と言うべき先祖の性行が検証される。月光の流れ込む窓を鏡として〈私〉を生み出した祖先の姿が写し出される。彼らは〈私〉に似ている。そして自分の頭脳の内部や、自分の行為のすべてが、実は父祖によって先手を打たれていたことに語り手は思い至るのである。そこで〈私〉は言う――

僕は個性なき模倣者！　模造品だ！

すると家系図は消え、また窓から月が見える。しかしこの家系についての検証は、第四連にあるとおり、いずれも「私が行為する　うねりや騒ぎ」を念頭に置いて為されているからこそ、上記の他の詩群との整合性を有すると言えよう。「遺伝」(363)はこの検証を、自己の過去の行為への意識を棚上げにして分離し、さらに明確化する――〈私＝遺伝〉は一族の顔である。個としての肉は滅び、〈私〉は残る。忘却を踏み越えて、一族の特徴と痕跡を各個体に投影する。死ねという呼びかけにも応じないもの、人間の内の永遠なるもの、それがこの〈私〉だ――自己を生物学的に規定しようとするところに、自然科学の真理を至高の真理と見なすハーディの特徴が出ている。「彼女と私、そして彼らと」(365)では、先祖の肖像画から溜息が聞こえてきて、これを〈私〉は、子供がないゆえに「強かった一族を後世に続けることができないことへの、ご先祖の嘆き」だと考える。わざわざ一九一六年の日付を残しているから、〈彼女〉はフロレンスであろう。

人生の不思議や多様性

しかしこの詩集を大きく特徴づけるのは、人間や人生の不思議や多様性を呈示する詩の多さであろう。これらの大部分はまた、いちいち指摘するまでもなく、読者の人生の経験を代替的に歌ってくれている詩でもある。「牧場の出口の回転小門で」(357)では、語り手の「私」が牧場の出口の回転小門の傍で「彼女」の父と会って話す。その結果「彼女」と「私」は教会に行く人びとの間で永久に別れた。この場所で行われたもっとも悲痛な別れであろうに、でも通行人は誰もこれに気づかない。さまざまな人生のドラマは、周囲の人の気づかないところで展開されているという真実に読者は気づかされるのである。「彼女の足取りに合わせて待つ」(373)では、貧しい男が自分にはもったいない美女に我が家を訪問してもらうことになり、その到着を待つ――ララギーさんが僕の家にやってくる。今は丘の上、今は目と鼻の先。彼女は我が家がどんなに貧しいかを知って何と思うだろうか？　僕には過ぎた彼女、ほら到着――この作品の、物語の進展に合わせたリズミカルな進展を抜きにした粗筋なんて意味を為さないとも言えよう。人生のひとこまを抒情的に伝える名篇である。「バレエ」(438)は、群れとして見た人間は同一に見えながら、それぞれがさまざまに特殊な心と悩みを持つことを巧みに歌う。コール・ド・バレエの踊り手たちが、一点に殺到して一体となる。彼女らは皆同じに見えるが、実際には異なった個々の生なのだ。令嬢、人妻、情婦たち。大きく異なりながら一体の鎖となる人の環たちよ――バレエの美しい情景を彷彿とさせながら、個々の女のさまざまな思いや、どろどろした日常生活を想像させて妙である。「橋に坐って」(385)は、橋に坐って歌を歌っていた娘たちが、そこで声をかけてくれた兵士に逢ったのに、父親に引き離されてそのまま兵士に会えなくなったことを歌う。集団だった娘たち個々の心を描く。

個々人の特殊な経歴と心情

同様に、個として現れる一人一人の人間にも、それぞれの特殊な事情と心情とが隠されている。「告知」(402)では、訪問客の兄弟はしばらく世間話をして、しばし沈黙したのち、彼らの家庭で不幸があったことをようやく漏らす。悲しい話題を話しかねている兄弟の人柄が偲ばれると思われるが、今日の若い世代の感覚では、理解されないかも知れない。「田舎町の市にて」(451)――私は昔田舎の市で視力障害者の大男が小人に操られて紐で連れ回される見世物を見た。運命に命じられた姿だった。悲しくて私は彼の姿を忘れられぬ――もちろん大男の心が想像されるからこそ、彼は忘れがたい存在となるわけである。「歩いていた男」(449)では、荒野は広いから馬車にお乗りなさいと〈私〉が声をかけても、そこで出逢った男は歩くと言ってきかない。教養ある男に違いなかったが、毎日一〇マイル歩かなければ、あと六ヶ月の命だと男は医者に言われていた――ここにも一個人の心を深く覗き込む詩人が見える。「いら草」(469)は、結婚後世を去った息子の墓前に立った母親が、墓の手入れさえされていないのを見て、嫁の心の貧しさを改めて確認し、こんな女と結婚するために、息子が母の反対を聞き入れずに家を出ていったのかと悲嘆にくれる物語詩である。「自由の女神像」(382)は、ボランティアとしてこの彫像をせっせと洗う男を描く――女神像を洗ってくれるあなた、立派なお仕事ぶりですね、と賞賛の言葉をかけられて男は「自由や解放を讃えて洗っているのではありません。自由なんて危険です。私はこの像を彫った彫刻家のモデルだった亡き娘のためにしてるのです」この父親は娘を聖女扱いにしているが、実は声を掛けた男が彫刻家で、モデルの女は女神の風格と悪女の性格をした、悪徳のなかで死んだ女だった、というのである。これは風刺詩ではあるが、父親の心のなかを描くことにも相当の比重がある。より痛烈に人生を風刺する詩として「ピンクのドレス」(409)はわがままな女性を皮肉る――どうしてあの人、選りによって今ごろ死ぬのかしら？　この季節じゃ遊びに出られぬ未亡人の私がピンクのドレスを着られなくなるじゃない。七月になってから亡くなったって良かったんじゃない？　と奥様が考えるのである。また「色褪せた顔」(377)は、哀悼歌のような堂々たる形式のなかに、美女の美の衰えを皮肉る――この顔がまだ色褪せないうちに、私がそれを見られなかったとは何と残念なことか！　この衰えた声についても同様！

この白茶けた遺物、昔咲いた花、
お前の声の残骸　のそばで――
お前の若い美声と美形のなかから残されたもの、
華麗なる選りすぐりの世にも稀な美の名残のそばで――
私に嘆かせてくれ――そうだ、悲しみに心痛めて！

女性の読者には嫌われるかも知れないが、痛快限りない！

人生の事実の正視

次に扱う作品群は、ハーディの伝記的要素を含むと思われる、恐ろしい人生の真実を歌う。「霧の上の顔」(423)では、牧草地を覆う霧の上に、今も〈私〉だけに過去の女の顔が見える。昔、愛を求めて駆けてきたときのように、顔は霧の上を滑って来る。

白布のように牧草地を覆う霧、
霧に浮かぶように私に見えるのは　そのような幻影、
そう、かつては呼吸をし、哀願することができた女の顔！

亡霊の素早さで霧の海を滑ってきて
　私との　最後のデートに駆けつけた顔。

この最終連以前にも「肉体のあったころ」、「まだ温かく元気だった日」など、女が今は死んでいることが何度も歌われている。第一詩集の「中立的色調」(9)や第七詩集の「蘭草の池にて」(680)と同様に、女と別れた日の情景の再現である。さらに「メイフェアの下宿にて」(380)——下宿の向いの部屋で、昔〈私〉が別の美女に焦がれる以前に愛しながら、その強情ゆえに別れた女が死のうとしていたのを〈私〉は知らなかった。その部屋の窓は終夜あかあかと輝いているのを〈私〉は見続けていたのに、女は〈私〉に許されることもないまま、息を引き取ろうとしていた。

この最後の重大な引き裂かれの時に
何と、何と近くに　私たち二人はいたことか——
そして二人とも　それを知らずにいたことか!

女が、下宿の真向かいの部屋で死んだとするは、フィクションではあろう。しかし何と現実味のあるフィクションであることか。女が死ぬとき、〈私〉がそれを知らずに、遠い町で友と酒を飲んでいたとしても、詩としては女が真向かいの部屋にいて、〈私〉がその窓を見ていたと表現する方が効果的であるし、ハーディはそうしたに違いない。その意味でこの作品はフィクションではないと言っていいだろう。

過去の女の写真を燃やす

また「風の予言」(440)も、女から女へ恋人替えする話である。旅に出た語り手は恋人から遠ざかりつつあると思って悲しんでいるが、風が語るには「お前は恋人に近付いていているんだよ」。「恋人は黒髪」と語り手が言えば、風は「恋人は金髪」と言う。恋人は東にいるのに、風は「恋人は西にいる。汝の恋人はまだ汝の見知らぬ女」と語る。ハーディはこの旅の後、エマと出逢うことになるのである。また「彼女の愛の鳥」(453)も男女の別れを扱う——わたしが愛の鳥ボタンインコ（つがいの一方が死ぬと他方は嘆き暮すと言われる）を見ると、その声に喘ぎがあった。この鳥とわたしを一撃した彼の別れの言葉に、鳥は絶望の囀りを発する。鳥をこの〈わたし〉という女の心の象徴として歌う作品である。これはおそらくトライフィーナものだろうが、同じくトライフィーナを扱ったとされる「一八六九年の海辺の町」(447)は、やや判りにくい作品で、〈私〉が「心の外に立つ」と、つまり思いに耽っていたのをふと止めると、空と船など日常の風物が見える。次いで心の内部を見ると彼女がいる。事情が生じ、〈私〉はまた心の外に立つ。永らく間をおいて、心の内部に戻ったが、そのときには彼女の姿は失せていて、捜しに捜したのに見つからなかった——と、このように彼女を忘れたプロセスを描く。そして「写真」(405)——私は遠い過去の女の写真を燃やした。燃える姿に私の心は痛んだ。この行為は人生の負債を決済する行為だった。だがそのあと、私は彼女を処刑したような気持になった——読者にも処刑の戦慄を与えるようなこれらの状況の恐ろしさを、ハーディは隠すことなく歌い、人生をいわば定義づけするのである。

人生の皮肉

伝記的要素と無関係に、人生の皮肉を歌う物語詩もいくつか見える。「決闘」(379)は男が妻に裏切られる話――決闘に臨んで、妻に励まされて出かけてきたという夫が、妻の名誉を傷付けた男と闘う。夫は負けて死ぬ。勝った男は従者の少年に全部終了と呼びかけた。男装していた従者は殺された男の妻だった。「敵の肖像画」(476)では、競売に出されている敵の肖像画を〈彼〉は買い取る。痛めつけて燃やすつもりだった。だが他のことに紛れて痛めつけないで日にちが過ぎるうちに、絵はいつしか下男によって壁に掛けられてしまう。取り降ろして燃やすのが面倒になり、ついに敵の肖像画が邸を飾ることとなった。「わたしのライバル」(362)では、語り手の女は、愛する彼が何度も見て溜息をついている写真があるので、自分も見てみることにした。彼が留守の時、女が見つけてこれを見ると、それは若い頃の自分の写真。彼女は嫉妬して自分の写真を破り捨てる。女性の心がユーモラスに描かれている。また「ひと目見た女」(448)はブラウニング（"Love in a Life"）を思わせる――「ドアを通って行った女に心動かされてあとを追いかけたが見失った。人々に聞くとそれは死んだ女だと言う。私はその家を買い取った。夜毎に彼女の物音はするのに、いつまでも彼女に会えず辛い」、と言いつつこの語り手は同じ家で、姿の見えない彼女と暮らしている（この作品とブラウニングの関係、詩の深い意味等については、第Ⅰ部第七章参照）。「シェイクスピアに」(370)はシェイクスピアをどことも知れぬところから飛来して飛び去った輝く鶫にたとえて称揚する。しかし彼の臨終の鐘は「機械的で、他の住民の死亡の場合と同じ扱い」であったと歌い、後年の大作家に対する国を挙げての哀悼と対照させる風刺がある。「名付けの親が王と王妃」(427)では、生まれたばかりの子供のための洗礼式に王と王妃の御来臨を仰ぐことになり、その貴族の館では準備万端整えて待つうち、子供が急死する。しかし折角の御来臨に対して失礼だからと、この事実を隠して、子供の遺体の前で式を行い、王と王妃にこの子の生涯の親代わりになってもらう。これは一種の象徴的な物語である――つまりこの世では、本質的にこれと同じ権力者への怖れとおもねりが日夜行われていることを、実際には主題とする作品なのである。「人形」(443)では、母親が可愛い女の人形ではなく、兵隊さんの人形ばかりを作ってくれるので、幼い娘がなぜそうなのかと尋ねる。母親は答えないが、実はこの娘は、父親とされている彼女の夫の子ではなく、ある軍人の子であるからだと語り手が明かす。

最晩年の意識

そしてこの詩集には、人生の最晩年の意識をもって生と死を主題にする作品が従前の詩集に比べて増えてくる。他の詩集にも見られた死一般をユニークな視点から歌う詩から見ていきたい。「〈生〉は笑いつつ前進する」(394)は、死者に替わって若い〈生〉が息づくことを是認する――古い家の跡には新しい家がすでに建っている。ふたつの胸を引き裂いた墓には雛菊が咲き誇る。昔彼女がいたテラスではよその子供が遊ぶ。老いは若さに屈する。あまりに過去を慕う老いた〈私〉の心は絶命するしかない、と語り手は自己の没落と新世代の興隆を必然視する。「梢の樺の葉たち」(455)は落葉と残った葉とにかこつけて、早い遅いの差こそあれ、生者は必滅であることを歌う――秋の晴れた日。梢の樺の葉たちは跳ねている。あれだけ嬉々としているからには、彼らはすでに下の枝で起きたこと（葉が散ってしまったこと）を知らないのだろう、と語り手は考える。するとかすかな声が梢から聞こえてくる――「いえ、よく知ってますよ、私たちもまもなく散ることを。でもあなた自身もあとを追うことを、忘れていらっしゃるのではありませんか？」

土の〈家〉で安らぐ人々

「人々を訪ねてまわる」(454)では健脚の語り手が郊外に住む人々を訪問する――季節は真夏。昔なら戸外に居たはずなのに、今は家に閉じこもる人々に私が話しかけても、彼等は黙ったまま――第四連へ来て、土盛り、大石、樹木などの言及とともに、彼らの家とは墓にほかならないということが判る仕組みは、詩人の常套手段とはいえ、効果をあげていると言える。「変身」(410)は、のちの「教会墓地に生い茂る者たちの声」(580)の先取りである――この木の一部は祖父の知り合い、この枝はその妻、自分がかつて知り合いになりたかったあの美少女はこの薔薇に入るところ。彼等は再び活力を得ている――しかし後の作品ほどの朗々とした響きをあげるには至っていない。「喜びの音を捧げよ」(461)は第一詩集の「彼岸にある友たち」(36)など一連のスティンズフォード教会関連作品のひとつである――酒場で出逢った男の話は「俺は昔ここで死者に沢山会ったことがある。死者たちが合奏して踊り、『我らは逃れ出た、苦しみの国から脱出した』と歌うのを聞いたよ」。こう語った男も、暗闇へ姿を消す――死者たちの踊りが、透明な天井から眺め下ろすように描写されており、異様な死者の喜びの姿から、神秘的な魅力が漂ってくる。そしてこれを話題にした男もまた、死者の群れに加わるのである。「墓地でデッサンを描きながら」(491)では墓地のイチイの木が声を発して、死者たちはただ日々の地球の回転に乗って回るだけだ、この安眠は、人々が誤解するのとは正反対に心地好いものであって、死者たちは「神が私たちを審判日に蘇生させないように！」と祈っているのだ、と〈私〉に語りかけてきた。〈私〉はこの考えをやがて受け容れた――これまた死後の安息の歌である。「問題のダンス・パーティ」(398)――私がヴァイオリンに新しい弦を張り「隣近所に声かけましょう」と言うと、墓石たちが整列した。糸杉たちが歌を歌い、雨樋の鬼面たちが調べに合わせて声を出した――愛する人たちが生きてきた頃と同じ、パーティ前の歓喜に満ちた第一連と、不気味な第二連を対照させることによって、人の世の歓楽は最後には死に行き着くことを表す作品と理解されている（Bailey 368）。

自己の死の予測

しかしハーディは第四詩集の末尾でもそうであったが、自己の死を予測して歌う作品をも並べてみせる。巻末の戦争関係の詩群の直前（いわば一般の作品の最後）に位置する「私は一度も　人生をそれほど大事に思ったことがない」(492)は、死の歌というより、死を目前にした人生の総括の歌である――私は一度も人生を大事と思ったことがない、「疑わざるを得ない諸状況」がそうさせた。一時、私は人生の求愛に応じたこともあったが、再び人生について無目的となった。だが、晩年、私はひとつの星を見つけた――「諸状況」とは宗教の虚偽性を認めざるを得なかったことを指すと思われ、また最後の「星」はおそらくは後妻フロレンスであろう。

この詩の裏に人生が最終段階に入ったという意識があるのを読者は容易に見て取れるであろう。「汝　コノ場ニテ何ヲ為スヤ」(371)は、死を前に自己の存在理由を問う作品である——主の前に立って死を覚悟したエリヤの話を教会で聞いてもピンと来なかった〈私〉だったが、妻も世を去り、火柱が近付く今、主がエリヤに言われた「汝この場にて何を」の言葉が私にもはっきりとした意味を持って聞こえる——この作品が最初に「スペクテーター」誌に発表されたときには表題は「殺戮の時代に」であった。火柱は、この場合第一次世界大戦の戦火であり、愛するものをすでに失っていながら、エリヤのように「主よ、もはやじゅうぶんです。今わたしの命を取って下さい」(「列王紀上」一九章)という心境にはなれず、戦乱の殺戮を怖れつつ無為に身を委ねる自己を咎める心が確かにここに示されている。「彼を救ったあるもの」(475)は、語り手が絶望から救われたことを歌う。「最後には出口のない袋小路」に入ってしまった、というのであるから、一種の病的な鬱状態であろう。ハーディの一八九五―六年、「暗闇のなかで」三連作(136～138)に歌われた状態に合致する。出口がない袋小路に入ってしまっていたが「その時、時計が鳴った」——そしてこれが救いをもたらし、自分は飛び退き「巣窟と溝と川が背後に見えた」と歌われる。この三つの情景が何を象徴しているのか。これが出口がない袋小路と思ったところからの、それまで前面ばかり見ていて気づかなかった脱出口とも読める。その場合、そのあと「私は歌を歌った」として作品を結んでいるので、閉塞状態を脱した語り手は、詩作に活路を見出したと読み、三つの情景は、文人に悪意を持つ人間世界に対立する、動物界、自然界を指すと解釈してよいのかも知れない。しかしこれらが「背後」に見えたという表現からは、自分を飲み込もうとしていた陥穽を指すと見る方が良い。第一部のブラウニングとハーディの関連を述べた際に指摘したとおり、前者の傑作「チャイルド・ロウランド暗黒の塔に来た」で題名にある騎士が地理的閉塞状態に陥るときに経回る“river”, “marsh”, “den”とハーディにおける“den”, “ditch” and “river”がほぼ合致するので、これらが文人を悩ます罠の象徴で、それに陥る直前に語り手は飛び退き、詩に転じた意であろう。

支払期限の到来間近に

「外のあそこに目をはせて」(446)は、愛する妹メアリの死後の歌 (Bailey 396) である。空は暗く、夜明けは遠く、風は落ちた。薔薇色だった生は今はひからび、一人ずつ四人が〈外のあそこ〉に去って行った。父は一八九二年、母一九〇四、妻一九一二、妹一九一五年に没したのである。なぜ五人目、つまり語り手は〈外のあそこ〉(上記四人が葬られたスチンズフォード教会墓地)に行かないのか? こう自問する語り手は「この地上の空気に/飽き飽きしてしまった」と語っている。「隣の部屋に居る人は誰?」(450)は隣の部屋に死神をそれとなく感じさせる——「隣の部屋に誰がいるの? 誰かを見たような気がするのですが」「君が見たはずはないですよ、彼は姿を見せませんから」「誰ですか? 何かの支払期限を告げる人? 私も知り合うことになる人ですか」「はいそのとおりです」——コミカルであるとともに、幻想性も感じさせる作品である。「五人の学生」(439)は五連から成り、第一連で五人いた〈私たち〉が、連ごとに一人ずつ減って、最終連に残った一人

（語り手）も間もなく去ることを歌う。五つの連は、太陽が情熱的な眼差しをしていた春に始まって、五連目ではつららと雪が道行く人びとを寒がらせる。「初めての学校を再訪する」(462)も一種ユーモラスに死の接近を歌う——肉体を持ったまま母校を再訪したのは大失態、こんな爺には誰も来て欲しいと思わないのに。だがいつの日か正しい仕方で、つまり亡霊として、私は母校再訪を果たすぞ、と語り手は次の機会に賭ける。

素晴らしいものを得てしまった歌

そしてハーディは、人生の最後に思い出すくさぐさの事項を語る詩も本詩集に収めている。「すばらしいもの」(414)——甘い林檎酒、喜びの遠出、ダンス、恋。これらは素晴らしいものだ（これらには、暗闇のなかを翼をひらめかせる鳥のように恋人が木陰から現れるなど、情景描写が付されている）。死が迫った時でも、これらは私には素晴らしいものだったと思われるだろう——これも人生の終焉を意識しての作品であることが判る。他方、「前兆としるし」(479)のような、死に関する迷信を扱ったものも見える——「棺の中で死人がグニャグニャになっておる。これは家族の一人が死ぬ前兆だ」などと次々に恐しい前兆が語られたのち、四人目の女は「前兆なんて恐くないわ。わたしは人生の楽しみすべてをすでに失ったから」と語って、迷信の怖さを超える人生への絶望を語る。死以上に恐ろしい生があるという寓意も確かにここにはあろう。だが同時にこの場合にも、絶望を語るのは女として表現されているけれども、「人生の楽しみすべてをすでに失った」人物とは詩人自身（あるいは詩人の一部分）のことであって、上記の作品の「素晴らしいもの」をすでに得、かつその素晴らしさをもう経験できない我が身のことなのである（四人目の女が喪章を着けていることに注目する必要がある）。したがってこの〈絶望〉は、エマを失った失意を男女を逆にした技巧によって表現する意味と、一般的に、人生の希望を失ったものには、いかなる死の予兆も怖くないという事実とを組み合わせたものであって、「ハーディは迷信をさえ悲観論的に扱う」とする評言は的を射ていない。

時の意識を示す歌

さてハーディの時の意識については、第Ⅰ部にも述べたが、この詩集にもこの主題のものがある。「老いてゆく家」(435)——家が新しかったころには、みずみずしい女の顔が窓を覗いていた。今は家も古び、女の顔も年老いた。家のあたり一面にすべてが消え去る気配がある。激しい風が大楓を揺する——平凡な描写に見えるが、私たちの周囲にある家の相と住人の様を見るとき、この詩を思い出す読者も居よう。家の老いは住人の老いでもある場合が多い。「古い家具類」(428)では、語り手に、家具を使っていた昔の人々が見える。掛時計の文字盤にも指、ヴァイオリンや火口箱にも指が見える。このように感じる自分は当世には役立たずだ。死ぬほうがよいだろう——古い時間が、ハーディには、昔の家族の顔や指となってつねに身の回りに生きている。そして語り手自身にも、古びた家具と同様の古びが忍び寄る。一方「日傘」(434)は、手の届かない岩の裂け目に二〇年横たわっていた女持ちの日傘の骸骨を描く。これをさして歩いていた女は、今はどこに？　今、彼女は日傘と同じ骸骨となって地の裂け目にあるのだろうか？——時間の経過を視覚化した興味深い作品である。「博物館にて」(358)では、人間が出現する前の鳥の声と、昨夜「私」が聞いた女性歌手の声が、古代の鳥を収蔵する博物館内で同時に聞こえるように感じられる。〈時〉は夢のようなもの、ふたつの声は永遠の音楽として混り合う、とハーディは歌うが、実際昨夜の音楽も数億年前の鳥の歌も、発せられて消えた点ではまったく同じで、この作品を読み終えた瞬間から「〈時〉はまさしく夢のようなもの」という詩中の一句が思いがけない実感を伴って私たちに迫る。「古い大聖堂内部の建築のデッサン」(369)では、聖堂の時打ち人形が次々と一五分ごとに鐘を打ち鳴らす。人形はこれからも時を打つだろう。時の音に呼び出されて過去の亡霊が納骨堂から現れて会談する。議題は人類改善か？　生まれるなとの子供への忠告か？——古い建築、そこに眠る過去の偉人たちなどが長いスパンの時を示すかと思うと、「何と素早く行進してくることか」と思わせる一五分ごとの人形が短いスパンの時を示し、読者を時間の不思議のなかへ誘い込む。「彼女と私、そして彼らと」(365)では、居間に懸かっている先祖の肖像が「彼女と私」に囁き、過去と現実の〈時〉が融けあう。

素朴な信仰を懐かしむ

この詩集にも素朴な信仰が人々を生かしめている(た)ことを歌う作品が見られる——よく知られている「雄牛たち」(403)がそれである——子供の頃「いま牛たちがひざまずいているよ」とクリスマス・イヴに言われて、僕たちはそれを疑わなかった。今でも、もし誰かが

「あの向こうの谷のそばの　淋しい小屋で
牛たちがひざまずいているのを見に行こう」と言ってくれたら
ほんとうに　そのとおりであれかしと祈りながら
ぼくはその人と　暗闇のなかを歩むだろう

ハーディはこの種の民間の信仰は途絶えたと知りつつ、それを懐かしむのである。しかし右の引用部分は、そのようなことはまったくあり得ないという近代科学精神を前提にして歌われている。とはいえ、彼自身も「囁く桟敷にて」(474)では、セント・ポール聖堂の桟敷で神秘的な囁きを聞きつけて、神聖な力の支配下に入った気分になる。一瞬、この作品中の〈私〉は形而上的事物を信じ、霊魂とも触れ合う気分になる。

因習的考え方に変更を迫る

一方この詩集にもヴィクトリア朝の考え方に変更を迫る作品がいくつも見られる。「追憶の真鍮碑——一八六一年」(452)は、女の再婚が罪悪感をもって見られることを風刺する——墓場で「美しい奥様、なぜ泣くのです？」と声を掛けられた女が「夫が死んだとき、私は墓に私の名前も彫り込んだのです。実はわたし、先月再婚したの。夫に知られたらどうしよう」と答える。「聖歌隊長の埋葬」(489)はキリスト教会の形式主義を風刺する——聖歌隊長（ハーディの祖父）は自分が死んだら、遺体と墓のそばで賛美歌を演奏してくれと頼んでいた。牧師は反対して形式遵守を決め、事務的な埋葬がなされる。だが翌朝、牧師は、天使らしい合唱隊が墓の上で演奏しているのを目撃したとされるのである。「若いステンドグラス職人」(487)は、より反キリスト教的で、『日

陰者ジュード』のシューを連想させる――「こんなゴシック窓、疲れるね」と言いながら教会の絵を描くのは反体制的な職人。「ペテロにマタイだとよ。俺はマルタを描きつつヘラを夢見る。マリアを描きつつアフロディテの姿を思ってる」――これはハーディの主張と言うより、時代の推移を写す風俗詩と言うべきかも知れない。

自然と人事の叙景歌

次に自然描写・情景描写を主体とする歌をいくつか纏めよう。「二月のミドルフィールド農場の門で」(421)――門の横木に、計ったように等間隔で水玉が並ぶ。耕された休耕地はごろごろしていて人は通れない。昔、今は地下に眠る女たちが恋の戯れに麦束を潜っていた所だ――風景を主体としながら、遠い過去の日、ここにいた恋する女の記憶に最後の焦点を当てる。他方「遅れている春」(445)は自然描写に集中する――木々も草も若芽を出すのを恐れている。雪割草と桜草は陽気だが、天人花は、自分は蕾を出して寒気と戦えるだろうかと自問する。そのくせ天人花は、昨年一二月の自分の悲劇(葉が散ったこと)は忘れている――このほか各種の植物の初春の姿を的確に伝える。「月に」(368)は自然描写と言うよりは、月の見た人間界の描写である。人の生なんて、まもなく幕を引いて終わりにすべきショウだと月は結論づける。また「待合室にて」(470)は駅の待合室の情景を描く。備えつけの聖書のページには儲けの計算の落書。兵士と妻の長い別れの情景。だが子供たちが船の写真を見つけて歓声をあげる。この声が待合室に光を与えた。「ヴィクトリア朝のマダム・タッソー蠟人形館にて」(437)は、「四〇年の年月が飛翔するのを飾ってきた音階」で、バイオリンを弾いている蠟人形を讃える。時代を記念する叙景歌である。

永遠・神・宇宙

ところでこの詩集でも、永遠や神、宇宙の成り立ちは大きな主題であり続ける。現代的世界観ゆえに人間界や人生の意味が変更されるべきことを歌う詩をいくつか挙げてみよう。「断片」(464)――人々の遺体が並ぶ地下道で私は彼らの言葉を聞いた「神とやらは私たちを生の悲しみを知る先発隊として世に送ったのだ。神自身がいわば後発隊としてやって来て悲しみの実体を知ってくれるのを、私たちは待っているのです」――人生の不条理は慈愛という神の属性に矛盾することを、この詩は不気味に呈示する。「失明させられた鳥」(375)は、目を焼かれてなお怒らず、堪え忍んで生きる鳥を象徴として持ち出して、人間を含めた被造物の姿を明らかにする――「こんな苦難にさらされてなお君は歌うことができるのか？ 虐待に怒らず悪運を背負い、籠に幽閉されて希望を持って耐える優しい君こそ神の化身だ」――つまり、この鳥が神であって、これを創造した絶対者は、神の名に値しないと言いたげである。「仮面を被った顔」(473)においても絶対者は冷酷である――「人生なんて部屋になぜ私は居るのです？」と〈私〉は尋ねる。「こんなところへ来たくはなかったのに。もっと光を明るくできないの？ ドアの鍵は開かないの？」と問う〈私〉に仮面が答えて曰く「隷属する人間には不平を言う資格なんてあるものか」。「籠のなかの五色ヒワ」(436)は教会墓地に置き去りにされた、鳥籠に入った五色ヒワを描く。もとはこの詩には第三連があり、ある女が自分を捨てた男の墓に、昔の男からの贈り物だったこの鳥籠を置き、直後に女が自殺する内容だった。現行版のこの作品は、籠に入れられたまま、発見されなければ餓死するしかないこの鳥は、第二詩集の多くの鳥の歌と同様、ある環境に置かれて、自分ではそれをどう変更することもできない人間という生物の象徴となっている。

絶対者の配慮の欠如

一方「真夜中の大西部鉄道」(465)はしばしば『日陰者ジュード』の「時の翁」と呼ばれる少年を歌ったものという説明でけりがつけられる作品だが、これもまた上記の詩と似たかたちで、暗くて、脱出の鍵もない部屋としての世界を示唆している。詩の半ばで、夜の大西部鉄道を旅する君（少年）はどこへ行くのか、と問いかけたのち

君の魂は　別の世界を知っているの？　おお旅する少年よ、
　私たちの粗暴な世界よりはるか上にある世界を、
そこから見渡せばひろびろとした視野が得られて　君の目が
たまたま君が生まれはしたが、君がその一員ではない
　この罪の世界を、見下ろし測ることのできる　より良い別世界を？

この作品には「今、問題になっているすべてに無関心であるかのように」という一句も見える。つまり第一次世界大戦を初めとする人間界の醜悪すべてとは別の世界の住人のような、どこから来てどこへ行くのかも判らない神秘的な幼い少年は、「時の翁」とはまた別個な、この世の汚濁に煩わされない神聖な童子としての象徴性も有していることに我われは注目すべきである。彼は無垢な別世界から来て、我らの世界の粗暴のなかへ平然と一人旅立って行く――すべての赤子はこの少年と同じ心、同じ状態でこの世へ旅立つのである。「彼には自分が判らない」(460)の語り手は、自分が何ものかに操られる存在に過ぎず、「輝かしい眼」のところへ突進することもままならないと歌い、世界の〈意志〉の一部は〈私〉のものなのだから、僅かながらでも、自分の自由意志の思いどおりにできないものかと問う。一八九三年という日付から、ヘニカー夫人への恋を歌ったものという解釈があるが(Purdy 345, quoted Bailey 402)、おそらく当たっているだろう。

衰弱と老いと死

ダーウィニズム的観点から寒気に痛めつけられる鳥を歌った詩「駒鳥」(467)でも、鳥は人間の弱者、寒気と雪は人の世の苦難の象徴であろう――ぼくは幸せな鳥だ。でも冬になりぼくが捜しても食物がないとき、ぼくは不幸な鳥です。でも寒気と雪が続けばぼくの悲しみは去りますよ、だってぼくは冷たいボールに変身するんだから！――ここでも死の存在が世の大きな矛盾として歌われている。「新婚の宿で」(466)では、一見前半は迷信の支配する風俗を描いたかに見せておいて、後半ですべての人間に共通な衰弱と老いと死という不幸を描く――新婚旅行中の宿で鏡が落下して壊れた。花嫁は長い悲しみの前兆としてこれを恐れる。皮肉の精と哀れみの精が下した結論はこうである・・・「前兆と言ったって、二人が老い、色褪せ、死が近づき、その前に愛が麻痺する前兆にすぎません。こんな前兆は、万人共通に与えられているものです」。この暗いユーモアに読者は心を揺さぶられる。「風が言葉を吹きつけてきた」(376)はこれらの詩と同じ観点から生物・人間をダーウィン的に見なして歌う詩で

ある。風の言葉はこうである――「苦しむ樹を見よ。また動物たちを見よ。膚色の違う人を見よ。彼らすべてはお前の同類なのだよ」この同類、いわば〈私〉と〈私〉が殺戮しあっているとは！

　殺し、破壊し、抑圧するための法則に基づいて
自己殺戮を繰り返す〈私〉、
　私のまわりに私が目にする　痛ましい〈私〉の姿に
言葉には言い表せない　押し寄せる怖れを私は感じた

右は自然科学的に見たこの世の、同類であるはずの生物同士の殺戮を嘆いたものだが、この自然界の現実の描写に加えて、世界大戦という人間の愚行もまたこの作品の批判の対象である。

戦争と愛国心の歌

第一次世界大戦のころに執筆された詩の多いこの詩集は、ハーディの詩集としては第二詩集と並んで、戦争の苛酷を描く詩に優れたものが見える一巻である。493番から509番まで一七歌が「戦争と愛国心の歌」という中表題を与えられ、連続してこの主題を扱っている。ハーディはこの戦争については自国の正義を疑わず、「行進し　戦場に去る俺たち」(493)に歌われる兵士たちは、国のために自分たち兵士は必要とされているという信念を抱いて出征する。これは愛国の歌である。その代わりに、兵士たちの心の真実を歌うハーディの本来の詩人的な誠実が侵されていると感じる読者も当然多いであろう。「国家のための兵役への招請」(505)は、ありとあらゆる職業の男女に、国家のために出陣を要請する。ハーディは自分も若ければ「たゆみなく奉仕したい」と歌うのである。また「英国より一九一四年の独国に与う」(495)は、ドイツが「ああ、英国め、神が英国を罰し給いますように」との標語を打ち出したことへの抗議に満ちてはいる（しかし同時にドイツの文化や都市の美しさ、食べ物の素晴らしさを歌い、これまで何の悪意もドイツに対して抱いたことがないことも言及される）。確かにこれらは反戦詩ではない。だが他の一四篇の作品はこの三篇よりも遥かに戦争の非人間性と不条理を描出しており、この時代に輩出したイギリス戦時詩人の歌に匹敵する優れた戦争描写を披瀝している。「彼の故国」(494)では、海を越えて異国を旅した男が、異国でも故国と同じように同胞が辛苦して働いている様に出会い、すべての国を故国と見るようになり「いったいどこで俺の国籍に／境目なんかつけられよう？」と考えるに至る。「戦争と騒乱の時代に」(499)では、こんな時代に生まれたことを嘆く男を登場させるが、仮にこの男が生まれていなくても朝は同じように明けて「夜の砲撃が／根こそぎ破壊したものを明るみに出していただろう」と歌う。「何とも残念なこと」(498)は、言葉の点でも類縁性のあるもの同士の戦争を遂行する人びとへの憎悪を、

　その人びとの名が不吉で醜悪、忌まわしいものとされるように
かかる輩と親しかった人達が、彼らの名を避けるようになるように

と、激しく表明する。また「往昔と現在」(504)は卑劣な行為が認められなかった往昔の戦いとは比べ物にならない、陰険な殺戮の近代戦争

への嫌悪を歌う。逆に「何のためだか判らずに戦っている時に　幾たびも」(503)は、庶民同士が戦っているときの慈愛の行為——敵軍の兵士への介抱や水を与える自然な人間行為を描いて、法や条約ばかりの政治を批判して戦争の愚を明るみに出した「精神の視力」の持ち主が、多々存在したことを歌う。

戦争の被害者

他方、戦争の被害者を具体的に歌った作品も多い。「ベルギー難民の国外脱出」(496)ではカリオンの鐘の国ベルギーへの敬意と、美しい音色の鐘をも破壊する敵軍の狂気が描かれ、「窮乏せるベルギー国民のための　アメリカへの訴え」(497)では実際にアメリカに対して、飢える七百万ベルギー人の救済を遠慮がちな丁寧な口調で訴えている。「家を失った人々の叫び」(501)は、プロシア軍のベルギー侵攻のあと、家を失った人々が叫ぶ戦禍の根源と張本人に対する呪いの言葉である。また「進軍の前とあと」(502)は一兵卒として果てた親戚の息子への哀悼の意を表する。「死者たちと生者」(506)は一種の物語詩で、自分の恋人を奪いそうになっていた別の女が死んだのを喜ぶ女のもとへ、恋人その人が戦死したという知らせが届くという、戦時のやりきれない皮肉が歌われる（こう書いただけでも、後味の悪い詩であることが想像されよう）。「私は一人の男に出逢った」(508)は、シナイ山で神に会ってきたモーセ同様に、「諸王国の建設者」である絶対者が、みずから「戦争偏能者」を生み育てたことを嘆いている姿を目撃してきた男の話であり、ここでも「帝国拡張計画の肥大化」をもくろむ人々がこき下ろされる。「今は私は幻影として出歩いている」(387)は、葉が落ちて丸裸になった大枝のような老人である語り手が、まるで肉体のなくなった幻影のような傍観者として、家庭内不和に悩む隣人（恐らくは隣国の人びとの意味で、互いに戦争をしあうヨーロッパの各国民）を見る。するとあまりに苦しいので、人間が意識を持ち、ものを感じるのは造物主の過ちの結果かと思うのだが、次にはまた〈あなた〉と知り合い、これなら意識があるのも悪くないと思った、という歌。〈あなた〉はヘニカー夫人のことであろうとされる（Pinion '76 130）。なお、「彼には自分が判らない」(460)もまたヘニカー夫人への思慕を歌った作品であることは前にも触れた。

戦時の悲惨と詩人の対応

さて「『国々の砕ける』時に」(500)は、詞華集に収められることが多い有名作品であるが、殺伐とした戦場をつねに連想させる上記の諸作品とは違って、権力者の覇権とは無関係に、いつまでもこの世に見られるはずの馬鍬を使う農夫、枯れ草の山から立ちのぼるかすかな焚き火の煙、恋人の手を繋ぐ若い人の姿を歌う。これらの風景の悠揚とした落ち着きは、国々の砕ける騒動との対照によって、より穏やかな静謐を獲得している——

戦争の年代記はやがて曇り、夜のなかに入って行くだろう、
　恋人たちの物語が　まだ尽きないうちに。

戦争の年代記と恋人たちの物語の、どちらが人間にとって異常なことなのかを瞬時に感じさせる佳篇であることは確かだが、戦時の悲惨から読者の目を美しい風景へと転じさせたことがこの作品を有名にした

ことも事実である。むしろこのシリーズの最大の名篇は「戦時における大晦日」(507)ではないだろうか? 幽霊のような松林が呻吟する夜、「一二番目の時」つまり大晦日の一二時が、時針を恥じるように隠して近づいてくる。針は戦争の方向を示す針、そして今後の方針の象徴であり、悪事を隠しながら新年が接近する様子が示唆される。詩人はドアの鍵を開け、新年という若者の足音を聞こうとすると、けたたましく疾駆する馬の足音。自分を迎えに来た死に神の乗った馬ではなかったものの、その馬は「もっと飢饉と戦火を!」という運命神からの命令をヨーロッパへと伝える騎手を乗せていったのかも知れない——こうして

　　ほとんど生気すら見せないまま
〈新しい一年〉が、呻きの産声をあげる

——戦火がイギリスの目の前に迫った一九一六年初頭の怖れを、肌身を刺すように感じさせる作品ではないだろうか? そして戦争詩の最後に「私は原稿用紙から目を上げて」(509)が来る。息子を戦争で殺された父親が自殺し、いま月がその遺体の在処を探しつつ、池や水路を覗き込む。月は、こんなたぐいの世界のなかで詩集を書きたいと願う男の「目隠しされた」心のなかを覗きたいと詩人の部屋に射し込んできた。詩人は、自分もまた水路に身を投げるべき人間だと月が思ったに違いないと確信して、月の視線から身を遠ざける。戦禍を直視できないために、心の目に覆いを施したような、怖れ戦く詩人の気持がここに露呈されている。

また第一次世界大戦への、芸術家としての抗議を打ち出したハーディの作品には、八詩集に含まれていないためあまり知られていない「時代に対して打ちならす鐘」(A Jingle on the Times, 939)がある。ありとあらゆる分野の芸術家、宗教家が、軍事を最優先させる国家的な精神文化軽視のなかで呻吟する様を、痛快な風刺を交えて描いている。戦時思想は次のようにほざく——

「いま為すべきことを教えて遣わそう。風習と生活の楽しみに
　我らが別れを告げること——
〈正義〉だの〈真実〉だの
　古臭い　がらくたと別れること!
戦うこと　殴ること
　敵の陣地を突破すること
これらこそ　今日の　我らが果たすべき
　文化の事業でござるわい」

本書の巻末に近く(450ページ)、「拾遺詩全訳」に通しての訳がある。

さて、この第五詩集の冒頭近くに、メルスットク教会の午後の礼拝(356)がある。子供の頃の讃美歌唱和はただの声であって、何の意味も判らなかった。しかし老年になった今、自分は事の本質が判るだろうか——戦争をまのあたりにして、詩人の自分はどう対応できるのか、という意味であろう。

第六章　第六詩集『近作・旧作抒情詩』
――さまざまな人間状況の一般化

第六詩集『近作・旧作抒情詩』は一九二二年五月に刊行された。ハーディはこのとき、八二歳になろうとしていた。彼の八詩集中、第五詩集、第七詩集に次いで多数の一五一篇の詩を含み、その多くは一九一七年以降に書かれたものである。以下に見るとおり、優れた作品を（パーソナルな素材、特にエマ関連の出来事に基づきながら、一般性のある作品を）いくつも含みながら、舌足らずの凡作もいくつか目につく詩集である。

序文で「我が詩作を擁護する」

この詩集の、他のハーディ詩集にはない特徴は「弁明」（Apology、拙訳『全詩集Ⅱ』では「我が詩作を擁護する」と訳した）と題される異常に長い序文が付せられていることである。ハーディがこれを書いた直接の目的は、それまでに彼が出版した五冊の詩集とともに、この第六詩集をも不当な世間の批判から弁護しようとしたことである。しかしより本質的には、これはハーディの文芸批評活動でもっとも注目すべき、彼の文学の根本に係わる考え方を語る論評であると見るべきである。この序文はまた、彼の詩人としての出発点であった世界観、その後もつねにそれを前提として詩作品を世に問うてきた彼の世界観をここに改めて表明し、その正当性を主張しようとしている。ハーディの場合には、世界観の表明があってこそ、新しい詩人としての存在理由が生じるのであった。

この序文の真意

しかしこの序文についての理解は、一般に甚だしく遅れている。一言で言えばこれは、ハーディのいわゆるペシミズムを非難してやまない俗世間の実用一辺倒主義者に対する抗議である。彼が擁護しようとした作品傾向は、それまでの五つの詩集の作品のそれをも含めて、「深刻で積極的で露骨な諸描写」であった。「弁明」を続けて読めば、これらは「悪の存在とか、無実の人への処罰の不適当などを説明・弁明しようとする際に、この宇宙における存在に関して自分の心をよぎるすべての思考」を意味していることが明らかである。言い換えれば神ないしは宇宙の原理についての想念である。この「露骨な諸描写」への言及のあと、ハーディは「ある種の年古りた宗教典礼の美しさ」を慎重に認めつつ、この種の問題についての〈執拗な問いかけ〉や〈全的な疑念〉の表明がほとんど許されていない現在の社会では、「麻痺的な行き詰まり」が招来されると述べる（ここでも〈この種の問題〉とは神や宇宙の原理に関する問題のことであり、〈執拗な問いかけ〉と〈全的な疑念〉とは繰り返し宇宙の絶対者の有無やその属性を問うこと、すなわち容赦のない懐疑論・無神論を指しながら、明言を避けたものである）。

神不在という〈最悪〉

そしてハーディは、自分の書き物に対しては〈悲観論〉というレッテルが貼られているが、これは実はこのような探求のための問いかけに過ぎない、この態度を前向きに押し進めるなら、自分が「暗闇のなかでⅡ」(137)において歌ったように「〈改善〉への道があるというのなら、まず〈最悪〉を直視する必要がある」と考えるべきだと述べる。さて私たちは、この〈最悪〉とは何を指すのかということについて十分に理解しなければならない。この一句を収めた「暗闇のなかでⅡ」(137)では、これは「全て世はこともなし」と考える安易なヴィクトリア朝的楽観主義とは、真っ向から対立する考え方として打ち出されはしたものの、それ以上の明確化は避けられていたのだった。だが「弁明」では、〈最悪の直視〉は〈執拗な問いかけ〉や〈全的な疑念〉による探求の結果導き出されるものの直視のことである。つまり〈最悪〉とは神の不在のことなのである。そして注意すべきは、ハーディがこの序文で神不在を特にテーマとして扱っているということさえ、今日《こんにち》まで指摘されないできていることである。この最大の論点は、しかし、神不在論を露骨な言葉遣いによって表に出して自分の詩が批判の矢面に立たされるのは馬鹿ばかしいと考えたに違いないハーディによって、きわめて慎重な書き方がなされているから判りにくいのである。

進化論的改良主義

ハーディは「弁明」の次の一節で言う——(これはダーウインの進化論を発展させた改良主義であり、ハーディはのちにこの考えにも甘さがあったことに気づくのだが)「現実を探索し、探索の過程で現実を一段階ずつ率直に認識し、可能な限り最善の成り行きを見出そうとする態度、端的に言えば進化的発展説によって改善を行うのである。しかるにこれが〈ペシミズム〉だと嘲される」——ここでのハーディの論点は、このあとに行われる「良きサマリア人」の示唆が示すように、半死半生の状態にある人間界(第六詩集は一九二二年の出版。戦禍もまだ生々しかった)をレビ人《びと》のように「看過・抛擲」してはならない、すでに苦渋に満ちてしまった二〇世紀の現状を直視して未来の世界に「ラヴィング・カインドネス(慈愛)」が発揮されるように努めて、未来の地球の苦痛を最小限度に抑制すべきだということである。このようにハーディの主張は、神が存在しないという事実を喧伝することにあるのではなく、その事実の認識の上に立って世界の苦をいかに押しとどめるかにある。

詩による諸観念の人生への適用

「弁明」ではこのあと、詩人はありきたりな美辞麗句を連ねる愚を捨てて「詩歌の真の機能」、すなわちマッシュー・アーノルドの言う「諸観念の人生への適用」に身を捧げるべきではないかと再度問いかけ、「この問いはとりわけ、私の詩のなかの通例奇矯ということばで非難されてきた〈哲学〉と呼び慣わされてきたものに関連する。このような〈哲学〉的方面への、とりわけそれが必要である場面への、諸観念のかかる適用を行えば、それがどんな作家だろうと、世間からは冷酷きわまりない判定が不可避的に下されずにはいない」と書く。

新たな〈暗黒時代〉の脅威

ハーディはさらに言葉を継いで、「今日の芸術と文学、および〈高邁な思想〉」が危うい前途しか持ち得ないでいることを嘆き、「今次大戦の暗黒の狂気によって若い人びとの精神的興味が野蛮化してしまったせいか、すべての社会階層に利己主義が恥ずかしげもなく養われてしまったせいか…私たちは今、新たなる〈暗黒時代〉の脅威に直面しているように思われる」と嘆くとともに、このような事態に立ち至ったのは無能な批評家のせいである以上に、時代的な病弊のせいであるとして、今後の人間社会のために、詩歌、純文学一般、非教条的な意味での本質的宗教（「この三者は同一物の別名であることが多い」とハーディは書く。アーノルドの晩年の宗教論における意見によく似た考え方である）が手を携えて発展すべきことを説く。英国国教会に対してすら、ハーディは「篩《ふる》われるものを取り除く」ことを期待する。すなわち自然科学の真理に反する教条を篩い去ることを期待したのである。神秘的な絶対者を失ってなおかつ成り立つ、文学や詩歌と同義の宗教――このようなものが発展して世の支えとなる以外には、暗黒時代が再来するとハーディは感じた（そしてこの第六詩集出版の四年後、一九二六年には英国国教会へのこの期待が裏切られたという注釈がこの第六詩集に付せられることになる）。精神の支柱としての詩歌に対する期待は、この詩集出版の時点ではハーディにはなお強く、「弁明」の実質上の末尾は「詩歌の持つ混合融和の力によって、世界を滅亡させないために保持しなければならない宗教と、同じく世界の存続に不可欠な…理性的認識との大連合」が成立することにハーディが希望を託して、終わっている。

神不在を語る詩は一篇のみ

ところが、このような序文が付いている詩集にしては、神不在を語り嘆く詩・現代的世界観ゆえに人間界や人生の意味が変更されるべきことを歌う詩は、この集中には極めて少ない。「雨のそぼ降る復活祭の朝」（620）がこの部類の唯一の作品である。キリストは復活したのか？　まあ、復活したとしておこう。だが諸国は（戦乱の末に）苦痛を訴え、（戦）死者たちは甦らない。雨の中で〈私〉は死者たちのそばに立つ。キリストが復活したとしても、現に人は苦しんでいるではないか――括弧のなかに世界大戦との係わりを表したのは、本書の著者の主観的解釈ではあるが、キリストの復活を信じてよいような兆候は一九二二年という戦後の世界には何ら見出し得ないということを、ハーディは言いたかったに違いない。

人類への批判・絶望

実際この詩集には、人類への批判・絶望を表現する詩で優れたものが二篇ある。「全能の力の働きによって」（524）では、戦後の平和そのもののなかに、戦争の新たな種をハーディは見ている――戦闘が止んだように見え、戦禍の危惧も去ったとき、私たちはこの魅惑を平和と呼ぶが、

平和、それは隠された騒乱、〈変化しやまぬもの〉、
　この　すばやく次の所作を合図される　無言劇、
決して　真には存在しない　存在、
　常に次のものになり変わる不安定なもの

形式としての平和、苦闘がやんだように見えるだけで、本質的な英知を伴わない平和は、人の知覚の届かない変転にすぎない――こう語ったハーディは第二次大戦を予測していたかのようである。少なくとも彼は、次の戦乱を準備する人間の性質を理解していたと言える。短く、

またほとんど注目されていない作品でありながら、この詩は詩人しか感じ取れない真理を語っている。またもう一篇「新年を迎える方式」(597)は、その旧方式としてこの季節の雰囲気に満ちた心温まる方式——ダンスの音楽が、真夜中の羊を世話する人や密猟者の耳にも聞えたイギリスのよき時代の新年の迎え方を描き、新方式としては人類が新年に向かって「来ないで下さい。暗い秘密（戦争）がありますから」と制止する姿を描く。今度の場合は、括弧のなかも著者の独断的解釈ではなく、作品の末尾に「一二月三一日、第一次大戦中」（ただしこの作品の発表は戦後の一九二〇年）と明記されていることによる。上記の復活祭の歌のいわばコンパニオン・ピースであろう。

世界を苦と見る歌

「私は世界の中心」(628)では、自分は子供のころは世界の中心として自分自身を、恋するころには彼女を、考えていたが、いまこの「あきれ果てる球体」と化した地球の上には、世の中心なんか見つからないことが歌われる。世界大戦とその犠牲者を背景に感じさせる。「子供と賢人」(567)では、子供に対して〈賢人〉はつねに、楽しいことがあったのだから、たまに苦しいことがやってきても当たり前と思って耐えよ、と諭すけれど、どうしてこの世は楽しみばかりが続かないのですか——子供は疑問をぶっつける。ハーディもまたこの子供と同じことを問いかけている。「真夜中のスティンスフォードの丘の上で」(550)はハーディ自身がここに描かれているような奇妙な狂信者を真夜中に目撃したことに基づくとされる（Bailey **451**, Pinion '76 **172**）。しかしそうした背景とは別個に、幸せに満ちた信仰を持つ女と、「この世界は暗いのです」と言いつつ女には無視される語り手とのあいだに存在する認識の次元の相違が、この詩の主題であることも認めなくてはならない。これはそれほど精緻な作品ではないとしても、「闇のなかのツグミ」(119)の主題が、この詩集でも打ち出されていることに注目すべきではないか？　「さまよう旅人」(553)は浮浪者をメタファーとして用いて、すべての苦悩や「絶望の悪魔」から逃れて喜びの「尾を振って」いるように見える星の世界と、「魔女の力に引かれて行く／さまよう旅人の世界」が対照される。やがて土(墓)が永遠の屋根になってくれるからには、いま屋根のない干し草が自分の家だとしても、これは適切なことだ、と結ぶ。人の世が苦しくても、やがて苦のない家に入るのだからという趣旨の作品と見るべきであろう。「兎の巣穴のそばの里程標」(637)——〈ぼく〉（すなわち兎）の巣穴のそばに石があって、人間はそれを見るたびに溜息を吐いてどこかの目的地へと去る。最終連での兎の言葉が、この石（里程標）は実は人に死ぬまでの道のりを教えている、という意味にもなる点が面白い。

生き物の苦しみ

ここで鳥や生物・人間をダーウィニズム的観点から歌う詩や、動物愛護の歌を挙げておこう。宇宙の成り立ちへの疑問がここにも表れているからである。「都会の女子店員」(565)の女の語り手は、この屋根裏に私の夫がいたら嬉しいのに、二人の生活は善良さと陽気さで真実なものになるはずなのに、神よ、強い欲求を感じるように造られていながら、それが満たされないとは！　と嘆く。「もの言わぬ友への告別の言葉」(619)——私にはもう二度とペットは要らない。人間の支配を受けた我ら〈全能者の小心な従僕〉が、死して、より大きな存在と感じられるのは不思議だ。ハーディの愛犬ウェセックスへの弔辞である。「一軒家を訪れたダマ鹿」(551)では、室内の暖かさに包まれた人間が気づかないまま、斑点のある鹿がこの田舎家を訪れる。静けさのなかで鹿の大きな瞳が不思議そうに人間の家を覗く姿は印象的だが、全能の語り手がこの情景を見ているという視点の置きようが小説家出身の詩人らしい。主題は雪の戸外とストーブのある室内の対照と、寒さのなかの鹿の難儀に気づかぬ人間の無関心の描出である。「同一の歌」(552)では鳥のさえずる同じ歌が長い年月受け継がれてきたことへの驚嘆と、ここの鳥が土にかえり、その歌を〈私〉とともに聞いた人々も土にかえった嘆きとが重なる。

反戦をテーマとした詩

ハーディが時代の愚劣からの非難覚悟で書いた作品は、この詩集では神の消失よりはむしろ反戦をテーマとしたものである。休戦協定署名が締結された後、四年を経て出版されたこの詩集だが、戦争の苛酷を描く詩はいくつも見られる。しかもそれらは戦時中に書かれた第五詩集に見られた作品群よりも本格的な反戦詩群であると言ってしかるべきであろう。「暗闇の中のつぶやき」(658)は、総論として戦争の本質を咎め、北半球の人々が、誰しも判っているはずの戦争の愚劣について大きな発言をしないことを憂える――南半球では人々が泣き叫んでこう言っていた「指導者、教育者、もの書き、支配者よ！　なぜ信じている真理を述べないのか？　なぜ俗悪な考えを支持するのか？　どうして国々を進歩へと導けないのか？」――とりわけ第三連は、表面上のキリスト教道徳や偏狭なナショナリズムを唱える知識人を非難する。
昔ながらの薬剤を奨励する　物書きたちよ、
あなた方のかびの生えた薬瓶は　長年月　無力に干上がったまま、
なぜあなた方は見かけ倒しの通俗を支持して
正常なものを悪徳として非難し
時代遅れの　人為的な事物を
適切だと言い続けるのか？

「正常なもの」とは反戦思想を指し、「人為的な」とは人によるごまかしの論理を指す。ハーディがこの二〇数年前に、ボーア戦争批判を非難されたことは第二詩集を扱う際に指摘したが、後年、戦時中の日本における反戦思想の弾圧、それに迎合した戦時言論の残忍さ・俗悪ぶりを想起すれば、この作品はより一層よく理解されるであろう。「『そして大いなる静寂が訪れた』」(545)は、同じく総論的に戦争の終結に際して、安堵を歌いつつもなお人類の愚かしさを嘆く（以下は要約）〈慈愛〉に向かって怒号の飛ぶ時代が続いた。世界が改善に向かうのでないかという古めかしい希望が死滅し呪われていた時、戦争終結が伝わった。静寂と平安が訪れたが、〈不吉の精〉は今次戦争が必然的に「あらねばならなかった」ものと説いた――砲弾の轟音には「シリウス星はその瞬きを止め」、人類史上初めて航空機を用いて「翼の生えた機関車が、月のほっそりした角をかすめて飛んだ」等と表現される戦時の驚愕と恐怖が描かれる。

戦争による個人の苦しみ

いわば各論的な、個人の具体的な戦争による苦しみを描くものとしては「窓の外の彼女」(626)が絶品である——その愛すべき女客が玄関の外に出た時、彼女の夫（または恋人）の戦死の知らせが私たちの手許に入った。この愛すべき彼女にこれを告げるか隠すか？　窓を覗いて二度三度、辞去する微笑みを繰り返す彼女に、私たちはどうしても知らせることができなかった「私たちの感覚が持ちこたえられないほど／それは強烈な選択を迫るものだった」——劇的な、かつ人間的な状況設定がこの詩を永遠に古びない反戦詩にしている。一方「戦争が終わって」(591)（かつて彼の恋人は、戦地に赴く彼に向かって、あなたは戦死して私だけが生き残るのねと悲しみを語った。戦争終結後、彼が生き残り彼女が死んだ事実のなかに、何者かの嘲笑が潜んでいると彼は悲しむ）では、女が死んだのが戦乱によるのかどうかがはっきりしないのは欠点と思われるが、戦争が、愛し合う男女を決定的に隔てるさまを描こうとしている。

〈時〉の暴力・推移

戦争の流血と〈時〉の暴力とを組み合わせた作品が「去ることと留まること」(528)である。花と太陽、小川の小波の火花、恋の誓い——これら留まって欲しいものは去ろうとし、流血や呻きは留まろうとしていた。だが〈時〉の手が回ると、最善のものも悲しみも、もろともに消え失せた——八二歳の詩人には、時の経過によって善も悪も一気に消失する（死の）瞬間が個人的に予想されるのである。

ここで時の推移を嘆く詩を眺めてみたい。「庭のベンチ」(518)はハーディの住居マックス・ゲイト館のベンチの老朽を歌う。しかしその上に見える、昔そこに坐った人々の幻——ベンチは彼らが坐っても、（幻には重量がないから）土中に沈んだりしないのである。「彼女を連れて来る」(594)はエマ関連詩である——（ハーディは「私の友」に君、と呼びかける）君は海辺で彼女を捜し出し新居へ連れ帰った。だが〈時〉は速やかにすべてを抹消する。（この花のような女に纏わりついていた）海風も波の音も、あっというまに悶絶した。この花は、海から移植しないほうが良かったのに——後悔と同時に、係わりを断ってしまいたいという意味も発生するところが気になる作品である。「夕食のテーブルで」(616)——若いころ私が夕食をしてた時、夫が歪んだ鏡を仕掛けて、私の恐ろしい姿を見させたの。五〇年後、夫が死んで私が本当の鏡を見ると、あの時の醜い私がそこに居たわ——〈時〉による荒廃を諧謔混じりに描いている。「彼らは現れては来なかった」(598)——亡き彼女の訪れた教会を私が訪れても、友が司った説教壇を訪れても、「我が身を包む〈現在〉の装具」に邪魔されて、〈過去〉は再現されなかった。昔の人が〈私〉から逃げてばかりいて、幻としてさえ立ち現れないので〈私〉は傷つく。ハーディの幽霊もののアンチテーゼのような作品であって、〈時〉のゆえに過去の記憶さえ薄らぐ悲しみを歌うのである。「故郷での歓迎」(527)は語り手が久しぶりで帰った故郷では、人々が彼についての記憶を失いかけていたと歌う。「ある休日の瞑想」(570)は、休日に出かけようかといったんは考えてみる文学ゆかりの地が、（一例としては、トリストラムもイスールトもライオネスでは忘れられ、案内標識さえ新時代の雑踏のために見つかりにくいように)、今はすべて記憶さるべき過去の文化は失われ、文学の連想も忘れられているさまを歌っている。あの世の詩人文人たちは、今は彼らと無関係になってしまった元の住居に、名所見物的興味を持って訪れて「その損耗のために金を出す」ような観光客を、知性なき輩として咎めるだろう、と語り手はこの詩を結ぶ。「ハムステッドの　とある家にて」(530)——詩人ジョン・キーツは、客死したローマよりも、詩を書いたこのハムステッドに自己の多くの部分を残していると感じられると述べて、キーツ没後一〇〇年記念の出版物に寄稿した作品である。作品との関連でこそ、詩人の住居は保存さるべしとの思いが籠められている。「一世紀以前のラルワース湾にて」(556)では、一八二〇年にキーツが「ローマへ——絶望と死に向けて」イギリスをあとにする直前に、ラルワース湾に上陸し、有名なソネット「輝く星よ、汝のように私も恒常不変でありたいものだ」を書くために星を見上げていたとき、もし語り手がその場に居合わせていたとしても、キーツのようにやせた平凡な外見の男には目もくれなかったろう、ということを思って、今はこの海岸とその後のキーツの活躍ぶりを結びつける。なお類似の想念については二頁先の「場所・事物に付着する連想」の項も参照されたい。

多様な時間感覚

時間についての感覚を明白に示す詩も多様なかたちで散見される。「君に会うために　ぼくは画策しなかった」(562)は、〈君〉に関心を寄せようともしなかった男と、この男に関心を寄せようともしなかった女とが結ばれてしまったことを歌う。人を狼狽させてばかりいる〈時〉が、ましてその意志のなかった人間二人を幸せの花園へ連れてってくれる理由なんかあるものか、不幸せが来て当たり前——愛もなく状況の成り行きだけで結婚したカップルが〈時〉に翻弄される歌である。「どちらが夢か」(611)は誰が読んでも感動を誘われるはずの作品である——僕は今、彼女とともに小川のそばに居る。だが彼女の居ない空白が突如現れる。彼女と踊っているのに前触れなくカーテンが落ちる、あたかも僕が今、墓へ彼女に会いにきたかのように——一連ごとに現実としての過去の情景が初めの二行に描かれ、後の四行には、信じがたい現在の様子が、一種の幻影のように描かれる。第二連の終結部では、現実の老いと寒さの様子をこう描く——

まるで在るものはただ冬だけで、私は腰も曲がり、躯も衰え、
　髪も　残り火の灰の色になってしまったかのような。

現実が夢、過ぎ去った情景が現実として描かれるのが成功している。「『もしお前が予知していたら』」(592)(「お前」とは語りかけられる男性で、いわばハーディその人とも言える)——昔、彼女と海を見ていた時に、お前がこの後年の成り行きを予知していたら、つまりちょうど五〇年後、お前がその海へ誘われ、亡き彼女の記念碑に薔薇を捧げることを予知していたら、お前はあの時感動して何をしていたことか? こうした粗筋では判りにくいだろうが、

もしお前があの時のあの女、毎日の暁が日没に劣らず暗い

あの世界へと去ったあの女　の墓の上に　やがてお前が
　薔薇を捧げることを　あの時に予知していたら！

人は現在を生きるときには、その瞬間がいかに重要かを意識していないことが多い。人に〈時〉を見通す力があれば、あの瞬間をいかに大切にしていたことかとこの歌は嘆く。身につまされる歌である。

最良の時の過去化

このようにもっとも素晴らしい人生の時が、素晴らしかったと認識されるのはその時が遥かな過去へと去ったあとの場合が多い。「真夜中過ぎの二時三時に」(608)では、真夜中に語り手がヴァイオリンを弾いていると、「〈時〉と苦しみに黙らされた」踊り手たちの幻が旋回し始める。朝がやってきて、今世に君臨するのが〈あの時〉ではなく〈現在〉であるのを思い知らされて、語り手は涙する。「最良の時」(646)にも類似した感情がある。君との遠出、散歩、再会。私は人生がそれ以上の高みには昇ることがないことを、あの時には知らなかった。またあの晩、君が二階へ去った時、二度と降りて来なくなろうとは思いもしなかった——後半が妻の死去の前夜と翌朝に言い及んでいる。つまり極く短い時間のスパンにあってさえ、人に前途の予知能力がないことを歌っているので、前半の長いスパンでの時間感覚のなさが、さらに大きい詠嘆とともに示されるのである。「それが最後の」(651)は、今しがた読んだ作品の後半の詳説である——そのキスは為された、受けられた。誰も「それが最後だよ」と声を掛けはしなかった。時計はキスの為されたときの分秒を示していたのに、私はその時計のなかに「終わり」を読み取れなかった。そのあとまもなく、女のむくろが青々と延べられた——類似の状況は、私たちが後悔とともに人生で経験するところである。

時間感覚と死

こうした時間の感覚をもって、死をユニークな視点から歌う詩で優れたものが本詩集には見える。「十一月のある夜」(542)は、亡妻が姿を現す詩のひとつである——目覚めてベッドにいると、天候が急変して、樹木が葉を失った悲しみを歌った。落ちてきた一葉が私の手に触れた。これはお前だと私は思った。昔のお前そっくりの立姿！——誰某が亡くなってから、それまで来たことのなかった美しい鳥が私の庭にやってくるなどと、詩人でなくてもこんなことを言いそうである。そこで死人たちに語ってもらおう。「墓のなかにて」(648)では埋葬された土中から死者たちが語る——僕らは死ぬまで、あの地上で何と奇妙なことをしていたことか。恋愛ごっこ、信仰ごっこ、教会儀式ごっこ。あれらは皆やり過ぎだった。墓地の壁越しに僕らを見ていく生者は、こんな僕らを見てさえ、これほど上等な恋をしている自分は、世界から締め出されてここに埋められてしまうなんてまさかそんなことはあるまいと思うだけさ——本来は夢・幻のたぐいの地上の生活を、生きてあるときは永続的なものと思いこんでいる生者我われをどきりとさせる作品である。また「教会墓地に生い茂る者たちの声」(580)は植物としての死者の蘇生を描く。この詩集を代表する名作であろう——墓場に咲くこの雛菊は私よ、昔も私はひらひら花のように戯れてたの／わしは名流夫人ガートルード、私の昔の繻子のように緑の葉として輝いています／余は自殺した大地主、今は蔦に成り変わって幸せだ——第五連は、数人の私生児の美しい母だったとされる一八世紀の女（実名は異なる）が歌う。

わたしは　今は　無害な蔓草ヒルガオとして巻き付いているけどね
　そこの殿かた、女のかた
むかしは　イーヴ・グリーンスリーヴズという名の女だったんよ
いろんなくにからやってきた男たちに　キスば　されたんよ
太陽の下、星の下、熱気のなか、そよ風のなか、おかまいなし
そのように　わたし今も蛍や蜜蜂に　キスば　されてんのよ、
　ひもすがら　たのしげに
　よもすがら　あやしげに！

「有害」だったかも知れない女の〈無害昼顔化〉を描き出す！　何とも言えない穏やかな、ユーモラスでうららかな情景のなかに、一抹墓場の悲しみが漂う名品である。

場所・事物に付着する連想

この種の連想もまた、時間感覚の一部であることは言うまでもない。「エズレル」(521)は一九一八年の英軍によるエズレル占領に際して、兵士たちが聖書に名高いこの地の連想を抱いただろうか、と問う。第一線の兵士に関する問いとしては、戦争の実情からあまりにもかけ離れたのんきな話だが、ハーディにとっては地名はつねに過去と歴史との連想によって存在していることを如実に示している。「二軒の家」(549)では、新築の家が隣の古い家をけなすと、古い家は自分のなかにいかに多くの人々の生が刻み込まれているかを語る。こうした人々の幻影が家の性格をやがて作り上げることを教えられた新しい家は、畏敬の念に打たれる。場所や家、事物に付着する連想を主題にしたハーディの一連の詩のひとつである。「故事来歴にみちた家」(602)――いまは亡き人々のしでかした事柄の大きな局面すべてが記されている家のなかで、新たな居住者はこの家の最盛期がどうだったかを読み取れずに過ごしている。家は新住民の喜びと悩みを、いまは壁の上に浮かべている。「亡霊として出る指たち」(546)では、楽器博物館に展示されているさまざまな楽器が、真夜中に過去の演奏者の指を感じ取って会話を交わす。ハープシコードは女性奏者の色白な指を思い出し、旧型オーボエは老いた声で昔の敬虔な教会儀式の様子を語る。さまざまな場所に関してと同様に、ハーディはここでも事物の上に刻印された人間の過去の活動に尊厳を与えている。ロンドンのフォーネマン博物館がモデルだろうとされているが、人気《ひとけ》のないこの郊外の博物館の部屋で古さびた展示品を見るなら、ハーディならずとも同様の感懐に捕らわれることがあろう。「小さな古い文机」(609)も事物に連想される大切な人生の思いを歌う。彼女が手ずから持ってきてくれた小さな机には、そのときの彼女の表情までも刻み込まれているのである。そしてその表情が何を意味していたか、いまになって判る！〈過去〉における他者の心の真実が、事物に付着している。場所や家を含む身のまわりのすべてのものに、過去の時間と人の心が染み込んでいる。

最晩年の生の意識

他方人生の最晩年の意識をもって生を主題にする詩も、哀調のみから成り立ってはいない。「墓碑銘」(659)は、〈生〉に見放される今、〈生〉に対して過大な報酬を

要求しなかった〈私〉に対して、〈生〉は「評価する」との合格点をつけてくれていると歌うもの。ハーディが本当に悲観論者なら、このような墓碑銘をてがけはしなかったろう。「ある古老より老人衆へ」(660)は一人の老人としての語り手が、同世代の人々に呼びかける詩である。私たちが昔踊った場所の床は凹み、乙女たちは私たちを忘れた。私たちは数まで減った。曲想も絵画の姿も変わった。「われわれがテニスンを祀ったあずまやにも」今は屋根に穴が空き、テニスンを愛唱した彼女さえ土塊と化している。若い諸君！　私たちは後を君たちに委ねて去る——このような梗概でもっては表すことのできない活発なリズムが、老世代の自負を伝えてくる佳篇である。そしてハーディは、老いてなお輝いたプラトンやソクラテスの名前を出す。これはハーディが自分も老いてなお活躍したぞと言いたいのだとする説もあるが、優れた人々さえ朽ちていったことを嘆くための言及として受け取る方がいいのではないだろうか？　また「不可思議な家」(537)は西暦二〇〇〇年のマックス・ゲイト（ハーディの邸宅）を歌う。（ちょうど西暦のこの記念の年に著者はここを訪れ、昔の人影ばかりか、こんもりとした暗い木立の下に眠るハーディの愛犬ウェセックスにも実際に出逢ったような感覚に襲われた）——マックス・ゲイトの住人は、二〇〇〇年にはかつての住人の亡霊によるピアノの音、人声、人影や、昔恋の奴隷だった男女の幻影に悩まされているだろう。そしてそれを気にしない実際家もハーディは登場させている。さて「さよならを言う」(575)は、読者に共感を誘うだろう——私たちはつねにさよならを言っているが、その時には誰がその後悪運に逢うのか、誰が先に冥土へ行くのか判らずにそう言っている。二度と間近でさよならを聞けないかもしれないのに、恐れを示すことなく、さよならを言っている。何気なく言ったさよならが、実際にはこの世の別れだったということは、読者の人生にも何度も起こるのである。

他者の死

他人の死についても、ハーディはその人の霊を幻視し続ける。「以前の隣人と今度の隣人」(640)——私がこの牧師館へ来たのは新任の牧師に挨拶するためだった。でも眼に見えるのは前任の牧師様。私は今日どちらに会いにきたのか判らなくなった。新任のほうか、運び出されたあの人か？　牧師館には前任者の連想が染み込んでいるのである。）そして「大理石の街路のある町」(643)——大理石の街路のある町へ出かけ、彼女が町に居た時のままの風景に接した。だが彼女が去ったことを町は気に掛けない。誰ひとり彼女のことを知らない——彼女のおもかげをそこに見るのは語り手のみである。死者に対して生者が無関心であるというこの世の現実は「教会で装飾を写し取る」(655)で、語り手の葬式の際の周囲の無関心を主題にさせる——私が教会でゴシック美術の模写をしていると、弔いの鐘が鳴る。誰の死亡の鐘か、私は問うこともしない。ある日弔鐘が私のために鳴る時にも、人は私の名を尋ねないだろう——ハーディは、自分の葬儀が世に知られると判っていたはずだ。しかし一般性のある詩を書くハーディの特性は、ここでもこの世の真実を打ち出している。

老年期と自己の死

さて自分が世を去る時期を待つ歌や、老年期に人生を総括する歌も、ハーディ八二歳の時期のこの詩集には当然多い。巻頭から四篇続けて、この意識の横溢した作品が並んでいる。巻頭詩「二つの天候」(512)はひとつの次元では自然描写の歌である――(第一連)今こそ郭公の好きな季節、少女が小枝模様のモスリンを着て外出する。(第二連)今こそ羊飼の近寄らない季節、岡の陰の海原が劇痛と断末魔にのた打って苦しむ季節――しかし前半が人生の春を、後半が冬を描いていることは明らかで、その意味でこの詩を八二歳の出版であるこの詩集の巻頭詩に選んだのであろう。第二連の最後の、(深山ガラスと同様に)「ぼくだって家路に向かう」には、〈老年という季節〉から逃れたい、「だがぼくの家とは墓の中」だという意味が込められている。次の「カイントン・マンデヴィルの乙女」(513)は、青春時代に聞いた美少女の歌、この娘の美貌を歌うが、今は彼女もまた皺だらけの老女となったろうというのがこの詩の中心主題である。次に位置する「夏の計画」(514)は、計画そのものよりも、その実行の時期まで生きているかどうかに中心がある――もう一度優しい夏が来たら二人で行こう、木の葉の群の神殿へ。二人して見よう、ほとばしり、やがて滝となる湧き水を。でも、二人してとは言うが、その日までに何が起こるか判らない――。次の「合唱間序曲」(515)――私たちは岡を越え、木々の下蔭で抱き合った。また都会でともに生きてきた、そして鳥たちが白く輝いて飛ぶ川のそばで私たちは休むだろう――つまり、永遠に休むのである。この詩の拙訳『トマス・ハーディ全詩集』(第Ⅱ巻一二八ページ)には、初版において一行の脱落があったので、「小改訂版」で訂正したが、初版をご覧の方のために、ここにその連を記す――第三連である)

風に吹かれた鳥たちが
冷たい雲の明るさに
野生の翼　はためかせ
白く輝き　飛ぶところ
流れは海に向かえども
行方も見えぬ川のそば
風にふるえる草の下
　そこでぼくらは　休むだろう

この世への名残惜しみ

そしてその後もこの老年の意識で書かれた作品が目立つ。「月の出とその後」(517)――初めは貴女(月)を山火事かと思った。やがて貴女は大空の大蛍となる。貴女は雲間から裸身を見せ衣を脇に脱ぐ。死が近づくまで長年、僕に歩調を合わせてくれた僕の〈愛〉の貴婦人！――淡々と月を描きながら、著者などには大きな感動を与える作品だが、「〈死〉の隠れ家に近づいても」なお進んで「僕」の前に現れてくれる月をひとつの象徴として、世界の美しいものすべてに対する惜別の念を感じさせる点が特に優れている。「彼は彼自身の後を追う」(604)は二分裂した自己の対話という、テニスンやクラフを初めとするヴィクトリア朝詩人の好んだ手法を用いるが、終結部では二人とも墓に来ている。以下は要約――私は先行する私を追った。彼は昔の友のところへ行くと言う。その友は死んだのだと私は彼を説得しようとしたが、彼はそんなことは判っていると言う。今も私と彼は墓の戸口を訪れている。死に近づこうとする感性としての（また肉体としての）自己と、生き抜こうとする理性としての自己の対話（Bailey 472）として理解できなくはないが、先行詩人たちの手法に比べてあまりにも判りにくいと言うべきであろう（ただ理性も、感性や肉体を説得できずに、墓の入り口を訪れ続けるイメジはよく判る）。「選ばれし者」(641)はハーディが稀にしか見せない幻想的な手法の作品である――私は最大の美女にキスをし、別れた別の五人の女のことを考えた。目の前の美女は、まあ、過去に五人も居たの、とあきれて逃げた。追って捕まえると、美女はいつのまにか五人の合体した女になっていた。この合体の女に私は「自分の人生の糸巻きの巻き戻しが始まるまで」償いをすることにする――六人目の〈美女〉は理想としての女で、残りの五人は現実の、それぞれに飽きの来る女であろう。伝記的に言えば、トライフィーナ、エマ、フロレンスは、それぞれ第二連の五人目、四人目、一人目として登場しているという読みもある（Bailey 490-1）。しかし人生の終わりに、五者を一体化した理想としての女に対して償いをするとはどういうことか？　考えられるのは五人をまとめた抽象物としての女の魅力についての作品を書くという償い方だが、この詩集の翌年世に出た『コーンウォール王妃の高名な悲劇』のイスールト妃はこの五人の魅力の一体化となるほど理想化されてはいない。幸せにできなかった過去の女すべてへの悔いを表現していることは確かなのだが。

死の前の自己批判

死の接近を実感しての自己批判は他のかたちでも散見され、特に巻末にはふたつ並べて見られる。「歳末にヘンストリッジの十字路で」(588)は、東へ進めば悲しみを得、北へ進めば一族の零落を知り、西へ進めば他界した女の連想ばかりが押し寄せ、南へ進めば世界大戦に出征した兵士のことが思われる。齢を重ねた身には、もはや進むべき道がない、と歌う。雑誌に発表されたときの標題はメルストック、すなわちハーディの生家近郊のスチンズフォードの十字路だったのを、後にヘンストリッジに遠隔化した。これはパーソナルな連想を呼ばないようにするためだった（Purdy 221: Bailey 467）という。「敷石も新たな足を望んでいる」という部分からは、老人はどの方向へ歩んでも、何事もなしえない、全方向に悔恨を見るのみ、という意味が重く伝わってくる。「『詩篇』三九番、四〇番等々を読みて」(661)――「詩篇」三九、四〇番に絡め、語り手は自己の若さ、単純さ、詩を書き始めた時の幼さ、詩に失敗した時の挫折感等を語り、最後に自分は旧約のどの預言者に理解されている男なのかと問う。各連の最後にそれぞれ「詩篇」からの引用があり、「詩篇」を喜んで読みながらも、詩人としての自己のアイデンティティさえ定かでない生涯を悔いる響きが残る。「総括」(662)では、さらに自己への評価が厳しい。薪のなかから「私」自身の声が、かつて傲《おご》っていたころの人間としての「私」を批判する。「お前は真実に忠誠を尽さず、耐え忍ぶ女を冷遇し、自分が言い出した慈愛の大切さを実践しなかった」――ハーディがこの詩集の巻末二篇で、詩人・人間両方の自分を総括して批判していることは、ほとんど知られていないから、ここで注目すべき事項として強調しておきたい。

世紀末文学的自己総括

自己の生涯の総括をしながら人生の苛酷な真実を歌う詩のなかに、諧謔味の感じられる作品がある。「若い男の生活訓」(555)がそれである。盲目的な歓喜で、その時刻の刹那刹那を満たせよ。奇想による感動的な旋律を歌えよ。我等が熟知しているのは、やがて恋は朽ちることと人は死ぬこと。だから現実に根ざさない夢こそ大切。これはハーディ二六、七歳のころの作品という添え書きがあるけれども、世紀末文学のマニフェストを読まされている感じがする。しかしハーディの場合には、ここから出発しながらも、通俗な意味での刹那主義とは訣別する。この詩集でも、人生のさまざまな場面を再現し、過去の時刻に歓喜を満たすかたちをとる、いわば〈過去に関する刹那主義〉を成立させる。人生とその記憶さるべき瞬間は、驚きの目をもって再凝視される。

人生の不思議を歌う詩

この詩集には、人生の不思議・人生の意味を歌う詩や、読者の人生の経験を代替的に歌ってくれている詩が多い。エマに素材を得ている作品も、一般性を帯びているものが見られる。「一人の男が　わたしに近づいていた」(536)は語り手がエマであることは言うまでもないけれども、みごとな普遍性をも具えている。自分の運命を変える男が自分に近づいていたのに、何ひとつそれを感じ取ることなく過ごしている時間が四連に分けて描かれたあと、

玄関に騒がしい音がした
わたしのもすそは　ドアから吹きつける風に揺れた

そのあとすぐ彼女は、〈眼差しのなかに「わたしの運命を湛えた」〉男に出会うのである。「僕はその男ではなかった」(525)は、女がエマと特定できるわけではないが、生娘のあなたに胸ときめかせた男――僕はその男ではなかったと歌う。僕は若いあなたの近くで歌を歌った男でもなかった。でも初めて会ったとき、あなたはなお美しかった――世の中には、そのように感じる男がたくさんいるはずである。「二重奏をした女がピアノに語る」(543)の語り手はエマであり、二重奏をしたパートナーはその姉である(このことはこの作品の表題に添え書きされている)。語り手は、ピアノを鳴らせば亡き姉の姿が立ちのぼってしまうので、その苦しさにもはやピアノをかき鳴らすこともできない。だから、語りかけられている〈あなた〉つまりピアノは、眠ってしまった、死んだも同然、と歌われている。しかしこの作品は同時に、どんな共同作業であれ、相棒が亡くなったあとはあまりに悲しく、昔のようにその作業ができないという、より一般的な人間状況のメタファーとしても読める。ハーディの場合、このピアノはエマと合奏した人生そのものであろう。「雨に濡れた八月」(533)はエマ関連とされる作品で、彼女と歩いた八月は今年の雨の八月とは違っていた。それとも私の心のなかの光が世界を輝かせていたのか？　やがて来る雨粒まで輝いて見えたのかも知れぬ――将来の不幸の可能性まで、その光は輝かせて見せたのだろうと言う。ある大きなことの起こった日や季節が、特別なものに見えることもまた、私たちが経験することである。「二人の嘘つき」(534)――あなたを喜ばそうと思って来たのでないと彼女は言ったが、実は彼の為に来たのだった。僕の仕事を形成したのは彼女じゃないと彼は言ったが、これも虚勢を張っただけで、実情はその

とおりだった上に、彼女の死は〈彼の喜びの死〉でもあった——家族同士の〈嘘〉の本質を描く一般性を持ったエマものである。「いわば今宵一夜の出来事のように」(538)は恋の進展の早さを語る。いわば今宵一夜の出来事のように、あっと言う間に〈私〉は優雅な娘に恋をした。いわば今週一週間だけでなりたった出来事のように、〈私〉は新しい幸せの恍惚を求める生活を開始した、と歌うのである。

万人の経験を代弁する

「ロマンチックな一日を終えて」(599)は、現代的な列車が切り通しを過ぎるときの思いである。列車は彼を乗せて切通しの壁際を走る。車窓に風景がないのに彼は苦痛を感じることなく、壁の上に心のなかの映像を描き出してロマンチックだった。類似の体験は私たちの周囲に多数転がっている。「列車の中のいくじなし」(516)は、これまた現代的な情景である。列車は教会、海、煙と汚れの町を過ぎ、やがてプラットホームに彼女の姿。とはいえ見知らぬ女だ。思い切って降りて彼女に声を掛けようか？　不決断のうちに列車が出た。残念至極！これとは異なっても、一瞬の決断や不決断が人生を変えたり変えなかったりする、よく生じる状況のメタファーである。「彼女は振り向かなかった」(582)は、誰の人生にも生じうるたぐいの謎を歌う。愛が失せたのなら僕の家の近くを通らないはずの彼女がやって来た。しかし、僕は食卓に歓迎の料理を並べて、門まで出ていたのに、振り向きもせずに顔をそむけて通っていった——かつてはお互いに、本を読むように心のなかを読み合うことができた二人だったのに。トライフィーナものとする説があるにはあるが、伝記的な解説抜きで、人生に数多い他者の心の謎を歌う詩と見るほうが心に残る作品である。一般性のある作品と言えば「不釣り合いな出合い」(568)は不釣り合いな男女が結ばれるこの世の現状を嘆く。〈恋〉の本質そのものが、不適切な相手を選ばせるのである。

一般性のあるエマ関連詩

エマものとされる作品のなかでは、「古いガウン」(541)が、どんな粗末な衣装でも、状況次第で感銘を与えるという万人の経験を歌う——私は彼女が紺や赤や純白の、さまざまのガウンを着たのを見たことがある。だが忘れられないのはあの夜、別れを前にしていたときの、彼女の流行後れの色褪せたガウンだ。「いまカーテンが」(523)の表題は、カーテンが開けられるときにも締められるときにも用いられる表現となっており、以下に示す第二連においてはこの言葉は使わず、しかもカーテンが閉じられた意味を根底に感じさせる（これが哀感を誘う）。第一連—（恋の馴れ初め）今、カーテンが引き開けられ、窓から海を見ながら彼女の歌を聞いた。第二連—（現在）今、彼女の墓石に雨が打ちつける。だが僕には聞こえる、彼女の歌が——第一連で歌われたと同じ歌が、墓場に響く。しかし、彼女には〈生〉の帷は閉ざされてしまっている。「私が意志どおりにできさえすれば」(595)は伝記的にそれがエマであれトライフィーナであれ、〈彼女〉の蘇生を願望する歌である。私が神の力の半分でも持っていたら、亡き人々を手元に留め、〈彼女〉を蘇生させるだろう。暗い世界を楽園と化し、昔の家族や友と魔法の会話を交すのに。そして「鏡の嘆き」(638)では、鏡が「時として雲の影、美しい花を映す自分も、あの美しい彼女をもはや映すことがなくなった」と嘆く。これもエマ関連詩と特定しない方が面白い。

生きていたころのエマ

「ロンドンのマンションの一室で」(654)——妻は彼の風采が男やもめみたいだとからかった。だが翌年実際に彼は男やもめになった。彼女がよそで眠っている晩に彼は再び同じ部屋に坐り、妻の不在を嘆いた——「よそで」とは墓のなかである。「旧讃美歌一〇四番と呼ばれる調べに寄せて」(576)では、表題にある讃美歌を、〈君〉と〈僕〉がともに歌ったことがなかったことを詠嘆混じりに述べたあと、黄泉の国にともに住むことになったときに「もっと早いうちに／歌うべきであったように」つまりふたりが声を合わせて歌うのだろうか、と問う。もちろんエマ関連作である。(語り手は一貫して男であると理解すべきではあるけれども、イギリスの愛好家たちは二〇〇〇年の英国ハーディ協会の行事で、一、三連を男たちが唱和し、二、四連を女たちが唱和した。するとエマの霊が、彼岸にともに住むときには一緒に歌いましょうと言っているような効果が生じた。しかもこの行事はエマの、またハーディの心臓の眠るスティンズフォード教会墓地に隣接する教会内部で行われた。)「結婚式を挙げた教会を彼女は一人で再訪」(596)——すべて昔のままの教会！　良かれ悪しかれここで私は結婚したのだわ。教会を出るとき私は人生の最高点に居ると思ったのに！　あの時は彼は言葉にできないほど私を愛していたわ——この作品では、語り手の女は、生きた白髪の老女である。式を終えて教会を出るとき、まったく異なった女となってしまったと感じた新婦の充実した気持が描かれるとともに、その後の彼の心の変化が言外に示唆されている。なおこの女はエマではないとしても読める。

エマに関する悔恨

「罪滅ぼし」(589)は読者の心に不気味な力をもって感慨を与える——この場合にも、死んだ女はエマでなくても意味をなす。いや、エマと特定しないで、一般的状況の詩として読んで下さいよと言わんばかりに、エマの楽器はピアノではなくハープシコードに変えてある。「青ざめた男よ、寒い部屋でなぜハープシコードを弾くのですか」「昔ここで或る女が、この楽器を弾いたからです。僕はその時、彼女の演奏を聴きもせず合奏もしなかった。だから

あの時どうしてもしようとしなかったことを
私は今日してるのです…すると冷たい古い鍵盤が…
触れる指を凝《こご》らせる、そうです、凍らせるのです！」

「朝　ピアノを弾き歌を歌う婦人に」(535)の〈婦人〉もまた、エマと特定する必要はないが、語り手の男が、休息の時間でもないのに女の奏でる音楽に聴き惚れていることを、二人とも不適当と感じている。仕事の都合で本当は男は立ち去るべきだ。しかし男は聴き続ける。

あの　歌声と調べが　どこにも聞かれなくなったときに
仕事を忘れた朝のことが　ぼくを慰めてくれるようにするために！

——そのためにこの恍惚にひたらせてほしい、というのである。エマのようなすでに世を去った女を思い浮かべつつ読むならば、これは現

在形で書かれた過去の情景になり「あのとき聞き惚れてよかった」という意味が生ずる。その時間が人生においてどんなに大切であったかということを、詩に描かれた時点より遥かあとに感慨をもって思い起こしていることになる。しかしこの詩は同時に、現に生きている大切な女の演奏に耳を傾けることの価値を主張する詩としても読める。つまり、一般的に人生の〈時〉を語る詩にもなりうるわけである。「亀裂」(579)も生きていた妻の心を理解できなかった歌で、結婚後しばらくして、エマとのあいだに生じた精神の亀裂を扱っている。「詩のなかのふたつの韻が重なるように、喜びの　また悲しみの　私の鼓動と連動していた〈あなた〉の音色」が、変わってしまった――しかも彼女が「何が私の罪だったのか」推測もできないまま、「高貴な崇高」〈相手に純愛を捧げる生活〉から墜落。この成り行きが秋の樹の葉の黄ばみ、蛾とぶよと蜘蛛の巣などのイメジによって表される。

後継者不在だった最良の時

上記の作品とテーマの上で関連する「二年間の牧歌」(587)は、はっきりとパーソナルな作品で、一八七六年から七八年までハーディ夫妻がスターミンスター・ニュートンで過ごした幸せな二年間を歌う。二人はその時期を「より大きな、生に満ちたドラマの序章」としてしか見ていなかったことと、この最善のものを無意味なものと見ていたことへの悔恨が示され、そして振り返ってみると、この時期が

　後続のない　前書き
唇にあてがわれて　音たてないラッパ

としか見えないこと、後続の生活は前書きとは関係のない不幸せとなったことへの後悔が歌われている。「淋しい日々」(614)はある人物の日記に基づくものと作者自身が記しているが、「人物」とはエマだと想像されている(Bailey 477, Pinion 188)。しかしこの詩は、伝記とは無関係に読まれても読者の心を打つだろう。世の中にはこの詩の女のように、世間から孤立して誰からも関心を持たれずに一生を終わる人物がいるからである。そうした人物がどんな気持で生きているかをまずこの作品はよく伝えてくる。伝記的に言えば、エマは夫に放置されたように陰気な家のなかで暮らし、一八九〇年に父の葬儀にプリマスに帰ったとき(詩の後半で女が「ある都会」を訪れたとき)も、この都市の変貌ぶりに孤独感を強めたであろう。そして「〈人生に満杯の〉と鐘が鳴る」(561)では、未来の妻と出会った日、妻との結婚式の日に〈人生とは満杯の美酒〉と聞こえる町のチャイムが鳴ったのに、妻を埋葬する秋の日にも、同じ陽気なチャイムが再び鳴る。昔の鐘は〈人生に満杯の楽あり〉と聞こえたとすれば、この日は〈人生に満杯の厄あり〉と聞こえた。原文の“Bumper”には、ゆたかに美酒を盛った杯の意と、突然の衝撃をもたらすものの意とが重なるからである。

エマの引き抜いた花

「あれはどういう意味だったの?」(615)は、背後に大きな人間ドラマを感じさせる作品である。語り手の女が当時まったく知らなかった「もう一人の女」の「あずまや(bower)」のなかで、語り手は男に花を引き抜くように言いつけられる。女が花を引くとき、花は顔を赤らめ、「私は人間に利

用されているのね」とかすかにつぶやく。すると近くから死体のような幻影が現れ、語り手を毒に満ちた眼差しで見つめる。そのあとから男の顔は、この女にとって「私のための顔ではなくなった」のである。

おお、あれは　この私が　ただの二番煎じの
あなたの恋を我がものにするために
　あなたの戸口を訪れた
あのときよりも以前に仲違いをした
男女の心と　現在の恐ろしい女の嫉妬を
　語りかける姿だったのかしら、
二番めの恋を　霊として出る一番めが　なお錯乱させたのかしら？

あれと訳した“it”は、花だろうか、幻影だろうか？　これはおそらくその両方を指しているのだろう。「男女の心」とした“hearts”は、複数の女の心と解釈して、男女が仲違いした意味ではなく、男が遠ざけた（estranged）女たちの意味に読むべきなのだろうか、また「もう一人の女」の「あずまや（bower）」とは、どのような比喩だろうか？　ハーディにはエマとの結婚以前に、何人かの恋人との別れがある。この詩では、まず「もう一人の女」など他の女のときにも〈愛〉と呼ばれた〈花〉が「人間のドラマのなかで、私は利用されている」と語る。男が、別の女の思い出（あずまや）のなかから、現在の愛の女に花（すなわち昔日の〈愛〉）を引き抜かせる。つまりあれはもう何でもない、と言ってみせる。すると抜かれた花がその虚偽性に抗議する。また第三の女の幻影が現れて、現在の恋人を非難するとも解し得る。もしこう読むなら、上記引用の五行目は「あなたが遠ざけたいくつかの女の心と　その恐ろしい競争心を」と訳すべきであろう（実際、拙訳『全詩集』ではそう訳した）。女が三人とする場合には「二番煎じ」は二流品と言う場合と同じく、下級の恋の意味になろう。しかし同時にこの詩は、上に訳したようにも読める。この場合には、花と幻影は同じ女の心と生霊ということになろう。いずれにもせよ、この作品に籠められた不気味な破壊力は、実際にエマの心を壊したものかもしれない。今しがた読んだ「亀裂」（579）においてハーディは、「何が私の罪だったのか」推測もできないまま夫婦の亀裂が生じたと歌うが、この詩がその原因を示唆している可能性が大きいと思われる。

エマの歌う歌

「彼女の歌」（532）の語り手はエマの霊で、〈彼〉のことを予知しなかったころにも歌い、見知らぬ客だった〈彼〉にも歌い聞かせ、後年の不幸な時期にも歌ったあの歌を、いま遠い国（彼女から見ての生者の国）で〈彼〉は歌っているのだろうかと問う。「彼女の顔をのぞきこみ」（590）——語り手の男が（おそらく彼女の遺影の）顔をのぞきこんで、愛の成就の歌を、さもなくば愛の苦しみの歌を歌ってくれ、と頼むのに、彼女の唇は動かない。〈遥か遠い部屋〉へ行くと、どちらの歌なのか聞き取れないが、歌が霊のように耳をおとなう。墓から聞こえてくるようだ。〈遥か遠い部屋〉とは、墓場に近い部屋だったことが読後に判る。そして歌は苦しみの歌に違いない、という語り手の悔いが表現されているように感じられる。「往昔の　ある出来事」（557）は、多分エマの歌った歌とそれを聞いた夕

べがいかに大きな喜びを与えてくれたかを思い、「涙が群れなして落ちるとしても／あの思い出の喜びに盃を！」と結ぶ。「一九一二年の終末」(560)では、この年の初めにこの世にいた〈君〉が、その年の終末に、新年を迎える恒例の歌を「ぼくたちに」歌ってくれないことを悲しむ。「ぼくたち」は、後妻フロレンスを含むかもしれぬとする説（Bailey **456**）もあるが、生者全体を意味すると考えるほうが自然ではないだろうか？「大理石の銘板」(617)は、エマの故郷セント・ジュリオット教会にハーディが奉納したエマを記念する銘板を歌う。折角の奉納品だが、何ら彼女らしいところがそこからは見えてこないもどかしさが嘆かれる。

エマの誠実

「女の寄せる信頼」(645)は、ハーディが小説家として世に出るまでの、エマが彼に寄せた信頼を描いたものとされる（Bailey **492**, Pinion **196**）。しかしこの詩は、生涯を通じての女の信頼を描いたものとしても読める。第三連の「彼の曙光（his aurore）」を、彼が世に認められることの意に取るべき必然性はないように思われる（この一句のこの解釈のみが上記の説明の根拠らしい）。むしろこれは彼が彼女に歩み寄る微かな光を意味するのではないだろうか？　男女を逆にして歌った第五詩集「彼の心臓」(391)の正常版（男女の入れ替えなし）と見るべきではないだろうか？　エマの死後、ハーディは彼女の誠実さに打たれたことは、これ以外にもしばしば歌われているからである。「彼女の神格化」(632)には、「色香の失せた女の歌」という解題が付せられ、ラテン語で「私だけの秘密」という副題がついている。語り手の〈彼女〉は、古い時代には、何の特長もない娘は男性からの贈り物も褒め言葉ももらえなかったと歌ったあと、しかし「その季節のひともとのアイリス」が生命溢れる光で自分にリングを与えていた（自分を取り囲んでいた、結婚リングで取り囲んだの両義）と誇らかに歌う。このアイリスの花とは何を指すのだろうか？　思いこみ・幻想のたぐいととるか、男から現実に示された何らかの親切・優しさのたぐいととるかでこの詩の意味は大きく変わる。だがおそらく、この両者の混合が意味されているのであろう。相手の意図としては深い意味合いがなくても、ふと示された好意が終生の心の支えになるということは男女を問わずあり得ることである。そんな時代のほんの一本の花と言うべき好意が、自分が愛されたという記憶を与えたのであろう。彼女の〈神格化〉とは、この程度のことが女を玉座についた気持にさせる、ということである。エマではなくて、平凡な女のいじらしい人生を描く作品として読めるが、素材の状況を変えて表現するハーディの常套手段を用いて、長い独身時代を送っていたエマが、アイリスの花のように野育ちで幻のような実体しか持っていなかったハーディからの愛を、実際以上に評価したことを歌っているとも考えられる。

エマへの鎮魂歌

先にも言及した「十一月のある夜」(542)では、亡妻エマが木の葉となって姿を現していた。彼女への鎮魂歌と言える作品がこのほかにも多い。「ウェセックス西部の娘」(526)とはエマのことであるが、この詩の語り手は彼女とともに、ウェセックス西部地方を見歩こうと言い言いしながら、彼女の生前には果たさなかった。今になって彼女は、幻となって語り手の手を引き、この地方へ連れ歩くと歌っている。「馬を駆る女」(644)は、明白なエマ関連詩で、第四詩集の「幻の　馬に乗る娘」(294)の同工異曲である。馬の御し方が人間離れしていて、黒土の上にも馬車の轍を残さず、馬を泡立つ海にも沈ませなかったとまで言われる〈彼女〉は、今はどこで馬を駆っているのか？　そしてこうした作品を統合するかのように「死せる日々の行列」(603)が歌われる――日々の亡霊が通り過ぎる。私を未知の地へ連れていった〈日〉。キスをもたらしたあの〈日〉。結婚の〈日〉。そして、この行列のあとから、朝が白んで三つ目の時間が彼女を奪った〈日〉！　そしてその〈日〉は、忍び入るときに「白んでくる風の枕の上で、まだ眠ったままの樹木たちが／寝返りを打っていた」――何の変哲もない日がやって来て、かつ恐ろしい出来事をもたらしたのである！　しかしこの詩集でのエマ関連詩の実質的掉尾は「見つかった巻き毛について」(630)である。第五詩集にも「女の髪」(404)があったが、今度のものは、明らかなエマ関連詩で、彼女の没後の一九一三年三月という日付が付されている。この巻き毛は、彼女が〈ぼく〉に「情け溢れる言葉」を言ってくれたときに〈ぼく〉の「顔を撫で、巻きついた」ものだ。今その同輩は灰色となって暗い箱のなかに眠っている。しかしこの巻き毛は〈時〉に触れられることなく、全盛のころと同じに輝いている。西へと旅すれば、生きた額の上にこれを戻すことができるように思えてならない。「忘れられた細密画」(887)と対をなす作品である。

判りにくいエマもの数例

「三つの道の合流点は」(544)は原稿に記されていた場所の名から、エマに関連する詩と特定できるという(Bailey **447**, Pinion '76 **170**)。二行目の〈門〉とは牧場への入り口で、その向こうに見えた輝く海は、彼と彼女の将来の幸せな人生の展望を表す。しかし今はこの地点はその後の不幸を嘆く地点(不幸を連想させる場所)と化し、語り手の想像のなかでは門の先に輝く海も見えない。だから彼は二度とこの地を訪れることはない――第三連の「二人(the pair)」にエマの姉を含める説(Bailey **448**)を著者は採らない。これはエマとハーディを指していると思われるからである。「もしいつか　もう一度春が来たら」(548)は韻律技法の点で酷評された作品である(Hynes **69-70**)。もう一度春が来たら、(また、夏が来たら＝第二連)過去に彼女と訪れて、つがいの鳥の睦まじさを見たあの現場を再訪したい。春夏は、青春を、鳥たちは自分と彼女のかつての睦まじさを示していることは言うまでもない。「月光にて手紙を読む」(529)は、月の光によって昔優しい気持で彼女の手紙を読んだときと、今また月光で彼女の最後の手紙を読んだときまでのあいだに交わされた数々の苦痛の手紙について述べる。これらふたつは、エマ関連詩かどうかは定かではない。いずれも凡作と言えよう。「七回の旅」(652)では、最初は幼い少年と見えた男が、語り手に向かって、自分の六回の旅で恋人を得たこと、七回目の旅では、どこにも彼女を見出せずに地球を横断していることを告げる。最後にはこの男は実は白髪の八〇歳と判る。エマを失った八〇歳が歌うのだが、なぜこの老人が最初は少年に見えるのか、また、何者なのかまったく判然としない語り手がなぜ必要なのか、説得力に乏しい作品である。

隠れエマもの

もうひとつ、エマ関連詩である可能性の高い「彼女の神殿」(586)については、あとで触れる。「主人と木の葉」(618)は、表面的にはエマとは無関係に見える。その木を愛した男と木の葉との対話である。今年は木の葉が芽吹き、夏の緑、秋の落ち葉となっても、男は見上げようとしない。理由は「あまりに気重くて説明できない」と男が語る。男は亡霊となっていて、こうべをもたげることができないのだろうか? エマを男として登場させて、愛した木を見上げることもできずに墓に横たわる彼女を作者が愛惜しているのだろうか? また「見えなかった彼女」(623)では、せっかく賢人に家のなかの男を見よと忠告されたのに、その貴婦人は、「上から下まで平凡のかたまり」にしか見えない男を見て、男の心のなかは見えなかった。肉体を持った男が見えなくなって初めて、昔見えなかった彼の精神内容が彼女に見えてきた——エマがハーディの天才を見抜けなかったことを歌う歌だという説が有力だが、むしろこれもまた、現実界の男女を逆にした作品であろう。すなわち、上記の「女の寄せる信頼」(645)もそうであるように、生きていたときに見えなかったエマの心を、その没後に知ったハーディの驚きを、より一般性のある状況に作り替えた詩であろう。「二番目の宵」(622)は、虚構による不気味な物語詩としても読める。最初の約束の夜には女とは会わず、二番目の宵になってようやく女と会うと、女は男に新しい恋人ができたことを嗅ぎつけていて、そのことで男を非難すると、不思議なことに空中にかき消えて行く。そのあとで昨夜恋人が来てくれなかったことを嘆いて入水自殺した女があることが知れる。しかし、自殺の件は虚構としても、これにも伝記的背景があるらしい。一八七三年の一二月三一日にハーディはエマのもとから、奇妙なことにプリマス経由で帰っており、なぜこんな遠回りをしたのかは、この詩のような事情があって初めて説明がつく(Bailey 482)。プリマスで会ったのはトライフィーナ(当時プリマスで学校の校長をしていた)だとされるが、別の女だった可能性もある。自伝からは抹殺した経験の多くを、素材に大きく脚色を加えて詩に盛り込むというのが、ハーディの詩作法であるから、この読みも当たっているかも知れない。

エマ以外の女たち

「クライストミンスターのイーブリン・G女史」(578)はエマの従妹イーヴリン・ギフォードの死を悼んで書いたもので、「あなたのいなくなった町を訪れる」なんてどうしてできようかと歌うのだが、ハーディは老いていたとはいえ、オクスフォード(クライストミンスター)へ出かけない言い訳のように聞こえはしないだろうか? また後妻フロレンス関連詩もある。「ときどきぼくの思うこと」(520)は、表題に「F・E・Hに与う」と添え書きしてある作品で、自分の努力を誰も見守ってくれなかったのに、ただ一人、妖精のように〈ぼく〉の家に住み着いて気を配ってくれる人がいると、この後妻フロレンス・エミリー・ハーディを讃える。「緩歩していた二人」(522)とはハーディとこのフロレンスである。二人の結婚は一九一四年二月のことで、ハーディは七三歳、フロレンス三五歳であった。新婚旅行もなかった(Bailey 438)。〈緩歩〉とは馬の規則正しい歩みで、単調な生活を指す。「質素で華やぎのない生活を送った」二人が「もっとも賢く気が利いた、卓抜な人々よりも幸せだった」とこの詩は歌っている。また「あの好機」(577)は、ハーディがエマとの結婚直前に、『遙か群衆を離れて』の挿し絵を描いてもらう件で知りあった、美人の画家ヘレン・パタソンを登場させて、「たぶんすべての季節に身を寄せ合ったはずの」彼女とは結ばれなかった悔いを歌っている。そして「通りすがりの人」(627)のヒロインは語る――窓辺を通り過ぎてわたしに向かって顔を赤らめる男に、わたしも顔を赤らめるようになったの。だが月日が経ち、彼は今はもう通り過ぎない。彼がよその娘さんに同じ事しなければいいが、乙女に恋させて姿を消すなんてと、娘は思う――この男はハーディであろうが、読者も同種のことをしなかったか？

父と妹

「生まれたところで生きて死んだある人物について」(621)は、ハーディの父を描いたものとされる（Bailey 480）。富を求めることなく、出生後も、死ぬ前にも同じ階段を下り上りした素朴な男として、この〈人物〉は描かれている。「その記憶に神聖なものとして捧ぐ」(633)はハーディの最愛の妹メアリ（一九一五年没）に捧げられた作品である（第五詩集にもメアリ関連詩が多かった）。墓石の表面にだけではなく、天と地のすべての風景のなかに、上記表題の言葉は刻み込まれていると歌っている。「太陽が田舎娘を見納める」(653)もメアリの死を悼む作品で、赤子の時以来顔を合わせていた太陽が、今、彼女に出会わなくなって、訝っているだろうかと歌う。

伝記事項を特定しがたい作品

明らかにハーディの身のまわりの体験を歌っていながら、具体性に乏しい歌がこの詩集にはいくつか見られる。「美しい名の住居に寄す」(634)は、ハーディが、今日の小学校時代に当たる六年を中心に八年間通った私立の、ジュリア・オーガスタ・マーチン女史による学校でもあった土地の大邸宅「キングストン・モーアウッド」を歌ったとする説（Bailey 487）もあるが、実際にはどのような〈住居〉についての歌かははっきりしない（Pinion '76 193）。「ある経験」(571)も語られている状況がほとんど判らない詩である。最終連で語り手の精神性が「蜘蛛の巣のかかった」と表現されているために、ハーディの未熟だった時代のことを歌っているのではないかという示唆もなされるが、「蜘蛛の巣がかかっているのに、（その友の言葉は）生涯忘れられない」というのは、むしろ老いを表現している。第一連で〈友〉が語ることは、およそ平凡そのものとされる。それなのにそれは「労苦に汚されない／新しい霊感のもと」を語り手に与える。相手の精神を平凡と見ながら、新発見としての何かをそこに見出すのは年輩の人間の特性である。英知や重量感などとは無縁でありながら、生涯思い出される他人の寸評の価値を知って感激した歌であろう。「ゆきずりの知己」(647)も似た内容の作品で、ゆきずりの知己に過ぎないある人物が語り手に対してふとしてくれたことが、いかに語り手の人生において重要なことだったかを、その人物が姿を消してから思い知ったと歌う。誰の経験のなかにも生じることだが、どんな人物がどんなことをしてくれたのか、この作品は黙して語らない。

女の置かれる状況の歌

一方、自分の身近ではなく、さまざまな人生に目を馳せて歌った作品も多い。そのなかで、女がその本質上立たされてしまう状況を歌う詩を駆け足で見よう。「女の空想」(531)――「奥様、お帰りですね。長いお留守のあいだに、ご主人お亡くなりです」ところが女は〈奥様〉ではなく別人だった。妻は死んだ男に愛されていたと知るうちに、妻ならぬこの別人が、死んだ男に情が湧いてきて、墓を建て彼の夢を見、生前会ったこともなかった彼と同じ墓に収まった。「結婚式の朝」(559)――「娘よ、おまえ、結婚式の朝なのに悲しいの?」「昨夜私キャリイを訪ねた時、彼が本当はキャリイと結婚したいって言ってるのを聞いたの。私おなかのこの赤ちゃん生んだら死にたいわ!」と娘。「ある乙女の誓い」(566)――「旅の貴方を引き留めてるこの田舎から私を連れ出せとかの、どんな条件も要らないわ。愛を止めなければいいの。年を取っても私は誠実よ。他の女が割込まない限り」。「美なるもの」(572)――「私の美を誉めないで。私の美しさは私ではないの。私は美を着ているだけ。それを着ている女が生きようと死のうと、皆様は誰も構ってくれないのね。内にいる私をこそ愛して下さい」。「歌う女」(605)――時は五月、女は「私は奇麗、私は若い」と歌っていた。誰もが振り向いた。しかし時は冬となり、女は「人生はあまりに長い」と歌ったが、誰も振り向かなかった。「軍人の約束」(636)では、娘が恋人を待っていると、別の娘が来て「あなたの恋する軍人さんは今日ここに来ると言っていた」と言う。娘は大喜びをするが、それは今やってきたその別の娘とのデートのためだった。

男の状況

もちろん男の状況も歌われている。「年老いた職人」(624)――「なぜ君はそれほどの歳ではないのに背中が曲っているの」「あの大邸宅の積み石を運び上げたからですよ。お屋敷の人はあれで風雨から守られます。背は曲がってもわしは誇りに思っている」――彼は「わしが地面の下に眠ったときでも」霰にも雪にも太陽にも雲にもあの建物が立ち向かうことを喜ぶのである。肉体労働に明け暮れる人たちの地位が低かった当時としては、先進的な歌である。「俺はある女を知っていた」(601)は、風刺詩で――俺はある魅力的な女を知っていたが、俺が申し込む勇気が出ない間に彼女は別の男と結婚した。ずっと後でその夫が俺を訪れて来て、俺が彼女に手を出さなかったのが悲劇だったと言う――大変なあばずれだったと判ったわけである。「二つのセレナーデ」(558)では、若い男がクリスマス・イヴに女の窓辺で歌ったが冷たくも彼女は現れなかった。一年後、その隣に住む新たな恋人のために男が歌おうとすると、もとの女がやって来て自分の名こそ歌われるべきだと主張する。語り手は真の恋人に感づかれる前に退散する。女の、自分があまり関心のない男に対する意味のない独占欲を歌ったものと思われる。

ヴィクトリア時代への風刺

「刻まれた文字」(642)はヴィクトリア朝風刺と言える――「彼女」は夫の死を悼む銘板に自分の名も記し、教会で再婚しないことを誓った。彼女はやがて恋をした。司祭は再婚は誓いに反すると言う。仕方なく恋人を拒むうちに、男に逃げられてしまった。ヴィクトリア朝の考え方を風刺する詩としては、「収集家の絵の洗滌」(573)もある――収集家である〈私〉(牧師)が古道具屋で真っ黒な絵を買って洗滌した。途中、それはヴィーナスの裸体像(当時聖職者が見惚れるにはもっともふさわしくない絵姿)に見えた。〈私〉は絵にキスをして洗い続けたが、その奥から現れたのは実は情欲に腐食された老婆の絵だった――今日では牧師のほうに同情する人が多いだろう。「教会のオルガン奏者」(593)については、語り手の女、すなわち売春によってようやく生きている女の奏者に共感が集まろう――オルガン奏者として〈私〉は評判が良かったが、生活苦から男とつきあって金を得ていると噂され、チャペルから追放される。最後の、心からの演奏を終えてこの女が自殺するところで作品は終わっている。「彼女の内部ではなく外部のもの」(606)――君(女)を彼の心の玉座につけたのは君の心や精神ではなく、君が身につけていたものだった。けれどもその結果、彼の精神から死神、害毒が一掃された――これは極端な精神主義のはびこった一九世紀へのアンチテーゼであろう。「共に葬られた自分自身と一婦人のための、一紳士の墓碑銘」(540)は教会の修復工事のために、土葬されていた遺骸が掘り返され、混合された状況をたぶん背景にして、社交界で華やかな生活をした紳士の亡霊が、海辺で素朴な生き方をした女を、まるであの世での〈永遠の伴侶〉とするかのように、墓場の同一の場所に共に葬られた皮肉を物語る。

時代の人生模様

「おお、私は　しみったれた生活はいやよ」(607)の女の語り手は、しみったれた生活はいや、人生を踊りあかしたいとてヴァイオリン弾きと結婚する。だが夫は家庭では決してヴァイオリンを弾かないので、彼女は萎れてしまう。家庭では笑わない漫才師のたぐいである。これは軽薄さを風刺するが「最初か最後か」(613)は逆に世紀末的刹那主義を説く――賢いものは早々と楽しむのさ。悲しみは遠くに置きたまえ。〈後の人生の時〉がやってきて、俺とあんたを捜しても、俺たちが楽しみ終わった後かもしれない。優しい恋人よ！　楽しもうよ。「色魔の論理」(656)ではドン・ファン的な語り手が、俺が彼女と結婚してやっても、あとで涙を流させるだけ。今は彼女は周囲から身持ちが悪いと罵られるが、一時のことさ。子供もやがては彼女の宝にならあ、と彼はうそぶく。「一度限りの月光の下のダンスと／一度だけの真夜中の情熱が」どうして生涯の盤石の砦となったりするのかい、もっと悪いことをする俺なんかと別れておいてよかったということになるさ、などと勝手にほざき、この論理で〈色魔〉は女を振り捨てる。「私の会った女」(547)では、性病専門病院で死んだ娼婦の霊が、昔この詩の語り手に恋をして、夜の街路で心を惹きつけようと高価な花束を捧げて試みて果たさなかった様子を語る。語り手がかつてロンドンでつきまとわれた女を思い出す歌である。「色彩」(657)は民謡を作り替えた作品で、さまざまの色が斥けられたあと、葬式に着用する色であるがゆえに、黒が選び出される。民謡のほうでも、同じ理由で黒が選ばれるが、軽い語呂合わせである（Bailey 497）。しかしハーディの詩では、人間生活に必須の色であるから、つまり人は必ず死ぬからこそ、喪の色が選ばれるのである。

物語形式の人生模様

上記の人生模様は物語詩のかたちを取ることもある。「帰ってきた女房」(554)――明け方に、昔別れた女房が帰って来たのでかき抱いたが、気が付くと彼の腕の中は空っぽ。狐につままれた気がした彼、彼女の住んでいる町へ出かけて、彼女を訪問。彼女曰く「迷惑ね。あなたの名前まで忘れそうなのに」――彼は夢を見たのかも知れないが、確かに女房が帰ってきたと信じたのである。「二人の人妻」(600)は、いわば不倫風刺歌。語り手の妻が隣人の細君とボート遊びに行き、その間語り手は愛人に会っていたが、やがてボートが転覆し、女が一人死んだという知らせが入る。どっちの女房かと続報を待っていると、死んだのは隣人の妻と判る。「畜生！　女房が死んだって、あいつには何にもならねえや」と亭主が言うと、愛人が「そうでもないわよ」、この隣人もまたずっと前から自分（この愛人）の恋人だからと言う始末。「ヴァッグの低湿地」(610)では、「幼い少年よ、朝五時に荷馬車で通るとヴァッグの湿地に何が見えるの?」と問えば「人魂が見えるんだよ。御者は怖がって酒を飲むの。でも僕は死んだ父さんの声を聞くんだよ。だから人魂は恐くないさ」――朝早く労働をする人々が、幽霊の出るところをいかに怖がったか、父を失った少年がそこで父の声を聞くのをいかに楽しみにしているか、短編小説を読んだような気分にさせる短詩である。「船乗りの母」(625)こそは、紛れもなく短編小説そのものである。ハーディ自身の短編小説「妻を悦ばすために」の終結部を詩に描いたものである。航海に出て帰ってこない夫と息子の生存を信じて疑わない女の話で、「私の部屋で船乗りのあの子の声が聞えたの。だから丑三つどきに貴方の戸口を叩きましたの。だってここは昔の私たちの家ですから。誰も帰ってきていないって?」と彼女は信じようとしない。

奇天烈な物語詩

「夜の物音」(629)は、殺人劇を含む物語詩である。今日結婚したばかりの夫婦が宿を取るウッズフォード古城（亡霊の出る城とされる）の外部に、花嫁は女の声を聞きつける。夫はそれが雨風と木の音だと言うが、妻が納得しないので荒野を見てくると言って夫が外出。帰ってきた夫はふるえが止まらない。妻に「魔女よ、仕方なく結婚した女よ」と呼びかけ、好きだった女がいたことを妻に明かし、再び外出。夫は行方不明になり、また彼が通じていた女の死体がフルーム川から発見される。ハーディが耳にした一八世紀の噂に基づく（Bailey 484）。「思いがけない成り行き」(539)では、女との待ち合わせが、それと同じような、他の男女の密会の約束に偶然一致した男の語りから成る。暗闇のため、いっときこの見知らぬ女を自分の恋人と間違えたこの語り手の男の前へ、この女の夫が現れて語り手を妻の駆け落ちの相手と間違える。そこへ女の恋人が現れて、女に〈三人目〉の男がいると誤解して、夫とともにこの男も去る。この結果、男は〈俺のために捨てられた〉女に同情し、結ばれる。今、永年ののちには、この時巻き込まれた四人のうち一人しか生きていない、と語られているが、五人目（語り手が本来そこで出会うはずだった女）については何ひとつ触れられていない。人生には奇妙奇天烈な〈思いがけない成り行き〉が生じるものだと、ハーディはその短編小説における同様に言いたいのだろうが、若書き（「ウエイマスにて」との記入がある）に手を入れて収録したに過ぎない作品であろう。また「正反対の状況」(639)は男女の別れの場面を描く。男に一人取り残された女に同情して語り手があれこれ尋ねてみると、男の家族の反対で二人の結婚話は壊れたが、それは女にとっては願ってもない僥倖だったとのこと。女は不本意な結婚の犠牲にならずにすんだこの状況を、男のために、いつわって嘆いてみせてあげていたのだそうだ。人生の皮肉を描くつもりか?

どんな時代にも共通する情景を描いたものには面白い作品がある。「いつもと同じに」(650)では、美と夢が去ったと思われるような、決定的打撃を受けた日に語り手が外出すると、人びとはいつものとおりにうごめいている。ハーディは「彼女を見初めた日の夕方」(361)でも、幸せの絶頂の日にも人びとはいつものとおりだったと歌っていた。しかしその作品では、「もうすぐ半月のころだな」と道行く人が語っていた。この詩にもそうした具体性があれば、より読みごたえがあっただろう。「アップウエイの鉄道駅で」(563)——ヴァイオリンを持った子供が手錠をした囚人に同情して曲を奏でた。巡査も歌詞を無視して微笑んだ。男は突如「自由な人生は俺の大事なもの」と歌い始めた。「秋の雨の情景」(569)——遊びに行く人、誰かの命を救う薬を貰いに急ぐ人、牛を追う人、生死をかけた手紙を出しに行く人、見張りの人、或いはこの雨を感じず地に伏す人(これは死んだエマか?)のすべてに雨が降っている。「五月の繁り」(583)——茂る草の茎に隠れて、編み垣もみ越し段も見えない。生垣が草と競争する。草の茂みは牛たちの乳首にブラシをかけ、恋人を待つ彼女のガウンをもこする。自然描写から一転、恋する女の姿に移行するところが面白い。「白く塗られた壁」(649)は、母親の息子への愛を描く。昔、息子の影法師が落ちた壁面に、鉛筆書きの息子の姿がなぞられていた。そこは職人に漆喰で白く塗られてしまったけれども、今でも母はその壁面にときどきキスをする。息子といえば「紅の服装の猟犬指揮係」(635)では、父に背いて船乗りになった息子が二〇年ぶりに帰省してみると、猟犬指揮係をしていた父の、見覚えのある紅の服装が見えるので父の姿だと思うのだが、父はすでに死亡し、紅の服は穴だらけになって、案山子が着ていることが判る。「田舎の婚礼」(612)——僕らは花婿の介添人の制止を聴かず、婚礼の列の先頭に立って音楽を演奏。花嫁は悲しみが来るかも知れないのに、そんな音楽は陽気過ぎると言った。後日僕らは、二人を埋葬した。何故に女が死んだのかは、推測するしかないが、婚礼はめでたいとは言っても、それは不幸の始まりかもしれないという風刺がある。「二人並んで」(564)では、仲違いして別れ別れだった夫婦が偶然教会の信徒席に同席し、周囲から仲直りしたものと受け取られたので、女が「彼らの誤解は解かない方がいいわ」と言い、彼も同意する。この言葉を最後に、仲直りしたと見えた二人は二度と会うこともなかった。人生の皮肉のひとつである。「古い肖像画」(631)では、ながらく忘れていた昔の女の不完全な肖像画を見て、今は教会墓地に眠る彼女への想いが再燃し、語り手は「胴枯れの季節」になった今、この絵にキスをする。

さまざまな人生の情景

また純粋な叙景詩としては「道すがら」(581)がある。さまざまな観察が詩を飾っている——魚が泳いで渡れそうな濃い霧。密会の場所へ急ぐ男には霧は甘美な露。野茨の花に霧の湿気が集まって露だまを作る。急ぐ女にとっては霧は輝かしい絹。風景の濃密な描写に隠れるように、最終連の女が、さっき男が急いで目指したと同じ野へ急ぐのがなまめかしい。

聖書の一場面

聖書に描かれた場面の再現も、こうした人生の一こまという感じがする。「たきぎの火」(574)——「この薪は死刑執行人から安く手に入れたんじゃ。先週のはりつけの刑のさ。ガリラヤの大工の息子は自分は王じゃと言うた。この木は血がついてて薪にしか使えん」――キリストの処刑も、当時の貧しい庶民には、たきぎを手に入れる機会でしかなかったわけだ。

芸術と不死不滅

キーツの「ギリシャの古壺に寄する歌」をはじめ、一九世紀には芸術の永遠性がしばしば詩のテーマとなった。ハーディはこの詩集では、そのパロディというべき作品を示している。「子供たちと〈名無しの騎士〉」(584)は、遊びがうるさい子供たちを嫌った大邸宅の主が、子の代わりに自分の姿を伝える手段として立派な彫刻を作らせたところ、やがて三〇〇年が過ぎ、その名も伝わらなくなり、像は床に寝かして置かれ、子供たちに「足の下の石男はだれなの?」と問われるに至る。彫刻等によっては不死不滅は得られないという、ブラウニングが得意とした(たとえば「クリーオン」などの)テーマの継承を示している。「王立美術院にて」(585)では、夏の風景画を前にして、輝く姿で描かれている過去の木の葉は、現時点の事実としては秋の季節によって褐色化され、埋葬され尽くしていることを語り手が嘆く。芸術による美の永遠化(これはキーツのテーマだった)を一部認めつつ、その虚構性をもまたそれに対置させる。矛盾するテーマの両面的呈示は、一種の相対主義となって、曖昧さを感じさせるとともに、現代的認識のひとつの傾向をも見せている。「彼女の神殿」(586)――これも前のふたつの作品に引き続いて、芸術による人物の永遠化のテーマを扱う。語り手は、もし名匠の技を手にできれば、彼女の神殿を建立するつもりだと女の霊に誓う。それを建てた男の名は失せても、彼女にはその栄誉が残る可能性が詩の終結部で示される。もちろんこれはエマ関連詩である可能性が高いのであって、〈彼女〉の神殿を詩集のなかに打ち立てたハーディの場合、作者の名が忘れられて、彼女のみが後世に讃えられるなどと考えられようか?しかしメタファーとしては、微笑を誘う作品ではある。しかし「ヴァークソールのバルテレモン」(519)は、表題に見える讃美歌作者が、ヴァイオリン奏者として疲れ果てる夜半の演奏のなかから、美しい朝拝の調べの糸を織り上げたことを讃えるのだが、その調べは今日《こんにち》、めったに聞かれなくなったとも記している。

第七章　第七詩集『人間の見世物』

――老いること、死ぬこと、生の交替性

第七詩集『人間の見世物：途方もない夢想／歌曲と瑣末詩』は一九二五年一一月に英国マクミラン社から出版された。同月と翌月にはすぐさま再版が刊行される。これはハーディの生存中に出版された最後の詩集となった。第五詩集に次いで数多い、一五二篇の作品を含む。

詩論的な作品　この詩集は特に注目されてはいない。しかしやがて読者も納得されるように、粒揃いの優れた詩から成る。そのなかで「小さな古い　どんな歌でも」(665)はハーディの詩論と言える作品で、「過ぎ去った喜び」や「これからの喜び」を自分は歌うが、

巧妙な弦で奏でられる
　最新のテーマは　ぼくは求めない…
ぼくに必要なのはただひとつ
　なんの気取りもない　心の感応

であると述べ、「新しい歌がもたらすような／興奮の震えも　ぼくは渇望しない」とする。これは巻頭から第三番目に置かれ、この全巻を支配する高みから、伝統的な手法を用いて誠実に人間の心の琴線に触れる作品を描くことを宣言している。一九二五年というこの詩集の出版年を考えると、その三年前から目立ってきていた現代詩のモダニズム的傾向に自分は依拠するつもりはないという意味に読める。これは詩の歴史から見れば保守的に見えよう。しかし詩人ハディが、八五歳にしてなお意気軒昂であることは、詩人の創作上の自由を主張し、過去の文化遺産を尊ぶ精神に溢れた風刺詩「ある拒絶」(778)を一読すれば明らかであろう。これはウェストミンスター大聖堂の司祭長が、バイロンを〈詩人コーナー〉に他の大詩人と合祀するのを拒否しようとしたことに対する抗議の詩である。司祭長はこう主張する――

バイロンごとき　信仰の嘲笑者を持ち込もうというのです、
［極論は避けるとしても　近似的には彼は常習的ホーナー（間男）］、
この彼を納めろという場所が　大詩人を合祀するコーナー、
これでは私の堪忍袋の緒も切れようというものです。

ひとたびバイロンを受け容れれば、次は無神論を唱えたシェリー、最後にはキリスト教の冒瀆者スウィンバーンの合祀まで求められかねない――

次は――肌まで怒りが燃え上がる暴挙を　期待される番です、
（いや、顎から額までかっかするほど　不届き千万です）、
今度合祀を求められるのは、あのスウィンバーンです！

(Then—what makes my skin burn.
Yea, forehead to chin burn—
That I ensconce Swinburne!)

最後の三行の痛快な押韻をはじめ、全篇にみなぎる鋭い風刺の韻律がこの作品をハーディの優れた詩論にまで仕立てている。

老いてなお柔軟なユーモア

また悲劇の作家と言われるハーディが、この年になっても柔軟なユーモアを失っていないことは「八つの鐘の音色のための銘刻」(777)を読めば明らかである。八つの鐘の来歴が、多くの場合、欲望やご都合主義に左右されて改鋳される様を、喜劇的な糞真面目をもって、鐘ごとに描く――引用は第六連からで

われ第六の鐘もおなじなり。人びとわれを鋳型《かた》に投げ入れたり。
わが内なる銀を吸いとり、以て新型の鐘と騙り、
吊り直したり。わがブリキ的音質は　その祟り。

(I, too, since in a mould they flung me
Drained my silver, and rehung me
So that in tin-like tones I tongue me.)

全篇にわたってコミカルな脚韻が続く。なるほどここにはモダニズム手法は見られないが、手法の巧みは明らかである。

実在の人々についての歌

こうして従来どおりの手法で描かれた作品の主題は多種多様で、いくつかに分類して述べるのは難しい。なかには手紙をくれた見知らぬ女性が住む町を題名に挙げて、そこから連想されるアイルランドの美しい歌曲を連ねて讃える「ドナハディー」(772)とか、戦死した、軍艦の艦長追悼の歌「海戦」(782)、妹メアリ（一九一五年他界）が視界からは消えたのに、なお身近に彼女の存在が感じられることを歌う「パラドックス」(783)、知人宅に生まれて洗礼名を与えられた赤子の幸せを祈りつつ、ハーディが銀の箱に納め（Bailey 414）贈答詩として与えたという「C・F・Hのために」(793)、何事にもひるまなかった判事を追憶する「何事も大したことじゃない」(801)など、実在の人々について歌われたものが多いことがひとつの特徴ではある。この関連では「その夕方」(802)はヴィクトリア女王の侍医の死を悼む歌だが、その医術がいかに世に必要であったかを言うためのレトリックが見事である――死して彼は、生まれる前にいた霊界に帰る。なぜ一時《いっとき》、生の世界に呼び出されたのかと問う彼に、付き添いの霊は、ヒポクラテスをはじめとする名医の霊があなたを世に送り出したのだろうと答える。

しかしこうした詩を別にすれば、ハーディ八五歳の著作だけあって、死を主題にした歌が多いのがまず目につく。

巻頭詩・巻末詩は死を歌う

例によってハーディは巻頭詩に特に思いをこめて、本詩集への導入を志している。「もろともに待つ」(663)がそれで、語り手は星と自己とを同一視する。これからどうするつもりかと星が尋ねると、「待ち続け、

時をやり過ごし、〈変化〉を待つだろう」と語り手は答える。星は、自分もまさしくそのとおりにすると返事をする。第Ⅰ部で述べたとおり、ハーディは自然科学の真理に立脚した世界観を持っていて、ここでも両者の〈変化〉、つまり人間の死と星の消滅をまったく同じ種類の物理化学的、物質的出来事として捉えている。

巻末詩「どうして私は」(814)もまた死を歌う。この作品では、語り手がなお生きる理由として「あなた」が混乱と不安の世界に居続けることを挙げる。「あなたが塵まみれの（'dusty'）外套を脱ぎ／苦しみのない別の世界に向かう素晴らしい翼を身をつけて」初めて自分は死ぬ気になるという部分は、「あなた」が土の（'dusty'）外套＝肉体を脱いで、苦のない別の世界（死）に向かう翼を身につける音を聞いて初めて、自分の「この騒がしい装置」を鎮めたいと歌って、後妻フロレンスがすっかり老いて死への備えができてから、自分も身罷りたいというハーディの願望を歌った作品ではあろう。しかし「あなた」を人類として解し、人類がよりよい世界へと向かう展望を見てから死にたいと語っている、の意味も共存しているのである。その場合にはもちろん、〈塵まみれの外套を脱ぐ〉は混乱状態からの脱却を意味する。

老齢の悲哀感を醸す傑作

巻末のひとつ手前では「繰り返されてきた調べへの歌」(813)が、死の近い老人の観点から死者を歌っている。表題中の'an old burden'は訳題に見える意味（繰り返し歌われてきた調べ）のほかに、古くからの主題（人生を楽しく生きること）と、永らく背負ってきた重荷（人生）の意味が重なる。昔踊っていた足が、今は虫に食われて古びた床を去ったのに、またかつてのヴァイオリン弾き（ハーディの父）が灰色の草葉の陰に眠っているのに、どうして自分は踊ったりできるか。甘く歌を歌った女（エマ）も見えないのに自分が歌を歌えようか。ぼくにはこの退屈な五月の音楽は何なのか、

亡霊たちが声高にあの調べを催促する　こんないま、
　どうしてぼくは歌いつつ、ぐるりぐるりと踊れるものか！
(Shall I sing, dance around around around,
　When phantoms call the tune!)

しかし最終行の'call the tune'は、"He who pays the piper calls the tune."（笛吹に金を払う者に曲を注文する裁量権がある）という諺を基盤として「指図する、支配権を発揮する」という慣用句的な意味ともなり、旋律をテーマにしたこの詩のなかでは、亡霊が取り仕切る権利を得て音頭を取り、自分たちとともに（墓に来て）踊れと促す意味が当然生じる。また死者たちが主導権を握って語り手の人生を、もはや歌と踊りから引き離す意味をも兼ねよう。しかもこの句は、亡霊についての歌のみを歌えと詩人に注文する意味をも感じさせる。さらにcallにはcall a halt toとかdemand payment ofの意味もあるので、右に述べた'call my tune'の「指図する」意味もこれに重ねて読むこともでき、もうお前の歌は止めよ、と亡霊が老人に迫っている感じも出てくる。ハーディはたびたび慣用句を、慣用以外の意味に拡大してみせることがあり、その好例である。老齢の悲哀感を醸す傑作だ

ろう。

六枚の板切れとともに

そのような調べとして聞き逃せないのが「六枚の板切れ　私の板切れ」(803)だ。今はどこにあるか判らないのに「六枚の板切れは　私の板切れ（'Six boards belong to me'）」という冒頭の、まるで六枚だけは俺のものだぞと言わんばかりの断定的な響きは、やがてこれが棺桶のことと判ると一層既定の事実という感じを強める。この諧謔性は終結部で

　　そのときから未来永劫、これらの板と私は
　どのくらいの分量の　雰囲気と感覚、遠い核心からの地の振動、
　火の山の揺れ、海のうしおの衝撃を
　　　あい共にすることになることか――

　　いやその通り、かつては生命《いのち》のあった　樹木と人間だった者が
　まるで金星、火星、いや最遠方の星々に居るかのように
　人の世の苦痛から遠く離れて、
　　　誰も　目を向けようともしないところに隠されて。

と歌われて痛烈さを増す。我われの板切れは今どこに生えているのか？　そして人とともに埋葬されるのは、板切れだけではない。その人の人生経験や知識・美意識などもまた埋められてしまう。「私だけではないわ」(751)はこの事実を主題とし、その最終連では「これら私が知っていて、他の人々にはどうしても／受け継いでもらえない事どもが／縦は六尺　横二尺のこの桶のなかに／圧縮され折り畳まれて」密かに眠る――世間はただ、最後の審判日の夜明けまで、ここにある女の骸骨が朽ちていると思うだけだが、と言う。人の生涯に蓄積された精神的蓄え、全経験の嵩と重量の大きさを歌い上げている。

枯葉の残骸に合流する落葉を見つめる駒鳥

他方老齢の悲哀感はまた「疲れ果てた歩行者」(713)のなかで、行けども行けども道が続き、乗り越えるべき尾根がまた現れるさまによっても表現される。いつまでも続くと言いながら道の果てに死が表れる予感が充満している。「街頭で」(716)は「歌曲」の副題を持つ明るい作品だが、街頭で挨拶を交わす若い美女と「ぼく」はそれぞれ別の未来を持つ。

　　そのあいだに　次第に展開してゆく、
　二人の未来と　そこで二人を圧倒して旋回することどもが。
　　　　(While unfurl
　Our futures, and what there may whelm and whirl.)

美女は未来に、恋を含めた人生の華麗な旋回を持ち、自分は衰弱と死に圧倒され渦巻きのなかに去るわけである。「女子青年学校の校庭」(794)では若々しい女子学生が笑いさんざめくなかに鐘が鳴る。彼女たちは去り、あとはただ沈黙。「いつの日かまた／同じ事が起こるだろう／彼女らにも――私にも」――彼女らには、まず結婚式の鐘が鳴り、しかし最後には弔いの鐘。「私」には後者だけが鳴り、あとは沈黙の

みが残る。「誰も来ない」(715)は、この作品に付された日付から、この日、手術後にロンドンから帰宅する後妻フロレンスを我が家の入り口で待つハーディの姿だという解説がなされているが、それ以上に老後の心を象徴的に描いた作品である。当時の醜い新製品であった電信用の電線が長々と伸びる風景とそれを「亡霊の竪琴」としてかき鳴らす風（ロマン派の愛した、生き生きした自然の精がかき鳴らすエオラスの竪琴との、悲しい対比が明らかに意識されている）、自分には何の関係もない華やかなヘッドライトを照らし、うなりを立てて走り去る「自動車」（今日のクルマなどという親しい感じのものではない）等々の形象が、時代に取り残される老人の孤立を示す。

自動車は　私には何の関係もない。
こいつは　自分独自の世界を　音立てて疾駆する、
前より黒ずんだ空気をあとに残して。
そして門のそばに押し黙って　私はまた　ただ一人立っている、
誰もそこには　やって来て止まらない。

「十月の最後の週」(673)はこの季節を死に向かう最後の生のシンボルとしている。女に見立てられた樹木が、美しい装い（葉）を投げ捨てる。一葉だけは（残りの落ち葉は通り過ぎるのに）蜘蛛の巣に引っかかってしまう。「それは　金色の衣を着たまま無言劇を演じる絞首台の罪人」に似ているので、まだ枝にある葉が自分にそんな運命が訪れはしないかと震えている（死ぬ前に病、障害、ぼけ、家族への迷惑などの〈蜘蛛の巣〉が、我われを待っているかも知れない）。「晩い秋」(675)は自然描写としても優れた詩で、蜜蜂、毒茸、落ちた林檎、野火などの描写のほかに「影法師は遠くにまでのびる／間もなく終わるいのちのように」のような行があって、最後に本年の落ち葉が「先刻まで　空中の緑なす高みから／嘲るように昨年の屍を見下ろしていたのに」先輩の残骸に合流する。これをじっと見つめる駒鳥が最終行に出てきて、これが詩人自身を表す。ここには明らかにキーツの「秋に寄す」の書き直しがある――駒鳥は両方の詩のなかでともに、冬の季節に翻弄され、老いて、やがて死んで行く者の象徴である。

老悲劇俳優の心境

このような年齢に達した語り手の心境は「昔行きつけた盛り場で　長年ののち」(666)に印象的に述べられている――前半では「私に彼らの見分けがつこうか?」と問うて、「骸骨の上に伸べられた」ぼろ雑巾のような知己たちの姿を、後半では「彼らに私の見分けがつこうか?」と問うて、「肖像画がずらり並んだ画廊」のような自己の心を描く。画廊のイメジは唐突に聞こえるが、肖像の下に死亡年が書き込まれているわけであって、死者の声もこの画廊には響いている。後半が自分の外見ではなく精神を描いて効果的。「悲劇俳優が悲劇女優に語る」(807)は、語り手の死を扱った作品のなかでの白眉であろう。語り手である悲劇俳優は、自分の死後も悲劇女優（〈君〉）が演技を続け世間の喝采を浴びるだろう、と語る。そして

最後には　君も弱り、自己の仮面劇を　演じ終えるだろう、

そうだ、終えるだろう、君を救いに駆けつけるぼくがいないまま。

悲劇女優の位置には夫に先立たれた人妻なら誰を入れて読んでもよいが、後妻フロレンスを置いて見るのも判りやすい解釈であろう――男優は今日女優と悲劇を演じたが、同じドラマを現実生活で演じるときには、この女優を一人残して行くことになることを憂えるのである。女優もまた（人生という）仮面劇をやがて演じ終えるのにその相棒の悲劇俳優、つまり夫は臨終の妻を看取ることはできない――老夫婦の一方が必ず感じることになる連れ合いへの憐憫が語られる（甚だ当たり前のことを歌っているようでありながら、この人生の皮肉――誰よりも臨終の床のそばにいてやりたいと思う、病人の夫または妻は、先に死んだがゆえにその場には駆けつけられない――は、人の日常生活のなかで認識されていないことが多い）。墓では間違いなくあなたを待っているという末尾を持った「死したるのちには」(689)は、男女どちらが語っているとも読める詩。副題の「――に与う」をフロレンスに与えたものと取れば語り手は男となり、一連の辞世の詩のひとつとなる。「生きて君に迷惑をかけているより、墓のなかのほうが、愚痴も漏らさず自分らしく生きられると思う」と後妻に語るわけである。しかしハーディはそのような外装を施して、実際にはエマが墓で待つ歌としてこれを書いた可能性が高い（『全詩集』拙訳はその解釈）。そのほうが、第二連に見える配偶者への不平や愚痴を理解しやすいうえ、「一生涯」を表すために、通常の"life-long"という単語を"life-brief"という造語に変えた効果も増すかも知れない（なぜなら彼女の人生の短かったことへの哀悼も感じられるからである）。また伝記を離れるなら、この作品の最大の面白みは、先に死んだ配偶者は決して他の墓へ浮気に出かけたりせず、必ずその墓で待っている（死者が、葬られた墓以外の場所で、遅れてくる配偶者を待つことがあろうか？）という最終行の諧謔が利いていることである。他方「子孫　途絶えて」(690)は、遠い時代の果てから歴史を貫いて自分にまで至った家系の「私がその最後の者」で、家系は今「〈存在〉に別れの挨拶をしようと」していると歌う。

死一般についての歌

以上は語り手の係わる死についての歌であったが、死一般についての歌もまたこの詩集には多い。「花の悲劇」(754)はエマ関連詩（ただし執筆は一九一〇ころとされているから、母の死を歌うとされる。ただ一九二五年の本詩集に収録されたというパラテクストによってエマの詩となったとも言える）かも知れないが、それ以上に一般性の高い作品である。窓辺の花が枯れた原因は、部屋の主の女が外出したまま死亡したからである。「彼女は花の運命を／また　花も彼女の運命を　予測することができなかった」という最終行が痛烈な印象を与える。また本詩集には墓碑銘がふたつ収録されているが、ハーディが自分のために用意したものではなく、喜劇的風刺の感じられる作品である。「冷笑家の墓碑銘」(770)は、太陽と争って、地に達し地に身を隠す競争をした男が、最初は負けたものの二度目は楽勝。男は永く地に留まり続けるからである。「ある悲観論者の墓碑銘」(779)は伴侶なく過ごして死んだストウクのスミスという男が、我が父もまた伴侶がなければよかったのにと歌う

(しかし〈伴侶〉を〈子供〉に読み替えれば、他者の名を借りてハーディが自己の死を歌っていることになる。この種の読み替えを意識的に書き込むのはハーディの常套)。これらの墓碑銘の裏には、人間が必ず死ななければならないという不条理を、何者かに訴えたい気持がある。これを思索詩に仕立てたのが「ある質問」(724)である。死を宇宙の王に仕立てたのはなぜかと「それ」に尋ねたところ、一瞬のちに答えてやると「それ」は宇宙を巡回し、長年ののちに帰ってきて、「一瞬前の君の質問だが、死を宇宙の王にしたことには意味はなかったんだよ」と答え、絶対者の人間への無理解を示す。

死についての諧謔

「何か語るべき事が?」(741)は、人間が世界のなかに投げ込まれ、あげくは丸められて世界から放り出されるからには、これ以上世界については語ることもないと歌う。すべてが死ぬことを歌う第二連で、その終結部の'All their tale told'には、〈もう語る力もなくなって〉の意のほか、"tale"の〈うわさ話〉の意味から、〈中傷されっぱなしで〉の意と、〈死者に口無しになっちゃって(諺の'Dead men tell no tales'より)〉の意が感じられて痛快である。「ロングパドルの寺男」(745)では、墓掘りの名人が、自分は未来にも仕事にありつける、人はいつの世にも死ぬだろうからと自慢する。「王妃キャロラインの来客に語れる」(711)は、ジョージ四世の寵を失ってやがて自殺するキャロライン妃が宴を張り、来客に帰らないように懇願する。宴が続くあいだは、いや明日が来るまでは「刹那刹那が強めてくれるこの喜び」を失うことがないからである。この作品は歴史の一場面として、やがて三週間のちに自殺する不遇の王妃を鮮やかに描いている表面の意味のほかに、刹那の喜びを描き尽くして、私たち一人一人の〈明日〉(つまり〈死期〉)がやってくるまでの人生の楽しみを歌っていると感じられる——つまりこの宴は人生一般を象徴している。自分の運命を知ってしまったキャロライン王妃と、どのみち死ぬことが判っている人間一般とは、まさに同じではないか? 来客の賑わいが象徴する〈刹那の快楽〉によって死の想念を忘却するというテーマは、ペイターの「結語」(『ルネサンス』)を源流として、世紀末英国を風靡した想念である。

人の死に際を歌う

人の死にかた・死に際についても歌われている。「友人到着の前日」(804)は友人(ホラス・モウルと言われている)の自殺を扱う。遺体の到着の前に掘られた墓穴の近くで「私」は掘り出された白亜の土盛りをスケッチする。詩は、盛り土だけが当日の異様な風景だったことを印象づける。後日追記のかたちでハーディはこう書く——彼が遺体としてこの穴へやって来たのは驚くほど遠い昔のことなのに「いまなお彼はそこにいる」。また「農場主ダンマンの葬儀」(744)は、村の貧しい人々も来てくれるよう自分の葬儀の日を日曜日に指定し、十本のラム酒を葬儀用に準備して死んだ男の話。参列者たちは喜び、「これが月曜だったりした日にゃ/葬式のこたあ、すぐに忘れたことだろうに」(ここで'get over'とあるので、悲しみから立ち直る意味かと読者はいったんは思うのだが、このあと「でも今日は日曜、午後にも半日/葬式の楽しみが続くわい」と終わって、'get over'は楽しみが終わる意味に転じる。死者は人間の本性をよくわきまえていた(誰かの葬式の後に、老人たちの一種の同窓会的な楽しみが見られはしないか?」)。「最後の旅」(685)では、死に際の男が夢のなかで昔の情景を次々に訪れ、大事だった昔の村人には挨拶をし、父親の林檎畑を訪れる。目覚めた親から話を聞いた少女は、まもなく親が死んだとき、父さんはあの旅を続けているのだと思う。「看病者の後悔」(756)では瀕死の女のそばについて、時を打つ音を聞き逃さないよう時計の真横で寝ていた男が、ちょうど彼女が息絶えたその時間だけは打刻を聞き逃した話。必死に思う心があっても、人生には、特に人の生死に関しては、この種の失敗が生じる。

老若の交替を描く

死を歌う作品中異色の「暁の生と死」(698)は、前半が赤ん坊の誕生を、後半は九十台老人の死を描く。丘が「霧の帽子を脱ぎ」野鳥や牛が鳴く早朝の田園の描写のなか、二人の男が道で出逢ってそれぞれ生と死のニュースを伝えあう。安らぎの風景のなかに老若の交替を描く。詩人自身の死と、その日に生まれてくる新たな生命とを歌っているようにも感じさせる。朝のすがすがしさが圧倒的なので、このようにいのちを受け継ぐものがいるのなら、死もまた必然であり、受け容れるべきものであるという雰囲気が漂う。

不気味な民間の迷信

死と関連する迷信を扱った詩もある。鐘の鳴り方、大烏、動かなくなっていたのに真夜中に十二時を打った古時計など「前回人が亡くなったときと同じ」ことが揃って今度は誰が死ぬのかと怖れる「凶事の前兆」(799)、新婚の男が一台の馬車の通り過ぎるのを見ると、そこに自分が捨てた女と自分自身が乗っているのが見えて元気を失い、やがて死ぬ姿を歌う「彼が　通り過ぎるのを見た男女」(727)、夫が教会の入口で墓掘人と話し込んでいるのを見て帰宅してみると、夫は外出したことを否定するので妻が暗然たる面持ちになる「彼女は彼を見たと言う」(752)などがそれである。また「収穫祝祭の宴」(746)では、農民の舞踏会で竜騎兵に歌を褒められた娘の耳に、最近埋葬されたばかりの元の恋人の声がする。不気味さのあまり娘は結婚を諦める。これらはハーディが民間の迷信のなかでも、死や死霊に纏わるものを重視していることを示す例である。

懐旧的に見られた庶民の信仰

土着的信仰を描いた「パポスの舞踏会」(796)は、副題にあるとおり、メルストック教会合唱隊のクリスマス体験記の続篇である。金儲けの話に誘われて合唱隊は目隠しをされて、セミ・ヌードの女たちが踊るパーティ(パポスとは愛欲の女神ヴィーナスの神殿のあるキプロスの古都)で演奏した。途中でキリスト教のキャロルをひとつ演奏したところ、たちどころに舞踏会も、報酬として山積みにされていた金貨も、消え失せた。翌朝、合唱隊隊員は前夜彼らがこれまでになく素晴らしい歌と演奏を披露したと村人から褒められる。これを語ってくれたヴィオラ奏者は今は土に返っている、と結んでこうした庶民の信仰が懐かしまれる一方で、信仰と愛欲との対立という十九世紀後半のテーマも扱われる。

神の消失した世界

このように、また他の章でも見たとおり、ハーディはそこここにキリスト教が文化として築いてきた伝統については、強い執着を見せはする。しかし本詩集でも彼のキリスト教離れを歌った作品が目立つ。キリスト教の信条が失われてゆく過程は、「真夜中の大聖堂前面」(667)の最終(第三)連が示唆する。聖堂前面を飾る預言者や枢機卿などの像が、月光のなか、風に抗して漏らす呻きが、キリスト教の信条を無意味化してゆく「理性の動き」の圧力のもとで「古めかしい信心が拒絶されてゆく」ことへの嘆きのように聞こえる。この信条の死滅を歌った「死せる信条の墓場」(694)に見える墓石には「苦しみに呻吟する被造物人間の治療に用いられていた／今は亡き神聖な万能薬の名が彫り込まれていた」——そして信条の亡霊が立ちのぼって、自分たちの薬剤よりも純粋な薬が世界をましなものにするだろうと叫ぶ。第四詩集の「神の葬列」(267)の結末と同じように、ハーディはここでも神の喪失のあとに自らを救う、人間愛など人類の英知に期待する姿勢を示している。この期待は、この詩に続く「空中に異様な期待が」(695)においてさらに明瞭に表現されている。ここに聞こえる〈おそらくは神の〉声は、大地と天が何を意味しているか知らされていなかった人類に対して「レンズを通してではなく」じかに真実に触れるようにして示そうと語り、「〈正義〉を登場させて〈邪悪〉を主役から降ろさせよう」と約束する。しかしこれは副題にあるとおり「幻想」とされていることから、詩は側面から神の消失した世界の邪悪を憂えているとも読める。この憂慮はさらに次の詩に受け継がれていて「一夜の質問」(696)では、死者の蘇る万聖節の前夜、一般人、貴人・有名人、海難事故の死者、戦死者、死刑被執行者などの亡霊がが次々に現在の世の中はどうなっているかと尋ねるのに対して、コミカルな風刺を籠めて、人間界はまったく昔のまま、「循環的に」戦争を起こす。また罪人を処刑しても世は良くなっていないと疾風が答える。

意識・理性・感性の不幸

人は意識や理性、感性などを持つがゆえに不幸だというのは、ハーディが『森林地の人びと』や『日陰者ジュード』でも中心的に扱ったテーマである。「隕石」(734)は語り手の「考えた」こととして遠慮がちな体裁を取って語られてはいるけれども、第八詩集「意識無きものとなる願望」(820)とともに、この考えを主題にしている。遠い天体から隕石に乗って地球に飛来した〈意識〉の胚珠こそが、醜悪と苦痛を感じ取る人間的苦しみの原因だと考えるのである。この〈意識胚珠〉は、万物が快楽と美感のみを生み出す他の天体においては別として、地上ではこれは疾病だとする。「思索することの焦燥が　もし解き放たれれば」(721)も同種の想念に基づく作品で「死ぬ運命の人間の持つ限界について／思索することに伴う焦燥が　もし解き放たれれば」人間は刹那だけを大切にして花のように嬉々として咲くだろうに、と理性による認識が人間を苦しめる様を嘆く〈ハーディのこの想念はあるいはブラウニングにあるかもしれないことは、第Ⅰ部七章でも述べた〉。他方、愛人と共謀して夫を殺した絶世の美女の写真を眺めての詩「やがて絞首刑を執行される女性の肖像に関して」(748)では、「この情火の暴動に対して貴女の弔鐘が鳴る前に／貴女を創造した〈原因者〉に理由を示してほしいものだ」——なぜ自らの創造物を狂わせる蛆虫を送りつけたのかの理由を示せ、と〈原因者〉に迫る。蛆虫は、人間の抑制できない高ぶる感情を指すと見てよいであろう。「霞み目の視力で　見極めもせずに／害毒を蒔く必要さえない状況で」この美しい野の面（つまり、この美女）にそんな恐ろしい種を蒔いたのか、と〈原因者〉が非難される。

自然の設計の醜悪化

〈原因者〉はまた、「失望落胆」(811)では、本来は「花と美を生み出そうとした」母なる自然の設計を醜悪化したとして非難される（ただしこの詩はハーディ二十代の作である）。自然の仕組みにによって生じてくる男女の「愛」が、目鼻の美醜ひとつに左右され、境遇・幸不幸が出生の偶然に依存するなど、こうした不条理を目にすれば、恐ろしい思想が生み出されても仕方がない、とこの詩は結ばれる。「傷ついた〈母〉」(736)では〈原因者〉は登場しないものの、自然の女神の芸術的な美しさを志す腕をつと手繰って邪魔をするごとき小鬼がいるみたいだと歌われ、「すべてが解体消滅へと向かう今」女神は自分の霞んだ視力を治して、不完全な世界の姿を直視するように求めている。

クセノパネスと一体化して

ハーディはこの種の作品を書くことによって、悲観論者のレッテルを貼られて苦しんだのだったが、「コロポーンの一元論者クセノパネス」(697)は、彼自身とこの一元論者とを同種の人物として重ね合わせた、俗世間への抗議の作品であると言えよう。クセノパネスは、ハーディが自然の女神について書いたと同様に、〈世界の始動者〉は手探りで、または無意識に仕事をしている、始動者は神ではなく万物である（ハーディの自然科学主義と共通する）と唱え、さらにその思想を世に広めようとした（とこの詩は歌う）ので、このために彼は世の敵意をかき立てる結果になった。この種の巨大な謎を解こうとする人は、それから三千年たった今も世の非難を浴びるのだ――この筋書きに加えて、クセノパネスが安全な思索のために「海の彼方に避難所を求めた」（ハーディは小説を去り、詩作に避難した）、そして同じことは末代にも起こると、この詩のなかで〈歳月の精〉が語っている。

誠実な生き方のもたらす不幸

他人の気持を良く理解する感性、誠実な生き方などがかえって不幸を招く現実は、ハーディの場合、絶対者が無意識の手探りで仕事をする結果だということになろう。「ダーンノーヴァ荒野の格闘」(729)では、語り手の女の彼氏は誠実で、妊娠が判るとすぐに結婚式を挙げると約束してくれ、妊娠がばれて奉公先から追い出されての家路にもついてきてくれた。荒野で彼氏は、妊娠中の別の女を殴っていた不誠実な男を目撃して女の加勢に入り、倒されて、石で頭を打って死ぬ。誠実と勇気のゆえに自分の恋人をまで不幸にして死ぬこの世の不条理を強調するように、二人の女はともに恋人を失い（殺人者は流刑地ゆき＝どのみち女を捨てていたろうが）同じ日に父のない子を産んでこの物語詩は終わる。このテーマの縮小版が「忠実なつばめ」(725)。浮気して余所へは行ったりせず永久に同一地に留まることにした燕が、「状況の変わった」一二月に霜と寒さに打ちのめされ、旅立つに遅すぎることを知る。我われ世渡りの下手な、詩を読む人間なんてみなこの燕のたぐいである。

時代の世相の風刺

これらの詩群には風刺的傾向が濃厚だが、戦争を初めとして当代の世相を風刺した詩はこの詩集にも多い。「別れの情景」(790)は、五年のあいだの兵役に出征する夫を見送る若妻とその義母（兵士の実母）を描く。嫁姑は悲しみのために一体となっていて、若妻は義母に縋り付くようにして「長すぎる！」と訴える。「船の上の馬たち」(757)は「戦時消耗品」として戦争に使われることも知らずに、「〈自然〉が彼らのために設計した意図から無理矢理引き離されて」船に乗せられてゆく馬たちを描く。「帰宅した漂泊者」(784)は世界のあちこちで働き、他国の内戦にもかり出されて同胞（人と動物）を銃で撃った男が帰郷して、彼の帰りも待てずに死去した母親そっくりの顔をして今、英国にいる姿を示す。戦争の醜悪のみならず、職を求めての人の移動が世界的になった二十世紀の、およそ進歩とは言えない状況を風刺する。「平和の鐘」(774)は、第一次世界大戦の終結を告げる大音声の鐘の音が、鐘楼に住み着いていたコクマル烏に平和を脅かすものとして誤解されたことを述べ、誤解が起きるのは「藁と棒の高所(巣)においてもそうであるように」文筆・政治という「低次の場」の場でも同様と歌い、戦争を批判しその終結を言祝ぐ詩人を、異端者扱いにする文字通り低次元な政治屋を皮肉る。

貴婦人の享楽と無感覚

しかしこの詩集を特徴づける風刺詩は貴婦人を扱ったものである。「貴婦人ヴィ」(775)はロンドンを、踊るところ・馬車のなかから自分を見せびらかすところと心得て、狩で狐をなぶり殺すのを無上の喜びとし、宗教を月曜まで居残らせたりせず「人生の真っ盛りに〈十戒〉だなんて。そんなのいずれまた別の機会に守るものよ」とする享楽主義の無感覚を風刺する。「商品目録化された海浜行楽地の貴婦人」(781)はつねに秋波を送り続ける貴婦人の、男の言葉を理解する前から素早く相づちを打つ習性から、夫に冷遇されているかのようにほのめかす手管まで、男を呼び込むための「魅力」を羅列する。「社交界の花形」(732)は駒鳥がパン屑を取りに来るおずおずとした様子も、朝焼けの色も眺めたことがなく、働いて帰る夫のために作った小鍋の音も、雀がねぐらにつく足音も聞いたことがなく、瀕死の病人に付き添ったことも遺体をかき抱いたこともなく「生者たちそれぞれの多数の受難のなかで」生じた出来事の、どのひとつも「知りも見も聞きも感じも」したことがない貴婦人を描く。キリストならずとも、人生では各人各様に数々語られるべき受難（'count of calvaries'）を経験するのに、それを感じることさえない貴婦人の生き方を完膚無きまでに非難する。「貧乏な男と貴婦人」(766)は印刷されずに終わったハーディの同名の処女小説の骨子を示すものだが、ここでも権威に頼らずに自分たちだけの結婚式を挙げた令嬢が、あとで社会的に上位の男と結婚して恋人を裏切る。「風刺画」(731)は手練手管に長けて「男の苦しみを食う美食家」である貴婦人が、年下のうぶな男を手玉にとって苦しめたので、この男が女をモデルにした滑稽な風刺画を描いたところ、女を傷つけることができた。だがのちに、女は生涯ただ一度この男だけを真に愛していたという話を聞き、男が陰鬱に襲われる。風刺は腰砕けだが、あるいは画家はハーディの成り変わりかも知れない——ハーディは自分を少年時代可愛がってくれた（またそれゆえ母の嫉妬を招いた）貴婦人ジュリア・オーガスタ・マーティン夫人を「アマベル」(4)において滑稽化しているからである。

女を詩に歌うには

ハーディは女をめぐるさまざまな状況について、この詩集では特に物語詩的な要素を随所に盛り込みながら、文学の一般読者にも尽きない興味を感じさせるような作品を次々に展開させている。そうと見せておいて一種の詩論を展開する作品から見てゆこう。「最後の愛の言葉」(714)は、一歌曲として、これが恋人に語る最後の言葉だと歌ってはいるが、同時にこれは、詩人として自分は恋と愛についてすでに語り過ぎたという感懐としても読める。「初めて目を交わし触れ合いを交わしたことが／僕たちの運を定めたあの時には／これほどに膨らむとは思わなかった」――これも特定の恋人への言葉として読めるのは当然としても、相手は女性一般であって、膨らんだことの内容は、膨大な数になった恋愛詩そのものという第二の意味も感じさせる。「変幻自在の娘」(780)も歌曲としての意味と詩人が女を歌う場合に、女というものが変幻自在に感じられるという意味との、合体と思われる。つまり特定の女が、実は二人の娘であるかのように、ある日には美しくある日には醜いという意味のほかに、女性一般がある意味ではまことに美しく、ある意味では醜いという意味を歌っている。語り手の男は最終行で「素早いキス、ゆっくりしたキス」で彼女を愛撫する旨を語るが、このゆっくりには、'with a slow handclap' という表現と同様に（感銘を受けなかった演技や演奏に対して行う間延びした拍手と同様に）、賞賛の拒否を表す意味もあると思われる。つまり、詩人は女性一般に衝動的な拍手を送る場合もあるが、その弱点も描こうとするのだという意味が感じられる。

物語詩のなかの女

恋の歌の多様性は実際、この詩集にも顕著であるが、次には物語詩として読める新たなものを順次見てゆこう。「カントリー・ダンスの合間に」(747)は、ダンスパーティを描き、遠方の白雪のなかに見える家で祖父母にあやされて眠る赤子の、実の父と母とが踊っている。しかし母親の夫はその子が自分の子でないとは夢にも思っていない。ハーディ自身が駄作とした(Hynes CP 3, 315-6)「教会と結婚式」(749)は婚約者のためにみずから教会を修復して華麗な結婚式を挙げようとした男が女に裏切られる話。「ウィニャード峠にて」(718)は韻律の整った短編小説というべき作品で、一幕ものの戯曲のかたちをとった長詩である（一九二〇年代のハーディ作品の演劇化の流行に合わせて、上演も念頭に置かれていた）。貴紳階級の狐狩りの最中に、峠で出逢った美男子に浮気しそうになった若い上流の人妻の、今にも靡きそうになる心理描写をはじめ、途中の風景風物も印象的である。「マートックの荒れ地にて」(797)では既婚の女が荒れ地で恋人と情事を重ねているうち、気づいた夫がこの情夫を殺す。殺人者は今はもう妻は浮気をしないものと信頼しているが、女は今も荒野をさまようのを止めない。「大急ぎのデート」(810)は、先の「貧乏な男と貴婦人」(766)と同様に、社会的身分が下の男と恋愛した令嬢が、妊娠を世間から隠すために、母親と遠い南の国に旅をして、まだ四十一歳の母親が子を産んだことにして帰ってくることにしたことを、恋人に告げ、あなたとの結婚なんてあり得ないと男を捨てる話。しかし「シャーボーンの修道院にて」(726)は良家の娘と貧農の男の駆け落ちの成功談。男は、女を自分より前に坐らせて馬に乗せ、万一捉えられたときにも女相続人が男を誘拐したことにして法から身を守るつもりだった。伝記的にはハーディの母方の祖父母がモデルであるとほぼ推定されていて（Purdy 239）、もしそうなら祖母エリザベス・スエットマンが、出産の八日前になってようやく、父の認めない結婚にこぎつけたとき（一八〇四年）のことを劇的に細工した話なのに、それを隠すためにハーディがわざわざ一七――年という添え書きを記したことになる。しかし二人が駆け落ちをし、結婚できずに舞い戻ったときの話なら一八世紀中ということもあり得ることになる（Bailey 532）。他方「身分不相応の結婚をした男」（709）では、妻が子供を連れて富裕な階級に属する実家へ帰ってばかりいるので、夫は意を決して家出をする。妻は後悔するが夫は許さない。「蕪掘り人夫」（668）では、勤勉で、妻子を大事にしていた農民が、あるとき美しい公爵夫人を事故から救ったのがきっかけで、この貴婦人に恋をし、片思いに悩み、あげくは深酒がもとで列車事故で死ぬ。貴婦人は金を与え、一通りの感謝はするが冷淡である。

物語と「女というもの」

「海の断崖に寄す」（768）は、断崖の上で男とデートをしていた女が、突然海を渡る客船を見て、あのなかに私を自分のものと信じている男が乗っていることを口にする（これがもとで二人は気まずくなる）。小説『青い瞳』のエルフリードがナイト相手に同じ状況に出逢うが、小説のほうがより高度な心理描写をしていることは否めない。女の浮気や心変わりの歌の変わり種「シャッグズ荒野にて」（719）では、チャールズ二世の非嫡出子で王位を名乗ったモンマス公が謀反人として追われる途中、道を尋ねに立ち寄った農家の女房に「世界一美しい人妻」と言いつつキスをする。女は追手に口を滑らせモンマス公逮捕の糸口を作る。あとで彼が高位の人であったと知った女は、その美しい姿を思い出し、自分が公を裏切ったと自責の念に駆られて身投げへの道を急ぐ。公が「美しい」と女を褒めるのは、自分を追手から護るために過ぎないと読者に判るだけに、「女というもの」への風刺が、ヒロインに対しての読者の同情と中和しあっている。「新婚旅行中の美女の独白」（771）は、ハネムーンで初めて世の中に出た美女が、どれだけ自分が優れた男たちの目を引くかを知って、つまらない男と結婚したことを悔いる独り言である。この作品では風刺されるはずの女にまだ素朴さが感じられる。「新しい玩具」（710）は、恋愛詩ではないが、女の本質への風刺詩ではある。列車内で自分の新しい〈玩具〉としての赤ん坊を、母親が誇らしげに見せびらかす。詩句の調子は風刺的なのに、車内の乗客たちがこの自慢げな様子を「十分根拠のあること」と感じているように、読者もこの若い母親の誇りをたやすく許すであろう。「一つの忠告」（767）はドラマティック・モノローグのかたちで、村の若い男が若い女に「こんなにぼくたちに大事にされているのに、どうして落とし穴で一杯の遠くへ行ってしまうの？」と問いかける。都会に憧れる女への風刺を見せつつ、現実の世相を描く作品である。

純情な弱い女の物語詩

以上は女をむしろ風刺した作品群であるが、女を純情な弱者として描いた作品もまた多い。「身ぶるい」（750）は、彼氏が遠い町へ出かけるので早起きした女が、期待に反して彼が遠回りをして彼女の家の前を通ってはくれなかったので身ぶるいする。これが彼の裏切りの始まりだった。「最後の一葉」(717)では、木の葉がすべて散ったときに俺は帰ってくると言い残して遠方の地へ去った恋人を待って、女は木の葉の散るのを眺め続けるが、最後の葉が散っても彼は帰ってこず、言い残したあの言葉さえ覚えていない。「サーカスの女騎手から演出責任者へ」(672)は表題の示すとおりの物語を、不遇の女から、夫または恋人に宛てた訴えのかたちで万人共通の次元で機能するように描いた、力の籠もった作品である。昔あなたに追い回されて練習に励んだ走路を見たなら、まもなく曲芸を見せなくなる私を思い出して！　私との馴れ初めを思い出して！　涙で汚れたこの数年のようにではなく、昔のようにキスをして！　恋人や夫に愛されなくなった女すべての哀訴でもあり、もちろん女をエマとして読むことも可能な詩でもある。「充満する恐怖」(712)では橋のたもとでデートを楽しんでいた女が、同じようにここで男と会い続けていた別の女が男に裏切られて入水自殺をした現場を目撃、自分の未来像を見たように怖れおののく。「粉屋の水車場で」(761)は妻と愛人との二人に、同じ時刻にそれぞれ子供が生まれて妻が自殺する話。今も水車がうつうつ回っている静かな情景のなかに、この悲劇と、鈍感な夫の姿とが描かれる。

悪女の純情物語

浮気女の雰囲気を漂わせながら、読者の心に残る女を描いた作品が「レッティの諸相」(765)である。標題に「諸相（'phases'）」とあるとおり、詩の一行一行が多様な意味に解釈できる。レッティは首を横に振ってネッドに「その気になれば／あたい　あんたなんか手玉に取るわよ」と言い放つ。しかし実際には、手玉に取りはしない。またこう言ったときの目つきは'wicked'だったと表現されているが、悪女の目だったのか、ふざけて悪女ぶって見せたのか、両様に読める。語り手ネッドは素朴な村の若者として描かれているが、レッティにたしなめられたとき、純情に愛を告白したのか、直接行動に出たのか、これも両様に読める。しかもそのあとレッティは顔を真っ赤に染め上げる。怒ったのかと思うと、自分の言ったことが生意気（'bold'、ただし一八六八年草稿では'saucy'）ではなかったかと気にしながら立ち去るのだから、むしろ怒りの正反対の感情を抱いたらしい。第二連ではレッティはネッドをほんの少し愛していると自ら思っている。ところが「ほんの少し（'just a little'）」は括弧に入っているから、これは語り手ネッドの判断とも読めれば、彼女の口癖とも読める（口癖なら大いに愛しているという意味にもなり得る）。この連に先立って草稿にあった（Hynes CP 3. 316）美男、兵士、船員とのレッティの激しい情事をハーディはこの決定稿から省いてしまっており、ただその雰囲気だけが漂っているのである。そしてこの第二連の後半では、レッティは一マイルも歩くと休息せざるを得なくなったことが判る（それも説明ではなく、描写の一角がそう示すのである）。このとき彼女は抱きしめ（'clasp'）られるが、この一語が情事を指すのか弱った体をいたわるようになのか（彼女は殊の外、彼の〈抱きしめ〉に感謝している）両方なのか、読みは自由である。第三連ではレッティはネッドに「忘れないでね、あなた、その日には／あたいの結婚の鐘を打ち鳴らしてね」と何度も懇願するが、その日、すなわち彼女の葬式の日に死神に抗してこの独身女への結婚の鐘を鳴らすのは「俺たちみんな」であり、しかもその間、ジョンが彼女の墓穴を土で埋めている。「俺たち」はこの仕事を胸轟かせて誇らしげに行っているから、彼らはレッティに「ほんの少しだけ」愛してもらった男たちであり、彼らが埋葬を任されて誇らしく思うほどの美女だったのだろう。それほどの女でありながら、今は語り手ネッドさえ彼女のことは忘れかけていて、埋葬の地点さえ見分けがつかないそうだ。原詩は味わい豊かである。

描写の巧みな物語詩

「にせの女房」(728)は、若い女房に毒殺を謀られながらそのことを知らず、そのために死の床にある男が、死ぬ前にぜひうちの奴にキスをしたいと言う。ところが女房は牢獄に繋がれているし、真実を明かすこともできないので、人々は獄中の妻によく似た女に代役をさせることにした。体力も視力も落ちた夫は、彼女が〈にせの女房〉であることを見分ける力ももう失っていて、この〈妻〉に感謝しつつ果てる。巧みに描写されるこの場の人びとは、このごまかしを容認した。人の臨終の場での、逝く人に悲しみを与えないための〈うそ〉や〈隠し事〉は容認さるべきかという人生の大問題も扱われている。ハーディはこれを一八世紀の話とことわっているが(『カースタブリッジの市長』にも言及される、一七〇五年に行われた女への死刑執行が素材である)、古めかしい町の雰囲気を良く伝えている。また寒村の雰囲気を伝えてくるのが「乗合馬車の御者」(669)。御者の隣に空席があるのに彼は誰もそこへは乗せない。昔はそこに必ず座を占めていたのに今は墓に入ってしまった女房の席を空けたまま、「夜が全てを覆い尽くすまで」御者は今も二人で仕事をしているつもりでいる。夜の闇のなかへ吸い込まれて行く馬車が彷彿とするとともに、「御者自身が夜の支配するあの世に渡るまで」の意味が読後にじわりと読者の胸に浮かぶ。

エマ関連詩か?

しかしこの御者の作品さえエマものとしても読まれる可能性がある。と言うのも、この詩集にも数多くの明らかなエマ関連詩があり、その結果他の多くの作品にもエマの影を見たくなるからである。女が室内に入って、〈彼女の嫉妬を誘うはずの〉見てはならない何かを見た「あの瞬間」(798)や、女との逢瀬に後ろ髪を引かれて列車に遅れ、安宿に泊まったことを歌う「乗り遅れた列車」(759)、女からの手紙(通説としてはエマからの手紙とされる。Bailey 547-8)を手にして、これは深入りし過ぎたと思い、関係を断ち切ることを決意しながら、実際には意志とは正反対のことをして、自分は崇高なよいことをしたと歌う「計画されていなかったこと」(763)などは、エマ関連詩としても、そうでないとしても読めよう。「ビーチェン断崖の真夜中、一八七一年」(733)はバース市街の夜景を眺めながらそこに住む美女を思う詩。付された年代は、これをエマ関連詩であると公言しているようなものである。一八七三年七月、エマはバースの友人を訪問し、ハーディもそこで彼女に会ったという(Bailey 536)。「かってスウォネジで」(753)では、波のしぶきのために月光が緑色になり、岬の彼方で轟く波濤は「ドアをぴしゃりと閉ざす音のシンボル」に聞こえる。ここに語り手と手を携えて立っていた女と言えば、スウォネジはエマとハーディが一八七五年から九ヶ月住んだところだから当然エマを歌ったものと思われるが、また比較的ハーディの生家に近い地点であるからトライフィーナも連想させる。いずれにもせよ二人の男女の、後年の不幸が予兆されていると感じられよう。

色白の誠実な美女

「判っていたなら」(785)は、今は判っているのにあの時判っていなかったこと、つまり〈君〉がもっとも誠実な人生の旅人だということを知っていたなら人生は変わっていたのにと歌う。〈君〉とはエマだとするのが普通だが(Bailey 559)、歌曲としてのリズムにこそ魅力のある作品である。「色あせるバラ」(737)は、バラの花が、自分を眺めてくれた女性が見に来なくなった訳を尋ねると、職人たちが浮気をしているからだなどと解説したりしたのち、「この庭とは別の土地を掘る男」が、大理石の彫像のように美しいままのその女性を地の下へ安置し、踏みしめて収めたこと、地の下をくぐって彼女はいずれバラを訪れるだろうことを語る。つまりこの男は、墓掘り人夫なのである。ここでは女はエマと読まれて当然である。スレートを買いにやってきた語り手がスレートの景色を背景に色白の美女を見初める「緑色のスレート」(678)となると、伝記の上ではエマはここで見初められたわけではないけれども、ペンペシイ石切場の出来事とハーディ自身が断っているから、ハーディらしい脚色によって見初めたのもこの場所であったごとくに作り替えて、この詩をはっきりとエマを記念する作品としている。五十年後の今でも緑色のスレートは彼女の美しさを連想させるという歌である。

エマへの記念碑

エマを記念する作品と言えば、記念碑をイメジとして用いた詩がある。「古今東西のアルテミジア」(692)の標題に見える古代カリアの女王アルテミジアは、亡夫のために巨大な墓を建立したので、亡妻に記念の銘板を捧げたハーディ(次の詩参照)は、この女王を自分の生き写しのように思ったのであろう。この詩の語り手の女はエマではないことは言うまでもないが、男女を入れ替えてこの女の位置にハーディを入れ、亡夫の位置にエマを置けば伝記的に理解できよう。当作でのアルテミジアは「胸を焦がす悔いの火を鎮めるために」記念碑を建てようとするが、ハーディは銘板奉納ももちろんさることながら、アルテミジアと同じ気持で記念の詩を書き続けるのである。実際「記念碑の制作者」(671)では、男女の入れ替えはなく、美しくできた記念碑に見とれる語り手と、自分が過ごした陽気な時間の心の内部が記念碑には描かれていないとしてこれをけなす女との対立が描かれる。ハーディは実際、亡きエマに記念の銘板を捧げたから、この詩はその次元でも読めるし、記念碑を詩集の意味に解して読むこともできる。しかし何よりも、死後のいかなる愛情行為も虚しいという、より一般性の高い意味でこの作品は大きな意味を持つ。しかしハーディは、相変わらず若いころのエマに出逢ったコーンウォールの地への愛着を捨てない。なぜなら「彼女の出没する国」(789)は、この詩の語るとおり、形式的記念碑の墓のある場所ではなく、彼女がいきいきと生きた国であるからだ。「想い出すべき日々」(792)の前半もまた「セント・オールバンの岬まで／夏が脱ぎ捨てた薊《あざみ》の綿毛に乗って散歩した」したとき(結婚直後の一八七五年)のパートナーを歌う。「彗星の尾のような、星雲状の流れとなって」風に吹かれてきた薊の種子を、そしてあの秋の日を、君は思い出せないのかい？　生きていれば決して忘れるはずのないことなのにと、語り手はこのように亡霊に尋ねる。そして後半では、エマの死の直前の住居の窓が思い出の中核になり「（夫に）叱られても褒められても」よく〈君〉が外を眺めていたあの窓のそばで、君が絶命した日を覚えているか、覚えていると言ってくれ！――死者が覚えているはずもないけれども、非合理性が勝利する哀切さが、この作品をエマへの記念碑としている。

歌に唱和しないエマ

実際この詩集でのエマものは、時すでに遅しという悔恨の感情に支配された詩が多い。「いまひとたびの試み」(720)では、三十年あとになって、かつての恋の全行程を再び辿ろうとした語り手が昔の年月を眺めようとすると「そこには〈人生〉がいた――青ざめ白髪となった〈人生〉が」――彼は、後ろ向きには登れない人生の坂を見出す。時の不可逆性を歌うと言うより、悔恨がここからも吹き出てくるように読める。ハーディの実生活に照らして言えば、この詩は不和に陥った妻との関係を修復しようと一九〇〇年前後（エマとの恋の始まりから「三〇年後」）に試みた努力が、それまでの〈人生〉におけるさまざまな事項の積み重ねに邪魔されて潰えたことを歌おうとしたものかも知れない(Gittings *Older* 97)。「オート麦が収穫され」(738)では、墓の一角を眺めて男が語る――「あそこにいる一人の女を私は傷つけた、いまはそれがよく判る／だが　ああ彼女は私を傷つけたことが判らない！」と嘆く。女に傷つけられたことより、死人に知覚力がないことへの嘆きのほうが遥かに強い。この引用の前半と後半で「判る」という言葉の意味が、まったく次元を異にしている対照法が見事だからだ。「歌う恋人たち」(686)では、語り手が月光の入江に船を漕ぐと、親しげな若い男女が船のなかで歌を歌うが、「その昔　誓いを誓ったあの女は／その歌に唱和しなかった」と悲しむ。「二つの唇」(707)では語り手が、結婚前に空想のなかで、あるいは写真に向かって、その女にキスをしたが、それを（実際にキスされたわけではないから）女は知らないままに終わった。またあとになって、死衣を着たこの女にキスしたことも（実際にキスされたにもかかわらず）女は知らなかったと歌う。ここでも「知らなかった」という言葉の意味が、〈推測しなかった〉と〈知覚できなかった〉の両義を使い分けている。これが死者がもはや何も看取できなくなったことを読者に強く印象づける。「ある出立」(812)は「その車が何を乗せているかを知っていたので」語り手が、雨に光る月桂樹を過ぎて行く車を見送っていたという平凡な行為をしているように見える前半と、「その車が何を乗せていたかを知っているので」あの車を忘れられないと歌う後半から成り立つ。乗せていたのはもちろん亡妻の遺骸である。ここでも類似の語句が、まったく異なった意味を示すところから、作品の味わいが生じる。「なぜ奥さんは引っ越したの？」(806)と犬の問うこの詩での奥様の引っ越し先は墓である。「凍てついた温室」(706)は、かつて女がストーブで暖めるのを忘れて後悔した温室が、長年ののち今日は暖かく保たれているのに、女は植物よりも冷たく凍てついていることを歌う。「今夏と昨夏」(800)は、昨年の夏が見たものを今年の夏は見られないから、今年の夏よ、お前は不幸だと歌う。ここまでは皆、エマへの嘆きの歌と言えようが、最後に挙げたものには深い嘆きの声は感じられないように思われる。一方「こだまの精の返答」(769)は三行で一連を作り、二行目の最後の句をこだまがそのままに答える。僕の女房になるのは「似合いの女房？　間違った女？」と問えばこだまも「間違った女」と答え、間違った女房とのいざこざの解決方法を「富の織物？　地下の穴？」のどちらかと問えば、こだまの答えは「地下の穴」である。女が死ななくては解決されない、という意味にもなるわけだが、女が死んで初めて女への愛が復活する（した）という意味をも込めたのであろう。エマと関連がないとすることもできようが、これは言葉遊びによる軽い喜劇調の作品である。

書物のように閉じたまま語らず

再び真摯な追憶の歌に戻ろう。「前途の眺め」(735)は、エマの没後一ヶ月に書かれたものという添え書きがあり、枯れ枝の風景を眺めつつ、語り手はまだ〈彼女〉がこの枝の下にいて、客に挨拶していたころを思い出す。「氷のような風が北方から　骸骨状の生け垣のあいだを抜けて／…雪の前触れのかじかみをもたらす」——前途の〈雪〉、つまり老いと寂しさを風景描写で暗示する。少年たちはスケートの滑走所へ行きたくて足を早めるが、語り手は別のところ（墓のなか）へ行きたいのである。また一九二二年一一月という日付を付して書かれた「あれ以来　十年もの」(691)は、まさしくエマの死後十年を歌った作品である。エマが愛した木々はあの頃より十フィートも丈が伸びた。そして'rustier, mustier, dustier,'と印象的な脚韻を踏みつつ、

あの頃にくらべてピアノの琴線は　さび臭くなった、
　書物の背綴じは　かび臭くなった、
　屋根裏とそこにしまったものは　ちり臭くなった。
　そして私が気にも留めなかったあの彼女は一冊の書物のように
　　今は閉じてしまったままだ——あれ以来十年ものあいだ！

「一九二一―二三年詩集」ばかりが高く評価されているが、このように（この作品は言うまでもなく優れているが、たとえば前出の「想い出すべき日々」(792)や次の「彼女は扉を開いてくれた」(740)のように）後年の作品にも、それらを凌ぐエマ関連詩がある事実はあまり知られていない。

扉を開いてくれた女を保存する〈時〉

「彼女は扉を開いてくれた」(740)は特に女性読者の心を打つはずの作品である。彼女は「磯打つ波の国」の、「文学とロマンス」の、そして「愛」の扉を開いた女として歌われる。だが作品の頂点は第四連にあり、彼女は「過去」の扉を開いてくれて、

〈過去〉の扉の向こうには　点々と魔法の明かり、
　そして天国的な　いくつもの丘。
私の前途に何も見えなくなったいま！

〈過去〉が魔力と天国的な魅力を備えた実存在として、未来の展望に

替わって人生に意味を与えてくれるというのである。この作品はさらに「絶対が説明する」(722)によって補強されている。この作品については、第Ⅰ部第十一章で詳しく述べたのでここではできるだけ簡潔を心がけよう——「絶対」は作品の冒頭から登場していて、自分の見地からすれば過去に存在したものはすべて今も存在するのだと人間に時間感覚の変更（つまり〈時〉は人間を食い荒らすものではなく「時には歯が無い」のだという新感覚）を迫ったあと、語り手の男に「〈過去〉と呼ばれる展望を開いて」見せてくれる。

　塵に埋もれて枯死したはずの花が　そこには今も咲いたまま（中略）
　　その近くには　長年の昔の
　　　七色の虹の弓。

——つまり、生きてきた人生そのものが実存として、消滅せずに「絶対」のなかに保存されているとするのである。これも「一九一二—一三年詩集」にさらなる意味づけを与えよう。この作品(722)の思いの再説という副題を持つ次作「こんな訳で〈時〉よ」(723)では、「愛されて無我夢中なもの全て」は、はかない一時性とは無縁で、際限のない存続期間、損傷も受けずに永続することが歌われる。この詩は女を登場させないが、エマものを支える柱のひとつとなっている。そして永続する貴重な瞬間としては「一時間の歴史」(758)に歌われた時間がその例であろう。あまりに霊的なその一時間は詩には歌えない——

　麻糸の粗い合わせ網のなかに　花盛りのバラの茂みの
　六月の朝の香りを　捉えられるならば捉えるがよい
　　そのようにあの一時間も　捉えてみるがよい！

という結末は素晴らしい比喩（ただし同種の比喩は『遥か群衆を離れて』にもあり、また遠くエサリッジにも見える。ハーディとしては王政復古期の演劇なら、借用は許されると思ったのだろう）である。

出逢いの直前の風景

異性との運命的な出逢いの直前の風景は、のちに思えばこれも貴重な瞬間である。比較的に似た発想の他の作品も多いが、風景描写がその都度独自に優れているならば、似通った詩もまた歓迎すべきである。「海岸の遊歩道で」(682)は優れた風景描写の作品として途中まで読まれるために、風景の後ろにあった「仮面を付けた私の運命の顔」が異様なものとして読者を驚かす。落ちて行く薔薇の花弁のように波間に月光が踊り、地上にあるランプの列は紐に通した真珠のようで、それを捧げるランプの柱が海面に映ずる様は「光の錐を水に突きつけて譲らない」と表現される。しかしこれらの景色はその後の運命を予示するようには用いられていない。それがかえって、運命との出逢いの唐突さを感じさせる。詞華集に採録されていないのが不思議に思われる佳品のひとつである。

凶兆を見抜く女

エマとの生活における暗い側面を描いた作品も無いわけではない。「上流の晩餐会で」(677)のなかでは、語り手の連れの女は衝立のそばの物影を自分自身の死骸だと言う。

実際には語り手の言うとおり、孺子の輝きらしいのだが、それを聞くと今度は、あれは孺子の花嫁衣装を着たあなたの新しい花嫁だと女が言う。これはエマの狂気を示すものだと取りざたされる作品であるが、夫の社会的成功と上流の集まりのなかにあって、取り残されるように感じる女の気持を表現しているとも読めるのである。同様に「凶兆を知る婦人」(808)の女も、夫とともに輝く宴に囲まれながら、「今日の有り難さがあとに残してくれるものは／想い出すためのむくろだけよ」と語る。狂気ものと分類できるにしても、人生の喜びすべては後年の思い出のためのむくろだとするのは、きわめて優れた比喩ではないか？　狂気ものとしては表面的にはエマとは無関係ながら、「異議の出た結婚予告」(795)は、女の家系に病気の〈すじ〉があるという理由で、教会での息子の結婚予告に異議申し立てをし、そのまま命を失った父。その予言どおり、不幸に陥った息子が後悔する。今日では〈すじ〉のよしあしを語ること自体がはばかられるとはいえ、命を賭して真実を息子に語る病身の父親（母親）はいつの世にも多数存在することであろう。そして母の意見を入れなかった可能性のあるハーディは、この些細な物語詩のかたちを取りつつ、エマのなかに見られるとされる異様な精神構造のもたらす悲劇を描いているのかもしれない。

ヘニカー夫人への恋

さて純粋なエマものに戻れば、夫婦の意志の断絶を歌う歌はひとつだけある――「似たもの　そして違うもの」(762)は同じ景色を見ていた夫婦が、語り手の女のほうは風景への淡い記憶を、夫のほうは新たな恋の対象の記憶を深く脳に刻み込む次第を歌う。伝記で言えば一八九三年、ハーディはヘニカー夫人に出逢って恋をする。そしてそのヘニカーその人を歌ったとされる作品が本詩集に含まれている。「来ないで――でも来て下さい」(674)がそれで、そのために語り手が悪評を立てられようとも「身もやつれ、痕跡も残さぬ幽魂となろうとも」自家に来て輝いてくれと歌う。「あの月のカレンダー」(687)は女が決して語り手の男のものになれない理由を語ったあの月のカレンダーを裂いて捨てよと歌うだけ。この詩についてもヘニカー夫人との関連が推定されている(Purdy 342 ff.)。「信じさせて下さい」(676)は、かつて一度だけ、心から貴女が私のために優しい気持になったことがあると信じさせて下さい、そうすれば私は、墓のなかに入ってからでも貴女が私のことを、悪かったと後悔しつつ思い出してくれると思うだろうという老人の歌だが、ヘニカーを歌ったものかどうかは判らない。

見初めた〈恋人〉、捨てた女

これら以外で語り手の恋や女を歌った作品を見る。「ルーイ」(739)は第八詩集の「小道で会ったルイーザに」(822)と同じく、ハーディがうら若いころに見初めた少女を歌ったもので、「選ばれた女」であるエマとは生前知り合うこともなかったのに、今は、語り手の愛の対象だった二人が墓のなかの隣人同士でいる不思議を歌う。これは軽やかに歌われた作品だが、他方「藺草の池にて」(680)は恋人を捨て去る瞬間を描いた鬼気迫る詩である。最初の三連は現在の池の描写である。水面には半月の影が浮かび、翼の生えた風がしゃがれ声で歌いつつ吹きつける。水に浮遊する月を、風は引き延ばして「栓抜きをつっこむようにひねり回し、のたくる蚯蚓《みみず》と化した」ために、月は蒼ざめ疲れ果てた姿になる。語り手は空にかかる実物の月を、見上げることができない。地上の昔の情景が想い出されてしまったからだ。彼はかつてこの池の端へ女を呼び寄せては、彼女を自分のものにした。しかし彼女のくれないはすでに白茶け、別れの時が至っていた。そして長い年月を経た今夕、池にかき乱される半月の姿は、あの時水面に映っていた彼女の影が、つと遠ざかっていったまさにその姿を想い出させる——

この池の　悲しみの輝きにかき乱れる半円の月こそ、
　彼女が水影を落としつつ　池から　つと遠ざかり、そして
私の日々から彼女の日々が消え去った瞬間に　私の眼に焼きついた
　あの彼女の姿の　まさに生き霊にほかならなかった。

恐ろしい歌だ。第一詩集の「中間的色調」と同じ場面であろうが、こちらのほうが迫真の勢いを持っている（詞華集は無視しているが）。またハーディの伝記とはおそらく無関係だろうが（しかしハーディはこのような偽装のもとに自分のことを象徴的に語ることが多い）、「彼が、通り過ぎるのを見た男女」(727)も、先にもちらと見たが、捨てた女の話である——すなわち、結婚したばかりの男が、自分の捨てた女と自分自身とが、新婚夫婦として馬車で通り過ぎるのを見てしまい、確かめてみると、ちょうどその時刻に捨てた女は死んだことが判るのである。男は元気がなくなり、やがて死ぬ。ハーディの民間の迷信じみた話への愛好を物語る作品である。

恋も地獄、目覚めるも地獄

さてこのように恋の歌を連ねたハーディは、〈恋の苦から目覚める苦〉をも歌っている。「彼は偶然にも恋の苦痛を癒す」(773)は軽快な歌曲として仕立ててはある。恋の心痛に歌を歌わせるうちに心の傷は癒えた。恋離れしたのである。しかし恋ができなくなってしまうと、昔の〈甘美な苦悩〉をこそ蘇らせたいという気持が、語り手を襲って来る。ハーディは、多数の恋の歌を書いてきた老齢の自分のことを、若い恋人に見立てて描いているのであろう。とはいえ、第八詩集の章を読んでいただけばお判りのとおり、死ぬまでハーディは作品の上では恋離れなんぞありえない歌いっぷりである。他の詩集以上に、次章で見る最終詩集は女の歌（必ずしも語り手の恋の対象についての歌ではないが）に満ちている。しかし本章もこれをもって恋離れをし、他種類の作品に目を転じたい。

叙景詩——自己の住居で

第七詩集の大きな特徴は叙景詩に優れたものが多いということである。ハーディもそれを意識していると見えて、巻頭第二の位置に叙景詩「田園住宅に鳥の居る風景」(664)を配置している。家のなかで人が動く気配がすると、朝霧と白霜に囲まれて歌っていた小鳥たちは窓枠から撤退し、人の起居に合わせて庭木の枝へ遠のく。生きているのが嬉しくて大声で歌っていたのを人に詫びるかのように、そこからも彼らは呼びかける。室内では朝五時を知らせる時計が槌音を鳴らす。このような暁を百年も迎えてきた家を私は知っている——詩人のハイヤー・ボッカムトンの生家の描写である。「朝の四時」(681)は、この生家で、朝の

四時に起きて勉学に励んだ語り手の青春を歌う。暁を迎えてなお星座がきらめいている様子、自分より早起きの村人がすでに働いているらしい気配などがみずみずしく伝わる。一方彼の現在の住居マックス・ゲイトの様子は「日の短くなる我が家で」(791)に描かれる。後半は林檎酒作りの職人の到着を淡々と描くだけだが、前半には初冬の到来を色濃く告げる比喩の優れた描写が続く。部屋を縫う日の光は「織機の横糸」、冬は永遠に去ったのではなかったのかと啞然とする雀たちが「生垣から噴出」、枝おろしをした柳は「腕白小僧の頭」。

叙景詩——秋の雨・冬の雪

秋冬や雪景色の描写が多いのはこの詩集に特徴的である。老年のシンボルを意識したのであろうか？　先に引いた「凍てついた温室」(706)を導くかたちで七篇の叙景詩が続く。「中秋の夜半」(699)は嵐の描写。水嵩の増した小川が溢れて、うなぎが大通りを横切って新たな住処に移動する（夜更けに家路を辿っていた人の足にうなぎは触れたのである）。教会も水浸しになり「魔女たちが箒にまたがって出歩いている」——この末尾の一句は家庭内で子供を相手に伝統的に嵐の晩に言い交わされてきたことなのだろう（少なくともそう感じさせる）。「羊の市」(700)は叙景詩であるとともに生活描写詩でもある。砂降りの秋の羊市。競り売り人が顎髭から水を絞り出す。買い手の帽子には雨水がたまり、足場を変えると滝となって落ちる。しかしこの作品の特徴は「後日追記」が付いていることだ。あの一万頭もの羊が集まってこのかた、

　時は　ながながと尾を引いてしまった。
そして羊のむれはすべて　とうに血を流してみまかり、
水　滴らせていた買い手たちは　成功して時を走り、
市で　おとなしい檻のむれを　それぞれの宿命へと割り振り
かつ「売れるぞ！　売れるぞ！」と繰り返して怒鳴り
声嗄らしていた競りの男も　今は世を去って姿を消した、
　　パンメリイの市から。

羊市を昔の情景として懐かしむのではなく、活気に満ちた人々の営為と成功が、羊もろとも幻のように死のなかへと消えたという印象を残すのである。「郊外の雪」(701)は自然描写ファン（著者の私以外にはあまり居そうにもないが）には特に印象的であろう。雪のために肥大した小枝は、分岐して白い蜘蛛の足のよう。雪片が「途中で迷い」再上昇、他の雪片に出合ってまた下降する。雀が樹に入り込んで枝を揺らすと、大きな雪塊が落ちてきて雀を転覆させる。石段を必死で登ろうとする黒猫を語り手たちが家に抱き入れる。「寒気のあとの浅い積雪」(702)にも「蜘蛛の巣の淡い存在は、霜（正確には凍った霧）の力がはっきりさせてくれるまでは／人の目には見えなかった」という、『テス』にも見える優れた描写がある。「森林地の冬の夜」(703)は、副題に言うとおり「むかしの情景」である。猟の対象になる狐が、その事実を知っているかのように憂鬱な鳴き声をたてる。鳥には罠網が仕掛けられる。密猟者は棍棒を持って森の雉たちに近づく。密輸業者に雇われて陸路商品を運搬する「暗い人影」が、遠い森のはずれを一人ずつ

視界を縫うように走る。歌い継がれたクリスマス・キャロルの合唱隊の歌声が、真夜中過ぎに聞こえてくる。

冬の叙景詩――生活の活写

「本街道に張った氷」(704)は、より生活に密着した描写詩である。よく太った七人の主婦が、腕を組んで横に並び、こうして辛うじて氷に足を取られずに買い物に行く。滑りながら進むのに、笑い声の楽しげなこと！「雪の街かどの音楽」(705)は、七連作を意図したと思われる叙景詩の最後のものだが、二人の少女が「小銭をもらうために」雪の街頭で「情熱もなく」演奏する三拍子の舞曲（アントワネットも踊った曲）への語り手の愛着と、少女たちへの語り手の冷淡とが調和しない（音楽の熱愛者は、その曲の拙劣な演奏には腹が立つという傾向を持つから寛恕すべきか?）。

雰囲気豊かな冬の叙景詩

冬を描いた叙景詩で優れているのは、寒々としたハンプトン・コートを描いた「呪文に縛られた王宮」(688)である。低空を旅する穏やかな太陽の下、尖塔の影法師が長々と伸び、アトリが五、六月に増幅される旋律の、試し歌いをする。内部庭園にはいると今までかすかな音だけがしていた噴水が視覚化されて、それは「希薄化された水晶をあたりに撒き／冷たい手で触るまじないのように、この場の全てに執拗に麻酔を敷きつめる」――語り手はここでヘンリ八世とその共連れの幻を見る。「買い手不在の」(708)の季節は明示されてはいないが、雨の冷たい情景である。葬列よりものろのろと、老いた馬に呼び売りの品を乗せた荷車を引かせる貧しげな夫婦の描写。よろよろとした主人と老馬は生き写し。妻は馬をいたわる。「そして　誰も買わない」――情景の裏側にこの夫婦の生が幾重にも想像される作品である。「彼女にできる限りを」(693)は霜が到来した秋の終わりに、風に飛ばされて落ちてゆく木の葉も、着飾り続けた〈夏の女神〉も、ともに精一杯に夏のショウを演じ終えたと歌われる。同じく十一月の歌である「聖マーティンの市――終幕の情景」(730)は、要約しては命を失う叙景に満ちている。浮気な大地は熱い太陽を崇めていたのに、今は輝きを増してきた冷たい月に目を転じ、木の実打ちの屋台の女は、炎の揺れるランプに顔を赤々と照らされながら、若い男に卑猥な言葉をかけて楽しんでいる。売れ残った荒野の馬は、捕まえてきた森へ返された。市の雰囲気が、一世紀後の異国の我われにも実感される。「浮浪者の歌」(743)も冬と秋を背景にしている。曙が雲のカーテンを閉ざされたまま這い出してくる冬にも、疾風に松の木が傾く秋の到来にも、このなかのおいらの家はお屋敷に匹敵する――と浮浪者は歌う。また「イーストエンドの牧師補」(679)は、貧民街で無気力に「放心したように猫背で歩く」助牧師を描き、彼の貧民街訪問が「善のためになるのか、無益なことなのかは神のみぞ知る！」と結ぶ。貧しい助牧師にはどうしようもない貧困と無知が、そこを支配しているらしい雰囲気が漂う。

叙景詩――農村

農村地方の雰囲気を主体とした作品も多い。「恋する男から恋人へ」(670)については、ハーディのドラマティック・モノローグとして第Ⅰ部第一一章で詳しく述べたが、これは具体的な叙景をしていないにもかかわらず、男と恋人とのあいだを隔てる広漠とした森と農場を彷彿とさせる。「港の大橋」(742)

も叙景歌でありながら、人生の一こまを鮮烈に描く。前半では波止場から見上げる夕暮れの大橋が描写され、後半では黒い切り絵のように歩む市民の姿を導入部として、一人の水夫が別れた妻から仲直りの話を持ち出されながらそれを断る情景を描き、最後には地上のランプと、天界のランプのような星ぼしの描写が詩を締めくくる。「羊飼いの少年」(764)は大風のあと、海から濃い霧が押し寄せて羊飼いの少年が巻き込まれる様子を純粋な叙景歌に歌う。そして貧しい少年の農業労働の描写一こまを交えている。この奇異な自然現象は小説『遙か群衆を離れて』四二章の、プアグラス氏を巻き込む霧と同じ性質のもので、描写の質も小説のそれと同様に優れている。「バターのサンプル」(786)は農産物品評会で、次々に差し出されるバターのサンプルの優劣を決めかねていた語り手が、色白な農民の娘がお茶目な表情で差し出したサンプルを最上品と断定する。バターの質を決めるのも女の心というユーモアと、農業的なイギリス南部のおおらかな雰囲気が醸し出されている。

叙景詩――当代の世相

現代を風刺した叙景も散見される。「しばらく前に聖パウロ聖堂で」(683)の前半は、より人間界に焦点を当てた写生歌であるが（この聖堂を訪れた観光客たちはパウロのことを忘れて身を飾り、無目的にぶらぶらしている）、後半はパウロの幻想的な宗教心とは真反対な商店街の物質性を描く。このパウロという「狂信的な奇人」は、ここでは明らかに世俗の醜悪に対立する人物とされており、世界を震撼させる反常識的な明察と衆愚の対立がテーマであると言えよう。「オクスフォード通りを行く――夕刻」(684)も前半は街路のありとある部分から反射してくる夕陽を描き、後半では物事への興味を失って、ただまぶしげに目を伏せて西日に向かって歩く小役人の姿を描き、生涯の果てまで都会に閉じこめられて野の自然と無縁になった現代都会人を風刺。「水上運動会にて」(755)では、競技の行われている海のほうを見やりもせずに、ただ機械的にヴァイオリンを弾き、歌を歌う、人生への興味を失った音楽師を描く。

叙景詩――人の心

叙景歌の一種ではあるが、景色と人の悲しさを結びつけて描いた作品も見られる。そのひとつは本章で先に述べた「海岸の遊歩道で」(682)であるが、今ひとつは「ハイストイの丘の麓で」(760)である。生け垣が交差する丘の道、月光に映える崖で語り合った四人は「なにが彼方に待ち伏せているかを知らなかった」。あの夜から今日までに、語り手をのぞく三人が世を去って「彼方」に向かい、今も道は坂をのぼり、月は丘と出会っている。「雨の日の日時計」(788)もある意味では哀調を帯びた写生を主とした作品だが、太陽不在の雨の日に涙を流す日時計は、さまざまなものの象徴として読める。目には見えないけれど太陽は雲の向こうに確実に存在していて、いずれ顔をのぞかせるのは「親切にも　私の仕事はこれですと／はっきりと私に語らせるためなのだ」。W・H・オーデンはこの太陽をハーディその人として（ハーディをつねに師表とすべき先人として）この詩を読んだ（Auden, 78-86）。

動物愛護の歌

さてこうした描写とは別個に、ハーディは動物愛護の精神に満ちた作家で、『テス』にも『ジュード』

にも小動物や鳥を主人物たちが哀れむシーンが見られる。この詩集にも同じ傾向の作品が登場するが、「同情心」(805)はイギリスの王立動物愛護協会の百周年を記念して、その機関誌から依頼を受けて書いたものである。この百年のうちに、当初遠慮がちだった動物愛護の主張は多くの人に受け容れられたこと、今後さらにこの主張の前進が必要なことが歌われる。「肉入りの袋たち」(787)は屠殺される牛たちの競り売りの叙景としてあまりにも生き生きしているので、最後に牛が「自然に反したことをする同胞を恨む目つき」で涙を見せる場面はむしろ異物が混入したように感じられる。「鳥捕獲職人の息子」(809)は、鳥を虐待することになる父親の職業を批判する息子が、小舟の船乗りとなって海で死ぬ物語である。両親が息子の帰宅の気配に彼の空っぽの部屋を見に行ったちょうどその時に彼は死んだとされる。動物愛護の詩(Bailey 571)として息子に一方的に同情するには、息子の失踪以来の親の悲しみの描写が哀切に過ぎる。また生きてゆくための親の必死の仕事(鳥捕獲)を認めない、安易に理想主義的な子の悲劇を書いたものとして読むとすれば、鳥たちの悲惨な姿が鮮明に描かれ過ぎている。そしてハーディは、「我が家の人気者」(776)で自分の愛犬ウェセックスの愛らしさを余すところなく描ききる。

第八章　第八詩集『冬の言葉』

――〈老い〉と〈死〉による人生への意味づけ

第八詩集『冬の言葉』は、ハーディの没後一九二八年一〇月に出版された。彼は同年一月一一日に世を去り、そのあとに編集済みのこの詩集草稿を残した。彼は同年の八八歳の誕生日の日付でこれを刊行するつもりで、序文も書き終え、誕生日の回数の欄だけ空白にしていた（あるいは八九歳以降の出版も考えていたのかもしれない）。序文のなかの「私の知る限りでは、たまたま私は自分の・・歳の誕生日に新しい詩集を発行した唯一の英国詩人ということになる」という文章には、高齢にして新詩集を刊行する誇らしげな様子が窺われる。遺族は誕生日にこれを上梓しはせず、後妻フロレンスが『デイリー・テレグラフ』紙に掲載を許可した五〇篇の詩が順次同紙に発表されたのち、一〇五篇の作品からなる単行本としてこれを世に出した。

これが絶筆というわけではない。口述筆記させた作品をも含めたなかでの真の絶筆「G・K・チェスタトンのための墓碑銘」(946)と「ジョージ・ムーアのための墓碑銘」(947)は死の床での口述筆記による辛辣な風刺詩だが、これらはこの詩集には含まれていない（拙訳は本書第Ⅱ部「拾遺詩全訳」参照）。しかし作者自身が自分の老齢と死をこの詩集のあちこちで主題として歌っている点、彼自身が最後の詩集と意識していた（「端書き」）点などから、当詩集は絶筆としての性格を持つ。この章では、まずこうした作品から眺めてゆきたい。

老齢と死の主題

第七詩集もそうだったが、老齢と死という主題は巻頭から目につく。ハーディが最後の詩集であることを意識して選び抜いたと思われる巻頭詩は、しかし死のみを歌うのではなく、それと対になるものとして新しい生命の誕生をも歌う――「新たな〈暁〉の仕事」(815)では、日毎にやってくる〈暁〉に語り手が問いかける。「〈暁〉よ、君は何をしているのですか？」「赤子を誕生させ、かつ死人を埋葬してるのです。しかし近く用意のあるあなたには、〈時〉は今日も手を触れませんよ」――作者が「〈時〉に手を触れられた」あとの詩集の最初の作品がこう歌っているのは皮肉だが、これまでの詩集にも見られたとおり、人間という生命の個体の交替としての自己の死を描こうとする姿勢がここに読み取れる。

自分の死後の現世界

次の「誇り高い歌い手たち」(816)にも上記の想念は生きているが、自己の死のあとの世界を描き出すように鳥を用いるのである――夕刻、鳥たちはすべての〈時〉が我が物であるかのように嬉々として歌う。しかしこの歌い手たちは一、二年前には、穀類の粒、空気、そして雨でしかなかった新しい鳥たちなのだ――文字通りの次元でも、読者は新発見をしたように感じるだろう。そしてこの詩はもうひとつ、旧世代が去ったあとの、新世代によるにぎやかな人間界をも象徴している。「夕刻の影法師」(833)では、〈我が家〉の煙突の影が、煙まで映して地面に伸びる。語り手は、私が地の下に消えても同じ時刻に同じ影が伸びるだろうか

と問う。今、影を伸ばすキリストの福音以前の古墳についても、

人間がだれ一人福音に耳を傾けなくなったときにも
古墳が同じ影を伸ばすかどうかは　何者も黙して語らない

――ここには自分の死後の風景と、長い歴史、信仰の交替など人間社会の状態が、ない交ぜにして歌われている。

死への覚悟

「友人の死のあとで」(842)は、語り手の死への覚悟を歌う――貴君は死を物ともしなかった。ならぼくは、こんな虫食いの穴だらけになった着物(肉体)を脱ぐように命じられたときに、ひるんだりせず、〈時〉に向かって、連れて行けと言い放つべきだ――自らも老いた読者なら、他者の死に臨んで感じることだが、その一部を拡大した歌と感じられるはずである。この友人は一八七三年に自殺したホラス・モウルであろうとする説が有力だが、半世紀以上も前のことをごく最近のことのように描く意図のなかにも、老人が死の必然を受容しようという心が見える。「六月の木の葉と　秋」(900)は、木の葉にことよせて、人も早い遅いの差はあれ、旅立つのは同じということを歌う――夏、運のいい木の葉の仲間が、生を楽しんでいる下で、刈り込まれた枝葉が朽ちていた。これは運が悪い葉だとと思ったが、秋の終りに同じ所で、六月には長い前途があるように見えた葉が、同じように朽ちていた。また自己の仕事納めを歌う代替作品という感じがするのが「リデル氏とスコット氏」(828)である。表題の二人の学者がギリシア語大辞典を完成させるまでの苦労話で、スコット氏は「まだ購読者を募る仕事が残っているぞ」と言うのにリデル氏は「飯が先だ」と言う。ハーディもいわば大辞典を完成させるような仕事をし続けてきたので、この二人の姿に自己を重ねたのであろう。「抱きあっていた骸骨」(858)は、ハーディの住居マックス・ゲイトから数百メートルのところで発掘された古代ブリトン人の抱き合った骸骨を歌う有名作品である。お二人よ！　パリスとヘレナ、アベラールとエロイーズより古い恋人たちよ！　とハーディは歴史上有名な恋人たちの名前を次々に挙げて、それらの恋の進行中にもこの愛し合う骸骨が抱き合っていたことを歌う。しかし最後に、近くで発見されたさらにずっと古い時代の化石も、あなたがた同様、かつては日の光を見たのだと歌い始め、この詩は、永年抱き合っていた骸骨を例にとってさえ、人の生はいかに短いかを詠嘆する。自己の生についての詠嘆も交えてのことだろう。

自己への墓碑銘

このような覚悟の一端を示すかのように、ハーディはこの詩集に(おそらくは)自分のための墓碑銘を二、三掲げる。のちに触れる「私的人間が公的人間を評す」(916)も一種の墓碑銘のような自己総括で、外部の雑音から遠く孤高を保ち、羨望や欲望とは無縁だったと歌っている。「心穏かな男の墓碑銘」(890)では、もし私が生まれていなくても、生きるにふさわしい人が人生を拒否したなどと言わなかったろう、と題名どおり穏やかに語る。「ある宿命論者の墓碑銘」(877)は、墓碑銘としてより辛辣で、私が入りたいとも思わなかった世界が私を囚え、灼熱した煉瓦の上の猫がやらざるをえないような奇怪なダンスを躍らしめた、最後にへたりこみ何も

感じなくなる時に至るまでも、と激しい詩句で、生まれてくることの不条理に対して悪態をついている。他方、人間一般の死についても、あわれにも忘れられてゆく人の運命を、次のように嘆くのである。

死者への忘却

「下宿屋のフクシア」(835)は特定の下宿屋を描きながら、人間界一般を示唆する。マスターズ夫人が丹精込めて育てたフクシアはあまりにも枝ぶりがよく、朝早いうちに下宿人が通りすがると身に触れて朝露をばらまいた。ぼくらは枝をそっと持ち上げて通ったものだ。

でも夫人の葬列が通らなければならなくなって
花いっぱいの枝は　すっかり刈られてしまった、
　まだ　朝早いうちに。

人が亡くなったあと、その人が大切にしていたものは、ときに驚くような扱いを受ける。少なくとも、故人の蔵書なんかは、あっというまにゴミ捨て場や古本屋に並ぶ。しかしこれでさえ象徴であって、その根底にあるのは、人の生は（妻子程度を除いて）他人には共有されていないという事実である。だから立派な夜会服も昔は古着屋や質屋に並んだものだ。「ある紳士の古着」(869)はこう歌う――質屋の店先の夜会服には、どんなに多くの美女たちが腕のおしろいをすり付けていったことか。その紳士も美女も、今はいずこに？　世間の〈噂話〉すら、これらの死者のことは語らない――葬式のあと多勢で飲み屋に行ったりするが、故人のことはついに語らずじまいということが多くはないだろうか。

人の死に方

しかし死ぬときは美しく死にたいものである。「貴紳フーパー」(868)は、そんな死に方をした男の話である。彼は、医者にあと六時間の命と宣告を受けるが、今日の客たちの狩りの楽しみを優先し、客に長旅に出かけると告げて姿を消し、客たちは何も気づかずに辞去する。「三人の背高ノッポ」(834)に出てくる男は、背の高い自分のために超特大の第一の棺桶を用意したが、急死した背の高い兄のためにこれを使ってしまった。第二の特大柩を用意したが、せがれ用になった。そこで第三の棺桶を作ったが、彼は海の底に沈んで死んだ。ハーディはユーモラスに、自分とは無縁の話をしているように見えるけれども、実際には何ぴとも自分の死について、適切な用意はできないという寓意がここには籠められている。

老いの主題

さてこの詩集には、以上のような〈死〉についてだけでなく、老いを主題にしたものが多い。「目覚めたベッドで」(844)は一見老いの歌には見えない。しかしこれは実際の景色を見ないで歌う自然描写なのである――ベッドで寝たままでも、いま輝く暁けの明星、木立の細枝の空への彫刻、朝露の飾り覆いで真っ白な牧場、墓石から人々の名が這い出す墓地の様子が手に取るように判る――描写としても優れているが、最後に墓場が、闇のなかから白み、現れるのが示唆的で、老いの歌と読むべきであろう。実際に見に行けないのが、何よりも老いの特徴なのである。これをはっきり述べているのが「月の出を見に行く」(871)である――私たちは、昔はよく岡の上に立ち、荒れ野に縁取られた空に月が出るのを見るため、山道を登ったものだ。

いまは窓　またはドアからほんの偶然
ひと目だけ　じっと眺めるのこそ自然

かつて速かった足は、もはや岡の上まで動かない――亡くなる五ヶ月前の作品である。

暁姫に別れを告げる

「暁姫に与える歌」(872)は、これまでまったく理解されてこなかった優れた詩である。全詩に注解を付した批評家たちが「恋の苦しみ」の歌（Bailey 601）としたり、いっさいのコメントを控えたりした（Pinion '76 248）のは、上に「暁姫」と訳した〈オーローレ（Aurore）〉という女神は、少なくともこのままの綴りでは存在しないので、責任ある注釈はできないと考えたからと思われる。しかし〈オーローレ〉は「女の寄せる信頼」(645)においてすでに小文字の〈aurore〉として用いられており、これと同様、ここでも〈曙光〉（または曙光が象徴する自然美）の意味を持ち、大文字によって擬人化されたものと見てよいであろう。ハーディは、表面的には老いによる恋する能力の減退を歌う内容の、恋人への告別の歌というかたちをとり、この形をメタファーとして用いて、死を間近に控えた語り手が美しい朝焼けに呼びかけるのである。もはやわざわざ朝まだきに起きいでて朝焼けを見にゆくことはできない（「あなたを求めたり／見たり、抱きしめたりするのに耐えられない」）、今日も暁がやってきたことは、人づてに聞くだけで嬉しい（「あなたの新しい足取りは／遠くからよろこんで噂に聞きたい」）、だから肉体を動かしてまで暁を抱擁しには出かけられない（「キスは面倒な仕事だから、麗しい暁姫よ、私におかまいなく進み給え」）というのが裏側の意味であろう。「私におかまいなく進み給え」という一句には、自己の死後も〈暁姫〉は、毎朝毎朝年月の果てまで現れてくることが示唆されている。また、曙光を初めとする自然の美しさへの火と燃えた熱愛は、ただ意味もなく私とあなたを'seared'した（焦がした、枯らせた、老い込ませた）わけではない（そのおかげで私もよい一生を送れたし、あなたも私のために美しさをいや増してくれたので、詩文のなかにしかと記した）、以前にしたことはもう繰り返すことはできないが、この恋愛（美しい〈暁姫〉に愛された田園出身の詩人が〈暁姫〉を愛したこと）は実りの多いものだった、ありがとう、だがお別れだ、というのである。ハーディは第六詩集の「月の出とその後」(517)においても、月を自己の恋人として描き、「なんと永年／あなたはぼくに歩調を合わせてくれたことか／高空の荒野の〈皓々たる女〉よ」「全生涯の　ぼくの〈愛の貴婦人〉よ」と呼びかけている。

事物を人生最後に見る瞬間

「私は振り返って見た」(902)も自然物を初めとして、すべてのものを最後に見る瞬間を歌ったものである。木に月の昇る風景、宴や、六〇回も訪れた丘。これらが人生で最後に見られ経験される時がかならず来る。――そして語り手は推論する、まだこれでおしまいとは思っていないうちに

あの家、あの宴、いまは忘れたあの娘を
　私が最後に見たむかしの時が　すでに有ったはずだということを。

――これは大きな洞察である。まだそれほど死に近づいていない時期においてさえ、自己の人生において最後に「それ」を見た・経験した瞬間というものがたびたび存在しているわけで、私たちはそれに気づかないで過ごしているのである。「私たちはこの空の下では」(870)は、かろやかな歌ではあるが、同種の洞察を含んでいる――私たちは、これでもう二度と会えないでしょうねと相手に言うことがある。だが実際にはその相手と再会し、あの時は別れを悔やんだものだと語りあうこともある。そして「また会うつもりで別れながら／二度とたがいに会わないこともある」と締めくくる。またお会いしましょう、と言いつつ別れて、そのまま会わない人のなんと多いことか、ましてや自分が今、突然死んだ場合のことを考えると、この詩は驚きに満ちた真実性を感じさせるのである。

最後のクリスマス散歩

「クリスマスの季節」(829)は一見、叙景のみに終止するように見える――風に吹かれる驟雨が、種撒く人が種を投げ入れるときのような音を立てながら、低木の茂みに雨粒を投げ入れる。路上生活者が鼻歌を歌いながら貧民救済所へ無料の食事に赴く――しかし語り手は気の滅入る気持で(despondently) 歩いており、雨の矢が彼を直撃し、かすかに残っていた薄明かりを翳らせ、がらんとした大通りをよく見えなくする。貧しいホームレスの人にすら楽しいクリスマスの季節を、語り手は楽しめない。道が見えないという具体描写で、彼の人生の道筋でも次第に光が翳り、もう先には何もなく行路さえ不透明で見えないことを示唆する。これは明らかに老いの歌である。「悪夢、そしてそのあとに来るもの」(851)は同じ情景を描きつつ、語り手と陽気な人々との対照をより鮮明に描く。クリスマスの夕べ、人気《ひとけ》のない街路は幽界さながら。家々の灯は〈地獄の業火のように、とハーディは言いたいのに違いない〉赤い。浮浪者は無料の食事をもらうために嬉々として〈貧民救済所〉に向かい、女の子たちは笑いさざめいてダンスに赴く。しかし

彼女たちには見えない、この日の上に
　あるいはいつかの日の上に　跨ぐようにやってくる悪夢が。

若い皆にはまだ見えない人の最期の悪夢が、語り手には見えるのである。そして詩の初めのところでは、街路の家々が「外部世界を拒否しているように」正面が後ろ向きになっているように見えている。家並みからも相手にされない老いた語り手は「この世で最後のクリスマスの散歩をして」(Bailey 592) いるのである。

死の前の自己確認

この詩集では自分がどんな人間だったかを歌う詩が目立つ。人生の最後に、このことを総括したいというのは誰しもが感じることであろう。こうした作品は、個人の特殊な側面を強調して当然だが（またハーディにおいてもそれは例外ではないが）、ここにひとつ、語り手その人の特殊性を歌いつつ、なおかつ万人に当てはまる人物の総括像を示した作品がある。

「多様多彩な」(855)がそれであり、最初は何人もの男が登場する。第一連では若い男、引用は第二〜第四連である。

また君は会ったかもしれない——老けてこわばった姿さ、
歳はそれほどではないにしろ——冷淡な態度のお方さ、
　見かけは岩石、
　苦楽の痕跡
　　何ひとつ残していないふうな　そんなお堅さ。
君の行路を　恋人がよぎったかもしれない、
その澄み切った心の底に　君は見逃したはずはない、
　忠実さと頑健、
　優しさと謹厳、
これらは　嵐や風にも　びくともしそうもない
また君は　浮気者とも知りあったかもしれない
その恋心の変わり易さは　お月様さえ顔負けに違いない
　あの銀色の鎌、
　半月《つき》で後釜
つまり半月《げつ》に　姿を変えずにはいられない！

詩は一三連まで続き、その間に〈君〉は若者、じじくさ男、情熱家、冷酷もの、忠実もの、浮気者、愚か者、洞察者、悲哀家、陽気者、有望株などに出逢う。そして最終連では

　さてと…。ここに列挙した　これら男性の標本、
　その本質と方式が　多様多彩なこれらの見本、
　　語るも不思議なことながら
　　実はこれ皆一人の男、およばずながら
　　　この僕こそが彼らのすべて、すべて彼らの　僕こそ底本。

語り手を聞いている〈君〉は、後妻フロレンスなり前妻エマなり、当初は特定の女のように読めるが、最後には聴き手は女なら誰でもよくなり、さらによく読めば、読者なら誰でもよくなる。世間に対して語り手が向けていた顔、それは幾通りもあって矛盾している。しかしそれこそが外部から見た一人の人間であり、ハーディその人でもある。だからこの歌はハーディを描いたとも、あなたを描いたとも言えるのである。第八詩集のなかでも抜群の奥行きを持った作品である。表題の"So Various"はアーノルドの「ドーヴァー海岸」で一見美しく見えるこの世を形容する言葉として使われている。またこの作品は、ある私大の英文科の学生たちに読ませたところ、絶大な人気を得た。

世間の知らない〈私〉

自己を歌う他の歌はこれほど非凡ではない。「知られざる私」(909)では、「〈彼ら〉は世間の手練手管と軽薄さ、冗談をよく解しているが、この〈私〉の実体を知らない。彼らは〈私〉という名の幻も知っているが、〈私〉自身はその幻のなかに、肉体精神いずれにせよ私の性質を見出せない」

と歌って、外面から見られている有名作家としての自己とその本質とのあいだのずれをこの作品でも示唆する。「ぼくこそが　その男」(818)では、「私は森鳩にも野兎にも恐れられることのない男、会葬者の行列を好奇の目で見ることのない男、星ぼしも自分たちと一心同体と見なしてくれるはずの男」というふうに自己を規定する。「自己暗示者」(856)では、〈私〉はささやかな幸せを大切にし、人生への大胆な信頼によって、未来の夢をほんとうに実現させてきた。「現実と同一視されていた」幻影がのちに現実になった。「信じて行動する私の年月は／好結果を招来することが多い」、だから人生の冬の雪も自分には良きものであるだろうか？――〈悲観論者ハーディ〉の名が吹っ飛ぶような、楽観的な、いわゆる前向きな〈自己〉を暴露してみせる。

〈私〉と中程度の喜び

「彼は多くを期待しなかった」(873)にはハーディの「八六歳の誕生日に当たっての省察」である旨の副題が付されている。「世界よ、君は約束を守った。君の言葉どおり、人生はすべて美しいなどということはなかった。ぼくが子供のころ、君は〈灰色の偶然〉以外には多くを約束しないと言ったが、まさにそのとおりだった」――ここでは〈悲観論者ハーディ〉らしい省察が見られる。先にもちらりと触れた「心穏かな男の墓碑銘」(890)では、自分は人生がこれを取れと言えばそれを取り、取るなと言えば取らなかった。もし自分が人生を生きなかったとしても、誰も憂えたりしなかったろう、という一九二五年に書いた墓碑銘である。これも先の〈省察〉とほぼ同趣旨である。「私的人間が公的人々を評す」(916)――同時代の人々が富、政治、名声などの場で活躍するあいだ、〈私〉は中程度の喜びで満足し、悲しみの日々によってかえって円熟を得て、外部の雑音から遠く、羨望や欲望と無縁だった――「人生の隙間を見つけて巧みに車を乗り入れる」ようなことはしなかった、という表現に、文学の純粋と政財界の汚濁とが対照されている。

詩人としての自己

そして詩人としての自分も、外部の評判としての自己と真の自己との対比によって総括される。「詩人の思い」(848)では、詩想が詩人の胸から出て全国を飛びまわったのち、手足をずたずたにされて詩人の許へ帰ってきたと歌われ、それはあまりにあれこれ言い換えられているので、その元の姿は詩人にも判らない、と嘆くのである。批評家の勝手な解釈によってゆがめられた詩人像への揶揄である。「老いたる新聞の独白」(903)は、古くから刊行され続けた新聞が、その紙面が百年の歴史で躍動していることを独白するかたちで、〈老い〉には情報量の豊富、経験の多様性の意味があることを語らせる。〈老いた〉と言うけれど、どんな舞台で演じられるよりも

数多くの悲劇と喜劇が　私のページに群れている
冷たい心が熱く鼓動し、熱かった心が冷たく脈打つ

これは実際には、〈老いた〉詩人の、〈紙面〉というべき精神を語っている。右引用の二行目は、過去の再評価など、多様な意味を持つ。

先祖と自己

また家系のなかの自己については、「一家の肖像画」(912)が先祖の情事の秘密を匂わせながら、その輪郭を

描く――肖像画のなかから、男と二人の女が出て劇を演じ始める。それは〈私〉の出生に至った情事の秘密。恐れのために〈私〉は劇の帰趨を見なかったので、私の血の傾向を見る機会を失ってしまい、悔まれる――なお、この詩がハーディの家系についての現実的な背景を持っているという見方は力強く主張されているが（Bailey 621-23）、まったくの虚構とする説もある（Pinion '76 258）。作家がこうしたことを書く場合、事実を虚構で粉飾する場合が多いと思われる。いずれにもせよ、家系のなかに思いもかけない歴史を知るに至るという状況には一般性があり、それがこの作品を読みごたえのあるものにしている。

エマ関連詩は激減

上記の作品も恋に関係するが、作者八七歳のこの詩集でも数の多さで目立つのは、女または恋を主題としたものである。しかし歌い尽くしたのか、フロレンスへの遠慮からか、エマを題材にするものは激減して数篇を数えるのみである。「女予言者」(819)――昔、彼女は〈からかいツグミ〉という歌を歌ってくれたが、その時はまったく気づかなかったけれども、今は、本当にからかい鳥が歌っていたのだと判る――はエマが歌った流行歌に関する作品とされる（Bailey 576）。この歌には「可愛いツグミよ、この森を目覚めさせて／喜びの調べに、恋の歌を歌わせてちょうだい」という歌詞が含まれていたそうで（Pinion '76 237）、語り手はこの歌詞どおりに歌わせられたのである。「忘れられた細密画」(887)は、第六詩集の「見つかった巻き毛について」(630)の毛房とよく似て、肖像画が、女（たぶんエマ）の没後も、もとのままの姿を保っていることを描く。箱の奥の闇に君（絵になった肖像）は居る。だが君のモデルと違って、君は〈時〉に破壊されなかった。君が忘れられて箱の暗闇のなかにいたあいだに、箱のまわりに有為転変が徘徊し、君の知っていた男も女も別の人びとになった、と歌って、細密画の永遠性を示唆するように見えていながら、実はそれが忘れられて行く〈時〉の進行を、他方で持ち出している。「再訪」(880)は昔訪れた風景が同じなのにエマが欠けていることを歌う。〈私〉が行くと水車のまわる近くの橋に、彼女が待っていた。長年ののち、同じ所を再訪する。林檎の木、池、水車、家鴨、粉屋などまったく昔と同じ風景に見える。だが人びとは以前とは違う連中。そして「私が愛してること、判ってるくせに！」と言ってくれた彼女も居ないのである。「あの　暗闇のなかのキス」(876)は女の語る劇的独白である。「覚えている？　あなたが暗闇へ駆け出し、大切なあなたが永遠に去ったと思った私が追跡したのね、暗闇に向かってキスを投げてみたら、わたしを求めて足を止めていてくれたあなたの頬にそのキスが命中したのを？　偶然の命中よ！　覚えてるって言って！」エマの行動としてなら納得できるが、彼女に関連がない可能性も高い。「運命的な出逢いの二人」(898)に登場する女は都会に、男は村に住み、自分たちがその時ふみしめている道が、やがて出合う円弧だとは知らなかった。二人の結び付きを〈時〉が目撃せず、女もこの男に恋をせずに色褪せたほうが良かったのだろうか、とその後の二人が幸せではなかったことが示唆されて詩は終わる。これはエマを描いたものとは断定はできないが、ハーディはしばしば素材の男女を入れ替えたり、場所を移したりして詩を書くことを思えば、「女は中流の、男は下層の階級」という事実を場所の違いに改変して書いたエマ関連詩かもしれない。この詩集では、亡き妻を想う詩という意味での〈エマもの〉は次の作品だけと言ってよかろう。「彼はわたしなんか知らなかった」(854)の語り手は女。これをエマとして読まないと、この詩は何を歌っているのか判らないのが欠点である。いつまでも変わりなくあなたに忠実なわたしだと言っているのに、彼は君なんか知らないと言う。そこで〈わたし〉は〈時〉にその訳を尋ねると、それはあなたが喜劇の仮面をつけていたせいだ、悲劇こそ真実の姿なのにとの返答を得る。エマも多少の文筆活動をしたが、書き物の根底はヴィクトリア朝の楽観主義を従順に再現する「喜劇の仮面を付けた」ものだった。彼女の心のなかは悲劇だったのに、という悔恨の念をハーディは伝えようとしたのであろう。

身のまわりの実在の女性

伝記的な次元での恋の歌は、このほかはエマ以外の女性に関するものである。「記念の塚」(827)は、トライフィーナ関連とされている(Bailey 580)。今は雪が覆うが、この塚に違いない、昔ぼくと一緒に腰を降ろした彼女が、他の男性との堕落の物語をし、ぼくが逆上して彼女と別れたあの塚は。そしてぼくらが唇に唇を重ねた場所はこの塚に違いない、と歌う。「街角のルイーザ」(822)は「昔ぼくが通りすがりに逢った、今は霊界にいる」表題の女に呼びかけて、君の居るところへ連れていってくれ、だが君にはそれはできないね、ぼくは時を待つしかない、と歌う。ルイーザはハーディの郷里に住む貴紳農場主ハーディングの四女で、生涯独身だった。彼に微笑みを見せたことのあった彼女がウエイマスの女学校寄宿舎に入ったので、少年ハーディは日曜ごとに一目彼女を見たいとウエイマスに出かけたが、少年のほうが「今晩は」をつぶやいただけの仲に終わった。一九一六年、彼女の死後三年近くが経ってからハーディは墓参りをし、墓石が建てられていないのを深く嘆いたという(Bailey 578)。この詩集についてはこのような伝記にこだわるのは、人生の終焉における、死者に対するハーディの心のありようが興味を呼ぶからである。「アグネスに関して」(862)は、一八九五年、六年にハーディが踊ったパートナー、アグネス・グローヴの死を悼んで書かれた作品である。満月が大枝を透かして、妖精のような街角のランプを見降ろしていたあの夜。あのとき会った美女ともう一度踊りたいという私の望みはついに叶わなかった、と一九二六年の彼女の死を悲しむのである。「どのように彼女はアイルランドに行ったか」(906)は文芸批評家クレメント・ショーターの妻ドーラ(一九一八年)の葬儀を題材に書かれた。ハーディはショーターに依頼を受けて、彼女の死後その画集に序文を書いた。彼の側に特に恋愛感情はなさそうだが、彼女が日常行きたい、行きたいと言っていたからこそ彼女はアイルランドで葬られたことを、詩的感興をふんだんに盛り上げて歌っている。ドーラは雪のなかを船に揺られて憧れのアイルランドに行った。だがなぜアイルランドに行ったのか、彼女自身は知らない。行くつもりだったから行ったのに、彼女は自分のアイルランド行きを知らない——死者に送る詩として、静かにも優美である。

同じ名だったからだろうな

「ローナ二世」(893)は、その母親ローナ一世に恋をしていた男が、同じ名前の娘(二世)に語る劇的独白である(第I部第八章参照)。詩を読むだけでは、この男がローナ二世の父親（つまりローナ一世の夫）なのか、二世の恋人なのか、他人なのか判らない。また判らないから劇的独白として面白いとも言える――自分の娘に語っているのかと思って読んでいると、以下の引用三行目（作品の終わりから二行目）でこれが覆される。しかし伝記的には、ハーディの友人に実名もローナという娘があり、これが家族の意に反した結婚をした。彼女に恋をし、家族からも彼女との結婚を望まれていた男は、彼女の死後、その娘ローナ（二世）と結婚したのだという。詩は一二行をついやして、ローナ一世を褒め称え、〈君〉と呼ばれる二世に向かって

君にさえ、そうまではできないだろうな、
だからぼくがローナを失って嘆くのも判るだろう、な、
まだ君が生まれる前に　ぼくが失ったローナ、
　同じ名前の　もう一人のローナ。

自分の母親にかつて抱いた愛情と、自分が母と同じ名前であることと、このふたつの理由から自分を妻に選んだ夫をローナ二世はどう感じているのだろうか。ハーディ自身の小説『恋の霊』の主人公も、元の恋人の娘を妻にと望む。またトリスタンは名前が同じというだけで、白い手のイゾルデを妻にする。人の愛情について、割り切ったことなど言えないと言う気持からか、それともこうした妻選びをちらと風刺する意図があるのか、ハーディは終結部に“scorn a, mourn a, born ; a, Lorna”という四つの変則的でコミカルな脚韻を踏む。原作八行目では一世、二世どちらにも語りかけているような「ぼくのローナ」という呼びかけが用いられる。人の世の多様多彩を感じさせる秀作である。

さてここで伝記との関連をまったく考える必要のない〈女性もの〉と言うべき作品を眺めたい。

因習に虐げられる女

「メッセニアびとアリストデムス」(832)では、敵から国を守るため娘である王女を犠牲に捧げようとした表題の王に対して、この王女の恋人が、彼女の命を救うための手段として、実際には虚言なのだが、娘の妊娠を王に申し立て、これを理由に彼女は神への捧げ物として不適切だと言うので、王は、結婚前に処女を失ったという恥辱から娘を救い、その潔白を証すために、娘を殺す。彼は、国を守るために最愛の娘を犠牲にするつもりだった。しかし、この恥辱から娘を守ることが、国の安全以上に彼にとっては大切であったことをここに明らかにして、ヴィクトリア朝の過度な処女信仰を風刺するのである。「唯一の目撃者」(905)では、妃その人は登場しないが、妃の浮気を目撃したことを知らせに来た従僕に対して、夫である貴族が「他には誰も目撃していないな」と尋ねる。「はい、家庭教師と奥方の抱擁を見たのは私めだけ。誰にも口外しておりません」――これを聞くと〈殿下〉は、自己の〈名誉〉を護るために、従僕を真二つに切って殺す。ここでも〈名誉〉とは、世間体のことに過ぎず、本質的なモラルとは何の関係もないことが明らかにされる。「捕鯨船員の妻」(836)では、長い仕事を終えて船員が帰ってきてみると、町では彼の妻の許に紳士風の男が通ってきていたとの噂でも

ちきり。夫は教会帰りの妻に会い、この噂について妻を責める。妻はその場で気絶し、夫は去った。家に帰った妻は夫を永年待つたが、彼はついに帰らず、彼女はやがて死ぬ。彼女をしょっちゅう尋ねていた紳士は彼女の実の父だったことがのちに判る。「キャットノルの銃後の妻」（838）では、二年間戦場にいた兵士がキャットノルに帰還して、水死人の骸を目撃する。それは言い寄る男たちを一年目には撃退していたのに、二年目には妊娠したがために自殺した、彼の美人の妻の遺体だった。兵士をその夫と知らずに、ことの顚末を語る女は、一年かそれ以上、群がる男をはねのけて操をたてていた女房を庇い、「一番悪いのは男たちよ」と語っている。「死せる私生児」（857）では、女が語る——私生児を生んだ私は、何度もこの子が墓のなかに居てくれればと思った。でもあの子が死んだ今は、私は世間に立ち向かってあの子のために働きたいと思うのに、「あの子の父が私と結婚しなかったことを／何でもないことにして見せたい」のにと嘆く。

男性支配の時代と女

「恋の骸骨のバラード」（915）は一八世紀末の話とハーディが自ら表題に添え書きしているが、もちろん同じ風習が今の世にも闊歩しているとしての風刺を志す作品である。登場する下層のこの女は、自分の名誉や世間体からではなく、男（支配階級で男爵）の名を保つため堕胎させられた。男から国王臨席のダンスに誘われても、心は弾まず、恋い慕う男の意向だからと渋々従うだけ。「結婚衣装の魅惑のバレエ」（913）では、バレエ音楽のリズムによる民謡風の作品で、貧しい船乗りの恋人が航海中に、ある紳士階級の男が一方的に花嫁衣装と指輪を〈彼女〉に送りつける。彼女はその衣装を着て、海から帰ってきた恋人と結婚式を挙げる。だが豪華な衣装と指輪の送り主に対する義務感から、結局紳士の妻になる。従来これは、愛情よりも物欲に負けた女の話（なるほど指輪を見たときの彼女の動揺ぶりは、そう思わせる）として理解されているが（Bailey 624）、ハーディは上位の階級の男が、物質面のみならず、富を用いての精神面への圧迫というかたちで下位の階級の女を支配する姿をほぼすべての小説を通じて描いてきた。この作品においても、いったん恋人と結婚した女が、夫と同衾しながら、紳士から送られた高価な衣裳と指輪を身につけてしまったのは、実質上紳士と結婚したことだという想念に捕らわれる。物欲にのみ支配されたのならば、彼女は初めから〈魔女〉の最初の感想（「私なら船乗りさんを見限る」）どおり、紳士を選んでいたであろう。結婚後に彼女に翻意させるのは、彼女から見れば法外に高価な衣裳を我がものにしてしまったという自責の念である。もちろん、心理劇としては彼女は最終的に金と地位に惹かれたとは言えようが、金目の物品を贈ればこっちになびくだろうと考える紳士の一方的な求愛にこそ、この作品の第一の風刺が籠められている。「柊を燃やす」（878）では、歓樂の十二夜になぜ人びとが悲しむのか、その理由を問えば、昔、十二夜に柊を燃やしていたとき、男が来て、我が家に下宿していた若い娘を連れ去った。二年後にまた柊を燃やしていると、赤子を抱いた彼女が帰ってきたものの、のちにまもなく彼女は行方不明になったので、こうして柊を燃やしているのだという。子を産んだあげく女が捨てられるということは、今日よりも遥かに悲劇的なことであった。「やって来ない花聟」（897）——私の結婚式の鐘は躍るように鳴る。でも私の心には不吉な思いが走る。牧場の小道を見ていても彼は式にやってくる気配がない。昔私を捜し求めていたくせに、今になって私を滅ぼさないで！――これもまた捨てられた女の話である。

女の美醜

今日の日本の若い世代は、女の外形上の美を、昔ほど女の値打ちとして評価しない。男性詩人の女の容貌についての詩は、女子学生には憎悪されると断言してよい。このひとつの理由は、美醜論が、かつての男性支配の社会を想起させるからではあるまいか？　さて「白い歯並びの欠損」(911)は一八世紀の話として歌われてはいる。王子と踊った夜、睡眠中に〈彼女〉の口のなかで何かが割れた。歯ぎしりのため歯が欠けたのだ。それが原因となって、王子との恋は翌日破綻する。今日でも、彼女の墓のところでその歯は見られる、とこの詩は歌っている。「ある顔だち」(847)は、女の容貌を歌った詩で、「顔の真ん中では笑わない」笑顔を持ち、豊か過ぎる下唇の下に陰りができた〈彼女〉に、語り手は当時は惹かれていたが、もし深い仲になっていたら、今ごろは欠点が目立つと思ったろうかと訝る。これらの詩はいずれも、〈よい女〉とはすなわち美しい女であるという方程式を信じている世代を歌っている。美についての判断が、次のふたつの詩におけるように極めて主観的であっても、女を讃えるのに美のみを語る点では、上記の二作品と同様である。「忠実なウイルソン」(882)はサルディスのストラートというギリシアの警句作者の詩を改良した八行の短詩で、傍の人は奥様はかつては美しかったと過去形で言うのに、ウイルソンは「ありとある美の法則に照らして家内は美しい。過去に美だったものはは今も美だ」と言い張る。「魅力的な女」(914)の語り手は、口元が、眼が、声が魅惑的ないい女はいるが、これらすべてを合体させた美女は彼女だけ、彼女の死ぬときには、世人は「彼が情熱的な言葉で示すほどの女は、だれ一人この惑星を歩まなかった」と言うだろう、と語る。ところが語り手は唯一彼女のみはそういう女だったと言うつもりだが、括弧内の言葉は、そんな女は実際にはいなかったという意味にも読めるのに読者は気づく。この喜劇的作品の落ちなのである。

女性と性

「悪しき先例」(821)はギリシャの警句作者メレゲアルの作品に基づくもので、ハーディの独創ではないが、きわめてユーモラスに、アフロディテ女神が処女であると偽った話を持ち出す。

呆れた話だ、アフロディテよ、貴女は母親ではないかの様に偽り
自分に子供がいる痕跡を　覆い隠すことに徹底的にこだわり
いつの間にか生娘に切り替わり、夫とは別口に恋をする立ちまわり

だから「世の娘たちよ、これを他山の石として真の恋人に会うまで未通なれ」と諭す。これはまた小説『テス』のヒロインを念頭に置いた、一種の脚注的な作品でもある。さらにアフロディテを女の性欲のアレゴリーとして用い、「女神が男神をくわえ込む（noose）」「使って慣れて（use）アフロディテ女神のように古び（staled）ぬように」など、きわどい表現が生き生きと使われている――すなわち、示した原

語のうち初めの二つは両義語（“use”は二重に訳した）であり、“stale”は一七世紀までは、暴力団のヒモとしての娼婦を意味した。スウィンバーンを愛し、世紀末を潜り抜けたハーディの面目躍如たるものがある。「不承不承の告白」(830)では、元気のない女にわけを聞くとトランプに負けたという。さらに尋ねると、掛け金の支払は体《からだ》で済ませた。さらに困ったことに妊娠した。そして堕胎した。悩んでいるのは、その赤子が、作りかけてやめた産着を着ている夢を見るからなの、と苦悩はエスカレートするばかり。「第三の小開き門」(895)も女の情事を描く。娘は町並みを抜け第一の小門を開け、牧草地を抜け、第二の門を跳ね開け、滝のところまで牧場を通り抜け、第三の〈キスする門〉で姿を消す。だが見よ！　抱き合って一体の二人の姿を！“Kissing-gate”（本来は一時に一人しか通れない、農場などの小門）の意味を示唆的に用いて、情動に駆られて突き進む雌の姿が、恋する乙女と田園風景という二重映しされる牧歌的情景を非情にも揶揄するように、それにふさわしいリズミカルな詩句で語られている。「実際的な女」(867)は、七人の虚弱児、奇形児、知恵遅れの子の母親の話で、彼女は健康な子を授けてくれる男を求めて旅に出て、元気な子を生んで帰り、相手の男を使えるだけ使ってやったら、ついに仕事をしてくれたと語る。これらは女性の性をからかっているような印象を与えると非難されるかも知れない。しかしハーディは彼女たちがふしだらであるという扱いはせず、リアルに、ユーモラスに、〈自然のなせるわざ〉として描いているに過ぎない。

脱ヴィクトリア朝の女

この第八詩集では、女はヴィクトリア時代の旧式な性道徳に縛られないかたちで登場することも多い。「娘の帰省」(894)の娘は、洒落た服を着て、イヤリングを付けて父のもとへ帰る。父親はこの様子も、娘の目つきも気に入らない。邪気のないお前ならどんなにか暖かく迎えるのだが、もう帰ってくるな！　とは言うものの、父親は娘の思い出を消すことができない。不吉な天候の時ほどお前のことを考える、と終結部は嫌悪と愛情との入り混じった父親の物語になる。一九〇一年一二月七日という日付が書き込まれた詩なので、実話めいて聞こえるけれども、同年一一月に出版された第二詩集の「堕落した乙女」(128)の続篇だという意味でこの日付が付いたとする見方もある（Bailey 613）。これを受け容れれば、帰省した娘は売春をしていると読むことになる。より一般的な読み、娘の今様な姿や表情は、時代や都会が生み出したものと見て、娘は必ずしも職業的な売春婦とは限定されないと見るほうが、この詩が二一世紀の同じ状況をも歌っていることになって面白くはないだろうか？　「大きなテントのなかで」(859)は、恋人のいる人妻の話である。恋人が招かれ、自分は招かれなかった野外パーティの音楽を聞きつつ、その人妻は夫のそばで一晩中、恋人と踊る夢を見た。だからパーティに行った以上に浮気を楽しんだのである。「東へ去った女」(908)では、妻に逃げられた夫のもとへ老いた女がやってきて「旦那様、あの女性の消息をご存じではありませんか？」と言う。夫は「見も知らぬ奥様、あの女は東に行って幸せらしいですよ。美人だったから値打ちが評価されたのです」と答える。すると女は「判らないのですか？　あなたを捨てて新しい恋人と逃げたのは、〈時〉が試練に晒しているこの骸骨女、この私よ」と答えるのである。「色男の歌」(883)は極めて短い一八六八年の作で、乙女が男をじらすのを止めるとき、男は機嫌をとるのを止める。それは女が止むことなく愛する前兆。晴れよが降ろが、それは女が終わりなく愛する前兆、と歌う。この詩集における女の扱いが、八七歳の老人の詩集と思えない女への諧謔に満ちていることが明らかであろう。他方また次のように、純情な女たちをも彼は描くのである。

いじらしい女たち

「私たち　野面の女」(866)は小説『テス』に呼応する。彼女たちはフリントカム・アッシュでは立っていられないほどの雨のなかで、また窓のサッシに雪が積もる大吹雪のなかで、重労働をした。そこを去ってもう一度彼女たちは、美しい牧場へ帰り、そこで「あまりに軽率な恋に身を任せた」。そのときには、何という日の輝きだったことか——小説と異なって、〈彼女たち〉はトルボットヘイズ酪農場へ復帰している。〈彼女たち〉にテスが含まれるのかどうかも明らかではない。苦しい労働と不幸を招く恋との対照が、彼女たちのいじらしさを強調する詩である。また、一八六六年に執筆されたと記された作品ではあるが、「思いに沈む乙女」(892)も可憐な乙女心を描く。外出の理由は？　と尋ねられて、〈乙女〉は「風見が、遠いあの人の町を指すときには、あの人を吹いた風を浴びに丘へ登るの。日暮れには、あの人の足に続く道を歩き、彼がやがて見るはずの船を見に港へ行くの。月が二人の喜びだったことを忘れずに、月を眺めに外出します」そして、

月面で　二人の視線は自由に触れあうわ、
　もしいまでも　あの人が見ていてくれるなら。

この〈乙女〉は男に去られた様子だが、「見つめあう　愛する女と窓」(823)でも、男に捨てられた女がその男にそっくりな、教会のステンドグラスの聖者像を日ごとに眺めつつ、やつれてゆく。そして今は、その男女はこの世を去り、教会にはその聖者像のみが見える、と詩は結ばれている。

女の打算

純情な女もいれば、計算ずくで男との関係を考える女もいる。「結婚を考えてもいい問題」(885)は、検討に値した結婚話を断って、のちに悔やむ女を歌う。その女伯爵は、彫刻家の求愛を退けて、身分と富が自分と同格の男と結婚した。彫刻家と結婚した別の女は、良人の名声とともに喝采を浴びる結果となったが、女伯爵はこれを羨みつつ、世に忘れられる身を嘆く身の末となる——時代の推移も主題のひとつである。「音楽と小事件」(899)では、〈彼女〉は友人がピアノを弾くうしろで居眠りをし、聴いてもいなかったのに、そのあとで演奏を誉めた。一週間後、この眠り姫はピアノを弾いた友の死を告げ、最後の演奏に立ち会えて幸せだったと語る。この女をそれまで愛していた語り手の恋は、これを聞いて冷めてしまう。「恋文」(824)では、偶然語り手とすれ違ったR・H氏は四角い包みを見せて、「これは私が病気なので、彼女が返してきた手紙の束です。今夜焼却します、もともと私のものだから」と笑って去る。まもなく氏の死亡

の報が入る。詩のなかほどで氏は、けなげにも「送り返してきたのは結構なこと、真の先見の明ですよ」と言っていた。まさしく〈先見の明〉だったのである。ハーディは貴婦人を風刺する名手だが、この詩集にも「毛皮を着た貴婦人」(845)が登場。毛皮を纏った貴婦人が、男や貧しい女に対して投げかける視線のなかでこう言っているように見える――貧乏人がおののく獣をやっと捕らえ、真夜中に働いて仕立て上げた毛皮よ。何と言われようとわたしは貴婦人、でも揚げ足取りはわたしのことを「案山子の木の棒、ただ衣装を付けた箒の柄」だなんて言ってけなすけど。一方、下層の女にも、つわものがいる――「二度目の夫が妻の話を聞く」(840)では、再婚の夫が妻にこう聞かされる――「いやらしい元の宿六が酔い潰れて寝たから、あたいを抱けないよう、ベッドから動けなくなるように、ベッドに糸で縫い付けたの。こうして彼は死んだのよ」次いでこの女は糸を抜き、卒中に見せかけたという。新たな夫が「このベッドでか?」と問えば「そう、このベッドで」。

母の見た打算の女

同じたぐいの女たちを、母親の目から見た作品もある。「息子の肖像」(843)では、息子の写真が額に入って古道具屋に出ているのを母親が見つける。ある女が家財とともに売ったということが判明。女は、夫であったこの母親の息子の戦死ののち、再婚していた。母親は写真を買い取り、息子の替わりに埋葬する。小説『ジュード』第一部一一章では、アラベラが夫ジュードの贈り物だったジュードの写真を、競り売りにかけて売っている。ここでは息子の戦死の痛手に加えて、もとの嫁の冷酷な仕打ちに傷つき、さらにこの写真を買い取るとき、写真はどうしようもないから、お代は額縁代として頂きますんでと言う古道具屋の言葉にも打ちのめされる。「ウエザベリ村の晒し台」(889)では息子は生きている――「おれは罪を犯し、今は晒し台に晒されている。暗闇のなか、見舞いに来たのは彼女か? いや母さん!」「おまえも馬鹿ね! 彼女は罪人となんか、もうおしまいよと言って、今夜はダンスに行って、もう後釜を物色中だよ。これまで悲しませたのに、お前のような子を大事に思う母さんのことを考えて!」そしてこれは母の歌ではないが、「兄」(865)は信じがたいバラッドふうの物語詩で、兄の独白のみでできている。妹が男に弄ばれたと思ったので、男を尾行した兄は、彼を崖から突き落として殺した。あとで妹に会ってみると、妹は男と仲直りし、昨日結婚したのだという。兄は自分のあまりに早まった行為をうち明けられず、身を投げるべくあの断崖へ急ぐ。

恋の劇的独白(一)

劇的独白(ドラマティック・モノローグ)は、人生の一場面の切り取りの手法でもある。この意味でハーディの劇的独白として最上の部類に属する作品が、この詩集にいくつか見られる。そのもっとも複雑なものとしては、「マントルピースのそばで」(874)がある。男はこんな意味のことを言う――君は十分承知の上でぼくに合意し、ぼくを抑えようともせず情火を燃え上がらせたのだから、今さら驚くことはないではないか? 君も憤激し、言うだけ言った。あとはぼくが死衣のかたちの蠟燭に触れるだけだ――死衣(経帷子)のかたちの蠟燭が生じた現場に居合わせて、蠟のしたたりに触れる者は死ぬとされている。ところでハーディ自身が表題に添えたH・M・Mの頭文字や、彼の死亡年一八七三年の記入から、この詩の語り手は、ハーディの友人で知的指導者でもあった年上の男ホラス・モウルがモデルであると見てよい。独白の聴き手としては、男、女の両方が考えられる。解釈が大きく分かれるのは、特に第四連についてであるが、第三連までには、経帷子のかたちをした蠟燭に語り手は触るのだということ（一連）、語り手にとっては、本来は六月（結婚の月）の輝きがあってしかるべき頃合いなのに、今は冬の季節だということ（二連）、すべてが失われ、闇のみが支配する今、激怒している〈君〉に〈ぼく〉の心を明らかにしたいこと（三連）が述べられている。第四連は

君は　説得されてそうしたのではなく、充分承知の上で合意し、
ぼくを抑えようともせず　恋の熱を増大させたのだから、
どうして今さら　驚いたふうにふるまうのかね？
こうなったのも　明白な因果だと判っているのに。

そして第五連は〈ぼく〉の〈最終楽章〉が迫ってきていること、第六連は触れた人がもらうということになっている蠟の経帷子を、自分がこうして押すという実景を語る。自殺の決意が示されるのである。さて語り手が話しかけている相手（聴き手）を、まずハーディとして読むのが自然である。彼はかつてモウルに、当時自分の婚約者だったトライフィーナを、自分たちの間柄を隠したまま紹介し、モウルと彼女のあいだに恋が生じたという説（Bailey 603; Deacon & Coleman 112）がある。上の四行はこの状況を十分反映していると言えよう。またモウルは、名を特定できない上流階級の令嬢と婚約していて破談になった（彼の激しい鬱状態、深酒はよく知られていた）という状況もある。この場合上記四行の二行目「恋の熱を増大させた（let warmth grow）」は、〈ぼく〉の恋とも、令嬢の恋とも解釈できる（後者なら原文では、二行目最初の「ぼくを」はそのままでも良く、また「自分の恋を」とも読める）。さらにモウルは、聖職者だった父親の教区の村娘と結婚の意志なく交遊し、私生児を生ませる結果となった、そしてモウルはこのことをハーディにうち明けた（Gittings *Young* = Pap. 257）。このケースを念頭に上の四行を読めば、相手はこの段階で妊娠しているのではないかとも感じられるし、自殺を誘発するほどに語り手が追いつめられている様子も感じられる。こうしたさまざまな状況や、またそれぞれの状況に関して、聴き手がそのあと取ると考えられるいろいろの行動について、読者は想像力を全開にされたまま、詩は終結する。そして人生のもっとも不気味な一場面が切り取られたように眼前に展開したまま、映像は停止する。劇的独白の効果を、ハーディは十二分に活用している。独白者の表情と聴き手の反応とが同時に看取された時には、この手法が生きてくるからである。

恋の劇的独白（二）

しかし、聴き手が不在であっても、独白者が言及する相手がそのときどのように考え、また行動しているのかを感じさせるならば、これまた劇的独白の効用は大きいのである。「ためらい」(879)の独白者は、海に近い田園で孤立している。第一連は、田畑と空の描写——「空は　どうしても噛み合わ

ない壺の蓋のように／縁ぎわに　光の裂け目を残したまま」（恋を成就できない男女のシンボルか?）。そして彼女は、「心の芯まで緊張して」海の呻きのそばで語り手の男を待っている――だが〈私〉が彼女に会えば、ただちに二人を滅ぼすはずの敵が見張っている。このとき語り手はふと、私たちがどうしようと、会おうと会えまいとにかかわらず、空も海も風も同じ姿で呻き続けるだろう、という思いに捕らわれる。この作品には、思想詩におけるように、〈自然〉の人への無関心などということは中心的想念ではない。行けば敵に萎えさせられる。行かねば恋は潰え、女への信義に反する。聴き手はいないが、彼方で待つ女の側の心の変化が、語り手にも読者にも手に取るように伝わる。人生の重大な一瞬間である。しかし一転、人間の矮小と天地の広大に目をやれば（実際にはこのとき、語り手は風と海の呻き声によっておびえ、不決断に陥っている）、どちらにしても大きな問題ではない（"it matters little"）――この判断は語り手自身が口にするものである。人生には死を賭していたはずの大事が、感情の激変によって（少なくとも一時的には）突如、無意味な瑣事に見えることがある。人生を振り返る老詩人が、そのような一瞬を鮮やかに捉える。また「書簡の勝利」(886)の語り手は〈恋文〉であって、いわばこれは書簡の劇的独白である。君（書き手）が行くことを許されぬ所へ俺（恋文）は出かけてゆく。また俺は君が会えない女に会い、女の様子を知り、女の指許に寝そべって、彼女の鼓動を聞く。ユーモア独白である。

　ここで女とはいえ、母親の劇的独白を読み、そのあと〈女〉を離れて、その関連詩を眺めたい。

聖母の劇的独白

ガリラヤでのある夕方、マリアは息子が狂っているのではないかと湖を見やり、夕食の準備をつい遅らせてしまう――このような一瞬を、キリストの生涯についての既知の事実や一般化した伝説を背景にしつつ、より普遍的な人生の一こまとして描くのが「ガリラヤでのある夕刻」(864)である――漁師や野卑な連中と付き合い、一方では〈十戒を守れ〉と言いつつ、そのくせ評判の良くない女（もちろんマグダラのマリア）に慕われて、笑顔を見せてやるなんて！　逮捕や死刑の火種にならねばいいが。あの子が〈ぼくの父は誰か〉と言い出すと、ヨセフともう一人の男しか知らないことだけに困るわ。狂った息子って恐い、と母は言う。この作品は第七詩集までにハーディが発表した、聖家族を題材にした作品群と同様に、心に残る。「夢にも不身持ちをするつもりはなかったのに」身を任せた、ヨセフ以前に知りあった「もう一人の男」との、いわば〈不義の子〉としてのイエスという筋立てで描かれるこの詩は、誰の人生にも生じる可能性のある緊張と悲しみの状況を、夕食の鍋拵え前の一瞬のなかに捉えている点で、今挙げたばかりの女の劇的独白二篇と本質的によく似ている。

　ここで目を転じて、キリスト教に係わる作品を挙げてみたい。

キリスト教関連詩

「一九二四年のクリスマス」(904)は僅か四行の短い詩ではあるが、その風刺の対象は、平和を得られない人類という大きな集団である。

「地上に平和を！」が唱えられ、我われはそれを歌い

平和を得るために　百万の聖職者に金を払う。
二千年間ミサをつづけて、そのあげく
毒ガスさえも　手に入れた

最後の"as far as poison-gas"という一句は、同時にまた「毒ガスのところまで」という意味にもなり、さらにその先がある、という予言が含まれているように聞こえる（そしてこの予言は的中している）。「若かった世界のクリスマスどき」(841)は懐旧の念をもってクリスマスを歌う。もっと若かった世界は、祭日を信じていたし、幻を見ることができた。クリスマスイヴには霊たちが帰ってきたし、予言者が太古から呼ぶのが聞こえた、本当に。第一から第三連までの最後には、「今日の世、私たちの眼には」幻影も帰ってきた霊も、明日への夢も見えはしないと歌われ、最終連の終わりでは、それらが見えたクリスマスが本当にこの世の中にあったのかと問うている。有名な「雄牛たち」(403)と並んで、信仰のなくなった一九二〇年代の世界を描きつつ、ハーディ自身が若かった古き良き時代をも彷彿とさせる作品である。同じくクリスマスを歌ったものでも「エルジン・ルームのクリスマス」(917)にはユーモアがある。時は「一九世紀の初頭」と記されていて、大英博物館内の古典古代の彫刻たちが語る――鳴っている鐘はキリストの降誕祭を祝うとのことだが、我われは神だというのに、北方民（イギリス人を指す）の金で買われたあげく、こんな殺風景な部屋に置かれる運命とは！　このように嘆きつつ古典古代の神々は「人類にとっての恩寵の源の日」を示す鐘の意味を聞き、神の座の交替の現実に憮然としている――キリスト教は歴史のパースペクティヴのなかで眺められ、鐘の意味も、主観的・一時的なものだという響きがする（これら大理石彫刻は実際には一八一六年に大英博物館が取得したもの。このときには、この詩に歌われたような古典古代に対するキリスト教の勝利が鐘の響きにも感じ取られたのだが、一九世紀のうちに、この鐘さえその意味を次第に失うのである）。この作品はハーディが死の直前、一九二七年一二月にフロレンスに清書させて『タイムス』紙に送らせ、彼の生存中に公刊された最後の作品となった。さて「新築の教会開きでの囁き」(888)では、新教会発足の晴れの日に、真新しい説教壇に立つ高位の監督は、昔、一週ごとに交替で連続説教に来ていた多数の聖職者なかでもっとも雄弁だった。その多数のなかでもっとも誠実だった牧師は、かけ引きが下手で、今も平の教区牧師。名誉は悪い者が手に入れ、誠実な者はつねにうだつがあがらない世の真実を描く。その一方で、教会そのものが優れた精神性を失ったことも示唆されている。「鳴らなかった除夜の鐘」(901)では、除夜の鐘を聞こうとその少年は闇夜を歩いたが、どうしたわけか鐘は鳴らなかった。そして墓石の上に、見たこともない小鬼のような人物を見た。晩年まで彼はなぜその年、鐘が鳴らなかったのか不思議に思っていたが、ようやく、あの日には鐘つきたちが、聖餐酒を盗んでがぶ飲みしたことを知る。ハーディの詩集に時として見られる、民間の素朴な信仰心や迷信を、ノスタルジアと不気味さを混じえて描く作品のひとつである。

哲学的ファンタジィ

ノスタルジアとは真反対の傾向として、この詩集にはハーディの偽りのない考え方を表す観念詩、思索詩の領域にも、活力に満ちた作品がいくつも見られる。これらは、その内容を一口で要約してみると、彼の三〇年前からの各詩集に見られたいわゆる哲学詩の焼き直しのように見えるかも知れない。しかし第一次世界大戦を経たハーディは、たとえば第二詩集に見られたような世界の改善への希望は、もう放棄してしまったように見受けられる。老境でのこれらの思索詩は、世界や神や人類への痛罵の激しさを増しつつ、自分の思索詩すべてを総まとめする意図を示している。「哲学的ファンタジィ」(884)――人間への神の回答はこうだ、余は正義の感覚も正邪の分類も知らぬ。余が地球に対して、正義の流布を義務として持つとは考えたことなどない。余が人間に与えたのは〈思慮欠如〉のみである。これは一四八行に及ぶ中編詩であって、要約するには適していない。冒頭の、カプレットを七回重ねてトリプレットで結ぶ〈神〉の言葉には、人間への辛辣な侮蔑の響きがある。
「仮にお前の質問が時宜を得ていないとしても／理にかなった質問なら　馬鹿にしはしないとも」と〈神〉は言っていたのに

　いのちも絶滅してゆく地球、忘れられて行く地球ごときに
　特別の眼など掛けてやれるものか、このいそがしいときに　(9-10)

と初めから軽くあしらわれる。人間の側の〈神〉への語りかけのなかにもこの辛辣なリズムが受け継がれ、

　私の質問は以上で終了、旦那様、いや失礼、マダム！
　あなた様の性別をわきまえない点では私めはアダム、
　　つまり　原初人も同然。(26-8)

安心して余を中性代名詞〈それ〉で呼び給え、と言う〈神〉の返答では、この響きはさらに増幅される――

　余が　〈性別あるもの〉であるにもせよ、ないにもせよ、
　余の本質からして　余は何ら気にしないことを銘記せよ。…
　また余をこう呼ぶがよい「人間の夢の投影でしかない」、
　いずれにせよ　余はなんにも感じないでいるほかない。…
　余が思いのままにできる　この世界空間のなかで
　よりによっておまえが　すべての物体のさなかで
　人間の容姿こそが　この余の姿かたちに似ている
　と考える思い上がりが　全星辰を震撼させている！　(40-61)

ここにその一端を見たように、この作品は数多いハーディの、神を失った人間をいわば自嘲気味に歌う詩のなかでも、とりわけて香辛料のよく利いた一篇である。

旧世界観を風刺する

「われらの旧友〈二元論〉」(881)もぴりりと辛い。J・O・ベイリーはこの詩の成立の背景についてまことに有益な注釈を施し、一九一五年にベルグソンを読んだハーディが、ベルグソン理論は装いだけを一新した「われらの旧友〈二元論〉」に過ぎないとある人への手紙に書いている事実に触

れている（Bailey 606）。しかしベイリーがこの二元論を神と悪魔の対立という、原初的・神話的な二元論の意味に解しているのは大きな誤りであろう。ハーディの言う二元論は、精神と物質、霊魂と肉体を世界の二大根本原理とする二元論であり、この詩で語られる〈真理〉としての一元論は、精神をも物質に属するものと考える唯物論的な一元論として理解しない限り、これはハーディのすべての思索詩の内容と矛盾するだけではなく、この詩の風刺の矢の鋭さをもまた理解し損なうことになろう。ご健在万歳！　変幻自在の二元論君よ！　とハーディは皮肉たっぷりに、時代遅れになるはずなのに〈健在〉を誇る二元論に呼びかける。〈真理〉によって打ちのめしてみても、なお二元論はベルグソンやジェームズ（ウイリアム、アメリカのプラグマティスト）にすがって生き返る。

　この二人を実用主義的ペテン師だと証明してみせると、二元論曰く

「そうさ、あいつらは騙しているだけさ、
でもわしも生きなきゃならないからな、だって聖職者諸君は
　信じるにたるものは、これだけだと弁じたててくれるから」

人間の精神活動やその大本である霊魂が、肉体や物理世界とは独立して存在するという、現代自然科学を否定するような考え方がなお存続する不合理を風刺した作品である。この不合理が二一世紀の今日もなお跋扈しているのは私たちも知るとおりである。さてこの種の作品の風刺のリズムが最高潮に達するのが、よく知られている「酒飲み歌」（896）である。ターレスのころは世界すべてが人のために作られたと信じられた。コペルニクス、ヒューム、ダーウィンなどを経て、神と地球の地位は低下の一途を辿った。〈最近〉ではマリアの処女懐胎も偽りとされ、アインシュタインは時間と空間をさえ否定している。我われは氷河の上の、色彩だけが多彩な蝶々みたいなものではあるけれども、でも驚いてはいけないのであって、

さかずきに酒　そそぎ満たせよ、嘆くのは愚か者だけ
われらの偉大な思想のすべてがいまは　腰くだけ
だがわれら、それでもなお善事を為そうと　願うだけ！

世界における人間の尊厳度の減退を、陽気で虚ろな酒飲み歌で紛らわそうというわけである。

〈意識〉ある者の苦悩

さて「意識無きものとなる願望」（820）は、もし僕が壁のなかの銘板、雛菊の丘、ホールに掲げられた絵画などであるなら、心の痛みも感じず、最後の審判の叫びも聞かず、一言で言えば背負うべき十字架もなかっただろうに、と歌う。第七詩集の「隕石」（734）で、遠い天体から隕石に乗って地球に飛来した〈意識〉の胚珠が、人間の呻吟の生みの親だと歌ったテーマの再説である。「思索することの焦燥が　もし解き放たれれば」（721）も同種の作品であったことを考えると、ハーディは死を前にして、意識と思索によって生きる苦悩を実感していたものと思われる。「しだの茂みのなかの幼年時代」（846）はこう歌う——子供のころ、雨を避け

てしだの茂みの下に潜り、〈誇らしい気持でこの水しぶき上げるしだの家を見ていた。死ぬまでそこにいたいと思った。なぜ大人にならねばならないのか——最後の二行は、「大人の領分（estate）を検分する（perambulate）」という部分で、大人という地所を歩む、大人の状態を踏査するなど、さまざまに意味の拡がる表現を示している。これも成人することによる〈意識〉と〈思索〉の拡大がもたらす責任と苦労を子供が予感している歌と言えよう。「あるロンドンの樹木に寄す」(852)では、樹に呼びかけて、君は君の先祖の木々が見た日光の見える高みに昇るための足が欲しくはないか、村の小川に入って身を清めたくはないかと問うのだが、何も知らず、感じもしない〈君〉は、何の羨望も抱かない——この作品はしかし、この苦しみのなさを哀れみ、二〇世紀都会人の哀れさを象徴する歌とも読める。

人類への危惧

ところで、人の思索が、考えるべきすべての領分を踏査するときには、すなわち知性感性すべてに優れた人が誠実を尽くして考え至るときには、得てして、ごまかしをこととする政治的主流から、弾圧や〈粛正〉などを加えられる。人間キリストはそうして犠牲になった多くの人びとの代表格だが、そのなかには世に記憶されない清廉の人も多かったはずだ。「記念されない数多の聖金曜日」(826)は、キリストの磔刑を記念する聖金曜のほかに、誠実のゆえに為政者に殺された幾多の人びとの記念日が毎年暦のなかにありながら、それらが祀られることなく過ぎてゆくことを嘆く歌である。「その美徳のために　哀れな最期をとげた／これら名もなきキリストたちの〈聖金曜日〉は」迫害の救助に駆けつける味方さえ皆無のまま、今は記し残されていない。残念至極なことに人間世界は、

　いま人類が称賛するキリストの主義や希望と
　　同じほど世俗を離れ、俗臭のなかった　彼らの希望や目的を

仮にその当時、この希望や目的を、嘲り罵るかたちであってでも、記しておくだけの能力さえ持ち合わせていなかったということだ、とこの作品は結ばれている。作品の末尾の付記によれば、これは一九二七年のキリスト処刑の記念日、つまり聖金曜日に詠じられたとされている。批評の対象とされることの少ない詩でありながら、簡潔にして多くの真実を語る優れた作品である。「真夜中に考えること」(817)は人類の有する、憂慮すべき点を列挙しながら、「暗い陰（死）が私を待ち伏せる今、人類が私を仰天させるのは　これら人類の陳腐さや不道徳などのためではなく、人類が無分別と予見性欠如に導かれて、〈自己への大逆罪〉に落ち込んでゆくその狂気のためだ」と嘆く。一部分が一九〇六年（『諸王の賦』執筆当時）に書かれたことから、ナポレオンの無謀なロシア攻撃などを詩のなかの〈狂気〉の例と考えたくもなるけれども、作品の完成はずっとあとであるから、実際に批判されているのは、第一次世界大戦に使われた毒ガスなどの兵器や、人類全体を抹殺しかねない戦争の大規模さなどであると考えるべきであろう。そしてハーディはこれらの思索詩、いや全八詩集の思索詩全体をまとめ上げるかのように、詩集巻末から二つ目に「我らはいま終末に近づいている」(918)を掲げる。我らは不可能なことを可能であるかのよう

に幻想することの終わりに近づいている。理詰めの論法で人類を改善するなどの幻想もすでに終わった。また国々が再び戦争をすることも判っている。「我らは夢の終末に近づいている!」というこの詩の最終行について、悲観論者のたわごとなどと言って批判できる者はいないはずである。予言としてもまさしく的中し、ここでもまた言及された人類の狂気は、第二次世界大戦において余すところなく露呈した。私たちは一九世紀が、その中葉には、人類の未来の発展に際限なく夢と希望を抱いていたことを知っている。当時は町の行商人も浮浪児もやがてよい時代が来ると信じていた。世紀の四分の三が経ったころ、教育がイギリス全土に行き渡ることになり、理性による人類の改善が知識人によってさえ、夢想された。戦争の根絶もやがて実現すると信じられるに至った(以上 Houghton 27-53)。ハーディが誕生したころから青年時代初期にかけてのこの人類の夢は、彼の死の直前には完全に潰え去ろうとしていた。彼は先刻私たちが見た「真夜中に考えること」(817)のなかで、このように狂おしい人類を神が眺めて慈悲を垂れてほしいものだと歌っているが、そのような慈悲が与えられるという可能性自体が、こちらの詩では否定されたのである。

末期の眼に映ずるもの

この詩集の最後を締めくくる作品としてハーディはみずから「彼はもう言うまいと決心する」(919)を用意した。だからこの巻末詩は辞世の歌としての性格を持つ。納骨堂を眼球に映す〈蒼白い馬〉が近づく今、残りの言葉はあまりにも呻き声に似るから、歌うのを止めよう。いやというほど苦悩のある人間に、これ以上重荷を加えるようなことを発言する必要なんかあるものか。この先はもう自分の認識したことを語ったりしないつもりだ。糸巻き(quill)を繰るようにして〈過去〉をたぐり出す詩人たち、つまり

真夜中に鵞ペン(quill)を走らせる魔術師たちは・・・
　〈時〉の逆行を　目の当たりにすることはできるのだが
私が知り得たことは　もうだれにも知らせないつもりだ

「肉に拘束されていた魂の　目隠しされていたままなここには/見えなかった彼方まで見通すことができたとしても」、つまり死に際に、生きているうちには認識できなかったことどもが見えてきても、もう歌わない、というのである。末期の眼に見えるこうした洞察(比喩としてこれは「彼方の景色」、つまり来世の姿と述べられてはいるが)を人には示さない、すなわち筆記してもらうにも本人が口述さえできないということを示唆しつつ、臨終に際して「〈時〉を逆行させ」、人生がどのように詩人の心に映いたかという大問題を提起している。これは第五詩集巻頭詩「映像の見えるとき」(352)で、真夜中に澄み切った心の鏡に、人の赤裸々な実像を映して書き取っていた男の再登場なのである。七七歳当時の「映像の見えるとき」においてさえすでに、末期の心に映ずる映像の問題が提起されていた。それを投影する映写幕は、どこにもないと歌っていた。今また、それは語らずじまいにすると言う。しかし、死を迎える人間の心境が本質的に悲劇的であることを示しつつ、その瞬間に洞察し得るはずの人間のはかなさや存在の不

条理性を、ただでさえ苦悩多き人間には語らない方がよいと歌って、自己の死という特殊から出発して、人間一般の死に臨む心境を実際には歌ってくれていると言えよう。

自然の観察

そして末期の眼が見て取ってくれたものは、これだけにとどまらない。自然を観察したり、人の状況を察したりした優れた叙景歌が多いのもこの詩集の特徴である。「私は黒ツグミを観察した」(850)は、復活祭の日、一羽の黒ツグミが干し草を一本くわえて、これほど安全な巣は作られた試しがないと言わんばかりに、巣の建築計画の進む所へ舞い上がったのを〈私〉が見た、というだけの詩ながら、さえずる鳥の舌、くちばしの開閉など細部を観察している。「刺々しい五月」(825)では、同種の観察が雰囲気に満ちた田園描写をもたらしている。五月なのに湿って冷たい風、ずぶぬれの鳩と鳥は禿鷹のように毛羽立ち、花も開きかけて咲かず、太陽も不機嫌に白い。羊を数える羊飼は、数えることだけに集中して、自然界に対しては無関心に見える。〈美しくない五月〉を活写して、底冷えのするイギリスの春の、いわば渋い美しさを描いてみせる。「樹木の伐採」(837)では、死刑執行人、すなわち樵が二人、斧、鋸、縄を使って、命のあるマスト（樹木）を倒すと、隣人である木たちが一斉に震える。樹木へ二百年のたゆみない成長が、僅か二時間で終止符を打たれる。樹木への敬虔な愛と森林の描写とが同居する。「切り倒されたニレの木と彼女」(853)は、樹木の伐採に人間の一生を重ねて描く――倒されたニレの木よ、君の年輪が増すとともに彼女も成長し、君の中身が虚になったとき彼女も倒れた。二人の生が対になっていたことを二人は知らなかった――この世には自分と対になっている木があるに違いないと読者に考えさせる作品である。しかし叙景詩の白眉は「沈黙のさまざま」(849)である。これもまた老境に達した詩人のみが歌えた歌であろう。風の吹きやんだ林や畑の沈黙、昔、人が溺死した池の沈黙。だがそれ以上に、人のいなくなった空き家の沈黙、自分が生まれ、住みついて

　家族と、また友と　宴をともにしたその家の
他のすべてを忘れたような沈黙こそ　もっとも侘びしい沈黙！

そこには、その家の〈過去〉が〈現在〉に対して、墓地に似たその沈黙を強いるような風情がある、と締めくくる。単にこの家はたまたま空き家になったのではない。この家で語り手とともに過ごした家族・知己のすべてが世を去ったことを歌っている。前半で語られた沈黙、たとえばチャイムが鳴り終わったあとの鐘楼の沈黙なども、人生の響きの鳴り終わったあとの沈黙のメタファーになっている。

人間界の観察

人間界の情景もまたよく観察されている。「埋葬のあとで」(860)はそのなかでも秀作であろう。一家は彼らのパンの稼ぎ手だった男の埋葬を終えて、黙って部屋に坐った。そのとき、誰かよその人の結婚祝いか誕生祝いかの、華やかな鐘の音が響いた。誰も窓を閉めに行かず、ただ鐘の音が彼らの魂を貫くに任せていた――苦しさをいや増す鐘の音を弱めようとする気力も失せてうなだれる一家の描出である。「新しい長ぐつ」(891)は物語ふうである。あれは耐水性の革でできたうちの人の長靴ですよ、まだ一度もはいて

いませんけど、と壁にかかって古くなった靴を指さして女が言うので、なぜはかないのかと近所の人に聞くと、待望の長ぐつを手にした翌日に夫君は亡くなったことが判る。永年、長ぐつさえも買えなかった苦労ゆえに早死にしたのであろうことが偲ばれる。「自分の元の住居について」(839)は四つの〈モード〉に分けられている割には、重みのない詩句が続くが、初めはもう二度と見たくないと思っていた、昔住んでいた陰気な家だったが、やがて一度だけ見たくなり、次には何度も見たくなり、今は落胆を追い払う家となった――この内容自体は老人の感懐としてよく判る。逆に、もと住んでいた家がなくなっている現場を見たときの衝撃を考えてみれば、この詩の言わんとすることが伝わってこよう。また「その少年の夢」(910)の前半を読む今日の読者は、病弱な少年の青ざめた顔つきの描写が露骨に過ぎると感じるかも知れない。華奢で足に障害のあるその少年の夢は、他の少年のような敏捷さ、肉体的妙技、いじめられ強さを得ることではなくて、明年の春、自分自身の、本物の緑のヒワを飼うことだった。この夢を話すとき、彼は美しかった――読み終わると前半の印象を読者は許してあまりあるであろう。

動物や鳥の歌

ハーディらしい動物の歌も二篇見える。「死せる飼い犬　ウェセックス」(907)はウェセックス君の劇的独白である。ぼくのことを思ってくれることがあるの、お二人さん！階段や庭先にぼくの足音が聞こえてもぼくはそこには居ないでしょう。呼んでもぼくは駆け寄らないでしょう――聴き手に相当するハーディとフロレンスが、あちこちに亡くなった愛犬の足音を聞きつける毎日を過ごしていることがよく判る詩である。「雑犬」(861)はハーディのすべての動物詩のなかでも特に読者を惹きつけるだろう。強い引き潮の海で、男は雑犬を溺死させる目的で遠くへ棒を投げる。犬は忠実に泳いで取りに行き、棒をくわえ岸を目指すのだが、引き潮のためとても力及ばない。最後に、信頼を裏切った男に恨みを見せて溺死するまでが描かれている。「昔の少年と今の少年」(875)――昔その子の父親は郭公は世界に一羽だけ居て、春には英国と自分を楽しませるために来てくれるのだと思っていたと言う。これを聞いた現世代の少年である息子は、昔の子供は馬鹿だったんだねと言う。自然界に対する畏敬の念、そしてワーズワスやキーツのように一羽の鳥の声を自然界全体のメッセージと感じ取る心、の消滅を歌っていると言えよう。

むしろ失敗作か？

その他の詩を見れば「期待と経験」(831)では、休日に期待に胸膨らませて雨のなかを市まで出かけたその女は、男ばかりで市の片隅に坐っていただけで詰らなかった。何のために雨に濡れて苦労してここにやってきたのかと嘆く。男性社会における女の疎外のメタファーとする意図があったのであろうか？　「ヘンリーのボートレース」(863)は、心を病む娘の話で、ハーディの場合には残念ながらこの病を得た人に対する心の優しさがない。時代的には、これで当然であったのであろう。ボートレース大会の当日、大雨が降ったので元気だったころの〈彼女〉は狂ったように泣いた。数年後またレガッタ当日に雨が降ったが、彼女は平気だった。というのは、精神病院で、水盤に紙ボートを浮かべて遊んでいたからだ。これも人間に〈意識〉が具わっていなければ、世界の苦しみはないという先刻の主題の一変種なのだろうか?　これら二篇は、仮に何らかのシンボリカルな表現を目指したのだとしても、その比喩が混沌のまま、かたちをなさなかった作品と言えよう。

第九章　トマス・ハーディ拾遺詩　全訳

——語句注解やコメントとともに

疲れ果てたぼくらが　萎縮してしまい

(*When Wearily We Shrink Away,* 920)

疲れ果てたぼくらが　萎縮してしまい
　前方へ向かって奮闘している仲間たちから　遠ざかり
かつてぼくらが奮闘していたところから　落後してしまい
　もはや高邁な仕事を　もくろむこともなくなり
偶然の縁故が　今の彼らの　ぼくらを無視するような勢いを
生み出しているに過ぎないとは　感じながらも
それでもなお　彼らが　みな疾走を続け、また彼らが心のなかで
　ぼくら抜きで疾走しているとさえ考えていないのは悲しく思われる

ぼくらの愛情が相手から報われることのないことに傷つき
　ちょうど　夏の季節の終わりとともに
ぼくらを寂しく取り残していく　渡り鳥に対すると同じに
　ぼくらが　全ての友を　いっしょくたに分類してしまい
彼らのことを　尋ねも聞きもしないし　彼らもまた
　ぼくらについて　決して尋ねも聞きもしない　そんなとき
その罰は過酷、彼らが　ぼくらなしでも
　あんなに心から　人を愛することができるのを目にするのは。

そう思うのは　彼らが（ぼくらがいないので）そのときに
　触れてくるものを　もっとも激しく愛するからではなくて
彼らが　誰がいないかに気がつきもしないで
　なお心穏やかに　愛し続けるからだ
彼らが　ぼくらについての　彼ら自身の昔の想いを
　今はなくしていることにさえ　気づくことができないからだ
仮に彼らがぼくらなしでもあの通り愛し続けていることに気づいても
　この昔の想いを失ったことにまず気づいてはくれまいからだ

コメント：ドーセット州博物館所蔵。「たぶんトマス・ハーディの作」と添え書きがしてある。筆跡から一八六五年ころの作と推定されているが（Bailey **670**）確証はない。人間界では、誰かがいなくなってもその人の不在はすぐに忘れられ、何事もなかったように日常が続く。会社の、仕事場の、日常をよく見れば、私たちの周囲にもこれはつねに見られることである。なお原稿によれば、この詩は「妹によって示唆された」とあるので、拙訳の「ぼくら」を女性とすることも考えたが、おそらくは妹が、人間界での通弊について語った言葉によるものと考え、一般的な意味を優先して訳出した。語り手を女性とし、男の愛を失った女たち（複数の女が語り手になるのは不自然だが）の恨み節として訳した場合の第二連以下はこうなる——

わたしたちの愛情が相手から報われることのないことに傷つき
　ちょうど　夏の季節の終わりとともに
わたしたちを寂しく取り残していく　渡り鳥に対してと同じに
　わたしたちが　全ての友を　いっしょくたに分類してしまい
彼らのことを　尋ねも聞きもしないし　彼らもまた
　わたしたちについて　決して尋ねも聞きもしない　そんなとき
その罰は過酷、彼らが　わたしたちなしでも
　あんなに心から　人を愛することができるのを目にするのは。

そう思うのは　彼らが（わたしたちがいないので）その時に
　近づいてくる女を　もっとも激しく愛するからではなくて
彼らが　誰がいなくなったか　気づきさえもしないで
　なお心穏やかに　女を愛し続けるからです
彼らが　わたしたちについての　彼ら自身の昔の想いを
　今はなくしていることにさえ　気づくことができないからです
彼らがわたしたちなしで　あの通り愛し続けていることに気づいても
　この昔の想いを失くしたことに気づいてはくれないだろうからで
す

植えられなかったプリムローズ（*The Unplanted Primrose*, 921）

「彼の知っている植込みから　ピンクのプリムローズを一本
　遠いところにいる彼に　送らせてもらっちゃおう
ここからほんの一マイル足らずのところに彼が住んでた頃に
彼のノット花壇に　私が持って行った球根から生えた花よ
根っこはあの恋の季節に　私が育てておいたものよ
私の持ってたもののうち　育った最高の根っこよ
　彼はほんとに暖かな微笑みで　受け取ってくれたわ」

このように彼女は歌い　語って　顔ほてらして
　近くの　恋人の元の家へ　足を急がせた
恋人は見ず知らずの南の国へ　より広い空を求めて
もう　その家からは　立ち去っていた
彼女は　パンジーや石竹、タチアオイなどの
早咲きの親株の埴わった縁取り花壇にそっと近づいた
　そこはかつて二人の愛の誓いと贈り物がなされた場所。

「咲かなかったのだわ」　期待していた色合いを
　見出せないまま　彼女の眼差しは暗くなった
「なのに他の花は　花壇中に咲いてるのね。
私のプリムローズは　葉も蕾も見えないわね、
あぁ、これは　この花に肥料を与えるためには絶対に

労を惜しむなという彼の管理から起きてしまった可愛がり過ぎから
　あれは　枯れてしまったなんてことが　いったいあるかしら？」
彼女は　それまで見ていた間違った場所から一巡りして
　去年　彼女が持っている最高の根っことして
彼にそれを贈ったときの　その場までやってきた
すると見よ、彼女が近づいた壁際の棚に
彼女が手を振って姿を消したそのときに
彼がそれをその棚に置いて以来　手を触れられることもなく
　ひからび茶色になったその根の　萎びた骸骨が横たわっていた
　　一八六五―六七年、ウエストボーン・パーク・ヴィラにて
　　　　（古い草稿より）

コメント：（古い草稿より）と記されて清書されているので、死を間近に控えていたことになるハーディが『冬の言葉』に収録する予定だったのではないかと推定されている（Bailey **669**）。萎びた骸骨となった球根は、おそろしいまでに変質し、〈枯死した愛〉の残酷なシンボルとなっていて、これがこの作品を忘れがたいものにしている。

ある花婿に（*To a Bridegroom*, 922）

愛を誓って　彼女を大事にすることにしたんだって？
美の玉座が　美の墓場だと判ったら
　彼女は嘆き悲しむことだろうに。
彼女が　今のようには新鮮ではなくて
頬や額のあちこちに　しみが浮き出た
　生真面目な女になった頃を　考えてごらん。
男たちの心が変わって　こう言うのを思い浮かべてごらん、
「この派手な羽根をしたカケスに　偉大な神々は
　才能なんか　与えてくれてはいないのさ」
そのあと　病弱の身にでもなったら
どんな男が　毎日ひにち
　病人のもとへ　駆けつけたりするだろうか？
彼女のほっそりとした指の　やわ肌が荒れてしまい
黒髪が薄くなり　繻子の刺繍が
　干乾びて　ほころび果てた姿を　考えてごらん。
彼女の美女の誉れを汚す噂が　広まったりしたら
誰が感じないでいられようか、「もう彼女なんか　うんざりだ、
　恋なんて　愚かしい遊びさ」と？

彼女の愛が　口にするにはあまりに淫らなものになったりしたら
誰が隠さずにいられようか、すこし恥ずかしい気持ちになって
　　密かな　呻き声を？
愛を誓って　彼女を大事にすることにしたんだって？
美の玉座が　美の墓場だと判ったら
　　彼女は嘆き悲しむことだろうに。

一八六六年（短縮された作品）

コメント：ハーディにあっては女の美の消滅は男の愛の消滅である。「再訪」(152)その他の詩にこのテーマは繰り返されている。しかし、この作品で結婚式の花婿に、新妻の美が衰える日のことを語って皮肉る語り手は、このテーマとは異質な作品「気のふれたジューディ」(121)の語り手（赤子が生まれた日に嘆き悲しむ狂女）にむしろ似ている。女が「淫ら」になってゆくことを、美の衰退と同列に扱う点は、この狂女の詩よりもこの作品をヴィクトリア朝風にしている。

ヴィクトリア朝風のリハーサル（*A Victorian Rehearsal*, 923）

いくつものフットライトが　揺らめいていたところに
今はただ一つの灯りが陰気にうずくまる
オランダ布[1]の被いが掛かった　一階の上等席は
初日にやってくる　野暮な客たちのイメージを作る
書割の布は　教会の側廊に置かれた　古びた旗のように
各場面が気力もなく続くあいだ　揺れている
鋼のように青白い　朝日の矢が一本
どこか　隙間からさしこんで来て
何分かごとに　斑《まだら》に染める——だらしない服装の
奇妙な一群れによってなされている　劇のリハーサルを。
そして台詞の呟きを、舞台を横ぎり　また逆戻りする姿を。
それはまるで　何か訳の分からぬ　子供の遊戯さながら。
田舎者に扮するつもりの　都会ずれした奴ら、
淫らな言葉と恐ろしい形相の　獰猛な悪漢を演ずるつもりの奴ら。
その連中のなかに　主役級の女優が交じる。
その私生活は　いかがわしいと　もっぱらの噂、
だがもうすぐ　夫には離縁状を突きつけるとの風評、
「その逆でこそ　あるべきだよ」と付け加える世間口。
しかし朝の光のなかで見れば　一晩中の徹夜のために
その　やつれ果てた姿、急いで引っ掛けてきたらしい
薄汚い　毛皮のジャケットを身にまとう姿は
万人の趣味に合う恋人とは　必ずしも言い難い。
世間の取り沙汰は　このくらいにしておこう、
真実であろうと　いや多分　根拠のないことだろうと——しかし
とにかくここには　偽りの名前を身につけにやってきた

逆上しやすいお人柄の　人びとがいて
急造りの不自然な人間関係から　どんな好色な災いの種が
生まれるかも知れないのに　平気の平左でいたもう
こんな関係のなかには　この都会の観客がやがて目にする
この演劇よりも　もっと大きな悲劇が内在しているやもしれない。

語句注解1　ざっくりとした通例麻の入った掛け布。

コメント：演劇界の退廃を描いている。ハーディ自身、若いころロンドンで演劇界を覗いたことがあり、コヴェント・ガーデンの舞台にその他大勢の一人として立ったこともあった（Bailey　669）。

ソポクレス[1]から得た思い（*Thoughts from Sophocles*, 924）

（コロノス[2]のオイディプス、[3]1200–1250行）

この世に　常の人より長い滞在を望む人は
思慮深い者の目から見れば　無分別な欲望を抱く者だ
なぜなら　生の日々が長く続けば続くほど　苦痛はいよいよ近づき
喜びが湧き出ることを示すものは　何ひとつ　なくなるのだから。
死こそは　単純愚劣に黒白を決する　疑わしいこの人生の槍試合を
我われの意のままに　癒し除去してくれる特効薬。

この世に決して生を享けないことこそが善、これに比べれば
歌や笑い、踊り歩く迷路の楽しみなんて　何だというのだ。
やつれて荒涼とした老齢は　北に面した海岸の
荒波に摩滅される　孤立して突出した岩角。
味方もなく　冷酷な災厄に直面し
災いは　擦り切れて弱くなった岩面の目鼻を直撃する。
そこには　日光も鳥も花も　もはや訪なうことなく
僧帽のような雲が　星々の輝きをさえ　包み込んでいる。

語句注解1．副題にあるとおり、ハーディはこの詩をソポクレスの悲劇「コロノスのオイディプス」のコロスの台詞の内容に大筋として従いつつ歌うが、訳文5、8、12—14行はハーディの独創。　2．アテナイ北西の郊外の地名でソポクレスの故郷。この地にはエリニュス・エウメニデス女神たちの神域があり、ここでオイディプスが死ぬことが予言されていた。　3．テーバイの王。ここではもうすでに彼は王位を追われ、知らずに父を殺し、実母と結婚した罪ゆえに、自ら盲目となって漂白したのち、死地に辿り着いて安らいでいる。

コメント：老年期にハーディはソポクレスをよく読んだ。これは上記の訳注にあるとおり、一部ハーディの独創を交えて「コロノスのオイディプス」のコロスの台詞を用いた作品である。

ユーニス[1]（*Eunice*, 925）

何時間も　いや長々と何日にもわたって
彼女の変化に満ちた姿を捕らえて　そのあとで　彼女から
目を離したものなら誰でも、胸に思い起こすことができるのは
霞のかかった姿絵のなかに　すべてが銀河さながらに
　おぼろにかすむ顔かたち。
夏の青空に照らされる　夏の日中の景色のように
紺碧の両目の光に照らされて
彼女の麗しい変幻の姿は
桃色に表現されたメロディさながら
　はっきりした輪郭を示さない。

（『窮余の策』より）

語句注解1．小説『窮余の策』（一八七一年刊）の悪役マンストンの隠し妻。

コメント：この詩は、まだ愛が冷めなかったころ、右記マンストンが彼女のことを称えて歌ったもの。

『森林地の人びと』に付するエピグラフ
（*Epigraph to 'The Woodlanders',* 926）

「この上なく木の茂った　あずまやにさえも
二人の心が　しっくりと絆を結んでいないときには
　風から守ってくれる　力強い樹木は
ただの一本も　立ってはいないのです」

語句注解1．ハーディの長編小説（一八八七年刊）。主人公のジャイルズは愛する女とは結ばれず、ジャイルズを愛するマーティもジャイルズとは結ばれない。

彼女は昔日の苦難を歓迎したい
（*She Would Welcome Old Tribulations,* 927）

わたしには見える、わずか三フィートの背丈の
　初々しいほっぺたをした子が
ここの石造りの小道のうえで
　近くに逆巻く海の波から　後退りするのが。
　その小さな子は　わたし。
あぁ、あの後退りも何もかも再現されて
　あの時がここに戻ってくればよいのにと　わたしは叫ぶ！

海水浴する女の人の　姿が見える
　がっちりと　たくましく　日焼けした姿、
彼女はわたしの肩をとって振り回し
　半ば溺れかけたわたしが　喘ぎ苦しむのを笑う
　あぁ今　聞いてみたい、わたしが風を切るあの音、
冷たくさらに冷たい海を　わたしが打ちつけるあの音を。
　もう一度あれが甦ってくれればよいのに！

これらの場所のそばで　わたしは佇む、
　誰の日にも晒されず　自由なまま。
鍛練の　教育的命令に従って
　両の手がわたしを捕まえる、あの
　子供の頃の恐怖から　わたしは今は逃れている
間違いを犯しても　わたしは叱られはしない
　でも――あの苦難がもう一度生き返ってくれればよいのに！

（一九〇〇年頃）

コメント：エマ自身の、幼年時代の回想とされる（Bailey **666**）。しかし、恐怖というにふさわしい思いであっても、思い出は尊重されると歌うところは、ハーディらしい感覚である。

振り返り見て（*Looking Back*, 928）

以前私たちが考えたとき、ねえ君、
　いずれ失敗に終わる運命の　結婚式に
どのように熱中していたかを考えたとき、そうだろ君、
　私たちは悔恨で　胸ふたがれたものだ。

いま私たちがそのことを考えるとき、ねえ君、
　私たちの眼こそ涙で濡れてはいるが
私たちは　何が愛の炎をかき消すかを知っている、そうだろ君、
　そして私たちは　悔恨で胸ふたがれはしない。

コメント：終わりから二行目の「何」は時の経過を指す。もと『時の笑い草』に収める予定だった作品（Bailey **661**）。

トラファルガーの夜（*The Night of Trafalgár*, 929）

（船頭の歌）

荒天の十月の夜、風が陸地を巡って吹きすさび
内海が外海と一体となり　俺たちの家のドアは砂で塞がれ
何千もの人骨の沈む〈死人の海〉の　打ちつける音が聞こえたときも
俺たちは知らなんだ、その日の昼がトラファルガーで何をしたかを、

　　何をしたか
　　　何をしたか
　トラファルガーで何をしたかを！

「強う漕げ、ノウスの岬[1]まで辿り着け、でなけりゃ沈没」一人が叫ぶ。
俺たちは漕いだ。まもなく嵐。でも家に帰って気持良く眠ったんだ。
だがその間ずっと我らの勇士は　昼間じゅう戦い抜いたあと
夜は　カディス湾の南西[2]の闇の波間をあちこち振り回されていた。
　　闇の波間を
　　　闇の波間を
　あちこち振り回されていた！

それから嵐は　勝者をも敗者をも　もみしだき引き裂いた。
その荒れ模様の海岸で　疲れ果てた人々は奮闘の上にも奮闘した、
死せるネルソン[3]、半分死んだ彼の兵士、遠国、近在からの敵兵など
その夜トラファルガーでは　海原の上をいっしょくたに転がった！
　　海原の上を
　　　海原の上を
　いっしょくたに転がった！

（『諸王の賦』より）

語句注解 1．英国南部ウエイマス湾に突き出る小さな岬。　2．トラファルガーを指す。カディス湾はスペイン南西部の大西洋岸にあり、トラファルガーはその近くの岬の名。　3．ネルソン提督（一七五八—一八〇五）は十月二十一日トラファルガー海域で戦死。

バドマスの可愛い娘たち（*Budmouth Dears*, 930）

（軽騎兵の歌う歌）

俺たちが　バドマスの　海のある町に居たとき
　おぉ、女の子たちは桃の実のようにみずみずしかった
丈高く　ぴちぴち揺れるからだ、紺碧色や茶色の瞳
　俺たちの心は　憧れで痛いほどだった、
　俺たちが即興の合唱会から　引き揚げてきて
海岸の遊歩道を　クリンクリンと粋に拍車を鳴らして進むとき。

　彼女らは俺たちを楽しませ　てまどらせた、
　俺たちに彼女らがしかけてきた　楽しい戯れによって。
だとすりゃ何の不思議もない、彼女らに　たまらなく美しいその眼を
　きらりと向けられた　有名連隊の騎兵たちでさえ　おぉ
　軍の合言葉を忘れてしまったとしても、おぉ、
俺たちが町の山手にある野営地に　クリンクリンと帰って行くとき。

　彼女らは俺たちが去って　淋しく思ってくれるだろうか、
　いま戦いが俺たちを引き離してしまったからには？

俺たちが笑顔の町を去って　おそろしい顔の敵地へ乗り込むいまは？
　俺たちには　もう　あの麗しの　すばらしい女たちの
目鼻は二度とふたたび　見られはしない、
そしてもう　クリンクリンの音も町の家々を過ぎて行くことはない。
　俺たち　あの町で　ふたたび彼女らに会えるだろうか？
　彼女らに声かける　甘い試みを口ずさめるだろうか？
吊り革のついた軍服が　モスリンのガウンと並んで歩けるだろうか？
　彼女ら　いたずらっぽく俺たちを眺め　顔を覗いてくれようか？
　流し眼で　ちらりと見やってくれようか？
俺たちが海岸の遊歩道をクリンクリンと粋に拍車鳴らして進むとき。

（『諸王の賦』より）

わたしの恋人　戦いに（*My Love's Gone a-Fighting*, 931）

（田舎娘のうた）

わたしの恋人　戦いにでかけたの
　戦争のラッパの　鳴り響くところへ
人間の間違いを　正すためよ
　カービン銃に　弾丸こめて
叩きのめす　軍刀持って
　軍馬そのほか　みな携えて

戦場で　誰のことを考えるのかしら
　戦争のラッパの　鳴り響くところで
戦場で　誰のために乾杯するのかしら
　カービン銃に　弾丸こめて
赤い血潮が染め上げた　戦野の涯《はて》で
　軍馬そのほか　みな携えて

それはわたしのこと、だって囁いているのが彼に聞こえるはずよ
　戦争のラッパの　鳴り響くところで
「恋人よ、わたし待ってるわ　あなたが帰ってくるのを、
　カービン銃に　弾丸こめて
楽隊がドラムで凱旋を奏でるなかを
　あなた自身と軍馬そのほか　携えて。」

（『諸王の賦』より）

ワーテルロー[1]の戦いの前夜（*The Eve of Waterloo*, 932）

（精たちの合唱）

夕刻の両のまぶたが　ついに閉じ合い
野にも木々にも本来無縁の姿をした　兵士たちが
まるで縁あるもののように寝そべって　ぐっすりと寝込む！

平穏があって当然の夜の姿をかき乱す
こんな道化芝居を目にしたときの　清らかな野辺に漲る
不安げな身震いこそ　哀切そのもの。

緑草は苦しみを、平原はやがてやってくる〈あるもの〉への恐怖を
感じているように見える。その前兆はこれらの物たち――
地震でも　嵐でも　日月食の陰りでもない。

そう、兎たちは　軍馬のひずめの音に怯えている
彼らの白い尾は　姿を消す彼らのうしろで　さっと輝く
燕たちは　村屋根の住みかを棄てて行く

もぐらの地下室は　車輪によって踏みしだかれ
雲雀の卵は撒き散らされ　親鳥は逃げ去った
針鼠の巣を　土木工兵が暴きたてる

蝸牛は　地を踏みつける恐しい音に　首を隠す
だがその甲斐もなく　鉄の車輪に踏み潰される
みみずは　何が頭上に起きているのかと問い、

これほどに残酷な情景から　地の奥へと潜り込み
これで安全と思い込む、彼は知らないからだ、
やがてどんなに汚い朱の血潮が　彼に浴びせられるかを！

その日の長雨にうんざりしていた蝶たちは
かかとや蹄、足指に打ちのめされて
雨という敵よりも悪しき敵によって死ぬ。

踏まれ傷つけられて　泥塗れの墓に倒されるのは
緑に育ちながら　金色に実る見込みのなくなった麦の穂
咲く見込みのなくなった　蕾のままの花たち。

かくして秋の季節の意図は　その果実が現れる前に
挫折を味わい、ずたずたにされ、屈服させられる
前途有為な若者が　打ち倒され　冷たく硬直するように！・・・・

そして今夜やってきた若者は　どうなるのだ？
彼らはぐっすりと眠っている。しかし古兵のからだには
この雨が　痺れる古傷を呼び覚ます。

インドで突かれた古傷、半島戦争[2]でのうずく傷、
フリートラント[3]の昔の悪寒が　古兵の泥のねぐらを襲う、
アウステルリッツ[4]の痙攣もまた。彼らは眠りを破られる。

そして各々の兵は　明日の霧のかかる時から〈時間〉が果てるまで
彼らが　他の戦死者とともに　永く借地することになる　その

大地の上に　頭を沈めるとともに　震え慄く。

（『諸王の賦』より）

語句注解 1．ベルギー中部の村落。一八一五年六月一八日のナポレオン大敗の地。　2 一八〇四—一四年、スペイン・ポルトガルで英国が仏軍と戦った戦争。　3 プロシアの町。一八〇七年、ナポレオンの率いる仏軍が勝利した。　4．チェコスロヴァキヤの町。一八〇五年、仏軍が勝利した古戦場。

憐れみの精のコーラス（*Chorus of the Pities*, 933）

（戦闘が終わって）

〈あなた〉、全自然界がその目となって働く〈あなた〉、
諸王をその王座より引き降ろす〈あなた〉、
そして低き身分の者を引き上げる〈あなた〉に
私たちは歌を捧げ、〈自然〉の子らとともに〈あなた〉を崇める！

そう、偉大にして善なる〈あなた〉、〈あなた〉に私たちは呼びかける
〈あなた〉は強きをくじき、弱きをかばって下さる方、
もし優しき慈悲心をお持ちでなければ　私たちのような
こんな魂はお作りにならなかったはずのお方！

人間の辛苦の呻きが　〈あなた〉の玉座まで
届いていないのでないかと思われる時があるとは言え、
また　なぜ〈苦しみ〉が〈あなた〉にすすり泣いて訴えても
空しく終わるのか　全知者もまだ説明できないでいるとは言え、

〈あなた〉の際限のないお力が　私たちが最終的な〈希望〉を
心に抱くための糧を与えて下さると思います
優しい目をした〈洞察〉が　人生を織り上げる織機の近くで深く考え
やがてまもなく　〈苦しみ〉を和らげ寝かしつけて下さると思います

それゆえに私たちは　最高天の高みに向かって合唱します、
大いなる幸のために　〈巨大世界〉に平衡をもたらし
治療のためにメスを入れるようにして　世界を清めてくださる
〈人類の幸の希求者〉、〈優しき力〉に向かって。

天空が巻物に収める　体系なす諸太陽[1]は
周期を守る回転のなかで　忠実に〈あなた〉に従い
〈あなた〉の命に応じて　輝かしく運行し
〈あなた〉の〈全能の御手〉によって　蝕を与えられ暗くなる！

そしてこれらの　ここに殺到する姿がみられた
喘ぐあおじろき群集も　彼らの労苦も　不機嫌も
〈あなた〉のなかに　やがて彼らの「喜びを満たし[2]」て

永遠に〈あなた〉のなかに　生きるでしょう！
そして〈唯一者〉の〈あなた〉に　歓喜に満ちた崇拝を
捧げるでしょう、その方のおかげで全て生ある者が生き
その方を通じて死すべき全てが死ぬ　〈唯一者〉の〈あなた〉に。
〈あなた〉の〈究極目的〉は〈あなた〉の手段を正当と証するでしょう
　　　　アーメン。
　　　　（『諸王の賦』より）

語句注解 1．星ぼしを指す。　2．「ピリピ人への手紙」二章二節。

最後のコーラス（*Last Chorus*, 934）

歳月の精

〈宇宙意思〉の長年月の産みのわざには
開闢当初と同じく最近のわざについても疑問が多い
　なぜに〈全てを動かす者〉は
　なぜに〈全てを明かす者〉は
事物の調和なき旋律を　常に推し進め　被造物に割り当てるのか？
　私たちに　見えるかぎりでは
押し黙ったまま　突き動かし
　夢を見ながらやってるように
　無感覚に　材料をこね混ぜて
〈彼〉は自分の計画のなかの知覚のある者たちの運命には無関心。

憐れみの精

いいえ――〈宇宙意思〉の視覚障害は治るのではないでしょう
　か？
そうです、〈宇宙意思〉の心は覚醒しなくてもよいでしょうか？
　命を育む優しい目的を持ち
　慈愛を万物に及ぼすために
自己改善に向かって　速やかに取りかかりながら。
　〈宇宙意思〉が命を与えた者たちが
　じっと耐えに耐えている
　およそどのような苦しみでも
　〈宇宙意思〉が制止し善処しないのなら
それらの者が　速やかに確実に闇に戻り消滅できるようにして下さい

コーラス

しかし――どよめきが空気を揺るがしている
それはあたかも　喜びの叫びのよう――
　長年月にわたった
　生きるものの怒りが

やがて償われ、過去の苦の投げ矢からの　解放が提示され
〈宇宙意思〉に意識張り、〈意思〉が全てを美しく作りなすとの喜びの。
（『諸王の賦』より）

戸口の階段の上で（*On the Doorstep*, 935）

彼女は夜着のまま　戸口の外に坐っている
すると父親がやって来て、「また　あいつのせいか?」と
悲しげに叫ぶ。「お前もかわいそうに!」　するとその時
彼女の夫が　恥じて不機嫌にやって来て　彼女を連れこもうとする
父は彼を殴る。彼は頭に帽子もないまま　階段の端に
打ちつけられ、気を失ってそこに倒れる。
彼女は彼が　死体のように長々と寝そべっているのを見ると、
肝を潰して立っている父親に向かって　こう叫ぶ、
「父さん、心の底から　わたし父さんが大嫌いよ!
大嫌いよ・・・　まあ　可愛い　わたしの旦那様――
死なないで――したい放題していいわ!　誰も文句を言わないか
ら!」

コメント：同じ標題の作品が第五詩集にあるが、まったく異なる内容。右の作品は、本来第四詩集の中表題としての「人間状況の風刺」に入る予定だった。ベイリーも指摘しているとおり、『森林地の人びと』三五章で、父が夫に暴力を振るったことにグレイスが反発する場面と似ている。夫婦の愛情と、父が娘に抱く愛情の違いも、ハーディの関心事のひとつであった。

子牛（*The Calf*, 936）

道のまんなか、お店のまえで　あなたが通りすがるとき
　ときどきあなたも見たでしょう、
母さん牛のしっぽのかげで　ヤギさんみたいになきながら
ぴちゃぴちゃ　足で音たてて　こわがるみたいに歩いてく
　それがぼくだよ　子牛だよ

小型で強いデボン種だろうと　角の短いショートフォーンだろうと
　赤毛に白ぶち　ヘレフォードだろうと
ぼくらはみんな　心は一つ、だれもが心に思ってる、
人間さんこそ　ぼくらのご主人、
　そしてぼくらの　殿さまよ

ぼくも大人になれたなら（生かしておいてくれたなら）
　酪農場の　おうちに入り
ぼくは今ほど　びっくりしない　こわがらない
考えぶかげになるでしょう　今ほど野原のあちこちを
　歩きまわりはしないでしょう

どこかの　きれいな川の水　すすって飲んで夏の昼
　動きもせずにいるでしょう
昼からは　よだれをたらし
よっこらすこし　腰伸ばし
　楽しい歌をうたうでしょう

コメント：後年、後妻となったフロレンスに、彼女が編んだ「動物の赤ちゃん」と題された絵本にハーディが寄稿した童謡。

A・H[1]、一八五五―一九一二（*A. H., 1855–1912*, 937）

彼は栄誉に輝いた軍人だった。　だが野営地だろうと宮廷だろうと
これほど虚栄心のない男を　誰が見いだせたであろうか？
誠実にして大胆、だから人は　ちょうど書物の中に読み取るように
彼の率直な表情の中に　その謙虚な精神を読み取れたものだ

義務が命ずる時には　勇敢かつ機敏だった彼には
もっと遅くなっての墓を　私たちは願いたかったのに！
彼の太陽が地に沈む前に　彼が自らかち取った名誉の上に
安らいでいる一時を　彼には楽しんで欲しかった

だが嘆きと悲しみは止めよう。私たちの最良の友が
途切れがちの眠りに落ちたときにも　私たちは泣かないのだから
いま彼がすぐさま　この上ない甘い眠りに就いたからとて
どうして悲しみと嘆きに　身を任せることがあろうか？

語句注解1．ハーディの友人アーサー・ヘニカー。ハーディのプラトニックな恋の対象であったフロレンス・ヘニカー夫人の夫。夫を亡くしたヘニカー夫人が、夫の追悼文集を発刊するときに、乞われて執筆したもの。

ホオジロ（*The Yellow-Hammer*, 938）

夏のおわりにかけて
　のはらの小道がかわききって
みどりのかきねのいばらが　手入れをまっているころ
　そこに　ぼくたちはとぶのです。

その季節には　とりいれの荷車がとおります、
　たくさんの荷物をのせて
道ばたの　あお草のうえに
　小麦をこぼしながら。

むれをつくって　ぼくたちはどこまでも
荷車をおうのです
麦の穂を枝ごとくわえて
　にげちゃうのです・・・
ぼくたちだけの　小さなおかしな歌をうたい
　こうして　くる日もくる日も
とびまわっているのを
　あなたも　よく　見かけるでしょう

コメント：後年、後妻となったフロレンスに、彼女が編んだ「鳥の赤ちゃん」と題された絵本にハーディが寄稿した童謡。

時代に対して打ちならす鐘（*A Jingle on the Times*, 939）

「私は画家です。この地球の　多種多彩な
　色合いを描きわける画家。
私の絵筆に　あなたのために
　何をさせましょう？」
「――何もできることはないわい
　何も　何もないわい
君にできることで　国々が求めていることは
　何ひとつ　ござらんわい」

「私は彫刻家だ。あの墓場が
　隠してしまう　懐かしの
人の目鼻を　とどめおく
　それが私の仕事です」――
「――彫刻だと、彫刻だと！
　懐かしの　思い出のためには
彫刻なんか以上のことを
　我らはやらんならんわい」

「私は詩人です。昔のこと
　こんにちのこと
人生と　その秘密を
　目に見えるようにしてみせます」――
「詩人なんか　我ら　読まんわい
　目もやらず　食物もやらんわい
いまや人びとに　詩人の仕事なんか
　全然　要らんわい」

「私は音楽家です。人びとが　時として
　胸に抱くはずの激情に
私は　良い香りのする鎮静剤を

　　振りかけるのです」――
「――音楽だと？　激情が　音楽によって
　　鎮静されるだと？
今日《こんにち》の時局には　激情以外のどんなものも
　　用はないわい」

「私は俳優です。世の中の
　　不可思議な人々が
長々と行列作り　私の仮面劇を見て
　　論評するのです」
「――おぉ　今君が為すべきことは
　　縁起でもない演技じゃない
演技なんか要らんわい、〈自然〉とやらを映し出す
　　わざくれなんか要らんわい」

「私は建築家です。かつてあるとき
　　私は設計図をかきました
栄光に満ちた　建物で
　　また　そのとおりに　建てました」――
「――そんなことは平時のこと
　　平時のことや　平時のこと
今はただ　取り壊すこと　これだけじゃ
　　ほかのことは　要らんわい」

「私は説教家です。どのようなことでも
　　愛らしきこと
真実なること、このようなことを
　　私は追い求めます」――
「――説教家なんて　ことばが多すぎるわい
　　ことばことばが　多すぎるわい
駆りたてることこそ　今日《こんにち》の
　　我らが為すべき説教やわい」

「なら　どうやって　大昔からの神秘と謎を
　　私らは　働かせればよいのでしょう」――
「――愚か者めが！　お前どもには
　　見せてやらにゃぁ　判らんか？
何が　いったい　唯一の
　　善なることで芸術的
　　文化的かつ　キリスト教的な
為すべきことかということを？

それでは教えて遣わそう。風習と生活の楽しみに
　　我らが別れを告げること――
〈正義〉だの〈真実〉だの
　　古臭い　がらくたと別れること！

戦うこと　殴ること
　敵の陣地を突破すること
これらこそ　今日《こんにち》の　我らが果たすべき
　　文化の事業でござるわい」

一九一四年一二月

コメント：第一次世界大戦にあたって、戦時経済のしわ寄せはまず芸術家、宗教家など、国の精神文化の担い手に対してやって来た。芸術家への助成を試みてのアルバム出版を志した女性の求めに応じてハーディが寄稿した作品である（アルバムは出版に至らなかった）。しかしこれは、一種の反戦詩として完成度の高い作品となっている。芸術より経済の優先を嘆く歌でもある。（余談めいて聞こえるだろうが、現在の日本も、経済の不況・少子化による求人の停滞のなかで、芸術の位置は極めて低い。若い世代で、これまで超一流とされてきた芸術関係の大学を出ても、中高の教師にもなれない。クラシック音楽や美術を勉強すること自体、その段階で失業者予備軍に加わることだと優秀な若い学生が自ら覚悟を語る時代である。文学も中高の教科書から追放されつつあると聞く。この意味でこの作品は、すべての時代共通のテーマを歌っていると言える）

プロローグ（*Prologue*, 940[1]）

朱に染まった闘争が　人生のすべての通路に陰を投げかけ
その流血によって　美しい国々を醜悪に彩り
我が国の岸辺へ　切りさいなまれた英雄を送り返すこの時代、
この私たちの厳しい時代にあっては
贈り物を贈ることは　不屈の勇敢さと言えます。
この精神は　ただ単に一時間一時間ではなく　来る年も来る年も
必要なら　気味悪く赤い生命の空がすっきりと晴れるまで
世のあらゆる有為転変をものともせず自己を堅持します。
このような直覚に捕らえられて　私たちは――
あなた方が気を使わなくてはならない　数え切れないお仕事から
割いて頂くことのできる短い合間だけ――
私たちの先祖の忍耐力を酷使した
歴史に名高い戦争の絵姿をここに呼び出してお見せするのも
間違ったこととは言えないのでないかと思います。
ご先祖が果たした偉業をこのように思い出すことは
隠された問題に苦しめられた心を強めてくれるかもしれぬと思います
それゆえに私たちは　弱々しい手段によってではありますが
ヨーロッパが百年前に目撃した出来事を
次から次へお見せしようと試みました・・・
――ナポレオンは私たちの敵だったっていいじゃありませんか？
麗しいフランス自身には　何の野心もなかったのですから。
そして私たちは　最も近い隣国を　この上ない味方にしそうな
こうした変化を目にして　幸せに思うのです。

語句注解1．次の「エピローグ」と一体となって940番を構成。両者はともに一九一四年一一月～翌年一月の『諸王の賦』上演の際の口上。

エピローグ（*Epilogue*, 940）[1]

私たちはいま　不完全な仕方で　ではありますが
十年間の歴史を三時間の芝居としてお目にかけました
そのような歴史の過酷な現実の全てを　もしくはその多くを
皆様の生き生きとした想像力にお任せしたのです

しかし今日《こんにち》　私たちの目の下で起こる突然の激しい出来事や
戦い合う国家と国家、強者によって　弱者のうえに
投げかけられる残酷な悪業！　もし　これら臨場感ある姿の中に
極めて悲しい仕方によって　描写の助けを受けないとするなら
いかにして芸術は　あの異常な時代の宮廷、軍隊生活、国家会議、
戦闘や露営のありさま、騒音と騒動などを
仮面と韻律の　呼び起こす力のみしか用いずに
この程度でさえも　鮮明に思い起こすことができるでしょうか！

これら臨場感ある出来事がすぐにも過去のものとなりますように
戦争が　記憶の鏡の中の小さな曇りに過ぎないものになるように
〈力〉が　傷つけられた人々の正当な主張を高く掲げますように
そしてヨーロッパが　ふたたび平時の法律に帰って行くように
全て悪意のある影響力は　まもなく屈服するように
そしてなおイギリスの星は　誇り高く輝きますように！

　キングズウエイ劇場での『諸王の賦』上演に際して執筆。

語句注解1．直前の「プロローグ」と一体となって940番を構成。

今から百年の未来[1]（*A Hundred Years Since*, 941）

ちょうど若葉が緑になろうとする五月の季節、
そして若かった一九世紀が　一五歳になったばかりのころ
初めて君が　この世に羽ばたき始めたときには

人々は　疑わしげに君の紙面に目を通しながら
君について　何と言ったのだろう？
おぉ、「ノース・アメリカン・レヴュー」よ。

君は去るためにやってきたのか？　留まるためにか？
そのどちらでもないのか？　それがどちらであるにせよ
当時人々が言わなかったことをいくつか　我々は知っている

人々は言わなかった、属国だろうと自由な国だろうと
押し寄せる諸国民が　彼等の歴史をこのようにして
作り上げるのを　君が見ることになるということを。

人々は言わなかった、君の発展の間に
軍事力がかち得ていた栄光を　弱めるような
自由を求める　いくつかの行動が為されることになることを。

またその一方で　人々は思わなかった、
一世紀全体が過ぎ去ったとき　いく柱かの
鉄面皮の神々が[2]　なおも立っているだろうことを。

若々しい哲学者だった　君でさえも
たぶん　全然予想していなかっただろう、
つまり　科学の力による　帝国全体の

大量虐殺が　この　後の時代には　一歩また一歩、
君の若やぎの時代には　夢にも考えられなかった
恐怖の域にまで達するなどとは。

実際　正気の心をもった誰が考えられただろうか、
野蛮な勢力が　また再び　優美と芸術、
祭式と信条の支配に取って替わるなどとは。

――けれどもあちらこちらに　君がその効果の程を
意識もせずに　長いあいだ説いてきた人間味のあることどもを
心に抱くようになった人々がいるかもしれない

なぜなら私たちが　植えつける良き種子を手にとって
遠くまで撒き散らすとき　どのくらいが生えてくるか
どのくらいは生えてこないか　私たちには判らないからだ

君の影響力についても　どのようなことが世に留まり
どのようなことが忘れられ　人々の心のなかに　魔法を
仕掛けることができずに終わるのか　言葉には語れない

しかし君の影響力が　なおも強まり持続して
さらなる百年をまだ経ないうちに
〈悪魔〉[3]をしっかりと縛りつけるのに寄与しますように!

語句注解 1.「ノース・アメリカン・レヴュー」誌の発刊百周年を記念して寄稿されたもの。　2. 高級将校たち。原語ブラースは、真鍮色の飾りや厚かましさをも指す。　3. 戦争と戦禍。

トカゲ（*The Lizard*, 942）

どんな日だろうと、あたたかい日に　こけと枯れ葉のあいだを
あなたが歩いているならば　すばやくて　ぶるぶるふるえる私が
矢のように滑って、地面のなかにかくれるのがきっと見えるでしょう
葉のなかをさがしてごらんなさい、私が見つかりますよ。

コメント：「ホオジロ」(938)の場合に似て、この詩の発表当時すでに後妻となっていたフロレンスに、彼女が編んだ絵本「赤ちゃんペット」にハーディが寄稿した童謡。

あの木々は　今ごろは（*They Are Great Trees*, 943）

あの木々は　今ごろはきっと　巨木になっているでしょう、
　私たちがあそこに居を構えていたころ
　　枝もまだ細かったあの木々、あのライムの木立は。
あの景色がいつのことだったか　私は思い出したくない、あれ以来
　世界は　ほんとに何度も変わってしまったから、
　　ほんとに何度も、あの時以来！

『トマス・ハーディ伝』より

コメント：自伝によれば、これはハーディの生家の情景ではなく、かつて（一八八一―八三）住んでいたウィンボーンの並木道の姿。一九一八年、そのころ向かいに住んでいた人の兄で準貴族のジョージ・ダグラス卿が手紙をくれたときに作った歌。

J・M・B[1]の戯曲上演の　リハーサルにて（*At a Rehearsal of One of J. M. B.'s Plays*, 944）

公開予定の演劇が　なんらかの日に
　もし準備中だとしても
私たちは　良き友J・M・Bが落ち込んでいたり
　得意満面であったりするのを　見ることはないでしょう
私たちが時々見るのは　粗削りで曲がった　太い杖を持って
　まるで　芝居の上演なんて
全然　自分には関係ない　と言わんばかりに
　突っ立っている彼の姿。

戯曲『メアリ・ローズ』のリハーサルにて。

語句注解1．J・M・バリ卿（一八六〇―一九三七）。上記リハーサルは一九二〇年。

帽子の喪章（*The Hatband*, 945）

娘はそれを差し出し「でも二人ともって訳にはいかないわ」と言う。
男二人はためらいながら立っていた。瀕死の娘のための告別の鐘が
彼女の　この優しげな別れの言葉の上に轟いた。——
一人が　死んでゆく女の男友達で
もう一人が彼女の恋人であることは　語る必要もないことだった。

二人は〈それ〉を見た——今語ったこの裕福な娘から　村人たちが
折に臨んで借りていた　帽子につける長い喪のリボンだった
だれかれとなく　それを身につけたので　この二ヤードたなびく
　帽子の喪章は　色褪せ擦りきれていた

「二人で決めて」娘は喪章を渡しながら言葉を継いだ
この言葉に二人の顔は　（一方が友を失うことに　他方が恋人を
失うことに悩んでいたのと同じ程）この選択に困惑を示した
なおも告別の鐘は　どちらの頭をこの喪章が被うことになるのか
　問いかけるように　鳴り響き続けた

「君、受け給え」ついに友達のほうが溜息吐きつつ一歩退いて言った
「君は僕よりも彼女にとっては　大切な人だったから」
たなびくリボンは　白い恋結びで帽子に結びつけられた。
二人は急いで立ち去った。やがて最後の悲しい儀式に出席した。

次の日曜がやってきた。教会での正規の礼拝時間を待つあいだ
元気のいいあの若い恋人は　これまでもそこで　よくそうしたとおり
西の塔のそばで　ファイヴズ[1]に興じ　顔を火照らせて立っていた
彼が至るところへ突進するにつれて　恋結びされた長く黒い喪章は
　空中にひらひらと舞い上がった。

すると彼女の友達は　その日ゆっくりと教会に近づいてつぶやいた。
「本当は　僕があの喪章をもらっていたほうがましだった。あぁ、
彼は忠誠の意味からも　僅か一週間ばかり　自制できないのか?
　でも若い恋なんて命短し。遊んでいればいいさ。
でも　あの悲しみの印を僕が付けていたら　こんな姿は晒すまいに」

原注：昔は帽子の喪章は腰まで垂れるようにされていたこと、死者が未婚の娘の場合には白い恋結びで付けられたことが記憶されねばならない。これは葬儀の後、次の日曜礼拝まで着用され続けた。

語句注解 1．壁に球を当てて得点を争うサッカーに似た球技。なお、当時、人の臨終を告げる鐘が鳴らされることがあった。

G・K・チェスタートン[1]への墓碑銘
（*Epitaph for G. K. Chesterton,* 946）

この狭い墓穴に詰め込まれて
かの　文学の曲解者が　眠っている。
ダーウィンの理論は　罠であると
平然として　証明しようとした男、
あの〈自然〉の　地球中心の支配は
…[2]真実で正しいなどと
本心とは裏腹に　真実だと　言い張りたがっていた男、
そしてもし誰かが　彼と同じ〈ものの見方〉ができないときには
彼のとって置きの言葉「冒瀆だ！」を　大音声で発した男が。

語句注解1．一八七四―一九三六。英国の小説家、詩人、評論家、ジャーナリスト。ハーディを「田舎の無神論者」と呼んだ。2．原文未完成。この作品は、次の九四七番とともに、ハーディが死の床にあって妻フロレンスに口述筆記させたもの。

ジョージ・ムーア[1]への墓碑銘（*Epitaph for George Moore,* 947）

――ほかには何人《なんびと》も自分ほどの英語を書けるものはいない
　と考えていた男について

「この空の下、人間である限り
私に書けるほどの英語を書けるものはいない
そこには私自身の思想がないと世人は言うが
いいではないか、それほどの美（完成）は不世出だ」
彼の上に　ごみ缶を積み重ねよ
重ねても重ねてもなお　ごみ缶は
彼の　自惚れの高さを　収め切れないだろう。

語句注解1．一八五二―一九三三。アイルランドの小説家、劇作家、評論家。長年にわたって、ハーディの作品の文体や内容を攻撃した。なお、直前の946番の注解に見るとおり、ハーディが死の床にあって妻フロレンスに口述筆記させたもの。

彼女の物音（*The Sound of Her,* ギブソン番号はない）

強い期待感に満ちた　この上なく優しい気持で
　私は彼女の家に入った
かつて何度も立ったことのある部屋に　昔どおりの
　家具類に囲まれて　私は立った
「彼女を許し、いさかいに終止符を打つために

倍にも増えた愛情をもって　やってきたのです
二階の自分の部屋で　彼女は物音をたてていますね！」
「――おぉ、そんなはずはありません、我が友よ」
「――でも確かに彼女の物音がしてるのでは？　ほら、お聴きなさい
あれは刺繍をつくるときに彼女が使う
ちいさな機械の　物音ですよ――
ほら、あの優しげにきしむ音」
「――あぁ、違います。あの方の物音だとか、それに似た物音を
聞こえるとおっしゃるのなら　不思議です
あのきしみは　ある物品の蓋を留めるねじ釘の音ですよ
ちょうどいま　ねじ込んでいるところです、
また聞こえるでしょう――ぎゅっ、ぎゅっ。三本目のねじ釘です、
またぎゅっ。四本目をねじ込んでいるところです
あの物音をお聞きになったからには　もうお帰りになっては。
棺台が　まもなく入って来ますから」

コメント：お棺の蓋が閉じられつつあり、しっかと留めるねじ釘の音が聞こえる今になって、語り手は「彼女を許そうと思って」しかも愛情を倍増させてやって来たのである。ブラック・ユーモアめいた詩行のなかから、人生における〈遅すぎた〉行為の愚かしさと語り手の悔恨とが伝わってくる。伝記的にはエマへの〈遅すぎた〉愛を歌うと感じられる。後妻フロレンスはこの作品を第五詩集『映像の見えるとき』に収録することに反対し、ハーディはこれに従った(Millgate B **489**：**514-5**)。ギブソン編の『全詩集』は収録していないが、ハインズ編『全詩集』の三〇四頁に原文が見える。ハインズにはこのほかにも、ギブソンが収録しなかった作品を掲げてはいるが、それらは『諸王の賦』や『コーンウォール王妃の高名な悲劇』所収のものである。

索　　　引

ハーディの全948篇の短詩（原題名による）索引（拾遺詩索引は12ページ）

年号、ギリシア語題名は冒頭、それ以外は冠詞を後置して ABC 順［**太数字は詩番号**］

拾遺詩索引

人名・作品名　索引

（聖書中の人物名は省略、ハーディ短詩索引は別掲）

ア　行

カ　行

James Graham 36
クレオパトラ Cleopatra 173
グローヴ，アグネス
Agnes Grove 419
ゲイル，エリナー・トライフィーナ
Elinor Tryphena Gale 129
ゲーテ，ジョハーン・ウォルフガンク・フォン
Johann Wolfgang von Goethe 72
ゴス，エドマンド
Edmund William Gosse 51, 138
『詩歌における形式』 138
コペルニクス，ニコラウス
Nicolaus Copernicus 41, 430
コリンズ，ウィルキー
Wilkie Collins 37
コールリッジ，サミュエル・テイラー
Samuel Taylor Coleridge 38, 54, 139
「イオラスの竪琴」 54
「去りゆく1年に寄する歌」 54
「失意落胆」 38
「若年と老年」 139
コングルトン，J. E.
J. E. Congleton 143

サ　行

サッポー
Sappho 285
シェイクスピア，ウィリアム
William Shakespeare 143, 254, 288, 298, 306, 350
『お気に召すまま』 143, 288, 298
『ソネット集』 254
『テンペスト』 143
『リア王』 143, 64
ジェームズ・ウィリアム
William James 430
シェリー，パーシー・ビッシュ
Percy Bysshe Shelley 8, 28, 32, 33, 37-8, 49, 51, 52, 53, 54-5, 64, 68, 88, 139, 224, 267, 268, 39, 386
『アラスター』 33
『生の勝利』 224
「西風に寄せる賦」 37-8, 54-5
「雲雀に寄せて」 28, 49, 51, 53, 68
「ヘラス」 139
シガーソン，ドーラ
Dora Sigerson 419
シカート，ウォルター・リチャード
Walter Richard Sickert 43
シーザー，ジューリアス
Julius Ceasar 268
シモンズ，アーサー
Arthur William Symons 43-4
「灰色と緑」 43
シュアー，オウエン
Owen Schur 145-48
修道士トマス
The Monk Thomas 157
シュトラウス，ダフィート・フリードリッヒ
David Friedrich Strauss 84, 102, 103, 105, 119, 270
『批判的イエス伝』 84, 102, 270
シュトラウス，ヨハン
Johann Strauss 267
ジョージ4世
George Ⅳ 392
ショーター，クレメント
Clement Shorter 419
ショーター，ドーラ→シガーソン，ドーラ
ジョルダーノ・ジュニア
Frank R. Giordano Jnr 3
ジル，スティーヴン
Stephen Gill 35
シルレル，ヨハン・クリストフ・フリードリッヒ・フォン
Johann Christoph Friedrich von Schiller 285
スウィンバーン，アルジャーノン・チャールズ
Algernon Charles Swinburne 8, 10, 23, 24, 99, 156, 157, 159, 163, 170-182, 190, 191, 248, 249, 300, 314, 386-87, 423
『キャリドンのアタランタ』 10, 171

『詩と民謡第1集』 10, 156, 170, 171, 248, 249, 314, 315
(「ヴィーナス讃歌」 171)
『ライオネスのトリストラム』 156, 170-182
(「序の詩」 156, 171-74)
スエットマン，エリザベス
Elizabeth Swetman 396
スクワイアーズ，マイクル
Michael Squires 142
スコット，ロバート
Robert Scott 412
スコット＝シドンズ
Mrs. Scott = Siddons 298
スティーヴン，レズリー
Leslie Stephen 3, 10, 142, 323
ストラチイ，リットン
Lytton Strachey 17
ストラート Strato 422
スパークス，トライフィーナ
Tryphena Sparks 129, 134, 223, 255, 256, 281, 282, 284, 298, 299, 300, 305, 306, 313, 318, 345, 349, 371, 373, 379, 401, 419, 426
スペンサー，エドマンド
Edmund Spenser 145
スミス，レジナード・ボスワス
Reginard Bosworth Smith 129
ソクラテス
Socrates 369
ソフォクレス
Sophocles 139
「トラキスの女たち」 139, 440

タ 行

ダーウィン，チャールズ・ロバート
Charles Robert Darwin 9, 42, 145, 153-54, 226, 251, 280, 309, 356, 361, 430, 457
『種の起源』 9
ダグディル，フロレンス・エミリ→ハーディ，フロレンス・エミリ
ダグラス，ジョージ
George Duglas 455
ターナー，ポール
Paul Turner 62, 63
ダリ，サルヴァドル
Salvador Dali 41
ターレス
Thales 430
ダン，ジョン
John Donne 121
チェインバーズ，E. K
E. K. Chambers 245, 248
チェスタトン，G. K
G. K. Chesterton 411, 457
チェスティウス
Cestius 268
チャールズⅡ世
Charles Ⅱ 398
デイヴィ，ドナルド
Donald Alfred Davie 16, 17, 18-9, 52-3, 60
『トマス・ハーディと英国詩』 18
デイヴィス，フィリップ
Philip Davis 62
ディケンズ
Charles Dickens 37, 279
『クリスマス・キャロル』 279
デイシズ，デイヴィッド
David Daiches 41, 84
『後期ヴィクトリア朝文人の知的対応』 41
ティツィアーノ
Titian (Tiziano Vecellio) 120
テイラー，デニス
Dennis Taylor 41, 53, 288
テオクリトス
Theocritus 142
テニスン，アルフレッド
Alfred Tennyson 8, 20, 33, 34, 83, 85, 86, 104, 110, 156, 157, 163-170, 171, 172, 175, 176, 182, 190, 191, 273, 40, 44. 251, 312, 369, 370
『イン・メモリアム』 20, 33, 85, 86, 104, 110, 273

『王の牧歌』　164-170
（「アーサー王の到来」　165
「グウィニヴィア」　164-65, 166
「最後の馬上槍試合」　164, 166-169）
「砂州を横切る」　312
「感性過多なる二流の精神の仮想告白」　86
ドゥ・ラ・メア，ウォルター
Walter de la Mare　15
ドストエフスキー，ヒョードル・ミハイロヴィッチ
Fyodor Mikhailovich Dostoevsky　84
『カラーマーゾフ兄弟』　84
トマス，エドワード
Edward Thomas　15
トマス，ディラン
Dylan Marlais Thomas　16
トムソン，ジェームズ
James Thomson　35, 36
トライフィーナ→スパークス
ドルバック
Baron d'Holbach　141

ナ　行

ナポレオンⅠ世
Napoleon I (Napoleon Bonaparte)　257, 258, 268, 299, 431, 446
ニーチェ，フリードリッヒ・ウィルヘルム
Friedrich Wilhelm Nietzsche　95
ニュートン，アイザック
Isaac Newton　71
ニューボルト，ヘンリー
Henry Newbolt　331
ニューマン，ジョン・ヘンリー
John Henry Newman　100, 104
ネルソン，ホレイショ
Horatio Nelson　443

ハ　行

ハイネ，ハインリッヒ
Heinrich Heine　285
バイロン，ジョージ・ゴードン
George Gordon Byron　28, 72, 125, 386
「チャイルド・ハロルドの巡歴」　72
ハインズ，サミュエル
Samuel Hynes　17, 458
『トマス・ハーディ全詩歌集』　458
パウロ
Saint Paul　63
パウンド，エズラ
Ezra Weston Loomis Pound　16, 221, 223, 293
パーキンズ，デイヴィッド
David Perkins　52, 53
パタソン，アナベル
Annabel Patterson　79, 144, 153
パタソン，ヘレン
Helen Paterson　134, 380
バックリー，ジェローム・ハミルトン
Jerome Hamilton Buckley　230
ハーディ，エマ・ラヴィニア
Emma Lavinia Hardy　60, 164, 182, 192, 222, 238, 248, 258, 284, 291, 294, 299, 300, 302, 305, 310, 311, 313, 314, 318-20, 325, 326-331, 332, 334-345, 346, 349, 352365, 371, 372-79, 380, 384, 388, 391, 399, 400, 401-05, 416, 418, 419, 442, 458
ハーディ，ジェマイマ（母）
Jemima Hardy　290, 294, 299, 307, 326, 352, 391
ハーディ，トマス（祖父）
Thomas Hardy　354
ハーディ，トマス（父）
Thomas Hardy　307, 345, 352, 380, 388
ハーディ，トマス
Thomas Hardy　3-457
［**長編小説**］（4桁の数字は出版年）
『貧乏人と貴婦人』*The Poor Man and the Lady*（1868出版社へ発送）　3
『窮余の策』*Desperate Remedies* 1871　37, 441
『緑樹の陰で』*Under the Greenwood Tree* 1872　37, 142, 144, 305

『青い瞳』*A Pair of Blue Eyes* 1873
225, 326, 398
『遥か群衆を離れて』*Far from the Madding Crowd* 1874　3, 33, 37, 134, 142, 144, 326, 380, 409
『帰郷』*The Return of the Native* 1878
4, 150, 325, 336
『ラッパ隊長』*The Trumpet Major* 1880　54, 257
『塔上の二人』*Two on a Tower* 1881
249, 324
『微温の人』*A Laodecean,* 1882　156, 191
『森林地の人びと』*The Woodlanders* 1887　3, 5, 36, 42, 142, 144, 152, 153, 251, 276, 295, 334, 394, 441
『ダーバーヴィル家のテス』*Tess of the d'Urbervilles* 1891　3, 4, 5, 6, 7, 11, 12, 38, 75, 150, 152, 189, II1, 276, 280, 303, 407, 409, 422, 424
『日陰者ジュード』*Jude the Obscure* 1895　3, 4, 5, 6, 10, 41, 48, 52, 58, 68, 70, 166, 246, 256, 259, 25, , 275, 276, 320, 324, 327, 355, 356, 394, 409, 425
『恋の霊』*The Well-Beloved* 1897
130, 278, 420
［**詩集**］（4桁の数字は出版年）
第1詩集『ウェセックス詩集』*Wessex Poems* 1898　3, 16, 33, 34, 42, 138, 139, 144, 226, 228, 245-60, 261, 262, 276, 278, 279, 280, 287, 288, 294, 296, 349, 351, 406（「著者端書き」276）
第2詩集『過去と現在の詩』*Poems of the Past and the Present* 1901
228, 261-85, 311, 194, 270, 276, 278, 287, 295, 296, 316, 317, 357, 364, 423, 429（「著者端書き」275, 276）
第3詩集『時の笑い草』*Time's Laughingstocks*　222, 223, 224, 286-309（「著者端書き」286）
第4詩集『人間状況の風刺』*Satires of Circumstance.*　221, 223, 287, 310-331（「一九一二―一三年詩集」　221, 313, 314, 317, 319, 321, 325, 326-331, 351, 378, 404
一五連作「人間状況の風刺」310-11）
第5詩集『映像の見えるとき』*Moments of Vision*　221, 240-41, 279, 289, 294, 335-359, 360, 364, 377, 378, 380, 432
第6詩集『近作・旧作抒情詩』*Late Lyrics and Earlier*　164, 221, 228, 263, 294, 360-85 ［「我が詩作を擁護する」（「弁明」=第6詩集への序）"Apology" 62-3, 65-6, 92, 360-62］
第7詩集『人間の見世物』*Human Shows.*　221, 239, 250, 360, 386-410, 430
第8詩集『冬の言葉』*Winter Words*
221, 226, 283, 394, 405, 411-35
拾遺詩集　281, 359
［**詩劇**］**その他**（4桁の数字は出版年）
『諸王の賦』*The Dynasts,* 1904　6, 8. 6, 249, 286, 296, 431, 443-48, 453
『コーンウォール王妃の高名な悲劇』*The Famous Tragedy of the Queen of Cornwall.* 1923　23, 156, 157-58, 159, 163, 170, 182-220, 371
短編小説「三人の見知らぬ訪問者」259「妻を悦ばすために」　383
『伝記』Life（自叙伝）　139, 455
「文学手帳」"Literary Notes" I, II. 157
ハーディ，フロレンス・エミリ（フロレンス・エミリ・ダグディル）
Florence Emily Hardy　182, 183, 192, 222, 293, 346, 347, 351, 371, 377, 379, 390, 391, 411, 416, 418, 428, 434, 449, 450, 455, 457, 458
ハーディ，ヘンリー（弟）
Henry Hardy　129
ハーディ，メアリ（妹）
Mary Hardy　237, 346, 352, 380, 387, 436
ハーディ，メアリ（祖母）
Mary Hardy　35, 259, 299
ハーディング，ルイーザ
Louisa Harding　405, 419
パティソン，マーク

「夢」　89
ブロンテ，シャーロット
Charlotte Brontë.『ジェーン・エア』
324
ペイター，ウォルター
Walter Pater.　112, 171, 236, 268, 392
『享楽主義者マリウス』　236
「匿名批評」　171
『文学鑑賞』　171
(「唯美的詩歌」　171)
『ルネサンス』(その「結語」)　112,
171, 236, 392
ベイリー，J. O.
J. O. Bailey　17, 145, 279, 429, 430
『トマス・ハーディの詩歌―ハンドブックと注解』　17
ペイリー，ウィリアム
William Paley　44
『自然神学』　44
ベッチマン，ジョン
John Betjeman　15, 16
ヘニカー，アーサー
Arthur Henniker　449
ヘニカー，フロレンス・エレン
Florence Ellen Hungerford Henniker
284, 306, 358, 197, 405, 449
ベランジェ，ピエール・ジャン・ド
Pierre Jean de Beranger　118
ベリマン，ジョン
John Berryman　52
ベルグソン，アンリ・ルイ
Henri Louis Bergson　429-30
ベンボ枢機卿
Cardinal Bembo　285
ヘンリーⅧ世
Henry Ⅷ　408
ホウルブルック，デイヴィッド
David Holbrook　16
ポウプ，アレグザンダー
Alexander Pope　100, 143, 153
『牧歌』　143, 144, 153
ホウルダー，キャデル
Caddell Holder　182, 192
ホウルダー，ヘレン・キャサリン
Heren Catherine Holder　182, 192,
378
ボートン，ラトランド
Rutland Boughton　220
ホフマンスタール，ヒューゴ・フォン
Hugo von Hofmannsthal　249
「影のない女」　249
ポーリン，トム
Tom Paulin　16, 51, 343

マ　行

マースデン，ケネス
Kenneth Marsden　17
マーティン，ジューリア・オーガスタ
Julia Augusta Martin　252, 346, 380,
396
マロリー，サー・トマス
Sir Thomas Malory　157
『アーサー王の死』　157
ミラー，ヒリス
Hillis Miller　66, 91, 95, 127
ミル，ジョン・スチュアート　85
ミルトン，ジョン
John Milton　55, 100, 112, 269
『失楽園』　112
ムーア，ジョージ
George Moore　411, 457
ムーア，トマス
Thomas Moore　76
「夏の最後の薔薇」　76
メレアゲル Meleager　422
メレディス，ジョージ
George Meredith　24, 43, 286, 301
『現代の恋愛』　43
モウル，ホラス
Horace Moule　10, 35, 257, 392, 412,
426
モーツアルト，ヴォルフガング・アマデウス　340
『フィガロの結婚』　308
モリス，ウィリアム
William Morris　171

『地上の楽園』　171
モンマス公
Duke of Monmouth (James Scott)　398

ヤ・ラ・ワ行

ヤング，エドワード
Edward Young　33, 36
ユーゴー，ヴィクトル
Victor Hugo　285
ライト，デイヴィッド
David Wright　16
ラーキン，フィリップ
Philip Arthur Larkin　16, 17-8, 20, 292
「教会へ行くこと」　20
ラスキン，ジョン
John Ruskin　75-6
『近代画家論』　75-6
ラパン，ルネ
René Rapin　143
ラファエロ
Raffaello Santi　285
ラプラス，ピエール・シモン・ド
Pierre Simon de Laplace　104
ラ・メトリ
La Mettrie　141
リーヴィス，F. R.
Frank Raymond Leavis　14, 17
リチャーズ，I. A.
Ivor Armstrong Richards　40, 91, 95
『科学と詩』　40
リチャードソン，ジェームズ
James Richardson　17, 53, 54, 249
『トマス・ハーディ―必然性の詩歌』　17
リデル，ヘンリー
Henry Liddell　412
ルイーザ　→ハーディング，ルイーザ.
ルーカス，F. L.
Frank Lawrence Lucas　6, 26
ロジャーズ，サミュエル
Samuel Rogers　35
ロセッティ，ダンテ・ガブリエル
Dante Gabriel Rossetti　171
ロレンス，D. H.
David Herbert Lawrence　19, 142
ワーズワス，ウィリアム
William Wordsworth　16, 26, 28, 29, 34, 35, 36, 38, 39-40, 48, 49, 53, 54, 68, 69, 72, 79, 144, 145, 231, 434
「永生の賦」　38, 39-40, 69
「郭公に」　49, 53, 68
『叙情民謡集』　16
「ティンタン僧院」　38, 79
「虹の歌」　39
ワーグナー，リヒャルト
Richard Wagner　157
「トリスタンとイゾルデ」　157

Select Bibliography (Chiefly Works Cited)

Abrams, M. H. *The Mirror and the Lamp : Romantic Theory and the Critical Tradition.* New York, 1953.

——— 'The Corresponding Breeze: A Romantic Metaphor' in *English Romantic Poets,* New York, 1960.

Alexander, Edward. *Matthew Arnold, John Ruskin, and the Modern Temper.* Ohio U. P., 1973.

Allott, Kenneth. Ed. *The Complete Poems of Matthew Arnold.* Longman, 1965.

——— Ed. *Matthew Arnold* (Writers and their Background Series) 1975.

Allott, Kennneth and Milliam (K&M). Eds. *The Complete Poems of Matthew Arnold* (Second Edition). Longman, 1979.

Allott, Milliam and Super, Robert. *Matthew Arnold.* (The Oxford Authors Series). Oxford, 1986.

Alvarez, A. "The New Poetry, or Beyond the Gentility Principle." : "Introduction" to *The New Poetry.* Penguin,1962.

Anderson, Warren D. *Matthew Arnold and the Classical Tradition.* Ann Arbor, 1965.

Armstrong, Isobel. *Victorian Poetry : Poetry, Poetics, Politics.* Routledge, 1993.

Armstrong, Tim. Ed. *Thomas Hardy : Selected Poems.* Longman, 1993.

Arnold, Matthew. *The Complete Poems of Matthew Arnold.* See Allot, above.

——— *God and the Bible.* Ed. Super, R. H. Michigan U. P., 1970.

Auden, W. H. "A Literary Transference." *Southern Review 6 (1940).*

Babbitt, Irving. *Rouseau and Romanticism.*

Baker, Howard. "Hardy's Poetic Certitude". *Southern Review 6 (1940).*

Baum, Paul F. *Ten Studies in the Poetry of Matthew Arnold.* Duke U. P., 1958.

Bayley, John. *An Essay on Hardy.* Cambridge U. P., 1978.

Beer, Gillian. *Darwin's Plots : Evolutionary Narrative in Darwin, George Eliot and Nineteenth-Century Fiction.* Ark Paperbacks, 1985 (RKP, 1983).

Biswas, Robindra Kumar. *Arthur Hugh Clough : Towards a Reconsideration.* Routledge, 1993.

Bjork, Lennart A. *The Literary Notes of Thomas Hardy. 2 vols(Texts & Notes).* Göteborg : Acta Universitatis Gothoburgensis, 1974.

Blackburn, John. Ed. *Hardy to Heaney.* Oliver & Voyd, 1986.

Blackmur, R. P. 'The Shorter Poems of Thomas Hardy.' *Southern Review 6 (1940).*

Blake, Kathleen. *Love and the Woman Question in Victorian Literature : The Art of Self-Postponement.* Harvester Pr., 1983.

Boumelha, Penny. *Thomas Hardy and Women : Sexual Ideology and Narrative Form.* Harvester Pr.,1982.

Bristow, Joseph. Ed. *The Victorian Poet : Poetics and Persona.* Beckenham : Croom Helm Ltd., 1987.

Brooks, Jean. *Thomas Hardy : The Poetic Structure.* London : Elek Books, 1971.

Brown, Joanna Cullen. *A Journey into Thomas Hardy's Poetry.* W. H. Allen & Co. 1989.

Browning, Robert. *Poems of Robert Browning.* Humphrey Milford, Oxford U. P., 1925.

——— *Browning : Poetical Works 1833-1864.* ed. Ian Jack. Oxford U. P., 1970.

Buckler, William E. *On the Poetry of Matthew Arnold.* NWU Press, 1982.

——— *The Poetry of Thomas Hardy : A Study in Art and Ideas.* NWU Press, 1983.

Buckley, Jerome Hamilton. *The Triumph of Time.* Belknap Pr. Of Harvard Univ. Pr., 1966.

——— *The Victorian Temper : A study in literary culture.* Cambridge U. P., 1981.

Bullen, J. B. *The Expressive Eye : Fiction and Perfection in the Work of Thomas Hardy.* Oxford U. P., 1986.

———. *Ed. The Sun Is God : Painting, Literature, and Mythology in the Nineteenth Century.* Oxford U. P., 1989.

Butler, Lance St. John, *Ed. Thomas Hardy after Fifty Years.* Macmillan, 1977.

———. *Ed. Alternative Hardy.* Macmillan, 1989.

Calder, Jenni. *Women and Marriage in Victorian Fiction.* Thames and Hudson,1976.

Carley, James P. 'Introduction' to *Arthurian Poets : Algemon Charles Swinbume.* Boydell, 1990.

Casket of Gems. Wiiliam p. Nimmo. Edinburgh, ca. 1865.

Cecil, David. *Hardy the Novelist : An Essay in Criticism.* London, 1943.

Clarke, Graham. *Thomas Hardy : Critical Assessments. 4vols.* Helm Information, 1993. (Especially, Vol. 2.)

Clements, P. & Grindle J., *eds. The Poetry of Thomas Hardy. Vision, 1980.*

Cockshut, A. O. J. *Man and Woman : A Study of Love and the Novel 1740-1940.* New York : Oxford U. P., 1978.

Collins, Deborah L. *Thomas Hardy and His God.* Macmillan, 1990.

Congleton, J. E. *Theories of Pastoral Poetry in England 1684-1798.* Gainesville, 1952

Cox, Don Richard. Ed. *Sexuality and Victorian Literature.* Univ. of Tennessee Pr., 1984.

Cox, R.G., ed. *Thomas Hardy : The Critical Heritage.* RKP, 1970.

Christ, Carol T. *Victorian and Modern Poetics.* Univ. of Chicago Pr., 1984.

Creighton, T. R. M. Ed. *Poems of Thomas Hardy : A New Selection.* Macmillan, 1979.

Daiches, David. *Some Late Victorian Attitudes.* Andrê Deutsch, 1969.

Davie, Donald. *Thomas Hardy and British Poetry.* New York : Oxford U. P., 1972.

Davis, Philip. "Arnold's Gift : The Poet in an Unpoetic Age." *Essays and Studies 1988.*

Deacon, Lois and Coleman, Terry. *Providence and Mr Hardy.* Hutchinson,1966.

De Vane, William Clyde. *A Browning Handbook.* Appleton-Century-Croftys, 1955.

Elliott, Roger. *York Notes on Thomas Hardy : Selected Poems.* Longman ; York Press, 1982.

Enstice, Andrew. *Thomas Hardy : Landscapes of the Mind.* Macmillan, 1979.

Federico, Annette. *Masculine Identity in Hardy and Gissing.* Associated Uiv. Presses, 1991.

Fisher, Joe. *The Hidden Hardy.* Macmillan, 1992.

Firor, Ruth A. *Folkways in Thomas Hardy.* Pennsylvania U. P., 1931.

Fontenelle, Bernard le Bovier de. *Discours sur la nature de l'eglogue.* 1688, translated into English in 1695. Quoted in Congleton.

Freud, Sigmund. *Civilization, Society and Religion.* Vol. 12 of The Pelican Freud Library, 1987.

Garson, Marjorie. *Hardy's Fables of Integrity : Woman, Body, Text.* Oxford, 1991.

Gatrell, Simon. *Hardy the Creator : A Textual Biography.* Oxford U. P., 1988.

Gibson, James. (ed.) *The Complete Poems of Thomas Hardy.* Macmillan, 1976

——— (ed.) *Variorum Edition of The Complete Poems of Thomas Hardy.* Macmillan, 1979.

Gibson, J. & Johnson, T. *Thomas Hardy : Poems. A Casebook.* Macmillan,1979.

Giordano, Frank R., Jr. "Hardy's Farewell To Fiction—The Structure of 'Wessex Heights'" (1975), Gibson, J. & Johnson, T., 253-63.

——— *"I'd Have My Life Unbe" : Thomas Hardy's Self-destructive Characters.* Univ. of Alabama Pr., 1984.

Gittings, Robert. *Young Thomas Hardy.* Penguin,1978.

———. *The Older Hardy.* Heinemann, 1978.

Gosse, Edmund. "Thomas Hardy's Lyrical Poems." *Edinburgh Review.* April 1918. in *Thomas Hardy : The Critical Heritage.* Ed. Cox, R. G. RKP, 1970.

Green, Brian. *Hardy's Lyrics : Pearls of Pity.* Macmillan, 1996.

Greenberger, Evelyn Barish. *Arthur Hugh Clough.* Harvard U. P., 1970.

Grierson, H. J. C. Letter to Thomas Hardy dated October 25, 1916. Quated in Bailey Above.

Griffiths, Eric. *The Printed Voice of Victorian Poetry.* Oxford U. P.,1989.

Grigson, Geoffrey. See Marsden, p. 1.
Grundy, Joan. *Hardy and the Sister Arts.* Macmillan, 1979.
Guerard, Albert J. *Ed. Hardy : A Collection of Critical Essays. Twentieth Century Views.* Prentice Hall, 1963.
Hands, Timothy. *Thomas Hardy : Distracted Preacher ? : Hardy's Religious Biography and its Influence on His Novels.* Macmillan, 1989.
———. *A Hardy Chronology.* Macmillan, 1992.
Hardy, Barbara. *Forms of Feeling in Victorian Fiction.* Methuen, 1985.
Hardy, Evelyn. *Thomas Hardy : A Critical Biography.* Hogarth Press, 1954.
Hardy, Florence Emily. (Life) *The Life of Thomas Hardy : 1840-1928.* Macmillan, 1962.
Hardy, Thomas (ed. James Gibson) *The Complete Poems of Thomas Hardy.* Macmillan, 1976.
———. (ed. Hynes, Samuel.) *The Complete Poetical Works of Thomas Hardy.* 5 vols. Oxford U. P., 1982-85.
Harrison, Antony. *Swinburne' s Medievalism: A Study in Victorian Love Poetry.* Louisiana State U. P., 1988.
Harrison, A. H. & Taylor, B. *Eds. Gender and Discourse in Victorian Literature and Art.* Northern Illinois U. P., 1992.
Harvey, Geoffrey. *The Romantic Tradition in Modern English Poetry : Rhetoric and Experience.* Macmillan, 1986.
Hasan, Noorul. *Thomas Hardy : The Sociological Imagination.* Macmillan, 1982.
Higonnet, M. R. *Ed. The Sense of Sex : Feminist Perspectives on Hardy.* Univ. of Illinois Press, 1993.
Hoffpauir, Richard. *The Art of Restraint : English Poetry from Hardy to Larkin.* Associated Uiv. Presses, 1991.
Holbrook, David. *Lost Bearings in English Poetry.* Vision, 1977.
Honan, Park. *Matthew Arnold—. A Life.* Harvard U. P., 1983.
Houghton, Walter E. *The Victorian Frame of Mind.* Yale U. P., 1957.
——— *The Poetry of Clough.* Octagon Books, 1979.
Hulme, T. E. *Speculation.*
Hyder, Clyde k. Swinburne : *The Critical Heritage.* RKP, 1970.
Hynes, Samuel. *The Pattern of Hardy's Poetry.* Univ. of North Carolina P., 1961.
———. *The Complete Poetical Works of Thomas Hardy.* 3 vols. Oxford U. P., 1982-85.
Ingham, Patricia. "Hardy and the 'Cell of Time'." Clements & Grindle, 83-100
Jędrzejewski, Jan. *Thomas Hardy and the Church.* Macmillan, 1996.
Johnson, Lionel. *The Art of Thomas Hardy.* Haskell House, 1966 ; First Printed in 1923.
Johnson, Trevor. *A Critical Introduction to the Poems of Thomas Hardy.* Macmillan, 1991.
Kermode, Frank. *English Pastoral Poetry, from the Beginning to Marvel,* 1952
Langbaum, Robert. *The Poetry of Experience : The Dramatic Monologue in Modern Literary Tradition.* Univ. of Chicago Pr., 1985 ; Originally, Random House, 1957.
Larkin, Philip. *'A Poet's Teaching for Poets' (1968),* pp. 189-91 in Gibson, J. & Johnson, T.
Leavis, F. R. *New Bearings in English Poetry.* 1932.
——— 'Hardy the Poet' *Southern Review 6 (1940).*
Levine, George. *Darwin and the Novelists : Patterns of Science in Victorian Fiction.* Univ. of Chicago P., 1991.
Life →Hardy, Florence Emily.
LN →Bjork.
Lorsch, Susan E. *Where Nature Ends : Literary Responses to the Designification of Landscape.* Fairleigh Dickinson Univ, Pr. ; Associated Univ. Pr., 1983.
Loughrey, Bryan. *The Pastoral Mode.* Macmillan, 1984.
Lowry, H. F., Norrinton, A. I. P. and Mulhauser, F. L. Eds. *The Poems of Arthur Hugh Clough.* Oxford U. P., 1969.

Lucas, F. L. 'Truth and Compassion.' *(Ten Victorian Poets, 1940, pp. 187-99)*. Gibson, J. & Johnson, T.
Maekawa, Tetsuo. *The Poetry of Thomas Hardy.* Senjo, 1989.
Marsden, Kenneth. *The Poems of Thomas Hardy.* Athlone Pr., 1969.
Maynard, John. *Victorian Discourses on Sexuality and Religion.* Cambridge U. P., 1993.
Maynard, Katherine Kearney. *Thomas Hardy's Tragic Poetry : The Lyrics and The Dynasts.* Iowa U. P., 1991.
McCue, Jim. 'Introduction' to *Arthur Hugh Clough : Selected Poems.* Penguin,1991.
McLeod, Hugh. *Class and Religion in the Late Victorian City.* London : Croom Helm, 1974.
McMurtry, Jo. *Victorian Life and Victorian Fiction : A Companion for the American Reader.* Archon, 1979.
McSweeney, Kerry. *Tennyson and Swinburne as Romantic Naturalists.* Toronto U. P., 1981.
Mickelson, Anne Z. *Thomas Hardy's Women amd Men : The Defeat of Nature.* Scarecrow Pr., 1976.
Miller, J. Hillis. *Thomas Hardy : Distance and Desire.* Belknap Pr. of Harvard U. P., 1970.
——— *The Disappearance of God.* Belknap Press of Harvard U. P., 1963 ; Illinois Press, 2000.
——— *Tropes, Parables, Performatives : Essays on Twentieth- Century Literature.* Duke U. P., 1991.
Millgate, Michael. Ed. (L&W) *The Life and Work of Thomas Hardy : By Thomas Hardy.* Macmillan, 1984.
——— (B) *Thomas Hardy* : A Biography Oxford U. P., 1982.
Morgan, Willliam W. "Gender and Silence in Thomas Hardy's Texts." *Gender and Discourse in Victorian Literature and Art.* Ed. A. H. Harrison and B. Taylor. Northern Illinois U. P., 1992. 161-84.
森松健介「『テス』における〈自然〉と人間の意識」『英語英米文学』第18集，中央大学英文学会，1978.
———「『テス』における反牧歌」『英語英米文学』第20集，中央大学英文学会，1980.
———「Hardy の初期小説とパストラルの変容」.『英国小説研究』第13冊，篠崎書林，1981.
———『トマス・ハーディと世紀末』英宝社，1999.
Nalbantian, Susan. *Seeds of Decadence in the Late Nineteenth-Century Novel.* Macmillan, 1983.
Neill, Edward. *Trial by Ordeal : Thomas Hardy and the Critic.* Camden House, 1999.
Orel, Harold. *The Final Years of Thomas Hardy, 1912-1928.* Macmillan, 1976.
——— "Hardy and the Developing Science of Archaeology." *Thomas Hardy Annual No.4.*
——— *The Unknown Thomas Hardy : Lesser Known Aspects of Hardy's Life and Career.* Brighton : Harvester Press, 1987.
———. *Ed. Critical Essays on Thomas Hardy's Poetry.* G. K. Hall & Co., 1995.
大澤　衛『トマス・ハーディの研究』研究社，増補版，1949.
———「現代詩人ハーディ」，大澤　衛他編『二十世紀小説の先駆者トマス・ハーディ』．篠崎書林，1975.
Page, Norman. *Thomas Hardy.* RKP, 1977.
———. *Ed. Thomas Hardy : The Writer and His Background.* Bell & Hyman, 1980.
———. *Ed. Thomas Hardy Annual No.1.* Macmillan, 1982.
———. *Ed. Thomas Hardy Annual No.2.* Macmillan, 1984.
———. *Ed. Thomas Hardy Annual No.3.* Macmillan, 1985.
———. *Ed. Thomas Hardy Annual No.4.* Macmillan, 1986.
———. *Ed. Thomas Hardy Annual No.5.* Macmillan, 1987.
Patterson, Annabel. *Pastoral and Ideology : Virgil to Valéry.* California U. P.,1987.
Paulin, Tom. *Thomas Hardy : The Poetry of Perception.* Macmillan,1975.

Perkins, David. "Hardy and the Poetry of Isolation"(1959). *Hardy : A Collection of Critical Essays.* Ed. Guerard. Twentieth Century Views. Prentice Hall, 1963.
Persoon, James. *"'Dover Beach',Hardy's Version." Critical Essays on Thomas Hardy's Poetry. Ed. Harold Orel. G. K. Hall & C., 1995.*
——— *Hardy's Early Poetry : Romanticism through a "Dark Bilberry Eye."* Lexington Books, 2000.
Phelan, J. P. *Selected Poems of Arthur Hugh Clough.* Longman Annotated Text. Longman, 1996.
Pinion, F. B. *A Commentary on the Poems of Thomas Hardy.* Macmillan, 1976.
——— *Thomas Hardy : Art and Thought.* Macmillan, 1977.
——— *A Thomas Hardy Dictionary.* Macmillan, 1989.
——— *Hardy the Writer : Surveys and Assessments.* Macmillan, 1990.
——— *Thomas Hardy : His Life and Friends.* Macmillan, 1992.
Pound, Ezra. *Guide to Kulchur,* New York. ('Happy Days', pp. 284-7.) ; Clarkre, vol. 3, pp. 218-20.
Pritchard, William H. 'Hardy's Winter Words'. In Orel, ed. *Critical Essays on Thomas Hardy's Poetry.* G. K. Hall & Co., 1995.
Purdy, Richard Little. *Thomas Hardy : A Bibliographical Study.* Oxford, 1954.
Ramazani, Jahan. *Poetry of Mourning : The Modern Elegy from Hardy to Heaney.* Univ. of Chicago P., 1994.
Richards, I. A. *Science and Poetry.* Routledge, 1935.
Richardson, James. *Thomas Hardy : The Poetry of Necessity.* Univ. of Chicago P., 1977.
Robertson, Robbie. *"Thomas Hardy." Hardy to Heaney.* Ed. John Blackburn. Oliver & Voyd, 1986.
Ruskin, John. *Modern Painters.*
Sacks, Peter M. *The English Elegy : Studies in the Genre from Spenser to Yeats.* The Johns Hopkins U. P., 1985.
佐野　晃『ハーディ――開いた精神の軌跡』東京　冬樹社，1981.
Schur, Owen. *Victorian Pastoral : Tennyson, Hardy, and the Subversion of Forms.* Ohio State U. P., 1989.
Seymour-Smith, Martin. *Hardy.* London : Bloomsbury, 1994.
Schneidau, Herbert N. *Waking Giants : The Presence of the Past in Modernism.* Oxford U. P., 1991.
Schwartz, Delmore. 'Poetry and Belief in Thomas Hardy.' *Southern Review 6 (1940).*
Shideler, Ross. *Questioning the Father : From Darwin to Zola, Ibsen, Strindberg, and Hardy.* Stanford U. P., 1999.
Southworth, James Granville. *The Poetry of Thomas Hardy.* Columbia U. P., 1947 ; Russell & R., 1966.
Squires, Michael. *The Pastoral Novel : Studies in George Eliot, Thomas Hardy, and D. H. Lawrence.* Virginia U. P., 1974.
Stratford-upon-Avon Studies 15. *Victorian Poetry. Edward Arnold,* 1972.
Swinburne, Algernon Charles. *The Poems of Algernon Charles Swinburne.* 6vols. Chatto & W., 1905.
——— 'Tristrum of Lyonesse' in *Arthurian Poets : Algernon Charles Swinburne.* Boydell, 1990.
玉井　暲「ヴィジョンのなかのローマ――『享楽主義者マリウス』」．森　晴秀編『風景の修辞学』英宝社，1995.
Tate, Allen. 'Hardy's Philosophic Metaphors'. *Southern Review 6 (1940).*
Taylor, Dennis. *Hardy's Poetry : 1860-1928.* Macmillan, 1981.
Thorpe, Michael. Ed. *Clough : The Critical Heritage.* Routledge, 1972.
Tinker, C.B. and Lowry, H. F. *The Poetry of Matthew Arnold : A Commentary.* Oxford U. P.,

1940.

Tutner, Paul. *Tennyson*. Routledge Author Guides. Routledge, 1976.

——— *The Life of Thomas Hardy.* Blackwell, 1998.

Wallace, Anne D. *Walking, Literature, and English Culture : The Origins and Uses of Peripatetic in the Nineteenth Century.* Oxford U. P., 1993.

Ward, John Powell. *The English Line : Poetry of the Unpoetic from Wordsworth to Larkin.* Macmillan, 1991.

Warren, T. H. A Review in *The Spectator, 5* April 1902 ; Cox, pp. 332–35.

Weber, Carl J., Ed. *Hardy's Love Poems.* Macmillan, 1963.

Widdowson, Peter. Ed. *Thomas Hardy: Selected Poetry and Non-Fictional Prose.* Macmillan, 1997.

Williams, David. *Too Quick a Despairer : A Life of Arthur Hugh Clough.* Rupert Hart-Davis, 1969.

Williams, Merryn. *A Preface to Hardy.* Longman, 1976.

Wotton, George. *Thomas Hardy : Towards a Materialist Criticism.* Gill & Macmillan, 1985.

Wright, David. *Thomas Hardy : Selected Poems* . The Penguin Poets, 1978.

Wright, Walter F. *The Shaping of The Dynasts : A Study in Thomas Hardy.* Nebraska U. P., 1967.

Zachrisson, R.E. *Thomas Hardy's Twilight-View of Life : A Study of an Artistic Temperament.* New York : Haskell House, 1966.

Zietlow, Paul. *Moments of Vision : The Poetry of Thomas* Hardy. Harvard U. P., 1974.

著者紹介

一九三五年、東京に出生、石川県で育つ。

一九六二年、東京大学大学院修士課程修了。

現在、中央大学法学部教授（英文科兼担）。

著書（共著）『イギリスの諷刺小説』（東海大学出版会）『英国十八世紀の詩人と文化』（自然詩論、中央大学出版部）『トマス・ハーディと世紀末』（英宝社）『新和英中辞典』（四、五版、研究社）等。

訳書『トマス・ハーディ全詩集Ⅰ・Ⅱ』（中央大学出版部、第33回日本翻訳文化賞受賞）「アン・ブロンテ（全）詩集」（みすず書房 ブロンテ全集）『十八世紀の自然思想』（ウィリー著、共訳、みすず書房）等。

二〇〇三年三月二〇日 初版第一刷印刷
二〇〇三年三月三一日 初版第一刷発行

十九世紀英詩人とトマス・ハーディ

著者 森《もり》松《まつ》健《けん》介《すけ》
発行者 辰川弘敬
発行所 中央大学出版部
東京都八王子市東中野七四二番地一
電話 〇四二六（七四）二三五一
FAX 〇四二六（七四）二三五四
印刷 株式会社 大森印刷
製本 大日本法令印刷製本

ISBN4-8057-5149-5

本書の出版は、中央大学学術図書出版助成規程による。

中央大学学術図書

1 開発途上経済のモデル分析 今川健著 A5判 価二〇〇〇円

2 イギリス詩論集（上） 岡地嶺訳編 A5判 価三二〇〇円

3 イギリス詩論集（下） 岡地嶺訳編 A5判 （品切）

4 社会政策理論の根本問題 矢島悦太郎著 A5判 価三七〇〇円

5 現代契約法の理論 白羽祐三著 A5判 （品切）

6 The Structure of Accounting Language 田中茂次著 菊判 価四〇〇〇円

7 フランス第三共和政史研究 ―パリ＝コミューヌから反戦＝反ファシズム運動まで― 西海太郎著 A5判 （品切）

8 イギリス政党史研究 ―エドマンド・バークの〈政党論〉を中心に― 小松春雄著 A5判 （品切）

9 会計社会学 井上良二著 A5判 価三三〇〇円

10 工業所有権法における比較法 桑田三郎著 A5判 （品切）

11 迅速な裁判 ―アメリカ民事訴訟法の研究― 小島武司著 A5判 価五〇〇〇円

12 判例の権威 ―イギリス判例法理論の研究― 新井正男著 A5判 価二八〇〇円

13 過剰労働経済の発展 吉村二郎著 A5判 価三三〇〇円

中央大学学術図書

38 都市政治の変容と市民 大原光憲著 A5判 価三〇〇〇円

39 モンテスキュー政治思想研究 ―政治的自由理念と自然史的政治理論の必然的諸関係― 佐竹寛著 A5判 価四四〇〇円

40 初期イスラーム国家の研究 嶋田襄平著 A5判 価七〇〇〇円

41 アメリカ文学言語辞典 藤井健三編著 四六判 価五〇〇〇円

42 寡占市場と戦略的参入阻止 川島康男著 A5判 価二六〇〇円

43 オービニャック師演劇作法 戸張智雄訳 A5判 価四〇〇〇円

44 ケルトの古歌『ブランの航海』序説 ―補遺 異海と海界の彼方― 松村賢一著 A5判 価二五〇〇円

45 ドイツ都市経営の財政史 関野満夫著 A5判 価二六〇〇円

46 アメリカ英語方言の語彙の歴史的研究 後藤弘樹著 A5判 価五五〇〇円

47 続ヌーヴォー・ロマン周遊 ―現代小説案内― 鈴木重生著 A5判 価四四〇〇円

48 日本労務管理史 松本正徳著 A5判 価四四〇〇円

49 遠近法と仕掛け芝居 橋本能著 A5判 価三二〇〇円

50 英国墓碑銘文学序説 ―詩人編― 岡地嶺著 A5判 価五七〇〇円